周梅森反腐经典

周梅森 作品

至高利益

江苏文艺出版社
JIANGSU LITERATURE AND ART PUBLISHING HOUSE

图书在版编目（CIP）数据

至高利益 / 周梅森著. — 南京：江苏文艺出版社，2014

（周梅森反腐经典）

ISBN 978-7-5399-7210-7

Ⅰ. ①至… Ⅱ. ①周… Ⅲ. ①长篇小说－中国－当代 Ⅳ. ①I247.5

中国版本图书馆 CIP 数据核字(2014)第 032348 号

书　　　名	至高利益
著　　　者	周梅森
责 任 编 辑	孙金荣
出 版 发 行	凤凰出版传媒股份有限公司
	江苏文艺出版社
出版社地址	南京市中央路 165 号，邮编：210009
出版社网址	http://www.jswenyi.com
经　　　销	凤凰出版传媒股份有限公司
印　　　刷	南京新华泰实业有限责任公司印刷厂
开　　　本	718×1000 毫米　1/16
印　　　张	24.25
字　　　数	320 千字
版　　　次	2014 年 4 月第 1 版　2017 年 4 月第 2 次印刷
标 准 书 号	ISBN 978-7-5399-7210-7
定　　　价	43.00 元

（江苏文艺版图书凡印刷、装订错误可随时向承印厂调换）

周梅森，一九五六年出生，江苏徐州人，当过矿工、文学编辑，现任中国作家协会主席团委员、江苏省作家协会副主席、专业作家。出版有《周梅森文集》、《周梅森政治小说读本》及《黑坟》、《沉沦的土地》等中长篇小说七十三种；改编并参与制作长篇电视连续剧《人间正道》、《中国制造》、《绝对权力》、《至高利益》、《我主沉浮》、《国家公诉》、《我本英雄》等十余种；多次获国家图书奖、五个一工程奖、全国优秀畅销书奖、中国电视飞天奖、金鹰奖；其代表作中篇小说《军歌》获第四届全国优秀中篇小说奖。

目录

第一章 兴师问罪 …………………………………… 001

第二章 大梦谁先觉 ………………………………… 024

第三章 基层政治学 ………………………………… 050

第四章 新官上任 …………………………………… 073

第五章 拍案而起 …………………………………… 097

第六章 混乱的阵营 ………………………………… 120

第七章 基本国策 …………………………………… 139

第八章 四面受敌 …………………………………… 162

第九章 民主选举 …………………………………… 190

第十章 铺花的歧路 ………………………………… 212

第十一章
　忍耐与坚守 …………………………………… 232

第十二章
　步步紧逼 ……………………………………… 251

第十三章
　以攻代守 ……………………………………… 269

第十四章
　案情突变 ……………………………………… 293

第十五章
　死不瞑目 ……………………………………… 318

第十六章
　省委书记的愤怒 ……………………………… 340

第十七章
　要为真理而斗争 ……………………………… 363

第一章　兴师问罪

1

二〇〇〇年三月六日是个兆头不错的星期一,市政府门前没像前两个星期一那样被群访人员围堵,钱凡兴的专车从解放路正门顺利驰入了政府大院。大院内的气氛也很正常,下属官员们的小车和各部门工作人员的自行车鱼贯而入,该进车库的进车库,该进自行车棚的进自行车棚,秩序井然。正对着主楼门厅的不锈钢旗杆上,国旗高高飘扬,云丝浮动的蓝天下,十几只洁白的鸽子在自由飞翔。

钱凡兴在主楼门厅前下了车,带着一副难得的好心情,驻足看了看院落空中的艳红国旗和碎云般的白鸽,夹着公文包昂然走进了花岗岩铺就的宽敞门厅。

这时,市政府值班室的硕大电子钟正清脆地报着北京时间八时整。

经过值班室门口,钱凡兴照例问了问昨夜的情况。值班副秘书长兼接待处长徐小可汇报说,夜里沙尘暴刮坏了城西一路高压电线,省委、省政府所在区域停了电,目前正抢修。钱凡兴一听有点急了,省委、省政府停电可不是小事,当即用值班电话了解了一下情况,还把正在现场组织抢修的一位副局长训了一通。

到了二楼办公室,市长热线的同志又来汇报,说昨夜九时许,城中区幸福路一名两岁女童掉进无盖窨井里,至今下落不明,估计已无生还的希望。这个汇报把钱凡兴的好情绪彻底破坏了:简直荒唐透顶!上个月省委书记钟明仁专门就青湖市无盖窨井吞噬人命事件做过严厉批示,峡江市今天又来了一次!让他怎么向省委交代?钟明仁的批示他不但认真传达过,还亲自带人下去进行了检查,是上了电视,上了报的,现在岂不成了绝妙的讽刺?钱凡兴越想越生气,抓起电话接连下了几道命令:务必要找到女童的下落,活要见人死要见尸;有关部门要追查事故责任者,查明后予以严肃处理,还要做好女童家庭的抚恤和慰问工作;让市委宣传部马上向全市新闻单位打招呼,在查处结果出来之前,暂且不要报道。

撂下电话,赶到楼上第一会议室主持召开市长办公会时,已经是八时四十分了。和会议议题关系不大的副市长和秘书长们全到了,偏偏主角——主管城建的副市长赵宝文没到。正发急时,赵宝文的电话来了,说他在中山路出了意外车祸,手被车窗破碎的玻璃片扎伤了,正在医院包扎处理,请钱凡兴先把会开起来。钱凡兴没好气地说,我开什么开?今天是研究时代大道工程建设,你主角不到,我这台戏怎么唱呀?发过火,又后悔了:人家赵副市长出车祸够倒霉的了,你怎么还这么不讲道理!正想着要关心几句,那边已挂了电话。十几分钟过后,赵宝文吊着一只绷带缠绕的白胳膊匆匆赶来了,钱凡兴这才询问了一下车祸情况,向赵宝文表示了一些亲切的慰问,与会的同志们也纷纷向赵宝文表示了自己的关切。

这时,已是九点钟了,就是说,因为这一连串麻烦事,市长办公会已耽误了快一个小时。钱凡兴瞪起眼宣布开会。偏在这当儿,不知谁的手机又不识趣地响了起来。钱凡兴急速巡察了一下,发现竟是自己的手机——他的手机开会时大都摆在秘书那里。秘书举着手机请他接电话。他不想接,绷着脸,连连摆手,让秘书关机。秘书迟疑地说,钱市长,是青湖市委书记吕成薇的电话啊!吕成薇?钱凡兴略一踌躇,这才把手机接了过来。吕成薇是省内最年轻的地市一把手,也是惟一一位女市委书记,他中央党校的老同学,她的电话不接不太好。

钱凡兴开口就抱怨:"吕书记,你捣什么乱?我这正要开市长办公会哩!"

吕成薇说:"钱市长,我敢和你捣乱呀?是想你了!正以每小时一百公里的速度向峡江市前进着呢,我要专程拜会你们市政府,一并也和你叙叙友情!"

钱凡兴打哈哈说:"吕书记,咱们有多少友情可叙?谈爱情我还有点兴趣。"

吕成薇说:"谈爱情也成啊——要问我爱你有多深,江水代表我的心……"

如果不是当着这么多下属同志的面,钱凡兴还会继续和这位女市委书记逗几句的,因为场合不太对头,就没敢放肆下去,又胡乱扯了几句,合上了手机。

这时,钱凡兴并没有意识到青湖女书记的突然到来会有什么麻烦,还交代接待处长徐小可中午安排一桌,准备热情接待吕成薇。交代完,正式开起了会,自己先讲话定调子:时代大道已经不是上不上的问题了,而是怎么上的问题!

结束讲话时,钱凡兴有些激动,沙哑着嗓门说:"……同志们,市人代会刚开过,我们这届政府班子算是正式登台亮相了,我这个市长不喜欢空谈,就喜欢干实事干大事。不干大事实事,省委领导不会答应,咱峡江市二百万人民也不会答应。所以同志们,今天咱们就别再务虚了,一口唾沫一个坑,就说怎么干吧!请各位多给我想办法,少给我谈困难,没困难还要我们这帮官僚干什么!"

调子这么一定,以往对时代大道表述过不同意见的同志都不怎么说话了。

主管城建的赵宝文副市长按钱凡兴的事先安排,谈起了时代大道的规划论证。

就在赵宝文副市长谈规划时,钱凡兴走了神,突然觉得哪里不太对头:青湖市委书记吕成薇咋招呼都不打一个,就跑到省城来拜会他?专程拜会不可能,最多是来开会,顺便看看他。可最近省里好像没说要开什么会呀?省委书记钟明仁和省委主要领导同志也都不在家。钟书记和他们市委书记李东方今天一大早就去了秀山,考察研究秀山地区的移民问题,省长白治文也在北京开会没回来。

"要问我爱你有多深,江水代表我的心。"这才想到电话里那句挺关键的话,心里不由一惊:别他妈的峡江又被国际工业园工业废水污染了吧?钱凡兴忙叫过秘书,悄声吩咐秘书马上打个电话去询问一下国际工业园管委会主任方中平。

没一会工夫,秘书回来了,做着鬼脸汇报说:"钱市长,还真让你猜准了!咱国际工业园果然出事了,方主任说,昨夜排污管发生泄漏,有些未经处理的废水直接排入了峡江,人家下游的青湖市一大早就打上门来了!"

钱凡兴咕哝道:"我说嘛,吕书记无缘无故找我来叙友情!"想了想,站了起来,拍拍手,打断了副市长赵宝文的发言,"——哎,哎,同志们,同志们啊,咱们的国际工业园又他妈添乱了,人家青湖市委吕书记杀上门来兴师问罪了,为了保证会议的顺利进行,咱们得转移会场,马上转移!动作要快!"

赵宝文副市长觉得有点突然:"钱市长,吕书记不是还要和你谈爱情吗?"

钱凡兴道:"就算有那么点爱情也让这一江臭水冲没了!快走吧,咱这会到你们建委会议室接着开!手机、传呼全给我关了,别给吕书记留下追击的线索!"

接待处长徐小可请示说:"钱市长,中午不是说安排一桌的么?这……"

钱凡兴把桌上的文件往皮包里收着,准备转移:"哦,你照样热情接待吕书记嘛,这个,上五粮液上翅上参上龙蛋都成啊,我们市领导呢,就不出面了!"

徐小可有些为难:"我怎么和人家吕书记说呀?吕书记要是问起您……"

钱凡兴夹起皮包就往门口走:"就说我临时出差了,哦,这个,去了北京,为时代大道找资金,就这么说!"说罢,引着手下的副市长、秘书长们下了楼。

在主楼门厅等车时,赵宝文副市长吊着白胳膊挺惋惜地说:"钱市长,你看看,好不容易才结束了务虚,刚谈到点实际问题,这会就开不下去了……"

管财经的曾副市长说:"这也正常,我党成立大会不也从上海开到南湖嘛!"

钱凡兴有些不悦地看了曾凡一眼:"哎,老曾,你什么意思呀?"

曾副市长道:"开个会都东躲西藏,这也太影响我们市政府形象了吧?!"

这时,钱凡兴的专车第一个驶上了门厅,钱凡兴一边往车里钻着,一边反问曾副市长:"那你说怎么办?哦,等着吕书记来给咱上环保课?那形象就好啊?"

曾副市长说:"要我说,咱这国际工业园就该关掉,早关早好!"

钱凡兴从车里伸出头:"行啊,曾市长,有能耐你就去关,我不反对!"

坐在车里,一路往市建委会议室去时,钱凡兴在手机里把国际工业园管委会主任方中平骂了个狗血喷头。方中平再三解释,说是昨夜污染纯属意外,目前一切已经恢复了正常,整个国际工业园区的排污已完全达标了。

钱凡兴不信:"方中平,你少给我来这一套!污染不严重到一定的程度,人家青湖市会找到老子门上来吗?害得我连个市长办公会都开不安全!你们配合省市环保局给我查,彻底查,查出昨夜排污的企业要重罚,得罚得他们吐血才行!"

方中平那边连连应着,挂了线。

钱凡兴正要关机,吕成薇的电话又打了过来。

迟疑了一下,钱凡兴还是接了,开口就说:"吕书记,真对不起……"

吕成薇说:"别道歉,钱市长,你们对不起我们也不是第一次了。"

钱凡兴知道吕成薇要说什么,抢先道:"吕书记,这次我恐怕要失约了,爱情和友情可能都谈不成了。北京刚来了个电话,要我和我们市委李书记立即去北京谈时代大道的资金安排问题,我和李书记现在正在去机场的路上……"

吕成薇很意外,既惊讶,又气愤:"钱市长,你想逃,是不是?昨夜峡江又被你们污染了,青湖市一百六十七万老百姓又喝不上水了,这严重情况你们知道吗?"

钱凡兴便跟着惊讶起来:"哦,会有这种事吗?吕书记,你不要急,我让市环保局马上去查处!另外,也采取些应急措施,派车给你们送水,现在就派!"

吕成薇叫了起来:"钱凡兴,钱大市长,请别再这么应付我们了行不行!青湖一百六十七万人民早受够了,这次一定要有个彻底解决问题的办法!请你和李书记先不要去北京,我们坐下来研究一下根治污染问题,算我老朋友求你了好不好?"

钱凡兴沉吟片刻,叹息说:"我的书记妹妹,这家家有本难念的经啊!幸福的城市是同样的幸福,不幸的城市有各自的不幸,峡江市是省会,是我们西川的门面,不幸的是,我们的门面不漂亮啊,时代大道设想了十年,一直未能上马……"

吕成薇说:"那你们真是太不幸了!要不要我们给你们时代大道捐

两个？"

钱凡兴来了兴趣："捐款倒不必，吕书记，你们真捐我们也不好意思收。你们青湖也是欠发达地区嘛。不过你们可以考虑为时代大道投点资，先透露一下：我们正准备出台优惠政策哩，凡投资修建时代大道的，都可以优先获得大道两旁的土地使用权，还有税收方面的优惠，我钱凡兴保证你们有钱可赚……"

吕成薇火透了："钱凡兴，你还当真了？啊？请你们不要把自己的幸福建立在我们的痛苦之上好不好？拜托你先给我解决好一百六十七万青湖市民的生存问题吧！好了，我们峡江机场见吧！我就在机场恭候你和李书记了！"说罢，挂了电话。

见吕成薇上了当，要去机场堵他，钱凡兴又觉得有点过意不去：大家都很忙，让人家青湖市的一把手跑到机场空等一场也太过分了。有心想打个电话给吕成薇，说明情况，转念一想又否定了：这善心不能发，他发了善心，今天就甭想安生了，下午的工作也要受影响——下午约好要和市委书记李东方碰头的。

想到了下午的碰头，钱凡兴又给市委值班室打了个电话，让值班人员告诉李东方，碰头地点临时改一下，不在原订的市委会议室了，改在亚洲大酒店，以免被吕成薇干扰破坏。顺便又问了一下省委、省政府那边是否恢复了供电？值班人员汇报说，抢修工作四十分钟前已经完成，钱凡兴这才放心了。

后来，钱凡兴坐在自己的专车里，看着车窗外的美丽景色，渐渐把吕成薇和今天碰到的倒霉事全忘了，情绪又一点点好了起来。

三月的峡江，风景这边独好，颇能激发人们的好心情。

滨江公园里的梅花大都开了，远远望去，一派让人心动的景象。中山大道两旁的老树再现新绿，很有些万象更新的意思。路口，台商赵老板的三十六层西川国际广场到底建起来了，一色的巧克力玻璃幕墙，很巍峨的样子，和对过二十八层的交通银行大厦、三十二层的罗马广场相互衬托，辉映出省城峡江的现代化神韵来。

这一切都俱往矣，钱凡兴想，下面要看他和李东方这届班子的了！

2

在秀山二道梁子下车时,李东方注意到,省委书记钟明仁脸色不太对头,苍白如纸,谢顶的脑门和额头上渗出了一层细密的汗珠,一只手老撑在左肋下,步子也显得迟缓沉重。钟明仁戴着副方框墨镜,眼神中的痛苦谁也看不出来,可李东方分明感到这位五十八岁的封疆大吏正经受着某种病痛的折磨。

身边的大小干部没谁敢提这个茬儿,大老板不喜欢人们特别关注他的健康。

在二道梁子的山梁上,钟明仁摘下墨镜,居高临下眺望着远方寸草不生的荒凉景致,看了足有四五分钟,才回转身对身后的李东方说:"东方呀,你看看,我们这秀山是不是有点'大漠孤烟直,长河落日圆'的意境啊?"

李东方说:"钟书记,这意境作为生存环境来说,可不是那么美妙啊。"

钟明仁叹息着:"是啊,降水量本来就小,这些年又没注意保护植被,土地全沙化了,让老百姓怎么活呀!所以,要解决秀山问题,非移民不可,树挪死,人挪活嘛!这次无论如何不能再出现倒流现象了。要迁得动,安得稳,住得牢,争取在三到五年内把秀山地区十八万贫困人口都迁到峡江市近郊丰水区去!"

李东方连连应着:"好,好,钟书记,我们一定按你和省委的指示办!"

钟明仁四处看了看,发现钱凡兴没来:"哎,你们钱市长呢?怎么没来?"

李东方赔着小心说:"钟书记,钱市长正在家研究时代大道规划方案哩。"

钟明仁"哦"了一声,话题转到了时代大道上:"上时代大道是好事,有条件一定要上。不过我也给你们提个醒:摊子不要铺得太大,也别瞎吹什么几十年不落后!你们说不落后就不落后了?决策的依据在哪里呀?搞这么大的规模,资金又在哪里呀?民力不可使用过度,一定要量力而行!"

李东方听出了钟明仁话中的不满,心里不禁暗暗叫苦:这个钱凡兴,简直是自找麻烦!这阵子走到哪里都抱着时代大道猛吹,新方案肯定传到钟明仁耳朵里去了。人家钟书记是西川省的大老板,早在十年前就为时代大道定过规划了,你另搞一套,大老板能高兴?便想向钟明仁解释一下:他们的新方案是在老规划的基础上搞的,还在务虚论证阶段,啥都没定。然而却插不上话了。在李东方片刻迟疑之际,钟明仁已甩开李东方五步开外,和秀山地委书记陈秀唐聊了起来。

钟明仁说:"秀唐啊,这几年你吃苦了,穷地方的一把手不好当吧?"

陈秀唐笑道:"大老板,移民工作完成以后就好了,现在总算是看到亮了。"

钟明仁也笑了:"哦,这么说,以前你们是生活在黑暗中啊?"

陈秀唐迟疑地看着钟明仁:"大老板,你想不想听我说真话?"

钟明仁站住了:"咦,你这同志问得怪,当然要你说真话嘛!"

陈秀唐道:"说真话,我们就是生活在黑暗中!一路上你都看到了,这沙化的土地上连草都不长,人畜吃水都困难,根本不具备起码的生存条件,早就该移民了,可直到今天移民工程才正式提上日程……"

李东方笑呵呵地插了上来:"哎,秀唐,你这话说得不凭良心了吧?省委可没为秀山少操心啊,移民试点工作早在八年前就启动过,我记得就是大老板刚当省委书记时的事嘛!那次试点迁移了两个乡一万三千多人,结果倒好,不到两年就跑回去九千多,我们助建的移民村里长满荒草,连房上的瓦和门窗都拆走了!"

陈秀唐看了李东方一眼:"李书记,你说的这情况我不太清楚,八年前我还在省委研究室呢。听班子里的老同志说,这里面的情况比较复杂,既有乡亲们故土难离的因素,也有安置上的问题。划拨给我们几个移民村的耕地大部分没落实,扯皮现象严重,乡亲们无地可种,不倒流回去怎么办呀?!"

钟明仁挺吃惊:"秀唐同志,这个情况,你们秀山为什么早不反映?"

陈秀唐苦笑道:"据说反映了不知多少次,连我都以为你大老板知道了呢!"

钟明仁哼了一声,自嘲道:"我知道什么?那些好心的同志关心我啊,能推的还不都替我推了?"手一挥,"现在说定:再有这种情况你们直接找我!"

李东方知道,陈秀唐真的遇事就找大老板,他和钱凡兴就没好日子过了,忙抢过话头:"钟书记,这种情况不会再发生了,秀唐,以后碰到不好解决的事,你只管找我和钱市长好了,我们都不会推,我们这届班子是负责任的!"

钟明仁沉着脸,指了指李东方:"东方同志,你这话我可记下了,啊?!"

说这话时,钟明仁的身子不由自主歪到了一边,支撑在左肋下的手抖了起来。

陈秀唐问:"钟书记,你……你这是怎么了?是不是哪里不舒服?"

钟明仁笑了笑,勉强挺直身子,打起精神:"没什么,没什么,老毛病了。"

一路说着,便到了二道梁子村里。许多灰头土脸的大人孩子围了过来,跟前跟后地看着他们发呆。这些大人孩子个个衣衫褴褛,目光呆滞,没有哪双眼睛透出对官员们的敬畏来。陈秀唐向钟明仁解释说,村里没有电,乡亲们都看不上电视,国家主席来了他们也未必认识。李东方被这些人看得直发毛,心想,我的老天爷,这十八万贫困人口全迁到他峡江地界上可怎么办啊?!

钟明仁好像没这种担心,情绪倒还好,在乡亲们麻木目光的注视下,四处看着,时不时地冲着人多的地方挥挥手,一副成熟政治家的派头。

在村北头一排蓄水的水窖旁,钟明仁驻脚停住了,指着其中的一个水窖,问身边的陈秀唐:"秀唐同志,这个,是粮窖还是菜窖呀?"

陈秀唐说:"是水窖。家家都有一个,冬天的雪蓄起来,人畜要喝一年哩。"

钟明仁皱起了眉头:"若是哪个冬天降雪量少或者不降雪,又怎么办呢?"

陈秀唐道:"那我们就从秀山城里派油罐车、消防车一个村一个村送水。大老板,这还闹出过笑话哩:连这里的毛驴都认识我们的油罐车,渴急了,能追着油罐车跑上好几里地!村上谁家的毛驴要丢了,乡亲们就说:追油车去了!"

随行的大小官员们轰然笑开了,李东方也禁不住笑出了声。

钟明仁却笑不出来,一声叹息,摇摇头,又步履沉重地向前走。

这时,一个穿军大衣的中年人凑到了李东方面前:"同志,你们是哪来的?"

李东方注意到,中年人的军大衣并不怎么破旧,却肮脏不堪,袖子和前襟犹如老式理发店的磨刀布,大衣里的棉絮也掏空了。李东方没回答中年人的问话,反问中年人道:"老乡啊,你身上这军大衣是救济来的吧?"

　　中年人点点头:"是去年秋天救济的,每家都发了一件,过冬嘛!"

　　李东方说:"军大衣里的棉花呢?过了冬,肯定换酒喝了吧?"

　　中年人不好意思地笑了:"两斤多新棉花才换了一瓶高粱烧,上当了,前头老刘家换了两瓶,哎,同志,你们是从哪来的?是不是来给我们发救济的?"

　　李东方摆摆手,追着钟明仁向前走:"我们不是来发救济的!"

　　中年人有些意外:"哎,同志,你别瞒我呀!我们这里可是国家级贫困地区,每年春上都要发救济的,连联合国的人都来看过!我们穷得连吃饭的筷子都没有!"

　　李东方哼了一声,讥讽说:"那就用手抓嘛,你们这里是西川古王国的发迹地嘛,历史上就有抓饭吃的传统,这情况我知道!"

　　追上钟明仁,到得一间破窑洞,比抓饭还严重的情形竟然看到了:这家老乡正在吃饭,四个光屁股的孩子像小猪似的趴在土炕沿上喝着黑乎乎的糊糊。不但没筷子,连碗也没有,土炕沿上做了一道食槽,天长日久,食槽变得又黑又亮,像上了一层釉。孩子们当着众人的面,食欲丝毫不受影响,吃得欢快,"呲呲"有声,吃完后,小脑袋一阵乱动,把食槽里的残汁也舔得一干二净。

　　让李东方想不到的是,四个孩子竟都很健康,一个个肉嘟嘟的。

　　李东方话里有话地对陈秀唐说:"秀唐呀,你们这里的贫困和人家非洲的贫困不太一样嘛,很有点中国特色哩!穷虽穷,个个喝得脸通红,连军大衣里的棉花都能掏出来换酒喝!这几个孩子也不错嘛,身上无衣,肚里有油呀!"

　　陈秀唐还没反应过来,钟明仁先说话了,看着李东方,语气颇为严厉:"你这个同志怎么这么说话?啊?改革开放这么多年了,秀山还没解决温饱问题,我们都有不可推卸的责任!"目光从李东方身上移开,扫视着空空如也墙无皮炕无席的破窑洞,口气多少缓和了一些,"情况严重到这种程度,我真没想到!东方啊,我看移民的速度还要加快,力度也要加大!你们考虑一下,今年移民是不是可以从五万增加到八万?尽快拿出个意见向省委汇报！"

真是倒霉透了。李东方没想到,针对陈秀唐的几句讥讽话,竟又惹得大老板发了脾气,而且是当着这么多人的面。更要命的是,今年一期移民五万人已经够他们峡江市受的了,这一下子又变成了八万人,真不知将来的日子该怎么过！

但他却也敢怒不敢言。怪只怪自己太轻狂了,刚坐到峡江一把手的位置上就有点不知所以了:这种场合怎么能发表这种不合时宜的言论?!在这种访贫问苦的时候,你得痛心疾首,得显得比大老板的心情还沉重。心里便自嘲道,李东方,就你这水平,还想按历史惯例以峡江市委书记的身份晋升省委常委？你歇歇吧！

这时,随行的省电视台记者正扛着摄像机冲着破窑洞不停地拍。钟明仁扯着那位男主人的手,要男主人注意计划生育问题。钟明仁说,不能越穷越生啊,越穷越生,那就越生越穷嘛！说罢,还亲切地拍了拍男主人的肩头。男主人也说起了真心话,道是许多救济都是按人头算的,人多点,领救济时就不吃亏。

钟明仁马上批评起了陈秀唐:"看看,你们的工作思路有问题嘛！"

陈秀唐叫苦说:"大老板,你说怎么办呢？总不能把超生人口都饿死吧？我们秀山情况又比较特殊,少数民族人口占了小一半。国际上呢,一直也很关注,有些国际救济组织动不动就和你谈人权,老说我们的计划生育政策违反人权。"

钟明仁起身向门外走:"不要睬他们,我们的立场很清楚,人权首先是生存权和发展权嘛！"在门口,从几个光屁股孩子面前走过时,钟明仁弯下腰,摸了摸其中一个孩子的光脑袋,颇为亲切地问,"小家伙,长大以后干什么呀？啊？"小家伙想都没想,便口齿清楚地道,"吃救济。"弄得钟明仁愕然一怔,好生尴尬。

这一回,身边的人谁也不敢笑了,包括最想笑的李东方。

回去的时候,钟明仁招招手,示意李东方上他的车,和他一路同行。

李东方知道大老板可能有什么话要和他说,忐忑不安地上了钟明仁的车。

大老板身体显然很不好,一上车,人就像瘫了似的,一句话不说,仰靠在椅背上喘息着闭目养神。李东方想劝大老板注意点身体,话到嘴边没敢说。他可不是陈秀唐,没给大老板当过秘书,怎么说都不好。前一阵子有过谣言,说是大老板身体不好,要退二线,大老板很生气,在省里的一次会上发了大脾气。

倒是大老板自己说了,语气沉重,透着某种无奈:"东方啊,我这身体可真是一天不如一天了,这跑了趟秀山,也没走多少路嘛,就累成了这个样子!"

李东方故作轻松地笑道:"还说没跑多少路,从峡江到秀山二百四十公里,又去了三个点,连我都吃不消了,大老板,我看你这身体还就不错哩!"

钟明仁摆摆手:"不说我的身体了,还是说移民。东方啊,我们是一个班子的老同志了,我在峡江主持工作时,你就是副市长了吧?好像是最年轻的一个吧?"

李东方笑道:"当时年轻,现在也不年轻了,老了,也五十二了。"

钟明仁说:"老什么?五十二到六十,还有八年好干嘛,这八年干什么呢?你有你的工作思路,我不干涉,可有一条:前三年要下大决心帮我解决好秀山的移民问题。东方啊,这可是我的一块心病啊,去年我代表省委向中央做了保证,一定要在三到五年内解决秀山问题!不把秀山问题解决掉,我死不瞑目啊!"

李东方忙说:"大老板,你这心愿我和钱市长他们都知道,我们会努力的!"

钟明仁目视着窗外,像没听到李东方的话:"今天这么跑了跑,看了看,心里真不是滋味!情况比原来的想像要严重许多!最严重的,我看还不是贫穷,而是人的精神!怎么得了啊?啊?牙牙学语的孩子长大后只知道吃救济!你们不但要做好移民工作,还要重塑他们的精神!当年的秀山可是西川王国的发迹地呀,秀山人的祖先金戈铁马下洛阳的精神哪去了?要给我找回来!"

李东方心中一热:"大老板,您这指示太及时了,这也正是我想说的!"

钟明仁又眯起了眼:"金戈铁马入梦来啊,站在二道梁,东方啊,你猜我想起了谁?不知怎么就想起了家国的父亲贺梦强教授。贺教授'文革'前写过一本《西川古王国史稿》,没有出版就被整死了。现在这部书稿不知在哪里?找一找,尽快出版,让同志们都好好看一看!这对了解西川人文历史,振奋精神有好处!"睁开眼,又特别交代了一句,"这个工作我看可以请家国同志来做,子承父业嘛,告诉这个狂徒:别忘了祖宗,老祖宗不能丢!"

李东方忙应道:"好,我回去就转告家国同志,请他把这事抓起来。"

钟明仁顺着这话题,谈到了贺家国的任用,口气益发随和了:"东方,顺便说一下:你们市委的报告我看了,在常委会上请大家议了议,同意你们的意见。在用人问题上进一步解放思想,就定贺家国做这个市长助理了,文已发下去了。不过,东方,我也把话说在前面:你和钱凡兴别被这狂徒牵着鼻子走,这里是中国的西川,不是美国的哈佛,事事处处都要注意国情,注意我们中国的特色!"

李东方压抑着心中的欣喜:"大老板,你放心,我们会把握好这些分寸的!"

钟明仁想了想,又以商量的口气道:"东方啊,你和凡兴同志考虑一下,是不是就让贺家国到任后负责移民工作呀?他老子一辈子研究西川古王国,让贺家国先抓移民,后搞古王国的旅游开发,我看还是很合适的嘛!啊?"

李东方笑道:"大老板,您真是知人善任,可我哪敢放心呀?你连死不瞑目的话都说出来了,移民我就得亲自抓了!家国还是先让他打打杂,熟悉熟悉情况吧!"

钟明仁没再坚持:"先打打杂也好,多跑跑,干点实事,别看人挑担不吃力!"

嗣后,大老板不再说什么了,就着矿泉水吃了几片药,一路睡了过去。

李东方也眯着眼打盹,可却连片刻的迷糊都没有。多年的媳妇熬成婆啊,现在他终于成了峡江这个省会城市的一把手。然而,权力带来的短暂满足过后,竟是无穷无尽的烦恼。这烦恼还说不清道不明,就是说出来,只怕别人也不会理解。真正能理解的也许只有一个人,就是那个贺家国,尽管他是狂徒。

正胡乱想着,市委值班室的电话打到了手机上,说国际工业园又出事了,青湖市委书记吕成薇找上了门,钱凡兴建议将下午碰头地点改一下。李东方没介意碰头地点的更改,倒是担心污染造成的严重后果,压着嗓门一再追问有关情况。

尽管压着嗓门,钟明仁还是被惊醒了,问了句:"东方,出什么事了?"

李东方见惊动了钟明仁,不敢问下去了,关了手机,掩饰道:"钟书记,没什么,真没什么,碰到了点小麻烦——这么大个市,总免不了有点麻烦事……"

这时,车外骤起一阵尘暴,扑面而来的风沙打得挡风玻璃"啪啪"响。一时间天地苍黄,道路变得一片迷蒙。为安全起见,司机先是减速,后来干脆把车停了下来。李东方记挂着峡江污染的事,心急如焚,恨不得插翅飞回去,脸面上却不敢露出来,还违心地扮着笑脸,顺着钟明仁的话头海阔天空地陪着闲扯……

3

三月六日上午贺家国到省委组织部接受谈话时,却出不了柳荫路口了。

那天柳荫路口突然出现了许多警察,通往省委、省政府门前的近二百米路段被警力封锁了。贺家国不知发生了什么,驾着华美国际公司的宝马车往前挤。挤到警戒线前才发现:省委、省政府门前有几百号人在群访,大都是中老年妇女。

贺家国停下车,摇下车窗,伸头向远处群访的人群张望。

一个交警发现了,从警戒线内冲过来:"你怎么回事?不许停车!"

贺家国发现自己犯了忌,忙把头缩回车里,把车缓缓倒了回去。

交警走近后,却认出了贺家国:"哟,是贺总呀,对不起,对不起!"

贺家国把车停在路边,随口问:"哎,老刘,那边是怎么回事?"

交警四处看看,见没人注意,小声说:"还不是要工资么?是市红峰服装公司的,两年没发工资了,一场什么官司又输了,闹一闹兴许就能发点生活费了!"

看得出,这位交警老刘对群访人员挺同情的,保不准家里也有下岗亲属。

时至今日,省市发不出工资的已不是红峰服装公司一家了。煤炭系统、冶金系统早在前年就发不出工资了,只在逢年过节发点生活费。到去年下半年,能发出工资的单位也开始拖欠了。贺家国按李东方的安排,私下里做过一番调查,发现这其中一些单位不是发不出工资,而是不愿意露富,怕穷单位来借钱。

弥漫在这市面上真真假假的穷气,让贺家国隐隐约约觉得不安。

虽说市长助理的任命至今还没成为事实,贺家国却在不知不觉中进入了角色。

三年前,从美国哈佛大学拿到经济学博士学位归国以后,李东方就准备安排他做市政府副秘书长。出国前他就是市委政策研究室正科级研究员了,以哈佛经济学博士的身份提为副处级的副秘书长也不算出格。不曾想当时的市委书记,他岳父赵达功却不同意。赵达功大力鼓励引进人才,私下里却按女儿赵慧珠的意思要他回美国,夫妻团聚共同发展。他不干,一气之下,调到母校西川大学搞了个华美国际投资公司,借助网络神话,收购上市公司"峡江机械",为母校创造了一个奇迹。"峡江机械"亏损累累,即将被"ST",他找到市国资局,提出受让国有股权。国资局求之不得,他便融资一百万支付定金,和市国资局签了合同。此后"峡江机械"更名为"华美网络",一举变成了网络股。股票价格从六元一路攀升到四十七元。华美国际靠二级市场赚的钱支付了三千万国有股转让款,还替西川大学白捞了一个市值五个亿的上市公司。西川大学由此认定他是个人才,准备让他统一经营西川大学十六家公司的校产,下一步做主管三产的副校长。也恰在这时,峡江市班子变动,李东方做了市委书记,找了他几次,请他到峡江市来干市长助理。一个大学和一个省会城市哪个舞台更大,哪个舞台更能体现他的人生价值他很清楚,况且李东方对他又这么器重。他没多考虑就答应了李东方。

也就是从那一天起,对峡江市的方方面面他都格外关心起来。

在贺家国看来,眼下的峡江市像一盘走得很乱的棋局,一帮庸吏快把这盘棋下死了。全市市属国有企业几乎全部亏损,下岗失业人员近二十万;早年开发的国际工业园简直是垃圾园,三天两头引发污染事件,已严重影响了下游地区几百万人的基本生存;岳父赵达功搞的政绩工程峡江新区更是个美丽的泡沫,三百亿套在一座空城上,市投资公司老总田壮达还卷走了近三亿港币,逃到了国外。

贺家国心下估计,峡江市财政十有八九已经破产了。就是在这种情况下,省里还要移民十八万,市里还要上什么时代大道,真不知这帮官僚是怎么想的？

今天省委门前这一幕应该说是民意的又一次警示。

意味深长的是，这警示竟出现在他到省委接受谈话的时候。

这日，因为发生了群访事件，贺家国是从省委后门进的省委大院。

代表省委和他谈话的是省委常委、组织部部长林之泉，一个副部长陪同。谈话进行了不到一小时，其间林之泉还接了中组部和山东省委的两个电话，整个谈话像走过场。该说的林之泉和那个副部长都说了，两位领导虽然再三强调省委对这次破格聘任的重视，贺家国却没感到有多少重视的意思，心里明白，真正重视他的只有李东方。没有李东方的坚持和努力争取，肯定不会有今天这场谈话的。

从组织部出来，经过省长办公楼时，才十点多钟，时间还早，贺家国便心血来潮，去了一趟岳父兼领导赵达功的办公室。岳父大人这次表现还不错，明知他和赵慧珠的婚姻已濒临破裂，却没阻止他去做峡江市市长助理。又想，也许正是因为他这女婿快当不成了，身为副省长的岳父大人才不怎么考虑避嫌了吧?!

被秘书引进门时贺家国看到，赵达功正打电话，像是打给峡江市哪个领导，火气挺大："……先把红峰公司的人给我劝走，怎么做工作是你们的事！我再给你们一个小时时间，一个小时后省委门前再有一个人，我拿你们是问！"放下电话，目光才转到了贺家国身上，不无讥讽地问，"是贺总嘛，怎么突然跑我这儿来了？"

贺家国赔着笑脸道："来向省委领导请示工作嘛，多请示少犯错误！"

赵达功也笑了："你还多请示？从把我家阿慧骗走，你来请示过几次啊？"

秘书知道赵达功和贺家国的翁婿关系，给贺家国泡好了茶，识趣地退了出去。

贺家国这才多少有些自在了，坐在沙发上，呷着茶说："爸，早先我和阿慧都在国外，这三年又在西川大学忙着做生意，找你请示什么？现在情况不同了，又归你领导了，就得常来汇报了。"

赵达功坐在办公桌前，批着一份文件："林部长找你谈话了？"

贺家国歪在沙发上，努力坐得舒服些："刚谈过，差点没把我谈睡着。"

赵达功放下文件，脸上的讥讽意味更重："这么说，我得称你贺市长了?"

贺家国有了些警觉,忙又坐正道:"助理,赵省长,是贺助理!"

赵达功打量着贺家国,突然严肃起来:"家国,你看看你,啊?像个副市级政府干部的样子吗?给我站起来,向前三步走,对着镜子先看看你的光辉形象!"

贺家国自嘲道:"我这形象刚尿过尿照过,就不必再照镜子了吧?"

"你还敢贫嘴?!"赵达功说着,离开办公桌,大步走到贺家国面前,拎了拎贺家国夹克衫的衣领,"你这一身行头回去马上给我换掉,太随便了!只要当一天市长助理,就必须穿西装,打领带,正正经经像个样子!这一点你给我记住了!"

贺家国咕哝道:"美国的那些议员、州长、市长我见得多了,只要不是什么正式礼仪场合,着装一般都很随便……"

赵达功说:"可这里是中国,不是美国。"审视着贺家国,又意味深长地说,"你这位博士同志到底还是混上来了——今天到这里来,是不是向我示威呀?"

贺家国忙道:"赵省长,这我哪敢啊,是来感谢,真的,感谢你的支持!"

赵达功手一摆:"这你别感谢我,去感谢李东方吧,是他非要你不可,好像离了你这盘狗肉就成不了席面似的!"说罢,在贺家国对面的沙发上坐下了,"在省委常委会上我也没反对,我不是峡江市委书记了,也用不着避嫌了,李东方既然那么看重你,那就请你贺博士试试看吧!不过你要听我的真心话,我还是不希望你到峡江去凑热闹,在西川大学发展不是很好嘛,非要到政府去做官!家国,你不要以为这政府的官就好做,你等着瞧好了,有你难受的时候!"

贺家国笑道:"赵省长,受苦受难的思想准备我有,我根本没打算去峡江作威作福。就峡江目前这状况,不光是我,我看恐怕一大批干部要脱层皮了……"

赵达功警觉了:"你这话是什么意思?峡江的状况怎么会让你们脱层皮?"

贺家国意识到自己说漏了嘴:赵达功可是前任峡江市委书记!忙把话题往自己身上引,可已经晚了,还是被赵达功教训了一番。岳父大人说,峡江改革形势还是好的,困难和问题都是局部的暂时的,和已取得的成就是不成比例的。贺家国心里不服,嘴上却不得不连连称是,直后悔抽了哪根筋,非要到这里来听训!

说到最后,赵达功话头突然一转:"家国,怎么听说你和阿慧要离婚?"

贺家国愈发窘迫:"爸,不是我要和阿慧离婚,是……是阿慧甩我……"

赵达功道:"还说呢!不是我护着阿慧,我看责任主要在你,你是'士为知己者死',非要到峡江力挽狂澜嘛!家国,你再仔细想想看,是不是去美国和阿慧团聚?如果你有这个想法,我可以再做做阿慧的工作,你们能不离婚还是不要离!"

贺家国装模作样地思索了一下:"爸,我还是想在峡江体现人生价值!"

赵达功显然深知他们夫妇关系的内情,叹了口气,摇摇头,不做声了。

就在这时,手机突然响起,这个电话来得真是美妙,及时救了他的驾。

是市政府接待处处长徐小可的电话。徐小可一口一个"贺市长"地叫着,要敬爱的"贺市长"别光忙着自己发财,也稍微关心一下广大人民群众的疾苦。

贺家国说:"群众的疾苦不有你们这帮公仆关心着吗?还用得着我操心?"

徐小可看样子挺着急:"贺市长,你快到峡江宾馆来吧,帮帮我的忙!"

贺家国说:"要我帮什么忙?你那里不就是些吃吃喝喝的事么?"

徐小可说:"我就是请你共进午餐嘛,你快奋勇前进吧,手脚并用!"

贺家国答应了,合上手机,起身向赵达功告辞。

赵达功也没再留,把贺家国送到门口,告诫说:"家国,和阿慧不离婚,你是我女婿,就算日后离了婚,我们还是同事,所以该说的话我还要说:你既然下决心要在峡江体现自己人生的价值,要当这个市长助理,就要当好,今后事事处处就要讲规矩,比如,和领导见面谈话时一定要注意关手机!"

贺家国知道赵达功是一番好意,便说:"爸,我这不是在你面前嘛,你放心,在别的领导面前,我一定会注意的!"说罢,再次和赵达功道了别,出门走了。

驱车到了峡江宾馆,在大厅门口见了等在那里的徐小可。徐小可见了他，像见到救星似的，一定要他以市长助理的身份陪同青湖市委书记吕成薇吃中饭。

贺家国吓了一跳，说："小可，你开什么玩笑？我现在是市长助理了么？省里的任职文件发到市里了么？省委、市委宣布了么？哎，你别拿我招摇撞骗好不好！"

徐小可说："哎呀，贺市长，你臭讲究啥？这早一天晚一天，你不都是市长助理么？谁不知道？！你就帮我救救急吧！人家吕书记和青湖环保局长气得脸都歪了，正坐在楼上牡丹厅大骂咱钱市长和李书记呢！非要我找个市级领导来和他们对话！"

贺家国不问也知道，肯定又是峡江被污染了，心里也急，可仍硬着心肠不为所动："小可，你别和我说这些，我可知道啥叫中国特色，省里的文不宣布，哥哥我是决不会做这种不合身份的事的！你还是快找钱市长或者李书记吧！"

徐小可可怜巴巴："钱市长开办公会，故意躲着，找李书记我又不敢……"

贺家国大大咧咧说："我替你找李书记！"

不曾想，李东方关了机，电话怎么也拨不通。

徐小可又纠缠上来，说他既然知道了这么严重的情况，又到了宾馆，不出一下面就很不好了，那是见死不救，是临阵脱逃，得执行战场纪律，拉出去就地正法！贺家国被徐小可弄得哭笑不得，只得同意去"招摇撞骗"。徐小可却说，这不是招摇撞骗，而是挽救濒临破裂的峡江和青湖两市关系。

4

吕成薇明明看见徐小可陪着贺家国走进门，却像没贺家国这个人似的，一连声地责问徐小可："你们市领导呢？还有能喘气的吗？都躲着不见我是不是？也不想想，这种事躲得了吗？躲得了今天躲得了明天吗？还敢骗我，做贼心虚了吧？！"

徐小可直赔笑脸："吕书记，您消消气，消消气，这……这，我们市领导这不来了一位吗？哦，我介绍一下，这位是我们刚到任的市长助理贺家国同志……"

贺家国稍一迟疑,马上解释:"吕书记,现在我并没正式到任,不过峡江污染的事,您可以和我谈,我会把您和青湖市的意见转告我们李书记、钱市长!"

吕成薇立即把矛头指向贺家国:"和你谈?你来转告?你以为是什么事?!"

贺家国苦笑着说:"我知道,都知道!我们的国际垃圾园又向江里排污了,不但是你们青湖市,恐怕下游地区好多县市都出问题了,情况肯定很严重!而且发生这种恶性事件也不是第一次了,前年发生了一次,去年发生了一次。"

青湖环保局王局长说:"你既知道国际工业园是垃圾园,为啥还不关掉?"

贺家国自嘲道:"我们认为是垃圾园,有些领导同志却不认为是垃圾园,还把它当做政绩挂在嘴上说着,在我国现有国情条件下,问题就变得复杂起来了……"

徐小可打岔道:"哎,贺市长,还是边吃边谈吧!"

贺家国点了点头:"吕书记,王局长,我们就边吃边谈,你们有什么要求都可以说,一定不要忌讳什么,实事求是嘛!峡江国际工业园就是造污的垃圾园,这是事实嘛,你们就要求关闭嘛,你们是受害地区,完全有权利说'NO'嘛!"

徐小可在桌下轻轻踢了贺家国一脚。

贺家国这才意识到了什么,不动声色地系着餐巾,暂时闭上了嘴。

没想到,贺家国这番话一说,吕成薇的态度在不经意中起了变化:"哎,贺市长,我不知道谁指使你来和我说这种话的。不过,这话你既然说了,那我也把话说在明处:你们峡江别想把我们青湖当枪使!这'NO'我们不去说,我吕成薇和青湖市任何一个同志都没说过要把峡江国际工业园关掉……"

贺家国用筷头指了指王局长:"哎,你们王局长就说过要关嘛!"

王局长嗅出气味不对,矢口否认:"我……我这也是一时的气话嘛!"

吕成薇说:"王局长就是说了什么,也不代表青湖市委、市政府的态度。我们的态度很明确:不是要你们关闭国际工业园,而是要你们严格执行《环保法》，采取措施，加大执法力度，不能为了自己的利益，不管人家的死活！"

贺家国坠入了五里云雾里，真不知这位女书记打的什么主意了，只得赔着笑脸连连道："是的，是的，吕书记，我们对国际垃圾园一定严格监管，严格执法！"

吕成薇敲了敲桌子，又申明说："还要声明一下：贺市长，国际垃圾园这话也不是我说的，是你这位同志自己说的，发明权属于你本人，我不能掠你之美！"

徐小可笑道："吕书记，我们贺市长也是开玩笑，想替你们出出气嘛！"

吕成薇正经作色说："这种玩笑我们最好都不要开，谁都别去开，这不可笑！国际工业园毕竟是我省第一个成功的开发区，它的历史贡献和历史地位是谁也改变不了的。国际工业园出现的问题，完全是管理问题，是你们的失职造成的。"

贺家国这才看出，吕成薇投鼠忌器，心里不禁对吕成薇有些鄙夷，便说："吕书记，不论是谁的失职，都是不能容忍的，我建议你一追到底，你们这次既然到了省城，就该找省委、省政府彻底解决问题嘛！"

徐小可又在桌下踢了踢贺家国："吕书记，贺市长，快吃吧，菜都凉了。"

吕成薇象征性地吃了口菜："贺市长，你别给我耍手腕，我才不会去找省委、省政府呢，国际工业园又不归省里管，我找他们干什么？我就找你们解决！"

贺家国说："我们怎么解决？吕书记，我和你打个赌：现在咱们就去检查工业园的排污，我敢保证各项排放指标全合格，赌一瓶五粮液，你赌不赌？"

吕成薇手一摆："我不是赌徒，不和你赌——正因为是这种情况，所以我今天才亲自来找你们：以后国际工业园的排污，我们要参与监管。我们市政府准备派一个水资源监测组常驻你们工业园，以免日后再发生这种恶性事件！"

贺家国觉得女书记的要求合情合理，并不过分，嘴上却不敢答应，自己现在是代表峡江市说话，身份又不明不白，说冒了没人替他兜着，便打哈哈道："吕书记啊，我们都是来自五湖四海的革命同志，改革开放的目标是共同的,为人民服务的宗旨是共同的,你何必往我们这里派维和部队呀?这不是让我们难堪嘛!"

吕成薇气道:"让你们难堪?是你们的脸面要紧,还是老百姓的生存要紧?"

贺家国马上做投降状:"好,好,吕书记,我不和您争,不和您争!您这要求我负责转告李书记和钱市长,同意不同意就是他们的事了。"

吕成薇说:"他们不同意不行!这是解决问题的惟一办法!贺市长,你可以明确告诉钱凡兴和李东方:只要我们青湖日子不好过,他们一个个也都别想安生!我吕成薇可不是古典淑女,我的脾气钱凡兴是知道的,今天这笔账我给他记着哩!"

徐小可这才解释道:"吕书记,您今天也有点误会我们李书记和钱市长了。李书记真不在家,和省委钟书记去了秀山。钱市长在开市长办公会,这会都拖了几天了,老没开成,钱市长心里也急啊,再三交代,要我和贺市长招呼好您……"

吕成薇摆摆手:"徐处长,你别解释了,这不是你的事,你的难处我理解。"

贺家国趁势举起酒杯:"吕书记,你能理解就好,来,来,我和徐处长代表李书记和钱市长向您们致以诚挚的歉意,也对青湖市老少爷儿们说声对不起了!"

吕成薇勉强举起一杯矿泉水,在空中晃了晃,象征性地抿了一口。

后来的气氛渐渐有了些融洽的意思。从徐小可嘴里得知贺家国就是有名的华美国际和9999网站的创立者,吕成薇脸上更露出了难得一见的笑容。贺家国这才发现,女书记笑起来还是挺好看的,嘴角有一对小酒窝,怪古典淑女的。

"淑女"书记当场挑拨贺家国:"贺老弟呀,你这么个大能人替钱凡兴当什么助理呀?他配么?到青湖市来吧,我们名正言顺请你做副市长,专管经济!"

贺家国便也开玩笑说:"吕大姐,您真是太抬举我了,我刚学着做官呀,能助理好就不错了!要是以后李书记、钱市长不要我了,我就投奔你们。"

吕成薇说:"那好,贺老弟,我们任何时候都伸开双手欢迎你!"

和徐小可一起,在峡江宾馆门口恭恭敬敬送走了青湖市委的这位女书记,贺家国马上把自己的官方身份忘记了,根本不顾忌大门口进进出出的客人,夸张地长长吁了口气,学着英国首相张伯伦的口气说:"我为峡江赢得了宝贵的和平!"

徐小可哼了一声:"贺市长,是为你自己赢得了宝贵的爱情吧?"

贺家国一怔,看着徐小可,挺茫然地问:"爱情?爱情在哪里?"

徐小可把贺家国往门外拖了拖:"爱情在青湖,人家要伸开双手拥抱你了!"

贺家国笑了,指了指自己留着寸发的大脑袋:"吕书记爱的是我这头脑!知道么?小可,我这脑子是出了名的好使,在西川大学上大学,在哈佛读博士,只要和我一起混过的同学都说我脑子不是人脑子!"说罢,又摇头叹息,"可惜了,可惜了,以后得用这好脑子和你们这些猪脑子打交道了,也不知这智商会降低不?"

徐小可恼了,狠狠瞪了贺家国一眼,一声"啊呸",甩手走了。

第二章 大梦谁先觉

5

李东方回到峡江,急急忙忙赶到国际工业园时,污染事件的处理已结束,又是个不了了之。管委会主任方中平还算有些良心,汇报说,真实情况是:园区内确实有些企业在偷偷排污,可就是抓不到证据,钱市长要重罚也找不到主。

方中平很苦恼,向李东方发牢骚说:"钱市长不讲理呀,刚才还在电话里说呢,找不到主,就把园区里的企业全罚了!李书记,你说,这工作让我怎么做呀?!"

李东方摆摆手:"这话你别和我说,污染是在你手上发生的,你去处理!"

方中平哭丧着脸,嚷嚷说:"李书记,不行,我……我就辞职吧……"

李东方说:"你先别辞,等着市委来撤吧!"旋即转移了话题,"下游的情况怎么样?青湖段的水质恢复正常了么?"

方中平说:"直到一小时前,青湖段水质才基本恢复正常,再下游的林县一带又叫起来了,好在林县地下水资源比较丰富,吃水暂时没问题。"

李东方心里暗自松了口气,没再说什么,上车走了。

在亚洲大酒店见到钱凡兴才知道,钱凡兴一直在开办公会,竟然没去见一下吕成薇,竟然是尚未明确身份的市长助理贺家国把吕成薇糊弄走了。李东方想像不出贺家国怎么糊弄人?据李东方所知,贺家国并不是个会糊弄人的官场滑头。

钱凡兴直乐,两眼眯成了一道缝:"李书记啊,这叫寻常看不见,偶尔露峥嵘呀!咱这傻博士装疯卖傻也算是一绝了,一抬脚就蹿到了吕成薇的蛋窝上……"

李东方皱了皱眉头:"什么蛋窝?凡兴,讲点精神文明!"

钱凡兴还在乐："口误，口误，这女书记也没蛋！"又说了下去，"咱傻博士建议吕成薇去找省委，找钟书记，把国际工业园关闭，你说吕成薇敢啊？吕成薇态度立马就变了，大谈国际工业园在改革开放中的伟大历史地位，谈到后来，差点没和咱傻博士拥抱起来！李书记，你真有眼力，这市长助理找得不错，真不错！"

李东方这才想了起来："哦，对了，凡兴，钟书记今天在车上和我说了，省里的文今天可能已经到了，你回头查一查。"

钱凡兴说："好，好，就是文没到，也让这同志来报到吧，先帮我们把工作抓起来，这头痛的事是一堆接一堆！言归正传吧，李书记，我是不是现在就开始？把这次要拿到常委会上炒的大菜端出来让你大班长先品尝一下？"

李东方知道，市人代会开过没多久，钱凡兴头上的代字刚去掉，满脑子都是大干快上的宏伟蓝图，这一开谈，没一两个小时不会完，便说："凡兴，你让我先洗个热水澡好不好？到秀山跑了大半天，又遇上了沙尘暴，汗毛孔里都是灰。"

钱凡兴说："好，好，大班长，你洗你的澡，我谈我的，咱抓紧时间！"

一个市委书记光着屁股和自己手下的市长谈工作？真不知钱凡兴是咋想的！那态度口气也不对，哪像一个市长和一个市委书记说话呀？！李东方不可想像，自己当年不摆正位置，也像钱凡兴这样当市长，赵达功会怎么对付他！于是，压抑着一肚子的不高兴，强笑着说："凡兴同志呀，你让我保留点隐私好不好呢？"

钱凡兴也笑了，笑得近乎天真烂漫："大班长，咱两个大男人，有啥隐私？！这样谈最好，没听人家说过吗？真理都是赤裸裸的！"说罢，也不管李东方乐意不乐意，就拉出了一副开谈的架势，"一万年太久，只争朝夕，大班长，我就谈起来吧——昨天来了一帮俄罗斯和乌克兰的客人，我今天晚上还有外事活动哩！"

李东方心里愈发不快，钱凡兴这个市长像是比他这个市委书记还忙！却也不好太认真，毕竟在一个班子里长久共事，这当儿人家又是热情洋溢汇报工作，也只能得饶人处且饶人了。又想到，钱凡兴是省里调来的同志，班子正在磨合期，双方总要互相适应的，钱凡兴有个适应他的问题，他也有个适应钱凡兴的问题。

李东方没再说什么，脱了衣服，展露着满身"真理"到卫生间去洗澡。

钱凡兴拖了把椅子，坐在虚掩着门的卫生间外面，捧着会议记录和一堆资料谈了起来。第一件事就是时代大道工程，从当年钟明仁主持制定的老规划，谈到他主持制定的新规划，一期就要拆掉四条老街，投资预算竟是二十二个亿。

李东方又累又困，泡在澡盆里，于迷漫的水雾中昏昏欲睡，可听到二十二亿这个数字，马上被吓醒了，忙问："凡兴，你刚才说时代大道一期预算是多少？"

钱凡兴把头伸进了雾气腾腾的卫生间："李书记，是二十二个亿，怎么了？"

李东方逼迫自己清醒起来，一边调节水温，用喷头的冷水浇着头，一边婉转地说："凡兴啊，咱们目前的经济情况你心里有数吗？这二十二个亿从哪来呀？市属企业三分之二拖欠工资，失业下岗人员逼近二十万了，这秀山的移民工程又要启动，咱们是全省主要安置市，钟书记今天说了，也不是早先定下的五万人了，今年一启动可能就是八万人，够咱峡江喝一壶的啊！"

钱凡兴倚在卫生间的门上说："大班长，你别悲观，听我说嘛！上这么大的工程，困难当然不少，要是没困难，钟书记当年就上了！咱现在上困难很多，有利条件也不少，我是有分析的。西部开发，中央支持，政策优惠，我们可以充分利用政策，把政策用活，不愁变不出钱来。有些事看起来是负担，其实也是钱，比如说移民吧，中央和省里都有专项资金，我问过曾市长了，中央的两个亿已经到账了，我们可以灵活一点，先用起来嘛！拆东墙补西墙，只要它墙墙不倒就行！"

李东方几乎要叫起来了：这种干法，乌纱帽还要不要了？却压抑着没叫，冷静地问："钱市长，你想墙墙不倒，我看是良好的愿望，要是哪堵墙倒了呢？"

钱凡兴说："就是万一倒了，也砸不到你我身上。只要我们一不贪污进腰包，二不盖楼堂馆所，三不用它搞金融投机，四不学田壮达把几个亿卷到国外去，而是把钱用在了基础建设上，大方向就不会错，最多是受个处分，我们怕啥？！"

李东方在澡盆里呆不住了，匆匆爬起来，擦着身上的水："凡兴，你别说了,你不怕我还怕呢!你就是说破了天,这移民资金我也不敢同意挪作它用!"

钱凡兴满不在乎:"嘿,我的大班长啊,我们可以做到革命生产两不误嘛!移民工作又不是不做,关于移民工作,我是这样考虑的,趁机搭车,进一步加大扶贫基金的征收力度,从今年下半年开始,把扶贫附加费再提高20%左右,征收面也扩大一些,向峡江所有企事业单位征收,一律不搞减免……"

李东方实在听不下去了,挥挥手,打断了钱凡兴的话头:"凡兴同志,咱们可别制造新的贫困啊!关于扶贫附加费的事,曾市长提起过,我说了,要慎重,不能竭泽而渔,我们的投资环境并不好,再这么要钱不要命,谁还敢来投资呀!"

钱凡兴僵住了,沉默了好一会儿,才带着明显的不悦说:"李书记,这些事可都是你让我研究的,没有你大班长船头上发下的号令,我这拉纤的伙计敢自作主张么?这只是我和政府这边的设想,你觉得不合适放弃就是了,包括时代大道!"

李东方想想也是,现在是碰头研究工作,并不是在对外宣布,自己这口气态度似乎生硬了些,遂缓和了口气,笑道:"凡兴,我这也是和你交换意见嘛!咱们是一个班子的同志,得襟怀坦白,荣辱与共。不瞒你说,咱大老板现在的心思都在移民上,对咱把时代大道的摊子铺这么大可是有看法哩!"

这倒是钱凡兴没想到的,钱凡兴怔了一下,看着李东方不做声了。

李东方这时已穿好了衣服,自己点了支烟抽着,也甩了一支给钱凡兴:"凡兴,不是我说你,时代大道的规划论证还没结束,你四处说个啥?咱市委在城西,省委在城东,能不传到大老板耳里去?你自己惹麻烦,也害得我看大老板的脸色!"

钱凡兴情绪低落起来:"班长同志,那你也把话说清楚:大老板究竟是什么意思?光搞移民,时代大道不上了?时代大道我和大老板说过,他原来是支持的!"

李东方说:"大老板现在也支持,但要我们量力而行,口气和过去有变化!"

钱凡兴不满地看着李东方,讥讽道:"李书记,我算是服你了!大老板口气一变化,你这口气马上就变化了,你可真会和省委领导保持一致,我看还能进步!"

李东方一下子火了:"凡兴,你怎么这样说话?!我哪里变了?我什么时候要求过你把时代大道的盘子做得这么大?你今天不是才和我通气吗?退一步说,就算我支持过你,现在接受钟书记的正确批评和好心提醒,又有什么不对?!"

钱凡兴从省经委副主任任上调到峡江做市长已经半年了,还是头一次见李东方当面发火,有些怕了,略一迟疑,便赔着笑脸道:"李书记,你别生气,千万别生气,我这也是随便开个玩笑嘛!来,来,李书记,你站好,我给你鞠躬道歉了!"说罢,当真拉过李东方,夸张地给李东方鞠了个迅雷不及掩耳的大躬。

李东方就势把钱凡兴按倒在沙发上:"行了,凡兴,别出洋相了,接着谈吧!"

钱凡兴便又捧着笔记本谈起来,不过,兴致已不那么高了。因为已发生过不愉快,双方都赔着一份难得的小心。钱凡兴始终保持着一副请示的口吻,李东方谈意见则完全是商量的口气。时代大道的规划要收缩,李东方建议原定次日召开的市委常委会延期,钱凡兴表示同意。其间,两人还开了几句不疼不痒的玩笑。

到了六点半钟,要谈的大事全谈完了,分手时,钱凡兴又想了起来:"哦,对了,李书记,青湖吕书记不放心我们,怕日后再受污染,临走时向我们提出了个要求,要派个水资源监测组到我们国际工业园来,你看怎么办?能不能同意?"

李东方想了想,没忙表态,以征询的目光看着钱凡兴:"你看呢?"

钱凡兴又把球踢给了李东方:"你是大班长,你定嘛!"

李东方笑道:"要我定,我就同意他们派人过来,这等于帮我们多站道岗嘛!"

钱凡兴也笑着说:"多一道岗倒也是好事,不过这是不是有点丧权辱国呀?这口子一开,下游的市县都派人过来怎么办?哦,李书记,我这也是随便说说,既然你同意了,我就让吕书记派人来吧,也在吕书记面前做回好人。"说罢,要走。

李东方想了想,把钱凡兴拉住了:"别,别,凡兴,你提醒得对,下游县市真把人都派过来,咱这不成八国联军占领的局面了?传出去还不是大笑话?!我看,这好人你老兄就别做了,抽空去和吕书记谈谈,告诉她和青湖的同志们:我们这届班子是负责任的,只要有我们在位一天,就决不会再发生这种污染事件!"

钱凡兴走后,李东方打了几个电话,安排了些工作上的事,也准备回家了。

不曾想,这边夹着公文包正要出门,那边主管政法工作的市委常委兼公安局局长陈仲成急匆匆过来了,堵住他的去路说:"哎,李书记,可找到你了!你先别忙走,我有重要案情要向您和市委汇报!"

李东方眉头一皱,只得让服务员重新开门,把陈仲成让进了房间里。

6

陈仲成汇报的是峡江市投资公司的大案要案。

峡江市投资公司新旧两套班子在不到三年的时间里全烂掉了,触目惊心的腐败大案连续发生,让李东方想起来就头痛欲裂。第一套班子集体贪污,还涉嫌五个亿的非法集资,从董事长、总经理到香港子公司的成员,几乎没有清白的,涉案金额高达四千七百六十多万人民币。案发后,时任市委书记的赵达功大为恼火,责令反贪局重拳出击,同时提名新区开发办副主任田壮达组建新班子,接管市投资公司。一年后,案件审理结束,前董事长判了死刑,三个处级干部和四个科级干部也分别判了五到十五年不等的有期徒刑。新任董事长田壮达因为积极配合办案,措施得力,赵达功和李东方还在全市党政干部大会上给予过表扬。

然而,让人万万没想到的是,腐败分子们干起腐败事业来也前赴后继,既不怕杀头,也不怕坐牢。后来才知道,就在清查市投资公司前任班子严重经济犯罪问题的时候,田壮达的黑手已经伸了出来,而且干得比他前任更加疯狂,也更有效率。在短短不到一年的时间里,就把老婆、孩子和情人全部悄悄移民国外了。待有关部门发现情况不对,着手进行调查时,田壮达竟一下子消失在空气中了。

和田壮达一起消失的,还有下属香港公司的近三亿元港币。

最初听到汇报时,李东方像被谁砸了一闷棍,脑子里一片空白,差点儿没昏倒:这怎么得了呀?自己领导下的一个政府的投资公司接连出事,而且事情越出越大,这次竟是三亿元港币!作为一个前市长现任市委书记,他怎么面对舆论啊!

那时赵达功已调到省里任副省长,李东方做峡江市委书记仅仅四十一天。

现在,这个田壮达终于从空气中浮现出来了,这总是件令人欣慰的事。

房间里静得吓人,除了陈仲成毫无感情色彩的呆板汇报声,再无别的声音。

"……李书记,我们现在掌握了田壮达在国外的踪迹:田壮达第一次露面是在马来西亚的吉隆坡,持有巴拿马护照,化名吴宝平,身份是机械工程师。李书记,你知道的,田壮达早年学过机械制造,八十年代曾任我市机械局副局长。我们得到信息后,马上向省委领导同志作了汇报……"

"打断一下:是省委哪些领导同志?也向钟书记汇报了吗?"

"没向钟书记汇报,当时钟书记正带着一个招商团在欧洲考察,再说也未经你的同意。我是向市委老书记赵达功同志汇报的,李书记,这我得解释一下:田壮达卷款潜逃虽说发生在赵书记调任副省长以后,可主要作案时间却在赵书记主持工作期间,赵省长一直很关心……"

"这就不必解释了,我理解,好,你接着说。"

"赵省长作了指示,要我们果断行动,可没想到,田壮达极其狡猾,我们这边和马来西亚警方正办着交涉,他那边突然又逃了。马来西亚警方调查证实,这关键的时候,有人给田壮达通了气,田壮达连放在住所里的一万美金现钞和一本南非护照都没拿就溜了。田壮达再次露面时,已在巴拿马。他在巴拿马给我市一个叫许玉峰的个体房产商通过一个电话,我们截获这个电话后,就把许玉峰控制了起来。"

"这个许玉峰当年是不是在我们新区盖过一片不合格的危房?"

"对,就是他!他的房产公司挂在市投资公司名下,没少给田壮达行贿。我们通过许玉峰放出了风声,说是峡江市的班子更换后,上一任的事没人管了,让他先放下心。田壮达鬼得很,根本不信,又一次失踪。十天前,泰国警方根据国际刑警局发出的通缉令,在曼谷国际机场发现了这家伙,立即扣了起来,我们便办了引渡手续,把田壮达押解回国了!"

李东方吃了一惊:"老陈,田壮达现在已经在峡江了,是不是?"

陈仲成看了看表:"现在是七时二十分,曼谷飞北京的飞机刚起飞。"

李东方这才恍然大悟:田壮达抓回来了,这政法委书记就跑来汇报了,若是田壮达抓不到,陈仲成也许永远不会找他汇报!赵达功调离了,陈仲成还跑去汇报,他李东方做了峡江市委书记,人家还就敢蔑视你!你还不能批评人家,你市政府下属的投资公司出了这么大的事,把国家三亿港币弄走了,你当市长的能清白?能没有同案的嫌疑?去年田壮达逃走后,机关的舆论不就出来了,说什么的没有!

汇报完了,陈仲成还没有要走的意思,仍笔直地站在李东方面前。

李东方却连一分钟也不愿多呆了,夹起公文包就走:"好,就这样吧!"

陈仲成恭敬地冲着李东方的后背,请示道:"李书记,您还有什么指示吗?"

李东方回转身,冷冷道:"人都抓回来了,我还指示什么?你们按赵省长的指示办嘛!国家有法律,该杀就杀!不过有一条,这三亿港币不论是换成了美金还是马克,也不论是放在了哪个外国银行,都给我想方设法追回来!"

陈仲成麻利地一个立正敬礼:"是,李书记,我们一定积极配合有关部门采取行动,这也是赵省长的指示!"想了想,又说,"哦,对了,李书记,还有个事:赵省长让我转告您,请您晚饭后抽空到他家去一下,他有事找您。"

李东方想了想说:"你打个电话给赵省长,就说我马上就到!"

7

虽说诸事烦心,身兼省委常委的副省长赵达功仍尽量保持着内心的平静。原定的民间沙龙活动照常参加,和魏荷生、边长、何玫瑰等文化名人见面时,也仍像以前一样谈笑风生。吃饭前,赵达功和号称"西川玫瑰"的著名歌手何玫瑰合唱了一曲《莫斯科郊外的晚上》,和省作家协会主席魏荷生谈了谈《新诗词》办刊方面的事。饭后,摄影家边长拿出一幅事先准备好的宣纸,请赵达功为"边长摄影展"题字,赵达功也题了。边长想让赵达功欣赏一下影展上的主要作品,已把一本巨大的画册打开了,赵达功却不看了,说是晚上八点后还有点事,自己得先走一步了。

这让大家多少有些失望,魏荷生和边长就用目光去动员何玫瑰。

何玫瑰看出了二位男同胞挽留领导的意思,挺身而出说:"赵省长,既来之则安之,你今天就潇洒走一回嘛,有啥事明天再处理就是了!"

赵达功已站了起来,说:"我可不敢潇洒哟,明天还有明天的工作。"

何玫瑰说:"赵省长,那罚你唱首歌:'妹妹你坐船头,哥哥在岸上走'!"

赵达功看看表,见时间还来得及,也就给了何玫瑰一个小面子,打趣道:"小何呀,别妹妹坐船头了,哥哥早就走不动了!我看呀,咱们还是常回家看看吧!"说罢,接过何玫瑰递过的话筒唱了起来,"……常回家看看,回家看看,哪怕给妈妈捶捶后背揉揉肩……"唱着,唱着,眼眶禁不住竟有些湿润了。

唱罢,在一片鼓掌叫好声中,赵达功拱手向大家道别,骑着自行车回了家。

凡是参加文化名人的沙龙活动,赵达功从来不带车,不带司机,更不带秘书,和大家一样骑自行车,有时也搭搭歌星何玫瑰的便车。这给交往的文化名人们留下了极为深刻的印象,文化名人们四处一传,赵达功在西川省和峡江市的文化知识界也就有了很好的口碑。

回到家是七时四十分,刚坐下,连杯茶都没来得及喝,李东方便赶到了。

李东方一脸疲惫,见了他的面就苦笑:"老领导,你召见我肯定没好事吧?"

赵达功看着李东方,不冷不热地:"东方,你也不想想,你老弟那里能有好事吗?啊?我可告诉你啊,红峰商城的官司今天闹到省里来了,又是一场好戏呀!"

李东方愕然一惊:"咋又闹上了?这我怎么没听说?没人向我汇报呀!"

赵达功讥讽说:"李书记,那我向你老人家汇报吧,这事今天是我处理的!"便连刺加挖,把事情说了:红峰商城因承租引起的风波越闹越大了,今天上午竟然闹到省委来了,几百号人堵在省委门口三个多小时,有不少党员干部参加,带头的是红峰服装公司党总支书记兼经理沈小兰,造成了很不好的影响。

赵达功很生气,也不加掩饰:"……东方,你说说看,市里老出这种事,我在省里还呆得住吗?你别尽给我涂白鼻梁好不好?红峰商场官司市中院不是判了吗?还闹什么?不服判决可以按司法程序继续向省高院申诉,我决不允许再出现这种不顾影响的群访!带头闹事的那个沈小兰,你们市委市政府派人出面,好好和她谈一下,告诉她:再不听招呼,坚决开除党籍!"

李东方连连应着:"好,好,我明天就派人和她谈!"想了想,却又说,"不过,赵省长,这市中院也太不像话了,我做了三次批示,那么给他们打招呼,他们还是这么硬判了!就不能调解么?非要这样激化矛盾!"

赵达功口气转缓了一些:"经济纠纷嘛,能调解当然好,我也和中院说过这个意见。可就算依法判了,也不能这么闹嘛!"带着些许庆幸,又说,"东方啊,幸亏钟书记今天一早去了秀山,直到下午四点多才回来。钟书记要是在家,再让钟书记撞上这一出,对你,对峡江市的印象能好了?我这么多工作不又白做了?!"

李东方解释说:"赵省长,今天我也陪钟书记去了秀山,要是我在家……"

赵达功打断了李东方的话头:"行了,行了,东方,你别解释了,也别再往我这里添乱了,我把你扶上马,也只能送一程,不能老给你擦屁股!再和你说一遍,你那老好人不能继续当下去了!一定要记住:你现在是这个省会城市的一把手!"

李东方又是一连串的"是,是",眉头直皱。

说完了这事,赵达功才问:"听说了么?投资公司的田壮达抓回来了?"

李东方点点头:"听说了,我也是才听陈仲成汇报的。"说罢,禁不住对老领导发了句牢骚,"如果不是抓到了田壮达,这个陈仲成恐怕也不会向我汇报!"

赵达功显然清楚这牢骚里隐含的东西,安慰说:"东方,你不要想得太多,田壮达的事就是田壮达的事,与我们任何人都没有关系!对田壮达的任用,是组织考察,常委会集体研究决定的,谁想利用田壮达做我们文章都没那么容易!但你也不要太大意了,现在情况很复杂,说什么的都有,已经有点人心惶惶了。"

李东方带着一脸苦涩,发泄说:"是啊,是啊,三年不到,市投资公司就垮了两套班子,这问题究竟出在哪里?是驴不走,还是磨不转?!老领导,不瞒你说,一路往你这来时,我就想:当初我们不用这个田壮达该多好?这种看守钱柜子的岗位,最好用点老实本分的人,什么能人?我看太能干的人还真不能用!"

赵达功严肃地说:"东方,你在我这里发发牢骚可以,当真这样使用干部就不合适了,不用能人,局面怎么打开?用错了田壮达是一回事,用不用开拓型干部是另一回事!有开拓能力的干部我们还是要坚决用,不能因噎废食嘛!比如你一直很欣赏的贺家国,钟书记征求我的意见时,我就第一个表示赞同!东方啊,必须承认啊,我有一个失误,就是因为和家国的翁婿关系,没敢用这个人才呀!"

李东方没好气地说:"贺家国和田壮达是两回事,田壮达简直是政治流氓!"

赵达功切齿怒道:"这个政治流氓可把我们害苦喽!三亿港币呀,他就敢给你席卷一空!听说他在马来西亚十天就花了十八万!我看真该毙这混蛋十次八次了!"

李东方叹息道:"老领导,田壮达这一落网,我估计又要牵扯不少干部呀!"

赵达功情绪一下子变得很坏:"是呀,是呀,扯扯连连还不又是一大串!一个个还不都是在我们手里提上来的?我们就一天到晚抓人吧,啥也别干了,就唱着《国际歌》,枪毙'共产党'吧,看吧,把下岗工人的情绪煽动起来就更热闹了!"

李东方一怔,忙解释:"哦,赵省长,我……我可没这意思……"

赵达功也觉得过分了:"我这也是在你老伙计面前说点气话,你别较真。田壮达罪大恶极,这个案子影响恶劣,一定要从重从快,该杀就尽快杀掉!对一些在罪与非罪之间的干部,要设法保护一下,别再给我弄出许多团伙串案来!东方,你可要清醒啊,多抓腐败分子并不是你我的政绩啊,也不符合我们的政治利益嘛!"

李东方沉默了好半天才说:"赵省长,这一点,我……我明白。"

赵达功注意到,说这话时,李东方的眼神里流露出某种无奈和悲哀,便又说:"怎么了,老伙计?这阵子又碰到什么麻烦事了?你这情绪不太对头嘛!"

李东方愣了一下,摇摇头:"算喽,算喽,老领导,不说了,不给你添烦添堵了!现在我是被架到峡江这堆火上了,不百炼成钢,就粉身碎骨吧,反正我认了!"

赵达功想了想说:"东方,峡江的事你不说我也知道。你很难,可以说是处在上挤下压之中,日子不太好过。可日子难过还得过嘛,而且还得奔好处过,再难也得搞出点实实在在的政绩来,别让人以为你就是个只能当副手的老好人!你不是不清楚,直到现在大老板对你还是有保留的,在我们大老板眼里,你是个能摆正自己位置的好市长,并不是个能独当一面的一把手。所以时代大道要尽快上,要当做你们这届班子的政绩工程来抓,要搞得有点气派!钟书记和我任上都没干成的事你干成了,说明了什么?说明你李东方并不比谁差嘛!"

李东方道:"你也许不知道,大老板现在的心思全在秀山十八万人的移民上,已经警告过我了:民力不可使用过度,时代大道可以上,却不能把摊子铺大。"

赵达功说:"大老板抓移民,是不是也在抓自己的形象呀?是不是有他的政治利益呀?秀山地区的国家级贫困县一个,省级贫困县两个,抓好了还不都是他的大功劳?所以东方,你不要犯傻,时代大道该怎么干怎么干,就是要干第一流的!千万别把大老板的心胸想狭隘了,我揣摸大老板还是担心你的能力和魄力呀!"

李东方应了声"也许吧"没就这个问题深谈下去,又说,"还有国际工业园的污染问题,也真让我头痛,就因为是当年大老板抓起来的政绩工程,如今谁都不敢碰。要按我的想法,真不如早点关掉,也少给我惹麻烦。"

赵达功忙阻止:"哎,东方,这钉子你可别去碰,没任何好处嘛!国际工业园摆在那里固然有麻烦,可好处也还是不少的:百十亿的产值少不了,一块稳固的税源少不了,还养活了两三万人。咱们在这里说句不负责任的话:就算要碰这个硬钉子,你也让峡江下游的那些市委书记们去碰,让他们去找大老板要求关园!"

李东方哼了一声:"他们谁有这份骨气?谁敢找钟书记说这硬话?"

赵达功注视着李东方:"那你李东方有这个骨气,是不是?"

李东方摇了摇头:"我也没有,可说良心话,我惭愧,觉得对不起老百姓!"

赵达功连连叹气:"是啊,是啊,谁不惭愧呀?东方,不瞒你说,到省里工作之前,有一阵子北京想调我,我就动了个念头:这边接到调令,那边就下令关闭国际工业园,得罪大老板我也不怕了!"苦笑一声,摇摇头,"却没想到,我最后还是到了省里,还是得看大老板的脸色,所以我的惭愧就变成你的惭愧。怎么说呢?算我这老班长没尽到责任吧!"

这话说完,双方都沉默了。

压抑的气氛中透着一种不言而喻的无奈。

过了好半天,李东方才赔着小心问:"老领导,过去我一直想问,又没敢问:原来不是说让你做常务副省长,过渡一下做省长的么?怎么一直到现在还是管文教的副省长?你在峡江主持工作时不就是省委常委了么?这里面……"

赵达功微笑着打断了李东方的话头:"——这里面的内情谁知道呢?得问中组部,问咱大老板嘛。可你能问么?真那么想当官啊?副省级还嫌小啊?"继而,笑容收敛了,带着愤懑感慨起来,"这就是我们中国政治嘛,有些事你永远说不清道不明!等你想说清想道明时,你的政治前途已经被冷冻了!峡江污染了十五年,谁也不敢在省委书记面前提,省内市内所有报纸没发过一篇报道!可市投资公司田壮达这边一出事,明枪暗箭全来了,连大老板都说我们用人有问题!我们有什么问题?在哪个环节上错了?是没考察,还是没经市委常委会研究?我们大老板还就是敢说,而且是在省委常委会上说!你怎么办呢?你嘴小,人家嘴大嘛!"

李东方显然受了震动:"大老板已经在省委常委会上批评我们了?"

赵达功感到自己有些失态,没再说下去:"算了,这都是过去的事了!我也只是在你老伙计面前发发牢骚,出门是不认账的!"担心这牢骚发得过分,又说,"东方,你这同志可别误会,大老板总的来说对我们还是不错的,不是大老板,也没我们的今天嘛!再说了,国际工业园的账也不能都算到大老板一人头上,你我也都有责任嘛!我记得当时你是主管副市长,我是市委常委,我们都支持过的嘛!"

李东方纠正说:"当时我还不是副市长,只是政府秘书长兼开发办主任。"

赵达功也想了起来:"对,对,你看我这记性!"

李东方又说:"虽然我当时不是副市长,可这份责任我也推不了,像电镀公司、赛艇公司这几个垃圾企业还都是我引资引来的,一百年后这账我也不能赖……"

正说到这里,赵达功的年轻夫人刘璐璐回来了。

李东方趁机告辞:"好了,不说了!老领导,时候不早了,得打道回府了。"

刘璐璐带着一脸灿烂的笑说:"哎,李书记,你怎么一见我来就走啊!"

李东方说:"小嫂子啊,我不走你管饭呀?赵省长让我喝了一肚子水!"

赵达功这才知道李东方竟是饿着肚子和他谈了一个多小时的工作,忙道:"嘿,你这个老伙计也真是的,没吃晚饭怎么不早说?璐璐,快给李书记搞点吃的!"

李东方抬腿就往门外走:"别,我还是快回家吧,老婆子肯定等急了!"

8

老婆赵慧珠拿了美国的绿卡,死活不回国,贺家国这三年就成了快乐的单身汉,从来不做饭,不是吃请,就是请吃,还有一个保留节目:下方便面。中午代表峡江方面招待青湖市委吕书记,算是吃了国家的请,晚上本来想请吃,请徐小可到马克西姆吃顿西餐。徐小可不领情,调侃说,少爷市长啊,你就省着你的西餐吧,我们这些猪脑子正接待俄罗斯和乌克兰的国际友人呢,钱市长主持,我走不开也不敢走。无奈,贺家国只得上演保留节目,泡了碗康师傅算是用了晚餐。

吃过康师傅,看完《新闻联播》和《焦点访谈》,贺家国晃晃荡荡又跑到李东方家忧国忧民去了。赶到李家时,李东方还没回来。李家客厅里,只李东方的夫人艾红艳一人开着电视坐在沙发上打瞌睡,桌上烧好的饭菜看样子也凉透了。

这几个月贺家国常到李家来忧国忧民,和艾红艳熟得像一家人,说起话来也就没遮拦,进门就说:"嫂夫人,这几点了?你还等首长?快吃吧,首长还不知在哪里花天酒地呢！"

艾红艳说："贺老板，你以为我们东方也像你？整天花天酒地？！"

贺家国一屁股在沙发上坐下："嫂夫人啊，我提醒你多少次了？别再一口一个贺老板地叫了，影响不好！我这马上要当市长助理了，今天自说自话就上任了！"

艾红艳乐了："省里还真批下来了？这么说，你今儿个是来正式拍马屁的？"

贺家国拿起茶几上的报纸翻着，说："省里批没批我不知道，反正我今天已经开始为国分忧了，知道么？我差不多算是挽救了革命，挽救了党！"

艾红艳说："哎，小贺，你别光去挽救革命呀，也关心关心你嫂子嘛！"

贺家国笑了："嫂子，你还要我关心啊？市委书记关心你还不够？"

艾红艳抱怨说："他关心我什么？四年前我就腰脊劳损了，想让他帮我换个工作，他倒好，一直不放在心上！我这快五十的人了，能老在医院当护士么？"

贺家国说："嫂夫人，你太谦虚了，丢了个'长'，护士长。"

艾红艳一声叹息："别长了，越长越老，你当官后，帮我换个工作吧！"

贺家国认真了："嫂夫人，你别逗了，这首长办不了的事，我更办不了！"

艾红艳气道："你这同志，拍马屁都不会，你办了，他能说个啥？！"

贺家国愈发认真了："嫂夫人，开玩笑归开玩笑，你不想想，就算我想为你办，又有谁会听我的？再说了，李书记既然不同意，总有他的道理嘛……"

艾红艳不高兴了："好了，好了，这话算我没说！小贺，你这个人我也算是看透了，只要一沾官场，和东方手下的那帮跟屁虫没啥两样，除了吹，就是拍！"

贺家国见气氛有些僵，挥着手上的《峡江日报》，又开起了玩笑："嫂夫人，不是我吹，是咱报上老在吹呀，这吹牛形成大气候了——"拿腔捏调念起了报纸，"……一季度我市经济形势明显好转，工农业总产值和去年同期相比上升了二点九七个百分点。消费市场开始启动，和去年同期相比物价指数稳中有升……"

艾红艳没好气地道："别念了，别念了，还'稳中有升'——升个屁，这么多单位发不上工资,各个大商场里营业员比顾客还多,我看连活人都卖不动!"

贺家国手一摆:"谁说活人卖不动?峡江市五万黄色娘子军生意挺好嘛!"

艾红艳说:"你还没说贩卖人口呢?都是作孽,老百姓在公共汽车上都骂!"

贺家国笑了:"嫂夫人,这话你该对首长多说说嘛,让他保持清醒头脑!"

艾红艳眼皮一翻:"你以为我不说呀?该说的我当然要说,听不听是他的事。前天我还对东方说呢,你们这些官僚就这么一层层往上骗吧,骗得咱老百姓信心全无,你们上上下下的日子就更好过了……"

就说到这里,李东方回来了,进门就批评艾红艳说:"骗什么骗?谁在骗?你这同志整天尽胡说些什么呀?啊?一点也不注意影响!还嫌我不够烦啊?!"

贺家国忙打圆场:"嘿,首长,你发什么火呀,我们不过是对报上刚公布的经济增长数据发表了点看法嘛,怎么?光兴你们上面吹,就不兴我们下面评啊?"

李东方脸色好看了些:"可以给你们透露一下:报上发表的数据,还是我硬降下来的呢,下面报上来的增长率接近五个点,我大笔一挥消灭了两个点。"在餐桌前坐下后,叹起了气,"讲政绩嘛,吹牛能升官嘛,这一级级还不给你拼命吹!"

贺家国说:"好在你首长不糊涂,你要再做个加法,这增长率就更离谱了。"

李东方却不说这话题了,接过艾红艳盛好的饭,大口吃着,说:"家国,你来得正好,你不来我也要去找你:你明天就给我从华美国际投资公司撤出来,和公司脱离一切关系,准备一下,到市政府找钱市长报到去,省里的文已经下来了。"

贺家国说:"我知道,今天上午林之泉部长已经代表省委和我谈过话了。"继而又问,"首长,我还真去给钱市长当助理?追随这牛皮篓子大干快上?"

李东方敲了敲桌子:"贺家国,我提醒你:从今以后,你身份不同了,说话办事要注意了！什么牛皮篓子？这话传到钱市长那里，你这市长助理就别干了！"

贺家国也坐到了餐桌边："我还真不想跟钱市长干,是想跟你干。"

李东方说："哪里也没有市委书记助理这种位子,你就凑合点吧！"

贺家国正色道："首长,这话咱可得说清楚：要凑合,你别找我,我要干,就得动真格的,就得想法把峡江这盘死棋走活！你最清楚,如今峡江是什么状况。我看,整个一烂摊子,就一句话,叫积重难返！钟明仁当书记时拉下了国际工业园这堆屎,一直臭到今天；我那位岳父大人赵达功当书记时,又拉下了峡江新区一堆屎,套了三百个亿不说,还闹出了个公款卷逃的大案！据说这都叫什么政绩……"

李东方本来就烦乱的心,被搅得更加烦乱了,碗重重地一放："家国同志,你给我闭嘴吧！越说越不像话,你以为你是谁？！钟书记、赵省长在峡江干得怎么样,用不着你在这里说三道四,不客气地说,你贺家国现在还没有这个资格！"

贺家国不做声了——他确没有这个资格,峡江改革的历史可是人家写下的。

李东方也说到了峡江的改革历史,口气平静了一些："家国,你这是看人挑担不吃力呀！十五年前上国际工业园时谁有经验呀？谁知道污染会这么严重？别说我们内陆落后地区,就连沿海发达地区也犯过这种牺牲环境发展经济的错误嘛！搞新区也得历史地看,当时全国的房地产这么热,谁不想吸引资金？我们峡江能把三百亿吸引过来就很了不起,就是一个成功！至于后来的失控,又当别论了。"

贺家国心里不服,嘴上却在笑："这么说,咱峡江的改革形势一片大好喽,我那位岳父大人今天上午也这么开导我,你们真不愧是老搭档,这么不谋而合！"

李东方又吃起了饭："应该这样说,形势大好,问题不少！家国,你这个同志看问题不要偏激,就目前来说,不尽如人意的地方多得是,可这并不影响我们对改革开放成就的总体评价。你是在这个城市生,这个城市长的,我请你回忆一下,改革开放前,这座城市是什么样子？现在是什么样子？没有钟书记、赵省长和全市干部群众的不懈努力,能有今天吗？作为一个峡江人,你就不该有点感激之情吗？"

贺家国又慷慨激昂起来："李书记,你要我感激什么？时代在进步,中国在崛起,钟书记、赵省长,包括你李书记和将来我这个贺助理,不论为峡江的发展做了什么贡献,都是本分,都是应该的！我们不脚踏实地拼命干活,在老百姓面前好好表现,老百姓凭什么养活我们？总有一天要叫我们下台滚蛋！"

艾红艳坐在对过,用欣赏的目光看着贺家国："小贺这话说得一点不错！"

李东方摆了摆手："大话好说事难做,贺家国,请你先不要发表这些高尚的宣言,我倒要看你能干出什么名堂！别等到哪天,我和钱市长先把你骂滚蛋了！"

贺家国开玩笑道："首长,你别等以后让我滚蛋了,现在后悔还来得及！"

李东方说："我不会后悔,希望你也不要后悔,如果做了三年市长助理以后,你还能保持今天这种锐气,还能这么慷慨激昂,我一定好好奖励你,说话算数！"

吃过饭后,两人坐在沙发上喝着茶,像以往一样,正式开始"忧国忧民"。

贺家国对时代大道忧心忡忡,说："首长,有些话不知你听说了没有？现在大家都在传,说你这老好人到底熬上来了,做了咱峡江市一把手,还想着要做省委常委,很需要政绩,这正脱着裤子,准备拉第三摊屎呢,他们是指时代大道。"

李东方听得极不入耳,因为是对贺家国,不是对赵达功或者钱凡兴,喜怒也就不多加掩饰了："哎,我说,你这像一个市长助理和一个市委书记说话吗？谈时代大道就谈时代大道,什么脱裤子？什么拉屎？还省委常委？谁要做省委常委了！"

贺家国说："哎,这不是我说的,是下面的反映,你不说要听真话么！"

艾红艳正收拾着餐桌上的碗筷,也插上来说："东方,小贺说得不错,是有人这么说呢！比这难听的还有,骂你和钱市长只要脸面,不要屁股,根本不管老百姓的死活！煤炭局一个受伤住院的矿长和我说,别政绩没落着,再闹个官逼民反！"

李东方愕然一惊："这个矿长是不是党员干部？讲话怎么这么不负责

任啊!"

贺家国说:"李书记,这话是有点激烈,不过是不是也让人头脑清醒啊?"

艾红艳也说:"东方,你不要生气,我再和你说点在医院听到的事:知道不?今天又来新闻了,说是市投资公司田壮达从国外抓回来了,在峡江机场一下飞机就交代了,当初送给你这市长几十万,几百万,省委和中央已经发话抓人了!"

李东方心里恼怒,脸面上却没露出来,手一摊,苦笑着对贺家国道:"听到了吗?这就是我每天必须面对的现实,你以后恐怕也要经常面对的!按谣言的说法,我这几年起码被抓起来十次八次了!"拍了拍贺家国的肩头,以领导兼兄长的口吻说,"家国,你别怪我啰嗦,上任以后,一定要和西川大学以及原来的公司脱离关系,去都不要去,你要在这上面栽跟斗,谁也救不了你,首先我就得公事公办!"

贺家国说:"李书记,请你相信我的人品好了,我既答应来做市长助理了,就有充分的思想准备,不论工作上、道德上,都会经得住考验!从现在开始,不该说的话我不会说,不该做的事我也不会做,你将看到一个标准政府领导干部形象。"

李东方先是点头,后又摇起了头:"家国啊,有思想准备,严格要求自己,当然很好。不过我想看到的并不是一个标准政府干部的形象,这种计算机里出来的标准干部多得是,并不缺你这一个。我希望看到一个既有科学精神,又不拘一格,而且能在错综复杂的情况下做成事的干部!一个有奋斗精神、献身精神的干部!只要你讲原则,凭良心为老百姓办好事,就是出点格我和峡江市委也不会追究。"

贺家国乐了:"一言为定,首长,那你和峡江市委就大胆放权吧!"

李东方意味深长地看了贺家国一眼:"不过,你小伙子也学聪明点,别四处扯我的破旗,有些事也别弄到我面前来,更别逼市委表态,这意思你明白么?"

贺家国会意了,笑道:"我贺某何等聪明?这还不明白?惹出麻烦我担着,不让你一把手为难!必要时,你还可以挥泪斩马谡,借我的脑袋祭旗,以平官愤!"

李东方欣慰地笑了,眼睛中有泪光闪动:"那就好,那就好啊!家国,到了真要借你的脑袋以平官愤的时候,我也许会借的!你也别觉得委屈,该把我李东方填进去的时候,我也不会退缩!我早想好了!"

贺家国激动了,拍案而起:"李书记,你这话说得痛快!三年了,这是我从你嘴里听到的最对脾胃的话!李书记,你说怎么干吧?我听你安排!"

李东方下意识地应着"好,好",却不说话了,一副又累又乏的样子瘫坐在沙发上,两只手紧紧搅在一起,陷入了深深的思索之中,布满鱼尾纹的眼角湿湿的。

贺家国坐到李东方身边:"李书记,你怎么不说话了?是不是又犹豫了?"

李东方长长吁了口气,把紧紧搅在一起的手松开了,逼视着贺家国,心事重重地说了句:"家国呀,你想过没有?也许……也许我今天是把你推进了火坑!"

贺家国笑道:"李书记,你已经在火坑里了,我也该跳下去帮你一把嘛!"

李东方这才笑了笑,语气平和地交代说:"那好吧,家国!你上任后先到下面跑跑,我建议你从红峰商城和国际工业园入手。时代大道的新一轮论证,你也尽量抽时间参加,拿出实事求是的精神,给我猛轰几炮,别管他是谁!"

贺家国听得这话立即悟到:峡江这盘死棋可能已到了要有一批人押上身家性命的地步了!以这个平民出身的市委书记稳重和忍辱负重的秉性,不到万不得已是不会说这种话的,也决不会起用他这种猴性十足而又很不安分的干部。面对峡江这个金玉其外、败絮其内的烂摊子,李东方同志恐怕要不顾死活地拼一拼了。

一时间,一种悲壮感在贺家国心头油然而生……

9

贺家国终于到位了,对李东方来说,这是近来惟一一件值得欣慰的事。

李东方相信贺家国的人品和能力,就像贺家国了解他一样,他也非常了解贺家国。当年贺家国在市委研究室做研究员时,他经常带他下去跑,不是小伙子跟着赵慧珠出国留学,他就把他调来做自己的秘书了。此人身上没有什么官气和暮气,或许可以在这阴霾重重的日子给他带来一缕阳光。那么就让这年轻人带着这股锐气上阵吧,快刀乱麻,先狠砍它一气,且看各路诸侯上上下下作何反应。

贺家国说得不错,峡江这盘棋确实是要走死了,可造成这种局面的原因,小伙子也许并不知道。这决不像他指责的,只是某些历史决策的错误,某些庸吏的无能,而是有着更深刻更尖锐的原因。作为从沙洋农村一步一个台阶走到市委书记岗位上的李东方,他太清楚这其中无可言告的悲哀了。

是峡江的政权机器出问题了,也许是出大问题了!

火炭踩到脚下,他才知道痛了,是一种彻心透骨的痛,折磨灵魂的痛。这痛让你想大哭大叫,可你既不能哭,也不能叫。你的脚板被火炭烤着,皮肉发出了焦煳味,大汗淋漓,心在颤栗,你还得笑。什么火炭?哪有什么火炭?我们脚下的道路铺满了鲜花!焦煳味?哪来的焦煳味?那分明是鲜花的芳香。你靠坚强的神经遮掩过去了,再点几堆新火炭,带着一双烧得惨不忍睹的脚升上去了,下一位接着来吧,反正铁打的营盘流水的官。这样下去怎么得了,老百姓还有希望吗?

最初意识到这个问题是在半年前,也就是李东方成了峡江市一把手之后。

在此之前,不论是做分管副市长,还是做市长,李东方都从没怀疑过自己置身的这部权力机器,甚至可以说是三十年如一日,兢兢业业地做着这部机器的齿轮和螺丝钉。他遵守党的组织原则,和党领导下的各级权力机器同步运行,不知不觉中,被这部机器塑造着,也在某种程度上参与塑造了这部机器。不错,他是个老好人,从二十八岁在沙洋县当副县长时,老好人的名声就被叫出来了。二十八岁,一个多么令人自豪的年龄!应该是风风火火干点事,也闯点祸的年龄,他却稳稳当当,没闯啥祸,以少年老成赢得了领导的赏识和下属的尊重。不论谁做一把手,不论是在哪级班子里,他总能摆正自己的位置,不该表的态不表,从没和一把手闹过啥别扭。就算对一把手的决策不赞同,也不去争,最多在会下提点看法,一把手听不听就是一把手的事了。民主集中制嘛,集中的权力是人家一把手的。所以钟明仁在峡江当市委书记,批评某些人时就说过:"我希望大家都学学李东方,把自己的位置摆摆正,别以为离了你地球就要停止转动了,没这回事!"

钟明仁是峡江历史上最有威望,也最具开拓精神的市委书记,几乎是一言九鼎。他定下的事,不容任何人反对。一九八四年上峡江外环路时,条件相当困难,六个亿的预算,能搞到的资金满打满算不到两个亿。大老板想了几天,桌子一拍,"上他娘,当官不干事,回家抱孩子!基础设施,功在千秋,钱不够,大家凑,各县乡各部门各企业,都来给我做一回贡献!"下面有些干部不买账,软磨硬抗,拒绝贡献,有些干部还到省里反映。钟明仁火了,带着市委组织部长,拎着组织部的公章,一个单位一个单位跑,当场下文,一个星期免了四个处级干部,三个乡党委书记,还向全市党政干部做了情况通报。这一来,思想不通的也通了,外环路硬让钟明仁热火朝天干成了,峡江的交通状况发生了根本性改变。做了贡献的那些单位也没吃什么亏,外环路两旁群起的大厦既创造了峡江市改革开放的崭新历史形象,也给这些单位带来了可观的经济效益。

现在看来,这路真让钟明仁上对了,如果拖到今天上马,光拆迁一项估计就得增加五六个亿的资金,整条外环路没有十五到二十个亿根本拿不下来。

钟明仁干事业的魄力,给李东方留下了深刻印象。当时李东方不但没怀疑这气魄可能带来的深远而持久的副作用,还真诚地认为一把手就要这样当。等到钟明仁提出上国际工业园时,反对意见几乎听不到了,加上那时大家环保意识也普遍较差,国际工业园便顺利上马了,用钟明仁的话说,是三年迈了两大步。这后一步迈得可真不高明,在国外和港台地区无处扎根的一些污染企业,像台湾的电镀公司,像产生苯污染的国际赛艇制造公司,全过来了。事情搞到这一步也还不可怕,完全可以逐渐改正,一年关它几家造污企业,结构上做些调整,把些高新科技企业渐渐吸引过来。然而可怕的是,就因为是钟明仁抓的政绩工程,就因为钟明仁后来又做了省委书记,嗣后十五年,竟然没人敢正面提出这个污染的话题。下面的干部到底怕什么?不就是怕钟明仁的气魄吗?!这气魄说到底还是人治,人治在某种特殊条件下可以造福人民,像上外环路;可人治也会造灾造祸,像国际工业园。

赵达功的风格和钟明仁又不同了，满面笑容，很斯文的样子，他跟钟明仁当副手时，位置摆得也很正，只要是钟明仁拍板的事，赵达功落实起来不过夜。当上市委书记后，虽然还是满面笑容，还是那么斯文，骨子里却不比钟明仁弱。赵达功开口闭口就是民主集中制，可真正的民主哪里有啊！上新区，说上就上，大笔一挥，沙洋县三十平方公里范围就变成新区了。李东方当时想在外环线上搞点标志性工程，也把时代大道提上议事日程。赵达功不予考虑，半真不假地说，东方啊，过去你的位置一直摆得很正嘛，以后还是要摆正位置呀，虽然做了市长，你还是市委副书记嘛，有民主也要有集中嘛！李东方马上明白了，不管他怎么想，还是得按赵达功的意思来，除非他不想干这个市长，不愿和赵达功共事。后来才知道，赵达功不愿在外环路上继续做文章，是有私心的，是想甩开钟明仁，创造自己崭新的政绩。赵达功一集中，新区的地皮就大炒起来，全国三百亿资金蜂拥而至，有一阵子地价炒得比北京王府井和上海南京路还高。赵达功自认为是成功的，曾经十分得意，还写了一组歌颂新区的旧体诗词登在《新诗词》上。等到房地产泡沫消失，赵达功仍不改口，坚持认为这是一项符合人民利益的赫然政绩。

虽说是甩开了钟明仁标新立异，而且最终造成了被动局面，赵达功却逢会必谈钟明仁这位大老板，口口声声说，是大老板给峡江市留下了开创性的大好基础，也给广大峡江干部群众留下了宝贵的精神财富。对国际工业园，赵达功从来不提，就像没污染这回事似的，让李东方心里一直很别扭。今天和赵达功交心一谈才知道，赵达功也不是没良心，而是和他一样，被这部权力机器紧紧束缚住了。

当然，这部权力机器束缚了人，也造就了人。

正因为有了这种束缚，他才在赵达功手下摆正了位置，才有了和赵达功和睦融洽的工作关系，也才最终走上了峡江市委书记的领导岗位。李东方很楚，是赵达功向省委全体常委谈了三个小时，才促使钟明仁和省委做出了这个决定他政治命运的重大任免。在此之前，钟明仁对他独当一面的气魄和能力是有所怀疑的。

必须承认，当钟明仁和赵达功等省委领导集体和他谈话时，当他第一次以峡江市委书记的身份主持全市党政干部大会时，他的确有一种熬出了头的感觉，满脑袋都是从头收拾旧河山的宏伟蓝图。加上新来的市长钱凡兴热情很高,他还有什么可说的?当然要义不容辞地走上历史舞台演一出跨世纪的壮剧了!趁着中央开发西部的大好时机,把时代大道气气派派搞起来,让大老板钟明仁看看,他李东方是不是只能当副手?给了他一把手的位置,他比谁差了?!他起码不会弄个国际工业园,也不会弄个新区扔在那里!他的政绩将扎扎实实,经得起历史的考验!

权力的机器和历史惯性,差一点便把李东方塑造成了又一个钟明仁和赵达功。地位变了,心态总是不知不觉跟着变:当副手时总想一把手能多一点民主,少一点集中;如愿以偿当了一把手,就觉得手底下的民主太多了,无论如何得多一点集中。但凡听到不同意见心里就反感,就拿自己当年"摆正位置"的媳妇经历来说事,这不是一种典型的婆婆心态么?在这种心态驱使下的一把手能真正实行党内民主吗?能形成集体领导的局面吗?能不重蹈人治的覆辙吗?时代大道真这么不顾一切地上马了,谁也拦不了,可谁敢保证它不是又一个烂摊子?这半年来,大家对时代大道的议论太多了!更严重的是,根本没有上马的客观条件,财政几乎破产,国民经济一直在低谷徘徊,这么多企业发不上工资,近二十万人下岗,你还能黑着心上你的政绩工程吗?赵达功今天说得就更不像话了:什么"唱着《国际歌》,枪杀共产党",什么"多抓腐败分子不是你我的政绩,不符合我们的政治利益"讲政绩讲到了这种地步,简直是不顾后果了!这哪还是讲政绩?这是对人民,对历史的不负责任!田壮达一案的涉案腐败分子们听到一个省委领导这样讲话,只怕在梦中也要笑醒了。还有所谓的政治利益,也是很不像话的。你那份政治利益和国家利益、人民利益怎么比?总不能以牺牲国家和人民的利益为代价获得你的政治利益吧?

然而,阻止这一历史惯性,改变这部权力机器的运作常规却又不是件轻而易举的事,尽管他现在是一把手,尽管他今天是那么想改变这一切。可有些同志却不想改变,比如市长钱凡兴。钱凡兴是从部委局办这种条条里提上来的干部,从没在地市县这种块块上任过实职,自然渴望一番政绩,想以大干快上向省委证明他自己。半个月前就有风声传来了,说是省委担心他的魄力和能力,才派了个有魄力的市长来和他搭班子。

权力的磁场就这么形成了,所有铁屑都在向磁极运动,你怎么办?没有什么好办法。只能在顺应过程中慢慢改变它,在一定的时候设法掉转它的磁极。这工作艰巨复杂,是要付出代价的,要靠高明的领导艺术,靠政治智慧，靠坚韧不拔的毅力和斗志，甚至要靠某些一线同志的牺牲来完成。今天他已经和贺家国谈到了这个问题。这不仅仅是感慨，已经是一种迫在眉睫的使命了。

不到最后时刻，他决不轻言出击，到了最后时刻，他一定会搂枪开火。

这支枪也许就是贺家国，这个年轻人极少奴颜和媚骨，他相信，只要他代表老百姓的利益搂动扳机时，贺家国的枪膛一定会射出一连串良知和正义的子弹。

由贺家国，又想到了一件件具体的难题：他真这样干了，钱凡兴将作何反应呢？会不会指责他耍政治手腕？钟明仁和赵达功又会怎么想？真正实行党内民主，结局又将如何？这番党内民主是支持他实事求是的选择，还是支持钱凡兴大干快上的政绩纲领？如果事与愿违，未来的市委常委会上出现公开的对峙，他要不要行使一把手"集中"的权力？另外，逐步调整、整顿，为钟明仁、赵达功留下的两大政绩工程擦好屁股，这二位大人物能否正确理解呢？还有秀山移民、田壮达的案子、红峰商场的官司、二十万人下岗……越想事越多。

这时，已经是夜里两点多了，李东方吃了两次安眠药还是没法入睡。

李东方索性不睡了，悄悄从床上爬起来，摸黑走到阳台上抽烟。抽烟时，心里突然跳出一个吓人的念头：老领导赵达功今天怎么会说出"唱着《国际歌》，枪杀共产党"这种出格的话来？仅仅因为田壮达案子会影响他过去的政绩吗？这里面会不会有更深的玄机呢？他老兄和田壮达到底是什么关系啊？他当初提名田壮达出任市投资公司董事长兼总经理是不是有什么不可告人的个人目的呢？

真不敢想下去了！如果赵达功陷进去了，政法委书记兼公安局长陈仲成只怕也不会清白，陈仲成可是赵达功一手提拔起来的，直到现在仍然只认赵达功。

心里不由一惊，烟头烧了手都不知道。

夫人艾红艳来到了阳台上，默默地把一件外衣披到李东方身上。

李东方吹着被烟头烧痛了的手，对艾红艳说："别管我，你回去睡吧！"

艾红艳不走，偎依着李东方问："东方，这半夜三更的，又瞎想什么呀？"

李东方勉强笑了笑："没想什么，就是睡不着，静静心。"

艾红艳疼惜地说:"你这心能静下来么?峡江现在这种样子!"

李东方揽住艾红艳:"是啊,让人烦心的事真不少啊,火炭踩到我脚下,我总算知道疼喽!"仰望着星空,禁不住一声长叹,"大梦谁先觉?平生我自知啊!"

第三章 基层政治学

10

在《峡江日报》当记者的小舅子沈小阳要到太平镇采访，计夫顺就搭了沈小阳一次便车。车是桑塔纳2000，白色，八成新，挂着私车牌照。据沈小阳说，是一个叫李大头的企业家朋友前几天硬借给他的，想推都推不掉。

开着新得的白色桑塔纳行驶在峡江至太平镇的市县公路上，沈小阳自我感觉很好，车辘辘似的哼唱着《我们的生活充满阳光》，哼得计夫顺先是醋意频起，后是心烦意乱。心烦意乱也不能流露出来，小舅子不过是个报社记者，文痞，他计夫顺是什么人？太平镇党委书记，虽说是乡镇级却是一把手！尽管现在碰到了暂时困难，可在这牛皮哄哄的文痞面前，他一个基层政治家的尊严和矜持得保持住。

沈小阳放弃了关于阳光的那首赞歌之后，马上开吹，把自己生活中的阳光吹得一片灿烂，说是迄今为止，作为一个现代中国人应该拥有的东西，他全操作到手了。汽车、手机、电脑、银行发行的信用卡、储蓄卡，各商城、饭店赠送的优惠卡、折扣卡，可以说是用现代物质文明武装到了牙齿。

计夫顺根本不看这狗日的小舅子，目视着前方的道路，尽量矜持着问："小阳，这汽车的合法主人是你么？你那一大堆卡中到底有多少钱呀？有没有十万元呀？"

沈小阳咧嘴一笑："姐夫，你别不服！虽然这汽车的合法主人不是我，虽然我这一堆信用卡、储蓄卡里的钱取出来也没几万，可我对改革开放的这份深厚感情你还就是夺不走！我可是改革开放的受益者，不像你和我大姐，正忍受着改革的阵痛呢，连工资都发不出，一个比一个困难，尽让我为你们发愁！"

前沙洋县委组织部副科级组织员，现太平镇正科级党委书记计夫顺有点不高兴了:"小阳,你愁什么愁?我和你大姐再困难也是正经科级干部!我们一个基层乡镇一把手,一个市属国营企业的经理兼总支书记,哪个混得比你差了?!"

沈小阳瞥了计夫顺一眼:"计书记,你就别端了,你那倒贴钱的乡镇一把手白送给我我都不干!大姐你更别提,整个一大傻瓜!闹什么闹?十几年老党员了,在目前暂时困难时期不和省委、市委保持一致,硬领着红峰公司的群众和人家赵娟娟打官司——赵娟娟是什么人?她惹得起?前天还跑到省委群访去了,不要安定团结了?姐夫,你得劝劝我大姐,别让她犯政治错误!"

计夫顺没好气地道:"你大姐什么时候听过我的?想说你和她说去!"

沈小阳见计夫顺沉下了脸,真不高兴了,便换了话题:"哎,计书记,您老这上任也有一年多了吧?站稳脚了?也该把刘镇长和那帮政治小动物镇住了吧?"

计夫顺来了些兴趣,拍拍沈小阳的肩头,表情和口气得意而含蓄:"也不看看我是谁?镇上这帮土头土脑的小动物是我的对手么?!小阳,我告诉你:我是按既定方针办的,刚到任时,对啥都不表态,也不多说话,就看他们进行丑恶表演,等他们一个个表演够了,才一个个动手收拾他们……"

前面路口,一个骑自行车的人突然横穿马路。

计夫顺一声惊叫:"小阳,前面有人,注意点!"

沈小阳一打方向盘,桑塔纳几乎是擦着那个骑车人的身子驶了过去。

计夫顺吁了口气:"小阳,你看你这车开的,驾照又是操作来的吧?"

沈小阳漫不经心说:"哪里呀,正经考了试的。我让车管所老刘给我辅导,老刘就事先给了我一套标准答案,我是在他办公室考的。成绩还不错,九十八分,有一题是我故意抄错的,一百分就太不谦虚了,是不是?"

计夫顺笑骂道:"我就知道你小子的驾照来路不正!"

沈小阳却不说驾照了:"计书记,继续说你手下那帮小动物吧!"

计夫顺又得意起来:"目前已经收拾得差不多了,可以这么说:基本达到了政治局面的稳定,镇长刘全友一般不敢给我爹翅了,最多使点小坏。谁是太平镇的一把手,刘镇长和那帮小动物算是知道了,下一步呢,得好好抓一抓经济了。"

沈小阳乐了,兴奋地按了按喇叭:"对,对,经济得好好抓,就是抢,就是骗,也得把经济搞上去,经济是中心嘛!姐夫,我今天就是要采访你们肉兔养殖加工基地呢,陈兔子说,这个基地还是你在县委组织部时抓的点,是不是?"

计夫顺警觉了:"小阳,你小子究竟是去采访陈兔子,还是去抓兔子?"

沈小阳大大咧咧地说:"计书记,那就汇报一下,请你多支持:今天想采访你们场长陈兔子,也顺便给报社弄点兔肉发发,马上过节了,报社要搞点福利。"

计夫顺挺奇怪:"这春节过去才多久呀?怎么又过节了?什么节?"

沈小阳说:"三八妇女节嘛,还是国际性节日呢,你镇党委书记都不知道?"

计夫顺哭笑不得,又有点恼火:"你们报社过妇女节还搞福利发东西?我们连春节都过不起!你小子还有点良心么?我们太平镇的经济情况你不是不知道,财政早就破产了,我就这一个能赚点小钱的买卖,你还看到了眼里,我劝你免开尊口!"

沈小阳咂起了嘴:"计书记,你看你,吓成这样!我让你们无偿赞助了么?我这是去支持你们的经济建设,帮助你们促销!我把你们场长陈兔子一采访,影响该有多大?效果不比广告好?广告费我们不收,版面费也不让你们付,只要给我们一些广告样品就成,我都和陈兔子说好了,半吨兔肉两抵消⋯⋯"

计夫顺清楚自己小舅子搞操作的伎俩,打断沈小阳的话头道:"小阳,你少给我来这一套,这广告我们不做,半吨兔肉三四千元,能干不少事哩,你和谁说好也不行!我现在穷得像疯狗,见谁都想咬两口,你还想拔我的毛,不是做梦吗!"

沈小阳不认为是做梦,继续诱导:"计书记,我都想好了,把你也捎上一笔,或者主要采访你。这个肉兔养殖加工基地你在县委组织部就抓过,说明你一直注重经济啊,在我市乡镇企业经济普遍困难的情况下,我把你这么一吹乎,那政治影响该有多大?没准就把你给吹上去了,这值不值三四千?你老就掂量掂量吧!"

计夫顺有点动心了,钱却还是不愿掏:"小阳,那也好,刘镇长这阵子又有点蠢蠢欲动,你帮我吹吹,弄篇文章震震他最好。不过这半吨兔子肉呢,你们还是得拿钱买,等明年我把经济搞上去了,再还你们的人情,赞助个万儿八千都成!"

沈小阳不干:"计书记,咱们谁跟谁?你别把我也当你们的债主骗嘛!"

计夫顺眼珠一转,又说:"小阳,我让陈兔子先给你们打个欠条行不?欠你们报社赞助费一万元整,有钱再给……"

沈小阳嘴一咧:"计书记,我们总编能把你的欠条发给大家过三八节吗?真不知你怎么想的!你们不干就算了,不行,我就找点赞助钱来买你们的破兔子吧!"

计夫顺看着沈小阳,带着一线渺茫的希望问:"那——那这采访?"

沈小阳恶毒地道:"那还有什么可采访的?你看看你们这鬼地方,穷气直冒,谁够格上我们《峡江日报》?计书记,等你真把经济搞上去了,再来请我吧!"

计夫顺气得直骂:"沈小阳,怪不得你大姐说你从小就不是好东西!"

这时,手机响了,沈小阳打开一听,说是李大头手下的马崽小六子。那位小六子不知在电话里说了些什么,说了好半天,计夫顺也不知道是什么破事。通话时,沈小阳一只手把着方向盘,车又开得飞快,吓得计夫顺连叫减速。

车速减下来时,已到太平镇第一个十字路口了,距镇政府大院已不太远。沈小阳不往前开了,把车停了下来,硬让计夫顺下了车,自己掉转车头要往回开。

计夫顺火透了,堵住车头,指着车内的沈小阳道:"沈小阳,你这个嫌贫爱富的东西,今天的事你给我记住了!等哪天太平镇发起来了,我赞助联合国,赞助非洲难民,也不会赞助你们报社一分钱!"

沈小阳从车里伸出头:"姐夫,你叫什么叫?没见小六子来电话了么?你们今天就是白给我半吨兔肉,这采访也搞不成了,我得赶快回去捞人,我的那位哥儿们李大头昨夜嫖妓被城东公安分局抓了!"

计夫顺心头又浮起了希望:"那采访的事到底怎么说?"

沈小阳说:"再找机会吧,你给陈兔子打个招呼,就说今天对不起了!"

计夫顺觉得希望增大了:"小阳,你最好说定个时间,我也准备一下!"

沈小阳这时已把车启动了:"时间不好定,得看我有没有空!"

计夫顺气道:"到公安局捞嫖妓犯你就有空,干正事你他妈就没空!"

这最后一句话,沈小阳不知是真没听见,还是装没听见,一溜烟把车开走了。

计夫顺站在街口,一时间有些怅然若失。

恰在这时,家在镇上的镇长刘全友摇摇晃晃过来了,看样子是到镇政府上班。

该镇长果然蠢蠢欲动,迹象还很明显,和计夫顺打招呼时,似乎又忘记了谁是太平镇上的一把手,没尊一声"计书记",竟当街喊起了"老计",而且连喊两声!喊第一声时,计夫顺装作没听见,喊第二声时,声音很大,计夫顺只好照常笑眯眯地喊刘全友"刘镇",一副君子坦荡荡的样子,心里却不由得警惕起来。

和刘全友一路往镇政府大院走时,计夫顺心里不舒服,故意疏远刘全友,很随和地和见到的革命群众打招呼,步子迈得也快,让脚有些跛的刘全友跟不上趟,弄出些追求他的意思。刘全友既然是政治小动物,也就有点懂政治,也很随和地和革命群众打招呼,偶尔还开些不见天日的玩笑,和群众联系的似乎更紧密。

计夫顺一见这情形,就不联系群众了,就和刘全友谈工作,端着一把手的架子:"刘镇啊,听说你表了态,答应给农中教师每人发两袋面粉,有这事吗?"

刘全友说:"是的,有这事,老计,这事呢,我正说要和你通气哩!"

计夫顺含蓄地笑了笑:"你都答应了,还和我通什么气呀?刘镇,农中的老师找我闹了不止一次了,还停过几天课。我虽然很同情他们,因为没有钱,就没敢吐口。你既然答应了他们,想必还有点招数,是不是?我看就按你的意思办吧,要办呢,就办好一点,每人两袋面粉太少了嘛,我的意见是一人四袋吧!"

这么说时,计夫顺就想:刘全友,我得让你明白谁是一把手,谁说了算。你敢答应两袋,我就敢答应四袋,给我玩这种政治小花招,你小动物还嫩了点!

刘全友果然还嫩:"老计,我……我哪有啥招数?咱哪来这么多钱呀?"

计夫顺轻描淡写道:"你想办法去解决嘛!能借就借点,好不好啊?"

刘全友知道麻烦了,苦起了脸:"老计,咱太平镇可是穷名在外,你倒说说看,在整个峡江市范围内,咱还能借到钱么？谁敢借给咱呀？！"

计夫顺说:"事在人为嘛,刘镇,你思想上一定要清楚:对教育的重视不能光挂在嘴上说,关键是要解决问题！农中的教师一年多没发工资了,让人家怎么活呀？想想我就睡不着觉！刘镇,这事就交给你去办了！"

刘全友使坏的阴谋破产后,似乎又有点明白谁是一把手了,只得应付:"好,也好,计书记,你既有这个指示呢,那……那我就试试吧！"

明明办不到的事,刘全友竟敢答应试试看,不知这小动物又打什么歪主意。

这时,已到了镇政府大门口,即将分手了,刘全友又像刚想起了什么似的,惊惊咋咋说:"哦,对了,计书记,还有个事得和你说说:县公安局又找我们了,后山几个村的村民至今没办身份证,怎么做工作都不行,还说咱这是乱收费呢。"

计夫顺说:"什么乱收费？照相片,办证,当然得交钱,全国一样嘛,又不是咱定的。"

刘全友说:"村民们说了,他们又不走京上府,连县城都不大去,根本用不着身份证,还有些上岁数的老年人说了,日本人那阵子办良民证,他们都没办过。"

计夫顺不知是计,不耐烦地说:"那就随他们去吧！"说罢,要走。

刘全友一把拉住计夫顺:"老计,人家公安局不答应呀！你看这么着行不行:就免费给村民们办证吧,等他们到镇上照相办证时,咱们再管一顿萝卜烧肉……"

计夫顺这才嗅到了另一股阴谋的气味,而且又在要命的钱上,没听完就火了:"给他们免费照相办证,再管一顿萝卜烧肉？这笔钱又从哪来呀？刘镇,你别将我的军了,我看你就把我洗洗填到大锅里去当肉烧吧,萝卜你找钱去买！"

刘全友直搓手:"老计,你别发急,这是河东乡的经验嘛,县公安局说的。"

计夫顺叫道:"河东乡有钱,咱有钱吗？咱的经济叫泡沫经济,懂不懂！？"

刘全友看着计夫顺,逼问道:"那你一把手说怎么办吧？"

计夫顺想都没想,立即抬脚射门:"好办,你镇长亲自抓,让公安派出所开着警车去,看他们谁敢不来办证!谁再敢不来就给我捆来,出了事我替你担着!"

说完,再不多看刘全友一眼,抬腿上了自己三楼办公室,正经一把手的气派。

刚到三楼,一帮离休老干部便将计夫顺团团围住了,个个都叫"计书记",高一声,低一声的,却不是什么好叫唤。语调显示,这帮老同志来者不善。为首的一个独臂老头儿,是原副镇长王卫国,镇上有名的老革命。这位老革命叫得最是欢快,经验证明也最难对付,曾让计夫顺受过挫折。计夫顺不由得暗暗叫苦,自知这一天又没有什么好日子可过了,一把手的气派顿时消失得无了踪影……

11

沈小阳驾车赶到金石煤炭公司时,小六子正在公司门口焦急地等着,额头上蒙着一层汗。见了沈小阳,小六子就像见了救星,没等车停稳,就跌跌撞撞扑过来,拉开车门往车里钻,要沈小阳直接去城东公安分局拘留所捞老板李大头。沈小阳觉得不便直接去分局拘留所——虽然拘留所也有两个朋友,可这两个朋友不够铁,这种放人的事也办不了,便下了车,到金石煤炭公司办公室给自己熟悉的王局长打了个电话。本想按以往办这种事的策略,先云天雾地地一通胡扯,然后再谈捞人。不料,王局长正在市局开会"打拐",沈小阳尚未正式开侃,王局长已不耐烦了,要沈小阳赶快说正事。

沈小阳只好说正事:"……王局,你们怎么又把李大头给提溜走了?"

"哪个李大头?"王局长很茫然。

"就是金石煤炭公司的李金石嘛!"

王局长知道是怎么回事了:"哦,是那个嫖妓惯犯呀!你又来捞他了?小阳,你别说我不给你面子,这次我得公事公办,妈的,这狗东西是屡教不改!这是第三次了,下面的意见是劳教两年,给他狗东西一点教训,让他长长记性!"

沈小阳知道问题严重了:"王局,能不能罚款呀?再给大头一次机会吧!"

王局长回答得很干脆:"不行,对这种人再罚款了事,下面会有意见的,我这局长也不好当了!小阳,就这样吧,我马上得进会场了,市局在布置打拐。"

沈小阳又发现了机会:"对了,我们报社领导也要我们报道打拐典型呢!城西分局白局长说了,关于打拐的进展情况将及时和我们通报,还要我去采访……"

王局长的口气马上变了:"小阳,你可是我们城东分局的业余宣传部长啊,这立场可要站稳啊!再说,我们在全国统一布置之前,就有过解救妇女儿童的成功经验和典型案例,你也来采访过的!"王局长仍像以往一样聪明,没要沈小阳再主动说起李大头的事,"至于那个李金石呢,我再给你最后一次面子,不过,罚五千不行了,我对下面不好开口,稍微多罚点,罚八千放人,你看好不好?"

沈小阳这才松了口气:"好,好,八千就八千吧,反正大头有钱!王局,你快用电话指示一下吧!我现在就带着大头的马崽和八千块钱去接人!"

王局长应着:"好,好,你也带个话给李大头,叫他狗东西以后注意点,再被我们城东分局抓到,一定送他去劳动教养,这没什么好谈的了!"

原以为事情就这样解决了,上午就能把李大头捞出来恢复自由。不料,拘留所的人不买账,说是王局长没来过罚款放人的电话。找那两个在拘留所工作的熟悉的朋友帮忙,熟悉的朋友都没当班。再打王局长的电话,王局长却关了机。赶到市局去找,打拐会又散了,整整四五个小时,王局长在峡江失踪了。更可恶的是,分局拘留所的公安不把沈大记者当回事,不但不赐座,连屋里都不让呆,害得沈小阳和小六子罚了几个小时的站。到得沈小阳和小六子几乎丧失信心了,王局长的电话据说终于来了,嫖妓惯犯李大头这才交了罚款,恢复了自由。

沈小阳这时再打王局长的电话,王局长的电话又通了,说是他的电话指示早就发布下去了,可下面的同志意见大呀,非要多教训一会儿李大头不可。沈小阳心里明白,这也不光是教训李大头,顺便也教训教训他,叫他知道,进去的人并不是这么好捞的,让他以后捞人时注意这个活生生的事实。嘴上却不好说什么,再次谢了王局长,用李大头的车拉着李大头直接去了一家名叫老兄弟的小酒楼。

李大头是昨夜十一点多钟进去的,早饭中饭都没吃,饿得像只狼,落座后先要了只过油蹄髈,张牙舞爪,放肆地撕嚼了一通,才把油腻腻的手往洁白的桌布上一抹,向沈小阳诉起了苦:"沈大笔,如今这公安也他妈的太黑了!过去都是罚五千,今儿一下子就涨到了八千,涨得也太猛了点,比我的炭价涨得快多了!"

小六子忙道:"李总,你可别嫌冤,今天不是沈大记者,你得劳教两年!"

李大头吓了一跳:"还他妈真有这事?我以为他们吓唬我哩!沈大笔,你知道我的,我是西城区私营企业家协会副会长,税利大户,还是精神文明先进单位!"

沈小阳说:"大头,你还好意思说精神文明?现在得说说我的事了!我本来说好到太平镇抓兔子的,都到太平镇和陈兔子场长谈上了,小六子来了电话,害得我赞助半吨兔肉的事全屁了,让我怎么向报社领导交代啊?后天就是三八节!"

李大头不接关乎赞助的话头,继续谈精神文明:"沈大笔,我这一进一出的,政治影响肯定不好,区私企协会的那帮小王八蛋们又得造我的谣言!你看,你能不能在你们报纸'光彩人物'栏里帮我宣传一下?宣传我的金石公司也成!"

沈小阳觉得李大头脸皮实在太厚,也不接他的话茬儿,进一步暗示说:"领导要问我怎么没把这半吨兔肉赞助回来,我咋说?大头,你不会看着我栽面子吧?"

李大头这才不得不正视了:"哥哥我怎么能让你沈大笔栽面子?半吨兔肉不就几千块钱么?多大的事呀?我办了!让小六子去办!权当又被公安罚了一次!"

沈小阳道了谢,这才关切地说:"大头,王局可是让我带话给你:再被他们城东公安分局抓住,可一定要劳教了,你老哥小心点,千万管好自己的鸡巴!"

李大头严肃地点点头:"沈大笔,你放心,就是你不说,也没有下一次了!"

沈小阳心中暗自高兴:"这就对了,你买卖越做越大,总要注意影响嘛。"

李大头嘴一咧:"我不去城东去城西,城西各宾馆的小鸡也不少!来喝酒!"

沈小阳哭笑不得,举了举杯:"就你这样的宝贝还想上我们的光彩人物?"

李大头把酒杯往桌上一蹾,牛劲上来了:"老子有钱,当然是光彩人物了!说吧,沈大笔,我得给你多少钱才能爬到你们报纸上光彩一回?"

沈小阳脸上挂不住了:"你就是出一百万,这光彩人物也不会让你上!"

李大头一把搂住沈小阳的脖子,嘴里的酒气热气直往沈小阳脸上扑:"好你个沈大笔,哥哥给你面子,你不给哥哥面子?就看着哥哥被人家诬陷攻击?不够意思了吧?哥哥为你弄个小职务出的力少了?这光彩不光彩的,你给我凭良心办吧!"

沈小阳支吾道:"大头,你一个生意人,要那么些名誉干啥?!"

李大头说:"生意人才得有个好名声嘛,没有好名声,谁敢和我做生意?!"

沈小阳骤然想起自己正操作着的一本《峡江改革风云人物谱》,反正那是没人看的广告书,把这无耻之徒收进去也未尝不可,便很知心地说:"大头,光彩人物你就别想了,那个版面不归我管,我的小职务还没提上去,没那个影响力,你干脆上我主编的《峡江改革风云人物谱》吧,千字千元,很合算的。"

李大头见多识广,不上这个当:"你少给我来这一套,当我不知道啊,你编的那些破书,还不都是从印刷厂直接就进了废品收购站!你小子捞好处肥透了吧?"

沈小阳脸一红:"你不干就算,喝酒,喝酒。"

喝到后来,李大头装起了呆,半吨兔肉的钱不认了,说是从没答应这事。沈小阳让坐在一旁的小六子作证。小六子看看沈小阳,又看看自己老板,推说自己光顾喝酒了,没注意他们都说了些什么。

沈小阳气了,拍案而起:"好,好,李大头,你这个嫖妓惯犯,我算服了你了!你狗东西只对妓女有感情,让你为国际妇女节作点贡献,你看你这副嘴脸!"

李大头笑嘻嘻地讥讽说:"沈大笔,你对妇女有感情?蒙谁也别蒙哥哥我呀,你那点小算盘哥哥我能不清楚?还不是为那个没谋到手的小职务么?我告诉你,就算是这回兔子钱我赞助了,你还是提不上去,信不信?不信咱打赌!"

沈小阳心被戳痛了,沉默了一下,呐呐道:"总是快了,我们田总说的。"

李大头还算够朋友:"好,好,那看在你今天捞我的份儿上,我就赞助你们报社最后一次,再爬不上去,你就别怪我了。"继而又说,"兄弟,哥哥的为人你知道,朋友的事没得说,哥哥刚换了新车,旧车就让你开了吧?为你那小职务,哥哥也没少给你们报社弄猪头、猪脚爪吧?公家的事,你以后千万别再找我了,最好找别的冤大头!反正哥哥我是对得起你了,你说是不是?"

沈小阳想想也是,李大头算对得起自己了,对不起自己的恰恰是报社那帮混账领导们,年年提干部,年年没他的戏,还尽骗他为报社搞福利。

情绪不好,酒不知不觉就喝多了,喝得头昏脑涨,出门就蹲在街边呕吐起来。

吐罢,却不愿回家休息,硬缠着李大头,要跟到金石煤炭公司去拿支票。

李大头直感慨:"这样的好同志都提不起来,《峡江日报》真没希望了!"

沈小阳便晕晕乎乎说:"大头,你……你要当我们报社领导就……就好了。"

李大头也喝昏了头,酒气伴着牛气直冲云霄:"沈大笔,你瞧着好了,等我以后发大了,就把你们《峡江日报》买下来,给你小官迷弄个总编社长当当!"

12

计夫顺被包围了整整一上午。以独臂老革命王卫国为首的二十三个离休干部堵住前门后门,没让计夫顺离开办公楼一步。计夫顺没吃早饭,饿得心慌便一杯杯喝水,喝多了就一次次上厕所。每次上厕所都被这些白发苍苍的老同志前拥后呼保卫着,连跨越走廊栏杆跳楼自杀的可能都没有。做过志愿军警卫连长的王卫国说,他当年在朝鲜战场上警卫他们军长时也没像今天警卫计夫顺这么尽心。

这种时候,计夫顺就不想当一把手了,恨不得自己是个清洁工,他一再要老同志们去找镇长刘全友解决困难。老同志们偏不去,说刘全友是二把手,他们的困难非一把手解决不可。这困难还不小:到上个星期为止,镇上欠沙洋县人民医院医药费已经十二万了,不见白花花的银子,人家再也不给这些享受公费医疗的老同志看病发药了。老同志们拿医院没办法,就逼一把手计夫顺想辙找银子。

计夫顺惟有不断苦笑,惟有一次次打电话,几乎找遍了所有可能有银子的地方,却没借到一分钱。借不到钱,二十三个老同志就服不上药。这些老同志岁数都大了,全是药罐子,说倒下不知哪一会儿,断了药怎么得了?老同志们着急,计夫顺也着急,是真着急,万一有个老同志倒在他办公室,他没法交代。给一个个单位打电话时,鼻涕眼泪都快下来了,恨不得喊人家爹。然而所有的回答都是一个意思:没钱,没钱,再说还是没钱。其实人家谁不知道?这钱借给你太平镇,就是肉包子打狗,过去不是没借过,借钱时说得都挺好听,还钱比登天还难!

想想也是好笑,夫妻双双都当着峡江市党的基层领导,都拿不到一分钱工资,还都忙活得不得了。老婆沈小兰对工作极端负责,忙着红峰商城的倒霉官司,带着手下的群众专门围堵领导;他正相反,也对工作极端负责,却天天被人家围堵。大前天是泉河村的一百多号农民,为肉兔收购的事;前天是镇农中七十多名教师,为拖欠工资,吃不上饭的事;今天是二十三个老干部,医药费的事又冒出来了,就没有哪一天的日子是好过的。回到家,有时躺在床上还谈这些事。沈小兰从他被堵的遭遇中学到了不少堵人的经验,他从沈小兰那里领悟了不少对付围堵的聪明才智。真是一帮一,一对红。真是虚心使人进步。现在,他进步多了,再不是刚从县委组织部下来的那阵子了,心里不论怎么恼怒也不会发火骂人了。对付围堵的办法看来惟有耐心,主席当年说过,"世界上怕就怕'认真'二字",根据现在形势的发展,得改改了,"世界上怕就怕'耐心'二字",只要有耐心,一般来说,就没有泡不软的事。

眼见着快泡到十二点了,该到河塘村蹭中饭了,二十三个老同志却还没有要走的意思,镇长刘全友又不来救驾,他也只有自寻出路了。经过一上午的实践检验证明,比耐心他是比不过老同志们了,再比下去,中饭就没处吃了。只好拿出绝招了:以个人的名义,请县人民医院先记账。县人民医院的张院长是他在县委组织部当组织员时考察过的一位干部,他个人的面子,张院长或许会给一点的。

于是,在二十三双眼睛的注视下,计夫顺再次给县人民医院挂通了电话:"张院长吗?算我个人求你了,以前欠的十二万是太平镇政府的账,现在是我个人欠你的账。你从今天开始恢复我镇二十三位老同志的药品发放,账记在我头上,我负责还!你不放心,我可以给你立字据:我的工资你们可以每月派人来领!"

张院长说:"计书记,你又涮我了,是不是?你这一年多拿到过工资吗?!"

计夫顺愣都没打:"对,对,我是没拿到工资,所以请你先借给我三千至五千元,完全是咱们朋友之间的经济来往,我写欠条,你今天先给我发药好不好?"

张院长说:"计书记,真是你个人的事我没话说,可这不是你个人的事!"

计夫顺只好再度哀求起来:"张院长,他们可都是离休干部啊,都是为党和国家做过贡献的,有些老同志身上还带着枪伤,胳膊都打掉了一只,你我年轻人看着他们遭难,于心何忍啊!同志,讲点革命的良心吧!"

张院长不为所动:"计书记,这话你别和我说,最好找市委、县委说,或者找市医药公司说。我从市医药公司进药得付钱,你说的这些话不能当钱使。"

计夫顺真火了:"好,好,张之平,你给我听着:马上给我恢复供药,我计夫顺今天就是去抢银行,也会在你下班之前先送五千块钱给你!"说罢摔下了电话。

老同志们知道计夫顺不会去抢银行,一个个盯着他,看他从哪里变出钱来。

计夫顺没变出钱,挥挥手说:"老同志们,你们到医院去吧,就这样吧!"

警卫过军长的前副镇长王卫国说:"计书记,什么就这样吧?你又没把五千块钱给人家医院送去,人家就会恢复发药了?又蒙我们老同志了吧？"

计夫顺苦着脸说："我不是要去抢银行吗？老镇长，你也跟我一起去抢？"

王卫国说："我不跟你去抢，可也得看到你把五千块钱抢到手呀！"

计夫顺说了实话："老镇长，你们请回吧，我一定会让人在下午把五千块钱送到医院，至于钱从哪来的，你们就别知道了，知道了不好，我真是犯法！"

王卫国和那帮老同志们迟迟疑疑走了，走到门口，又有人停住脚步问："我说计书记，你不是骗我们老头子吧？你可是咱镇上的一把手啊，说话得算数！"

计夫顺拍着胸脯道："放心吧！说话算数，我计夫顺什么时候骗过人？！"

然而，看着老同志们一一下了楼，计夫顺又犹豫了：是不是就骗老同志一次呢？这些老同志都是老病号，平时能不备点常用药？拖一拖问题不大吧？真能拖十天半月，也许就能从哪里骗点小钱来了。转念想想，又否决了，不行，现如今一个个精得像猴，他骗人家，人家还想骗他哩！他今天对老同志们不兑现，以后日子会更难过。

这才打了个电话给计划生育办公室吴主任，要她和镇长刘全友上来一下。

吴主任上来了，镇长刘全友却没上来。吴主任说，刘全友上班没多久就叫车去了县里，也不知去干啥。计夫顺心里"咯噔"一下，预感不太好：一到这种要违法乱纪的紧要关头，该镇长就没了影子！却也不好等了，一把手么，权力大，责任也就大，该定的只好定了。

吴主任的办公室在楼下，看到计夫顺吃了一上午包围，很清楚计夫顺找她干什么，一坐下就说："计书记，我那里真没钱了，超生罚款上个月就用完了。"

计夫顺说："这个月不是又让你放宽点么？河塘村不又超了三个么？"

吴主任发牢骚说："别提了，计书记，河塘村放宽了三个不错，一个是河塘村自己偷放的，罚款交给村委会了，我们去了三次也没抓到人，河塘村也不承认。"

计夫顺气道："真他妈的无法无天！它村委会有什么权力放？基本国

策都不顾了?! 你们再去堵,只要抓到那个超生妇女,咱就一票否决,对他们村委会主任老聂和支书老甘严肃处理。"又问,"那两个我们镇上放宽的呢? 也没交钱么?"

吴主任说:"一人两万,全主动交了,可这四万块钱我都没焐热,就被刘镇长借走了。计书记,你还不知道呀? 昨天刘镇长的车在峡江市里正开着,就被人家债主刘总的马崽拦下来扣了,不先给点钱,车就开不回来了,一台车十几万哩!"

计夫顺马上想到了许多与阴谋有关的问题,不悦地说:"怎么搞的? 上个月刘镇长的车不是赎过一次么? 这咋又是四万呢? 不会挪作它用吧?"

吴主任直叹气:"那次扣车是给咱盖政府办公楼的白总,咱欠的是建筑款,六百七十万,都欠了四年了。这次是刘总,咱欠人家的装潢款也是两百多万……"

计夫顺恼火地批评说:"刘镇这个人就是成事不足,败事有余,一下子就浪费了四万块! 这个同志一贯不把我的指示当回事! 我早就让他换私车牌照了嘛!"

吴主任说:"计书记,刘镇长对你的指示一般还是听的,他的车还就是挂着私车牌照被扣的哩,要不是挂私车牌照,四万都赎不回来! 刘总放车时就说了……"

计夫顺不愿再听下去了:"好了,好了,吴主任,不论怎么说,你今天都得给我弄五千块钱送到县人民医院去! 你给我好好想想,看哪个村还有想超生的? 要有就去和人家商量一下,先罚点上来,哪怕先罚一部分呢,算他们买指标了。"

吴主任汇报说:"白河村有两户想生,就是嫌价高,一户提出一万五,一户提出一万八,我没敢吐口。再说,他们一个是三胎,一个是四胎,我也怕出事。"

计夫顺想了想,心一狠:"别管这么多了,就让他们生吧,先把一万八的定下来,拿了钱直接去医院! 哦,对了,你别把一万八都给医院了,只给五千,欠的那十二万还是欠着,人不死账不赖。这笔钱专款专用,就给老干部吃药,催得急了就给点。"

吴主任连连应着走了,走到门口,又说了句:"计书记,见了河塘村老甘和老聂,你也亲自过问一下,处理不处理他们我管不着,得让他们把超生费吐出来!"

计夫顺没好气地说:"捉奸捉双,捉贼捉赃,你快给我把证据拿出来!"

吴主任走后,计夫顺也叫上司机,到河塘村去蹭饭了。

自己清楚是蹭饭,人家也知道是蹭饭,可嘴上得说是"检查工作"。

车出了气派非凡的镇政府大门,十分钟就到了河塘村。村支书老甘和村委会主任老聂已在等着了,一副恭敬的样子。计夫顺一见他们就想到那个被偷嘴吃掉的超生指标——那可是钱啊,起码一万五,总能应付一两件急事,哪怕给农中的教师买点粮食呢!因此气就不打一处来,心想,等抓住证据,老子饶不了你们。

现在没证据,计夫顺也不好说什么,只敲山震虎道:"甘书记、聂主任,我可告诉你们:别聪明反被聪明误,搬起石头砸自己的脚呀!脚疼可就要后悔了!"

聂主任胆小,一听这话就怕了:"计书记,您……您是指啥说的?"

计夫顺盯着聂主任,目光犀利:"如果老鼠偷油,我怎么处理呀?"

甘书记当了二十年村支书了,是有名的老油条,胆大,嬉皮笑脸说:"嘿,计书记,这还用问?老鼠偷油你处理猫嘛!猫干什么去了?"

计夫顺一怔:"处理猫?你们作怪,处理我是不是?老甘,真反了你了!"

甘书记仍是不怕:"计书记,不说了,各有各的难处,各有各的活法,咱就理解万岁吧!真逮着我偷油,你肯定饶不了我,我说啥也没用;逮不着呢,你气也没辙!走,走,走,吃饭去,一边吃,我们一边汇报!"

喝着县产名酒"一块八"——此酒一元八角钱一瓶因此得名,听着老甘号称"汇报"的牢骚怪话,计夫顺情绪十分低落:这穷地方的乡镇一把手真他妈没法干,再干下去,没准哪天就得到纪委报到。都是国家干部,活法还就有天壤之别。早几年在县委组织部,那过的什么日子?下面的干部们哪个见了不恭恭敬敬?什么时候喝过这种"一块八"呀?现在过的又是什么日子?知法犯法,不犯还不行。就是为了自己别再违纪犯法,也得厚着脸皮操作一下了,看看能调到哪个好一点的乡镇去不?县里某个局也成,只要是一把手。

心情不好,这酒喝得就无趣,计夫顺真想借着酒意好好发泄一通,可看看桌上就两个小动物——而且是已经偷了油的小动物,觉得发泄对象不对,便把许多已涌到嘴边的话又伴着"一块八"咽了回去。

一瓶酒很快见了底,甘书记又上了一瓶:"计书记,下面怎么喝?"

计夫顺沉着脸,摆摆手:"喝什么喝?一瓶够了,上饭,上饭!"

正要吃饭,文书小段气喘吁吁跑来了,见了计夫顺便说:"计书记,快走,快走,钱市长、花县长突然来了,带了四五台车,一大帮人,都阴着脸,也不知有什么大事!"

计夫顺事先并没接到市里县里的通知,不知道市长钱凡兴和副县长花建设来干什么,抓起一只热馍,在嘴里咬着,起身就走。临走前,看看老甘,又看看老聂,顺手来了一枪,满脸沉重地诈道:"老甘,老聂,你们就给我好好造吧!啊?继续造!看看,连市长、县长都被你们惊动了,什么叫基本国策,什么叫一票否决,你们马上就会知道的!我看你们的花招还能玩下去吧!"

这下子,老甘和老聂都害怕了。

老聂没等计夫顺的话落音,便急急忙忙坦白道:"计书记,我……我们错了,错大发了!那……那一万六的超生罚款我们退,今……今天就退!"

老甘也苦着脸讨饶说:"计书记,您就原谅我们这一回吧!我们这也不是故意的,我们发现五槐他媳妇超生时,她娃儿已经生下了。我们一想,咱河塘村是多年计划生育的先进单位,就犯了一回弄虚作假的错误……"

计夫顺没想到,这一诈竟意外地诈出了一万六,心里兴奋着,脸上却点滴不露,似乎一切早就在自己的掌握之中,学着电影《列宁在一九一八》里的捷尔任斯基,严厉地盯着老甘道:"甘同生,你这是犯了弄虚作假的错误,你还是计划生育的先进单位?看着我的眼睛!你们是他妈的屡屡犯法!甘同生,你现在不硬了吧?不要处理猫了吧?马上把那一万六给我交到吴主任那去,你们给我听候组织处理!"

说罢,带着一身酒气,大口小口地咬着热馍,很昂然地走了。

车往镇上开时,计夫顺心里就盘算开了:意外的收获了一万六,有些该办的事就得办了。免费办身份证,再管一顿萝卜烧肉属明显的阴谋,不予考虑。农中七十多名教师每家发四袋面粉,可以考虑了。虽说这事也有刘全友使的小坏,教师们的困难是客观存在的,聊解一下无米之炊吧!

四七二十八,就是二百八十袋左右,一万五就下去了。余下一千得办两件事:看望离休的老镇委书记,癌症啊,没几天活头了,得体现一下组织关怀,奔几百花吧!那几百赶快去买几面国旗,政府和几个学校的国旗风吹雨淋,早就褪色了,上次花建设副县长看到就批评了,你说你太平镇办公楼这么气派,却连买面国旗的钱都没有,谁信啊,再说,国家现在可是制定了《国旗法》哩!

  车到镇政府,一个馍也吃光了。在车里整了整衣领,对着倒车镜检查了自己脸上的表情,努力驱散了脸上的阴沉,装出些昂扬的笑容。办公条件这么好,前任镇党委书记、现任副县长花建设的政绩这么大,你敢不昂扬?!在镇政府院里很昂扬地下了车,却发现院里空空荡荡,市长和那些人呀车呀都无了踪影。

  计夫顺问在家的吴主任:"钱市长人呢?下去了?"

  吴主任笑了:"哪里呀,计书记,钱市长是偶然路过咱太平镇,被一泡尿憋急了,到咱院里上了趟厕所,灌了瓶开水就走了。"

  计夫顺带着满脸期望问:"吴主任,钱市长有什么具体指示么?"

  吴主任想了想:"哦,对了,有指示,钱市长夸咱政府大楼建得气派!"

  计夫顺的昂扬瞬即消失:"姓花的不建这么气派的楼,咱也不会穷成这样!"

  吴主任一怔,手向楼上指了指:"哎,计书记,你小声点,花县长现在就在楼上,又带了兄弟市县一帮客人来参观了!"

  计夫顺这才想起了副县长花建设,甩了吴主任,急急忙忙往楼上跑。

13

  沙洋县建委主任带着参观的人们到镇上看镇容去了,副县长花建设就忙中偷闲,在计夫顺的办公室里亲切接见了计夫顺。坐在自己曾经坐过的大办公桌前,花建设情绪很好,满面笑容地看着计夫顺,侃侃而谈:"老计啊,参观的同志对咱们的反映很好哩,都说乡镇一级办公场所的硬件设施能达到太平镇这水平的,不但峡江,全省也没几家!让他们到镇上走一走看一看,相信反映一定会更好!"花建设在装潢豪华的办公室里四处打量着,挺真诚地发出了感叹,"在这里工作了六年啊,感情真是割舍不开呀！这六年，我主要就是打基础，现在大好基础给你们打下了，下一步就看你们怎么施展才能，创造政绩了！"

计夫顺拼命振作精神，重新昂扬起来："是的，是的，花县长，我们一定努力！"

花建设想着自己在太平镇打下的大好基础，有些兴奋，用指节敲着桌子："不但要努力，还要进一步解放思想！一定要抓住历史机遇，在经济上迅速起飞！"

计夫顺忍不住道："花县长，咱……咱镇上欠债都……都一个多亿了！"

花建设手一挥，很有气魄地教训说："一个多亿算什么？你老计弄十个亿，一百个亿欠着，那才叫有本事！"停顿了一下，面孔严肃起来，"老计呀，我怎么听说这阵子你老和全友他们说泡沫经济呀？不负责任嘛！老计，我告诉你：这不叫泡沫经济，叫负债经营，叫借鸡生蛋，你这个同志懂不懂经济呀？！"

计夫顺咕囔道："花县长，你知道的，咱峡江现在可正闹鸡瘟哩！"

花建设承认说："不错，峡江经济情况目前不太理想，碰到了点暂时困难。你们呢？眼光就放远一些嘛，可以在全省全国，乃至全球寻找资金嘛！要知道，我们国家总的改革形势还是好的，今年入关比较有把握，只要我们国家入了关，参加了WTO，那就全球经济一体化了。"说到这里，又兴奋了，不像个副县长，倒像是联合国秘书长，"全球经济一体化必须考虑了！老计，雀巢咖啡没少喝吧？知道雀巢的总部在哪里么？在瑞士的一个小镇上！这个小镇未必就比我们太平镇大，可雀巢公司以咖啡为龙头的食品工业却遍布全球各地！所以你这个一把手头脑要清醒，要解放，谁瘟了，你老计都不能瘟！兵熊熊一个，将熊熊一窝，你一把手都没信心，太平镇的经济起飞还有什么希望？！"

计夫顺苦着脸说："花县长，你能让县里先给点钱就好了，现在困难不少呢！"

花建设指点着计夫顺，批评道："老计，你这个同志呀，就是这点不好，见我就谈钱！县里哪来的钱？我们又不开银行！就算县里开银行，我是银行行长，也不能乱开支票嘛！镇上的暂时困难我也知道，没困难还要你这个一把手干什么？！"

就说到这里,镇长刘全友一头大汗跑来了:"老书记,你咋突然来了?!"

花建设把目光转向刘全友:"你说呢?全友,你就做梦娶媳妇,往好处想吧!"

刘全友看看花建设,又看看计夫顺,干笑着,没敢贸然开口。

花建设脸一拉:"全友,我这次是专为你来的,调你到县上去享福哩!"

刘全友一怔,上当了:"花县长,这……这我的事,县上还真研究了!"

花建设哼了一声:"你想得美!太平镇的班子建立才一年多,你当镇长的就想溜?什么意思?是我这个老领导对不起你?还是组织上对不起你?你给我说!"

刘全友忙道:"花县长,你看你说的,你给我们留下了这么个大好基础,怎么会对不起我呢?我……我还能往哪溜呀?老领导,你可千万别误会……"

花建设不悦地说:"我没误会,所以今天才来警告你:全友啊,你就别低三下四往县上跑了,也别四处给领导同志送土特产了,人家不稀罕!那个县财政局副局长呢,我劝你也不要去当!知道他们白局长外号叫什么吗?白老虎!手下三个副局长个个都在活动,想要调走,你倒好,还往虎口里主动跳!"

计夫顺这才知道刘全友竟想调走,不由得警觉起来,暗想,这个政治小动物是被我老计斗败了,狼狈逃窜,还是想换片林子谋求自己独自起飞?便也笑道:"刘镇啊,你这同志是不是对我一把手有意见啊?"

刘全友又急忙解释:"计书记,哪能啊!我对你没有意见,只有敬重哩!你说说看,自从咱们搭班子,一年多了,咱们红过一次脸么?咱们太平镇班子的团结在沙洋县那是人所共知的!计书记,真没你的事,我只是想换换环境!"

花建设继续批评,一点也不给刘全友留面子:"全友,不是我又训你,你这个同志啊,就是这山望着那山高,大事干不了,小事还不愿干!你真得好好向老计学学,组织上把你放在哪里,就铆在哪里发光发热,不能总打自己的小算盘!今天当着老计的面,我把话撂在这里:你真想到财政局做这个副局长,我不拦你,不过,以后碰到了麻烦你也别找我!何去何从,全友,你斟酌吧!"

刘全友一下子泄了气,结结巴巴表示说:"花县长,我……我是你提起来的人,鞍前马后跟……跟了你五六年,能……能不听你老领导的?我……我哪里也不去了,就……就在咱太平镇发光发热了!"

花建设脸上浮起了笑意:"这就对了嘛,全友!太平镇的基础这么好,投资环境这么好,我又带着你们助跑了几年,一定要尽快腾飞起飞啊,你们任重道远啊。"

刘全友像是振奋了:"花县长,你放心,太平镇一定会在我们手上飞起来的!"

花建设欣慰地点点头,话题突然一转:"这个月,你们又没发工资吧?"

计夫顺这才插上来,抱怨说:"我从上任到今天就没拿到过一分钱工资!"

花建设想了想,说:"老计,发不上工资的乡镇长也不是你们两个,这样吧,你们两人马上给县财政局打个报告,先借两万,把今年的工资补上,我批一下!"

这简直是天上掉馅饼,刘全友激动得有点变了态,兔子似的满屋窜着,找笔找纸去打那份借资报告,一边写,还一边不断向花建设道谢,说花建设到底是太平镇出去的老领导,对太平镇的干部就是关心。

计夫顺脑子却高速运转起来,有了得寸进尺的念头,恳切地看着花建设,请求道:"你老领导既关心我们了,就把这关心的范围扩大点好不好?花县长,你看能不能把副镇级干部的工资一起解决掉呢?反正人也不算多!"

花建设随口问:"这副镇级干部有几个?"

计夫顺信口胡说道:"就二十八个嘛!"

花建设怔了下,指点着计夫顺的额头,笑了:"老计啊老计,你别绕我了!当我这么官僚啊?你太平镇连离退休干部加在一起也没有二十八,根据我掌握的情况,在职副镇级干部也就是十二个嘛!十二个人,每个人一年的工资按八千估,又是十万,我可真批不了,我目前批款权限只有两万。"

计夫顺哀求说:"花县长,你就多批两次嘛!"

花建设手一摊:"你以为白老虎是吃素的,那么好骗?还有个总额限制嘛!"

这时,县建委主任带着参观的客人回到了镇政府大院,大院里一片闹哄哄的。

花建设要走了,临走,又就经济起飞问题谆谆告诫了计夫顺和刘全友一番。刘全友因着意外获得的那块馅饼,对老领导花建设有了崭新的信仰,出门时,追着花建设的屁股不断表态,说是对太平镇经济的起飞与腾飞,他是既有决心,又有信心。

送走花建设和参观的客人,计夫顺冲着刘全友粲然一笑,捉弄刘全友说:"刘镇啊,今天可是我到太平镇上任以来最幸福的一天啊!"

刘全友应道:"那是,咱两个一把手的工资解决了,能不幸福么?!"

两个一把手?一把手怎么会有两个?!这小动物,又要参翅了!计夫顺眼皮一翻:"刘镇,这花县长刚批评过你,要你不要打自己的小算盘,你怎么又打起了自己的小算盘了?我说的幸福,是指太平镇的经济起飞!你这么有决心,有信心,我就得看着你老兄飞了——当然了,作为一把手,我一定全力做好保驾护航工作!"

刘全友脸一红:"计书记,你别刺我了!你镇党委书记光保驾护航?"说罢,仍固执地打着自己的小算盘,感慨说,"我两个孩子的学费这下子算解决了!"

计夫顺极其残忍地掐灭了刘全友心头的希望:"怎么?刘镇,这两万块钱你想独吞?就不给那十二个副镇级分点?咱们就是一块铁也打不了多少钉嘛,你腾飞起飞靠谁呀?还不是靠他们?不给他们都分点,人家会给你卖命?你还想飞?"

刘全友知道计夫顺这话没说错,怔了好半天,无奈地道:"倒也是,你拿个章法吧!"

计夫顺想了想:"刘镇,我看这样吧:咱们一人拿两千,剩下的一万六呢,十二个副书记、副镇长平均分,每人是一千三百三十三块三毛三。"说到这里,还没等刘全友表态,叹了口气,又自我否决了,"我看,这种困难时候还是不要搞特殊化了吧!副镇级也一人两千吧!不够的部分让陈兔子先掏点!"

刘全友黯然道:"计书记,那就这样定吧!"摇摇头,又说,"这一来,我那两个孩子的学费又不知该到哪里弄去了!一年一个,两个大学生啊,学费还都那么高,这日子让我怎么过呀?!"说着,眼圈竟有些红,用手背揉了揉。

计夫顺心中不禁泛起同情的潮水,脱口道:"全友,要不你这次就拿三千吧,我少拿一千算了!"

刘全友没想过占计夫顺的便宜,忙推辞:"那咋行?你的日子也不比我好过!"

计夫顺愈发大方了:"刘镇,我的日子总比你好过一些。我老爹是离休的老干部,老婆孩子能跟他蹭,也用不着什么钱,你就别跟我客气了!我们谁跟谁?一个班子的好同志嘛,我又是一把手,能看你二把手犯难么?!"

刘全友便也没再推辞,和计夫顺握了握手,很是用了些力。计夫顺于那有力的一握中,感到了刘全友传达过来的一种同志加兄弟的真诚,便觉得自己虽然在经济上蒙受了暂时的损失,却在政治上获得了又一次主动和成功。

当晚回到家里,计夫顺颇为得意地和老婆沈小兰说起这经济上的暂时损失和政治上的主动成功,不料,话还没说完,沈小兰就鼻子不是鼻子,眼不是眼地讥讽道:"计书记,你看看你这点出息,一天到晚说人家是政治小动物,你算什么大动物?鸡肠狗肚的,还斗得那么起劲,烦不烦呀?别给我吹了!"

计夫顺见沈小兰态度如此生硬,就知道老婆这一天肯定也不顺心,便道:"沈经理,你吃枪药了?说话那么冲!是不是又碰到什么麻烦了?你说!"

沈小兰不说自己碰到的麻烦事,却说起了那一千元的经济损失:"计夫顺,这倒贴钱的政治,我劝你少玩,你玩不起!你以为你是谁?是大款?你都不如我家小阳,人家小鸡似的,能四处扒拉点杂食,你呢?看看你那破皮鞋,还能穿出门吗?"

计夫顺这才有了点后悔:倒也是,毕竟是一千块啊!嘴上却不认账,叫道:"沈小兰,就兴你公而忘私,一天到晚带着手下人四处群访,就不兴我帮帮班子里的同志么?我这破皮鞋怎么了?怎么就穿不出门了?我是农村乡镇干部,西装革履,皮鞋锃亮,还怎么和农民群众打成一片?就是买了双新皮鞋,我也得弄旧了穿,你这个人啊,真是不懂政治!"

第四章　新官上任

14

沈小阳把金石煤炭公司的四千元支票送到太平镇,肉兔养殖加工基地的陈兔子就赶在三八妇女节早上把半吨甲级兔肉送到了报社。沈小阳破例一大早赶到报社,和后勤的同志一起搞分配。想着报社的人事问题又要讨论了,便把报社领导的六箱兔肉全装到了自己桑塔纳的后车厢里,打算送货上门时顺便做做工作,争取这次小职务能真正到位。不料,偏在这时,办公室主任来了,要把领导们的兔肉都领走。沈小阳心里不乐意,嘴上也不好说什么,只得把已装到后车厢的兔肉再往下搬。

这时已快到八点了,报社领导和同志们的上班高峰到了。两个副总编和几个部主任看到沈小阳又在忙福利,便走过来表扬了一番,鼓励沈小阳再接再厉。

政法部主任老张比较可恶,没注意到这微薄的福利,倒注意到了沈小阳的那台桑塔纳,冲着车看了一会儿,压低声音问:"小沈,你这车不会是从哪偷来的赃物吧?昨天公安局的治安通报会上说,咱市发现了不少赃车哩!"

沈小阳四处张望了一下,也做出一副挺神秘的样子说:"老张,也许还真让你说准了——人家三千块钱就愿转让给我,我也觉得挺蹊跷……"

正说着,主管版面的副总编田华北推着破自行车过来了,见沈小阳守着兔肉在忙活,表扬说:"小阳,你这同志还真行啊,到底在节前把兔子赞助来了,嗬,还甲级的哩!不错,不错!"又问,"不是说你姐夫老计不愿赞助么?"

沈小阳说:"计夫顺的毛是拔不动,我找了李大头,让大头花钱买的。"

田华北想了起来,悄声问:"小阳,怎么听说李大头又进去了一次?"

这当儿,福利已分得差不多了,沈小阳扛起田华北和自己应得的两箱兔肉,和田华北一起上了楼,边走边压着嗓门说:"田总编,你消息还蛮灵通的嘛!李大头这回麻烦可不小,差点儿劳教两年,我捞起来费了老鼻子劲儿。"

田华北笑问:"于是,你又趁机讹了人家半吨兔肉钱?"

沈小阳说:"你知道的,这又到了关键时刻,大头总要给我帮点小忙的!"

田华北清楚这关键时刻的含意,转而问:"今晚有什么安排?"

沈小阳反问道:"田总编,你参加哪边?李大头这边有一场,在福满楼,酬谢哥们儿弟兄。城东分局王局长也去,还有礼品,我让大头办的。峡江宾馆还有一场,我请客,有人替我买单,没什么礼品,让人买单,再让人准备礼品不太好。"

田华北立即选择了有礼品的福满楼,还解释了一下:"目前全国都在进行打拐专项斗争,咱们看看情况,是不是能为城东分局搞点打拐的系列报道!"

沈小阳正想着要为王局长帮这忙,见田华北主动说起了,便顺水推舟道:"对,对,田总编,你太会掌握舆论导向了!这报道就我来写吧,我知道,他们的事迹很不错呢,都救出二十多个被拐卖的妇女了,还有一个西川大学的在校女生!"

到了田华北办公室,沈小阳把两箱兔肉放下,想歇一歇,把自己的一箱扛走。

田华北不知是误会了,还是又想占小便宜,看了看两箱甲级兔肉说:"小阳,你怎么这么客气?把你的一箱又送我了?!不好意思,真不好意思!"

沈小阳只得再次放弃了自己应得的一份福利,脸上笑得自然,嘴上说得慷慨:"田总编,你看你,和我客气啥呀?咱们谁跟谁?自己人!"

田华北便做出一副"自己人"的样子,招招手,把沈小阳叫到了面前,长臂往沈小阳肩上一搭,神神秘秘地问:"小阳,你怎么把赵总编得罪了?"

沈小阳一头雾水,有点迷糊:"不可能吧?田总编,你是知道我的,别看我在外面闹得欢,只要进了咱报社院门,整个一林妹妹呀,不敢多说一句话,不敢多走一步路,见了哪个总编不恭恭敬敬的?除了和你老领导随便点!"

田华北把门关上,声音变得更加细小了,像在泄露党和国家的重要机密:"那赵总编怎么这么反对提你呀?我那么替你说话都不行!昨晚开完人事会后,气得我吃了两片安定都没睡着!"

沈小阳大为惊讶:"田总编,你们研究人事的会开过了?我事先咋没听到一点风声,你看看,连做点工作都来不及了!情况怎么样?我这小职务还有希望么?"

田华北说:"事先我也没听到风声,是临时动议的,这次虽然黄了,希望么,不但有还很大!你还年轻,又是党员,提肯定要提的。在这次会上,我是摆下脸和赵总他们说了:一定要把你摆在后备干部的头一名,大家也同意了,还要我做做你的思想工作。"

沈小阳气了:"田总编,这话你三年前就说了!"

田华北和气地说:"所以说快了嘛,政法部副主任老王还有一年退二线,这也是会上定了的,你就耐着性子再等等吧,小媳妇上轿十八年都等过来了,哪在乎这十天八天?小阳,我可把招呼打在前面:千万别闹情绪,要经得起组织的考验啊!"

沈小阳却公然闹起了情绪,拉着脸说:"算了,算了,田总编,你们也别考验我了,这回我肯定是经不起考验了,公而忘私这种话你别给我再说了,从此以后,我就奔着私而忘公的道上前进了!"说罢,把两篇关系稿塞给了田华北。

田华北只看了看标题,就皱起了眉头:"小阳,怎么又是饭店开业?"

沈小阳绷着脸:"一篇是饭店开业,另一篇不是,是娱乐中心剪彩!"

田华北有些为难:"尽发这些关系稿,咱《峡江日报》干脆改《峡江关系报》算了。"

沈小阳发泄说:"这我不反对,只要你们老总们都同意!我看与其登李东方、钱凡兴这些市领导的长篇讲话,还不如多发点关系稿呢,反正都没人看!"

田华北说:"我们记者既要讲职业道德,更要讲政治,讲良知。你记住了,我们《峡江日报》是峡江市委机关的党报,别他妈一天到晚忙关系忙昏了头!"

沈小阳反唇相讥:"我讲职业道德,讲良知,把这些年峡江污染情况集中报道一下,再把红峰商城的事彻底抖一抖,你们哪个审稿领导敢签发?

田总编,你只要说能发,我今天就去国际工业园和红峰商城采访,保证给你们来个惊心动魄!"

田华北被堵得无话可说了,看了看手上的两篇稿子:"小阳,这样吧,娱乐中心剪彩这条删成一百字以内的简讯,大发饭店开业那条,就发一句话新闻吧。"

沈小阳叫了起来:"你这心也太黑了吧?大发饭店只发一句话新闻,日后桑塔纳的汽油发票谁给报销?田总编,你现在把话说清楚:我借来的这台车,你到底用不用?是不是以后赶场吃饭,我小记者开车去,你大总编骑破自行车去?"

田华北立即妥协了:"好吧,好吧,大发饭店也压缩到一百字以内发吧!"

就在这时,女记者小糊涂敲门进来了:"哟,你们又在策划什么阴谋?"

田华北恰巧背对着办公室的门,便装作没看见小糊涂,且迅雷不及掩耳地换了话题,一副严肃的嘴脸:"——小阳,你对工作的积极态度是可取的,这段时间的成绩大家也都看得到,我就不多说了。不过,在团结同志这方面呢,你还要进一步努力。"回转身,像是才发现小糊涂,"——哦,小胡啊,有什么事?"

小糊涂可不像她的绰号,一点也不糊涂,眨着一双细眯眯的小眼睛,怪委屈地问:"田总编,我……我这月的钱怎么少了二十块?问财务财务也说不清楚。"

田华北有些不悦地说:"那就问我了?我管得了这么多么?!我看你还是去问你自己吧!你胡记者这个月发了多少稿啊?在报社能看到你的丽姿芳影吗?也不知道你一天到晚都忙些啥!你看看人家沈小阳,月月超额完成发稿任务,还帮咱报社搞了不少福利!又是猪头,又是猪脚爪,今天又是甲级兔子!"

小糊涂噘起了嘴:"就是少了二十块钱嘛,有两篇简讯算到了小阳头上了!"

沈小阳忽然想了起来:上个月他操作过于频繁,实在忙不过来了,让小糊涂帮着写过两篇关系稿,用他的名字发的,财务肯定把二十元稿费算到了他头上了,忙对小糊涂说:"可能财务真搞错了,这二十块钱我给你!"想到自己现在还没提上去,还得继续团结群众,遂又热情地问,"小胡,晚上有安排么?"

小糊涂摇头说:"没安排,沈主任,你哪里又有饭局?"

沈小阳见小糊涂喊自己沈主任,心头的火又被挑起了:"小糊涂,你是不是真糊涂了?你什么时候提拔我当主任了?故意在田总编面前涮我呀?!"

小糊涂挺真诚地说:"不是涮你,小阳,大家都说你早该提了。"

沈小阳愈发气愤难抑,便故意把话说给田华北听,刺激田华北的敏感神经:"大家都说该提有什么用?现在谁还把群众的意见当回事?!峡江市的广大群众都说咱田总编能当市委宣传部长,进常委班子,李东方书记让他进了么?!"

田华北吓白了脸:"小阳,你胡说什么?你以为我也像你,天天想提拔!"

在顶头上司田华北面前放肆地发泄了一通,沈小阳又楼上楼下跑了一圈,故意带着失落的情绪追着其他社领导请示工作,吓得那些领导一个个直躲。沈小阳的诡计因此得逞,心想,十天半月内,内心有愧的领导们是不敢和他照面了,他正可趁机操作自己的事情,于是一溜烟下了楼,蹿进桑塔纳里,开车就走。情绪就算闹上了,那些精神文明计划生育这会那会的报道,让小糊涂他们干去吧。

过细一想,这阵子私而忘公的事还真不少。政治骗子田华北既然主动提出要给城东公安分局上打拐系列报道,王局长那里的操作力度就得加大了。王局长做了三年分局局长了,一心想再进一步,就是缺政绩,他得好好搞搞这个系列。不能再让他们的那个宣传干事写了,那小子喝酒可以,文笔不行,他沈大笔这回得亲自动一回大笔了。田华北也是愚蠢,为了吃顿饭拿点小礼品,就主动安排上系列报道,简直是卖报求荣,这狗屁总编都不知道其中的操作余地有多大。

开着车一路往城东分局去,沈小阳想,可以考虑把下岗的二姐沈小梅安排到城东分局去做合同民警,再把刘经理小姨子的农转非解决一下。只是一下子就安排两件事,会不会让王局长感到不公平?算了,只谈刘经理小姨子一件事!二姐还是别干公安了,公安的形象并不好,就让她先到刘经理的粮食公司当会计吧。那么,刘经理的赞助还要不要了呢?那本《峡江改革风云人物谱》还缺两万块印刷费一万块书号费呢!这问题端的有点磨人:三万块等于二姐五六年的工资了,挺不上算,看来思路还得拓宽,得把关系网好好梳理一下,给二姐另做安排。这才想到了雪白面粉公司的张经理,去年他出面请刘经理帮过张经理一次忙,张经理也该还还情了!就把二姐先安排到雪白面粉公司去过渡一下吧,还是当会计。

这一来,从系列报道开头的一连串操作就很清楚了:城东公安分局王局长欠他的情,得给刘经理的小姨子解决农转非;刘经理欠他的情,得掏三万块公款赞助他那本改革风云;张经理不但欠刘经理的情,也算变相欠他的情,得给二姐安排个会计。挺完满的一个系列工程嘛,李大头这狗东西不闹嫖妓这一出,这么多好项目还不一定都上马呢!

二姐就算委屈她了,暂时从事一下雪白的事业吧!大姐沈小兰也得安排了,再不安排肯定得出大事!先从红峰服装公司弄出来再说。大姐是服装公司总支书记兼经理,正经国营企业科级干部,先挂到国际工业园刘总的星光电镀公司去吧,星光电镀公司虽说是个造污企业,效益倒还不错,也缺个管内勤的副总。那么刘总的事就得办了。刘总五十九岁,快到终点站了,一心想为自己树碑立传,去年就提出要在《峡江日报》上弄一个版或者半个版谈谈经验——你造污的企业,说关你不知哪一会儿,你还谈谈经验——刘总偏要谈!为了大姐不闹出动乱,也只好让他谈了。角度得掌握好,时机也得选准,得找一次峡江被污染的契机,谈谈他们星光电镀公司怎么严格执行环保法规的。这阵子峡江又被污染了,契机说来就来了,让刘总赶快谈起来吧!得和他说清楚,半版三万的赞助是一分不能少的……

这时,车开到了上海路口,离城东公安分局只有不到三十米了,偏偏遇上了红灯。沈小阳一踩刹车,稳稳地将坐骑停在了斑马线这边的边缘上,心里不免一阵小小的得意,瞧瞧,什么水平?谁敢说兄弟我这驾照是操作来的!

不料,前面红灯变了绿灯,变了好久了,熄了火的车却发动不起来了。

一时间,后面堵起了一大串车,喇叭震天,响成一片。

站在路口的黑脸交警过来了,上去就给沈小阳来了个立正敬礼。

沈小阳见那黑脸交警这么文明,慌忙把手举过头顶,算是还礼。

黑脸交警礼毕,脸一拉:"我日你妈,你这车还能开走吗?!"

沈小阳脸上的笑僵住了,想还交警一句脏话,没敢,只说:"就好,就好!"

红灯绿灯交替着亮过三个回合,沈小阳的车终于在一声怒吼之后启动了。

把车开进城东公安分局院内停下,便在三楼局长办公室见到了局长王国易。

王国易正和调来不久的年轻政委谈着什么,见了沈小阳,怔了一下,笑道:"老弟,又来捞谁呀?"没等沈小阳应声,又对年轻政委介绍说,"秦政委,我来介绍一下,这位是《峡江日报》大记者沈小阳,也算是咱们分局的业余宣传部长!"

秦政委忙和沈小阳握手:"沈记者,幸会,幸会,以后还请多帮我们宣传!"

沈小阳和秦政委握着手,应付着,却对王国易道:"王局,我怎么一来就是捞人?咋就不把我往好处想呢?我这宣传部长又上任了,准备给你们上打拐系列报道,帮你们重点宣传一下。正好秦政委也在,咱们是不是先商量商量?看看怎么操作?"

王国易眼睛一亮,高兴地说:"好,好,太好了,小阳,难得你这么雷厉风行!"

却不料,三人正要坐下来商量系列报道的事,沈小阳的呼机突然响了,两行汉字赫然出现在呼机上:"沈小阳,有重要采访任务,请速回电话!田华北。"

沈小阳极不情愿地给田华北回了个电话,开口就是一通抱怨,因为正在"闹情绪",又是在人家公安分局,他的口气格外地大了起来,田总编就不是田总编了:"……行了,行了,老田,报社那些哥们儿姐们儿都死绝了?有什么了不得的重要采访非要我去?老田,我告诉你,我正采访城东公安分局王局长和秦政委呢!"

田华北在电话里说:"小阳,你别给我叫,这回不是我给你派的活,是贺家国亲自点了你的名,要你跟他去采访!你立即给我去市政府,找贺市长报到!"

沈小阳再也没想到,新官上任的市长助理贺家国会这么够意思,会点名让自己跟他跑,心里十二分的得意,可当着王国易和秦政委的面,却故意做秀说:"老田,你别拿市长压我好不好?就算钱市长、贺市长都点名让我去采访,也得看我有没有空啊?我这边走不开!"

田华北那边叫了起来:"小阳,你别给我惹事!他妈的讲点政治!"

沈小阳继续夸张着虚假的感情:"老田,政治要讲,义气也要讲。你知道的,城东公安分局王局长、秦政委他们,不但打拐的事迹感人,也都是我的哥们儿……"

王局长、秦政委却有些怕了,担心这位沈哥们儿如此玩义气,不买市长们的账,会给他们惹下极不必要的麻烦,忙压下了电话,劝沈小阳赶快到市政府去,说是打拐还没有结束,好人好事还在不断涌现,过几天来采访也许效果会更好。

沈小阳这才做出无奈的样子,带着很大的遗憾走了,走到门口,请那位不太熟悉的秦政委留步,却把王国易拉到了走廊尽头,悄声道:"王局,有个小事,当着你们秦政委我也不好说:我有个亲戚,沙洋县的,想在你们这儿落个户,你看能不能尽快帮着办一下?"

王国易狐疑地问:"小阳,你说清楚:是落户,还是农转非?"

沈小阳说:"光落户我还找你王局长?哪个派出所不能落?!"

王国易有些为难:"我这是市中区,农转非指标真是有限……"

沈小阳不悦地说:"那就算了,不行,我直接找市领导批吧。"

王国易马上改了口:"你别急嘛,我手里指标有限,沙洋县有指标嘛!沙洋县正卖户口,八千一个,我让沙洋那边给办一下不结了,八千全免,办完来我这里落户!"拍拍沈小阳的肩头,又补了一句,"你老弟义气,我也得讲点义气嘛!"

这一把操作得真不错,沈小阳挺满意,下楼上了车,直接驱车去了市政府。

15

贺家国未等钱凡兴"散会"两个字落音,屁股已离开了椅子。待得与会的副市长们各自收拾面前的文件笔记本,正式进入散会状态时,贺家国已走到了会议室门口。坐在贺家国对面的钱凡兴见状便笑,说小贺的动作总是比大家快半拍。

贺家国听得这话,在门口回头冲着钱凡兴问:"钱市长,你还有事啊?"

钱凡兴挥挥手:"没事,没事,你忙你的,就这么快节奏进入情况吧!"

下了楼,到得二楼办公室,秘书三处的副处长赵曙明过来汇报说:"贺市长,《峡江日报》来了个记者,叫沈小阳,说是您点名让他来的,您看在哪里接见?"

贺家国口气随便地说:"什么接见不接见的,叫他进来,马上跟我下基层!"

贺家国在此之前和沈小阳打过两次交道,都留下了比较深刻的印象。

三年前,贺家国做市政府副秘书长时,沈小阳在《峡江日报》上为他发过整整一版的长篇专访,题为《我以我血溅轩辕》,把他报国为民的热情淋漓尽致地表现了一回。热血无处可溅,搞华美国际投资公司时,沈小阳又为他搞过一个专访《天生我才》,写得比前一个专访更精彩。沈小阳为他下海大唱赞歌的同时,也不无遗憾地指出了现行体制的某些弊端,呼吁"不拘一格降人才"。在文章结尾,沈小阳公然说:华美国际公司的开张,意味着改革开放的中国大地上又多了一个大款,而峡江市的百姓也许就此失去了一个公仆。这篇专访文章最终没能在《峡江日报》上发出来,据说是当时的市委书记、岳父大人赵达功不让发。嗣后大家都很忙,贺家国和沈小阳就断了联系。到得9999网站和"华美科技"成了峡江市民的谈论焦点时,沈小阳才又来了一次,很扭捏的样子,翻来覆去说想出一本散文集。贺家国一听就明白了,当场让会计开了张两万元的现金支票给沈小阳。

这次走马上任,贺家国又很自然地想到了沈小阳,想借沈小阳之手,出几篇有分量的大文章,刺激一下上上下下的麻木神经。的确是麻木啊,峡江的经济这个样子,市长钱凡兴仍抱着时代大道的规划不放,在一把手李东方缩小规模的指示下达后,政府这边还是变着法子扩大工程总盘子。从刚才碰头会上得知,一期预算虽说降了些,从原计划的二十二个亿,降为十五个亿,可四条老街还是照拆不误,最终还要搞成什么中国的香榭丽舍大街,日后的追加预算肯定少不了。据钱凡兴说,这就叫做实事,做大事,不这样干老百姓还不会答应。真是滑天下之大稽!老百姓心里到底想什么,在目前这种经济困难时期过的什么日子,这些官老爷们知道吗?!舆论必须反映人民的心声,不能继续制造这种麻木了。

正想着,沈小阳进来了,进门就感慨:"贺市长,现在见你一面不容易了!"

贺家国说:"有什么不容易?峡江什么地方能挡得住你沈大记者?!"

沈小阳见办公室并无别人,往沙发上一坐,说话愈发随便:"你也不容易呀,贺市长,到底上来了!这说明咱峡江的改革开放还是大有希望的!"

贺家国正经道:"小阳,这种话别给我四处乱说!我没做市长助理的时候,人家干得不也很好吗?天也没塌下来,地球正常转动,坐地日行八万里!"

沈小阳笑道:"行,行,贺市长,你这么讲政治,这官就能当稳当了!"

贺家国说:"请你也给我讲点政治,帮我多做正面工作,少给我帮倒忙。"

沈小阳马上问:"贺市长,是不是再给你来篇大专访?让你好好亮次相?"

贺家国手一摆:"这就是帮倒忙——什么也别说了,先跟我走!"

沈小阳跟贺家国出了门,才想起问:"贺市长,咱这是去哪儿?"

贺家国说:"去红峰商城,再不去,那里的乱子就要闹大了!"

沈小阳一怔:"贺市长,对红峰商城,市里有什么打算?"

贺家国说:"你打听这么多干什么?不该问的事不要问。"

到了楼下门厅,秘书三处副处长赵曙明已带着车等着了,三人上车就走。

车一路往红峰商城开时,贺家国、沈小阳和赵曙明都不怎么说话了。

红峰商城的风波在峡江闹得沸沸扬扬,到底是怎么回事,大家心里都有数。这家商城原来是峡江市红峰服装公司门市部。红峰服装公司八十年代红火过一阵子,生产的红峰牌服装曾畅销西川省内外,一度时间还打进过上海、北京一些大商城。这几年不行了,市场变化太快,新品牌不断崛起,厂子老停产,老老少少上千号人吃不上饭了,就把总营业面积近三千平方米的门市部大楼租给了早先做过电视台主持人的名人赵娟娟开了商城。经理沈小兰指望用赵娟娟上交的房租维持大家的基本生活。不曾想赵娟娟只交了五十万元定金,就再没向红峰服装公司交过房租。开头态度还好,说是商城开业,装修费用太大,缓缓就交。这一缓就缓了一年多,仍是一分不交,态度也变了,说不是她不交,而是红峰公司停她的电,给她的营业带来了很大的困难,也造成了很大的损失。所谓的"经济纠纷"就这么发生了。红峰公司无奈,只得向区法院起诉,要求赵娟娟付清拖欠的六百七十万租金,中止合同。区法院接到红峰公司的起诉,一压就是半年,待得做出一审判决,涉讼时间已是一年多了,赵娟娟的欠款及罚息已达一千零三十二万。判决也荒唐得很,裁定红峰服装公司在履行合同时有过失,给承租人赵娟娟造成了相当损失,因此只让赵娟娟拿出一批积压服装抵款二百六十万,合同不准中止。红峰服装公司不服,上诉到市中院,市中院来了个维持原判。因为中院的判决是终审判决,红峰公司一下子炸了锅,两个月内进行了三次群访,从市里一直闹到省里。前天,市委一位副秘书长代表市委请沈小兰到市委谈话,沈小兰竟抗命不去。说是除非改变这种不公平的判决,她不会再进峡江市委市政府的大门了。

现在,身为市长助理的贺家国在李东方的授意下,终于代表市政府过来了。

红峰服装公司的干部群众期待这一时刻显然已经很久了,几百号人无声地聚集在大门口,既像夹道欢迎,更像无声地抗议。贺家国挂着市政府小号牌照的银灰色桑塔纳在三月的阳光下缓缓开着,像一把剪刀将人群一剪两半。剪过的人流迅即合拢,瞬时间又化作一片无声的海洋。在厂内破旧的两层综合楼门前,贺家国、沈小阳和赵曙明下了车,和沈小兰以及几个红峰公司的干部见了面。

沈小兰见了沈小阳颇感惊讶,说:"小阳,你跑到这里凑什么热闹!"沈小阳跟在贺家国和赵曙明身后,根本不看沈小兰,沈小兰的话也装没听见。

贺家国注意到了这一情况,上楼时就问,"小阳,你认识沈经理呀?"

沈小阳这才苦笑起来:"贺市长,那可是太认识了,她是我大姐!"

贺家国有些意外,"哦"了一声,也没再说什么。

到了楼上一间散发着霉味的所谓会议室,连水都没倒一杯,沈小兰就要汇报。

贺家国做了个手势:"沈经理,请先等一下,"走到窗前,打开窗子,指着楼下的人群,建议说,"沈经理,你们能不能先劝楼下的同志们回去?都聚在这里能解决问题吗?社会影响也不太好嘛!你们已经够引人注意的了。"

沈小兰说:"贺市长,他们愿意等在这里,说明他们对峡江市委、峡江市人民政府还抱有希望！我请问：我们人民政府什么时候开始怕人民了？"

贺家国笑了笑："如果人民政府真的害怕人民，我今天就不来了。"

沈小兰眼圈红了："快两年了，我们那么反映，你们谁来过？！"

沈小阳忍不住插上来道："贺市长今天不是来了吗？贺市长刚上任！"

贺家国马上觉察到沈小阳话中有漏洞："过去市委、市政府没来过人，并不是说就不关心你们，据我所知，李东方就为红峰商城做过三次批示，进入司法程序后，李东方书记仍然密切关注着案子的进展。今天也正是李书记、钱市长委托我来的！如果你们抱着这种对立情绪，打算给市委、市政府施加压力，对不起，我现在就走！我不能在这里浪费时间，全市下岗工人近二十万，政府都要关心的！"

沈小兰完全是一副豁出去的姿态："贺市长，那就请你走走看！楼下这几百号饿着肚子的工人群众能让你甩手就走？你们不是说要开除我的党籍吗？告诉你们：不要说开除党籍，坐牢的思想准备我都有！你们就看着办吧！"

沈小阳吓白了脸："姐，你怎么这么说话！你还敢把我们贺市长扣为人质吗？你要弄清楚了，贺市长今天是代表市委、市政府来了解情况，解决问题的！"

沈小兰含着泪，厉声道："沈小阳，请你给我闭嘴，这里轮不上你说话！"

沈小阳火了："姐，你的事以后还要不要我管了？要我管，你就别逞能！"

沈小兰说："我逞什么能？在一个法治的社会，我们靠法律打不赢一场有理的官司，哪里出问题了？我和红峰公司的干部群众非要搞搞清楚不可！你们可以不负责任，我对公司九百三十二名干部职工得负责任！这个合同是我签出去的！"

贺家国看着窗外的人群，平静地问："那么沈经理，你认为问题出在哪里？"

沈小兰含泪叫了起来："这还用问吗？出在腐败上，司法腐败！从区法院到中院的办案人员都被赵娟娟买通了！官司没判，赵娟娟就知道结果了！人家原先是名人，现在是大款，有钱请客送礼，我们穷，没钱请客送礼!"

贺家国回转身,正视着沈小兰:"好,沈小兰,我请你给我拿出证据来!拿出证据,我们就把司法腐败好好反一反,不论他是谁,也不论涉及到哪级干部!可如果没有证据,这话请先不要说!我提醒你一下:你这话是要负法律责任的!"说罢,冲着沈小阳和赵曙明挥挥手,"他们现在不太冷静,我们先回去吧!"

沈小兰怔了一下,凄切地叫了起来:"贺市长,你……你们别走,别走!楼下的干部群众真……真不会让你走的,他们盼你们盼了两年了!"

还真没走成。

贺家国带着沈小阳、赵曙明下了楼,刚走到门口,几十个几乎可以做他们母亲的老年妇女拥了过来,一片灰暗的服饰和花白的脑袋把他们重又逼回到楼梯口。

贺家国周身的血一下子涌到了头顶,他再没想到沈小兰的话转眼就变成了现实,自己头一次下基层就碰到了这种难堪的事。他是带着真诚的同情来帮红峰服装公司的干部群众解决问题的,可她们的眼神中流露出的除了冷漠就是敌视。

赵曙明是市政府的老秘书了,大概经历过这种场面,灵机一动,撒谎说:"哎,哎,各位婶子、大娘,让一让,大家都让一让,让贺市长出去上趟厕所……"

女人们不睬,反而向前逼得更紧了点,其中有人说:"楼上有厕所的!"

贺家国没办法了,只好带着赵曙明和沈小阳又回到了楼上。

沈小兰的态度这才变了,抹着泪,连连道歉说:"贺市长,刚才是我不好,现在我冷静了,真冷静了!您能听听我们的汇报么?能么?红峰商城还被赵娟娟占着,一千万的欠款又要不回来,我们真是无路可走了呀!"

贺家国脸涨得通红,极力忍耐着:"沈经理,你赢了,真没让我走成!不过,我也把话说明白:我今天可以不走,可以在这里奉陪你们,但什么汇报我也不会听!除非你们现在就采取措施,请楼下的职工们离开这里!马上离开!"

沈小阳也上去跟着劝:"姐,你们快让楼下的人走吧!都堵在这里,让贺市长怎么听你们的汇报?你们这是给谁施加压力呀?根本不是解决问题的态度嘛!"

沈小兰这才松口了,带着身边的几个干部下楼去做劝离工作。

沈小兰下楼后,沈小阳赔着小心解释说:"贺市长,我……我事先真不知道你是要到这里来,知道的话,我……我就回避了。我姐这个人就是认死理,我一直替她担心,我……我正想办法把她弄走呢!她今天不是冲你,是冲窝囊官司……"

贺家国摆摆手:"别说了,别说了,小阳,我心里都有数。"

沈小阳却仍是说:"贺市长,你真得帮帮他们啊,我知道的,工人们太可怜了!"

听了沈小兰代表红峰服装公司做的汇报才知道:因为一千万欠款要不回来,二百多名离退休工人的劳保工资十个月没发了。红峰商城仍被赵娟娟占着,五百多名下岗工人没有岗位,每月一百二十元的生活费也欠了两年。公司没办法,只好把服装厂内的院子改成了小菜场,让无路可走的下岗职工贩菜卖菜勉强维持生计。这还是李东方当市长时签字特批的。服装车间和公司干部留了些人,有活干时发点工资,没活干时一分钱没有。

贺家国像似随意地问:"那你们这几个在岗干部每月拿多少工资呢?"

沈小兰说:"谈不上每月拿多少工资。在座的同志,每人每年拿到的工资不会超过一千元。像这位刘工,情况特殊,夫妻两人都在我们公司,老婆又常年有病,实在太困难了,我们党总支研究后,做了个特殊决定,每月保证发二百元。至于我个人,这两年我没拿过公司的一分钱工资和奖金。贺市长,您如果不信,可以派人查,查出我打官司的这两年中以任何名义拿了一分钱,你们开除我的党籍!"

刘工马上证实道:"贺市长,如果说咱们党内还有好党员的话,我们沈经理算一个!这两年要是没有沈经理,恐怕不少人得上街讨饭,有些家庭得出人命!"

贺家国心一下子热了,关切地问:"沈经理,没有工资,你们一家怎么生活?"

沈小兰轻描淡写说:"我和孩子跟他爷爷,饭还有的吃,我那口子自顾自。"

贺家国不解地问:"你那口子怎么能自顾自呢?总得承担些家庭责任吧?"

沈小阳替沈小兰解释道:"我姐夫计夫顺在沙洋县太平镇当镇党委书记,也一年多没发工资了。好在是个芝麻官,早上一顿省了,中晚两餐总有人请他吃。"说罢,带着讥讽开了句玩笑,"所以,贺市长,对腐败问题,我们恐怕也得辩证地看了,没有吃吃喝喝的腐败风,咱困难乡镇的基层干部准得饿跑一半!"

贺家国根本没心思开玩笑,瞪了沈小阳一眼,没接茬儿。

沈小兰叹了口气:"贺市长,比起公司困难职工,我的情况还算好的。"

贺家国对沈小兰的反感已消失得了无踪影,动容地表示说:"沈经理,你们做得对,在这种困难的时候,党员干部,尤其是你,一定要和群众同甘共苦啊!"

沈小兰话说的也不客气:"可贺市长,党的形象被腐败败坏了,被一些'大'党员败坏了! 贺市长,您设身处地想一下,如果您是红峰公司的一名员工,面对这场无理可讲的败诉,会作何感想? 您会认为我这个小党员能代表党的形象吗?"

贺家国郑重地说:"沈小兰同志,我认为你现在就代表了党的形象嘛!但必须指出的是:身为基层党组织的领导人,你一次次带头群访,不顾影响,是极其错误的。李东方书记和钱凡兴市长让我郑重转告你:过去可以既往不咎,再发生这种群访,峡江市委一定严肃处理,直至开除你的党籍!"

沈小兰反问道:"那么,市委能对红峰公司九百多干部群众负责吗?"

贺家国说:"我今天到这里来,就是要负这个责! 我也不相信在一个法治的国家,靠法律打不赢这场官司! 市委、市政府不能用行政命令干预法律,但是,市委、市政府有能力逐步铲除包括司法腐败在内的种种腐败!你们手里如果已经掌握了赵娟娟的行贿证据,请交给我,我将和有关部门一查到底!"

沈小兰嫣然一笑:"贺市长,你知道赵娟娟是什么人物吗?"

贺家国说:"我不管她是什么人物,也不管保护她的是什么人物!"

刘工小心地插上来:"贺市长,听说……听说她是赵达功省长的亲戚。"

贺家国不禁一怔:"哦,这……这不可能吧?"

沈小兰当时并不知道贺家国和赵达功的翁婿关系,逼了上来:"贺市长,如果可能呢？如果赵省长就是赵娟娟的后台呢？"

贺家国沉默片刻,手一挥:"那也要按党纪国法办事啊！"

这话一落音,沈小兰和身边红峰公司的干部们全鼓起了掌。

嗣后,关于这场诉讼的汇报又进行下去,直到中午十二点半才结束。

办公室的同志送中午饭来了,是一箩筐馒头和一盆漂着黄菜叶的白汤。

沈小兰说:"贺市长,你是不是也吃点？体验一下我们基层的生活？"

贺家国笑了:"我到上层才几天啊？过去老和康师傅打交道！"

馒头还不错,是热的,沈小兰说是下岗工人自己蒸的,每个比街上便宜三分钱。白汤有点怪,闻上去有股浓重的鱼腥味,却又没见着一片鱼肉一根鱼刺,也不知是什么东西做的。

贺家国便问:"沈经理,这是什么汤？"

沈小兰大口喝着,说:"是营养汤,贺市长,我保证你没喝过。"

贺家国还要问时,刘工说话了:"这是我们沈经理的一大发明:用附近菜场鱼摊上捡来的鳝鱼骨头和内脏做的,每天熬一大锅,给上班同志补充点营养……"

贺家国的心像是被谁突然捅了一刀,禁不住一阵抽搐……

16

沈小阳这一天算是卖给了贺家国,上午是红峰公司,下午是国际工业园。进了园区就没停下过脚步,在五个多小时里连着察看了十个造污最严重的厂子。管委会主任方中平的汇报是在陪同贺家国察看的过程中断断续续完成的。在星光电镀公司见到了那位刘总,沈小阳本想和刘总商量一下"谈经验"的事,可见贺家国老盯着电镀污染追个不休,便没敢造次。直到对星光电镀公司的察看结束,贺家国带着秘书处长赵曙明先一步走了,沈小阳才见缝插针说了几句,要刘总快点准备事迹材料,争取抢在市里对所有造污企业采取动作之前,先把稿子发出来。

刘总有些沮丧:"小阳,你看看贺市长脸上的表情,还能让我谈经验么？"

沈小阳安慰说:"不怕,打个擦边球嘛,你别谈治污了,谈创业吧！"

刘总又有了些高兴:"早先我就说谈创业的,你小子偏叫我谈治污!"

沈小阳说:"到什么时候说什么时候的话嘛,我哪知道贺市长会这么快上台,会这么重视治污?!好了,刘总,这事就这么定吧。另外,我也得麻烦你一件事:我大姐你知道的,为红峰商城的事忙活两年了,再闹下去准得出大乱子,你看能调到你们星光来么?你真安排了,不但是给我帮了忙,也算是为市里分了忧。"

刘总有些为难:"小阳,你大姐沈小兰名气也太大了,我肯定没问题,反正要下了,也不怕你大姐以后和我闹,问题是班子里的那些同志能同意么?"

沈小阳怂恿说:"刘总,只要你同意,他们说啥也没用!拿出点气魄嘛!"

刘总想了想:"我尽量办吧,你最好让市里哪个领导批个条,我好说话。"

沈小阳说:"好,好,我就让贺市长批吧!"说罢,急急忙忙走了。

到国际赛艇公司追上贺家国时,贺家国正用一口娴熟的英语和公司的一位外方经理说着什么。双方说得都很激动,沈小阳却没听懂几句。悄悄问了问公司的女翻译才知道,贺家国是在和那个外方经理谈苯污染的问题,指责对方出口污染。外方经理也不示弱,说是你们请我们来的,贺家国便大谈中国的《环境保护法》。并且说:过去是我们请你们来的,现在我们也可以请你们走!

离开国际工业园回到市政府时,已经快六点了,沈小阳想着晚上还有两个操作性质的饭局,便想快点回去。贺家国却不放手,又在办公室对沈小阳和赵曙明发布指示,要他们把今天的所见所闻尽快形成文字,做两篇大文章。一、红峰商城诉讼的来龙去脉;二、如何根除国际工业园的造污?

沈小阳敬服贺家国的胆量和气魄,可却担心这两篇大文章发不出来。

贺家国说,你们只管给我写,安排发表是我的事,我会请示市委李书记的。

沈小阳再无话说,只得记下要点,拿上资料,领命而去。出了贺家国办公室的门,在走廊上还矜持着,保持着快步走的姿势,下了楼就小跑起来。待得蹿进自己的车里,愈发忙乱了,一边开车,一边用手机一一打电话,向两个饭局的同志们先行电话报到,告知自己从市领导手里获得了解放的好消息。

　　报告这一好消息时,也没忘了借赞扬贺家国抬高自己,说是这位新上任的贺市长真不得了,跟着这样的市长干活能把人累死,还得跟着喝"营养汤",真不如跟腐败首长跑,有吃有喝又有送。

　　在电话里吹了十几分钟,忙碌的身影首先出现在"福满楼"。

　　落座后就更忙了,这一桌人都是冲着他来的,都是他操作系统中的重要环节,他不热情不行。于是先替雪白面粉公司的刘经理谢了城东公安分局的王局长,感谢王局长一举解决了刘经理小姨子的户口问题;又替王局长谢了报社领导田华北同志,感谢田华北对城东公安分局和王局长的特殊支持。嗣后又给在座其他各位哥们儿弟兄分别敬了几杯酒,成功地把酒桌上的欢乐之火点了起来。

　　待得王局长和同志们喝得很有些样子了,沈小阳抽空出去了一下,把真正的东道主——正在隔壁喝着的"嫖妓犯"李大头引来给王局长敬酒。王局长和李大头明明刚在局子里打过交道,在这种场合却心照不宣地做出陌生状,由沈小阳做了一番介绍。在沈小阳的介绍中,李大头成了报国为民的著名企业家,王局长便说"久仰"、"幸会"。李大头便在这幸会的当儿敬了王局长三杯,王局长一一喝了,喝过后也回敬了李大头三杯。因着李大头是报国为民的著名企业家,王局长就果断放弃了公安人员的高尚身份,和无耻的"嫖妓惯犯"李大头称兄道弟了。这时报社领导田华北也扯着破锣嗓子旁若无人地吼起了《你有几个好妹妹》,沈小阳才借口贺市长等着要稿子,奔峡江宾馆第二战场去了。

　　田华北一见沈小阳要走,马上放弃了嘴上的几个好妹妹,非要送沈小阳。

　　沈小阳知道自己这位顶头上司有窥私癖,也就没多加阻拦。

　　果然,刚出了包房,田华北就问:"小阳,贺市长和你是什么关系?"

　　沈小阳做出不在意的样子:"能有什么关系?就是正常的工作关系嘛。"

　　越是这么说,田华北越是不信:"有什么内幕消息么?你的稿子哪天见报?"

　　沈小阳这时已在往车里钻:"田总编,你别问了,贺市长现在不让我说。"

田华北愈发好奇,扒住车门问:"市委、市政府是不是要有大动作?"

沈小阳神秘地道:"田总编,你就等着原子弹爆炸吧!"

17

沈小兰难得这么高兴,见计夫顺喝得醉醺醺回来也没生气,只开玩笑说:"计书记,我看你们乡镇干部真用不着开工资,日子这么难过,还革命小酒天天醉!"

计夫顺酒气冲天地说:"老婆,我这是麻痹自己的神经,不醉就痛苦!"

沈小兰说:"正因为痛苦,才更得振奋精神,别整天混吃混喝,蒙骗群众!"

计夫顺往老式破沙发上一倒:"你以为我是你?会拿着鸡蛋碰石头?!"

沈小兰笑了,坐到计夫顺身边:"哎,计书记,这话你别再说了!我这鸡蛋还就把石头碰裂了!告诉你吧:红峰商城的事终于引起市委、市政府重视了!市长助理贺家国今天到我们这儿来了,还和我们一起吃了饭。"

计夫顺显然很意外,坐了起来:"这么说,你们还真闹出点名堂了?"想想又觉得不太对头,"那个新上来的贺家国可是赵达功的女婿啊,他能支持你们了?"

沈小兰怔了一下:"哦?赵达功的女婿?计夫顺,你怎么知道的这么清楚?"

计夫顺牛了起来,不以为然地道:"沈经理,你以为我也像你,那么没有政治头脑?连一个个市县领导的来龙去脉都弄不清楚,我这工作还怎么做?"

沈小兰的情绪明显低落起来:"照这么说,我还不能高兴得太早?"

计夫顺说:"那当然,我不也经常这么哄骗底下人么?蒙过一天算一天嘛!"

沈小兰觉得贺家国到底不是计夫顺,又多少坚定了些信心:"我就不相信一个市领导也会这么不负责任——哎,你猜猜看,贺市长这次是带谁一起来的?"

计夫顺略一沉思,眼睛一亮:"带着你家弟弟沈小阳,是不是?"

沈小兰手一拍:"哎呀,到底是政治动物,一猜就准!小阳给你吹过了?"

计夫顺哼了一声:"还要等他吹?我小舅子我能不知道?前天还找我操作过兔子呢,天上要是有道缝,他准能把老天爷都操作起来!这笔杆子早两年给姓贺的写过拍马屁的大块文章,姓贺的这一上去,他这小动物还不主动贴上去了?!"

沈小兰知道丈夫对弟弟没什么好感,便说:"今天我对小阳也没好气!"

计夫顺态度却有些缓和,叹着气说:"老婆,咱们以后对小阳可得客气点了,事实证明,小阳同志活得比咱好,咱就得服气,就得好好向他学习,向他致敬!"

沈小兰瞥了计夫顺一眼:"计书记,你什么意思呀?这么阴阳怪气的!小阳的毛病归毛病,可这二年也没少帮过咱,咱多少也得凭点良心吧!"

计夫顺一把搂住沈小兰,笑道:"看看,误会了吧?小兰,我说的是真心话,你让小阳抽空到咱家来一趟,我得瞪起眼睛和他说点正事了!小阳既然贴上了市一级的领导人物,我就得让小阳帮着操作一下了!"

沈小兰挣开计夫顺:"你歇着吧,太平镇党委书记当得好好的,操作什么!"

计夫顺认真了:"什么当得好好的?沈经理,我现在连自杀的心思都有!"

恰在这时,一阵急促的敲门声响了起来。

沈小兰走过去,开开门,沈小阳一头倒了进来。

沈小阳也是醉醺醺的,进门就嚷:"姐,快泡杯浓茶,快,今晚两场!"

计夫顺接过话头:"还都是大宾馆,还都是好酒,小日子过得不错嘛!"

沈小阳冲着计夫顺粲然一笑,自嘲道:"计书记,有点腐败是不是?"

计夫顺忙道:"小阳,这话我今天可没说——我现在思想比较解放了!"

沈小兰把泡好的浓茶往沈小阳面前重重地一放:"都解放到酒缸里去了!你们就这样喝吧,哪天喝死了才好!"旋又问,"小阳,贺市长又和你说啥了么?"

沈小阳吹着浮在水面上的茶叶,吸吸溜溜地喝着浓茶:"姐,你操那么多心干啥？不怕老啊？就是贺市长说了啥,我也不能告诉你！你看你今天闹的,差点让我和贺市长都下不了台！姐,你这两年活得太累了,也该换个活法;我给你联系了一个单位:星光电镀公司,每月工资一千三,你给我个话,去不去？"

沈小兰怔住了:"我都四十出头了,还真有这么好的单位要我？"

沈小阳茶杯一蹾:"也不看看是谁操作的,姐,你就抓住机遇吧！"

沈小兰略一迟疑,便摇起了头:"小阳,我现在还不能走,我走了,红峰公司九百多人怎么办啊？商城的官司又怎么办啊？我不能这么不负责任嘛！"

沈小阳咂起了嘴:"还责任？姐,你以为你是谁？是市长省长中央首长？谁要你负责了？别以为我不知道,赵达功当市委书记时就想撤你了！我这么急着替你安排,是为你着想,也是为党分忧,为国分忧。你再这么闹下去,峡江改革开放的大好局面就被你破坏了,亏你还是党总支书记,觉悟都不如我这个新党员！"

沈小兰又倔上了:"沈小阳,你说什么？赵达功想撤我？赵达功是什么东西？不是赵达功,我们的官司会败诉吗?！我还就不信这个邪,就得讨个说法！"

沈小阳冲着计夫顺讥讽地一笑:"你看看我姐这口气,简直一个大英雄！"

计夫顺也好言好语地劝:"小兰,小阳说得对,是没人要你负什么责嘛,你现在离开红峰公司市里巴不得哩！你想想,峡江市哪个基层干部敢像你这么和上面抗？说到底,这也不是你个人的事嘛,你何苦来呢！"

沈小兰气了:"照你们的说法,我早就该走了是不是？那九百多人的死活,我都不要管是不是？你们这还有点原则吗？我不说党性原则,就说做人的原则:当初是我代表公司和赵娟娟签的合同,闹到今天这种局面,我甩手走了,心里能安吗？人家不骂我祖宗八代？"摆摆手,"好了,你们都别说了,红峰商城的官司不翻过来,我哪里都不去,就陪公司的干部群众走到底了,这也算是一种活法吧。"

沈小阳觉得挺没趣,站了起来:"好,好,姐,你厉害,你英雄！你这活法也真让人佩服——你就好自为之吧,别等哪天连命都玩掉了！"说罢,要走。

计夫顺上去拦住了沈小阳,笑得无限甜蜜:"哎,哎,小阳,你家伙先别忙走啊,你姐的事说完了,我的事还没说嘛!坐,坐,你再坐坐,咱们好好聊聊!"

沈小阳却不坐,在门口站着,一脸的不屑:"你的事?计书记,陈兔子给你汇报了吧?那半吨兔肉可是我让大头掏钱买的,你那采访的事咱还是从长计议吧!"

计夫顺笑了笑:"你咋还记着这事?我都忘了!我是说调动,你能不能帮我操作一下,调到哪个好一点的乡里去?或者到县哪个局去呢?只要是一把手就成!"

沈小阳没当回事:"计书记,你把我当啥了?当你们县委组织部长了?"

计夫顺笑呵呵地把沈小阳按倒在破沙发上:"小阳,你不是贴上贺市长了么?贺市长后边又有赵省长,你就让贺市长给我帮个忙嘛!太平镇这倒贴钱的一把手我真不想再干下去了,你不知道,连刘全友那种家在镇上的小动物都在活动调走!"

沈小阳这才认真了,沉默了好一会儿才说:"姐夫,让我怎么说你呢?你不是我姐,到底是基层上的一把手啊,不能光想着自己能不能开上工资。目光得放长远一点,得学学人家贺市长,干出点名堂,创造点政绩……"

计夫顺打断了沈小阳的话头:"小阳,你别给我提政绩,千万别提!一提我就恼火。不是前任镇党委书记花建设弄了那么多花花绿绿的政绩,太平镇也不会落到这一步!你都想像不到我们财政到了什么地步,光对外的借款和担保贷款就是一亿三千八百万,十年也还不清!镇上大小十二台车,被法院查封了九台,我和刘镇的车也三天两头被扣。到镇上任职一年零一个月,我就没过过一天好日子!"

沈小阳摆摆手:"计书记,你别说了,这情况你说了不止一遍了。"

计夫顺仍坚持说:"小阳,有些情况你不清楚,今天我得给你说透:经济困难倒也罢了,更要命的是,人家前任书记凭这些花花绿绿的政绩升了县长,还牛得很哩,还要你负重前进,去起飞,去腾飞!我他妈的往哪里飞?只能往违法犯纪的道路上飞,再不跳出这个火坑,只怕迟早会烧死在这个火坑里了!"

沈小阳狐疑地看着计夫顺："姐夫,你别吓唬我,啥违法犯纪?"

计夫顺这才把被迫违反计划生育政策,吃超生罚款的事说了。

沈小阳和沈小兰都拉长了脸,他们都想像不到,这位从县委组织部下去又自称懂政治的干部怎么会这么没有政治头脑,竟敢在基本国策上做手脚。

沈小阳皱着眉头问："计书记,这么干时,你老人家考虑后果了没有?"

沈小兰又气又急,手指杵到了计夫顺的额头上："你是发疯,自掘坟墓!"

计夫顺麻木地点着头："我知道,都知道!可我不这么干又怎么办呢?我是一把手,得负责任。离休干部要看病,农中老师要吃饭,那么多烂事要应付,也只能以身试法了。好在花县长在任时就这样干过了,大家心照不宣吧。"

沈小阳倒吸了一口冷气："姐夫,你别说了,我给你找机会操作吧!"

计夫顺嘱咐道："小阳,还得抓紧,真闹出事来,我想走也走不了了!"

沈小兰责任心又上来了："你真走了,镇上工作怎么办?烂摊子谁收拾?"

计夫顺眼皮一翻："谁收拾?要我说,谁拉的屎谁吃,谁欠的债谁还!别他妈的都把别人当冤大头坑!我真走了,自问一下,还是于心无愧的,起码我没再拉一堆起飞的新屎!"

沈小兰责问道："这种讲原则的大实话你咋不去和那位花县长好好说说?"

计夫顺泄了气,哭丧着脸道："我他妈敢吗?!人家花县长还嫌债欠得少呢,让我解放思想,奔着十个亿,一百个亿去欠,前几天把话撂下了,能欠下来就叫本事!鼓励我们全球寻找资金,做好思想准备,迎接全球经济一体化的到来……"

沈小阳哑然失笑："就你们那鬼地方还全球寻找资金?还全球经济一体化?"

沈小兰却笑不出来："你既然头脑很清醒,就要想法改变这种被动局面嘛!"

计夫顺有些失态地叫了起来："我头脑清醒有什么用?改变得了这种讲政绩的现实吗?上行下效,从省里到市里到县里,那些大型政治动物谁不在没命的讲政绩啊？我计夫顺这种最基层的小动物不踩着老百姓的脊梁往上爬就很不错了！"

沈小兰激动起来："那你早就该向县委市委省委反映，不行我去反映！"

沈小阳见沈小兰又倔上了，有些怕，忙劝道："姐，你可别发神经，你自己的麻烦还少吗？你们红峰公司的官司还不知怎么说哩，就别再操那么多心了！姐夫的事我找机会办吧，必要时真得请贺市长帮个忙！"想了一下，又说，"姐，不是我杞人忧天，我真担心你们的官司会把贺市长给填进去！"

沈小兰这才想起来问："哎，小阳，怎么听说贺市长是赵达功的女婿？"

沈小阳点点头："咋突然想起问这个？人家早就是赵达功的女婿了！"

沈小兰长一声短一声地叹着气，把自己的担心说了出来。

沈小阳听罢笑了："姐，你这是以小人之心度君子之腹了，说别人我不知道，说贺市长我太知道了，我早就深入采访过他，给他写过两篇大文章！三年前不是赵达功反对，李东方就让贺市长当上市政府秘书长了！姐，你别看贺市长是赵达功的女婿，他们翁婿关系微妙得很，贺家国的后台倒是李东方！贺市长和我说了，这次一定要按李书记的指示把红峰公司的官司搞到底，你就放宽心吧！"

沈小兰却不敢放宽心，沈小阳走后，躺在床上翻来覆去睡不着，又和计夫顺谈了好久。计夫顺不知是应付她，还是宽慰她，又改变了看法，说是对一个男人来说，知遇之恩远远大于亲情关系，认为红峰商城的官司关键在李东方的态度，只要李东方不怕得罪赵达功，事情就大有可为。沈小兰便去想李东方的态度，新的疑虑禁不住潮水般泛上心头：李东方一直在赵达功手下做市长，和赵达功的关系那么好，犯得着为红峰公司干部职工得罪自己老领导么？再要问计夫顺时，计夫顺已睡着了，因为喝了不少酒，呼噜打得像震天雷，身上的被子也滑到了地上。

沈小兰拾起被子给计夫顺重新盖好，心事重重地坐到窗前发起了呆。

第五章　拍案而起

18

李东方走进市委第二会议室,一眼便看到了贺家国。贺家国笑眯眯地站在靠窗一侧的座位旁,和法院院长邓双林说着什么,样子挺亲热,话却说得蛮刺耳。

贺家国说:"邓院长,我可让你坑死了,那天在红峰公司差点做了人质!"

邓双林不在意地说:"沈小兰那帮娘们,简直是动乱分子,一贯无法无天!"

贺家国笑问:"哦?咱峡江市现在还有法呀?邓院长,你们凭什么判人家红峰公司败诉?法律依据在哪里?你们把法律当啥了?当真吃完原告吃被告呀?"

邓双林脸拉了下来:"你……你这同志怎么这么说话?"

贺家国仍在笑:"你让我怎么说?我总不能昧着良心说你们执法公正吧?是不公正嘛,不能怪人家红峰公司的干部群众要闹嘛,我就看不下去!"

邓双林不想和贺家国纠缠:"你既然看不下去,就找赵省长反映去嘛!"

贺家国不依不饶:"哎,我找赵省长反映什么?官司又不是赵省长判的!"

邓双林哼了一声:"赵娟娟这典型却是赵省长树的,你先问清楚再说!"

贺家国叫了起来:"赵省长树的典型就可以无法无天?简直滑天下之大稽!"

李东方这时已走到自己位置上坐下了,见话题说到了赵达功,禁不住注意地看着贺家国和邓双林,会议室其他入座的同志也把目光集中到了贺家国身上。

贺家国对自己的岳父兼领导赵达功明显缺少敬畏的意思,仍站在那里对邓双林嚷:"赵省长树的典型也好,赵省长说过什么也好,都不能成为这场官司的判决依据,连这点都闹不清楚,你老邓还当什么法院院长!"

邓双林很恼火:"贺助理,这种话你别和我说,回家找赵省长说去!"

贺家国火气也上来了:"邓院长,你口口声声让我回家说去,什么意思?赵省长和我的关系又不是什么秘密!今天我们开的是政法工作会议,我这个市长助理也有发言权,有什么问题就得谈什么问题,根本不必回家去说!赵省长真做了什么以权代法的事,你邓院长就说出来,我贺家国都不怕,你怕什么!"

李东方敲了敲桌子:"好了,好了,家国同志,先不要说了!"

贺家国这才发现李东方已入了座,正在注视他,便甩开邓双林过来了,问李东方道,"李书记,我组织的那两篇文章到底怎么说呀?也该给个意见了吧?"

李东方说:"先开会,啊?开完会,你到我办公室来谈!"

八时半,市长钱凡兴匆匆忙忙赶到了,政法工作会议按部就班开了起来。

是全市政法工作的一次例会,主要研究严打。市委常委、政法委书记陈仲成主持会议,就即将开始的春夏季严打工作做了部署。陈仲成讲了一些套话:公检法密切配合啦,对影响恶劣的大案要案必须从重从快啦,如此等等。接下来,钱凡兴代表市政府讲了话,李东方代表市委讲了话。李东方的讲话是脱稿的,几次提到了当前严峻的经济形势,要求与会者对治安问题不要掉以轻心,一定要千方百计维护峡江市社会政治局面的稳定。钱凡兴几次插话说,稳定是前提,没有一个稳定的社会政治环境,什么事也做不起来,我们的时代大道想都不要想。

谈过春夏季严打工作,陈仲成又通报了一下市投资公司田壮达案的进展情况,说是被引渡回来的田壮达经过十天的顽抗,终于开始交代问题了,那三亿港币的赃款还是有希望追回来的。李东方插话说,不是什么希望不希望,是一定要追回来!钱凡兴也说,这还用说吗?不把钱追回来,把田壮达杀上十次也没意义!陈仲成这才汇报说,这三个亿目前都在国外,田壮达提出了个要求:只要不杀,就把钱交出来。省委领导同志也指示了,挽回经济损失是第一位的,可以考虑答应田壮达的条件。

这个省委领导是谁,不用陈仲成明说与会者心里都清楚。

大家都不说话了,喝水的喝水,发呆的发呆,会场的气氛一下子降到了冰点。

过了好半天,贺家国才像个天外来客似的,带着满脸讥讽打破了沉寂:"怎么都不做声了?你们都不说,我就说说吧!这可真是不听不知道,世界真奇妙!卷走国家三个亿,好不容易从国外引渡回来了,狗东西还敢和我们谈判?我真弄不明白了:咱们在座各位是干什么吃的!当真就收拾不了这么一个经济罪犯吗?!"

李东方注意地看了贺家国一眼,制止了贺家国:"好了,这事今天先不说了,以后再定吧。如果大家没什么事的话,我们今天的会就开到这里……"

贺家国应声站了起来:"我还有事!"说着从文件夹里拿出一份红峰商城判决书复印件,"同志们,李书记、钱市长反复强调社会政治局面的稳定,要我们不要掉以轻心,有些可能引起社会稳定的问题我提出来,比如,红峰商城……"

邓双林马上紧张起来,侧过脸死死盯着贺家国,其他与会者似乎也看出了名堂,知道今天这个政法例会不好收场了。

贺家国晃动着手上的判决书复印件:"红峰商城官司是怎么回事,许多同志心里都清楚。据我所知,现在红峰公司九百三十二名干部群众靠在菜场捡菜叶,捡鱼贩子扔掉的鱼骨头鱼内脏煮汤来增加营养!"他狠狠将复印件摔到了桌上,"我真不知道这份不管老百姓死活的狗屁判决是怎么做出来的!"

邓双林站了起来:"贺助理,你现在好像还不是主管政法的领导吧?"

贺家国冷冷一笑:"邓院长,你意思是不是说,我管得太宽了?"

李东方敲敲桌子:"都冷静一些,邓院长,请你坐下,听家国说完!"

贺家国又说了起来:"沈小兰同志含着眼泪问我:这是哪里出了问题?我也不知道哪里出了问题,今天开会前就请教邓院长了。邓院长态度明确,一口咬定沈小兰是动乱分子。同志们,根据我调查了解的情况,沈小兰在长达近两年的时间里,一分钱工资没有,带着九百三十二名职工苦熬岁月。在中院判决下来之前，沈小兰一直做工作，不但没带头搞过群访，还制止了三起群访。是中院的这个狗屁判决，把沈小兰逼到了第一线！沈小兰身为红峰公司党总支书记兼经理，带着群众到省委门口群访是错误的，性质也许还很严重。但没有这个沈小兰，也许乱子会更大，也许愤怒的工人们早就冲进赵娟娟的红峰商城冲砸一通了！"

邓双林又站了起来："贺助理，我提醒你一下：不要一口一个狗屁判决！"

贺家国看着邓双林："那是什么判决？是公道的判决吗？如果你有灵魂的话，灵魂不受折磨吗？你躺在床上能睡着吗？从红峰出来，我可是天天睡不着了！"

钱凡兴这时说话了，态度鲜明，口气也颇为严厉："邓院长，你不要生气，家国同志说你们是狗屁判决，我看没错！就是一个狗屁判决嘛！赵达功同志、李东方同志前后两任市委书记一次次给你们打招呼，你们就是不听，还什么不能以权代法，你这个法院院长眼里还有没有党的领导?！"

李东方语气平和地插话说："钱市长，人家邓院长没说错，党的领导也不能以权代法嘛，问题是这判决的法律依据究竟在哪里？双林同志啊，法律不是哪些人的专利啊，更不能成为某些人谋私的工具啊，你说是不是啊？"

形势这么快就变得一边倒，邓双林事先显然没想到，这才知道不妙了，头上的汗禁不住落了下来："我们当然是有法律根据的。我们本来也……也想调解，可当事双方都……都不答应，我……我们也只好……只好依法判决了。"

贺家国追了上来："好，邓院长，我姑且算你依法判决，那么按你们判决书的裁定，也是赵娟娟欠了红峰公司二百六十万吧？这二百六十万又在哪里呢？"

邓双林不知不觉改了口，不喊"贺助理"了："贺市长，你既然做了调查，就该知道，我们已经扣下了赵娟娟价值二百六十万元的服装和商品抵债。"

贺家国笑了笑："这价值二百六十万元的服装和商品卖给你法院，你法院要不要啊？我给你打个对折，就算一百三十万，你们都拉走！连运费我都替你出了！"

邓双林心里啥都有数,支吾着,不敢做声了。

贺家国把面孔转向李东方和钱凡兴:"李书记、钱市长,赵娟娟的底我摸到了,她不是没有钱,是因为有人给她撑腰,一直赖账。她个人在工行上海路储蓄所的存款就有八百二十万,在股市上还有一千五百多万。我在这里请示一下:我们是不是就先执行邓院长这个依法做出的判决,强行扣押二百六十万,支付给红峰公司,让沈小兰她们先吃上几顿饱饭呢?"

李东方用征询的目光看了看钱凡兴。

钱凡兴拍板道:"有钱怎么能不还呢?邓院长,你去执行,马上执行!"

邓双林连连点头:"好,好,钱市长,我散会后就让执行庭去办!"

李东方故意问:"邓院长,这不算以权压法,干预你们办案吧?"

邓双林几乎要哭了:"李书记,你知道的,我……我也是有苦难言啊!"

李东方沉下了脸:"你邓双林当着峡江市中级人民法院院长都有苦难言,峡江的老百姓还过不过日子了?!你难在哪里?心里装着老百姓,真正依法办事,我看就没什么难的!"说到这里,停下了,看了看身边的陈仲成,"老陈,我建议你们政法委好好开个会,研究一下司法腐败的问题。看看红峰商城官司后面有没有腐败?腐败严重到了什么程度?没有当然好喽,可以把我们邓院长树成廉政典型嘛!有腐败怎么办?也好办,该撤的撤,该下的下,该抓的抓!判错的案子,伤了老百姓心的案子,该改的改!他邓院长不改,我们换个李院长王院长来改!"

陈仲成麻利地站了起来:"是,李书记,我们立即进行专题研究!"

李东方挥挥手,让陈仲成坐下,自己却站了起来:"同志们,司法腐败的消极影响不可低估啊!说一件事,就在前天,在我家门口,一个女同志把我拦住了,跪下就磕头。我拉起来一问,什么事呢?小事一桩:因为自行车碰撞,这女同志和一个小伙子吵了几句,小伙子一拳打断了她一根肋骨,当然,三年过去了,肋骨早愈合了。问题是,三年来这位女同志从公安局告到法院,竟没人睬她。据她说,公安局和法院都被那个小伙子买通了。买通不至于,这么个小纠纷,了不起就是请我们公安、法院的同志吃吃饭。可是同志们,这吃吃饭喝喝酒,就把人心吃掉了,就把社会公正和老百姓的希望喝没了!在老百姓眼里,党和政府是谁?就是你们这些具体的执法人员,你们头上可是戴着国徽啊!"

陈仲成解释说:"李书记,其实,我们公安局、法院都是有纪律的……"

李东方把话头接了过来,继续发挥道:"有纪律当然好,我也知道有纪律,问题是执行得怎么样?贺市长手头有个名单,是红峰公司的工人同志提供的,是在红峰商城一案的办案过程中吃过赵娟娟请的部分区、市法院干警,有时间,有地点。沈小兰同志和红峰公司的工人们眼睛可是雪亮啊,两年来一直盯着呢!你们好好了解一下,看看是不是属实啊?查实一个处理一个,通通给我赶出司法公安队伍!先把招呼打在前头:别给我叫冤,别说只喝了一次酒,半次也不行!"

钱凡兴接上来说:"对,只要有一次,你头上就不配戴这枚国徽!"

陈仲成又站了起来:"是,李书记,钱市长,我们坚决执行这个精神!"

谁也没想到,一次例行的政法会议会开成这个样子!贺家国身为赵达功的女婿,竟一点不给赵达功留面子,还不讲官场游戏规则,当面把中院院长邓双林弄成这个样子,连带着市委常委、政法委书记陈仲成也受了牵连。

邓双林看样子是被击垮了,散会后,脸上的沮丧怎么也掩饰不住,走到李东方面前,说是要汇报。李东方正收拾桌上的文件,不想听,摆摆手,让邓双林去找政法委书记陈仲成汇报。

正窘迫时,贺家国过来了,开玩笑说:"邓院长,哪天我要是犯到你手里,你肯定会从重从快吧?"

邓双林哭也似的笑了笑:"贺市长,现在是我犯到了你手上!"

这时,陈仲成插了上来,绷着脸,一副公事公办的口气:"家国同志,李书记说,你那里有个红峰公司工人提供的违纪干警名单,是不是现在交给我?"

贺家国从文件夹里翻出名单,递给了陈仲成:"还要我协助调查么?"

陈仲成脸绷得更紧,冷冰冰地道:"家国同志,如果李书记、钱市长有要求,你可以代表他们对我们的工作进行监督检查,协助我看就没有必要了。"

19

散会后,贺家国应约来到李东方办公室,李东方已等在那里了,办公桌上就放着那两篇要谈的文章。进门一坐下来,李东方就拿起文章,开门见山对贺家国说,两篇文章他都认真看了,写得都不错,只是不能马上就发表。红峰商城的错判现在没纠正,发了社会影响不好。国际工业园的问题就更敏感了,不是说一声关就关得了的,一来涉及大老板钟明仁,二来两三万工人没法安置,峡江现在的就业压力已经够重的了。贺家国不赞同李东方的看法,一再强调舆论的监督作用,希望尽早将红峰商城一案曝光。说到国际工业园的问题,贺家国认为,可以分期分批关,先把造污最严重的十家企业头一批关掉,既然这一步是非走不可的,舆论准备就得搞在前面。李东方心里的主意早打定了,也就和盘向贺家国端了出来。

"——家国,你别吵了,我倒有个建议:你看能不能从报社和宣传部抽几个人,搞个不定期的《内部情况》呢?不唱赞歌,专登这种谈问题的文章,发四套班子副秘书长以上干部,让大家及时了解各方面的真实情况,保持清醒的头脑。"

贺家国觉得内外有别也好,建议说:"是不是就用这两篇文章开头?"

李东方说:"红峰商城这篇我看可以用,国际工业园那篇还是不要用了吧?"

贺家国真不高兴了,埋怨道:"李书记,你胆子这么小?内部刊物还怕呀!"

李东方笑着解释道:"我这倒不是怕,是要讲策略,干什么都得一步步来嘛!家国,你的心情我理解,可我劝你胆子也不要太大,更别给我出难题!"

贺家国便问:"李书记,那我今天在会上是不是给你出难题了?"

李东方说:"这倒没有,你这一炮放得很好,也只有你小伙子能放!"

贺家国自嘲道:"那是,这炮一放,我算是把邓院长和陈书记都得罪了。"

李东方指点着贺家国,笑了:"你得罪的可不止他们俩哟,还有你家岳父老大人!峡江干部队伍可是复杂得很哟,我估计,隆隆炮声,马上就要传到你家岳父老大人耳朵里去了,你小伙子等着瞧好了,他这一两天就会找你训话的!"

贺家国眼皮一翻,满不在乎地道:"他训谁?我又没做错什么!"

正说着,钱凡兴进来了,问李东方:"大班长,常委会也该开了吧?"

李东方不睬贺家国了,对钱凡兴道:"凡兴,按捺不住了,是不是?"

钱凡兴一屁股坐下来："一寸光阴一寸金嘛，你早定盘子我早干活。"

李东方摆摆手："这盘子我不定，大家讨论大家定，我劝你也别定。"

贺家国见状，便告辞了："李书记、钱市长，你们谈，我先走了。"

李东方又交代说："家国，红峰商城的事你得给我负责到底啊！"

钱凡兴也开玩笑说："家国，你现在是万能胶啊，哪里有窟窿你就填哪里。"

贺家国说："万能胶？抹布吧！哪里有灰哪里抹，脏了我一个，幸福您二位。"

贺家国走后，钱凡兴谈起了工作，焦点仍是时代大道，说是一期盘子从二十二个亿压缩到了十五个亿，基本上是大老板钟明仁当年的思路，只不过把将来发展的余地留大了些。又说，想抽个时间先找钟明仁征求一下意见，问李东方去不去？李东方不说去不去，只问："时代大道的预算能不能再压压呢？"

钱凡兴直皱眉头："再压下去还有啥干头？那就没必要当我们这届班子的政绩工程拼了嘛！我知道你心里想的啥，还是担心下面的承受力，对不对？前几天，我去青湖市，路过沙洋县的一个小镇，就是太平镇，镇上的办公楼真气派，比人家青湖市一般的县政府大楼都好，这说明下面的日子还是很好过的嘛！"

李东方白了钱凡兴一眼："好过？那个太平镇恐怕早就破产了吧？！"

钱凡兴根本不信："大班长，你别听他们乱叫，到峡江这半年，我算是看透了：下面的干部有两个特点，一个是吹，能吹上去，拼命吹；再一个是叫，没啥好吹的，他就给你叫苦。一个个好像都活不下去了，咱不睬他，看他活不活了？我保证一个个都死不了，活得比咱们还自在！"

李东方直咧嘴："凡兴，你可别官僚主义呀！"

钱凡兴手一摆："我才不官僚哩！就在前天，峡中县委书记周家举突然跑来找我，说是峡中遭灾了，一场尘暴摧毁了多少多少房子，搞得多少多少人无家可归，这混东西，想打老子市长基金的主意。我二话没说，跟着周家举就去了趟峡中，一看，根本不是这么回事！就是被风刮倒了几间民房，几块广告牌。我一分钱没给周家举，倒过来罚了他五百公升汽油！"

李东方笑了："凡兴，你说的这事我信，周家举是有点滑头，找着机会就敢向市里省里伸手。"停顿一下，"不过，这只是一方面。另一方面，下面有困难也是真实的,而且还是比较普遍的。就说太平镇吧。你光看到了办公楼,就不知道他们欠了多少债!镇上那些大楼都是怎么盖起来的?都是趁着新区开发的房地产热让人家带资盖的,你还没往镇里去,镇里洋楼多着呢,现在一大半被法院封了,也把后面的继任者坑死了。"说到这里,转移了话题,"殷鉴不远啊,凡兴,咱现在做事就得慎重了,一定要实事求是,别再无节制透支未来了。"

钱凡兴心里不悦,脸面上仍是笑:"大班长,时代大道看来你是不想上了?"

李东方没正面回答:"凡兴,市委常委会尽快开吧,要开就开好,把大家的思想统一起来。今天咱们先通通气:这阵子我想了很多,觉得当务之急不是要抓时代大道这种政绩工程,而是要务实求进,从严治政,在改善人民生活,改善投资环境这些方面多做工作。我这里起草了一个发言稿,准备在常委会上畅谈,你先看看,也多提意见。"说着,从办公桌上拿起厚厚一叠打字稿递给了钱凡兴。

钱凡兴接过打字稿,在手上拍打着,一言不发。

李东方这才说到了时代大道:"至于时代大道,只要有能力,有条件,该上就上,不过我个人建议不要再提得这么高,也不要变成常委会的主要议题。尤其不要提什么政绩工程。讲政绩本来没有错,看一个地方的主管领导是不是称职,政绩当然是个考察标准,这比过去凭上级的印象,凭档案提拔干部是一个进步。但中国的事情就是这样,什么都走极端,讲政绩讲到极端上,副作用就来了,老百姓也就反感了。所以我就想,咱们能不能多从老百姓的角度考虑一些问题呢?我们党的根本宗旨不就是一句话么:为人民服务。你说是不是?"

钱凡兴沉着脸:"李书记,你都说到这份儿上了,我还有什么可说的!"

李东方呵呵笑着:"哎,凡兴,你怎么没有可说的?畅所欲言嘛,找我单独谈可以,在常委会上谈也可以,有不同的看法完全正常,大家讨论嘛!"

钱凡兴把李东方的讲话稿往包里一装:"那好,我先学习一下你大班长的讲话精神再说吧!"说罢,起身走了,走到门口,又想了起来,"哎,大班长,还有个事我得问清楚:陈仲成会上提到的那位省委领导是谁?田壮达这样的人不杀,还有谁该杀?老百姓能满意吗?"问这话时,一脸的情绪。

李东方含糊其辞说:"这情况我也不太清楚,回头我问问陈仲成吧!"

钱凡兴硬邦邦地说:"大班长,原则问题你一把手不能含糊,别管是哪个省委领导,该顶就得顶!腐败问题老百姓最反感,那不是什么政绩工程可比的。政绩工程就算搞错了,也是为老百姓干实事,老百姓骂几声,心里还是能理解的。"

李东方怔了一下:"凡兴,你放心,这事我会慎重处理的。"

钱凡兴走后,李东方陷入了深思:同样一件事,在会上他不表态,钱凡兴就不发表任何不同意见,现在,他婉转地否定了钱凡兴的工作思路,钱凡兴就从侧面攻过来了。当然,从好的方面想,钱凡兴这是讲原则,和在会上支持贺家国、为红峰公司的干部群众讲话的表现一致,不唯上,只求实。可从另一个角度分析,好像就有点不对头了:钱凡兴不会不知道这个省委领导是谁,只是钱凡兴长期在条条上工作,和这位省委领导没什么来往,所以不怕得罪这位领导,反而逼着他去得罪。你口口声声老百姓,人家市长同志就以其人之道还治你其人之身了。

情况真是错综复杂,某些问题上的同志,转眼就变成了另一些事上的对手。

正想着,陈仲成进来了:"李书记,有些情况我要汇报一下。"

李东方中断思索,打起精神:"好,好,老陈,你来得正好,我也正要找你哩!你会上说的那个省委领导是不是达功同志?哦,坐,你请坐!"

陈仲成在沙发上坐下了,明确道:"是的,李书记,是赵达功同志……"

20

赵达功怎么也没想到,自己的宝贝女婿贺家国上任后会拿红峰商城的官司大做文章,而且竟会得到市委书记李东方和市长钱凡兴的公然支持。钱凡兴是大老板钟明仁派过去的人,支持这种让他闹笑话的事不奇怪,李东方怎么也站出来支持?李东方难道不清楚这其中的来龙去脉么?更蹊跷的是,贺家国为什么一定要抓住红峰商城做文章?是这位狂徒狂性发作,要演绎一个包打天下的清官故事,还是背后另有高人授意,有人操纵、利用贺家国搞政治名堂?峡江市的政法会议是上午开的,下午许多电话全打来了,说什么的都有。他一手提起来的政法委书记陈仲成还屁颠屁颠专门跑来进行了一次详细的汇报,判断说,这事不是偶然的,一是有准备,二是有背景,背景人物不是别人,正是身为市委书记的李东方。

赵达功觉得李东方没有任何理由这样做。李东方和他一起搭了八年班子,关键的时候又是他一手扶上去的,怎么会在这时候拆他的台呢?况且他们的政治利益是一致的。便揣摩问题可能还是出在自己的宝贝女婿身上,说轻了,这位刚出道的贺家国同志患上了热血青年总爱患的政治幼稚症:以他这个省委常委、副省长为假想敌,表演为民请命的闹剧,言重了是贺家国身后另有更大的野心家,而李东方则乐观其成,趁机建立自己一把手的权威。

这一来,赵达功的心情就变坏了,一下午都在琢磨怎么教训贺家国。偏巧,那天晚上西川国际饭店有个重要外事活动,大老板钟明仁一定要他和白省长参加,他也不好推辞,便在西川国际饭店打了个电话给贺家国,要贺家国先到家里等他。

外事活动结束后,夫人刘璐璐来了个电话,说是贺家国已在家里老老实实等着了,赵达功便急急忙忙往家赶。不料,车在柳荫路二号院门口一停下,法院院长邓双林突然从一辆停在月影下的警车中走了出来,把赵达功吓了一大跳。

赵达功责备说:"双林同志,谁派你到我家门口站岗的?搞什么名堂啊!"

邓双林巴巴结结说:"赵省长,我……我想向您汇报一下工作。"

赵达功没好气地说:"找我汇报什么?你找李书记、钱市长汇报去!"

邓双林非要汇报,赵达功只得说:"现在我没时间,贺家国正等我呢!"

邓双林眼睛一亮:"那正好,我们就一起汇报,有些事我就好说了!"

赵达功明白邓双林的意思,严厉地道:"你有什么不好说的?谁封你的嘴了?"停了一下,又说,"你如果愿等就等吧,我和家国谈过再听你的汇报!"

邓双林真做得出来,连连道:"好,赵省长,我……我就在外面等等!"

甩开邓双林,一进门,年轻的夫人刘璐璐便指着书房,悄声对赵达功说,你这小官僚女婿来了好一会儿了,快去接见吧。赵达功点点头,往书房走,推开书房的门一眼便瞅见贺家国站在一排书架前看书,看得聚精会神。赵达功走过去才发现,那是本他常看的书,法国人贝尔特朗·德·儒弗奈尔的《论权势》。

赵达功把书从贺家国手上夺走,贺家国才抬起了头:"爸,你回来了?"

赵达功在大书桌前坐下,也让贺家国坐下:"家国,知道我找你谈什么吗?"

贺家国不知是真糊涂,还是装糊涂:"爸,是谈我和阿慧的婚姻问题吧?"

赵达功摆摆手:"你们的婚姻问题我不想再谈了,你们都三十多了,不是孩子了,该怎么处理,自己去拿主意。我今天倒是要和你谈工作,好好谈谈!"

贺家国笑了:"爸,既是谈工作,那我是不是就得喊你赵省长了?"

赵达功脸一拉:"不要嬉皮笑脸的——我问你:今天怎么回事?怎么突然就在峡江政法工作会议上放起炮来了?你是自拉自唱呢,还是有人在幕后导演?"

贺家国也严肃起来:"赵省长,你是不是指红峰商城的官司?这官司我深入调查了解过,问题相当严重,造成的影响也极其恶劣,我既知道了就不能不管嘛!"

赵达功盯着贺家国追问道:"是你贺市长想管,还是有人想管呀?你给我把话说清楚:是东方、凡兴他们授意你这样做的,还是你自己主动跳出来干的?"

贺家国想都没想就说:"这种事还要谁来授意?打官司变成了打关系,司法腐败到这种程度,我能不跳出来吗?我不跳出来这市长助理就别当了!"似乎觉得这话刺激了些,又补充道,"爸,这不也是你过去向我强调的么?当官一定要为老百姓做主,一定要把党和人民的利益放在心上,难道我做错了?"

赵达功叹了口气:"家国,从原则上讲,你没做错。但政治上的事都是很复杂的,你既然做了市长助理,从了政,就得用政治家的眼光来看问题,就不能凭热情和冲动乱来一气嘛!你想没想过:红峰商城的案子是在我做峡江市委书记时发生的,赵娟娟又是我树起的私企典型,你这么一闹,会给我造成什么影响?"

贺家国笑道:"爸,我不认为会给你造成什么不好的影响,不管谁树的典型都没有超越法律的特权嘛。再说,改革开放以来,烂掉的,垮掉的典型多得是!"

赵达功意味深长说:"问题这么简单啊？我的政治对手不做我的文章啊？你也许也听到不少了吧？说我和赵娟娟关系非同一般,甚至说我拿了赵娟娟的好处。"

贺家国承认说:"这种议论是不少,我在红峰公司就亲耳听到过。可人正不怕影子歪,爸,你的为人我了解,我不相信你会为了贪图赵娟娟经济上的好处,袒护赵娟娟。所以决定放这一炮时,我有数得很,事实上不会给你带来什么被动。"

赵达功讥讽问:"家国,你怎么就对我这么放心？高官搞腐败的也不少嘛!"

贺家国迟疑了一下,还是说了:"爸,这是在家里,没外人,我就说实话!"站起来,指着书桌上和书架上的书,"爸,你看看你常读的书,巴尔达萨雷·卡斯蒂利奥纳的《侍臣论》,汉娜·阿伦特的《极权主义的起源》,哦,还有曾国藩的《挺经》。我注意到,这许多书上还有你的眉批,有些地方批得很精彩。你以旁观者的角度说说看,一个读这种书的成功男人会贪图一个个体户的小便宜么？"

赵达功可没想到,贺家国竟还有这一手,不由得警觉起来,呵呵笑道:"我可没有你贺博士想得这么多哟,也就是兴趣所至,随便看看嘛!"言毕,马上转移了话题,半真不假地道,"我过去倒没看出,你还挺有头脑嘛,一上台就踩着你老岳父的脑袋搞了这么个风光的政治亮相,也让东方同志跟着风光了一回……"

贺家国忙解释:"爸,这你就误会了,不论是我,还是李书记、钱市长,我们都没这个意思,真的!我们就是想还红峰公司干部群众一个公道,保持峡江社会政治秩序的稳定,同时也以这件事为突破口,把司法腐败好好整一整!李书记在会上说的很清楚,司法腐败已经伤了老百姓的心了……"

赵达功绷起了脸:"这我不反对,不是峡江市委书记了,也反对不了!但是,你这个狂徒也给我记住了:我容忍你一次,不会容忍你第二次,你想出什么政治风头尽管出,可少在我身上做文章!更不要上人家的当,让人家当枪使!"

贺家国还想解释什么,赵达功却不愿听了,说是还有事,把贺家国赶走了。

贺家国走了没几分钟,一直等在门口的邓双林便进来了,进门一坐下,就哭丧着脸说:"赵省长,这么晚了还打搅您,真是没办法!我这法院院长当不下去了!李书记、钱市长把红峰商城的账全算到我头上了!他们今天做了个局,让贺家国点火放炮,借题发挥,矛头全是指向你老领导的,我下午在电话里就向您汇报过!"

赵达功不为所动,平静自然地说:"双林同志,电话里说过的事就不要说了,仲成和家国也向我汇报了不少,情况我大体都知道了。家国是我女婿,东方和凡兴同志我也都比较了解,我不相信他们会搞我什么小动作!再说,东方同志在会上也没说错什么嘛!司法腐败不惩治怎么得了啊?啊?双林,你是法院院长,我请你说说看,你们法院同志在审理红峰商城一案的过程中吃没吃过那个个体户的请?有没有人收过那个个体户的钱物,我看少不了嘛!过去我不是没提醒过,你们往心里去了吗?从思想上重视了吗?!现在名单在家国和东方同志手上了,你们还有什么可赖的?就是我做市委书记也饶不了你们!"

邓双林忙说:"赵省长,我向您保证:我个人没拿过赵娟娟一分钱好处,只是跟随您一起见过赵娟娟一面。案子的审理,也完全是按您的意思办的,李书记心里不是没有数,他们现在翻这个案子,就是要让你老领导难看,做您的文章……"

赵达功心里的怒气迸发了,桌子一拍:"不要说了!我让你把案子办成这样了吗?我反复强调的是不是调解?你们为什么不调解?你们办案人员又吃又拿,和那个个体户串通一气,弄出乱子来了,就变成我的指示了,你们可真会钻空子!"

邓双林白着脸挺委屈地说:"赵省长,赵娟娟确实是您介绍我认识的嘛……"

赵达功出言铿锵:"这我不否认,我不但介绍你认识了,还要你在法律许可的范围内予以关照。不过,你记住了:是法律许可的范围,不是让你无原则!而且,我说这话也是有特殊背景的,是在前年六月发展私营经济工作会议之后说的!在那次会上,那个个体户被我们市里树成了典型,是私企的代表人物,她又主动找到了我,反映困难,这诉讼上的事,我不找你法院院长找谁?"

邓双林无话可说了："可……可现在，李书记和钱市长拿我开刀了……"

赵达功问："你个人真没拿过那个个体户的好处？一点好处都没拿？"

邓双林保证说："赵省长，我要拿过赵娟娟一分钱，你开除我的党籍！"

赵达功沉默片刻，突然问："你这个院长上没上过那个个体户的床？"

邓双林迟疑了一下："没有，赵省长，您亲自过问的案子，我敢吗？！"

赵达功这才放心了："好，双林同志，只要没把钱装错口袋，没上错床，也就没有什么了不得的，你要积极配合东方、凡兴同志的工作，把消极影响尽量挽回一些。不要四处打我的旗号了，我离开峡江了，有些事情也不好正面表态了。"

邓双林试探着道："赵省长，您能不能在方便的时候给李书记做个解释？把当时您对我的指示给李书记点点？李书记还是挺尊重您的，您要是能随便说上几句，我……我这一关就……就能过去了……"

赵达功没等邓双林说完就火了："刚才你还说东方同志把矛头指向我，现在又变成对我很尊重了？请问：我是该信你前面的话，还是该信你后面的话？你是不是别有用心啊？先是挑拨我们两任书记之间的矛盾，挑拨不成，又把我拉出来当挡箭牌？我看你是昏了头！邓院长，对不起，请你回去吧，我还有工作！"

邓双林似乎觉得无缝可钻了，只得站起来，讪讪离去。

赵达功又说了一句："还有，以后办私事时少开警车，这样影响不好！"

21

邓双林钻进自己带着法院徽号的警车里像掉了魂。

司机回过头询问："邓院长，是不是回家？"

邓双林想了想，心一狠："时间还早，再到李书记家去一下！"

司机看看表："都十点多了，还早啊？"

邓双林没好气地道："叫你去，你就去，啰嗦什么！"

李东方的家也在柳荫路上，多少号邓双林记不住了，只记得离赵达功家没多远。赵达功做市委书记时，邓双林从来没去过李东方家，后来李东方做了市委书记，再想去又去不成了。李东方见到他从来没有好脸色，不是讥讽就是挖苦。

这次登门检讨，李东方更没有好脸色了，开口就说："嘀，是邓院长嘛？怎么这么晚还找到我家了？不大好找吧？"李东方的夫人艾红艳这时也没睡，正在客厅看一部电视连续剧，李东方又拉过邓双林，对夫人介绍说，"红艳，认识吧？这位是邓院长，邓双林同志，我们峡江市中级人民法院的院长兼党组书记，法律专家，让红峰公司九百多人吃不上饭的著名官司就是他判的！"

艾红艳也够尖刻的，看着邓双林说："哟，邓院长，您可真了不起，判得那么公道，那么有水平！沈小兰和红峰公司的职工真太不像话了，还敢不服，还敢跑到省委上访！邓院长，你心不能太软了，该抓就抓，该判几个就判几个！"

邓双林知道李东方的门不好进，可也没想到上来就被这么弄一通，还不敢恼，不敢急。话更不知该怎么回？应也不是，不应也不是，只能一个劲儿地抹汗，借抹汗掩饰自己的窘迫。做了一辈子法律工作，干了十二年副院长、院长，邓双林还从没这样丢过人。

数落够了，李东方才指指沙发，让邓双林坐下："别罚站了，坐吧！"

邓双林小心地坐下了，坐下就说："李书记，我今天是来向您检讨的。"

李东方说："你依法办事，有什么可检讨的？我过去说了什么也好，批了什么也好，都可以不作数嘛！你没有必要听我的招呼嘛！激化了矛盾，惹出了乱子，也用不着你操心，反正有人来管。哦，就像红艳说的，让公安局去抓，你再判！"

邓双林眼里真流下了泪："李书记，您别刺我了。我现在真是很痛心，我没听您和市委、市政府的招呼，一意孤行，加上管理不严，区、市两级法院部分办案同志又涉嫌腐败，就造成了现在这种严重后果，败坏了党和政府的形象，也给社会添了乱。我要是早一点听招呼，就闹不到这一步……"

李东方严肃地问："双林同志啊，这是不是真心话呀？"

邓双林说："李书记，我向您和市委保证：句句都是真心话！"

李东方又问："你想过没有？问题到底出在哪里？"

邓双林呐呐道："李书记，您在会上不是指出来了么？是司法腐败……"

李东方在屋里踱起了步,口气严厉:"不仅仅是一个司法腐败问题,确实还有个以权代法的问题!我就不信你邓双林眼睛瞎了,看不出这个官司的是非曲直,你是闭着眼睛不看官司,你在看什么?你在看一把手的眼色!"

邓双林心里不由一惊:李东方公然点到赵达功了!

李东方思索着,继续说:"在会上我不便说,在这里,我得说句公道话,双林同志,你不是不听招呼,你这个同志还是很听招呼的嘛,只要是一把手的招呼你都听。过去我不是一把手,我批示也好,招呼也好,你只是应付。现在我是峡江市委书记了,成一把手了,我的招呼你肯定会听了,是不是?"

邓双林忙道:"是的,李书记,这个案子您说怎么改,我们就怎么改!"

李东方手一挥:"错了,双林同志,这就是以权代法,这就是你的悲剧所在!我说怎么改就怎么改,法律依据在哪里?是依法办事的态度吗?再换个一把手,又出现一种眼色,你又怎么办?法律还有尊严吗?你这个法院院长还有尊严吗?"

邓双林怔住了:"李书记,您……您说得太好了,太……太深刻了!"

李东方深深叹了口气:"当然,这也不能全怪你,一把手现象是客观存在,也算是中国的一个特色吧!你顾忌一把手,在某种程度上可以理解,可你不能眼睛总盯着一把手啊!一把手不是圣人,更不是司法权威,难免打错招呼,法律责任最终还在你们身上嘛,包括我们这个执政党的活动都在法律规定的范围之内嘛!"

邓双林从李东方的话里看出了希望,联想到在赵达功家的遭遇,变得有些激动难抑了,眼里汪着泪说:"李书记,有您这份理解,我……我就是冤死也……也不说啥了!其实这事我们真是按赵省长的意思办的……"

李东方这才问:"红峰公司上诉以后,达功同志不也指示调解吗?"

邓双林说:"赵省长指示的调解方案,就是我们现在判下的方案,所以不可能调解成功,我们怎么做工作红峰公司的干部群众也不接受,只能硬判。判之前,我还打电话请示过赵省长,赵省长也没表示过明确反对。"

李东方又问:"那个赵娟娟是不是达功同志什么亲戚?"

邓双林说:"我调查过,肯定不是亲戚。社会上都是瞎说瞎传,还有的说赵娟娟是……"

李东方打断道:"那这话就到此为止了,你在任何地方都不要说了,免得让人钻空子,再把简单的事情搞复杂了。我看你们是把达功同志的精神领会错了,也在客观上给达功同志造成了被动。这个案子你们重新调查取证,依法重审,不要考虑达功同志说过什么,也不要考虑我的态度。如果重审下来还是这个结果,你们真有令人信服的法律依据,我没什么话说。另外你们院党组也尽快开个会,请市纪委的同志参加,专门研究一下风纪问题,给我从上至下好好整顿!"

邓双林连连应着:"好,好,李书记。"

这时,电话突然响了。

竟是赵达功的电话。

赵达功开口就说:"东方啊,怎么听说你们在闹翻案啊,啊?"

李东方笑着说:"老领导,你消息来得可真快!我正要向你汇报呢!你那个宝贝女婿贺家国一上任就跑到红峰公司去了,弄了一堆材料来,今天上午在政法例会上突然放了一炮,搞得我和凡兴都措手不及,有关情况也吓了我们一跳。不过,这案子是不是就翻,得靠法律和事实说话,现在还不好定。"

赵达功情绪像似很好,在电话里呵呵直笑:"家国今晚来过了,已经替你们汇报过了,该说的话我也都和家国说了。这个案子该重审就重审吧,不必考虑我的面子!我们的面子和党的利益、人民的利益比起来,算不了什么。东方,我也要对你交个底:我在任时,对这个案子是说过一些话,都是些原则话,也是有背景的,你不要让邓双林钻空子。邓双林刚才也跑到我这儿来了,说你和凡兴同志利用家国发动突然袭击,把矛头指向我,我严肃批评了邓双林,明确警告他了,不许在我们之间挑拨是非。东方啊,现在情况比较复杂,你也要多一份警惕心呀!"

李东方下意识地看了邓双林一眼:"好,好,老领导,谢谢你的提醒。"

赵达功问:"听邓双林说,你们想把他拿下来?"

李东方反问赵达功:"老领导,你是什么意见?"

赵达功在电话里略一沉思:"我的意见先不要拿下来,还是要保护干部嘛!红峰商城官司不论是我把招呼打错了,还是邓双林揣摩错了,责任都在我身上,不能处理他。邓双林这个同志我还是有所了解的,毛病不少,私心较重,可总的来说还算兢兢业业,为人也比较清廉。当然,如果这次他不争气,真涉嫌参与司法腐败,又当别论了。"

邓双林就坐在面前,正盯着李东方看,李东方不便多说什么,只道:"好吧,老领导,你的这个意见我们一定重视。"

放下电话,李东方的脸挂了下来,冷冷看着邓双林:"邓院长,我请问一下:你这个同志身上还有没有一点正气呀?啊?为了自己头上的乌纱帽,就可以什么都不顾吗?市委还没建议人大免去你法院院长职务嘛,你跑到达功同志那里挑拨些什么?如果达功同志不严厉批评你,你大概还不会跑到我这里来检讨吧?!"

邓双林再度陷入窘迫之中。他再也没想到,当晚发生的事情当晚就被揭穿了,两任市委书记在电话里几句话一说,就把他的政治利益,也许还有将来的政治前途全牺牲掉了。心里一阵压抑不住的难过,聚在眼窝里的泪禁不住落了下来,吭吭哧哧解释说:"李书记,我……我不是别有用心,真……真不是!您就是借我个胆,我……我也不敢挑拨您和赵省长的关系呀!我……我是太难了,真的……"

李东方不愿再谈下去了,挥挥手:"好了,好了,邓院长,你不必再解释了,就你这种素质,这种精神状态,谁敢放心?你法院不出问题倒怪了!"

邓双林觉得这是自己踏上仕途以来败得最惨的一天。

22

在酒店罗马厅门前送走加拿大友好城市的客人,贺家国看看表,才八点多钟,便到旁边的大宴会厅看了看。大宴会厅海外华人招商团的宴请活动也结束了,钱凡兴和两个主陪的副市长早就没了影子,副秘书长兼接待处处长徐小可还在。贺家国进门时,徐小可正在认真审查领班递给她的费用单,纤细的小手里捏着一支笔,就是不落下来签字。

贺家国走到徐小可面前,咂了咂嘴:"真是我们市政府的红管家呀!"

徐小可一怔,这才看见了贺家国:"哟,贺市长,你吓了我一跳!"

贺家国笑了:"你吓什么吓?是不是吃了人家的回扣?"

徐小可不睬贺家国了,指着费用单,和领班办起了交涉:"怎么用了这么多饮料?不可能。一共三桌,连我们的陪同人员三十二人,你们就敢给我算九十八瓶饮料?小刘,喊你们王总过来,叫他给我数空瓶!"

贺家国说："算了,肉烂烂在锅里,峡江宾馆也是市政府的,你别认真了!"

徐小可坚持要领班去找餐饮部王总,待领班走后,突如其来掐了贺家国一把,说："你们倒大方,一年就那么点接待费,中外来宾还那么多,我怎么接待!"

片刻,王总笑呵呵过来了："徐秘书长,你看你,又批评我们了!你批评,我们就改嘛!你说,你说,饮料算多少瓶?你姑奶奶金口玉言,说多少就是多少!"

徐小可也不客气："最多五十瓶,你们再给我耍花招,我安排人大宾馆。"

王总愈发笑得可亲可爱："姑奶奶,你可别使性子,我们宾馆上上下下都把你当姑奶奶捧着呀,我们对李书记、钱市长、贺市长也没有像对你这么敬重啊!"

徐小可这才笑了："别说好听的了,你们是敬重我手上一年几百万的接待费!"

在费用单上签了字,徐小可和贺家国一起出去了。

在大堂里,徐小可问："怎么样,贺市长,我这猪脑子还行吧?"

贺家国不屑一顾："狗肚鸡肠而已,比一个管家婆高强不到哪去。"

徐小可不高兴了,抬腿就往门外走。

贺家国追出了门："哎,你这是上哪儿去?"

徐小可说："去火车站接南京一位副市长,再过二十分钟车就到了!"

贺家国见四处无人,悄声道："那我先在这里洗个澡,你忙完过来。"

徐小可未置可否,钻进车里,开车就走。

到客房里洗过澡,只穿着衬衣,门就被什么人敲响了。贺家国知道,肯定不是徐小可,徐小可到火车站接人,还要安排客人住下,没有四十分钟到一个小时回不来。便以为是《峡江日报》记者沈小阳,或者秘书三处副处长赵曙明,这间客房只有他们两人知道,他们和他一起在这里策划过国际工业园和红峰商城的文章。

不料,开门一看,竟是一个漂亮女人,挺有风度,不像是黄色娘子军。

见贺家国发呆,漂亮女人笑了："贺市长,当上市长助理就不认人了?"

贺家国觉得这个女人脸有点熟,姓啥叫啥,在哪里见过,真想不起来了,便笑着打起了哈哈:"看你说的,我这人记性是不太好,不过女朋友总能记得住。"

漂亮女人嘴一噘,嗔道:"那你贺市长还下这么黑的手,把我往死里整?"

贺家国恍然大悟:这漂亮女人是赵娟娟。三年前筹办华美国际投资公司时,一起吃过一次饭,当时是想拆点资金的,后来没谈成,双方也就没了来往。

赵娟娟坐下后,又说:"贺市长,你不是别人,你也搞过公司,经过商,我怎么也不相信,你会跳出来做红峰商城的文章!你既然那么仁慈,那么有同情心,就不该当市长助理,你就该去当上帝,当联合国秘书长,连非洲难民都管起来!"

贺家国不能不认真对付了:"这恐怕不仅仅是个同情心的问题吧? 是不是还有个司法公正的问题呢?你承包了人家的商城,又转手租了出去,赚了这么多钱,就是不愿付人家合同款,甭说是到联合国,就是到了天国也说不过去吧?"

赵娟娟说:"说得过去说不过去,总要以法律判决为准,中国现在是法治的社会,不能以权代法,以情代法,更不能无法无天。沈小兰她们一闹,你们当官的就怕了,就担心社会不稳定了,抱着这种心态还搞什么改革!"

贺家国脸上的笑意消失了:"但改革不能不要社会稳定,更不能巧取豪夺! 正像你说的,我也办过公司,搞过经营,所以我才更懂得珍惜稳定的社会政治局面,社会一乱,最倒霉的可不是沈小兰她们啊,而是像你赵娟娟这种人,穷人吃大户先吃你们! 今天他们不能以合法的途径让你把钱吐出来,将来也会用非法的手段让你吐出来,你信不信? 我今天做的,既是为了红峰公司的工人,从某种意义上说,也是为了你! 这一点,你赵娟娟要清楚,要清醒! 不要再四处活动了!"

赵娟娟笑问:"贺市长,赵省长同意你这么干?"

贺家国反问道:"赵省长为什么不同意?"

赵娟娟仍在笑:"赵省长没和你说过,我是他抓起来的典型?"

贺家国摇摇头,淡然说:"这与本案无关。"

赵娟娟把底牌摊了出来:"贺市长,我不知道你是发了哪门子疯! 对我这个官司,你家岳父,我们的赵省长不止一次打了招呼,你这么揪住不放,究竟是和我作对,还是和赵省长作对?你也不想想,没有从省里到市里一大帮过硬的关系,我的官司能打到这程度吗?贺市长,我劝你冷静一点,别上人家的当,你上了当,一条道走到黑,得罪的不光是我,还有一大批实权人物,赵省长都不会保你!"

贺家国按捺不住了:"赵娟娟,请你不要这么威胁我,我这个市长助理不是赵省长保上来的!退一步说,就算这个市长助理不当,我照样会活得很好,比现在还要好!用不着像你这样巧取豪夺,我该得到的也会得到!事实已经摆在那里了!"

赵娟娟一副感叹的样子:"是啊,是啊,贺市长,你这个人比较难对付,我就算给你个几十万,你也不会看在眼里。谁都知道,你有一个智慧的脑子,按现在的说法,你是个'知本家',能用你的知识文化赚大钱。往上爬呢,你好像兴趣也不大——当然,你这种人锋芒太露,又六亲不认,连赵省长当峡江市委书记时都不愿用你。所以你想有大作为也难,也就是替人家放放炮,当当枪。"

贺家国有了些自豪:"所以,我一直主张高薪养廉,让你们没缝子可钻。"

赵娟娟自认为看透了:"贺市长,其实呀,钱和权一样,本身并没有多少意义,如果不能变成人生的一种享受,比如美酒美女美好时光……"

贺家国接了上来:"对了,我差点忘了,你就是个美女——我得承认,你很漂亮,三年前头一次见面时,我对你很有好感。不过,当时我决没想到今天我们会这样重逢,这真令我遗憾。"

赵娟娟妩媚一笑:"贺市长,你现在对我还有好感么?"

贺家国笑道:"怎么?你又发现了什么可趁之机?想和我做笔交易吗?"

赵娟娟道:"如果你还是华美国际的老总,也许我会和你放纵一下,我对金钱世界的成功者永远保持敬意,可你现在只是个小小的市长助理,你觉得你配吗?"

贺家国自嘲道:"照这么说,我还得拼命往上爬呀!"

赵娟娟近乎真诚地道:"贺市长,我很钦佩你的正直和勇气,可作为过去的朋友,我得和你说实话,你就是人家峡江一些政客的炮灰。我真不明白,你为什么就不能省点心,好好赚你的大钱去呢?我觉得你可以尝试一下去做李嘉诚,何必非要搅和到峡江这个深不可测的矛盾旋涡里呢?况且赵达功省长又是你岳父。"

贺家国手一挥:"因为我看不得那么多下岗工人的眼泪,看不得你们这种人的丑恶无耻,所以,我目前当官的兴趣还比较大,哪怕是给别人当炮灰!"

赵娟娟带着一脸自信,轻叹一声:"贺市长,那我把话撂在这里:你当官的兴趣很可能来得快,去得也快,真的! 你就好自为之吧!"说罢,骄傲地走了。

贺家国还没见过这么猖狂的女人,这才明白沈小兰的对手是何许人! 看来这个女人的后台不是一般的硬,而是硬得很。她把话说得很清楚了:除了岳父赵达功,还有相当一批实权人物。

到得徐小可来了,贺家国仍是气愤难抑,对徐小可破口大骂:"⋯⋯这个女人,今天威胁到我头上了! 我还就不信我这市长助理当不下去,我还就不信扳不倒她的那些后台,那位赵省长敢继续当她的后台,我他妈就连赵省长一起扳!"

徐小可吓得要死,狠狠拧着贺家国的耳朵骂:"你发什么傻疯? 不想在峡江混了? 得饶人处且饶人,你策略一点好不好?! 赵省长现在还是你的岳父大人!"

贺家国一把搂住徐小可:"你和我一结婚,他就不是我岳父大人了!"

徐小可推开贺家国:"去,去,我才不嫁你这种不食人间烟火的疯子呢!"

贺家国就势往门外走:"不嫁就算,今天你想嫁我也不要你了! 我现在就去问问李东方,他是不是中国共产党峡江市委书记? 峡江的政权还在不在共产党手里? 他敢不敢和这股恶势力斗到底,他要不敢,老子明天就辞职,决不尸位素餐!"

徐小可一把拉住贺家国:"你往哪里走? 也不看看现在几点了!"

第六章　混乱的阵营

23

在李东方的建议下，市委常委会开成了常委扩大会，扩大到市委、市政府、市人大、市政协四套班子的副市级以上领导干部，包括市长助理贺家国。为避免不必要的干扰，市委办公厅按李东方的要求，把会址选在远离城区的新区管委会大厦。会期原定两个整天，嗣后因为讨论的问题比较多，有些问题争议也比较大，便延长了一天，除占用原定的周末和周日之外，又搭上了一个正常工作日。

第一天上午，钱凡兴主持会议，李东方发表了长篇讲话——这个讲话后来被一些同志戏称为赫鲁晓夫的"秘密报告"。在讲话里，李东方以历任峡江市领导、现任市委书记的身份，对造成峡江目前被动局面的历史进行了反省，主动做了自我批评，承认自己对国际工业园和峡江新区决策失误负有一份不可推卸的历史责任。检讨两大失误时，李东方既没有提到省委书记钟明仁，也没有提到副省长赵达功，只在主语不能缺位的情况下，才谨慎使用了"前主要负责同志"、"原市委书记"等字眼。

与会者看得出，李东方用心良苦，宁可委屈自己，也不愿扩大矛盾。

然而，中午休息时，许多同志私下里还是议论起来，说是李东方此举不明智，有欲盖弥彰之嫌。事情很清楚：国际工业园、峡江新区，都不是李东方的决策，责任该由钟明仁和赵达功来负。你一把手有决策的特权，责任当然也是你的。

李东方听到这些议论后，下午又做了个补充讲话，重点谈了谈民主决策。

李东方说："同志们，我请大家重温一下党章，我们党章的哪一条规定了一把手有决策的特权？没有嘛！党章明确规定了民主集中制原则，问题是，我们是不是行使了民主权力？当讨论某一项重大决策时，我们是在看决策本身的科学性,还是在看一把手的脸色？想没想过去看看老百姓的脸色？必须承认,我过去看的就是一把手的脸色。决策本身的科学性不是没想过,可在一把手下了决心之后全顾不上了。造成这种现实的是什么原因？很简单,我们的体制是对上负责的体制,不是对下负责的体制。所以你不要以为这只是一把手的错,你看着一把手的脸色举了手,你就有责任,一百年以后也赖不掉嘛！我今天不是要替谁开脱,走到哪里我都承认,我对峡江历史上的决策失误都负有一份责任。前峡江市委主要领导同志都是很开明的,都有着良好的民主作风！他们的好作风也深深影响了我,所以,我希望这次常委扩大会也能真正体现党内民主,对我市跨世纪发展的所有议题都敞开来谈,发发牢骚,骂骂娘也没关系！今天你在常委会上发发牢骚,骂骂娘,要比做出错误决策造成损失,将来让老百姓骂娘要好得多嘛！"

尽管李东方在下午的补充讲话里大谈钟明仁、赵达功的民主作风,小心维护前面两位一把手的历史形象,麻烦该来还是来了。

晚上刚吃过饭,赵达功的电话便挂到了李东方房间,很不客气地提醒李东方,要李东方不要鄙薄前人,说是我们的改革就是摸着石头过河,就是探索,而探索总会有失误,连中央都有失误,何况我们内陆省份的市级领导？赵达功还意味深长说,他人微言轻,可以不计较,只怕钟明仁不会没有态度吧？李东方拼命解释,赵达功没耐心听,反告诫李东方,要李东方向他学学,把心态放平衡一点,不要因为进不了省委常委班子就不顾一切。赵达功那边刚放下电话,钟明仁的秘书也把电话打来了,要李东方把他的讲话稿尽快送一份到军区总医院来,说是正在总医院住院检查身体的钟明仁要看一看。

李东方知道,小报告已经有人打上去了,自己被两位老领导盯上了,索性连赵达功那里也送了一份报告去,让他们各自去判断。既然矛盾回避不了,那就正视吧。

支持李东方的也大有人在,而且都不是一般人物。

市人大主任龙振玉和市政协主席方冰,对李东方的讲话高度评价,在晚饭后接着召开的讨论会上发言说,这次常委扩大会是一个非常好的开端,党的实事求是的好传统,批评与自我批评的好作风又回来了。龙振玉的资历不在钟明仁之下,一直和钟明仁有矛盾,说起话来也就无所顾忌,发言中几次点名道姓说到钟明仁。指出：明仁同志是个开拓型干部，是我省二十一年改革开放事业的主帅之一，是有大功劳于我们峡江市和西川省的，这是不可否认的事实。但是，我们这个主帅同志比较专权，有霸气，少民主。拎着组织部的公章，说免谁就免谁，在峡江党的历史上从没有过，开了一个很不好的头。正是这种霸气造成了言路的闭塞，在国际工业园决策问题上，吓得当时的环保局长不敢说话。

龙振玉也批评了李东方："……东方同志，你倡导实事求是，有勇气，有魄力，但你还是有顾虑嘛！别的我先不谈，就说一点：钟明仁同志、赵达功同志有什么良好的民主作风啊？这良好的民主作风又怎么深深地影响了你？不是事实嘛，我看也不是真心话嘛！钟明仁决策用人缺少民主精神，赵达功也一个样，有过之无不及！赵达功同志在干部人事问题上的专断远胜于钟明仁，根本不容其他常委插手，田壮达就是他一手任用的，我看他要对投资公司的大案要案负主要领导责任！方老，你做过组织部长，对这方面的情况比较了解，是不是也谈一谈？"

市政协主席方冰和龙振玉一直有矛盾，但对赵达功意见更大，也就很难得地在这个场合旗帜鲜明地支持起了龙振玉——方冰曾在赵达功手下做过一年多的组织部长，因为不听招呼，被调任宣传部长，对赵达功用人问题上的专横很有意见。

方冰待龙振玉话一落音便说："谈一谈就谈一谈。龙主任的意见我赞成。为了总结用人方面的经验教训，有些刺耳的臭话我今天不能不说了：同志们，我们的组织部不能成为一把手的组织部，要真正从形式上到内容上成为党的组织部。用人权操在一把手手里危险就太大了，一把手素质好，算是组织有幸，百姓有幸，素质不好呢？尽用田壮达这种人呢？我们这个党就要垮了，老百姓就要遭殃了！同志们，看看我们峡江的现实吧！市投资公司接连烂了两套班子，整个瘫在那里，十几个副处以上干部至今不利索；红峰商城又发生了什么？怎么会在我们的中院败诉了？中院那个邓双林又是怎么回事呀？他这个院长是怎么上来的？称职吗？这桩官司里没有鬼倒怪了！尽用这种人，他赵达功是怎么想的呀？这些话原来并不是不想说，没有说话的条件嘛，硬说也没用，谁睬你呀？今天，东方同志有这种民主精神，有倾听不同意见的雅量，我老头子就先放一炮了！抛砖引玉吧！"

李东方见龙振玉和方冰的态度都挺激烈,为了缓和气氛,笑呵呵插话说:"也不能说钟书记、赵省长在用人问题上就有什么私心,今天家国同志也在这里,我就拿家国同志的事做个例子:赵省长在位时为了避嫌就没有用家国嘛!"

方冰毫不客气:"这能说明什么?说明赵达功同志大公无私?我看未必。家国同志有胆有识,又是经济学博士,为什么不能用?事实证明,家国同志的这个市长助理一上任就把红峰商城的案子抓起来了,大得党心民心!我看他是不敢用家国同志!"

龙振玉也赞同说:"尤为可贵的是,家国这个同志讲原则,讲良知,认事不认人。现在社会上公开说嘛,打官司就是打关系,红峰商城后面到底有多少关系?谁说得清?谁愿找这个麻烦?也就家国同志敢捅这个马蜂窝。"冲着坐在对过边角上的贺家国笑了笑,"家国同志啊,我看你要有个思想准备哩,照你这么干下去,包括赵省长都不会喜欢你的!"

这畅所欲言的党内民主气氛把贺家国的心也搅热了。

贺家国不好就钟明仁、赵达功表示什么意见,便接着龙振玉和方冰的话头,就红峰商城的问题表了态:"龙老、方老,感谢你们的支持和鼓励,红峰商城的事,你们就放心吧,我不管赵娟娟有多少后台,也不管涉及到谁,该怎么办就怎么办!赵省长喜欢也好不喜欢也好,我是顾不了了——我这市长助理可不是为他当的!"

李东方敲敲桌子:"贺市长,你别扯远了,头脑清醒点!"

贺家国这才悟出了点什么,就此打住,没再接着说下去。

政协主席方冰又插了上来:"东方同志,我看倒是你和市委要清醒呀,赵娟娟这个女人很不简单啊,很多人私下喊她赵市长。谁在支持这个赵市长啊?为什么要支持啊?现在不能妄下结论。可谁的眼睛都没瞎,判决书摆在那里嘛!"说到这儿,方冰突然激动了,挺情绪化地说,"我是想通了,反正这届政协主席干完就要彻底下了,也不在乎谁了!得对党和人民负点责了!我今天就发个狠,把句硬话撂在这里:我不管你是谁,不管你地位多高,官多大,涉及到你的事,你就得给我说清楚,就得对党和人民有个交代!"

这时,李东方看清楚了,方冰是在逼宫。在方冰的眼里,他李东方和赵达功搭了八年班子,又是赵达功一手扶上去的,是赵达功线上的人。趁机逼他撕开脸面和赵达功反目,既得民心,又能一泄他多年的怨气。这怨气不但是对赵达功,也包括他李东方。如果不是他挡在前面,今天这市委书记也许就是方冰了。

常委扩大会议的第一个夜晚,李东方失眠了,他发现自己落进了自己挖掘的陷阱中。他的本意不是清算历史旧账,更不是要追究钟明仁和赵达功的过失责任,只是想在健全党内民主的基础上统一思想,实事求是地确定峡江跨世纪发展的奋斗目标。没想到,民主的魔瓶一打开,局面就不可收拾了。龙振玉对钟明仁点名道姓予以指责,方冰几乎就是公开向赵达功宣战,贺家国这个政治上的糊涂虫根本不了解峡江干部队伍历史上的恩恩怨怨,也跟着起哄。钱凡兴态度微妙,整整一天加一晚上没发表过一句意见,按钱凡兴自以为是的个性,这是很反常的。过去不论开什么会,钱凡兴总要发言,总要插话,有时甚至不顾场合,让李东方心里常常很恼火。现在,李东方是很需要这位市长同志插话,市长同志却不插话了,竟在笔记本上画鸭子,画小鸡。钱凡兴是省里下来的干部,和峡江任何线上的干部都没有关系,在方冰、龙振玉发言过火时,以自己超脱的身份是可以站出来替他阻止一下的,完全不应该看着这两个老同志把火药味搞得这么浓。可钱凡兴稳坐钓鱼台,连大气都不多喘一口,实在耐人寻味。

横竖睡不着,李东方便给钱凡兴的房间打了个电话,想和钱凡兴谈谈心。

钱凡兴房间的电话却没人接。让秘书过去一问才知道,晚上讨论结束后,钱凡兴就回市内了,去了哪里,去干什么,没人能说清楚。钱凡兴只给会务组的同志留下一句话:他会在明天一早赶回来,误不了明天上午的会。

李东方禁不住一阵黯然,深深的孤独如潮水一般漫上了心头。

24

钱凡兴注意到,穿上病号服的大老板钟明仁显得老多了,头发稀疏,皮肉松垮,满脸疲惫和憔悴,完全不像个一言九鼎的省委书记,倒像个积劳成疾的老中学教师。然而只要稍加留心就会发现:大老板总归是大老板,这老人的眼神决不是中学教师具有的,炯炯发亮,透着一种决心,一种意志,一种不容侵犯的威严。

　　钟明仁盯着窗外月色掩映的花坛看了许久许久,才缓缓转过瘦弱的身子,语气平和地对钱凡兴说:"凡兴啊,这么晚了,把你叫过来,也没什么了不得的大事,就是想和你聊聊天。今天下午,大军区的刘司令员还来扯了半天,劝我不要这么拼命了,好好休息几天,既来之则安之。可我这心安不下来呀,这个经济欠发达的西川,我们在改革开放中搞了二十一年,现在搞得到底怎么样了?经济还是欠发达,还不给中央省心啊!所以我说,我钟明仁不是什么改革家呀,我内心有愧呀,对不起中央,对不起百姓啊!怎么办呢?水平有限,能力有限嘛!"

　　钱凡兴敏感地从这话中听出话来,笑道:"大老板,您要这么评价自己,那我们一个个恐怕都得回家抱孩子去了!西川省的情况大家都知道嘛,历史上就是穷省,哪朝哪代搞好过?封建帝王没搞好,国民党没搞好,改革开放前也没搞好。正是改革开放后的这二十一年,您大老板带着我们和全省人民押上身家性命拼搏,才有了翻天覆地的变化,这个摆在西川大地上的基本事实谁也否定不了嘛!"

　　钟明仁棱角分明的脸上任何表情都没有,话题突然一转,说到了李东方,像谈论一个很久很久以前的朋友:"李东方同志就是我在二十多年前认识的。具体是二十几年记不住了,事情倒还记得。是在沙洋县太平公社的水利工地上,在一面青年突击队的红旗下。我印象中是个冬天,很冷,西北风呼呼刮,我和当时的县长龙振玉同志给他们这些先进突击手戴大红花。和东方同志握手的时候,他满是老茧和血泡的手引起了我的注意。我想像不到一个农村孩子会磨砺出这么一双劳动的手。那双手粗得像树皮。我在回去的路上就对振玉同志说,要把这小伙子当做典型培养。后来东方同志从一个农村青年成长为一个市委书记——哦,顺便说一下,我还是东方同志的入党介绍人哩,在沙洋县做了四年县委书记,我介绍入党的同志就他一个。"

　　钱凡兴赔着笑脸道:"大老板,这么说,您还是东方同志政治上的引路人哩!"

　　钟明仁摆摆手,脸上仍是毫无表情:"我也谈不上是他的政治引路人,他的政治引路人是各级党组织,培养他的也是各级党组织。在后来的工作中,东方同志还是说得过去的,不论在什么地方,始终能摆正自己的位置,农村出来的孩子嘛,人很朴实,又没什么靠山,为人挺谨慎,工作比较负责,也受过不少窝囊气。一九八四年沙洋班子换届,我们准备安排东方同志做县长兼县委副书记,有人不服气,给东方同志使坏。沙洋县那帮小土地爷们使坏都使得很高明啊,在县党代会上大搞非组织活动,却没说东方同志一句坏话。说东方同志是好人啊,有困难也不向组织说,我们只要都不选他,他进不了常委班子,就当不成县长了,就能早点回峡江市里发展了。当时,东方同志的家已搬到了峡江城里。"

李东方走麦城的事倒没听说过,钱凡兴就挺感兴趣:"后来结果怎么样?"

钟明仁斯文慢理地说:"结果还用说吗?东方同志就让沙洋这帮小土地爷们搞下去了,县委常委没选上。这个结果一报上来,我真发了大脾气,把市委组织部的同志叫来一顿骂,问他们是怎么进行的组织保障?脾气发过,选举结果还是不能否定呀,当时,东方同志情绪又很不好,要求调到市里来,我就和东方同志谈了一次话,让他以原常务副县长的身份去做沙洋县委组织部长。这一来,那些参加过非组织活动的同志都坐不住了,一个个主动跑去向东方同志解释,半年后,东方同志顺利当上了县长兼县委副书记。"

钱凡兴不禁感叹道:"大老板,您对东方同志真可以说是恩重如山呀!"

钟明仁不承认自己对李东方有什么恩:"我是要用人嘛,完全是从工作考虑,当时的县委书记是方冰,他和方冰搭班子比较合适。"说到这里,停顿了一下,"这么多年过去了,一些同志的长处短处也都看到了。实事求是地说,东方同志副手一直做得不错,不论是当年做县长,还是后来做市长。可这个同志独当一面的能力和魄力也确实差些,最终把他摆到峡江一把手的岗位上,我是下了大决心,也是准备担点风险的。现在看来,我可能有些感情用事了,在关键的时候一些说不清道不明的个人感情取代了组织原则。"

钱凡兴万万没有想到,钟明仁半夜三更把他叫来,竟会给他交这个底,心里顿时翻江倒海:大老板这意思是不是说要找机会把李东方从峡江目前的位置上拿下来另做安排?峡江新的一把手该是谁?自己是不是该在这人生的关键时刻做点必要的努力?这完全怪不了他,是李东方自己非要闯这个祸不可。

正紧张地想着,尚未做出决断,钟明仁又说话了,口气突然严厉起来:"——做市委书记半年多了,市人代会也开过一个多月了,还在那里东张西望,连个跨世纪发展的规划都拿不出来!我急他不急,也不知一天到晚忙些什么!今天倒好了,气魄一下子就大了,不要历史了,不讲辩证法了,否定一切,老子天下第一!"

钱凡兴试探着递上了一句话:"有些同志说,东方同志很像赫鲁晓夫……"

钟明仁手一挥:"他赫鲁晓夫又怎么了?我们九评评倒台了嘛!"

钱凡兴这才鼓起了勇气:"大老板,说实在话,和东方同志共事实在是难,你急得浑身冒烟,他一点不急,就这个常委扩大会,都拖了半个多月。我们这届政府想为老百姓干点实事也难,您当年定下的时代大道,我一上任就想抓,可至今搞不清楚东方同志的真实态度。他还打着您的旗号,说是您不主张把盘子搞大……"

钟明仁打断了钱凡兴的话头:"凡兴啊,这话要说清楚:东方同志在这事上没说假话!时代大道的规模不能搞得太大,一定要实事求是,峡江新区那种决策错误不能再犯了!"说到这儿,似乎悟到了一些什么,又严肃地说,"凡兴同志啊,还要声明一下:今天一开始我就说了,我们聊天,谈的都是个人意见,不代表省委。所以你这个同志不要误会呀,不要以为我想把东方同志赶下台,没这回事!我这个老同志、老朋友是要给他补台,你这个市长也要给他补台,你们要拆他的台,可别怪我对你们不客气。一定要记住,我们在任何时候,任何情况下,都要以党和人民的根本利益为重,以改革开放的大局为重!"

钱凡兴心里一惊,连连道:"大老板,我明白,都明白!"

钟明仁说是不代表省委,口气却是发指示:"要像爱护自己眼睛一样,爱护领导班子的团结,大事讲原则,小事呢,给我讲风格,尤其是在目前这种情况下,更要如此。时代大道可以上,要尽快上,还不准加重社会和企业的负担。资金不够怎么办呢?我替你们想了一下,也悄悄做了些工作:卖掉外环路,根据我摸底情况看,起码能卖出十个亿,搞得好,能卖二十亿以上!"

这可是钱凡兴没想到的,就在来见钟明仁之前,钱凡兴还在为时代大道的资金问题发愁,不曾想,身为省委书记的钟明仁一直把这件事挂在心头,而且把资金问题解决了。就从这一点上看,钟明仁就了不起,李东方这边向钟明仁开着火,钟明仁那边还在为峡江的建设忙活着,你不服行吗?

钱凡兴动了真实感情,握着钟明仁的手说:"大老板,真是太谢谢您了!"

钟明仁语气平淡地说:"谢我什么?我这省委书记是摆设呀?不做实事呀?"略一沉思,又说,"你知道卖外环路的主意是谁出的吗?是贺家国!这个小伙子,真有经济头脑,早在三年前就想到了,弄了个书面材料交给我们的研究室。前不久,我看到了,就把交通厅下属路桥集团公司的同志找来谈了谈,问他们:外环路四个收费站,每年收费五千万,一次卖断给你们,卖上三十年左右,你们有没有兴趣呀?人家路桥集团公司有兴趣嘛!你们得给家国同志记上一功啊!"

钱凡兴马上说:"家国同志真不错,不但有经济头脑,还有正义感,敢碰硬,这阵子正盯着红峰商城的官司干呢!把法院邓院长和政法书记陈仲成气得够呛!"

钟明仁哼了一声:"他们也该气气了,不能总让我们老百姓受气!不过,凡兴呀,你要注意,也要请东方同志和市委其他领导同志注意:要保护一下家国,我们这个年轻博士热情很高,头脑也很好,就是没有政治斗争经验,搞不好就会吃人家的暗算!另外,也不能让这个年轻同志太张狂,别把中国西川当成美国的康州了,该削他的锋芒也得削,这是为他好,也是对他的另一种保护!"

钱凡兴早就听说钟明仁和贺家国去世的父亲贺梦强关系很好,便问道:"大老板,您对家国同志怎么这么情有独钟啊?大家都在传,说您……"

钟明仁严肃地说:"凡兴啊,你们可不要跟着乱传啊,聘任贺家国当这个市长助理,不是我钟明仁提出来的,是东方同志提出来的,是你们市委常委会研究通过,报到省委来的,是省委常委们一致同意的。"想了想,轻描淡写说了句,"我和家国的父亲贺梦强教授是'文革'的难友,在沙洋牛棚里一起呆过一段时间。"

钱凡兴心里有数了:钟明仁和贺家国"文革"中自杀的父亲的关系决

不一般。

钟明仁又问:"贺教授那部《西川王国史稿》找到没有？我让东方同志关心一下,请家国把稿子整理一下,尽早出版,也不知办得怎么样了?"

钱凡兴说:"大老板,这事我可真是不清楚,你既有指示,就应该搞了吧?"

钟明仁说:"叫家国同志抽空到这里来见我,我再和他说说吧！这个同志呀,和他父亲一样,就是清高,我只要在省委书记的岗位上呆着,他就不来看我！"

谈话进行到最后,钟明仁才明确问到了国际工业园的问题:"凡兴啊,东方同志在他的讲话稿中说,国际工业园是当年的决策失误——污染问题不是现在才出现的,污染治理也不是从今天才开始的,园区的污水处理系统在我离开峡江的前一年就上马了。我问你:对国际工业园的污染情况你做过调查没有？到底有多严重？这究竟是对环保认识不足,监管不严的问题,还是其他什么问题?"

钱凡兴太知道钟明仁的心思了,愣都没打便道:"大老板,这还用说？就是监管不严的问题,为这事,我没少批评过市环保局和园区管委会的负责同志。当然,我这个市长也有责任！至于说污染有多严重,我们倒还没发现,这得实事求是！"

钟明仁脸一沉,抓起李东方的讲话稿扬了扬:"所以,我说东方同志是乱放炮嘛！重视环保本身并没有错,问题是要真正从思想上重视,不能光挂在嘴上说！回去后,请你们都给我多看几遍《中华人民共和国环境保护法》！在这里,我有个具体要求:《中华人民共和国环境保护法》你和东方同志每人要给我读三遍,分管领导要读五遍！还要送法上门,每个涉及环保的企业都给我送一本过去！"

哪个级别读几遍书钟明仁都规定了,这是具体指示了,钱凡兴要记录。

钟明仁拦住了:"凡兴同志,你不要记,我把这几句话批在东方同志的讲话稿上了,你带回去请东方同志酌处吧！另外,再带两句话给他:第一句是,峡江市的改革开放搞了二十一年,今天这个局面来之不易,大家都要珍惜;第二句是,峡江历史上的恩恩怨怨比较多,干部队伍情况比较复杂,请他在对一些事情表态时慎之再慎,不要做出亲者痛仇者快的事。"说到这里，冲天怒气一下子上来了，不是对李东方，但却分明实有所指，"我们有些同志，资格很老，毛病不少！自己不愿做事，也不准别人做事！人家在那里做事，他在干什么呢？他在打冷枪嘛，专在自己同志背后开火，专搞秋后算账！好在我钟明仁现在还没死，还没去见小平同志，他们这几个人给我盖棺定论还太早！"

钱凡兴原已准备走了，可见钟明仁正在气头上，又不敢动了，迟疑了一下，主动换了话题："哦，大老板，这卖断外环路的事，我是不是直接找交通厅？"

钟明仁苍白着脸，喘着粗气："嗯，去找王厅长，带着家国一起去，这小伙子有经济头脑，算账灵。"说罢，疲惫地挥挥手，示意钱凡兴回去。

钱凡兴这才赔着小心退出了门，出门后发现，贴身穿着的衬衣全被汗浸透了。

25

看到钱凡兴带回来的批示，李东方才明白昨夜钱凡兴去了什么地方。

钱凡兴解释说："李书记，你千万不要误会，这可不是我主动去找的大老板，是大老板亲自打电话找的我，我敢不去呀？我不去，那些问题恐怕更说不清！"

李东方一夜没睡好，两只眼已肿了起来，嘴上也起了泡，情绪很不好，叹息着说："说不清就不说嘛，我呀，是一片忠诚可对天，也不想再四处解释什么了！"

钱凡兴乐呵呵地道："有我替你解释就行了！大班长，你想像不到吧？大老板又给我们帮了个大忙，看来时代大道上个二十亿左右的规模问题不大了！"

李东方有些意外："哦，省里能给我们二十个亿了？大老板哪来的钱？"

钱凡兴感慨起来："我们这边会上——李书记，我不是指你，是指个别老同志——点名道姓骂大老板，大老板在军区总医院住着，还替咱们操着心：大老板和交通厅谈了，把外环路卖给交通厅下属的路桥集团三十年，交通厅给咱筹集十个亿左右的建设资金！李书记啊，我们今天可还在分享着大老板当年的决策成果呀!"

李东方觉得一股热血直往头上涌:你还有什么可说的?大老板就是大老板,那政治头脑,那作风气派西川哪个领导比得了?大老板出手反击都举重若轻,而且是那么有情有义!再看看大老板让他把《中华人民共和国环境保护法》读三遍的具体指示,愈发觉得自己像个蹩脚演员,把一台本应气壮山河的正剧演砸了。

钱凡兴又把大老板的两句话复述了一下,说:"李书记,谈到个别同志不干事时,大老板发了大脾气,吓得我大气不敢喘。所以,什么党内民主啊,什么决策失误呀,咱们最好都别再谈了,尤其是国际工业园,千万别提了,自己找麻烦嘛!咱们就说跨世纪的发展规划,就说时代大道吧,别再跑题了!"

李东方苦苦一笑:"凡兴同志啊,开会前,你不是不知道我的指导思想,我愿意找这个麻烦吗?我的讲话稿里不是一直在回避矛盾吗?我提倡民主决策,不是要算历史旧账,正是为了今后的工作!你呀,为什么不站出来帮我拦一下呢?"

钱凡兴说:"龙主任、方主席他们发言时,你又不是不在场,你市委书记都不说话,我怎么好说话?他们都是老同志,你又在倡导民主,让我说什么好呢?"

李东方心里不悦,嘴上却不好再说什么了。

八时半,峡江市委常委扩大会议继续进行,李东方主持会议,钱凡兴做峡江市跨世纪发展规划报告,下午讨论。讨论时,龙振玉和方冰又把话题扯到了总结历史教训上。钱凡兴心里有了底,也就不客气了,提醒发言者不要跑题,还意味深长地谈到了实干家与评论员的关系,说是我们有些同志擅长干实事,有些同志擅长当评论员,"这也好嘛,"钱凡兴笑着发挥说,"咱们就来个分工,我们这届政府来做实事,欢迎擅长评论的同志都来做评论员,我们跑步的姿态不美,你指出来;我们跑错了方向,你指出来;我都欢迎,是真诚欢迎,这也算革命的分工不同吧!"

龙振玉警觉了,呷了口茶,在嘴里漱着说:"钱市长,你好像话里有话嘛!"

钱凡兴直笑:"龙主任,我就是根直肠子,有啥说啥,也都说在当面!"

龙振玉说话很有水平,笑道:"钱市长,那么,我也把话说在当面:我认为单纯的实干家和单纯的评论家都是没有的。尤其是我们峡江市的领导干部,往往既是评论家,又是实干家;在这件事上是评论家,在那件事上就是实干家。要干事就不要怕人家评,人家也不可能不评。比如国际工业园,一百年后还会有人来评,决策错了就是决策错了,大家都不评,这种错误还会再犯!"

李东方忙道:"哎,哎,龙主任,还是言归正传,谈规划,谈规划!"

龙振玉还是给李东方面子的,便谈起了规划,来了个原则肯定,具体否定,尤其对时代大道,情绪很大:"……时代大道有必要在这时候上吗?就算外环路真能顺利卖掉,就算卖出十个亿,我看也未必要上。你们市长书记不明说我也知道,这又是个政绩工程。既然是民主决策么,就说一下我的看法:什么叫政绩?不能片面理解,不要以为抓了个标志性的工程就是政绩。一届政府的政绩是要全面衡量的,不但由上级,还要由老百姓评价。我市这么多企业开不出工资,近二十万人下岗,市人大门前三天两头群访,我们就不能用这些钱为老百姓解决点实际问题吗?"

钱凡兴忍不住道:"龙主任,就算不上时代大道,卖外环路的钱也不可能用来给困难企业发工资,企业资金和建设资金是两回事,我想,你也应该知道。"

龙振玉说:"我是说为老百姓解决点实际困难,并没建议挪用建设资金给困难企业发工资嘛。而且,实话告诉你:听到这个宏伟规划,我就怕,怕你们建设资金不够用,再出几道政府令收费,我们人大接待上访的任务又会加重不少!"

钱凡兴脸一下子涨得通红,不由自主地站了起来。

李东方悄悄向钱凡兴使了个眼色,示意钱凡兴不要激动。

钱凡兴这才意识到了自己的失态,又悻悻坐下了。

龙振玉仍在笑,一副心平气和的样子:"钱市长,我这可不是马后炮啊,是你没开炮我就评了,又当了一回评论家,评的不对,你们常委们完全可以不听。"

李东方笑道:"哪能不听?什么意见都要听,好听的不好听的都要听,否则也不要开这个会了。好,龙主任为民主决策开了个好头,尤其是关于政绩的评价,非常深刻。"用征询的目光看着众人,"——哪位接着谈?"

方冰说:"我就说两句吧!龙主任的意见有一定的道理,不过,时代大道我认为只要有条件还是要上,只要不加重各方面的负担,我们经济能承受,早上总比晚上好。基本建设本来就是拉动经济的一个手段——去年国家加大基本建设的投资规模和力度,对国民经济增长的贡献很大。国外成功的例子就更多了,像德国、日本的战后重建,美国三十年代大萧条时的基础建设……"

钱凡兴和几个常委、副市长便接着方冰的话头,谈起了基本建设对经济的拉动作用,钱凡兴还算了一个账:时代大道的土石方和人工费用很大,这些钱花下去实际上也起到了以工代赈的作用,对缓解乡镇劳动就业压力大有好处。

李东方原准备让贺家国就时代大道放上一炮,现在听大家敞开一谈,一些顾虑便打消了,也就没再提这个话茬儿。贺家国会前并不赞成上时代大道,本来准备摊开来谈点意见的,但得知自己三年前以路养路滚动发展的建议被钟明仁和钱凡兴采纳了,时代大道的建设资金有了基本保证,也就从时代大道的反对派变成了拥护派,只在具体操作上提了些意见和建议。贺家国不同意在交通厅路桥集团公司一棵树上吊死,主张对外环路实行公开拍卖。谈到时代大道未来建设时,贺家国也反对搞地方保护主义,主张以法办事,搞招标投标。

嗣后的会开得还算平和,与会者经过认真热烈的讨论,通过了中共峡江市委关于《峡江市跨世纪发展规划纲要》。

会后,李东方身心交瘁,脸上却有了些欣慰,对钱凡兴说:"现在看来,决策时多点民主并没有坏处,让人家讲话天塌不下来嘛,该通过的事全通过了。"

钱凡兴嘴上说:"是啊,是啊!"心里却想,只怕这天已经塌下来了。

26

会散了,与会人员纷纷离去,李东方却发起了烧,浑身软得站不住。

偏在这时,赵达功又打了电话过来,说是正陪几个大开发商看新区,马上过来和他谈谈,也请他和开发商们顺便见个面,吃顿饭。李东方不好说不见,只得在新区管委会大楼一边输液一边等。这一等就是一个多小时,赵达功一直没来。

这期间,原太平公社老党委书记刘川田不知怎么找到新区管委会来了,见李东方正躺在长沙发上打吊针,想说什么又没说。闷着头坐在那里一支接一支抽烟,咳嗽,咳得李东方心烦意乱。李东方当年在刘川田手下做过公社团委书记,知道刘川田肯定是碰到什么大事了,不碰到大事,这个老实巴交的离休老同志不会找他,也不会找到这里来,便道:"老刘,有什么事你就说,别这么闷着,闷着你难受,也让我难受嘛!说吧,说吧,什么事?只要我能解决的,我尽量给你解决!"

刘川田磨蹭了半天才说:"李书记,你这官越当越大了,见你一面不容易了,今天不是你在这儿打吊针,我还不知道你们在这里开了几天会!我女儿是管委会医务室的医生,我一知道你在这里,骑着自行车就从太平镇赶来了……"

李东方怕赵达功说到就到,便催促道:"老刘啊,你快说你的事好不好?"

刘川田又缩了回去:"要不,等你哪天身体好了,没啥事时,我再找你。"

李东方着急地说:"哎呀,叫你说你就说嘛,了不起是给儿女调个工作的事,对不对?只要不出大格,我能办一定办嘛,你就别给我磨蹭了!"

刘川田烟一掐,走到李东方面前:"李书记,私事我不会找你的,是公事,我实在是看不下去了,非得向你汇报不可,你别官僚主义!"说罢,掏出厚厚一份材料,递给李东方,"情况都写在上面了,你自己看吧,我走了!"

李东方坐起来连叫几声,也没叫住刘川田,只得眼睁睁看着刘川田走了。

恰在这时,赵达功也到了,见李东方正躺在沙发上输液,有些意外:"哦,东方同志,病了怎么也不说一声?还硬撑在这儿!走,去医院,今天什么也不谈了。"

李东方说:"吊针已经打上了,就别去医院了,老领导,有什么事就说吧!"

赵达功迟疑了一下,在沙发上坐了:"怎么,这两天的会开得还好吧?"

李东方坚持坐了起来:"还好。老领导,有些情况我得向你解释一下……"

赵达功笑着,摆着手:"不必解释,不必解释!我呀,冷静以后也想开了,你没做错什么,也没说错什么。你的讲话稿我认真看了两遍,挺让我感慨的,东方同志,如今讲真话不容易呀!你看你,把成绩全算到我们头上,问题和责任你都主动承担,我和大老板还不理解,我还在电话里说了你一通,真是很对不起你啊!"

李东方笑道:"你老领导哪怕日后理解也行啊!"

赵达功说:"新区是不是决策上失误我们先不谈,但遗留问题总要解决,这么多闲置的土地资源还是要利用起来。我离开峡江后,一些大开发商不断找我,我就想起了一个主意:东方啊,你看能不能在这次秀山移民上做点文章呢?比如说十五个移民村的建设,可以把一些晒太阳的地从开发商手里收回来利用嘛!"

李东方说:"这我不是没想过,可老领导啊,你让我用什么价往回收呢?你知道的,炒地皮炒得最热闹时,经二路和纬三路街口的地价直逼北京王府井啊。"

赵达功说:"当然是按我们政府的一手出让价往回收嘛!"

李东方想了想:"如果开发商能接受,倒也不是不可以,总能少占耕地吧,我们会认真考虑的。"停顿了一下,又说,"我还有个主意,考虑半年了,怕阻力太大一直没敢提到议程上来:早在五年前我们不就议过么?把沙洋县从峡江市区迁出来?你看迁到新区好不好呢?这个管委会大楼就可以做沙洋县委的办公楼嘛!"

赵达功眼睛一亮:"哎,这倒真是个好主意!不但把新区闲置的房产资源利用起来了,也给沙洋县提供了一片开阔的发展天地,更把开发商的问题解决了!沙洋县在城区的房产可以作价置换给开发商,让他们在城区继续开发,两头都活了!"

李东方说:"让沙洋迁到新区来,只怕阻力不会小,沙洋干部要骂娘的。"

赵达功手一挥:"怕挨骂就不工作了?!"

李东方说:"老领导啊,我担心有人会骂到你头上,你又要不高兴了。"

赵达功略一沉吟:"谁愿骂就让他骂吧,我们总得干事吧。"

李东方说:"那好,老领导,既然你这么支持,这个方案我们就尽快研究!"

赵达功趁机把话拉回了头:"被一些同志骂几句我并不在乎,要做事就可能被人评头论足,就可能挨点骂,这很正常。不正常的是,有些人别有用心,捕风捉影的事都往我身上扯!"脸挂了下来,"东方啊,我怎么得罪的方冰,你心里有数,你怎么就听任方冰在会上大放厥词连个态度都没有?这是哪一门子的民主啊?"

李东方忙解释道:"老领导,你也知道的,方冰不但对你有看法,对我也有意见。正因为方冰对我的意见也很大,所以有些话我才不好说。不过,家国同志附和方冰的时候,我就当场制止了家国同志,也算表明了态度……"

赵达功摆摆手:"这我知道,问题是,家国这个狂徒又是怎么回事?在这种阴谋重重的场合附和什么?这后面有没有黑手在挑唆啊?这个小官僚是没有政治头脑呢,还是非要出我的洋相?哦,不做我的女婿了,就一定要做我的对头吗?!"

李东方十分惊讶:"老领导,家国怎么不做你女婿了?怎么回事?"

赵达功深深叹了口气:"家国和我家阿慧正在办离婚,就是最近的事。"

李东方试探问:"老领导,你看,要不要我和家国谈一下,再做做工作?"

赵达功心烦意乱地说:"算了,算了,这事是我家阿慧主动提的,隔着这么大个太平洋,一个在国外有事业不愿回国,一个当上了小官僚不愿出国,怎么办呀?日子怎么过啊?离就离吧,我也不劝了。"苦苦一笑,"东方啊,事到如今,我也不瞒你了:三年前我不让家国到你手下做副秘书长,就是不愿看着他们小两口的婚姻破裂,想逼他去和阿慧团圆。没想到,这孩子会这么倔,对小家庭会这么不负责任,宁可到西川大学去搞华美国际公司,也不听我的,我还把他得罪了!"

李东方不好多说什么,便赔着笑脸听着。

赵达功发泄过后,不提贺家国了,又关切地说:"东方,那个国际工业园又怎么办啊?我一再劝你不要碰,不要碰,你就是不听,非要去碰,还在常委扩大会上公然提出来,这可不是谁要将你的军啊,是你自己给自己出了个大难题啊!"

李东方的笑容消失了,苦起了脸,很是无奈:"老领导,这难题真不小,大老板把球又踢回来了!大老板自己不总结,反要我和钱市长去读《中华人民共和国环境保护法》，而且指示很明确，要我们读三遍，也太……"

说到这里，打住了，没敢再说下去。

赵达功接过来说："——太霸道了？是不是？"

李东方忙声明："哎，老领导，这话可不是我说的哦！"

赵达功讥讽说："对，对，这话是我说的，和你没关系。你这个同志对大老板的态度谁不知道？理解的执行，不理解的照样执行。那么，你就和凡兴同志好好去读《中华人民共和国环境保护法》吧，但愿读完以后污染问题就彻底解决了。"

李东方说："我是看透了，要彻底解决污染问题只有关园。"

赵达功冷冷道："噢！关园？东方同志，谁借了个胆子给你呀？"

李东方被这口气惹火了，心一狠："老百姓借给了我个胆子，该关的时候就得关，一个市委书记连这点事都干不了，我……我不如早点下台，让能人上！"

赵达功严肃注视着李东方："东方，你可一定要慎重啊！"

李东方说："我会慎重的，老领导，也希望你多支持。"

赵达功想了想："该说的话我会说，实事求是嘛！"

又说了些别的不外乎是一些人际上的事，赵达功走了，临走前，一再嘱咐，要李东方好好休息。

赵达功走后，李东方打着吊针，在长沙发上昏昏沉沉睡了一觉，回到家时已是晚上九点多了，烧也退了，便想打个电话给贺家国，让他来谈谈。这小子，赵达功的女婿不想做了，事先也不和他透一点底，总得问问的。也想就当前宏观形势和复杂背景交一下底，免得这小伙子再犯糊涂帮倒忙。李东方觉得目前要着手解决的难题真不少，全像乱麻一样绞在一起：阵营复杂，你中有我，我中有你，稍有不慎就可能失去战机，甚至可能损兵折将，造成被动局面。可如果把握得好，把各种政治力量的积极面都充分利用起来，胜利的希望还是存在的。

摸起电话，又犹豫了：这种底能交吗？贺家国会怎么理解？是政治策略，还是政治手腕？就算要交这个底，是不是也该随着事态的发展一步步来？再一想，常委扩大会开了三天，大家都住在新区会上没回过家，也该给贺家国一点时间处理生活上的事。便没急着打这个电话，顺手拿起前太平公社党委书记刘川田送来的那份材料，坐到桌前看了起来。

这份材料让李东方大吃一惊。是一份举报材料。据这位老党委书记举报,这几年太平镇干部不顾基本国策,私下里大吃计划生育超生款,已到了让人无法容忍的程度。尤其是现任书记计夫顺,在镇党委会上公开说,对计划生育要因地制宜。举报材料很翔实,有超生人员统计数字,还有对部分超生户的收费情况。

李东方越看越气,基层政权组织违法乱纪竟然搞到这种程度,怎么得了啊!匆匆看罢,拿起桌上的一支签字笔,在举报材料上批道:"如此明目张胆地破坏计划生育政策我还是头一次领教,如情况属实就太严重了。请市计生办、沙洋县计生办立即查实严处,从重从快,决不姑息!"

第七章　基本国策

27

市县两级计生委对太平镇计划生育的突击检查是在周末下午五点开始的。市计生委主任周苹老太太亲自带队,事前做了周密部署,组织了二十多个人,调了四辆小车和两台面包车,还有一台开道协助执行任务的警车。两辆面包车,周苹是准备用来装超生妇女的。和沙洋县计生委的同志在市计生委门前汇合后,要出发了,周苹老太太还故弄玄虚,只说有重大任务,没说要上哪儿去。车队先是一路向西行进,到了外环路立交桥,老太太手一挥突然"东进",于是,二十三分钟后,老太太和她手下的天兵天将从天而至,突然出现在太平镇委、镇政府大院里。

这时,镇党委书记计夫顺正和镇长刘全友很认真地研究着太平镇的计划生育工作,一人手里拿着个工作日记,时不时地记上几笔。镇计生办的吴主任也拿着一个脏兮兮的小学生作业本很严肃地做汇报,正汇报到要"再接再厉,争取在二〇〇〇年十二月之前,将育龄妇女结扎上环率提高零点七个百分点,达到百分之九十八点二三"时,周苹老太太带着手下人马风风火火进来了。

计夫顺和刘全友都很吃惊的样子,热情招呼着,连连要周苹和同志们坐。

周苹和同志们都不坐,像看阶级敌人一样,逐一打量着三个疑犯。

计夫顺被看得像似挺茫然,赔着笑脸说:"周主任,这是怎么了?你们各位领导咋招呼都不打,就来检查我们的工作了?是不是……是不是顺路来看看?"

周苹这时已感觉到情况有些不对头了,便说:"对,顺路来看看。"

计夫顺忙让刘全友去安排晚饭,说是镇上再穷,一顿便饭还安排得起。

周苹手一摆:"你们别安排,安排我们也不会吃。"

计夫顺试探着说:"周主任,您很忙,那我们就抓紧时间汇报?"

周苹说:"你们别汇报了,现在就跟我们走,河塘村,你们带路!"

计夫顺说:"那我先给河塘村老甘、老聂他们打个电话,通知一声。"

周苹说:"不必了,你们三个全跟我们走,现在就走。"

一行人去了河塘村,把村支书甘同生从村办小煤窑找来,把村主任老聂从他儿媳妇家拽来,大家便在村委会见了面。计夫顺介绍说,来的都是市县计划生育方面的领导同志,老甘说,那得把妇女主任也叫来。便又叫来了一个五十岁上下的妇女主任。那位妇女主任正在家里和面蒸馍,来的时候脸上还白了一块。

老甘又要汇报,这回周苹表示同意——自己听汇报,却把手下的人差不多全派了下去,还很神秘地拿出一个小本本,跑到门外如此这般地交代了一通。

周苹从门外回来后,老甘就汇报起来,开头还有点正经的样子,很响亮地喝着茶,在妇女主任和老聂高一声低一声的应和中大谈特谈,什么"基本国策"呀,什么"一票否决"呀,什么"常抓不懈"呀,结扎率多少,上环率多少,人模狗样的。五分钟过后,味道就变了,先以一连串的叹气造气氛,以"天下第一难"为切入口,迅速进入了云山雾罩阶段。

"……周主任,这计划生育可真是天下第一难啊!难在哪里?首先难在人的素质上,村民的素质你就是没办法提高!就说去年那次吧,我们妇女主任发避孕套,三组赵百顺问,这玩意咋使?妇女主任是女同志,怎么说?就把套子往手指上套了套,就这么使!这一使,好了,百顺的媳妇又怀上了,还和我们妇女主任不依不饶,说是他每次和他媳妇上床,大拇指上都带着套子,一次都没忘……"

计夫顺怕周苹不高兴,喝止道:"别瞎扯了,这是你村发生的事吗?!"

老甘说:"怎么不是?计书记,你不信,我把赵百顺给你喊来。"

周苹敲敲桌子:"别喊了,别喊了,甘书记,你接着说吧。"

老甘又说了起来,很严肃的样子:"——哎,不能让他们乱生,你不把套子往该套的地方套,硬套在手指头上是你的事,该怎么流产你给我怎么流产!流产以后就上环,不能有一个空白点,三嫂子,这话是我说的吧?"

妇女主任连连点头:"是,是的,四兄弟,支部对我的工作最支持了!"

谈到上环,老甘又来了精神:"这上环工作,我们的经验是必须抓细,一人一环,要有记录,有落实,决不能马虎。有个笑话不知你们各位领导听说过没有?不知是哪个村的,反正不是我们村的。上环很马虎哩,一个老太太上了三次环,两个儿媳妇一个女儿她老人家都代劳了,到了小女儿要上环了,老太太又去了。这回碰到了个认真的同志,一看已经上了三个环了,就说了,老太太呀,这第四个环我就不给你老上了,再一上,你老人家不就成了一辆奥迪车了么……"

这笑话挺新鲜,还没多少人听说过,在场的几个同志全笑了起来。

周苹没笑,脸一拉:"甘书记,计划生育是很严肃的事,我希望你们基层同志也严肃一些!另外,也不要变着法子污辱我们妇女同志!"

老甘仍是嬉皮笑脸:"周主任,您别生气,我这也是在酒桌上听来的。"

这时,下去突击检查的同志一个个回来了,一个超生也没抓到。

周苹这下子火了,拿出那个小本本,点了几个超生户的名,问老甘:"这几户是不是超生了?你们是不是事先听到什么风声,把人全藏起来了?"

计夫顺也跟着发威:"老甘,你要敢耍花招,我可饶不了你!"

老甘一脸的无辜,大叫冤枉:"周主任,计书记,刘镇长,你们这可是突击检查呀,事先又没通知我们,我甘同生就是想藏也来不及呀!"

周苹扬着手上的小本本:"你给我正面回答问题:这几户是不是超生了?你不要耍花招,没有接到确凿举报,我们不会来的!"意味深长地看了计夫顺一眼,"我可警告你们:市委李东方书记有严厉批示的,查实严处,决不姑息!我看你们这河塘村里是大有文章,太平镇上是很不太平呀!"

计夫顺很生气的样子,狠狠瞪了老甘一眼:"老甘,你他妈的听到了吗?啊?连我们镇上都跟着你们受牵连!这几户超生究竟是怎么回事?"又叫过镇计生办吴主任,"老吴,老甘不说你说,都是怎么回事?啊?今天一定要给我说清楚!"

镇长刘全友也火得厉害:"说,实事求是说!"

吴主任正要说,老甘先说了,一开口就检讨:"周主任,计书记,吴主任,是我们工作没抓好,这几户都是流动人口,常年在外打工,根本不回村的,虽说超生责任不能由我们负,可我们还是有点小义务的……"

刘全友说:"你们不是有点小义务,是有大责任,为什么不跟踪落实?"

老甘苦着脸说:"他们不是在广州、上海,就是在新疆、内蒙,谁给我出路费呀……"

从河塘村出来,天已黑透了,计夫顺问:"是不是再到其他村看看?"

周苹沮丧地说:"不去了,不去了!我们内部出了叛徒!"

周苹一行走后,计夫顺马上交代吴主任连夜给市计生委办公室的那位"叛徒"同志送十斤小磨香油和一挂猪下水。吴主任说,人家不在乎这点东西,是想给他本家哥办个农转非。计夫顺想都没想便说,那就办,以后用得着他的时候多了。

老甘、老聂他们也追了过来,要留镇领导们吃饭。

计夫顺心里有事,不想吃,镇长刘全友和吴主任想吃,计夫顺同意了。

喝的仍然是沙洋县产名酒"一块八",菜还是老八样。老甘自认为这次为太平镇的党和政府立了很大的功,喝酒时说话的口气就不注意谦虚了,让计夫顺冷嘲热讽地弄了几句。吴主任倒谦虚,但却愚蠢,当着老甘、老聂的面就请示,说是后山村有个植树造林发起来的户主,家底子挺厚,愿出三万生个二胎,不知能办不?计夫顺没好气地说,不办不办,就是三十万也不办了!再办下去,就把我办进去了。吴主任直嘟囔,三万哩,前几天一万八咱都办过,很心痛,也很不乐意的样子。

正喝着,那位村妇女主任又跑来了:"甘书记,聂主任,有情况!"

老甘不急不忙地问:"怎么?他们又杀回来了?"

村妇女主任连连点头说:"他们的车已经进村了。"

老聂也问:"那帮超生娃儿们回来没有?"

妇女主任说:"没,没,还在山洞里躲着呢,我是先给你们打个招呼!"

老聂说:"那你急什么?"酒杯一举,对计夫顺和刘全友说,"计书记,刘镇长,咱喝咱的!"

计夫顺早考虑到周苹完全有可能再冲到村委会来,又虎着脸准备演戏。

老甘直笑:"计书记,这鬼子还没来到面前嘛,你咋又端起来了?你就放心喝你的酒,咱这里可是抗日时期拉锯地区,对付鬼子和八路,我们都有一套!"

计夫顺真火了,酒杯重重一放:"老甘,你是把我们各级政府当鬼子对付了,是不是?今天对付的是市县领导,过去就这么对付我和刘镇长,是不是？村口是不是还有人放哨？老甘，我告诉你，老子今天出此下策，是被逼无奈，哪天我就是下台了，也得先把你狗日的撤了！"

老甘笑不出来了："计书记，咱们谁跟谁？今天咱们可是在一条战壕里呀！"

计夫顺把头用力一摆："两回事！我们镇上收点超生罚款，是要解决很多迫在眉睫的大问题，你们呢？是他妈的变着法子弄钱喝酒！"

刘全友也说："是哩，一天到晚醉醺醺的，我就没见你们清醒过！"

老甘赔着小心提醒说："计……计书记，刘……刘镇长，这……这年把你们二位镇领导也没跟着少喝呀！"

计夫顺被堵得一时不知说什么才好，气得直翻白眼。

刘全友则恼羞成怒，桌子一拍："老甘，你说什么说？我和计书记一来，你就上一块八，你们平时喝的是什么酒？起码老窖！别他妈的以为我们不知道！"

这时，门前响起了汽车的刹车声和沓杂纷乱的脚步声。

计夫顺知道情况不妙了，打断刘全友的话头，借着一肚子情绪，向正确的方向发挥，声音很大："我看刘镇批评得很对！你们工作就是落得不实！就是花架子！关于流动人口的计划生育管理问题，后山村有宝贵经验嘛，你们就是不重视，不学习！今天不是我批评你们……哦，哦，周主任，你怎么又回来了？！"

周苹冷冷看着计夫顺："计书记，说，说，继续说！"

计夫顺觉得哪里不对头了："周主任，我这正批评着他们呢，你看……"

周苹说："我不看了，还是你出去看看吧！有请了，计书记！"

计夫顺跟着周苹走到门口一看，差点没当场晕倒：两辆面包车里装满了超生妇女和她们的孩子，而且不是他们镇上掌握的那收了钱的六个，竟是二十五个，大的六七岁，小的仅三四个月，还在妈妈怀里吃奶！

周苹很得意，有点猫玩耗子的意味："计书记，我们内部出了叛徒不错，你们内部也不是铁板一块嘛！不要以为藏在山洞里我们就找不到！知道我的外号叫什么吗？双枪老太婆！没有点和你们打游击的水平，我还当什么计生委主任！计夫顺同志，我劝你就不要再抱什么不切实际的幻想了，从现在开始老老实实交代问题，争取组织上从宽处理！明天，中共沙洋县委会找你的!"说罢,手一挥,"撤!"

这真是机关算尽太聪明,反倒误了卿卿的性命!计夫顺眼睁睁看着周苹和她的车队在柔润而可爱的月光下绝尘而去,像根被烧焦的木桩,呆呆站在村委会门前的空地上,足有四五分钟一动不动,一句话没有。

刘全友上前推了推计夫顺:"老计,老计,你是怎么了?"

计夫顺这才醒了过来:"哦,刘镇,回去,快回去开会!"

老甘小心地说:"这么晚了,还……还开什么会?计书记,咱就……就接着喝吧,今日有酒今日醉,别管明天刀砍头,反……反正事已经出了……"

计夫顺一把揪住老甘,眼睛血红:"这事怎么出的?啊?你他妈的给我说!"

老甘吓坏了:"计书记,我混蛋,我……我连夜查这个叛徒!"

计夫顺怒道:"我说的不是查叛徒,是说的那二十五个超生!我知道的只有六个,怎么一下子变成二十五个了?那十九个你们村里收了多少钱?你们是自掘坟墓,也把我往坟坑里推!"放开老甘,又对刘全友说,"刘镇,咱们真该死呀,咱们上面开了一个口,他下面就给你挖了个洞,连墙都挖倒了!趁咱们还没下台,马上回去开镇党委会,就研究一件事:改组河塘村班子,把甘同生和老聂全撸了!"

说罢,拉着刘全友上车就走,连头都没回。

这回轮到老甘和老聂在柔润而可爱的月光下发呆了……

28

沈小阳这阵子真是交了霉运,几桩事的操作都不顺利。国际工业园刘总那篇谈经验的文章辛辛苦苦写好了,三万块钱的版面费也让刘总及时交了,副总编田华北愣是不签字发稿,说是市领导打过招呼了,国际工业园的污染问题很敏感,凡是园区内重要涉污企业的报道和文章一概不发,暂时要享受一下香烟广告的待遇了。刘总的经验文章享受了香烟广告的待遇,刘总打到《峡江日报》账上的三万块钱,田华北还不愿退,说是哪次搞征文活动给刘总挂个名,让他当一次评委吧。这么一闹,大姐沈小兰去刘总那里当副总的事就屁了。好在大姐日子好过多了,二审判定的二百六十万先拿了回来,红峰商城的官司也有打赢的希望,倒也罢了。

严重的不幸落在了大姐夫计夫顺头上。

本来已经操作得很好了,城东区城管会缺个管稽查的科级队长,好歹也是一把手,城管会李主任也同意把计夫顺调去,沈小阳正准备让计夫顺去沙洋县委组织部办手续,噩耗竟从天而降,计夫顺到底栽在太平镇了,这前前后后只晚了几天,实在令人遗憾!

计夫顺该招的招了,该认的认了,检查和坦白交代材料写了一份又一份,在每份材料上都说自己很惭愧,给党和人民造成了不可挽回的损失,致使太平镇计划生育工作严重失控,破坏了基本国策,让中华人民共和国额外增加了近一个连的小公民。这时候,乡镇级政治家计夫顺的政治风度一下子全没了,一把手的架子也不端了,丧家犬似的,一天几次给沈小阳打电话汇报活思想,也不管沈小阳是在什么场合,在干什么。最后急不择路了,还要给市委书记李东方写信。

沈小阳硬拦下了,不让计夫顺再往枪口上撞,劝计夫顺要学那泰山顶上一青松,巍然屹立傲苍穹。还说,你自己的事你不好说,不如我说。你说李书记不会信,你的信李书记也许看都不会看。我说就不一样了,是公事,可以写文章,让贺市长签字在《内部情况》发表,李东方书记准能看到。计夫顺便跺脚搓手催促沈小阳快写。沈小阳被逼无奈,只好甩下哥们弟兄的一堆烂事,写了洋洋洒洒近五千言,题为《来自太平镇的报告》。虽说不是政治家,沈小阳却很有政治头脑,很巧妙地从前任镇党委书记现任副县长花建设的政绩工程入手,然后谈到计夫顺这届班子的负重生存,苦苦挣扎,为了稳定大局,以至于走投无路,被迫违反计划生育政策。又如何在违心的煎熬和痛苦中努力工作,率领全镇人民奔小康,包括给农中教师送大米、借钱为吃不上饭的同志送温暖,很有点艺术感染力。

贺家国看了文章极为震惊,当天下午就电话通知沈小阳,要沈小阳晚上到峡江宾馆2267房间来好好谈谈。贺家国在电话里也说,太平镇的事件很典型,值得好好下功夫。还透露说,市委常委扩大会议刚开过,政绩问题是会上的争论焦点之一,李东方书记也许正需要这样一份典型材料。

沈小阳把这大好消息告诉了计夫顺,计夫顺激动得眼泪鼻涕都下来了,死缠活磨一定要见一见尊敬的贺市长,当晚就跟着沈小阳去了峡江宾馆。沈小阳原倒是大包大揽的,可走进峡江宾馆大堂后,突然变卦了,觉得事先没和贺家国打招呼,就把自己姐夫带来,私人色彩未免重了一些,便让计夫顺在大堂候着听传。

因为事先有约定,贺家国已在房间等着了,房门是虚掩着的,沈小阳推门进来时,贺家国在卫生间冲凉。沈小阳隔着卫生间的门和贺家国打了个招呼,报告了自己的到来,便坐在沙发上喝茶。喝茶的时候,看到茶几上胡乱扔着一堆《西川古王国史稿》的楷书手稿,便信手取过一册,翻开看了起来。

片刻,贺家国穿着睡衣出来了,见沈小阳在看手稿,一边用干浴巾擦着湿漉漉的大脑袋,一边问:"怎么?小阳,你对西川古王国的历史也有兴趣啊?"

沈小阳岂不知道楚王好细腰的典故?何况现在又有求于贺家国,便做出兴致盎然的样子说:"贺市长,你还不知道啊?我的散文集里有几篇文章就是谈西川古王国的。我省原是西川古王国旧域,当年王国都城在现在的秀山。其民族游牧为生,产名马,善骑射,曾数度突入中原地区,直下洛阳……"

贺家国乐了,连连摆手:"别说了,别说了,这可真是踏破铁鞋无觅处,得来全不费功夫——小阳,就是你了!给我帮个忙,把这部书稿认真整理一下,拿到西川人民出版社去出版。我实在忙不过来,也真没兴趣,看了几页就不想看了。"

沈小阳不禁暗暗叫苦:这他妈的不是找事做吗,这么一大堆发黄的书稿!

往沙发上一坐,贺家国亲昵地拍着沈小阳的肩头,又说:"老弟,这是我父亲生前留下的一部稿子,钟明仁书记很看重,又是让李书记带话,又是让钱市长带话,老催着我整理出版,还要亲自写序,我就没办法了,想捎带着搞一搞。现在有了你沈大记者,我就可以脱身了。搞不明白的地方,你到西川大学历史系请那帮老教授多指教,出版经费也不要你管。"

沈小阳听说钟明仁很看重,还要写序,而且是贺家国父亲的遗著,真正的兴趣来了,明确表示说:"好,好,贺市长,这事交给我了,你就忙你的大事吧!"

贺家国从文件夹里拿出沈小阳送上来的那份《来自太平镇的报告》,说:"这期《内部情况》发两篇稿子,一篇是政策研究室搞的沙洋县迁址新区的前瞻性研究报告——这篇吹风文章是李书记亲自组织的,再一篇就是你的稿了。"

沈小阳满怀希望地问:"贺市长,我这篇稿李书记看过了么?"

贺家国说:"我已经复印了一份,让赵处长送过去了。"就说了这么一句,便谈起了稿子,"小阳,你家伙目光很敏锐嘛,又抓到点子上了!我对你这篇稿子的评价是四个字:触目惊心!太平镇干部教师一年多没发工资,困难到这种地步,违反计划生育政策我看也在情理之中!生老病死,吃喝拉撒,那么多事要办,镇上除了债务还是债务,让我们那位镇党委书记计夫顺同志怎么对付呀?!"

沈小阳压抑着心头的兴奋,连连说:"是的,是的,贺市长,计夫顺同志走到违法犯纪的这一步真是被逼出来的呀!"

贺家国在房间里踱着步,感慨说:"我们有些干部开口政绩,闭口政绩,都在那里搞短期行为,搞杀鸡取卵,谁也不对将来负责,怎么得了啊?别说什么可持续发展了,以后不出大乱子就谢天谢地了!这个太平镇就是个很好的例子嘛,发人深省嘛!"

沈小阳试探着问:"听说李书记对太平镇问题有个批示,还很严厉?"

贺家国挥挥手,不在意地说:"这我不知道,没听说。"

沈小阳说:"我听说了,李书记说,要对计夫顺严肃处理,决不姑息。"

贺家国口气随意,透着不平:"处理什么?我看这个计夫顺就不简单,在这么困难的情况下还把局面维持下来了,超生款都用在非办不可的正事上了,自己的工资都没发,你还要人家怎么样?!"想了想,突然觉得哪里不对头,"哎,小阳,你怎么对计夫顺这么关心?这个计夫顺是不是找过你了?"

沈小阳这才说了实话,道出计夫顺不是别人,是他大姐沈小兰的丈夫。

贺家国眼皮一翻:"我说嘛,你沈小阳是不是也想把我当枪使?"

沈小阳忙道:"不是,不是,贺市长,恰恰相反,我……我是你手里的枪!"

贺家国有些不放心了,盯着沈小阳道:"小阳,你可别玩花招,你给我说老实话:你这篇稿子是不是实事求是了?有没有胡编乱造的东西?"

沈小阳保证说:"贺市长,稿子里有一句话失实,你毙了我!"

贺家国仍不放心："我听说这两年你混出了个外号叫'沈操作'是不是？"

沈小阳苦起了脸："贺市长，你不能听那些谣言啊，造你谣的人更多！"

贺家国问："哦？都造了我些什么谣，说我些什么？"

沈小阳支吾说："别说了贺市长，我……我说了你准生气。"

贺家国很大度的样子："你说，你说，我不生气。"

沈小阳说："有些家伙骂你是流氓市长，说你见……见了女人就黏糊……"

贺家国的大度一下子消失了："这帮王八蛋，做我的文章哩！"

沈小阳故意说："贺市长，你也别生气，有则改之，无则加勉嘛！"

贺家国火了："什么有则改之无则加勉？这是善意的批评吗？是他妈的造谣攻击！"突然悟了过来，"哎，沈小阳，我这是谈你的问题，咋扯到我头上来了？怪不得人家叫你沈操作，你是真能操作！今天我可警告你：以后你敢打着我的旗号去拉关系，办私事，别说我对你不客气！私是私，公是公，你给我分开点！"

沈小阳乖得像只猫："是，是，贺市长！"

贺家国意犹未尽："我现在被人家许多眼睛盯着，你不是不知道！你说说看，这种时候你还忍心给我添乱吗？作为朋友，你得给我帮忙，不能给我添乱！你打着我的旗号惹了麻烦，就是我的事，我也说不清！"

沈小阳解释说："贺市长，我……我还真没敢打过你的旗号……"

贺家国心情变得不太好了："算了，算了，不说了，你先回去吧！"

计夫顺的事还没落实，沈小阳不太想走，便一边慢吞吞地收拾着茶几上的《西川古王国史稿》，一边问，"贺市长，这稿子整理好后，你看不看？"

贺家国说："有空我就看一看，没空就算了，反正到时候再说吧。"

沈小阳把手稿捆好，要出门了，才鼓起勇气道："贺市长，计夫顺的事，你能给李书记说一声么？就是你刚才向我说的那些话，只要你出面说说，也许……也许计夫顺就不会被撤职，他毕竟是我大姐夫……"

贺家国没好气地道："我不说，正因为他是你大姐夫，我才不去说！"

沈小阳仍不走："贺市长，我姐夫已经来了，在大堂等着，想见见你……"

贺家国火透了："沈小阳，你让他来干什么？不见不见！见了我说不清!"

这一来,沈小阳就很沮丧,灰头土脸的,到大堂见到计夫顺时,什么牛也不敢再吹了,弄得计夫顺心情也渐渐沉重起来,一路上唉声叹气,当夜连觉都没睡好。

然而,第二天上午,贺家国找到李东方谈太平镇问题的时候,还是替计夫顺说了话,态度还很激烈,口口声声说把计夫顺撤职查办难以服人。得知李东方还没来得及看那篇《来自太平镇的报告》,贺家国非催着李东方当场看不可。

李东方说是马上要开会,找出那份《报告》清样,却没有看的意思,对贺家国说:"家国,你别给我说那么多理由,我就问你一句话:这个计夫顺是不是违反了基本国策?违反了就得处理,这没什么好说的!我看不看都是这原则!"

贺家国冲着李东方直作揖:"首长,你先看看文章好不好?十分钟就看完了。"

李东方这才戴上眼镜,看起了文章,边看边说:"你也学会逼宫了嘛?!"

贺家国讥讽说:"逼什么宫,我敢么?首长,我这是帮你爱护干部!"

李东方仍在看稿:"怎么爱护?咱们是不是还得给计夫顺发几枚勋章呀?"

贺家国毫不客气地说:"首长,这勋章你最好是发给计夫顺的前任花建设副县长吧!搞了那么多宏大的政绩工程,让计夫顺这届班子连饭都吃不上了!"

后来,李东方看着稿子眉头越拧越紧,显然是被《报告》的内容吸引住了。办公室主任来提醒李东方去市政府开区划工作论证会,李东方也推了,要办公室主任告诉市长钱凡兴,先把会开起来,自己迟一会再去。

看完《报告》,李东方脸色很难看,呐呐道:"真想不到,真想不到啊!"

贺家国明知故问道:"你首长想不到什么?"

李东方桌子一拍,近乎愤怒地说:"想不到太平镇的经济会搞到这种地步!我只知道他们有困难,只知道那个花建设能吹会造,却不知道花建设六年拉了这么多臭屎!"

贺家国说:"谁拉的屎就让谁去吃,李书记,我有个建议:就把这个花建设降级使用,再调回太平镇去做镇党委书记,太平镇搞不好,就让他永远呆在那里!"

李东方苦苦一笑,又往回缩了:"又天真了吧?你知道花建设是什么人吗?他可是我们赵省长最欣赏的一位基层干部!三年前,赵省长就在全市党政干部大会上公开说,乡镇一级干部中,他最欣赏花建设!说花建设是峡江市睁开眼睛看世界的第一个镇党委书记,起点高,有气魄,赵省长亲自点名把他提了上去。如果赵省长晚走一年半年,花建设没准就当县委书记了,你说我拿花建设怎么办?!"

贺家国怔住了,过了好一会儿才说:"李书记,你看看,这可不是我想盯着我家岳父大人较劲吧?是他网罗的那帮宝贝东西尽往我枪口上撞呀,躲都躲不开!"

李东方意味深长道:"知道难了吧?!峡江目前的情况就是这么复杂!"

贺家国却来了劲儿:"再复杂也得讲原则,先撸了花建设这狗东西!"

李东方打定了主意,摇摇头说:"还是算了吧,花建设毕竟只是沙洋县的一位副县长,我们有了底,以后不重用就是了,新的矛盾就不要再制造了。赵达功同志对你我的意见已经很大了,我们也得策略一点,不能四处树敌,再说我们的干部体制说是能上能下,但让花建设下也难啊!就算把此人安排到了太平镇,也得带上括号副县级,我也不敢掉以轻心,这煤球儿滚到哪儿都是黑的!"

贺家国问:"那计夫顺怎么处理呢?你能不能和沙洋县委打个招呼?"

李东方想了想:"家国,对计夫顺的处理,我们先不忙定,你最好抽空下去看一看,这个同志到底怎么样?我们副市以上干部都有个乡镇联系点,你是不是就把太平镇做个联系点呢?可以从太平镇入手,解剖麻雀,了解一下国情嘛!"

贺家国立即同意了:"那好,首长,我就把太平镇当个点吧!"

29

镇党委书记计夫顺和镇长刘全友在基本国策问题上犯了错误,市委书记李东方又做了严厉指示,沙洋县委认定是保不下太平镇这个领导班子了,组织部就按县委指示,开始在县里各部委局办和乡镇一级干部中物色新班子人选,准备重建太平镇班子。人选物色工作进展得极不顺利,征求意见时,几乎没有哪个同志愿意到太平镇去做一二把手。白水河乡党委副书记宁愿辞职,也不想去做太平镇党委书记,谈到后来,眼泪都下来了。有些同志本来官瘾挺大,很想进上一步,可一听说去的地方是太平镇,头马上就往回缩了,半开玩笑半认真地说:组织上既然不想要我们了,就在县上把我们直接开掉好了,不必弄到太平镇转一道手续了。还有些同志说,我们倒是想为组织分忧,可老婆孩子不能不吃饭呀,让我们去也行,工资奖金得由县上发。组织部也觉得这问题太棘手了,计夫顺和刘全友一年多没开上工资,现在的十二个副镇级也还没工资可发,专给这几个新同志发工资,说得过去吗?

县委季书记这才想到计夫顺和刘全友过去呆在太平镇闪闪发光的种种好处来,觉得这两个同志太不容易了。副县长花建设不知出于何种考虑,也在几个常委面前不断吹风,替计夫顺和刘全友说情,县委常委们专门研究了一次,集体承担了一回风险:鉴于太平镇的特殊情况,原班子暂时不动,仍由计夫顺任代书记,刘全友任代镇长,让他们戴罪立功。在这次会上,县委季书记就表示了,只要李东方和市委吐了口,这两个同志的职就别撤了,给其他处分;李东方和市里若是追得紧,再慎重考虑换班子的事。

于是,县委季书记一个电话打过来,计夫顺又到太平镇戴罪立功了。

真是多事之秋,太平镇这时已是云波诡谲了,仅仅十天时间,小动物们就快闹翻天了。镇上惟一一家赚钱企业肉兔养殖加工基地快挺不住了,场长陈兔子一见到计夫顺就眼泪汪汪诉苦说,这十天内六个副镇级杀气腾腾地硬"借"走了十四万,工商税务卫生检疫部门三次拉走甲级兔肉一千多斤,乙级兔肉八百多斤。更要命的是,以郝老二为首的一帮地痞流氓又开始闹事了,不准农民养殖户直接把兔子卖给加工基地,非要经他们这帮地痞转一下手。许多农民养殖户无利可图不说,更怕香没烧成惹来鬼,都灰了心,把小兔子全掐死了。

陈兔子拉着计夫顺的手,哽咽得直抹泪:"计书记,你可回来了,这就好了,这就太好了!我知道你会回来,前天我还和郝老二说,计书记回来饶不了你们!郝老二就笑,说你栽到基本国策里去了,不但是要下台,没准还得进去哩！我就不信,杀了我我也不信！如果像你这样的书记都进去了,这世上还有公道么?!"

计夫顺安慰说:"兔子,你别怕,也别愁,谁借的钱,我让谁来还,谁拉走的兔子,我让谁掏钱,少一分也不行！都把企业当唐僧肉,谁还敢在我们太平镇好好办企业啊!"想到郝老二那些地痞们,无名怒火蹿上了心头,破口大骂道,"我日他妈,这才几天啊,兔崽子们就翻了天了！派出所张所长干什么吃的?!"

陈兔子眼睛多大:"计书记,你还不知道啊？那个杀人犯郝老大回来了,张所长哪敢惹呀,躲都来不及！听说郝老大还扬言要找你算账哩!"

郝老大是郝老二的亲哥哥,在太平镇赫赫有名,比郝老二还痞,没人敢惹,去年计夫顺一上任,就碰上了郝老大杀人案。这个郝老大仅为了一元钱的争执,捅了一个卖肉的老人七刀,不是抢救及时,卖肉老人就没命了。派出所当时不敢管,想罚款了事,计夫顺大为恼火,逼着派出所抓人立案,依法严惩。不曾想,县法院刚判了郝老大十五年,这狗东西就越狱逃跑了,县公安局的通缉令一直贴到镇政府大院门口,至今还残迹尚存,依稀可辨。

计夫顺知道这人回来不是好事,镇上不会肃静,搞不好自己都有生命危险,遂当场摸起电话,找到了派出所张所长,故意加重语气通报了自己的姓名,然后,冷冷问道:"张所长,我请问一下:郝老大的通缉令取消了吗？"

张所长说:"没取消啊,计书记,怎么回事？咋想起问这个？"

计夫顺道:"你少给我装糊涂,这个通缉犯溜回来了,你知道不知道？"

张所长这才说:"这我知道啊,我都派人到郝家去过几趟了,一直没见到郝老大的影子,县刑警大队那边我们也汇报了,都在积极抓！计书记,你是不是有什么线索？"

计夫顺哪有什么线索？便道:"那好,你们千万别大意！出了什么事,别怪我计夫顺小脸一拉不认人!"

从肉兔子养殖加工基地出来,计夫顺回了政府大院,想和镇长刘全友商量一下工作。刘全友的办公室却还关着门,显然好多天没人进来过了。问了问隔壁的文书小段才知道,刘全友仍在家里闭门思过,接到县委和他的电话后,根本没来上班。

计夫顺骂了几句脏话,紧接着又不辞辛苦地找到了中兴路刘全友家里。

刘全友这回表现不错,关键的时候没往后缩,也没把责任推给他。案发之后,计夫顺想,他是一把手,这次反正逃不掉了,要死死一个吧,准备承担全部责任把刘全友保下来。刘全友却不干,说敢做敢当嘛,往上交了一份认罪检讨书,自己的责任一点没推,还替计夫顺担了不少事。如此一来,患难见真情了,被停职的这十天里,两人热线电话日夜不断,关系前所未有的好。计夫顺赶到刘全友家院门口,敲了好半天门,刘全友的黄脸老婆才把院门开开了,唤住了"汪汪"乱叫的看家大黑狗,向屋里招呼说:"全友,是计书记来了,你就别再装病了。"

刘全友这才慌忙从床上爬起来,慌忙揭了头上捂着的脏毛巾。

计夫顺问:"刘镇,你这闹得是哪一出?咱们不是说好一起出山的么?"

刘全友笑了:"计书记,我这又有新情况了,正要和你说呢!"

计夫顺问:"又他妈什么新情况?"

刘全友说:"花县长告诉我的,绝密!"把头勾了过来,很神秘的样子,"知道为什么又让咱两个倒霉分子戴罪立功么?日他妈,是没人愿意到咱这儿来受这份倒霉罪!人家一开口就问县上要工资!你说说看,咱凭什么再白干下去?去他妈的吧!"

计夫顺哭笑不得:"那你什么意思?又想撂挑子?"

刘全友脸一绷:"嗨,怎么也得算计工资呀,不给工资咱就白大公无私啊,该病就病嘛!"

计夫顺一把拉住刘全友:"你家伙别病了,咱病不起了,小动物们翻了天了,不狠心镇镇这帮小动物,以后就不好管了,快跟我走,事不少呢!你不是向花县长表态要起飞么,快,我陪你去飞!"

刘全友挣着,死活不干:"老计,我飞个屁!你就继续官迷吧,我是不迷了,撸了我的这个镇长,我到哪里都能拿上一份工资,凭什么在这里受洋罪?!老计,你要听我的,我劝你现在就回城进医院,一天也别在这儿呆!谁翻天就让谁翻去!"

计夫顺严肃起来:"刘镇,你别给我耍赖皮,这临时主持工作的决定不是我定的,是县委常委会定的,你硬赖着不去上班,不是坑我一人么?够朋友么？再说了，组织上还没处理我们，我们也得对组织负责嘛！你刘全友今天真不干，我一定找机会收拾你！"

刘全友磨蹭了好一会儿，才发着牢骚，推上破自行车，跟着计夫顺出了门。

计夫顺满心都是事，出门后，夺过破自行车，自己骑上去，要刘全友坐二等。

刘全友坐上去后，又嘀咕起来："计书记，你看看，这形象不好吧！咱两个一把手骑着一辆破自行车在太平镇街上示众，更像倒霉分子了！"

计夫顺想想也是：情急之下就不注意政治了，真是很不应该的。便难得接受了刘全友一回意见，下了车，和刘全友一起推着自行车走，很亲热，很团结，也很威严的样子。为了显示自己和刘全友都不是什么"倒霉分子"，见了街上的革命群众依然不断地打招呼点头，像没发生过"国策事件"似的。

革命群众真不错，比平时热情得多，都主动凑上来和计夫顺、刘全友说话。

如此这般，二位领导到了兔市上。

真是巧，郝老二正在兔市上闹事，带着几个小地痞强行低价收购兔子，折腾得兔市上乌烟瘴气：只见兔市上各色兔子满街乱窜，各色兔子的主人们也满街乱窜，追拿各自的兔子。计夫顺和刘全友走到郝老二身后时，郝老二正折腾一个卖兔子的农民老汉。先放跑了人家一笼兔子，老汉哭喊着追兔子时，郝老二又提起另一笼的兔子一只只往地上摔，边摔边骂："日你妈，嫌价低？老不死的东西，死兔子价更低！"

计夫顺冲上去一把揪住郝老二："反了你了，郝老二！"

郝老二一见是计夫顺，有些怕了，身子直往后缩："计……计书记，你……你不是被撤了么？咋……咋又回来了？刘镇长，你快帮我说个情！我改，我改！"

刘全友根本不理郝老二，扯了扯计夫顺："走，走，计书记，这事让派出所去管！"

计夫顺死死抓住郝老二，回头对刘全友说："不行，刘镇，我得管，我正要杀一儆百呢，你快到派出所拿铐子，把狗日的铐起来在兔市上示众！那个郝老大不是潜逃回来了么？不是吵着要找我算账么？我正要找他算账呢!"

郝老二吃过计夫顺的苦头,知道计夫顺说得到就做得到,冷不防一拳打到计夫顺脸上,拔腿要逃。计夫顺及时地把脸一偏,下巴上还是落下重重一击。刘全友一看不好,用自行车一挡,把郝老二别倒在地上。计夫顺扑上去死死压在郝老二身上,反剪着郝老二的胳膊,命令刘全友去派出所拿铐子。

郝老二被按在地上直叫:"弟兄们,上,揍这×养的,这×养的现在不是书记了!"

小地痞们大都知道计夫顺为"国策事件"下台的事,一个个跃跃欲试想往前凑。

计夫顺眼瞪得像灯笼:"你们谁敢上?谁上我铐谁!他妈的老子又上台了!"

刘全友担心计夫顺吃亏,没敢走,也黑着脸跟着助威:"你们想找死就上来吧!"

小地痞们你看看我,我看看你,终于没敢上,一个个扔下他们的二哥逃了。

嗣后,刘全友用计夫顺的手机给派出所张所长打了个电话,张所长带着几个警察赶到现场。两个派出所警察接替计夫顺,扭住了郝老二,要往派出所带。

计夫顺捂着已肿起来的下巴,恶狠狠地说:"张所长,别带了,就把狗日的给我铐在这根电线杆上示众!铐上一天一夜,让那些横行霸道的大小混虫们都看看,长长记性!谁敢欺行霸市,讹诈老百姓,就这下场!"

张所长有些为难:"计书记,这……这……"

计夫顺一把夺过张所长手上的铐子:"这什么?你们不铐我铐,我不怕什么郝家几虎,有本事就让他们来找我好了!"

张所长小声提醒说:"计书记,违……违反政策哩!"

计夫顺吼道:"违反什么政策?国策我不都违反了么?该我下台我滚蛋,在台上一天,我就得对太平镇的老少爷儿们负一天责任,就不能让老少爷儿们哭告无门!"

围观的受害者们先是热烈鼓掌,后就嗷嗷叫了起来,全为计夫顺助威,要求计夫顺马上就铐郝老二。那位被摔死几笼兔子的农民老汉竟在计夫顺面前跪下了,口口声声喊计夫顺"青天大老爷"。计夫顺便在"青天大老爷"的呼叫声中,把郝老二反铐在了电线杆上。

郝老二破口大骂:"计夫顺,我日你八辈子老祖宗,你不得好死!"

计夫顺愤怒之下,不讲政治了,揪着郝老二的头往水泥电线杆上撞。

谁也没想到,就在这时,一辆挂市委小号牌照的桑塔纳汽车悄悄地在路边停下了,市长助理贺家国从车里走了出来,站在路牙上一声断喝:"住手!"

计夫顺看着贺家国愣住了。真他妈的倒霉透顶,临时主持工作的头一天就碰上了这种巧事!他无论如何也想不到自己会在这种场合,以这种形式见到这么一位领导。以前他只在电视新闻里见过贺家国,前天在峡江宾馆那么想见都没见上!

因为在峡江宾馆没见上,贺家国也就不认识计夫顺,打量着计夫顺,很严肃地责问道:"你是什么人啊?怎么可以这么粗野,这么不讲政策呢?"

计夫顺心慌气短,支吾着,不知说什么好。

刘全友介绍说:"这……这是我们镇党委计书记,计夫顺同志。"

贺家国愕然一惊:"你……你就是那个计夫顺?"

计夫顺窘迫地点点头:"是,贺市长,我……我内弟沈小阳常说起你。"

贺家国气呼呼的,要说什么,却没说,想了想,手一伸:"钥匙呢?"

计夫顺很不情愿地把手铐钥匙递给贺家国,咕噜了一句:"他是个地痞哩!"

贺家国像没听见,把手铐钥匙交给张所长,对张所长说:"带回所里处理!"

张所长遵命把郝老二带走了,围观的人群纷纷议论着,四散开了。

30

到镇党委办公室一坐下,贺家国便严肃批评说:"简直不像话!计夫顺同志,你究竟是共产党的镇委书记,还是一方恶霸?有你这样对付群众的么?难怪你胆子这么大,连基本国策都敢违反!我看你是无法无天,根本没有法制观念,一天到晚就知道欺负老百姓!党和政府的形象全坏在你们这些同志手上了!"

计夫顺、刘全友都不敢做声,一脸沉痛的表情,老老实实听训。

贺家国慷慨激昂:"你说那个小伙子是地痞,就算他是地痞,是罪犯,可我们对罪犯也有政策,也不能搞体罚!光天化日之下,这么多人围观,你考虑过政治影响没有?就你这样的党委书记,群众能服你呀?不骂你是法西斯呀!"

计夫顺频频点头,一边听,一边在工作日记上做着记录,认真而严肃。

贺家国见计夫顺接受批评的态度还算好,口气才多少和缓了一些:"计夫顺同志,按说,我不该头一次见面就这么批评你,可我真是为你好!我劝你千万不要再这么激化矛盾了。你这样激化矛盾,党和政府的形象被你破坏了不说,你自己人身安全也有危险嘛,没准哪天就会受到报复,就会有人打你的黑枪啊!"

计夫顺连连说着"是啊,是啊",又拼命在工作日记上记个不停。

刘全友不知计夫顺都记了些什么,向计夫顺的工作日记上瞥了一眼,却发现是一片涂鸦,有圆圈,有线条,还有一些小人脸。刘全友想笑,又没敢,自己也学着计夫顺的样了,时不时地看着贺家国,在小本本上画起了小鸭子。

贺家国语重心长,侃侃而谈:"一个民主,一个法制,是我们的立国之本,如果我们党和政府的领导干部都不讲民主,不讲法制,依法治国从何谈起……"

计夫顺直说"深刻,深刻",又在工作日记上乱涂一气。

刘全友也"记"得认真,在贺家国深刻论述民主与法制问题时,小鸭的轮廓和一只可爱的小脚蹼已出来了;当贺家国谈到自己以后要把太平镇当做自己的联系点时,小鸭的另一只小脚蹼又出来了,还有一池塘涟漪起伏的水纹。

说到最后,贺家国站了起来:"先谈到这里,我们现在出去走走吧!"

计夫顺和刘全友把小本本全合上了,陪贺家国一起去"走走"。

一路走着,计夫顺还不断地检讨:"……贺市长,太平镇的工作没做好,我和刘镇都很惭愧哩!今天你对我们的批评太及时,太深刻,太生动了,简直就像给我们上了一堂党课啊!"

贺家国先还高兴着,一忖思,觉得有点肉麻了:"老计,以后我们就是一家人了,这种话就不要再说了!你别把对付花建设县长的那一手用来对付我啊。"

计夫顺忙说:"哪能啊,贺市长!我内弟沈小阳天天在我面前夸你,说你是咱峡江的朱总理哩!还说你为我们主持正义,让我们很受感动哩!你这一来抓点就好了,我们太平镇就有希望了,你要是能带点钱,带点项目来,那就更好了!"

贺家国说:"那你们就不要把我当外人,啥都不要瞒我,有好说好,有坏说坏,要实事求是。领导作风上必须有个根本性的转变,尤其是在民主与法制问题上——你们能不能为峡江地区各乡镇起个表率作用啊?我做你们的后盾。"

计夫顺连连点头:"可以,可以,贺市长,你来指示,我们执行。"

贺家国诱导说:"河塘村支书和村主任大吃超生款,不是都撤了么?能不能搞一下海选啊?让全体村民充分行使自己的民主权利,自己选个信得过的村委会和村主任?我们国家已经颁布了《村委会组织法》嘛!"

计夫顺怔了一下,吞吞吐吐道:"贺市长,这……这合适么?《村委会组织法》颁布了倒是不错,可海选在我们沙洋县还没搞过哩,现在还都是组织提名选的,这才放心嘛!"

贺家国说:"你们放心,人家村民放心吗?试试海选,我看没什么坏处嘛!"

刘全友咂着嘴说:"贺市长,你不知道咱这儿的老百姓是什么素质哩,山后几个村的村民至今连身份证都没办,县公安局还不给通融,我们求爷爷求奶奶,两头挨骂,唉!"把相关情况说了。

贺家国有些惊讶:"哦?还有这种事啊?"想了想,建议说,"那你们就改变一下工作作风,送证上门嘛,一个村一个村跑,到村上给他们照相,给他们办证。在这里,我还要提醒你们:一定不能把政府办成衙门。这些年我跑了许多国家,见得也算多了,人家国外政府就有个为纳税人服务的自觉意识,老百姓来办事,市政厅里有水喝,有的地方还有免费咖啡供应。我们是人民政府,是为人民服务的,资本主义国家能做到的,我们为什么就做不到啊?当然,受经济条件限制,咖啡目前我们供不起——没有咖啡,备上一杯热茶,递上一条毛巾,总能做到吧?这样做了,形象是不是就改变了?也让来政府办事的农民有个温暖的感觉嘛!"

刘全友还想问那照相、办证的钱谁出，计夫顺却抢先表了态："贺市长，你说得太对了，这事我们就按你的指示，先着手干起来，改变工作作风，也一举改变镇党委和镇政府的形象！"

贺家国仍没忘记河塘村的海选："那河塘村村委会选举的事怎么说？"

计夫顺只好违心地表了态："贺市长，你说海选，咱就海选，咱就按你的指示办吧，海选看看吧！"

贺家国脸上露出了满意，临走时，拍着计夫顺的肩头说："老计，老刘呀，我就把你们太平镇当做民主与法制的一块试验田了，你们就这么给我好好试，试出经验来算你们的成绩，我到县委和市委给你们请功，试出问题来，全由我负责！"

送走贺家国后，计夫顺和刘全友又合计上了。

刘全友怀疑说："老计，贺市长这一套行得通么？"

计夫顺说："不花钱的事就试试吧，河塘村让他们海选去，选坏了重来嘛。权当是演习！"

刘全友直咂嘴："送证上门，得花不少钱哩！"

计夫顺说："那就先不办，先把茶桶和毛巾的事办了吧。"

刘全友说："这不得花钱么？买个新茶桶得三百多呢！"

计夫顺道："刘镇，你这个死脑筋！买什么茶桶？把大会议室那个茶桶搬到大门口就是了，开会时再搬回来，又不费事的。茶叶也别买，哪天到咱茶场去要点茶叶梗、茶叶末，是个意思就行了，就买五条粗毛巾吧，用不了十几块钱。"

这时，派出所张所长来了电话，问计夫顺怎么处理郝老二？

计夫顺想都没想便说："张所长，这还用问？我不说过了么，把这小兔崽子给我在兔市上铐一天一夜，以儆效尤，你马上办吧！"

刘全友有点害怕，提醒道："老计，贺市长知道了可不好啊，他又抓咱的点！"

计夫顺根本不当回事，哼了一声说："刘镇，不这么办，郝老二和那帮地痞可就更猖狂了，不知多少老百姓又要遭殃倒霉！"摇着头，又说，"我们这个贺市长，我看水平也不咋的，对基层情况太不了解了，咱可不能全听他的，全听他的工作就没法干了！"

郝老二便又被铐上了，真就铐了一夜带一上午。郝老二手下的地痞们见不可一世的郝家受到了如此严厉而残酷的惩罚,一个个都老实了,兔市秩序就此恢复正常。

被拷在电线杆子上的郝老二开始还硬,"日娘搞奶奶"骂了计夫顺整整一夜。天亮之后,骂不动了,开始讨饶,让人带话给计夫顺,说是自己再也不敢了,求计夫顺放了他。计夫顺见示众的目的达到了,也怕影响太大,再传到贺家国耳朵里,生出新的是非,才让张所长把郝老二放了,且带到自己办公室,让郝老二写认罪悔过书。

郝老二不知怎么写,可怜巴巴地看着计夫顺:"计书记,你说啥我写啥,行不?"

计夫顺便说:"也行,那你狗日的这样写吧:先写你一贯横行乡里违法乱纪干坏事的事实情况,还有这次惹事的经过,包括怎么打我一拳。下面写我对你的法制教育,怎么和你促膝谈心,讲道理,你又怎么认识到了自己的罪行和错误,以后决心做个讲法制的好公民!"

郝老二委屈地说:"计书记,你……你没和我谈心呀!"

计夫顺眼一瞪:"现在不是谈心吗?皮又痒了,是不是?"

郝老二马上老实了,按计夫顺的意思全写了,签了字,按了手模。

最后,准备释放郝老二了,计夫顺又问了一句:"郝老二,我铐你了么?"

郝老二已成了驯服的狗:"没,没,计书记,您和我促膝谈心,讲道理哩!"

计夫顺对这结果十分满意:"滚吧,敢四处乱说,小心我揪你的舌头!"

贺家国从太平镇回去后也很满意,向李东方汇报说,计夫顺还是个想干事的基层干部,也很负责,就是工作作风比较粗暴。具体到计夫顺怎么粗暴,贺家国没敢和李东方说,怕李东方旧账新账一起算,再把计夫顺撸了。

李东方这时的心思全在关系全局的大事上,听贺家国说完也没追问什么,把精心起草的第二个批示交给了贺家国,要贺家国把这个批示在《内部情况》上作为编者按发表出来。

批示主要谈政绩问题,其中一节很严厉:"……太平镇的问题极其严重,后果有目共睹。更严重的是造成今天这一后果的历史原因。请同志们好好读一下这篇《来自太平镇的报告》,树立正确的政绩观,增强政治责任感和历史责任感。有关部门要尽快研究建立切实可行的决策责任约束机制,对类似太平镇这样的决策失误以后要坚决追究责任,对责任者给予党纪、政纪,甚至法纪处理,使国家和人民少交一点'学费',这种'学费'我们已经交不起了!"

对计夫顺和刘全友的处理问题,李东方在批示中没有说,也没有和沙洋县委打任何招呼,可批示下达后,沙洋县委却立即嗅出了从宽处理的气息,常委们马上开会研究,趁机做出对计夫顺和刘全友有利的处理决定:计夫顺党内严重警告,刘全友行政记过,两个倒霉分子这才算过了关。副县长花建设则因为李东方这个批示被沙洋县委调整了分工,不再管城建、工业了,改管文化教育和计划生育。

分工调整后的第二天,花建设便跑到赵达功那里"反映情况",说李东方故意指使贺家国找他的茬儿,对那些过去跟着老领导干实事干大事的同志们大搞秋后算账。赵达功当面严肃批评了花建设一通,花建设一走,却马上打了个电话给贺家国,口口声声叫着"贺市长",问"贺市长"究竟还想得罪多少人?是不是一定要跟着李东方去做孤家寡人?贺家国本想在电话里为李东方和自己解释一下,把太平镇的问题说说清楚,赵达功根本不愿听,把自己的话说完后便气呼呼地摔下了电话,弄得贺家国心情败坏。

尽管心绪不好,贺家国还是没想到:就在这天晚上,对手们开始全面进攻了。

第八章 四面受敌

31

那晚九时左右,城东公安分局王国易局长接到解放路派出所所长刘方平的电话,说是发现峡江宾馆附近暗娼成群,嫖娼卖淫活动又有卷土重来的迹象。王国易平时对嫖娼罚款很有兴趣,甚至非常有兴趣。但凡碰到这种情况连分局治安科都跟着参加,这晚因为安排了一个解救被拐妇女的大行动,包括治安科在内的分局机关人员全上了,还叫上了沈小阳来采访,就把这突击扫黄的重任交给了解放路派出所所长刘方平。

沈阳小当时还开了个玩笑,说:"王局,你分局这下子起码损失几千块。"

王国易说:"不止,搞不好得几万,把小鸡一审,还不供出一串?"

沈小阳说:"那你别便宜了解放路派出所,回头再找他们分成!"

王国易说:"分什么成,别给我分点麻烦就谢天谢地了!"

万万没想到,还真惹了大麻烦!暗娼没抓到一个,嫖客没堵到一个,派出所的那帮愣种居然把市长助理贺家国和市政府接待处女处长徐小可堵在峡江宾馆 2267 房间里了。事情到这一步倒还罢了,你赶快撤出来,为领导严格保密,什么事也不会有。刘方平却不知发了哪门子神经,非逼着贺家国写下从事非法淫乱活动的字据,不写就不撤人,还把徐小可光着身子堵在卫生间里不让出来。

沈小阳气坏了,豪情义气上来了,一心要拯救领导兼哥儿们贺家国,便对王国易煽乎说:"王局,你看不出来呀?刘方平这小子是玩你,搞不好是个圈套,挖了陷阱让你跳,让你得罪市领导!既然不是宿娼嫖妓,他们僵在那里干什么?充他妈什么人灯?!贺家国那小子可不是省油的灯!"

王国易认可了沈小阳的分析,用手机打电话,让刘方平道歉放人,马上撤回派出所。

刘方平不干,在电话里振振有词说:"王局长,我没说不放人,我只是要求贺市长把今晚的事实经过写下来,他不写我以后说得清吗?谁不怕挨他的整啊?谁让我不小心碰到了呢,贺市长连法院院长都敢整,连咱政法委陈书记的账都不买,日后能不灭我?"

王国易火透了,不管不顾地吼:"刘方平,我告诉你:这是命令!命令!"

刘方平真是吃了豹子胆:"你这个命令我执行不了,不是我腊月吃凉粉,不看天气,是开弓没有回头箭,王局,你看着办吧!"

王国易没办法了,放弃了解救妇女的行动,心急火燎要沈小阳和他一起回城,解救市领导。

沈小阳头脑一热,答应了。上车后一想,觉得不对头:贺家国可不是李大头,人家虽说和他是哥儿们弟兄,可更是市长助理,你现在去看市领导出洋相,市领导能领你的情?能没想法?没准这马屁就拍到马腿上了!再说这又不是嫖妓,谁又能怎么样呢?便对王国易说:"我这时候去不太好,要去就你去吧!"下车时,还把自己的分析对王国易说了。

王国易也迟疑了:"你小子耍滑头,光坑我呀?"

沈小阳想了想:"要不,你也别去了,干脆找陈仲成局长吧,让他下令!"

王国易立即打电话向政法委书记兼局长陈仲成汇报,说自己正随大部队参加打拐行动,赶不回来,峡江宾馆又发生了这种涉及市领导的事,请示处理办法。陈仲成要王国易继续行动,说是自己亲自到峡江宾馆处理。说这话时才十点半钟。

直到快十二点,陈仲成才不急不忙地赶到了峡江宾馆。

这时,峡江宾馆已乱成了一团,个人隐私变成了红粉事件,2267房所在的二楼楼梯口站了不少警察和保安人员,许多客人也聚在走廊里张望议论。2267房的门半开着,徐小可的胸罩和短裤还在床上扔着,卫生间大门紧闭,贺家国和解放路派出所所长刘方平仍在冷漠地对峙着。

陈仲成进门后,刘方平抢着汇报:"陈局长,是这么回事……"

陈仲成不听:"你,还有你们派出所的同志,都出去,马上出去!"

说罢,自己也出去了,还反手带上了房门。

再进门时,徐小可已穿好衣服从卫生间出来了,指着刘方平,责问陈仲成："陈局长,你不觉得你们这个派出所的所长是流氓吗?他有什么权力把我堵在卫生间里好几个小时?我两年前就离了婚,我的私生活你们管得着吗?!"

陈仲成阴着脸,不接徐小可的话茬儿,只道:"小可,你先回去吧!"

徐小可不走:"你们不是要事实经过吗?贺市长不愿写,我来写!"

贺家国也斜着眼说:"小可,你也不要写,我今天倒要看看他们怎么收场!"

陈仲成冷冷看着贺家国:"贺市长,你想怎么收场呢?小可有恋爱自由,你好像没有吧?如果我没搞错的话,你和你美国太太赵慧珠的离婚手续还没办吧?这事起码不是合法行为吧?派出所让你写写事实经过,也没有什么过分的嘛!"

贺家国冷冷地笑了笑:"我真没想到会这么快犯到你手上,陈局长,你说怎么办吧?我就是不写,你能把我抓走?好,你出示拘留证,我现在就跟你走!"

陈仲成不急不忙地说:"贺市长,我劝你不要这么意气用事。事情不闹到这一步,你写不写都没关系,可闹到了这一步,不写就不太好了——你放心,不论你写了什么,我们都不会把它交给赵省长的,也就是走个手续,免得以后说起来还真以为我敢在你贺市长头上下刀子呢。其实今天我还真很忙,打拐正在紧张阶段,我不是听到紧急汇报,也不会赶过来,你别把我的好心当成恶意了。"

刘方平也说:"贺市长,我们真不想让你为难,你最好也别为难我们。"

贺家国双手一抱,挑衅地看了看陈仲成,又看了看刘方平:"我今天还就想为难一下你们,看看你们欺压老百姓的能耐,有什么能耐你们最好都使出来。赵省长那里呢,你们尽管去汇报,没有我的材料,你们也可以汇报嘛——陈局长,你过去汇报的少了?"

陈仲成直摇头,一副很无奈的样子:"贺市长,我现在是被你逼上绝路了,如果你不给我台阶下,我就得自己找台阶下了——你等一下,我给李东方书记打个电话,请李书记亲自处理吧,你是特殊人物啊,有特权啊,我们有什么办法呢?"说罢,出门去打电话。

却没想到,李东方听了电话汇报后,根本不表态,冷冷说了句:"陈仲成同志,如果这种同志之间私生活的事都要我来处理,我干脆做街道主任算了！"

陈仲成拼命解释："李书记,贺家国不是一般人物,是市长助理……"

李东方反问道："你既然知道家国是市长助理,难道还不知道该怎么办吗？这点事都办不了,还要你这个政法书记干什么?！"说罢,重重地摔下了电话。

陈仲成被搞愣了,正不知如何是好时,钱凡兴的电话突然打了过来,火气很大,张口就骂："陈局长,你们手下那帮混账东西吃饱了没事干是不是？你们凭什么砸人家的门,查人家的房？这要是在国外,你们就是侵犯人家的隐私,人家就可以开枪,崩了你也白崩！"

陈仲成忍着气说："钱市长,可咱这是中国,是峡江啊。"

钱凡兴火气更大："对,是中国,是峡江,峡江的经济上不去,投资环境不好,我看很大程度就是你们造成的！社会治安不好好抓,大案要案没本事破,就会查房捉奸！就会栽赃！什么心态？简直变态！今后,只要不是宿娼嫖妓,你们都不要管！请你们向家国和小可同志道歉,然后撤走！另外再强调一下:今天这事要保密,谁传出去处理谁！那个派出所所长要严厉批评,问问他懂不懂政治纪律?！"

再次回到2267房间,陈仲成态度变了,满脸堆笑,要刘方平向徐小可和贺家国道歉。

刘方平委屈极了："陈局长,怎么……怎么要我向他们道歉？"

陈仲成心头的火压不住了,对刘方平吼道："我让你道歉你就道歉！峡江是谁的天下,你还不清楚吗？你以为你今天是碰到了一般老百姓？想怎么干就能怎么干?！人家是市长助理,是特权人物,不在我们法律和治安处罚的规定范围之内！"

贺家国呵呵笑着,拍了拍陈仲成的肩头："哎,陈局长,你怎么这么说话？枉法可不好呀,该怎么处罚就怎么处罚嘛,你千万别客气。你今天对我客气了,我也不会领你的情,哪天你真犯到我手上,我是不会客气的,该怎么以法办事就怎么以法办事！噢,对了,我还特别告诉你,我的婚已经离完了,我的错误是犯在婚前和我的未婚妻有了性关系。"

陈仲成脸白得难看,沉默了片刻,哼了一声："家国同志,我候着你。"

刘方平开始解释,先说是接到嫖娼的举报电话,又改口说是分局局长王国易安排扫黄的,没想到造成了误会,很是对不起。徐小可逮着了发泄的机会,指着刘方平的鼻子臭骂了一通,刘方平也没敢再说任何硬话。

临走,陈仲成看了贺家国一眼,说:"贺市长,今天你赢了。"

贺家国笑着说:"陈局长,你太谦虚了,我看是你们赢了,你们把我的名声搞臭了嘛,影响也造出去了嘛。不过有一点,请你记住:我这人脸皮比较厚,官瘾也比较大,生活作风比较差,除非省委市委明文下令撤我的职,请我滚蛋,我是不会主动辞职下台的!我既有引起官愤,做孤家寡人的思想准备,也有身败名裂被人赶下台的思想准备,可就是没有主动辞职下台的思想准备!"

陈仲成、刘方平等人走后,贺家国陷入了深思,很严肃地对徐小可说:"小可,你不觉得这是政治阴谋吗?谁打了电话说这里有嫖娼活动?那个派出所所长怎么这么强硬?连他们分局局长的账都不买?陈仲成为什么等闹到这种程度才赶来?"

徐小可已没心思参与这种分析了,收拾一下东西要走。

贺家国不许,拉住徐小可说:"走什么走?心虚呀?不行我们就结婚嘛!"

徐小可一把甩开贺家国:"结什么婚?我可不想跟你去做孤家寡人!"

贺家国笑道:"就是不结婚,我劝你今天也不要走!你想想,都闹到这种地步了,你走好么?此地无银三百两啊?不如把硬汉充到底,看他们还能怎么样!"

徐小可想想也是,笑骂了贺家国几句,也不再坚持了。

贺家国却没心思再和徐小可亲热了,皱着眉头摸起了电话,先拨通了华美国际现任总经理许从权的家,告诉许从权,要他和华美国际的员工们一切小心,千万不要有什么把柄落在人家手上,尤其是公安、税务方面,一定要特别注意。

许从权不知发生了什么,一再问:"怎么回事?是不是谁盯上我们了?"

贺家国说:"不是盯上了你们,是有人盯上了我,会拿你们做我的文章!"

许从权很不理解:"你当了官,就和我们断绝了关系,能做什么文章?"

贺家国不耐烦地说:"叫你小心你就小心,这些人可是黑得很,能量也大!"

许从权说:"家国,不行,你就别干了,还回西川大学搞咱们的公司吧。"

贺家国哈哈大笑说:"许从权,我告诉你:我刚找到当官的感觉,现在还不想回来,除非上面撤我,或者他们用更高明的手段把我从政治上干掉!"警告过许从权,又想到了太平镇的问题。赵达功的那个电话不可忽视,副县长花建设既然能告到赵达功那里,就能使出别的手段。太平镇现在是自己抓的点了,镇党委书记计夫顺是他施加影响保下来的,镇上的情况又不尽如人意,搞不好就会授人以柄。尤其是身为一把手的计夫顺,作风粗暴,很难让人放心。

便又打了个电话给计夫顺,把计夫顺从睡梦中叫醒,就计夫顺的工作作风问题进行了一番谆谆告诫。计夫顺态度很好,说是镇党委昨天刚开过一次会,专题研究了工作作风和民主法制问题,制定了太平镇机关干部行为准则二十条。政府大院里茶桶、毛巾也备上了,广大农民群众普遍反映很好,希望贺家国有时间多来视察指导。

贺家国仍不放心:"老计,这几天你没铐人、打人吧?"

计夫顺道:"没,没,你贺市长指示我们讲法制,还能再这么干啊?!我还专门和那个地痞郝老二谈了一次心哩,谈了快一夜,精诚所至,金石为开呀,到底把这个地痞的工作做通了,社会治安环境也改善了。"

贺家国有了些自得:"就是嘛,老计,依法行政人家才会服你嘛!"

徐小可见贺家国电话打个没完,有些烦了,在一旁讥讽说:"贺市长,你看你忙的,快夜里两点了,还没完没了的,你不睡也不让人家睡呀?!"停了一下,又意味深长说,"别以为就你聪明,我告诉你:人家想整你,你防不胜防,你的官愤太大,对手可不是陈仲成一个!"

贺家国承认说:"那是,那是,没准哪天连李书记都要借我的头以平官愤哩!玩阴谋呢,我又不是那些政治流氓的对手。所以现在只要能想到的事,我就得小心点嘛,不能眼睁睁地吃亏——比如像今天这种事,连你都跟着倒霉!"

徐小可想说什么,却又没,叹了口气:"算了,别说了,家国,睡吧!"

一觉睡到大天亮,两人在餐厅又一起吃了顿早饭,是贺家国用现金付的账。

结了账,正要走,赵娟娟不知从哪里冒了出来,笑眯眯地走到贺家国和徐小可桌前说:"哟,都公开成双入对了? 贺市长、徐处长,哪天喝你们的喜酒啊?"

贺家国用餐巾擦着嘴,很有风度地笑道:"赵小姐,我怕你是喝不上喽!"

赵娟娟也笑:"怎么喝不上呢? 只要你们请,我能不识抬举呀?!"

徐小可冷冷接了一句:"我们总不好往监狱里送请柬吧?"

贺家国乐了,故意亲昵地拍拍徐小可的脑袋:"看看我们小可这脑子,灵光多了,我还没说出口,她就先反应过来了——赵小姐,就是这话。不过呢,喜糖我还是会送的,老朋友了嘛,你就是判个十年二十年,这交情我还得讲!"

赵娟娟愣住了,一时不知该用什么话来反击。

贺家国和徐小可趁着赵娟娟发呆之际,转身走了,示威似的手挽着手。

32

贺家国努力镇定着,强打精神走进李东方办公室时,是八时十分。李东方刚到办公室,正站在办公桌前整理文件,桌上的文件码得小山一样。见贺家国进来,李东方什么也没说,只看了贺家国一眼,努了努嘴,示意贺家国坐。

贺家国有些无趣,在沙发上坐下后问:"首长,昨晚陈仲成打电话给你了?"

李东方也在办公桌前坐了下来,拿起一份文件批着:"怎么? 来辞职啊?"

贺家国满不在乎地说:"辞什么职? 等你首长撤哩!"

李东方在两堆文件的夹缝中抬起头:"为什么要撤你呀?"

贺家国身体往下移了移,努力坐得舒服些:"免得再给你们添乱嘛。"

李东方又埋头去批文件:"家国,你还算有自知之明,还知道给我添乱了!"

贺家国讪讪说:"其实不是我要给你添乱,是有人在给我下套!"

李东方批完了那份文件,把秘书叫了进来安排了一番。待秘书拿着文件走后,才走到贺家国对面的沙发上坐下了,"我知道迟早有人要对你下手,不过,没想到会在这种事上,会闹得这么厉害,僵持了两小时,差不多快闹成莱温斯基和克林顿了吧?!你贺家国也算有本事,硬是能厚着脸皮挺下来,也不顾人家徐小可!"

贺家国说:"对了,首长,还忘了谢你,不是你的指示,陈仲成还得烦我。"

李东方摆摆手:"你谢错人了,去谢钱市长吧,是他的电话替你解了围!"

贺家国一怔:"哦,钱市长也知道了?谁告诉他的?什么目的?"

李东方怕贺家国产生误会,说:"是我让钱市长打电话找的陈仲成。"

正说着,钱凡兴风风火火进来了,一见贺家国就乐了:"好,好,小伙子精神状态还行嘛,没被陈仲成整垮,这我就放心了!"拍了拍贺家国的肩头,半真不假地开起了玩笑,"家国,你也是的,和咱女处长约会也找个安静的地方嘛,怎么在宾馆呢?不行去咱女处长家嘛,她离了婚,又没丈夫!你呀,是太没经验!"

李东方道:"凡兴,这种经验你就别传授了好不好?还想再来一次啊!"

钱凡兴指着李东方直笑:"看看,看看,思想一点不解放吧?都什么年代了,还拿这种事整人?小可是离了婚的女同志,她爱谁是谁,我们家国同志是留守丈夫,只要不以权谋色,他的私生活谁也管不着。"冲着贺家国诡秘地一笑,又调侃了一句,"当然,赵达功同志除外!"

李东方说:"这么简单啊?陈仲成不是管了吗?不是把影响造出去了吗?"

钱凡兴叫了起来:"这话我早想说了:这种政法委书记兼公安局长我们要他干什么?除了拍赵达功的马屁,就是突击查房,把投资商全给我查跑了。前阵子一个台商来考察投资,带了个年轻女秘书,愣是没能住上宾馆,到哪里都要结婚证,最后还是我出面给西川宾馆打招呼才住下的,只住了一天就走了,啥项目也不愿谈了。大班长,咱们是不是调整一下常委分工?让陈仲成发挥特长,管管计划生育什么的?计划生育可是非得经常突击检查不可的重要工作!"

李东方道:"凡兴,你不能说人家老陈不对嘛,更不能用这个为理由赶人家下台。我今天请你和家国一起来,是为了别的事:田壮达的案子,省委和省纪委都很重视,前些时候王培松书记专门打了个电话给我,要我们加强领导。凡兴,你看,我们是不是就请家国同志协助陈仲成抓抓这个案子啊?"

钱凡兴怔了一下,击掌赞道:"好,好,我赞成! 大班长,你可真绝!"

李东方这才回过头征求贺家国的意见:"家国同志,你的意见呢?"

贺家国笑了:"这倒是好事,也算是变相给我恢复了名誉! 不过,咱这政法委书记可也不太好对付,万一哪天他们把我玩进去了,你们二位领导管不管?"

钱凡兴说:"家国,你小子不凭良心了吧? 谁没管你? 我昨夜没管你吗! 李书记电话里一说,我马上就找了陈仲成。钟书记也交代了,要我们注意保护你!"

贺家国说:"那好,那好,我就再当一回抹布吧,哪里脏往哪里抹!"

李东方这才忧心忡忡地向钱凡兴和贺家国交了底:"这话我今天不得不说了:陈仲成昨夜的表现很反常,一下子把我惊醒了! 昨夜那场闹剧不论是怎么发生的,目的都很清楚,就是要搞臭家国,逼家国辞职,或者逼我们把家国拿下来。他们为什么这么容不得家国呢? 很简单,家国不讲情面,不计后果,对他们构成了威胁,他们心里有鬼! 所以,在这种时候,我们不能退却,红峰商城官司和田壮达案子,都要死死盯住!"

钱凡兴脱口道:"这么看来,我们的这位政法委书记很可疑呀!"

贺家国说:"我看是可疑,据群众反映,他和赵娟娟的关系很不一般!"

李东方阻止道:"家国同志,这话不准说,尤其是你不要说!"

钱凡兴似乎明白了什么:"对,对,家国,你是被人家当场拿获的,说什么都不好,就按李书记的指示,好好协助陈仲成抓抓田壮达的案子,最后让事实说话。"又对李东方说,"大班长啊,大老板前几天说过几句话,挺耐人寻味的。我说到陈仲成和邓双林让家国折腾得挺不好受,大老板说,早该让他们难受一下了,不能总让我们老百姓难受!"

李东方没来由地冒出一句感叹:"说到底,还是我们大老板过得硬啊!"

钱凡兴又问:"哦,对了,家国,大老板让你去见见他,你去了没有?"

贺家国说:"钱市长,我哪来的时间? 整天替你们当抹布,忙得团团转。"

钱凡兴开玩笑说:"你不去和人家小可偷偷约会,时间就抽出来了。"

李东方这才说起了徐小可的事,显然已经过了深思熟虑:"凡兴,小可的工作恐怕要动一动了,昨天这事影响毕竟不好:他们一个市长助理,一个接待处长,又是这么个关系,人家不说闲话呀?徐小可这市政府接待处长我看换掉算了,平调安排到国际工业园去做主任,方中平同志也到年龄了。"

钱凡兴还没表态,贺家国便抢上来道:"这可不行!就是要处理也该处理我嘛!"

李东方说:"这不是处理,是正常的工作调动,政府副秘书长还让她兼着嘛!"

钱凡兴沉默了好一会儿,才很为难地表示说:"李书记,小可同志可是我们这届班子组成后刚提起来的,人能干,为人正派,我还真缺不了她这个大管家,能不动,最好还是不要动吧。"

贺家国也接着钱凡兴的话头说:"李书记,你知道小可因为什么离的婚?就是因为一天到晚搞接待,顾不上家!她热爱这个岗位,宁可离婚也不愿放弃这个岗位,你们与其撤她,不如撤我,我这个市长助理不干了行不行?"

李东方不高兴了:"贺家国,你以为这里是旅店?想来就来,想走就走?!"

钱凡兴想了想:"李书记,我倒有个建议:你看能不能让家国动一动呢?"

李东方注意地看了钱凡兴一眼,目光有些异样:"往哪里动?"

钱凡兴笑道:"就让家国盯着陈仲成管政法嘛,单纯一点,市长助理还是市长助理!这样一来,和徐小可的工作接触就少多了,对家国同志本人也有利嘛。"

李东方略一沉思,马上摆手:"凡兴,这话到此为止,我不能同意,现在峡江的问题千头万绪,我想请家国干的事还有很多,政法只是一方面,也是临时性的措施,家国并不是这方面的人才!我看还是动动徐小可吧,一个年轻人老这么迎来送往的也不好,下去锻炼几年没什么坏处。"说到这里,看着钱凡兴,又很诚恳地解释了,"凡兴,你既然这么重视徐小可,日后该怎么用怎么用,我不反对!"

钱凡兴沉默着,心里显然是不太情愿的。

李东方看了出来,又笑呵呵地对钱凡兴说:"凡兴啊,这么大一个峡江市,就挑不出一个新接待处长了?你去挑嘛,挑谁我都认账。"

钱凡兴这才点了头,苦笑着对贺家国说:"你算是把我和小可都坑了!"

贺家国也苦笑起来,对李东方道:"李书记,我看你还是把我撤了吧,这事不怪小可,我是个男人,得负责任,你们这么处理,我真是很惭愧,都不想做这个市长助理了,真的!"

李东方狠狠看了贺家国一眼,严厉地批评道:"你要英雄救美了?现在知道惭愧了?知道要负责任了?晚了!你早干什么去了?注意影响了没有?你不知道自己身后有人盯着啊?我没警告过你?我告诉你,在这个圈子里,连脚印都长着眼睛!这点风波都经受不了,还谈什么报国为民?"停顿了一下,又说,口气和缓了一些,"贺家国,你不要糊涂,你既有个对徐小可负责的问题,还有个对大局负责的问题,现在还没到牺牲你的时候,只是为了照顾影响调动了一下徐小可的工作,真到需要牺牲你的时候,你要准备做出更大的牺牲!"看了看钱凡兴,最后又补充了一句,"当然,我和钱市长也有这种牺牲的准备!"

贺家国从李东方出奇严厉的态度中猛然意识到了什么,脸一下严肃了。

从李东方办公室出去后,贺家国越想越觉得对不起徐小可,徐小可算是被他坑苦了,连钱凡兴都没能保下来,由此可见,李东方在行使一把手权力时也是极为果断的。徐小可是峡江公认的市花,曾让多少有权有势的人物垂涎欲滴。自从六年前进了市政府接待处,关于徐小可的桃色传言就从没断过,可只有他知道,这位俏丽的"阿庆嫂"骨子里是什么人,两年多来,她给他带来过那么多激情时刻……是谁说的,爱情从来都是不经意地抓住你,来得猝不及防,现在这一闹倒也好了,既然已经满城风雨了,最好的结局就是结婚。却不知徐小可干不干?

这么胡思乱想着,回到了自己的办公室,见到等着和他碰情况的市中院新任党组书记程功,贺家国马上把思绪收回来,和程功谈起了市中院司法整顿工作。

程功通报情况说，工作开展得还不错，新党组以红峰商城一案为突破口，自纠自查阶段查出了不少问题。城西区法院经济庭一个具体办案人员上交了赵娟娟行贿的一万块，并举报了他们一个副院长。这个副院长从始至终一直负责红峰商城案子，受贿没受贿目前还不清楚，但上了赵娟娟的床是很清楚的，他们在该副院长办公室干那种事被人撞见过。贺家国建议程功去向陈仲成汇报。程功说，汇报过了，是拉着邓双林一起去的，陈仲成的指示很明确：个人私生活上的事不举不究。贺家国马上想到自己和徐小可的倒霉事，心里的火一下子蹿了上来……

33

五天后的一个中午，李东方和陈仲成在西川宾馆设宴为前来视察打拐工作的一位公安部领导送行，公安部领导走后，陈仲成追着李东方，说是要汇报工作。

李东方脚步不停地向前走，边走边说："还汇报什么，政法上的事，你该怎么办怎么办！"

陈仲成紧跟在李东方身后："李书记，现在有些事我是没法办了！"

李东方仍是一副漫不经心的样子，市委书记的架子故意端得很足，根本不理会陈仲成，让秘书开了个房间，说是要休息一下，硬是把陈仲成关在了门外。

秘书以为李东方真要休息，跟着李东方进了房间，看看茶水都有，没什么事要办，就要退出去。李东方却说，他没有睡午觉的习惯，要秘书马上去办公室拿市中院党组的汇报材料。还交代说，如果材料拿来陈仲成还在宾馆没走，就请他进来。

陈仲成果然没走，此人有效忠一把手的良好习惯，对赵达功就是如此。

把陈仲成唤进门，李东方脸上还是一副很不高兴的样子，自己坐在沙发上看材料，却不让陈仲成坐，眼睛也不向陈仲成看："说吧，说吧，老陈，你怎么就没法干了？你警察头子都没法干了，我这市委书记恐怕也干不下去了，是不是也该让位了？"

陈仲成笔直地站着说："李书记，我真不明白，你和钱市长为什么要贺家国同志来协助我的工作？我是市委常委，是代表市委主管政法工作的，贺家国同志只是个市长助理，而且本身很不过硬，前几天在峡江宾馆搞流氓活动还被当场抓获。"

李东方放下了材料，冷冷看着陈仲成："什么流氓活动啊？老陈啊，你知道不知道？徐小可同志早就离了婚，贺家国的离婚手续也办下来了？"

陈仲成不为所动，顽强地坚持着："就算他们都离了婚，也叫非法同居。"

李东方摆摆手："老陈，得了，你别对我进行普法教育了，再退一步说：就算他们非法同居了，这种私生活也只能不举不究，哪条法律上规定婚前不允许有性行为？对不对？我好像没说错吧？"

陈仲成站得更直："李书记，一般公民我们可以这样对待，但贺家国同志是副市级领导干部，而且他的非法同居行为在公开场合造成了极其恶劣的影响，现在峡江市几乎没人不知道我们市政府有一个正在被重用着的流氓市长助理。"

李东方压抑不住了，"啪"的一声，把中院党组的材料摔到茶几上："陈仲成同志，请你过来给我看看这个材料！你眼睛睁大了看！我看真正的流氓是你陈仲成！城西区法院执法的副院长和女被告上床，贪赃枉法，制造了一个让老百姓伤透了心的狗屁判决，你这个政法委书记不是不知道，你的指示是什么？是不举不究！你这样的政法委书记能让我们中共峡江市委放心吗？你还敢说你代表峡江市委？你要代表峡江市委，峡江市委就要蒙羞，就要被老百姓骂祖宗八代！"

陈仲成顽强地挺立着："李书记，照你这么说，我是不是该辞职了？"

李东方很不客气："陈仲成，如果你能辞职，我以个人的名义向你鞠躬致谢！我就怕你不辞职，继续给市委、市政府制造麻烦！所以，我和钱市长才派了一位市长助理过去，你完全可以理解为这是对你的不信任！"李东方说完，把目光投向陈仲成，进一步逼问道，"陈仲成同志，你是不是现在就向省委写辞职报告啊？"

陈仲成沉默了好一会儿，才面无表情地道："李书记，我想，还是等你来撤我吧！"

李东方的情绪渐渐平静下来："老陈，你也不要将我的军，你是市委常委，省管干部，撤你，我没这个权，但调整一下你的分工范围，我还做得到，在此之前已经有不止一个常委向我提出过这类建议了。所以你这个同志要清醒,不要太胆大妄为,也不要再进一步逼我了!"

陈仲成不谈辞职了,跟着李东方转移了话题,气焰并未收敛:"李书记,今天不是我逼你,是你逼我。我知道你对我不满,也没少用话敲过我,还不就是因为达功同志嘛!我对达功同志的感情不必对你隐瞒。据我所知,达功同志对你也不薄,不是达功同志一再坚持,也许今天你做不了峡江市委书记。到现在为止,钟明仁同志看重的也不是你,是钱凡兴市长,真正看重你的只有赵达功同志!"

李东方淡淡一笑:"老陈,你这话是什么意思啊?"

陈仲成说:"我没有别的意思,就是指出一个事实。"

李东方想了想:"你的意思是不是说,你的所作所为都是达功同志支持的?包括跑到峡江宾馆去捉贺家国的奸?也是达功同志让你干的?"

陈仲成很清醒:"我没说这是达功同志的意思,我对我的行为负完全责任。"

李东方手一挥,严厉地道:"我想也不会是达功同志的意思!我告诉你,基于我对达功同志的了解,他知道你要这种下作的流氓手段也不会饶了你的!当年达功同志怎么教训你,凡兴同志不知道,我可知道!所以我奉劝你两点:一、少打着达功同志的旗号四处招摇,败坏达功同志的名声;二、和家国同志好好协调,把红峰商城和田壮达的案子抓好,重要情况及时向市委汇报。如果你仍然觉得工作困难,和家国难以协调,就请你提出来,市委可以随时调整你的工作分工。"

陈仲成说:"李书记,我服从你的指示!当然,真到了没法工作的地步,我也会再次向你提出来,希望你不要嫌烦!对贺家国同志,我仍然保留看法。"

李东方说:"你可以保留看法,甚至可以向省委反映,但我提醒你一下:对赵娟娟和那个区院的副院长好像可以采取一些法律措施了!赵娟娟涉嫌对办案人员行贿,这份材料里有证据了,那个副院长涉嫌玩忽职守作风败坏,也有证据!而且,全市老百姓都知道,这种行贿和玩忽职守造成了多么恶劣的后果!"

陈仲成本能地一个立正:"是,李书记,我们尽快研究这个问题!"说罢,又解释了一下,"李书记,刚才你一直批评我,我插不上话。现在,我要声明一下:对那位副院长和赵娟娟的情况我并不了解,有些本位主义思想,表态轻率了。"

李东方笑了笑:"老陈,不要此地无银三百两了,家国和小可是正常的恋爱关系,你都要保留看法,对涉嫌犯罪的问题,你倒轻率了?有说服力吗?我说你要流氓手段是把你当做班子里的同志为你开脱,你的实质问题是枉法!是渎职!最后,还有个招呼要打在前面:贺家国的生命安全我交给你这个政法委书记了,这个同志出了任何问题,哪怕是被西瓜皮滑倒了,被树叶砸到了我都要请你负责!"

陈仲成问:"李书记,那请你指示:要不要对贺家国实行二十四小时保卫?"

李东方老辣地说:"老陈,你看着办好了,你是警察头子嘛!"

陈仲成走后,李东方心里有数了:陈仲成问题可能相当严重,他今天这么不客气,几乎像对待一只狗一样对待他,陈仲成竟然能待得下去,竟然坚持不辞职。这就说明,不论是红峰商城还是田壮达的案子,都与陈仲成有着重大利害关系。

下一个判断就是:这个赵娟娟肯定不会有人敢去碰。

果不其然,三天之后,陈仲成又来汇报了,说是以行贿罪拘留赵娟娟的证据仍然不足,还要进一步补充调查,而且红峰商城讼案又要重审,这时候抓赵娟娟也于重审此案不利。李东方再一次证实了自己的判断,对陈仲成的这番解释便没多说什么。

此后,赵娟娟在公开场合不大露面了,在红峰商城也看不到她的影子。

这期间,贺家国一直穷追不舍,不断给田壮达做工作,晓以利害,软硬兼施,田壮达一案出现了重大进展,在国外的三个亿下落终于交代出来了。市建委一位副主任,沙洋县土地局一位主管新区土地审批的副局长也被田壮达检举揭发了。

拿到田壮达的揭发材料,贺家国当天就向李东方作了汇报,并说田壮达的盖子仅仅揭开了一角,这次揭发十有八九是做给一些大人物看的,大人物们如果不能保住他的命,他就可能继续揭发下去,直到把某些大人物交代出来。

李东方问:"家国,你凭什么做出这样的判断?有什么根据?"

贺家国说："据一些知情者反映，田壮达过去和陈仲成来往较多，有些事情不明不白。我注意到一个情况，在我和陈仲成共同参加过的两次会审中，田壮达的表现明显异常，三番五次说到要立功赎罪，没人注意他时，眼角的余光就偷偷向陈仲成脸上扫。"

李东方思索着："你怀疑陈仲成是田壮达的后台？是所谓的大人物？"

贺家国不知该怎么回答，脑子里突然冒出了赵达功。

李东方也意味深长问："陈仲成后面还有没有靠山啊？我看还是有的吧？"

贺家国这才明说了："如果说陈仲成后面还有靠山，那这个靠山就是赵达功。"

李东方点点头说："是啊，陈仲成和达功同志的关系人所共知，没有达功同志的保护和支持，陈仲成不会这么强硬。现在的问题是，达功同志在里面究竟扮演了一个什么角色？在经济上是不是也卷了进去？你以前是他女婿，我是他的老搭档，如果达功同志卷进去，腐败掉了，我们怎么办？不得不考虑呀！家国，这种深藏在心里的话，我对钱凡兴和别人不好说，也只能对你说说了，早就想了，犹豫了几次，不好开口啊，怕你误会，也怕达功同志误会。"

贺家国心头一热："李书记，有些话我也早想说了：因为碰到了你，我才有了这个报国为民的舞台。这个舞台钟明仁没给我，赵达功没给我，是你给了我，所以我从上任那天起就想好了，只要你所做的一切是为国为民，我今生今世就押给你了！今天我可以表个态：只要赵达功腐败掉了，我就和他周旋斗争到底！"

李东方问："那么，家国，你认为赵达功会不会在经济上出大问题？你是达功同志的女婿，有些事你比我更清楚，你能不能给我交交底：当初你和赵慧珠是怎么出国留学的？钱从哪里来的？在我的印象中，你和赵慧珠好像都不是公派吧？"

贺家国说："当然不是公派，这事我清楚。当时赵慧珠大学毕业没多久，分配在省政府机关工作，因为学的是英语专业，老被一些单位借去做翻译，偶然结识了美国加利福尼亚的布朗太太。布朗太太热衷于中美交流，多次来华访问，是布朗太太担保，把她先办出去的，我后来是以陪读的名义出去的，和赵达功没有任何关系。"

李东方说:"机关和社会上的传言不少呢,尤其是前几年,说啥的都有。"

贺家国想了好一会儿,明确判断说:"李书记,你的怀疑不能说没道理,不过,我倒觉得赵达功在经济上不会出什么大问题。基于我对他的了解,他决不是那种贪图物质利益的人。他是个野心勃勃的男人,要的是接近无限大的政治利益,是一座城,一片疆域,一片政治天空。如果你有机会走进他的书房,看看他一天到晚读些什么书就会明白的。"

李东方略一沉思,认可了贺家国的分析:"我虽然不知道这位老领导平常都读些什么书,却知道他的工作思路。家国,你说得不错,达功同志确实太看重自己的政治利益了,甚至把自己的政治利益看得高于一切,这也是我深为忧虑的。"

贺家国说:"其实,这也是一种腐败,而且危害性远胜于个人经济腐败。"

李东方苦苦一笑:"如果真是这种政治腐败,我们就更难对付喽!"

贺家国不以为然:"有什么难对付的?你首长和峡江市委按原则办事嘛!"

李东方没再说下去,要贺家国到此为止,出门后和任何人都不要再谈这个话题了,同时要求贺家国盯住陈仲成和田壮达,继续深入观察,发现问题随时汇报。

贺家国知道李东方的难处,主动提出去见见大老板钟明仁,摸摸大老板的态度。李东方没明确表示支持或者反对,只提醒贺家国说,大老板愿说什么你就听他说什么,啥事都别主动去问,大老板不喜欢下面搞他的火力侦察。

34

第二天下午,市检察院检察长王新民急慌慌来向李东方汇报,说是发现陈仲成违反市委和省委关于"任何人不得独自接触田壮达"的规定,和田壮达私自见了一次面,不知说了些什么,田壮达第二天就翻了供。更奇怪的是,建委那位涉案的秦副主任和国土局赵副局长也像似早就知道了内情,也什么账都不认,市反贪局人员抄家时一无所获。这种反常情况马上引起了省委副书记兼省纪委书记王培松的注意,王培松要求王新民尽快向他本人做一次情况汇报。王新民忐忑不安地请示李东方:到底该怎么汇报?是不是向王培松和省委说实话?

李东方对这突发性事件大为震惊,也恼火透顶,当即表态说:"当然得说实话了,对省委要忠诚老实,这还用向我事先请示吗?!"

事情发展到这种关键时候,赵达功出面了,这完全在李东方的意料之中。

然而,赵达功出面时的姿态和惊人的坦率却又着实出乎李东方的意料。地点是赵达功家,时间是检察长王新民刚进行过汇报的那天晚上。赵达功临时推掉了省里的一个外事活动,请李东方去家里吃个便饭。也真是便饭,几个冰箱里拿出来的小菜和一盘花生米。酒倒是好酒,五粮液。赵达功拿出两个大玻璃杯子,一人分了一半,一边喝,一边就深一句浅一句地谈上了。

在李东方的记忆中,这种谈话的方式在此之前有过两次。一次是一九九二年他们一个书记、一个市长刚开始搭班子的时候;一次是去年赵达功调离前,说服钟明仁和省委常委们,把他扶上峡江市委书记位上的时候。那两次谈话都挺融洽,也都挺令人感动。李东方分明记得,在后一次谈话中,他借着酒兴向赵达功表示过:不管赵达功这位老领导日后去了哪里,哪怕彻底退下来,什么都不是,峡江市也都是赵达功的老家,老领导永远是老领导。

今天这酒喝得却不是滋味了,话也不好说了。来时李东方就打定了主意,多听少说,只要没有确凿证据证明赵达功卷进了面前这场黑色旋涡,对这位老领导就得保持应有的尊重。

没想到,赵达功竟会这么开诚布公,几口酒下肚,把杯子往桌上一放,便问:"东方啊,你这个老伙计是不是开始怀疑我了呀?啊?"

李东方勉强笑道:"怎么说起这话了? 老领导,我怀疑你什么?"

赵达功说:"怀疑我是田壮达和陈仲成的后台嘛,你先不要否认。"

李东方把玩着装着大半杯酒的酒杯,久久不语,过了好半天,才叹了口气。

赵达功神色黯然说:"你承认了,说明你对我这个老领导还有一些真心。那么,在这里,在这种朋友私下会面的场合,我也要坦率地告诉你:陈仲成背着专案组去找田壮达的事我已经知道了,仲成同志事后向我汇报了。当然,这个做法是违反原则的,也是极其错误的,但警告田壮达不要胡说八道还是对的,说明这个同志大事不糊涂,忠心耿耿,关键的时候对我们这两个老领导是负责任的!"

李东方提着心问:"那建委秦副主任和赵副局长也是他通的风报的信了?"

赵达功并不讳言,夹了粒花生米嚼着:"是的,陈仲成暗中打了个招呼。"

对这种近乎摊牌式的坦率,李东方心里极为震惊,脸面上却尽量保持着平静:"我不明白,你老领导为什么允许陈仲成这样做?这是哪门子忠心耿耿?陈仲成这……这是枉法犯罪啊!"

赵达功把杯重重地一蹾,怒道:"既然是犯罪,你就把陈仲成抓起来好了!"

李东方想说什么,嘴张了张,却没说出口,端起杯子喝了一大口酒。

赵达功似乎觉得自己有些过分了,缓和了一下口气,看着李东方,掏心掏肺地说:"东方啊,你给我装什么傻?啊?你心里不清楚吗?田壮达引渡回来的那天晚上,我不是在这里给你交过底吗?别再给我弄出些串案窝案来!多抓腐败分子不是你我的政绩,不符合我们的政治利益!今天我再把话给你说透一点:现在情况已经很清楚了,钟明仁这位大老板和省里某些领导同志就是要看我赵达功的笑话,也看你的热闹!我希望你老伙计有点政治警惕性,头脑多少清醒一点,别再干这种掘自家祖坟的事了!你不替自己想,也得替我想想,我现在吊在半空中上不去下不来,在省里的处境够难的了,你知道不知道?!"

为了证实一下自己和贺家国的判断,李东方又说:"那个建委副主任受贿十二万,国土局副局长回扣吃了三十三万,瞒得住吗?老领导啊,话既然说到了这个份儿上,你能不能再给我说透一点:怎么说呢?你别生气——你自己经济上干净吗?是不是怕他们把你牵扯出来呢?"

赵达功平静地说:"李东方,我知道这话你迟早要问,那今天我就告诉你:我可以以我的人格向你保证,我在从政迄今的三十多年里决没收受过任何人一分钱,如果怀疑这一点,你可以向峡江所有的干部调查,也可以请省委和中央来调查!我赵达功要的不是这个,也决不会在这种事上翻船！我看重的是党和人民的事业,也是我的事业！看重的是自我价值的充分体现！"

李东方啥都有数了,郁郁说:"老领导,你还不如直接说,你是看重你的政治利益。"

赵达功承认道:"政治家当然要看重政治利益,这还用明说吗?!"

李东方呷了口酒:"可那也不能不顾原则啊!"

赵达功没好气地说:"原则?讲原则,你现在就下令把国际工业园关掉!"

李东方深深叹了口气:"总有那么一天吧!"

赵达功把杯向李东方举了举:"东方啊,你就别说这些原则性很强的官话了,在家里,私人场合,咱们都说点人话吧!那个建委副主任和国土局副局长,要抓完全可以抓,判他们个十年八年一点不冤!不是这么个复杂的政治背景,你不抓我也会要你抓。可现在抓就不利,就会被人利用!这两个混账再供出一串,我们怎么收场啊?所以我劝你想开点,给我多少讲一点政治,慢慢来,不要着急。国际工业园尽出乱子你都不急,放着两个腐败分子摆一摆怕什么?以后就没有机会抓了?!"

李东方未置可否,又谈起了陈仲成:"老领导,这个陈仲成我看要拿下来。"

赵达功想了想:"可以,他这么胆大妄为,也确实让我不敢太放心。这个同志一贯是大事不汇报,小事经常报,塌天大事都敢给你先斩后奏!不过,不是现在就拿!陈仲成就算是一条狗,我们现在也得用他来看家!没有这条狗,只怕已经坏事了,一大串副处以上干部全要套到田壮达案子里去了!"

李东方提醒说:"狗会变成狼的,没准现在已经变成狼了。"

赵达功却不谈陈仲成了,话题一转:"东方啊,要我说,倒是我以前的那个宝贝女婿贺家国要拿下来,这个同志书生气太重,也太没有政治头脑了,搞不好会给我们添大乱子的!陈仲成和我说了,如果不是贺家国跑去瞎搅和,田壮达本来不会乱说一气!"

李东方怔了一下:"这……这不太合适吧?老领导,今天你既然什么话都和我说了,那我也不必瞒你:贺家国恰恰是我派去的。为什么?就因为我对陈仲成不放心,这个人要是闹出乱子来,那可是捅天大乱子,连你老领导都要跟着倒霉!"

赵达功不为所动:"事实情况是:在贺家国介入之前,一切进展顺利,经过陈仲成做工作,田壮达已经初步答应把境外的三亿港币协助我们追回来,还准备进一步筹款退赃。只要能挽回这种巨大的经济损失,根据有关规定,田壮达完全可以争取判个死缓,不杀头,这个案子也就了断了,有什么不好啊?贺家国偏跑去节外生枝,一口一个死刑地吓唬田壮达,乱子就被他闹出来了嘛!"

李东方心想,正因为贺家国已经起了作用,现在才更不能动,便换了一个角度说:"老领导,有个情况你可能还不清楚:大老板对贺家国很关心,也很关注,还让凡兴专门带了话给我,要我们注意保护他。现在拿下贺家国,大老板肯定不会同意,你知道的,贺家国是副市级干部,任免权在省里,不在我们市里。"

赵达功气道:"峡江市的一把手是不是你?你就没办法了?你就让他多搞搞经济,搞搞环保、绿化、移民什么的,政法方面的事少插手,尤其是田壮达的案子!"哼了一声,又带着明显的怨愤说,"咱们那位大老板怎么突然关注起这个狂徒了?他过去不是这个态度嘛!这里面难道没有文章吗?还有那个钱凡兴,怎么到峡江来的,来干什么,你心里要有数!东方,我不管你心里怎么想,一个基本事实你千万别忘了:大老板一直把你我看做一个人!你不要以为峡江出乱子账只算到我一个人头上,你的政治利益和政治前途也要受到影响!你记住我这话好了!"

李东方心里不由一惊:赵达功这话说得一点不错,一个书记、一个市长,八年的搭档,峡江出了什么乱子没你一份?不谈什么政治利益,起码有你一份责任!你在市委常委扩大会议上自己也声明过的,你对峡江以往的失误都负有责任。

这场酒真是喝伤了,从赵达功家回来,李东方难得醉了一回酒,吐得一塌糊涂。

35

就在李东方到赵达功家吃便饭的那天晚上,贺家国到滨江温泉疗养院看望钟明仁去了。虽然事先和钟明仁的秘书打电话约好了,贺家国还是在二号楼外的接待室等了好久。秘书透露说,大老板在哪里都闲不下来,住在哪里哪里就是省委,来谈工作的人日夜不断。贺家国赶到时,钟明仁正和秀山地委书记陈秀唐谈移民的事。陈秀唐出来后,排在前面的交通厅王厅长进去了,一谈又是半个小时。王厅长告辞后,秘书提醒说,贺家国到了,钟明仁才交代说,叫这狗娃进来吧,我也休息一下。

贺家国进门时,钟明仁正扭着身腰,活动筋骨,见了贺家国马上停止了活动,像个慈祥的父亲一般,走到贺家国面前,青筋暴突的手抚摸着贺家国的大脑袋,笑眯眯地说:"家国啊,下面的同志告诉我,说你这狗娃的脑袋不是人脑袋,你倒说说看,是什么脑袋呀?啊?这脑袋里装的都是什么呀?不是糨糊吧?"

贺家国见钟明仁情绪很好,便壮着胆子开玩笑说:"钟叔叔,我要说脑袋里装的全是智慧和才华,你又要骂我狂,算是火药吧,我现在成杆枪了,四处开火,激起官愤。"

钟明仁呵呵笑了,笑罢,问:"你是谁手上的枪啊?"

贺家国说:"钟叔叔,反正不是你手上的枪,你是看不上我的。"

钟明仁不开玩笑了,拍了拍贺家国的肩头:"你就是你,谁的枪都不要做,政治斗争很复杂,不像一加一等于二那么简单。当然你的热情,你的正义感,你的抱负我得肯定,向邓双林和陈仲成开火也开对了,但你要记住:能不能最终解决问题不是靠你这杆枪,而是靠使用你这杆枪的人。人家要是不愿打了,你这刀枪就得入库。"

贺家国有些愕然,困惑不解地看着钟明仁,等着钟明仁把话进一步说明。

钟明仁却不说了,往沙发上一坐,也让贺家国到身边坐下,话头一转,挺和气地问:"我让东方、凡兴同志都带了话给你,要你把你父亲的《西川古王国史稿》整理出版,你动了没有?也不来给我回个话。"

贺家国不知道这书稿沈小阳到底整理得怎么样了,更不敢把这推卸责任的真实情况告诉钟明仁,便满脸堆笑应付说:"钟叔叔,您的最高指示我敢不执行啊?正抽空搞着哩,进展不快,主要是没时间,当上市长助理,就忙昏了头。"

钟明仁不悦地道:"再忙也别昏头,老祖宗不能丢!这部史稿是你父亲一生的心血,一直到死你父亲都念念不忘。不是和你父亲一起在牛棚里呆了大半年,我对西川的历史也不会这么了解。你给我抓紧时间搞,我这几天就抽空写个序,结合历史谈谈西川精神。西川精神就是金戈铁马下洛阳的精神,就是拼搏奋进取、励精图治的精神。"

贺家国一点兴趣都没有,嘴上却不得不恭敬地应着。

对这位钟叔叔不恭敬可不行,倒不是因为这位钟叔叔做着省委书记,是西川的大老板,而是因为"文革"中的一段缘分。一九六七年三月,父亲从沙洋县农中二层教学楼上摔下来"畏罪自杀",是同住一间牛棚的钟明仁让他妹妹钟明菊把他带到了青湖乡下,度过了四年艰难的岁月。被钟明菊带到青湖的那年他才三岁,身为烈士遗孤的母亲因为说话不慎,非议江青,正以现行反革命罪被关在峡江监狱里服刑。若是没有钟明仁兄妹这番恩重如山的情义,他早就成了社会弃儿,根本不可能有扬眉吐气的今天。

这段动乱年代里发生的缘分除了个别老同志和至爱亲朋,几乎没人知道,钟明仁偶尔会说起他父亲和《西川古王国史稿》,却从来不提他,贺家国也从未对外人说起过。赵达功倒是知道的,不因为有这层关系,也许就没有九年前他和赵慧珠的那场隆重的婚礼。从美国留学回来,成了经济学博士,李东方想用他,赵达功不同意,贺家国曾鼓起勇气找过钟明仁一次,想凭借钟明仁的强有力的政治影响,问组织上要个施展身手的舞台。钟明仁没听他说完就摆起了手,不赞成他从政,要他好好搞经济研究。还说了,只要他当一天省委书记,就不许自己的孩子们在西川当官。待得李东方上台,请他出任市长助理时,贺家国嘴上没说,心里却挺担心钟明仁的态度。倒还好,这次钟明仁不知怎么开了恩,总算没反对。因而,贺家国对钟明仁的感情很复杂,更多的是父亲般的敬畏,而不是亲昵。和钟明仁比起来,李东方倒是可以亲昵的,哪怕李东方发火也不可怕。

今天,从钟明仁的态度中可以察觉到,这个一言九鼎的西川大老板对李东方显然是不满意的,原因好像还不在国际工业园的问题上,分明是另有所指。"人家不愿打了,你这刀枪就要入库。"这话是什么意思?李东方什么时候不愿打了?不是李东方的支持,红峰商城的案子能翻吗?自己能这么快和陈仲成摊牌吗?而国际工业园明明是决策错误,钟明仁就是不认账,也是很不对的,更不对的是,除了一个李东方谁都不敢提这个话头。这次来见钟明仁,钱凡兴还交代了:秃子最恨卖护发素的!你贺家国和大老板谈什么都行，就是别给我提国际工业园。你提你个人负责，与我们峡江市政府无关。

权力和权威形成的威慑力达到这种地步就很要命了！

正这么胡乱想着，一个年轻女护士进来给钟明仁送药了，贺家国怔了一下，中断了思路，走过去倒了杯温开水递到钟明仁手上，伺候着钟明仁服药。

钟明仁吃过了药，瘦弱的身子往沙发靠背上一仰，又说了起来："——家国，我不希望你从政，可你硬干上了，你说你要报国为民，这想法很好，我没话说！不过，你要记住，报国为民不是挂在嘴上说说的，是要付出代价的！有形和无形的代价。就拿我来说吧，改革开放二十一年，我从峡江市委副书记干到西川省委书记，可以说没睡过一天好觉，身体也拼垮了。这都没什么，看着峡江和西川的大楼一片片竖起来了，老百姓的日子比二十一年前好多了，我心里就很满足。可是，有时也生气，气什么？不是气老百姓，老百姓可以拿起筷子吃肉，放下筷子骂娘。你做了一百件好事，只要做了一件坏事，老百姓就有权利骂你！为什么？因为你是公仆，是老百姓养活的！所以老百姓说什么我都不生气，我是气我们一些干部！你们峡江一些干部就是这样嘛，一边卖着我的路，创造着他的政绩，一边还大谈我的失误！我失误了什么？我最大的失误就是用错了一些干部！用错了一个，就会带出一批！像那个陈仲成，能管政法吗？像那个邓双林，能做我们人民法院的院长吗？腐败案子一个接一个的出，自己不总结，不检讨，反倒像掌握了真理，满世界批评别人！"

这番话像排炮，气势磅礴，可却让贺家国很难表态。

钟明仁也不要贺家国表什么态："田壮达的案子是怎么回事？怎么这边交代出两个副处级干部，那边就翻供了？我们的反贪局怎么会扑了个空？李东方这市委书记是怎么掌握的？那个陈仲成为什么还不换下来？怎么还让他管政法？"

贺家国赔着小心说："钟叔叔，我知道的，李书记有难处，他和我那个前岳父赵达功同志搭了八年班子，事情不到一定的程度还真下不了手，其实，你们省委可以下命令把陈仲成拿下来嘛，李书记巴不得哩！"

钟明仁手一摆："这个命令我不下，省委不下，我倒要看看里面还有多少名堂！"

贺家国看得出,钟明仁是把这笔烂账记到李东方头上了,又鼓起勇气说:"钟叔叔,你可能错怪李书记了,李书记对田壮达的案子一直抓得很紧,正是因为不放心陈仲成,才和钱市长商量,把我派去协助的……"

钟明仁抱着膀子,讥讽地看着贺家国:"你协助出了什么结果呀?啊?田壮达的翻供是不是在你去了之后?你以为你这同志是谁?是人家的对手?家国,我告诉你,别看你是经济学博士,论政治斗争经验,你小学还没毕业!"

贺家国坚持道:"钟叔叔,不论怎么说,李书记都是个好人……"

钟明仁叹息说:"家国啊,这就是你幼稚的地方啊!我问你:这个世界上有多少坏人?改革开放搞到今天,真正反对、破坏改革的坏人还有多少?我看没几个。我们的斗争大都是好人之间的斗争,可这种斗争的尖锐程度,一点不比和坏人的斗争弱。背景往往又很复杂,难度呢,自然就很大,这就要求我们用高超的领导艺术和政治智慧进行把握。东方同志当然是好人,这还要你说嘛?我在二十多年前就知道,可好人照样会犯严重的错误啊!还有你那个岳父——哦,应该说是前岳父了,可能也不是什么坏人,但他干的那些事情,也许连坏人都干不出来!"

一时间,贺家国感情上难以接受,觉得钟明仁给他上课也许是上错了。

钟明仁难得抽了一支烟,徐徐吐着烟雾说:"家国,如果你没做这个市长助理,没有卷到峡江这些矛盾冲突中去,这些话我不会说——其实,就是你做了市长助理,按组织原则,我还不该说。可不说又怎么办呢?总有份私人感情在里面,总不愿看着你头昏脑涨吃苦头。所以今天就和你摊开来扯一扯,算是吹吹风吧!主席很讲究吹风,大江南北一走,几次风一吹,林彪集团就自我爆炸了。你自己一定要多思考。家国,可以告诉你:到目前为止,除了不计后果的正义感,我还没发现你有什么特殊的政治才华。你再想想看,这个市长助理是不是还做下去?并不是只有当官才能报国为民嘛!搞经济也是报国为民嘛,多交税就是报了国,为社会多提供就业机会就是为了民,是不是?"

贺家国怎么也没想到,谈话的主题最后会落到他的去留问题上,便赔着小心探问道:"钟叔叔,您知道的,我上任还没多久,想干的事没干呢,如果……如果我想干下去呢?"

钟明仁似乎早就料到了贺家国的态度,并没感到意外,平静地表示说:"你想干下去我也不拦你,拦也拦不住嘛!不过这种风我不会再吹了。以后你既不要把我当靠山,也别搞我的侦查,你干得好,为老百姓造了福,我表扬;干不好,闹出了乱子,我就公事公办;哪一天上当受骗违了纪犯了法,我也饶不了你!"

贺家国像得了特赦一般,连连点头道:"好,好,钟叔叔……"

钟明仁脸一拉,站了起来:"不是钟叔叔了,是钟书记!"

贺家国立刻改口:"是,是,钟……钟书记!"

这时,省委副书记兼省纪委书记王培松来汇报工作了。

贺家国趁机告辞:"钟书记,那……那我就先回去了!"

钟明仁口气冷冰冰的:"回吧,替我问问你们李书记,我让他把《中华人民共和国环境保护法》读三遍,他读了没有?国际工业园再出乱子,我饶不了他!"

走到门外,贺家国无意中听到了钟明仁和王培松的两句对话——

头一句是王培松说的:"这几天,他们活动很频繁啊!"

"不是鱼死就是网破,对此他们很清楚!"后一句话是钟明仁说的。

贺家国很想停住脚步再听两句,却没这个胆量。走廊上站着公安厅的警卫处长和几个便衣人员。因此他不但没停下脚步,反而下意识地走得更快了一些。

政治斗争真是惊心动魄,上了车一路往回开时,贺家国就在心里问自己:这是说谁呢?如果是说李东方,李东方在这番鱼死网破的政治较量中到底算是鱼还是算网?钟明仁问的不是没有道理:陈仲成怎么到现在还在做着政法委书记?就不能让陈仲成管点别的?李东方对赵达功是讲领导艺术,斗争策略,进行有警惕的周旋,还是同流合污啊?这些念头只在脑中一闪,马上又自我否定了,如果说连李东方这样正派的市委书记都靠不住,这个世界上还有谁靠得住呢?

钟明仁的霸道真是名不虚传,做了这个市长助理,贺家国算是领教了。因而也就理解了李东方和青湖市委女书记吕成薇的难处。在这种缺少民主的政治环境中,讲真话,坚持原则其实都很难,正像钟明仁自己所言,体现了政治斗争的复杂性,好人和好人之间也会斗得你死我活。比如在国际工业园的问题上,钟明仁这个好人和李东方这个好人就针锋相对,和他贺家国也是针锋相对的。根据钟明仁今天的态度,他能想像到,哪一天他真去把国际工业园关掉了,钟明仁会怎么对付他,怪不得钱凡兴叫他不要谈这个话题!

赶到李东方家,要向李东方通报情况时,李东方已上了床。李东方的夫人艾红艳悄悄告诉贺家国,说是赵达功不知和李东方谈了些什么,李东方在赵达功那里就喝多了,回来后情绪很不好,倒头就睡了。贺家国正要走,李东方却听到了客厅里的动静,连叫了贺家国几声,贺家国才走进卧室,把去看望钟明仁的情况说了,包括钟明仁的质疑。

李东方听后久久不语,过了好半天,才说了一句话:"我们现在是四面受敌啊!"

贺家国感叹说:"如果真是敌人倒好办了,开火就是,可这四面都是同志啊!"

李东方说:"家国,不行你就按大老板的意思撤下来吧,别跟着我活受罪了!"

贺家国摇摇头:"NO! 首长,我陪你拼下去了,就和他们打一场同志之间的战争吧!"

李东方"哦"了一声,问:"先向达功同志开战,再向我们大老板开战?真打?"

贺家国笑道:"难道是假打? 其实这场战争从你首长上任那天起就开始了!"

这时,贺家国的手机响了,太平镇党委书记计夫顺来电话汇报河塘村的海选工作,说是村主任候选人今晚出来了,明天是正式选举的日子,问他是不是过来? 贺家国想都没想便说,他明天不但到河塘村,还会带记者,要把海选情况好好报道一下。计夫顺在电话里迟疑说,最好还是先不要派记者吧,搞不好要闹笑话。贺家国知道计夫顺对海选村委会工作有抵触情绪,不是发牢骚,就是报丧,本想批评计夫顺几句,可当着李东方的面又不好开口,便策略地说:"老计,你先别叫,回头我再电话找你吧。"

李东方注意到了贺家国的暧昧,问了句:"家国,又是什么事?"

贺家国应付说:"也没什么大事,太平镇联系点上有个村委会要改选,是海选。"

李东方提醒说:"海选可要掌握好,万一选上个地痞流氓,老百姓就要吃苦头了。"

贺家国没当回事,责怪道:"首长,你看你,对上你一直强调民主,甚至不惜打一场同志之间的战争,怎么对下也这么害怕民主啊!"

李东方道:"这是两回事,民主不是一蹴而就的,要一步步来,要有个过程。我过去在太平镇工作过,河塘村的情况多少知道一些,那里的宗族矛盾不少,群众观念也比较落后,掌握不好,以后有你烦的,现在咱们的麻烦已经够多的了,你千万别再给我节外生枝了。"

贺家国挺乐观地说:"你就放心吧,我的大首长,我今天在太平镇所做的就是打下民主和法制的基础,我若是真把下面民主和法制的基础打扎实了,对上面一定也会有所触动的!让上面已经发生过的那些不讲民主只讲人治的严重后果今后再也别发生了!再说了,这也不是我的独出心裁,国家有《村委会组织法》,我是依法办事,其他省市又有过成功经验,中央电视台做过不少报道的。"

说罢,挥挥手,向李东方告辞了。

下楼钻进车里,贺家国迫不及待地用手机和计夫顺通起了电话,了解河塘村的海选的进展情况,继续对计夫顺进行法制和民主的教育,鼓励计夫顺坚定信心……

第九章　民主选举

36

河塘村的民主选举是贺家国极力鼓动起来的,得到了沙洋县委的大力支持。县委季书记在民主与法制问题上和贺家国有广泛共识,河塘村村委会的换届选举工作就严格按照《村委会组织法》铺开了,县委为此还专门发了一个文件。其实河塘村村委会早在去年三月任期已满,早该换届了,因为没人提,大家便把这档子事全忘了,不是因为老甘和老聂在计划生育问题上犯了严重错误,连镇党委书记计夫顺都想不起来还有换届这回事。

五月初的一天,贺家国和县委季书记亲自坐镇,由沙洋县民政局政权股、镇党委、镇政府具体组织,按得票多少选出了九位村民组成了河塘村选举委员会。当天下午,选举委员会召开第一次会议,又按得票多少选出了选举委员会正副主任。贺家国当场宣布说,从此以后,河塘村的换届选举工作将由这个民主选举产生的选举委员会独立领导,市、县、镇三级主管部门都不会再下达什么行政命令了。在场的村民们沉静片刻,马上热烈鼓掌,对这种真正意义上的民主予以充分肯定和拥护。县委季书记也讲了话,大意是要村民们珍惜自己的民主权利,要把换届选举工作做好,村民们也鼓了掌。计夫顺原来不想讲话,可怕贺家国的话被村民们误解,便接着贺家国的话头说了几句:市、县、镇不再下达行政命令,并不是说就对选举不管不问,放任自流了。如果选举工作出现非正常情况,组织上还是要过问的。

对计夫顺的这个讲话,村民们奇怪地报以沉默,连在场的党员干部都没怎么拍巴掌。

根据那天的会场气氛,计夫顺预计到河塘村的这次海选可能不会太顺利。

却没想到,后来会这么不顺利:尽管各方面的大会小会开了五六次,《村委会组织法》让选举委员会领着村民们反复学了,什么道理都讲了,县民政局政权股和镇人大的几个同志一直坐镇在村里监督巡视,计夫顺和镇党委看好的九个党员候选人也只从海底下面浮上来两名。五月十号,村民集中开会,选出了正式候选人十五人,其中主任候选人两名,副主任候选人四名,村委候选人九名。选举委员会当天下午贴出了第五号公告,公布了这十五位候选人名单,决定下一轮再从这十五个候选人中选出九人正式组成新一届村委会,选举时间定在五月十三日。

选举形势是十三比二,五月十三日正式选举时还得差掉六个,万一差掉的就是这两位党员候选人,这种民主可就不好玩了,丢脸不说,这届村委会也不好控制,搞不好还得出乱子。计夫顺就很着急,连着几天,天天往河塘村跑,民主不怎么谈了,尽谈集中,谈党的领导,还天天给贺家国打电话发牢骚,号称请示工作。贺家国的指示很明确,要让村民自己当家作主。计夫顺便问,以后河塘村闹出乱子,你们上头还找不找我了?贺家国讥讽说,过去你们任命的村委会也没少出乱子,超生就差得全省冠军了,连你老计也装进去了!怎么都忘了?!

贺家国这边靠不住,计夫顺只好靠镇长刘全友和镇人大主席老孟,被迫拿起民主的武器去和民主开战,分头做村民的工作,还帮着两个党员候选人准备竞选演说稿。这两个党员候选人,一个是从河塘村借到镇上当文书的段继承,计夫顺本来想把他安排做村主任兼党支部书记,都征求过意见了,贺家国一来,闹起了民主,只好通过竞选来做村主任了。还有一个是养兔专业户白凤山,被动员出来竞选副主任。按计夫顺和刘全友的设想,这一老一少两个同志在一起搭班子还是比较理想的。段继承为人正派,政治上可靠,又在镇上做了一年多文书,能较好地把握政策;白凤山是个老实人,在肉兔养殖上很有经验,和镇肉兔养殖加工基地的陈兔子是连襟,能抓住肉兔养殖加工为龙头,带着一村人走上致富之路。村民们偏就不买这个账,把计夫顺和刘全友的一片好心理解成了压制民主,越是做工作,村民们越是不理解。摸底情况表明,不论是段继承的村主任还是白凤山的副主任,都很有可能落选。

五月十二日下午,镇人大主席团主席老孟又找计夫顺反映,说是这两天村上一直有人暗中活动,四处放风说:既然是民主选举,越是上面想选的人,越是党员,大家越是不要选。计夫顺认为问题很严重,有"反党"的性质,和刘全友商量后,让老孟去追查,老孟却没查出头绪,村民们都不承认有这档子"反党"的事,反把原村委会主任老聂和支部书记老甘的问题又反映上来一大串,说是选这样违反基本国策、动不动就捆人打人的党员上来,还不如选群众。

这么一来,另一名村主任候选人——一个不但在太平镇而且在沙洋县都十分有名的非党"群众"甘子玉就独占鳌头了,极有可能在五月十三日的正式选举中胜出。

甘子玉人称四先生,在河塘村甘氏家族中辈分很高,原村支书甘同生要喊甘子玉四老爷。四先生在"文革"期间因为搞封建迷信活动被抓过,还判过几年刑,后来戴坏分子帽子监督劳动。这几年经常往南方跑,靠给南方的老板款爷看相算命先富起来了,盖了村里惟一一座外贴瓷砖的四层小楼,比村委会都阔气。四先生看相算命工作十分繁忙,一年难得在家住上几天。这阵子不知怎么就从南方回来了,据说还是坐飞机飞回来的。一回来就参加竞选村主任,以最高票当选为村主任候选人。嗣后,四先生见谁都握手,都送名片,四处表示说,要坚决反腐败,要把老甘老聂这几年的腐败账算算清;还说一人富不叫富,全村富才叫富,发誓富了不忘乡亲,要贡献自己的聪明才智,用他的"八卦预测学",带着河塘村六百多村民就此直奔那小康的光明大道而去了。老孟他们做的民意调查表明,河塘村一大半村民们准备投四先生村主任的票,要跟着四先生奔小康。四先生耸立在村西头的那座四层小楼已成了最好的竞选广告。

计夫顺想,如果让这位尖脸猴腮的四先生靠民主上了台,这对民主的讽刺也太大了,便很负责地和刘全友一起跑到河塘村和四先生进行了一次摸底谈话。这回是真正的检查工作,两人却没敢到村委会去喝"一块八",是在刘全友家吃过晚饭去的。因着要讲民主,也没敢把民主呼声很高的四先生往村委会传——刘全友倒是要传的,计夫顺不许,二人屈尊去了四先生家。

四先生家很热闹,兴奋不已的村民们挤了一屋一院子。计夫顺和刘全友走到院门口,就听得四先生在高谈阔论,谈论的是前村委会老甘、老聂的腐败问题。见计夫顺和刘全友来了,四先生也不回避,指着计夫顺和刘全友说:"老少爷儿们,你们不要老说计书记和刘镇长喝过咱村不少'一块八',知道南方的乡镇长喝什么吗?人头马!那一瓶酒钱够咱老少爷儿们吃三年的!再说,甘同生和老聂这两个腐败分子还是计书记一把揪出来的。所以我说咱计书记和刘镇长不但不腐败,还算个清官哩,人家可没让咱买人头马给他们喝!"

计夫顺心里火着,却不好发作,强笑道:"甘子玉,你这是变着法子骂我吧?"

四先生得意着,却没忘形,笑得真诚可爱:"哪能啊,计书记,没有你,哪有今天这番民主啊!"

计夫顺说:"甘子玉,今天我和刘镇长来,就想和你谈谈民主呢!"看了看一院子人,又说,"你这竞选演说是不是能先停一下呢?也给我们一点时间嘛。"

四先生矜持起来:"计书记,你看看你这话说的,误会了不是?你以为我想竞选村主任啊?我可是硬被老少爷儿们拉出来的,想不参选都不行啊!我这还不是要尽点义务,带着老少爷儿们一起奔小康么?老少爷儿们信得过我,明天真选我,我还真得干,不选我我也不会去争。"

刘全友说:"甘老四,这话不用你说,村民们不选你,你想争也争不上!"

四先生说:"那是,那是,民主嘛,这有什么好说的!"说罢,对院中的村民们拱手道,"老少爷儿们,咱就这么说,明天选举大家都去就行了,现在我得和二位领导谈点工作了。"

村民们看得出计夫顺和刘全友来意不善,一个个和四先生打着招呼陆续走了。有些胆大的年轻人故意当着计夫顺和刘全友的面大声说:"四老爷,你就放心吧,明天开会我们都选你,谁他妈不选谁是孬种!"

计夫顺待村民们全走了,才问四先生:"甘子玉,你多大的能耐呀,能带着河塘村就直奔小康而去了?靠给人家看相算命啊?!"

刘全友也说:"甘老四,你就趁机兴风作浪吧!计书记是外来干部,不知道你的底细,我可是知道你的,你为封建迷信活动吃得苦头少了?有空多回忆一下过去吧,对你会有好处!"

四先生前所未有的庄严起来:"计书记,刘镇长,我看你们这误会大了!怎么是封建迷信活动?怎么是看相算命?我现在从事的是生命信息科学工作,懂不懂?不懂可以慢慢学,不要先下结论嘛!"说着,给了计夫顺和刘全友一人一张名片。

名片比一般名片大出许多，上面赫然印着一行行烫金大字：甘子玉，中国八卦神学研究会资深研究员，超自然现象研究专家，人类预测学特级研究师，全球华人相貌评估网网主。

计夫顺抖着名片问："这么说，你是准备带着河塘村全体村民搞八卦预测学了？"

四先生不以为然地说："这有什么？能搞八卦预测的就跟我学着搞八卦预测，我在技术上无私奉献，决不掖着藏着。不能搞八卦预测的，就搞配套服务嘛！我在南方呆过的石岗镇，就是搞八卦预测起家的，政府很支持，工商局发执照，合法营业哩。八卦预测一火起来，各项服务行业也跟着火起来了，旅馆饭店天天爆满，连香港的老板和不少当官的都老往那跑！"

刘全友有了点小兴奋："哦，还有这种事？靠算命搞活了一个镇的经济？"

计夫顺瞪了刘全友一眼，刘全友这才意识到自己犯了糊涂，不做声了。

四先生看出了刘全友的心思："如今这年头，只要能发财，干什么的没有？大的走私案还不都有政府参与？人家连走私都不怕！中的搞投资建庙，烧点香，磕点头，钱就抓齐了。咱本钱不够，搞搞八卦预测又算什么？这主要看你们当领导的思想解放不解放，你们思想解放，我就在河塘村带个头。当然，回来后我也听说了，你们二位刚犯过错误，考虑的可能会多些，我也不难为你们，就把南方石岗镇的营业执照拿过来先营业，算他们的分理处！"

计夫顺听不下去了："甘子玉，你别说了，你这个候选人我看不合格！我情愿选猪也不选你！"

四先生直笑："计书记，你凭什么说我不合格——你看也就是你一人的看法，不代表村民的意见。民主嘛，村民们选了我我就合格，你们派的才不合格呢！我搞搞预测，谈不上利国利民，也不伤天害理，再说了八卦是门科学，和算命有本质的不同。"

要按计夫顺以往的作风，不把这位四先生带到镇上办两天班，也得当面训一通，这日晚上却不敢了，扭头就走，找个没人的地方又给贺家国打了个电话,把最新情况说了,断定明天的选举会闹大笑话。因此,计夫顺在电话里建议了两条:一、给选举委员会下道行政命令,推迟选举;二、取消四先生甘子玉的村主任候选人资格,让村支书段继承作为惟一的村主任候选人进行等额选举,过半数即可视为当选。贺家国不同意,口气强硬地说,就算把甘子玉选上台也没什么可怕的,河塘村还有党支部,国家还有法律,出不了什么大乱子。出点小乱子也不要怕,实行民主总要付出点代价,河塘村村民们这次付出代价后,以后就会成熟了。

这还有什么好说的?计夫顺手机一合,气呼呼地拉着刘全友就走:"行了,刘镇,咱也算尽到责任了,就让贺市长和河塘村的村民们为民主付代价去吧!"

刚走到村东头的小桥上,段继承不知从哪里突然冒了出来,拦住计夫顺和刘全友又汇报说:"计书记、刘镇长,情况你们都知道了吧?甘子玉他们活动得太厉害了,甘家又是村上的大姓,我肯定选不上,不行我就退出吧!"

计夫顺气道:"仗还没打,你就退了?给我选!选不上也不怕,村支书照做!"

刘全友也说:"小段,你也不能一点信心都没有,还是要相信群众嘛!"

段继承沮丧地说:"我相信群众,群众不相信我啊,党的威信被老甘、老聂他们败坏完了!"

计夫顺说:"所以,你小段以后的任务才很重,明天选上了,你是村主任兼支部书记,选不上,你还是支部书记,党的威信要靠你造福村民的行动来挽回!"

回去的路上,计夫顺又和刘全友说起了贺家国的不切实际,讥讽说:"咱这位贺市长也不看看这是什么地方?是美国吗?这种民主好玩吗?咱玩得起吗?也太不了解下面的情况了,他哪知道连摆在镇政府门口的破茶桶、脏毛巾都有人偷!"

刘全友想了起来:"哎,计书记,你这倒提醒了我:明天正式选举,贺市长要来,咱是不是赶快买个新茶桶再摆上?粗毛巾也再买几条,弄得好看点,别让贺市长再批评我们……"

计夫顺没等刘全友说完便道:"不买了,不买了!就让贺市长看看,这是什么鬼地方!就让他开开眼界吧!"

37

河塘村的选举定在上午十点开始,贺家国八点刚过就第一个来到了太平镇政府。

这时,计夫顺和刘全友已等在大门口了,和往常一样,仍是十分恭敬。

贺家国情绪很好,在院门口一下车就说:"老计,老刘,今天对我们太平镇来说,可是个有纪念意义的日子啊——第一个真正民主选举的村委会就要产生了。"

计夫顺咂着嘴说:"贺市长,但愿这不是付学费吧!"

贺家国不高兴了:"老计,不是我又批评你:你这个同志怎么这么悲观呀?这阵子我和你说得少了?怎么就没能加强你民主与法制的观念呢?你怎么还是一点民主精神都没有啊?"

计夫顺苦着脸说:"贺市长,你怎么还批评?我们这不是理解的执行,不理解的也执行么?你说改变作风我们改变作风,让摆茶桶我们摆茶桶,让挂毛巾我们挂毛巾,可你看看,前后不到一个月,买了八条毛巾,五条挂上去就丢了,另外三条脏得像抹布,就连大茶桶前天夜里也被小偷偷走了,我们镇政府就这么一个茶桶,同志们开会喝水都困难了。"

贺家国这才注意到,上次来时还见过的那个绿色大茶桶没了踪影,挂在传达室屋里的几条毛巾也不见了,只墙上《太平镇干部行为准则二十条》还狗肉幌子似的挂在那里,其中就有一条:"接待办事群众热情周到,先递毛巾后送茶水。"

贺家国问:"怎么就被偷走了?这么大个茶桶呢!"

刘全友像似讨好,又像似讽刺:"贺市长,我们已经向派出所报了案了,张所长正在带人排查,初步估计是两个以上的贼人一起做下的案子。我可是对张所长说了,这两个贼人胆子也太大了点,偷了政府的大茶桶,还是贺市长指示摆到门口的茶桶,一定要从思想上重视!"

贺家国认定这是讥讽,问刘全友:"你什么意思?是不是想让我赔你们一个大茶桶?"

刘全友忙道:"贺市长,你借我个胆,我也不敢让你赔呀!我强调是你的指示,那是想让张所长从思想上真正重视嘛,把它当个大案要案来抓嘛！不然,你要是赔了,镇上老百姓还以为是你老人家偷走的呢!"

计夫顺这才笑道:"贺市长,一个破茶桶没什么了不得,可这也说明了一个问题,老百姓就是这么个素质,咱们当领导的不能太急于求成啊,民主也好,法制也好,都得一步步来。"

贺家国看出了名堂:"哦,你们两位今天故意给我上课是不是?马上要选举了,还想让我改变主意?我告诉你们:这主意我不会变了,变就是犯法,违犯《村委会组织法》,我劝你们马上把《村委会组织法》再看一遍,现在时间还来得及!"

说罢,再不理睬计夫顺和刘全友,径自往镇政府办公大楼走,很生气的样子。

计夫顺和刘全友对觑了一下,一前一后,跟了上去。

计夫顺紧走几步,追上贺家国,赔着笑脸说:"贺市长,你别生气嘛,你对河塘村村民那么讲民主,对我们农村基层干部也多少讲点民主嘛,总得让我们说话嘛,我们说归说,执行照执行……"

贺家国在楼梯口突然停住了脚步:"老计,我说的你都执行了?"

计夫顺不知又发生了什么,疑惑地看着贺家国:"我啥事没执行?这茶桶、毛巾……"

贺家国盯着计夫顺:"别再茶桶、毛巾了,也别给我绕了,我问你:那次我走后,你是不是又把那个郝老二铐起来了?在兔市上铐了一夜带一上午?"

计夫顺愣都没打就喊起了冤:"贺市长,你……你这是从哪里听说的?有……有什么事实根据呀?都这么诬蔑好人,我们下面的同志以后还怎么工作呀!"

刘全友也帮腔说:"是哩,贺市长,我作证明,老计可真没再铐过郝老二。"

贺家国没好气地道:"你们都别辩了,是郝老二给我写人民来信反映的!"

计夫顺不看贺家国,却对刘全友叹息说:"刘镇,你看看这个郝老二,我们拿他怎么办啊?当时和他谈得那么好,他都流了泪,一出门就变了卦,还给贺市长乱写信,贺市长能不误会么?"

刘全友说:"就是嘛,看来谈心也不是解决问题的好办法呀!"

贺家国冲着刘全友眼一瞪："对，等我一走，你们再去铐他，这办法好！"

计夫顺不解释了，上楼后，到了自己办公室，拿出郝老二写下的字据递给了贺家国："贺市长，我啥也不说了，你自己看看吧，这就是那天我和郝老二深入谈心后，郝老二写下的材料，幸亏我保留了，否则我就算浑身是嘴也说不清楚了。"

贺家国拿过材料扫了扫，又还给了计夫顺："这种材料我见得太多了，铐子一上，电棍一抵，你让人家怎么写人家就会怎么写！别以为我真不了解下面的情况！告诉你们，我这阵子一直跑政法委，啥不知道？"计夫顺还要解释，贺家国却不愿听了，手直摆，"别说了，老计，我不官僚，这个郝老二我也了解过，确实不是什么好东西，可你这么干就是不对！今天主要是选举，是民主的问题，法制咱们再找时间专门谈。"

于是，便谈民主，贺家国说，计夫顺和刘全友在小本本上记，也不知是真记还是假记。贺家国说得很具体：河塘村的选举是试点，在沙洋县是第一次，在峡江地区也是第一次，各方面都比较关注，市民政局要来人，还要来不少记者采访。要求计夫顺和刘全友今天一定要顾全大局，不论思想上通不通，都要在政治上和他保持一致，对民主选举只能说好，不能说坏，而且不管选举的最后结果如何。

贺家国刚把指示做完，计夫顺和刘全友还没来得及表态，沈小阳和一大帮报社、电台、电视台的记者就到了，马上见缝插针开始采访，要镇领导计夫顺和刘全友谈谈对民主选举的看法，为什么要在河塘村搞海选试点？计夫顺和刘全友强作笑脸，把贺家国反复和他们说过的话说了一通，就把球踢给了贺家国，说是主要是市里重视，贺市长关心，还是请贺市长谈吧。贺家国便侃侃而谈，从旧民主主义谈到新民主主义，从孙中山的民主理想谈到毛泽东的民主理想，结论是两个历史人物的民主理想实际上都没在中国基层得到实现，只有在今天以法治国的情况下，有了《村委会组织法》保障，真正的基层民主才有了实现的可能，今天河塘村就迈开了这历史性的一步。

正谈着，沙洋县委季书记一帮人和市民政局的几个领导又到了，一看表，时间已是九点十分了，大家便上了车，高高兴兴一起赶往河塘村。

这日的河塘村比大年还热闹，连长年在外打工的几十个姑娘、小伙子也回来了,六百八十七名村民到了六百六十六名,村民们都说这个数字吉利,六六大顺。周围几个村的人也来看热闹,村东村西两条大道上挤满了人,大道一侧的空地上停满了自行车。村委会门前,和村路两旁的房屋墙壁上,花花绿绿的标语贴了不少,大都是选举委员会组织村民们贴的正规标语。什么"当家作主,投好神圣的一票",什么"执行《村委会组织法》,依法选举","请履行一个公民的神圣权利"等等。

也有不正规的标语,贺家国就看到了一条:"选上甘子玉,发家致富少不了你!"上面不知又被什么人用墨笔写了一行小字:"放狗屁,要致富,快养兔,请投段继承、白凤山的票!"

贺家国指着标语笑了,对走在身边的计夫顺说:"民主气氛还很浓嘛!"

计夫顺皮笑肉不笑地说:"再浓一点,就有点'文化大革命'的味道了!"

贺家国很扫兴,狠狠瞪了计夫顺一眼,扭过头和沙洋县委季书记又说了起来:"季书记,如果选上了甘子玉,你这个沙洋县委一把手怕不怕?"

季书记说:"这有什么好怕的?只要他是合法当选的。"转而问计夫顺,"夫顺同志,这期间你们有没有发现买选票、贿选这类情况啊?"

计夫顺说:"这倒没发现,相互谩骂的事出过不少,一条街对着骂,两家站在房顶上吵的都有,还有人身攻击的小字报。"

季书记说:"这也正常,中国式的民主嘛,台湾民进党在会上还打架呢!"

贺家国说:"应该说是民主的初级阶段,哪里搞民主都会经历这么一个阶段……"

这么一路说着,众领导和记者们便来到了村委会小楼前的主选会场。

十点整,正式选举开始,因为记者们需要更翔实的采访资料,尤其是电视台记者,需要形象资料,便向选举委员会提出了个要求:请两个村委会主任候选人在投票之前再把自己的竞选演说发表一次。选举委员会的同志商量了一下,同意了,又过来征求计夫顺的意见。

这么多市县领导坐在身边,计夫顺哪还敢有什么意见?

计夫顺便空前民主起来,偷偷看了贺家国一眼,很亲切地表示:"你们自己决定吧。"

于是,选举委员会便宣布:为慎重起见,投票时间推迟半小时,由村主任候选人甘子玉和段继承再向全体村民做最后一次施政发言,每人十五分钟。

支书段继承对着摄像机镜头和全体村民先发了言,开口就承认村里一些党员,尤其是上届村委会老甘、老聂几个人败坏了党员干部的形象,他上任后首先要做的就是恢复村民对党员干部的信心,准备以身作则,哪怕瘦掉十斤二十斤肉,也要争取早一点把村里的经济搞上去,具体计划是:一抓肉兔养殖加工,和镇上陈兔子联合,早日在村上办个加工基地;二抓小煤窑生产,将上届村委会个别人私自承包给个人的三座小煤窑收归集体,或者公平竞争,重新承包,村里财务公开,一切经济来往接受村民监督;三是成立一个运输队,专门从城里把人粪尿运回来,搞绿色无公害西瓜、甜瓜、老倭瓜,在村里开展蔬菜种植致富计划。

计夫顺带头为段继承鼓起了掌,贺家国等人也鼓起了掌。

鼓掌时,贺家国悄悄对计夫顺说了句:"这个段继承讲得很好嘛,实事求是!"

计夫顺说:"贺市长,你听吧,甘子玉说得比小段还好,要用八卦预测学带着村民致富哩!"

计夫顺和贺家国交头接耳时,容光焕发的四先生甘子玉已走到了众人面前,拿着话筒说了起来。第一句话就语惊四座:"我们河塘村落后了南方二十年,这种情况再也不能继续下去了,南方发达地区有的我们要有,南方发达地区没有的我们也要有!"

掌声立即响了起来,是来自村民群体中的掌声。

甘子玉靠一张巧嘴吃饭,又在外面闯荡多年,什么人都见过,果然谈得好。因为市县镇三级领导在场,八卦预测学不谈了,大谈外面的世界很精彩,大谈信息致富,改变观念。为了争取选票,村里人一直很看重的小煤窑和肉兔养殖不但没丢,还在销售问题上做了充满想像力的发挥,要上网去卖兔子,卖南瓜。最后又说到了反腐败,打算从老甘、老聂反起,一直反到前三届村委会,只要多吃多占的,全让他们吐出来。甘子玉不知有什么根据,一口咬定这些退出的钱财足够河塘村办几个厂子。

掌声又响了起来,仍然是来自村民群体的掌声,比上一次掌声响得更热烈,更持久。

十点半,投票在村里四个投票点同时开始,十二时投票结束,下午三时,选举结果出来了:段继承得票二百九十一张,甘子玉得票四百七十张,废票五张。甘子玉以超过段继承一百七十九票的绝对优势当选为河塘村第六届村委会主任,段继承的村主任和白凤山的副主任全部落选。

选举结果一宣布,计夫顺心里灰透了,觉得是被甘子玉打了一记耳光,硬着头皮向甘子玉表示了祝贺,连镇办公室都没回,就一头钻进了贺家国的车里,要跟贺家国的车回城看病。

38

天阴沉沉的,贺家国和计夫顺的脸也阴沉沉的,车出河塘村,上了沙石大路,两人谁都没有一句话。计夫顺真像得了场大病,半截身子滑落到车座下,双膝抵着前面座位的靠背,眯着眼打盹,贺家国则看着车窗外不断后退的田野一阵阵发呆。

过了好一阵子,贺家国才推了推计夫顺:"老计,别装病了,我和你说话!"

计夫顺闭着眼,声音有气无力,像蚊子哼哼:"贺市长,你说,我听着哩!"

贺家国对河塘村的选举结果也产生了一些疑虑,有些心虚地说:"这个甘子玉真是算命先生么?起码现在不是吧?算命先生会知道得这么多?连上网卖兔子卖南瓜的事都懂?我看这人主要的毛病还是夸夸其谈,我们只要把握好了,估计也没什么大问题。老计,你说呢?"

计夫顺呻吟似的说:"现在说这些还有什么用?该付代价就付吧!"

贺家国叹了口气:"老计,我和你说实话,要我投票,我也会投段继承的票,段继承实事求是。可河塘村的多数村民民主选择了甘子玉,我们就要尊重这种民主选择的结果,是不是?"

计夫顺根本不理,再不像往常那样,对贺家国恭敬有加了。

贺家国也发现了这一点,又推了计夫顺一把:"哎,老计,你坐正了,今天,你反民主的本性来了个大暴露,我倒真想和你好好谈谈了,请睁开你明亮的眼睛好不好?咱们交交心。"

计夫顺睁眼时,眼里竟蒙满了泪光:"贺市长,真交心,我就和你说实话:在太平镇做这个受罪书记的是我,不是你!你是忙人,是干大事的,难得仙女下凡到我们镇上来一次,弄个算命先生做村主任,六百多号人以后吃不上饭怎么办?你管饭吗?"越说越气,"连工资都拿不上,我他妈犯得着去反民主吗?我是想对老百姓负责,没这点责任心,我镇党委书记早不干了!"

贺家国也动了感情:"老计,你的责任心我知道,你现在的心情我也理解,可我们总要从大处着眼嘛!咱们头一次见面时我就说过,民主与法制是立国之本,我们今天所做的就是这种涉及到立国之本的工作,意义十分重大!你不要认为我这是讲大道理,这不是大道理。老计,你想想,你吃不民主的苦头少了?前任镇党委书记花建设留下这么个烂摊子,搞得你们连饭都吃不上,被迫去吃超生罚款,问题出在哪里?根子就在不民主嘛!如果花建设的官职不是上面任命的,是下面老百姓民主选出来的,他敢对老百姓这么不负责任吗?!"

计夫顺怔了一下,坐正了:"哎,这问题我还真没想过。"

贺家国说:"那你就去想想,今天是私人场合,我不妨和你把话说说透:我觉得解决中国的问题只能靠民主这个大药方。由人民真正当家作主,今天是村主任,以后乡镇长、县市长、甚至省长都由老百姓真正民主选出来的,这样直接选举,很多问题就好解决了。比如腐败,你敢腐败呀,你腐败老百姓就请你滚蛋!比如买官,你买不到了嘛,官帽子拎在老百姓手里,老百姓选你你就是官,不选就不是,你的眼睛就得向下看了,得看老百姓高兴不高兴,不是看上级领导高兴不高兴!这么一来,领导干部的作风也会有个根本转变,当官就是做公仆,那些想骑在人民头上作威作福做老爷的人,恐怕就不会像绿头苍蝇一样挤着去当官了!"

计夫顺点点头:"你这想法不错,各级政府官员都让老百姓直接选举!"

贺家国乐了,拍拍计夫顺的肩头:"老计,想通了吧?"

计夫顺哼了一声,马上问:"贺市长,你这伟大的想法哪天才能实现?"

贺家国激动了:"总有一天会实现,老计,你信不信?今天不是已经开始了么!"

计夫顺摆摆手:"行了,贺市长,你就革命浪漫主义的吧,我可不能靠这种浪漫过日子,我是现实主义者!"禁不住又发起了牢骚,"镇上现在连一台车都没有了,我和刘镇的车上个月又被债主扣了,农中那帮老师的四袋面吃完后,前天又找上了门,我现在连做贼的心都有!"

贺家国脸上的激动消失了不少:"连车都没了?怪不得你要蹭我的车回城哩。"

计夫顺这才说:"贺市长,太平镇是你抓的点,你的指示我们都执行了,我们的困难你也得帮帮嘛!光给我们来浪漫主义,我们就没奋斗精神了——起码给弄点贷款吧,你过去也答应过的。"

贺家国说:"我倒真给你问过几家,人家现在都要抵押担保,你还有什么可抵押的?"

计夫顺一下子来了精神:"哎,贺市长,你也别太瞧不起我们,破船还有三斤钉呢!我们别的没有,有地呀,镇中心就有一块八十八亩的建设用地,花建设在任时原准备中外合资搞度假中心的,都立过项了,因为外资没到位一直没搞起来。现在可以转让,也可以抵押。你贺市长帮我们牵个线,抵押给银行,贷个五六百万行不行?"

贺家国吓了一跳:"八十八亩地贷五六百万?老计,你那地多少钱一亩?"

计夫顺挺认真地说:"按当时的价就高了,一亩二十万,八十八亩就是一千七百六十万,现在不太好说了,说高点十来万一亩,说低点也得十万一亩,贷个五六百万不算多哩。"

贺家国说:"别管你这块地值多少钱,我最多能给你们贷个二三百万。"想了想,又有些怀疑,"怎么以前没听你说过有这块地呀?在县国土局办过国有土地转让手续没有?是不是你们镇上占的黑地呀?省里马上要清理呢!"

计夫顺说:"怎么是黑地?过去我是不想拿出来。我不一直抱有幻想吗?老想争取外资到位,现在现实了。国有土地手续早就办了,国有土地使用权证就在刘镇手上,你可以看嘛!"

贺家国说:"那好,那好,就二三百万吧,我让市农行的李行长找你,多了我真没办法!"

计夫顺似乎不太情愿地说:"那就三百万吧,反正一搞现实主义你贺市长就没气魄!你是浪漫的巨人,现实的矮子,我算看透了!"

因着这三百万的关系,计夫顺情绪有了好转,浑身的病态消失了,往贺家国身边靠了靠,又和贺家国套起了近乎,"贺市长,你革命的浪漫主义和革命的现实主义这一结合,我对你的浪漫主义也就多少有点兴趣了,你接着说吧,民主也好,法制也好,我洗耳恭听。"

贺家国哭笑不得:"老计,你看看你这个人,势利不势利?不帮你弄钱,你连我的话都不想听!过去还骗我,说听我的讲话就像听党课,露馅了吧?"

这时,前面堵车了,贺家国便趁机给计夫顺进行民主补课。计夫顺却老把话题往三百万上扯,甚至还建议今天就去见市农业银行的李行长。贺家国根本不干,一再提醒计夫顺端正态度。

民主补课补了近半小时,车还是一动不动。贺家国和计夫顺在车上都坐不住了,便到前面去看。一看才发现,好好的沙石路面上出现了一条宽约半米的深沟,把来往的大车、小车堵了一串。沟旁的一棵柳树下赫然竖起了一块木牌,上面歪歪倒倒写了几行大字:便民服务,此处出租过沟铁板,大车每次收费十元,小车每辆收费五元。带头收费的竟是郝老二,这混虫在镇上不敢闹了,又吃起了路!

计夫顺往近旁的一台东风卡车后一躲,掏出手机想给派出所张所长打电话,手机已打开了,无意中看到了身边的贺家国,又把手机收了起来,指着正收钱的郝老二,皮笑肉不笑地说:"贺市长,看见了么?又是郝老二,你是不是去和郝老二谈谈心啊?让他别这么便民服务了!"

贺家国骂道:"太不像话了,简直是车匪路霸,老计,你去收拾他!"

计夫顺连连摆手:"别,别,贺市长,这里不是太平镇,不归我管,再说,也得讲法制!"

贺家国说:"正因为讲法制,这种人才得抓,你快打电话给派出所,让他们来抓!"

计夫顺叹了口气,故意说:"算了吧,拘留几天还得放,放出来他照干,我们不如交五块钱让他服务吧!"拍拍贺家国的肩头,还问了句,"这五块钱你回去能报销么?"

贺家国冲着计夫顺眼一瞪:"老计,你将我的军是不是?那三百万贷款不想要了?"

计夫顺这才老实了,拉着贺家国往回走,边走边说:"贺市长,你别也像我这么势利嘛,这事我可以管,不过得先向你市领导请示一下,你看这样好不好？我马上让张所长开着警车带人来，还是土法上马，让他们把挖断的路全填起来——当然不止这一处了，太平镇上坑坑洼洼的烂路还有不少，我正愁没人修呢！"

贺家国道："行，老计，好好惩罚他们一下，看他们以后还敢不敢！"

计夫顺这才给派出所张所长打了电话，二十分钟后，贺家国的车快排到沟前时，张所长和他手下的十几个公安人员突然出现在郝老二和那帮地痞面前。郝老二拔腿就逃，没逃出几步，就被几个司机揪住了。其他五个光头地痞也一个没逃掉，全被公安人员铐了起来。

战斗结束后，计夫顺才不急不忙地从贺家国的车里走了出来，对张所长交代道："郝老二这阵子皮又痒了，怎么给他搔痒你知道，我就不多说了。我的意见是：谁毁的路谁修，不但是这一处，咱们镇上被他们毁坏的路也不少嘛，你就派人押着这帮混虫慢慢修路吧！"

郝老二叫了起来："计书记，镇上的路真不是我挖的，在你眼皮底下我敢吗！"

计夫顺根本不看郝老二，像没听到郝老二的辩解，继续向张所长交代说："派出所经费也很紧张，就不要乱花钱了，修路工具请他们自己找，吃饭喝水请他们家里来人送，今天先填这条沟，从明天开始就修咱镇上的路，从中兴路修起，估计有一两个月也就干完了。"

张所长说："咱镇上的路况够呛，就郝老二这几个人，恐怕得修三个月。"

计夫顺挥挥手："三个月就三个月吧，反正你们掌握好了。"

说罢，一头钻进了贺家国的车里，让司机马上开车。

车开过铺着铁板的深沟，司机赞叹说："计书记，治这种地痞你可真有办法！"

计夫顺忙把话说到了前面："哎，这可不是我自作主张，是经过贺市长批准的！"

贺家国笑道："我让郝老二他们去镇上修一两个月的路了？你可真会赖皮，也真会抓差！"

计夫顺也笑了："穷地方总有些穷办法！关键是要扎耳朵眼上轿，得及时！"

……

39

　　第二天一早,计夫顺坐公共汽车赶到镇上上班,在镇东招手站一下车就看到郝老二和那五个光头地痞正被几个派出所的合同民警押着修路,两个一组铐在一起,六个人铐成了三对,铐子是经过加工改进,两个铐圈之间用链条锁上的长铁链连着,并不怎么影响干活。

　　计夫顺很满意,夸奖合同制民警说:"不错,不错,你们还真有办法哩!"

　　正在路面上填土的郝老二看见计夫顺,破口大骂:"计夫顺,我操你妈,你赖老子!"

　　一个民警马上冲过去,电棍一指:"郝老二,又要调皮了?干你的活!"

　　郝老二不敢做声了,又老老实实干起了活。

　　计夫顺倒没生气,走到郝老二身边,挺和气地说:"郝老二,你这次可骂错人了,要骂你得去骂贺市长!你狗东西不是给贺市长写过人民来信么?贺市长看过信就来火了,让我好好收拾你!贺市长说了,光铐在兔市上示众太便宜你了,还是得让你用劳动洗刷灵魂,我就根据贺市长的这个重要指示精神,让你修路了,你要不信,修完路后可以再给贺市长写人民来信!"

　　郝老二又"日娘捣奶奶"地骂起了贺家国。

　　计夫顺并不制止,对公安人员交代说:"郝老二怎么污辱谩骂市领导的,你们记下来,等市领导来检查工作了,你们做个详细汇报——有录音机最好录下来,免得这混虫日后赖账!"交代完,迈着方步,沿中兴路进了镇里。

　　不紧不忙走到镇政府门口,正碰上镇长刘全友。

　　刘全友问:"计书记,你昨个儿不是说病了么?咋一早又来上班了?"

　　计夫顺笑了笑:"病好了,让贺市长的三百万贷款一下子给治好了!"

　　刘全友以为听错了:"三百万?贷给咱?计书记,你不是开玩笑吧?"

　　计夫顺很正经:"开什么玩笑?我把度假中心的那八十八亩地抵押出去了!"

　　刘全友愈发惊愕,眼瞪得像灯笼:"老计,你……你胆也太大了吧?都骗到贺市长头上去了？那块地咱可没向县国土局交一分钱的国有土地转让费啊，土地证是靠关系办出来的！"

计夫顺四处看看，见周围没人，才说："刘镇，你嚷什么嚷？小点声好不好？咱陪着贺市长这么起劲玩海选，贺市长也得为海选付点代价嘛，不能光付给甘子玉他们不付给我们嘛！"

刘全友想想也是，不做声了，跟着计夫顺上了楼，进了计夫顺的办公室。

计夫顺以为刘全友要汇报工作，到办公桌前一坐下就问："刘镇，有事？"

刘全友吞吞吐吐道："计书记，有了这三百万，咱的工资能补发了吧？"

计夫顺笑了："刘镇，这钱还没骗到手呢，怎么用以后再议吧！啊？"

刘全友点头应着，不太情愿地往外走，走到门口又回来了："计书记，河塘村民主了，甘子玉嚷着要反腐败，别的自然村、行政村也不好老跑去蹭饭了，咱得活人啊，工资不发真不行了！你别批评我又打个人小算盘，这个人的小算盘不打，公家的大算盘也打不好。"

计夫顺知道刘全友的日子比自己还难过，安慰说："全友，你放心，钱一到手总得发点，全补不可能。一共三百万，农中教师加镇干部三百多口子人，全补工资一下子就光了。"

刘全友可怜巴巴地问："老计，能补发半年么？"

计夫顺想了想："全友，别人我不敢保证，对你我敢保证！你就好好配合我把这三百万弄到手吧，县国土局的工作一定要做好，千万别露馅！"

刘全友连连道："老计，你放心，你放心，我全力配合！"说罢，真要走了。

计夫顺却把刘全友叫住了，说："刘镇，你也别光想着自己的工资，正事也得往心里去！对河塘村，咱俩分个工好不好？那个民主产生的村委会，你多盯着点，别真让甘子玉搞成看相算命专业村了！村党支部的工作我重点抓，今天和段继承好好谈次话，明天给他们村全体党员开个会，搞党员结对子活动，把支部和党员的威信重新树起来！"

刘全友皱了皱眉头："计书记，这又何必呢，民主选举的结果，咱还管那么宽干啥？再说，就算搞成了看相算命专业村，只要能把经济带动起来，咱不多收税吗？工资就有着落了！"

计夫顺十分严肃:"再民主也不能不要党的领导,看相算命这一套更不能搞,就是一年有几百万的税收也不能搞!基本国策上的教训还不深刻呀?还敢违反党纪国法呀?刘镇,你可别忘了,咱们身上现在都还背着处分呢!"

刘全友不太服气:"老计,你别说现在就不违法,吴主任把那些超生妇女的婆婆娘关了一院子,不违法呀?农村工作就那么回事,说你违法你天天违法,说你不违法你就不违法。"

计夫顺心里认同刘全友的话,嘴上却不能不反驳:"这是两回事!基本国策一抓紧,超生妇女都逃了,不把她们的婆婆娘弄来,我们怎么处理?有啥好招数,你给我拿出来!"

刘全友献计道:"其实,把婆婆娘弄来不解决问题,吴主任昨天还和我说哩,弄来这么多婆婆娘做人质,只有一个孝敬媳妇来投案,小媳妇们普遍欢欣鼓舞!老计你想啊,老婆婆本来就是小媳妇的天敌,我看咱得马上改进措施啊,别关婆婆娘,专关小媳妇的亲娘,保证超生妇女一个个主动来投案!"

计夫顺从善如流,连连道:"好,好,这主意好,马上通知吴主任这么改进一下!"继而又感叹,"刘镇啊,对基层情况你比我更了解啊,我怎么就没想到婆媳关系这一层哩!"

刘全友挺得意:"还不是在长期工作中积累的经验嘛!"又顺着这个话头扯到了河塘村,"根据我的经验,河塘村这个民主产生的村委会是贺市长和县上一手抓的试点,和咱的关系就不大,搞好了是贺市长和县上的成绩,搞砸了也是他们的责任,这选完也就完了,犯不着多想了。"

计夫顺再次严肃起来:"哎,刘镇,你可别给我糊涂,河塘村的事怎么就完了?要我说不但没完,而且才刚刚开始!我们的党员干部和群众这么离心离德,怎么得了啊!"

次日,在河塘村全体党员会上,计夫顺的说法就更严重了,认定段继承、白凤山和九个党员干部的竞选失败,实际上就是共产党在河塘村下了台。计夫顺要求每一个党员都从这次竞选失败中汲取教训,以身作则,对全村群众进行分工包干,和村上的困难户结对子,扶贫帮困,用实际行动向河塘村的群众证明:党员干部还都是好样的,做不到,就请他现在退党。说到最后,计夫顺还向到会的河塘村的三十二位老少党员同志鞠了一躬,说是代表镇党委先谢谢了。

河塘村的三十二名党员这下子觉出身上的压力,一种近乎悲壮的气氛产生了。村支书段继承代表河塘村党支部和到会的三十二名党员向计夫顺表了态:一定按镇党委的指示,把这次结对子的工作做好做细,从头做起,从小事做起,从河塘村群众最需要的地方做起,在尽可能短的时间里重铸党组织应有的形象和威信。

就在河塘村三十二位党员到镇党委开会那天,河塘村新一届村委会也在开会,开得很民主。开会之前,新主任甘子玉广泛散烟,不管会抽不会抽,一个村委面前甩了一盒"三五"烟,还笑眯眯地声明说:"同志们,我这烟可不是集体公款买的,是我个人花钱买的,以后开会绝对不能再抽公烟了,'一块八'也不许乱喝了,谁喝谁掏钱,外来的客人也不例外,包括计夫顺和刘全友!咱们这届村委会一定要廉政,这廉政的重要性——大家知道不知道?!"

村委们纷纷点头,都表示懂得廉政的重要性:只要廉政,群众才信得过。

甘子玉说:"都知道就好,我就算对大家进行过廉政教育了,咱开会吧。今天先研究两件事,都是大事:第一个呢,是重建村门楼子,把村门从东面改到南面,新班子要有个新气象。更重要的是,这一改风水就好了,从此以后咱河塘村的进财之路就算打通了。第二个事呢,就是反腐败了,得组织清账组查账。就这两个事,议透了今天就定。"

一个甘姓村委说:"四叔,开一个会才定两件事,也太没效率了吧?"

甘子玉不以为然:"小六子,你懂什么?我是查过皇历的,今天这日子是小红砂,百事忌,要不是你们非要开,我才不开呢!再说了,一月开一次会,一个会能定两件事就不错了,一年十二个月,起码二十四件事,还没效率呀?不能一口吃个胖子嘛,欲速则不达嘛!"说罢,看了看手下的八个村委,"先研究改村门的事吧,这不是金堂玉宇的大事——大家,啊,都是个什么意见啊?"

八个村委你看看我,我看看你,嗣后一个接一个发言,都有点想不通,觉得村门楼子好好的,没必要改。甘子玉就从八卦预测学的理论高度,结合河塘村经济落后的现实阐述了一番,还举出了南方不少生动的事例,五个村委便想通了,另三个还是想不通,一个是村委会副主任聂端午,一个王姓村委,还有那个甘家小六子。

甘子玉说:"不通也没关系,虽然是民主决策,个人也可以保留意见,表决吧!"

表决的结果是,七票赞成,两票反对——小六子在甘子玉举手时也举了手。

甘于玉说:"好,少数服从多数,这改门楼子的事就算正式形成决议了。"

第二件事是反腐败。对反腐败村委们都没有意见,可对什么人进清账组,怎么组织清账组产生了重大分歧。因为前三届村委会的腐败分子以甘姓为主,几个外姓村委怕出现舞弊情况,一致提出清账组有一个甘子玉甘四先生领导着就行了,其他甘姓村民一个不要。

甘小六一听就急眼了,下台的前支书甘同生是他本家二哥,二嫂昨晚就来打过招呼的,要小六子在反腐败的问题上帮二哥甘同生说说话,自己不进清账组,这话还怎么说?便极力反对:"姓甘的怎么了?不是那么多姓甘的投你们外姓村委的票,你们进得了村委会吗?!"另一个和甘子玉、甘小六同宗的村委也骂骂咧咧说:"他娘的,姓甘的腐败,外姓就不腐败?他娘的,上届村主任老聂也腐败得不轻,是不是姓聂的也一个不要?!"

副主任聂端午是老高中生,在峡江市内建筑工地上做过四个月队长,一贯诡计多端,不和甘小六子他们争,只看着甘子玉说:"既是民主决策,我看还是民主表决,少数服从多数吧——三姨夫,你说呢?"

甘子玉一眼就看透了副主任聂端午的诡计:甘姓村委连他甘子玉算上也才三人,这一表决必败无疑,败倒无所谓,问题是,会伤了甘姓族人的心,也让聂家人等翻了天,以后就难办了。

甘子玉便沉默,沉默中,眼角的余光向甘小六身上扫。

甘小六马上会意,不要民主了,说:"四叔,你发话吧,你是村主任,你定!"

聂端午马上叫了起来:"怎么甘主任定?民主决策嘛——三姨夫,你不想独裁吧?"

甘子玉倒真想独裁,可想想自己是民主上的台,头一次开村委会,一下子就独裁也不太好,就来了个缓兵之计,又东一支西一支地四处散烟,散过之后才笑着表示说:"我看还是先议议吧,啊?议透了怎么都好说,表决也行,不表决也可,反正按正确的意见办!"

聂端午和外姓村委们非要马上表决不可,那个姓王的村委还责问甘子玉:"甘主任,你什么意思?这还有什么好议的?你主任是不是真想反腐败?!"

甘子玉这下子火了,跳起来拍着桌子问那个王姓村委:"光民主,就不要集中了吗?这村主任是谁?是你还是我?也不想想,这支队伍到底谁当家?!"

王姓村委还没说话,聂端午又说:"三姨夫,你是村主任,这支队伍你当家!"

甘子玉口气和缓下来,也终于下定决心搞独裁了:"那就行了嘛,还表决什么呀?清账组的名单我亲自定就是了——我提名,大家民主讨论,然后我拍板!"

聂端午却又攻了上来:"三姨夫,怎么你亲自定?我咋说也是个副主任,你也得让我把话说完嘛——这支队伍是你当家,可民主要当你的家!我们大多数村委不愿让甘姓村民进清账组,甘姓村民就进不了!当然,决策民主,你也可以保留个人意见嘛!"

甘子玉对民主的好感一下子丧失殆尽:"村主任连这点权都没有,我还当他妈什么村主任?!"

王姓村委阴阴地说:"四先生,你不想干可以辞职,没人拦你!"

甘子玉气坏了:"这么多村民选了我一个主任,我为什么不干?不干对得起谁……"

正闹得不可开交时,甘子玉从南方石岗镇带回来的女"秘书"四宝宝上气不接下气地跑来了,"砰"的一声踢开门,也不管什么开会不开会,拉起甘子玉就走,说是香港一个黄老板带着峡江市一个大干部找上门来了,非让他看看不可。

甘子玉正没法下台呢,便趁机下台,抬腿就走,走到门口才想起说了句:"散……散会!"

河塘村新村委会的第一次会议就这么结束了,只决定了一件事:为了风水改村门。

第十章　铺花的歧路

40

　　去河塘村那天，陈仲成没开警车，也没穿警服，是坐香港黄老板的黑牌奔驰车去的。原来也没说去看相，是到新区打高尔夫球的。车开到半路上，经过河塘村时，黄老板无意中说起这村上有个甘四先生，是如何了得，连他包了三个二奶都算出来了，更奇的是，上次一见面就说他要破财，并且是为女人，后来果然就破了财，广东的二奶闹起来了，一下子就出去五十万！还说，和他一起去的一个副区长当时正犯事，甘四先生也给算出来了，算得那个准啊，都神了！甘四先生说那个副区长有牢狱之灾，起码在牢里住半年，结果副区长没多久就因为经济问题被抓起来，审查时间不多不少，正是半年零十天，后来判了两年缓刑出来了。

　　陈仲成不禁动了心，高尔夫球也不打了，让黄老板掉转车头去了河塘村。

　　到了河塘村才知道，这位甘四先生不但看相算命是一绝，竟然还是村主任。据女"秘书"四宝宝介绍，还是这几天经民主选举上的台，陈仲成的好奇心就更大了，非让四宝宝马上把甘四先生找来见见。四宝宝先还搭架子说，今天是民主选举的村委会第一次开会，甘子玉又是一把手，不好叫的。黄老板一听就笑了，指着陈仲成说，知道他是谁吗？峡江市领导，还是市公安局长，比你们村上的一把手不知大到哪去了！你快去叫吧，就说是香港老板黄红球带来的。四宝宝这才不敢怠慢了，跑到村委会把甘子玉拖了回来。

　　因为已经从四宝宝口中得知陈仲成是市领导，又是市公安局长，甘子玉看相算命的事只字不提，说来说去都是这次民主选举的事，大夸市长助理贺家国和县委季书记是如何有气魄，敢在沙洋县带头搞民主试点。兴奋之余也叹息：民主虽好，集中也不能丢，光民主不集中也办不成事，还谈了谈会上的反腐败,民主讨论了快两个小时,差点没打起来,还是没定下来。

陈仲成倒也饶有兴趣,一边听,一边问,问得还挺仔细。

黄老板有些急了,一心想让甘四先生好好给陈仲成露一手,便说:"四先生,陈书记今天难得出来休息一下,你就别谈工作上的事了!快给陈书记看看,咱陈书记的命相怎么样?"

甘子玉直笑:"黄先生,你瞎闹什么?我和你随便说说,和陈书记不能这么随便嘛!"

黄老板以为甘子玉怕惹事,拍着胸脯说:"陈书记是我的朋友,你别装正经了,就随便吧!"

甘子玉看了看陈仲成,仍是推辞:"我都知道陈书记是咱市领导了,还算啥呀!"

陈仲成这才发话了:"就算算我的过去嘛,我的过去你不知道,权当是个游戏。"

甘子玉又看看陈仲成,这回看得比较细,看过笑道:"我还是别说了吧?"

陈仲成愈发好奇了:"你说,大胆说,黄老板把你吹得那么神,我倒要见识一下!"

甘子玉没办法了,只好算,定定地看着陈仲成,眼睛突然放出光来,开口就说:"陈书记,你不容易,你能有今天都是奇迹!在这之前你有三次大难,两次危及生命,第二次最险,已经走到奈何桥上了——不是黄老板今天带你来,我都觉得你是鬼!陈书记,咱这么说吧,你出身很苦,不是一般的苦,第一次危及生命是因着饥饿,你差点儿被饿死……"

陈仲成脸上不动声色,微笑着听,心里却骤然掀起了一阵惊涛。

这位甘四先生说得太对了!他出身是很苦,还不是一般的苦——父亲在他没出生前就病逝了。四岁那年随母亲从老家青湖,改嫁到秀山大成乡三湾村。村上谁把他们娘俩当人看啊?继父更不是东西,喝醉酒就打母亲。一直到他十五岁考上省警察学校,十五年中他永远处于一种饥饿状态中。第一次危及生命的事情就发生在那段人生岁月里。是一九六一年春天的事。那个春天太悲惨了,让他永远忘不了。三湾村八十多户人家饿绝户的就有二十多户,全家死绝的人家,窑洞里都长出了荒草。爱打人喝酒的继父最先饿死了,接下来是母亲。母亲是为他死的,最后不到二斤玉米面母亲一直藏在枕头里,看着继父饿死都没拿出来,自己也没舍得吃,要断气了,把枕头推到他面前,一句话都没说就去了。在接下来的两天里,他还不知道枕头里的秘密,饿得啃枕头时,才把秘密啃了出来,这二斤玉米粉救了他一条年轻的生命。

"……没饿死你,你的运气就开始好转了,这一转不得了,你就鬼神难挡了……"

可不是么?一九六三年上了西川警察学校,不但从此吃上了不要钱的饱饭,还穿上了警服。其实按他的学习成绩,完全可以读县城高中,然后上大学。可饥饿给他留下的记忆太深了,就是为了早点吃上这不要钱的饱饭,他才在班主任老师的惋惜声中,背着一个补钉连补钉的破包袱,穿着一双草鞋离开三湾村,徒步一天一夜走进了省城峡江。当时一路走一路想,以后当警察也好,再也不会受别人的欺负,倒是可以欺负别人,甚至还想过:哪一天从警察学校毕了业,就穿着警服到三湾村走走,把那些曾经欺负过他和他母亲的坏东西们全收拾一遍。

"……我说的鬼神难挡,指一件大事,该你死而没死,别人替你死了,死得很惨……"

甘子玉说的应该是一九六五年十月的那次大火了,那时他已在峡江市市中区解放路派出所做了户籍民警,有一天夜里,对门的大众旅社突然失火了,火势一开始就很大,他和同时分到派出所的同学小刘正巧一起值班,便去救火,一趟趟往外背人,背了多少人都记不清了。只记得最后是抱着一个小女孩时被一块燃着的木梁砸倒的,后来什么都不知道了。醒来已是十天以后了,全身烧伤面积达百分之七十几,一条腿也被砸断了。可总算活过来了,被评为爱民模范。同学小刘却牺牲在火海里,被追认为烈士。也就在那年,他入了党,被破例提拔为派出所指导员,是峡江市整个公安系统最年轻的一个指导员。欺负别人的念头就此消失了,面对组织给予的荣誉和尊敬而感激的笑脸,你怎么能不好好为人民服务?怎么能不往进步向上的正道上奔呢?更何况那时他又有一个如此贤惠善良的好妻子!

"……你现在的夫人不是原配,你原配夫人在哪里我看不清,可能已不在人世了……"

是的,第一个妻子死于一九八三年的大年二十八,那时他已是沙洋县公安局长了。妻子带着十二岁的儿子回老家过春节,公共汽车在西角山里翻了车,十二岁的儿子当场死亡,妻子被抢救了三天,最终还是去了。他拉着妻子的手后悔得痛不欲生!原说好要和妻子一起回老家过节的,因为政委生病,他主动留下来值班就没回去。如果他也回去,就不会让妻子儿子坐公共汽车,就会开着县公安局的警车走,惨祸也许就不会发生了。妻子却无怨无悔,弥留之际还说,办私事哪能用公车,不影响你的进步么?听到妻子这话,他心都碎了。

"……你有过一段孤独的日子,也就在这段日子,遇上了第三次大难,是工作上的事……"

当然是工作上的事!为了他的进步,妻子、儿子连命都送掉了,从一九六五年当上人民警察到一九八五年,整整二十年他没收过任何群众、下属一点礼品,只知道好好工作,可他得到了什么?一直到一九八五年还是沙洋县公安局局长,虽说进了县委做了常委,也只是带上了一个括号副县级。想开了,一下子就想开了,人生在世不就这么回事吗?该收就收,该送就送,送礼把自己送上去了,就能更好的收礼了。这一干还真有效果,一年以后就进了一步,坐到了峡江市公安局副局长的位置上。副局长一做又是五年,市委组织部的同志几次透信说要提,硬是没提起来,当时的市委书记还是钟明仁,他壮着胆把一块外商送他的名表送到了钟明仁家里,这下子惹了大麻烦:钟明仁当场指着他鼻子狠批了他一通,让他紧张得差一点儿尿了裤子。好在钟明仁还记得他过去的功绩和荣誉,算给他留了面子,没把这事捅出去。正因为这件事,在钟明仁做峡江市委书记期间,他一直没提起来,当时他甚至想,这辈子算是混到头了。

"……你的新夫人帮了你的大忙,你的新夫人有一段助夫命……"

一点不错,和新夫人宋雪丽是一九九一年认识,一九九二年结的婚,好像就是结婚前几天,钟明仁调到省里做了省委副书记,赵达功做了峡江市委书记。他便带着宋雪丽往赵达功家跑,先是汇报工作,后就下围棋,最后宋雪丽不愿去了,说是赵达功不正经。他暗中一惊,心里的滋味真是说不上来,喜中有悲,甜中透苦。他并不想把新婚太太青春的身躯作为贿赂奉献给赵达功,是想在摸到赵达功的底之后送礼的——这也是接受盲目给钟明仁送礼的教训。那一夜他翻来覆去睡不着,天一亮终于做出了一个一生中最无耻的决定：把宋雪丽奉献上去，为此，给宋雪丽说了多少好话呀，还不能把话说透，只要宋雪丽去替他跑官，把局长和常委的位置跑下来。宋雪丽被逼无奈，只好一次次去找赵达功，有时在家里，有时在宾馆，有好多次彻夜不归。随着宋雪丽彻夜不归的日子一次次增多，赵达功对市公安局的工作越来越重视了，半年之后便在常委会上提出让他做局长，进市委做常委。不曾想，钟明仁在省委常委会上提出了反对意见，硬是给打了回票。更倒霉的是，宋雪丽偏在那时怀上了赵达功的种。事情办到这种地步，已没有退路可走，就此罢休，暗亏就吃大了。于是，他让宋雪丽流产之后不到三天又去找赵达功纠缠，又是长达近一年的奉献和等待，终于如愿以偿了。然而他和宋雪丽的夫妻关系也基本上玩完了。宋雪丽对他的评价是：一个世上最下流的男人！

"……陈书记，以后的事就不说了吧？"

陈仲成这才回过神来，看着甘子玉，笑道："怎么不说呢？说，你继续说，挺有趣哩！"

甘子玉道："也没必要再说了，再说没意思，陈书记，你现在是市领导，这谁不知道？"

黄老板插上来说："那你就帮市领导算算以后的前程！"

陈仲成摆摆手："什么前程呀，就说说我以后顺不顺吧，还有没有什么大难？"

甘子玉直笑："陈书记，你可别当真，都到了这个地位了，哪还会有什么不顺的事？"

陈仲成显然想让甘子玉说下去："怎么？还天机不可泄露呀？"

甘子玉仍是不为所动，摇摇头说了一句话："木秀于林风必摧之哩！"

陈仲成呵呵笑了："好，好，这话说得好，那就不打搅了！"

黄老板觉得有点怪，待陈仲成出门上了车，顺手从口袋里掏出几张百元大钞，数都没数，便递给了甘子玉："甘先生，你怎么不给陈书记算算以后的事？"

甘子玉这才悄悄说："还算什么？他哪还有什么前程？搞不好有牢狱之灾，我从来都是算福不算祸，尤其是高官的大祸！"

黄老板吓了一跳，疑惑地看着甘子玉："甘先生，你不是唬我吧？"

甘子玉矜持地道："信不信由你——回头你可以问问，他过去的事我算得准不准。"

黄老板上车后马上问了:"甘先生算得到底准不准啊?"

陈仲成坦然地笑了笑:"谈不上准不准,没出我的预料,都是些规律性的东西。我们这代人,有几个出身于富豪高干之家?谁的身世不苦?三年自然灾害谁没经过?人的一生中又怎能没点坎坷?尤其是我这种干公安的,碰上一次两次有生命危险的事不是很正常吗?!"

黄老板对甘子玉的信仰极是真诚:"可他算出你的夫人不是原配!"

陈仲成说:"也是瞎蒙嘛,他就没敢说我的第一个妻子死于车祸,更没提我儿子。"

黄老板也不勉强陈仲成一定去信仰甘子玉:"你不信就好,他还说你有牢狱之灾哩!"

陈仲成先是一怔,继而哈哈大笑起来:"黄老板啊,怕我有牢狱之灾,你以后少和我打交道嘛,别连累了你们这些做生意的朋友!"

黄老板立即放弃了对甘子玉的信仰——至少是口头上暂时放弃了对甘子玉的信仰,忙道:"哪能啊,陈书记,这种话我也不相信,信的话,也不和您说了!"

陈仲成分析道:"我看呀,这又是蒙骗的一种:他以为我找他就是心虚,就是犯了什么事,你黄老板最清楚,我们只是顺路休息一下嘛!"想了想,又说,"这种算命看相的人竟然当上了村委会主任,也算是一绝了,恐怕只有在我们市委书记李东方同志领导下的峡江才会闹出这种贻笑大方的笑话!"

黄老板知道陈仲成的后台是赵达功,现在和李东方不太对付,没敢插言。

赶到新区高尔夫球场时,和赵达功不期而遇。赵达功每个月总要忙中偷闲到他当年一手抓起来的新区高尔夫球场打打球,放松一下,没想到今天赶巧碰上了,陈仲成忙走过去和赵达功打招呼。

赵达功多少有点意外,也不给陈仲成留面子,脸一黑,没好气地说:"老陈啊,峡江的烂事这么多,你怎么还有心思跑到这里来打球呀?"

陈仲成灵机一动,赔着笑脸道:"我哪有这闲心呀,主要……主要是想见见你老领导!"

赵达功警觉了:"又出什么麻烦事了?是不是又要我替你收什么风?"

陈仲成忙道："不是，不是，赵省长，上次您批评我后，我再也没敢乱来。是李东方和贺家国的事。您知道么？在李东方的支持下，贺家国跑到太平镇的河塘村搞起民主选举了，把一个算命先生选上了村主任！我刚刚做了一番实地调查，那个算命先生还给我胡说了一通。"

赵达功不为所动，话语中带着嘲笑："老陈，你现在工作做得可真细呀，连太平镇一个村委会都亲自跑去搞调查！你什么身份啊？有这个必要吗？"继而又问，"怎么听说前阵子你还去捉了贺家国的奸？尽搞这种见不得人的小名堂干什么？这就是你老陈的水平？"

陈仲成支吾说："这事早过去了，也不是我搞的，是下面的同志扫黄时无意碰上了。"

赵达功根本不信："那么，华美国际公司又是怎么回事？你们市局经济犯罪侦查员老往那里伸什么头？你搞清楚了，那不是贺家国的公司，是西川大学的校产，贺家国压根儿不是贪财的人，真贪财他也不会做这个市长助理了！你们就别再给我惹麻烦了，我现在麻烦够多的了！"

陈仲成没想到暗中调查华美国际公司的事，赵达功也知道了，再不敢多加辩解了。

赵达功又不客气地警告说："老陈，你自己也要小心了，别光盯着人家的屁股看，也摸摸自己屁股上的屎擦干净没有！你做的那些事你心里有数，别人心里也会有数，在这种被人盯着的时候就得收敛点了，不论是对贺家国还是李东方，都得多尊重，不要再四处激化矛盾了！"

说到这里，高尔夫球场老总和几个工作人员从会所迎了出来。

赵达功就此打住，瞬即换了副和气的笑脸，在老总和工作人员的迎接下，走进了贵宾室。老总招呼陈仲成时，陈仲成却在发愣，根本没听见……

热脸碰上了冷屁股，陈仲成情绪变得更坏了，高尔夫球也不想打了，要黄老板马上送他回城。回城的路上，一直郁郁不乐，禁不住又想起了甘子玉关于牢狱之灾的话——难道他真有牢狱之灾？这回就跳不过去了吗？他跳不过去，赵达功又如何跳得过去？赵达功这阵子怎么像换了个人似的？真搞不懂……

41

峡江宾馆的闹剧过后,徐小可连着几个星期没怎么搭理贺家国。贺家国打电话她不接,约她出去她不干,还要贺家国注意点影响。影响确实不小,机关里传得沸沸扬扬,说什么的都有,还有人跑来向贺家国打听:问他和徐小可什么时候结婚?贺家国心里一点底也没有,对这些传言和询问惟有苦笑而已。好在工作上的事不少,忙起来也就把徐小可淡忘了。

却也没忙出什么成绩,除了四处得罪人,一事无成。陈仲成仍做着政法书记,田壮达的案子进展不大,红峰商城官司正在重审,结果如何尚不得知。连河塘村的选举都不成功,尝试着搞了一回民主,竟选上来个算命先生,不但计夫顺、刘全友这些基层乡镇干部不服气,就连李东方和钱凡兴都说他胡闹。他嘴上不承认,心里也有点打鼓了:民主看来真不是一蹴而就的。

这天快下班了,到底碰上了一件让贺家国高兴的事:徐小可突然跑到他办公室来了,说是马上要到机场接几个客人,给了他一把钥匙,让他晚上到她家"听旨"。贺家国心中一喜,推掉了当晚的两场公事应酬,精心修饰了一下,去了徐小可的家。

用徐小可给他的钥匙打开了徐小可家的房门,一脚踏进房内,就嗅到一股淡淡的香水味,再一看,客厅的桌子上燃着几根火苗乱蹿的红蜡烛,贺家国便判断徐小可已从机场接过人回了家。四处瞅瞅,并没发现徐小可的影子,正想到卧房去看看,卧房的门突然开了,徐小可只穿着件黑颜色的真丝吊带睡裙,款款走了出来。

贺家国上前搂住徐小可纤细的腰肢,笑道,"市领导来领旨了!"

徐小可一把推开贺家国,嗔道:"我今天得和你好好谈谈!"

贺家国在徐小可粉颈上吻了一下:"徐处长,我知道,你小姑奶奶终于发现了我的潜在价值,一心想嫁给我了,是不是?我早就和你说过嘛,我是只股本扩张能力很强的绩优股,买下决不会上当!"说罢,又是一番缠绵的爱抚亲吻。

徐小可却说:"算了吧,贺领导,我被你这只垃圾股坑死了!"拉着贺家国在红烛耀闪的桌前坐下,为贺家国和自己各倒了一杯酒,杯一举,"来吧,在我宣布这个决定前先干一杯!"

贺家国揽着徐小可,笑道:"你还是先宣布吧:我们的婚礼什么时候举行?"

徐小可讥讽地看着贺家国:"呸!真以为我要嫁给你了?你以为我怕那些流言蜚语呀?"

贺家国忙道:"你不怕,肯定不怕!你这不是为了我吗?我怕呀,因为峡江宾馆那一出戏,不少别有用心的家伙都诬蔑我是流氓市长了,你肯定很同情我,下决心嫁给我了!"

徐小可叹了口气,这才问:"李书记和你说过了?"

贺家国有点摸不着头脑了:"李书记说过什么?"

徐小可又点了一下:"我的事啊!"

贺家国回忆了一下:"你的事?没说过你什么事呀!"

徐小可见贺家国不像装洋相,便说:"我主动找李书记谈了一次,问李书记:如果我和你正式结婚,我的工作能不能不动?而且我还把那晚发生的一个重要细节告诉了李书记,李书记考虑了一阵子,又和钱凡兴商量了一下,同意不动我了,当然,有一个条件:必须买你这只狗臭的垃圾股。"

贺家国乐了:"这可是李书记上任后办得最漂亮的一件事!"酒杯一举,"来,小可,干!"

徐小可把玩着手中的酒杯:"为什么?为李书记还是为我?"

贺家国道:"为李书记,更为你!"

徐小可仍不响应:"那你找李书记干去吧!"

贺家国立即抛弃了自己的领导:"小可,为你的永远善良美好干杯!"

徐小可这才笑着把酒杯举起,和贺家国碰了下杯,将杯中酒一饮而尽。饮罢,又说:"家国,你这个糊涂虫,都没问问我和李书记说了一个什么重要细节?"

贺家国这才想了起来:"哎,对了,我还没来得及问:怎么回事?"

徐小可说起了那天峡江宾馆发生的事:"家国,你知道么?陈仲成、赵娟娟给我们下套的那天晚上,钱市长一直在峡江宾馆,就在五楼他常去的那个套房里,从晚上九点呆到十一点。"

贺家国还没意识到徐小可想说什么:"是不是钱市长当时不知道我们的事?后来钱市长不是打了电话给陈仲成么——不是钱市长,那晚还不知怎么收场呢!"

徐小可冷冷一笑:"钱市长怎么不知道我们在出洋相?宾馆经理把他叫出了门,请他干涉一下,他把宾馆经理一顿吼,吓得经理连话都没说完。更可气的是,钱市长他们几个离开时,宾馆里外都闹翻天了,和钱市长在一起的赵副市长说这太不像话,想管管,钱市长却硬把赵副市长拉走了。"

贺家国一下子明白了:"如果李书记不找到钱市长,钱市长根本就不会管我们,是不是?!"

徐小可点点头:"一点都不错!家国,你不要以为只是陈仲成这些明里的对手想看你的笑话,只怕钱市长也想看你的笑话,也想让你早点下台滚蛋!你还笑话我是猪脑子,你的脑子这么好就不想想:你和李书记是什么关系,市里这些头谁不知道?人家乐意你做这个市长助理吗?!"

贺家国惊出一身冷汗,脱口骂道:"他妈的,我真没想到连钱市长也容不得我,我这一做市长助理,那么多枪口都瞄上我了,我再替他当抹布也没用!"

徐小可说:"家国,你明白就行了,也别骂了,反正倒霉的不是你,是我!事后钱市长专门找我谈过一次话,那意思还想让我劝你激流勇退。还说了,他是为我讲话的,是李书记坚持要动我。谁是什么人我心里有数得很,才去和李书记谈了一次。现在我也决定了,就陪你做孤家寡人了。李书记说,闹到这个地步,不结婚政治上影响确实不太好,我就决定和你结婚了。"

贺家国苦笑道:"小可,这种勉强的政治婚姻还有意思吗?"

徐小可说:"还有点意思——起码现在还有点意思,不行以后再离嘛!"

贺家国差点跳了起来:"你姑奶奶想清楚了,以后再离还不如不结呢!"

徐小可拍了拍贺家国的脸颊,开玩笑道:"叫什么叫?一点绅士风度都没有!你贺家国要真是个绩优股,我就长期投资,就算是垃圾股也不怕,我还可以对你进行资产重组嘛!"

贺家国这才笑了:"还不知你是只什么股呢!"说罢,把徐小可抱到了卧室床上。

徐小可真是娇艳无比,简直是魔鬼身材,看上去决不像个三十岁的女人。更让贺家国着迷的是,这魔鬼在他们两人的秘密世界里永不安分,总是能给他带来一些意外的新鲜感和惊喜。夫妻生活在前妻赵慧珠那里日复一日一成不变,在徐小可这里却日日常新。这日,和徐小可在床上亲热时,贺家国便想,不知结婚后徐小可是不是还能这么吸引他?激发他不断探索两性之间所能达到的新境界,窥视着生命本能中那些无解的奥秘?

在床上亲热时,两人又开起了玩笑。

贺家国说:"娶你也真得有点胆量,你徐小可是什么人物?是我们峡江出名的阿庆嫂啊,哪个男人对你敢放心呀!"

徐小可说:"没信心的男人不敢放心,有信心的男人就会放心。"

"我就没信心,不知哪天就会被人家搞垮。"

"你垮了,我再去找个有信心的男人!"

"就不能含蓄点,在困难的时候鼓励领导两句?"

"什么领导?说清楚了,结婚以后,你得服从我的领导……"

贺家国乖乖地服从徐小可的领导,一个星期后以闪电式的速度结了婚,结婚时,按徐小可的意思在福满楼摆了五桌,热热闹闹举行了婚礼,李东方、钱凡兴这些领导一个没请,请的都是徐小可的姐妹和贺家国华美国际公司的朋友,却故意请了陈仲成。陈仲成来了一下,扔下一百块钱礼金,喝了几杯酒,说是还有任务,提早走了。一帮年轻人便从福满楼闹到家里,闹了大半夜,搞得贺家国和徐小可到天快亮时才相拥着迷糊了一会儿。

早上起来,徐小可去拿牛奶,出门一看,新房门口摆着一只纯白的花圈,一条挽带上写着:"贺家国、徐小可千古",另一条挽带上写着:"峡江市人民敬挽"。

徐小可气得不知说什么好,回屋推醒贺家国,要贺家国出门去看。

贺家国看到花圈,破口大骂:"他妈的,这些缺德的王八蛋!"

徐小可倒清醒了,怕贺家国粗喉咙大嗓门一声张,招来些邻居看热闹,影响更坏,便劝:"算了,算了,快把挽带扯下来,拿到楼下扔了。"

贺家国正扯挽带时,沈小兰和红峰服装公司的一帮女工们匆匆赶来了。

沈小兰和女工们看着花圈也很生气,把花圈拿走后,又七嘴八舌劝贺家国:

"贺市长,徐处长,你们别生气,这送花圈的家伙代表不了峡江人民!"

"贺市长,你要不是个为老百姓做主的清官,坏人还不会给你送花圈呢!"

"贺市长,你可能就是因为我们得罪坏人了……"

"贺市长……"

"贺市长……"

这一声声"贺市长",把贺家国的心叫热了。贺家国觉得,比起那只送丧的花圈来,这些真诚的面孔才更能代表峡江人民。便也不气了,和徐小可一起,把沈小兰和女工们让进新房里,又是泡茶,又是拿糖,忙得不亦乐乎。

沈小兰进屋一坐下,就埋怨说:"贺市长,你真不像话,结婚都不和我们说一声!你上任后给我们红峰公司帮了这么大的忙,烟没抽我们一支,茶没喝我们一口,我们诚心请你去吃次饭,你都一再回绝……"

贺家国说:"怎么没吃过你们的饭?吃过一次嘛,还喝了碗营养汤。"

沈小兰挺惭愧:"贺市长,你别提那碗营养汤了,你喝的没有吐的多!现在二百六十万拿来了,我们日子好过多了,请你们新婚夫妇吃顿饭能做到了,你们就给我们一个面子吧,也让我们有机会谢谢你。"

贺家国说:"别,别,真吃了你们的饭,我就说不清了,以后也不敢替你们讲话了!你们这官司还没完,红峰商城还没拿回来,还有七百多万租金没讨回来嘛!"

沈小兰从一个女工手里要过一个礼品包:"贺市长,其实我也知道请不动你,你和徐处长结婚我们事先也不知道,姐妹们昨夜临时一凑,办了点礼品……"

贺家国忙劝阻:"沈经理,你们把礼品赶快退掉,心意我们领了!"

徐小可也说:"沈大姐,红峰公司还那么困难,你们就不要这么客气了!"

沈小兰着急地说:"贺市长,徐处长,你们就是廉政也不能这样不讲情理嘛!再说这些被面、床单和一些布艺,是我们公司三十多个下岗姐妹连夜赶着绣出来的,一针一线绣的,这片心意你们能推吗?你们推了,我们可真没法向公司干部群众交代啊!大家会说你们瞧不起我们困难企业的干部群众!"

贺家国注意一看,果然都是手绣的被面、被单、布艺制品,一件件做工都很精细。尤其是那些布艺,既是装饰,又很实用,插袋做成了一个大熊猫,擦手毛巾做成了圣诞老人的白胡子,简直是艺术品。看得出,这些女工们为了他很是动了一番心思的,心里禁不住一阵阵感动,一时真不知说什么好。

徐小可悄悄碰了他一下,他才醒悟了,把礼品从沈小兰手里接了下来。

沈小兰又说:"都是不值钱的东西,可能也不合你们的意,就当个纪念吧!"

徐小可一一欣赏着那些精美的手工布艺制品,连连赞叹:"不错,不错,沈大姐,我是真心话,真不错!我们就是花多少钱在外面也买不到!真谢谢你们了!"

贺家国被徐小可无意中的一句话提醒了,眼睛突然一亮:"哎,沈经理,这不就是一条出路吗?你们有这么多能人巧手,为什么不能组织起来,创个品牌,搞一搞布艺生产?我看会有市场,甚至会有很大的市场!"

沈小兰和女工们都愣住了,来之前她们谁也没想到过,这竟会是一条出路。

贺家国进一步指点道:"拿到手的二百六十万,除了非花不可的,尽量集中使用,我请华美国际的朋友们在9999网站上给你们免费发信息,做广告,把这些布艺都做成图片发到网上去!你们起点高一点,瞄着全国的旅游市场,还要抓住西川地方特色和民族特色,最好再搞一批样品给我看看,我有机会也帮你们推销宣传!"

沈小兰趁机说:"二百六十万都用去二百万了,贺市长,你要能帮我们弄点贷款就好了。"

贺家国笑了:"我前几天才帮你家老计弄了三百万贷款,今天你又开口了,我到哪弄去呀!"

沈小兰说:"太平镇是你抓的点,我们红峰公司也算是你抓的点嘛!"

贺家国半开玩笑半认真地道:"哎,哎,沈大姐,这你可别赖我,你们公司可不是我抓的点,我是路见不平拔刀相助嘛!"想了想,又诚恳地说,"等你们的官司重审后再说吧,只要有好项目,有机会,能帮的忙我总会帮的!"

沈小兰握住贺家国的手,连连点头:"贺市长,那就太谢谢你了!"

也就在这一天,沈小阳发在《内部情况》第一期上的长篇文章《令人深思的红峰商城诉讼案》经李东方批准,在《峡江日报》公开发表,发了整整一版。红峰商城的官司就此从幕后走向前台,再度成了街头巷尾的议论话题和新闻焦点。

同一天的《峡江日报》上还出现了一条与此相关的新闻:市人大免去邓双林中级人民法院院长职务,任命程功为中级人民法院院长。

贺家国十分欣慰,对徐小可说:"这么看来,我也不全是白忙活,沈小兰他们快熬出头了!"

徐小可拍拍贺家国的大脑袋:"可怜的宝贝,你呢?只怕苦日子才开头吧?"

贺家国情绪好极了:"我什么苦日子?贺市长的生活充满阳光!"

徐小可嘴一撇:"是月光,徐领导的月光从此照耀着你了——快去把领导的丝袜全洗了,领导不说你就不自觉,一打丝袜都穿完了,你让领导明天穿什么?"

贺家国这才夸张地大叫起来:"天哪,我咋把这茬忘了?徐小可,你的资产重组现在就开始了吗?这开始得也太早了点?!"

42

陈仲成觉得赵达功近来的态度发生了显著的变化,有一种疏远他,进而抛弃他的趋向。西川省和峡江市貌似平静的政局中正酝酿着一场你死我活的政治大风暴,不论是田壮达的案子,还是红峰商城的官司,都足以把他和相当一批达官显贵抛进万劫不复的深渊。不管他和赵达功愿意不愿意激化矛盾,矛盾实际上都已激化了,目前态势只是一场大战爆发前的静场而已。

这才真切地感觉到,自己被一条叫做赵娟娟的柔软绞索深深套住了。随着李东方到任后的步步紧逼,套在脖子上的绞索不再柔软,开始变得发硬,且越勒越紧,快让他喘不过气来了。《峡江日报》公开报道红峰商城的官司就是一个明确的信号。情况很清楚了,赵达功当初是看错了人,让李东方来守峡江市的摊子是一大失策。貌似软弱的李东方骨子里其实硬得很，是要置他和很多人于死地的。李东方连邓双林这样廉洁听话的法院院长都容不得，如何会容得了他们这帮人？现在不赶他下台，决不是给赵达功面子，而是有着更险恶的用心。

更可恶的是贺家国，此人像一把燃着的火，随时可能点爆另一些定时炸弹。

在赵达功调离峡江市之前，陈仲成再也想不到自己会面对今天这种危险局面，他也真是太胆大妄为了。明明知道赵娟娟和赵达功的关系非同一般，却出于一种报复的心态，把赵娟娟毫不客气地睡了。据说邓双林就没敢，有一次邓双林在亚洲宾馆开会，赵娟娟去找邓双林谈红峰商城的官司，主动把衣服脱了，邓双林吓得看都不敢看，连连说，领导怎么交代我怎么做，这事就免了吧。邓双林这熊包没下水，最先倒霉的却是邓双林，法院院长还是被李东方拿下来了。

他和赵娟娟的第一次是怎么想的？好像没想什么报复之类的念头，是事过之后为了心理的平衡才产生的。当时好像还是他主动的。赵娟娟早年做过电视台主持人，是峡江有名的美人，实在是撩人，吃饭时，他就借着敬酒似乎无意地把手三番两次碰到赵娟娟高耸的乳峰上。待得曲终人散，到了赵娟娟的包房，看着赵娟娟身上艳红的乳罩，艳红的三角裤，艳红的吊袜带和艳红的丝袜，只有一连串雄性动物的本能动作。他记得，他把赵娟娟身下那口罩般的小小三角裤从裆部一把扯断，连裤子都没脱下来，就把赵娟娟按在地毯上了，几近强奸。赵娟娟说他像只好久没见过荤腥的饿狼，不懂一点温柔和情趣。那次完事之后，他把赵娟娟细如凝脂的躯体抓出了几块青记。

以后在赵娟娟的指点下，就懂得情趣了，还用赵娟娟的摄像机摄了像。不是赵娟娟要摄，是他要摄，留着下次做爱时自我欣赏，摄过好几次，什么镜头都有，绝不比哪一部收缴上来的毛带逊色。有他钻在赵娟娟修长玉腿下的，有他带着黑皮革脖套被赵娟娟像狗一样牵在手上的，还有些更不堪入目的玩意儿。当时赵达功做着峡江市委书记，赵娟娟的官司很顺，在邓双林那里就搞定了，他这个政法委书记几乎没插上手，因此也没想到赵娟娟会是一条绞索，更没想到这些录像带会带来什么麻烦。那时赵娟娟带给他的只是温柔和享受。到得贺家国在政法工作会议上发难，形势急转直下，他才想到了那些要命的录像带，专门找了赵娟娟一次，要赵娟娟当着他的面把录像带洗掉。赵娟娟却说早已洗掉了。陈仲成心里不太相信，可也没有办法证明赵娟娟说了假话。

贺家国和徐小可在峡江宾馆同居那夜，赵娟娟突然来了个电话，要他带人去"扫黄"。他没当回事，还大大咧咧说，要扫黄，我先扫你这小×的黄，你这小×就是峡江第一黄。赵娟娟不高兴了，口气一下子变得比赵达功还大，点名道姓地命令道，陈仲成你听着，我没心思和你开玩笑，这事你赶快给我办去！办不好，别怪我不讲交情，那几盘录像带可都是你的杰作，我把它往李东方手上一交，市委就该知道谁是第一黄了！陈仲成心里很气——在峡江还没有哪个女人敢这样命令他，他干过的女人并不只有赵娟娟一个！可一想到那些不堪入目的录像带，和赵娟娟身后的赵达功，便害怕了，只好把解放路派出所所长刘方平找来安排了一番。刘方平是他批条子进的公安系统，他的话刘方平不敢不听。于是一出闹剧便完全按赵娟娟的旨意上演了，连他什么时间才该去峡江宾馆都是赵娟娟在电话里指定的。他这个政法委书记兼公安局长不但在床上，而且在生活中也成了赵娟娟手里牵着的狗。

用于床上游戏的柔软的脖套变得一点点硬了起来，像血腥的绞索，死死勒住他了。昨天贺家国和徐小可结婚，赵娟娟又指使手下的两个马崽往人家新房门口送花圈。他知道后吓了一跳，想到赵达功在高尔夫球场门前的警告，立即打了个电话给赵娟娟，要赵娟娟千万别惹事了，说是再这么闹下去，只怕大家都得栽进去。赵娟娟偏就和贺家国拼上了，在电话里满不在乎地说，陈仲成，你们这白道靠不住了，我只好从黑道下手了，你就等着破案吧！陈仲成真害怕了：这个心性高傲的女人真要是对贺家国下了手，责任可全是他的，违反赵达功的意愿进一步激化了矛盾不说，也对李东方没法交代：李东方早防到这一招了，已经当面把话说得很清楚，贺家国在峡江地界被西瓜皮滑倒都得他陈仲成负责。

于是，当天下午派了两个保卫人员暗中保护贺家国，自己一下班，就赶到赵娟娟在新区经二路新开的娱乐城去了。挂着警牌的专车照例没敢用，用的还是朋友黄红球的车，上班时的警服也脱了，西装革履，打扮得也像个港商。

到了娱乐城，陈仲成把车停在后门院中，轻车熟路去了三楼自己的销金窟。

三楼走廊里静悄悄的,一个人影没有,陈仲成用随身带着的钥匙开了八号房的门。进门一看,吓了一跳,奢侈豪华的套房里生生多出两件"艺术品",是全裸的东方美女。一个身披红纱凝立床前,一个长发披肩,对镜梳妆。见他进来,两个"艺术品"就活了起来,用吴侬软语一声声叫着"老板",亲热地偎依过来,转眼间将"艺术"化作淫荡。其中一个吊着他的脖子,另一个用高耸丰满的硕大乳房在他背后蹭着,两只软手伸向了他的腰际,解下了他的裤带。

陈仲成马上明白是怎么回事了,也不客气,一手搂着一个,瞬即和两个"艺术品"融为一体。真是两个不可多得的好东西,也不知赵娟娟又从哪儿收罗来的。浪得够味,淫而不荡;叫得够味,不是虚伪的奉承,身下的水也是好水。因着这番真实而深切的感受,陈仲成便于这场遭遇战中有了超常发挥,一比二的"双飞",竟让他雄风大振,于极度愉快的崩溃中完成了生命中的又一次虚无。

其中一个"艺术品"看到他身上当年烧伤、砸伤的疤痕,壮着胆子问:"老板,你是黑道上的人吧?身上怎么这么多伤啊?怪吓人的。"

陈仲成不知该怎么回答,瞪了那个多嘴的妓女一眼,什么也没说。

置身于这种场合,又和两个妓女同时干着这种事,在烈火中救人的历史功绩就不能谈了,谈也没人会相信。那一瞬间,陈仲成心里很不是滋味,难得有了一回愧疚感。一九六五年在解放路派出所,当他和同学小刘冲进大众旅社火海奋勇救人时,再也想不到二十五年后的今天自己会堕落到这种地步!确是堕落啊,这一点连自己也不得不承认。

嗣后,"艺术品"们要伺候他到按摩浴缸洗澡,他挥挥手将她们喝退了。

独自洗完澡,穿着睡衣出来,两个"艺术品"不见了,沙发上坐着赵娟娟。

赵娟娟绝口不谈那两件"艺术品",只问:"邓双林院长被撤了,我怎么办?"

陈仲成说:"我不是和你说了吗?不能再抗下去了,李东方、贺家国盯得这么紧,抗也没用,不就是几百万么?该给人家就给人家嘛,这次真赖不了了!"

赵娟娟气道:"陈仲成,我告诉你:不但是钱,我更在乎这口气!"

陈仲成说:"要说气,我比你还气!可有什么办法呢?赵达功当着副省长、省委常委都顶不住,谁还顶得住?你知道李东方现在是怎么对待我的吗?简直把我当条狗了,我几次找他汇报工作他都不听!"

赵娟娟冷艳逼人:"你本来就是条狗,所以不能光吃食不咬人。"

这已经不是床上的玩笑话了,陈仲成周身的血一下子全涌到了脸上,真恨不得扑过去,一把掐死面前这个冷艳美人,以他今天的身份地位,这种耻辱是难以忍受的。

赵娟娟看出了他压抑在心头的愤怒,可根本没有缓和气氛的姿态,冷艳依旧:"陈书记,你不咬,只好我来咬了。我出十万买贺家国一条狗腿,你我都知道,峡江可是个穷地方,这价在峡江还从没有过!"

陈仲成忍不住了,扑过去,一把揪住赵娟娟:"你敢这么做,我有你的好看!"

赵娟娟拼命挣扎,却怎么也挣不开陈仲成有力的手:"放开,你弄疼我了!"

陈仲成悻悻放开了赵娟娟:"赵娟娟,我警告你:你如果对我连起码的尊重都没有,我想,我们的关系也该完结了,我们的路也算走到头了!我是干什么的,你不是不清楚!我就是死,也会在死前先除掉你!你不要以为拿着我什么把柄了!"

赵娟娟呜呜哭了,哭得浑身颤抖。

陈仲成烦透了:"别哭了好不好?现在还没到哭丧的时候!"

赵娟娟不哭了,抹抹泪,站起来出去了,片刻,又回来了,把三盘录像带往陈仲成面前一放:"陈书记,拿去吧,这本来就不是我要录的,是你录的,你拿走以后就可以放心了!绝话你也说了,我们的路走到头了。我以后做什么都和你无关,其实我在电话里就说过了,我作案,你就去破案嘛!"说罢,冷冷看了陈仲成一眼,"你真是个流氓,我真不知道你凭什么能爬到了这么高的位子上!"

陈仲成心里有数,面前这个要强的女人什么都干得出来,再说谁也不敢保证这三盘录像带就没翻录过,只得忍住气,劝赵娟娟道:"娟娟,你别闹了好不好?和你说心里话,我也想好好教训一下贺家国,可你要知道,贺家国只是李东方手里的枪,在红峰商城事情上真正起作用的不是贺家国,是李东方!可以再和你说透一点,李东方盯住的不只是一个红峰商城官司,还有田壮达的大案要案,还有整个政法系统,和一批赵达功提起来的干部!你感情用事,死死揪住一个贺家国不放,就可能坏大事,捅大娄子!甚至把赵达功都填进去!到那时候,你哭都来不及!"

赵娟娟眼里盈满泪水,蛮横而任性地叫:"我不管你们这些,就管我自己!这个贺家国,那么狂傲,我去找他,他都没正眼看我!还有他那个女人,什么东西,凭什么在我面前这么神气?一个破货而已,只怕不知和多少市长、书记睡过,连她男人都不要她了,也不知贺家国怎么就看上了她,还和她结了婚!"

陈仲成这才悟到了点什么:赵娟娟对贺家国的疯狂仇恨看来不仅仅是因为红峰商城的官司,感情深处可能还有对贺家国的暗恋,以及一个成功而漂亮的女人对另一个成功而漂亮的女人的嫉妒。赵娟娟和徐小可都是峡江市出了名的美人,早先赵娟娟还在电视台做过主持人,她们岁数也相仿,贺家国插手到红峰商城的官司后,个中情况也许就变得复杂起来了。

陈仲成便问:"娟娟,你和我说实话,那次你去找贺家国到底想干什么?"

赵娟娟毫不讳言:"想和他做爱,他只要有一点暗示,我就会脱个精光!"

陈仲成皱了皱眉头:"你就不能含蓄点,当着我的面这么说!"

赵娟娟叫道:"你要我怎么说?我又不是你包的二奶!"

陈仲成又问:"如果那天贺家国和你上了床,又会怎样?"

赵娟娟说:"如果上了床,如果贺家国要我让一步,我会让的!可他没正眼看我,他讥讽我,问我是不是想和他做场交易!我和你们可以做交易,和他不愿做交易!他很优秀,贷款五十万起家,两年帮西川大学赚了五个亿!他根本不该和你们这种人为伍,当什么狗屁市长助理,他应该去做李嘉诚!"

陈仲成勉强笑了笑:"那你就更不该闹了嘛!"

赵娟娟说:"他现在不属于我,属于徐小可!"

陈仲成问:"得不到,就毁灭他,是不是?"

赵娟娟道:"也不是毁灭,只是让他为傲慢付点代价!"

陈仲成劝说道:"把这事往后拖一拖好不好?娟娟,你不要像个被宠坏了的孩子,什么事都由着性子来。你不是不知道,你也被人盯着呢,区院、中院不少人都因着你倒了霉。不是我硬护着,你搞不好也进去了。"

赵娟娟仍听不进去:"陈书记,你别管了,我的私事我处理吧!"

陈仲成想想也是,如果是两个女人争风吃醋,赵娟娟就算把贺家国活撕了,也与他没什么关系。赵娟娟在这场激烈复杂的政治斗争中掺入一份私情,把水搅得更浑一些,从某种意义上说也许不是坏事。又想,若是赵娟娟真能以什么狗屁爱情的名义把贺家国拉下水,对李东方倒也是个变相打击,对他怎么说都是有利的。因此也就没再多说什么,吃过饭后,和赵娟娟打了一会儿保龄球便回去了。

被赵娟娟送出门时,已经快十点了,正是上客的高峰。娱乐城大堂里和门外闪烁的霓虹灯下,袒胸露背的暗娼成群结队。陈仲成便提醒了赵娟娟一下,要她注意点社会影响,不要搞得太过分了。

赵娟娟问:"最近会有行动么?"

陈仲成说:"最近顾不上,临时扫黄行动可能会有,我会让人事先打招呼的。"

从新区回城的路上,意外地接到了赵达功的一个电话,是打到他手机上的。

赵达功先问:"老陈,现在说话方便吗?"

陈仲成看看倒车镜和车窗外空荡荡的路面:"赵省长,方便,请您指示。"

赵达功的声音冷峻:"和你通个气吧,李东方紧追不放,你的事恐怕收不了场了。"

陈仲成愕然一惊:"赵省长,那……那我……我马上到你家去!"

赵达功的声音愈发冷峻:"不必了,你心里有个数就行了,不论谁找到你,你都不要乱说,你乱说你负责,这个招呼我先打在前面。当然,能做的工作我还会继续帮你做,你也不要考虑得太多。你很难,李东方也不轻松,峡江并不只有一个田壮达案子,矛盾不少,也都很激烈,许多矛盾搅成了一团麻,鹿死谁手现在还说不准……"

陈仲成听到这里已经明白了:赵达功也许要牺牲他了,心中禁不住一阵悲哀……

第十一章　忍耐与坚守

43

柳荫路背依滨江公园，是条南北向的幽静街道，街道两旁绿树成阴，全是建筑风格各不相同的公馆小楼，早年住督军、督办、各路司令和各国洋人，如今住西川省和峡江市的主要党政干部。钟明仁当市委书记时就住柳荫路二十八号，一直住到现在，再没挪过窝。赵达功做市委书记那年搬进了柳荫路二号，搬进去不到半年，就帮李东方要下了斜对过柳荫路七号的小楼。这让李东方很感慨：赵达功对班子里的同志在生活上的关照是没话说的。

尽管住得很近，两家的私下来往却比较少，过去在一个班子里，一个市长，一个市委书记，白日里整天见面，用赵达功开玩笑的话说，比和自己老婆在一起的时间都多，彼此的嘴脸都看腻了，因而，不是临时碰到什么急事，李东方一般不会下班后去找赵达功。赵达功调到省里后，虽说白天见面的机会少了，可因着长期形成的惯性，李东方还是很少到赵达功家去，半年中去过几次，也都是应赵达功之约。这一次，李东方主动找上了门，要和老领导摊开来好好谈谈了。

晚饭后，漫步走出家门，在柳枝摇曳的朦胧月色中穿过街面，来到柳荫路二号院门口时，李东方一遍遍在心里告诉自己：要冷静，一定要冷静，这不是摊牌，而是规劝，一个老朋友、老同志，对另一个老朋友、老同志的规劝。

是赵达功年轻的夫人刘璐璐开的门。

刘璐璐开门就说："李书记，我们老赵正等你呢，这阵子他情绪可不太好。"

李东方强笑着说："我猜得到，峡江出了这么多事，谁的情绪也好不起来。"

进了客厅就看到,赵达功正在大书桌上题字,是四个大字:西川玫瑰。题了两幅,一幅竖的,一幅横的。见李东方进来,赵达功手上的毛笔也没放下,只说:"东方,你先坐,我马上就完!"在墨砚里润着笔,又说,"咱们的歌星小何,今天给我来了三个电话,非要我为她的《世纪新歌》题字,嘿,赖上我了!"

李东方走到赵达功身边看着:"老领导,你是有这艺术细胞,我就不敢题。"

赵达功一边提笔落款,一边说:"文学艺术界各种名人的字我都敢题,商城饭店娱乐城我就不敢题,我不止一次对这些老总们说,我今天在台上给你们题了字,下了台怎么办啊?你们还不把我的字全铲了?"

李东方不接这茬儿,指点着墨迹未干的字说:"这个'瑰'字好,柔中有刚。"

赵达功看了李东方一眼:"你怎么说没有艺术细胞呢?我看你还是有鉴赏水平的嘛!东方,我劝你有空也交几个文化界的朋友,有好处。接受点艺术熏陶,也是一种休息,一举两得。交文化界的朋友不烦心,他既不会找你要官,也不会没完没了地向你汇报。你能放下架子平等地和他们交朋友,满足一下他们的虚荣心,他们就觉得很幸福了。"

李东方笑道:"所以说中国知识分子物美价廉嘛!"

落了款,用了印,刘璐璐小心地把题字收走了,自己也回避了。

赵达功这才在沙发上坐下来:"怎么,中院的那个邓双林到底拿下来了?"

李东方说:"这是常委们的一致意见,连陈仲成也没在会上反对。"

赵达功问:"这个邓双林是不是真有比较严重的问题啊?"

李东方说:"没有——至少目前没发现什么严重问题。不过这个同志的政治素质差点劲,不太适合摆在法院院长的位置上,红峰商城案子的消极影响又这么大,不换也不行。我们已经把他安排到市司法局做党组书记去了。"

赵达功点点头:"也好,这安排也算对得起他了,今天就为这事来的?"

李东方略一沉思:"老领导,来向你汇报一下思想。"

赵达功手一摆:"东方,你别给我来这一套,老规矩,有话就说有屁就放。"

李东方说:"那好那好,老领导,我就和你交交心:我觉得咱们现在已经走到了一个十字路口上,下一步脚往哪里迈至关重要,一脚迈错了,很可能就要犯错误,甚至是犯罪。"

赵达功看着李东方:"哦,这么严重啊?"

李东方表情沉重:"就是这么严重!陈仲成的事你和我说过后,我越想越后怕。老陈身为市委常委、政法委书记,在审理田壮达一案时的所作所为已经涉嫌犯罪了!如果我们包庇他,我们也就涉嫌犯罪,其性质或许比孤立的犯罪还恶劣!"

赵达功低下头,思索着:"这事不是过去了么?东方啊,你怎么又提起来了?"

李东方摇摇头,又说,说得很恳切:"老领导,怎么会过去呢?上次从你家走后,我几乎日夜都在想,党和人民把我们摆在这种重要岗位上究竟期望我们干什么?期望我们搞一些虚假的政绩吗?显然不是。多抓腐败分子当然不是政绩,说明我们在用人问题上犯了错误,犯了错误我们就好好检讨,错误的性质严重一点,得不到上级组织和广大干部群众的谅解,了不起下台不干嘛!但涉嫌背叛党,背叛国家,背叛人民的事,我们决不能做,起码我李东方决不做!"

赵达功抬起了头:"东方同志,你说完了?"

李东方点点头:"先说到这里,老领导,说得不对你指出来!"

赵达功脸色难看极了:"东方同志,我说过放纵犯罪分子了吗?如果没记错的话,我上次和你谈话时讲的是策略!犯罪分子不是不抓,是不要急着抓!我也想今天晚上就打冲锋,可现实吗?你在前面冲锋,就不怕人家在身后打你的黑枪?我们现在是侧着身子作战,这情况你不是不清楚!你说你了不起下台,告诉你:我没这个想法,从来没有!为什么?我自信会干得比一些同志更好!国家和人民把我从一个大学生培养成为党的高级干部,对我是有期待的,不希望我莽撞地倒在自己同志的黑枪下!"

李东方再也想不到,赵达功竟会这么慷慨激昂。

赵达功敲着茶几,继续说:"真正庇护犯罪分子的事有没有呢?有!不少省份和城市都有,不敢说普遍,涉及面积恐怕也不会小!不被上面发现,他报都不报,串案窝案变个案,大案要案变小案,大事化小,小事化了!刚听说这种事时,我也很生气,也像你现在一样激动得不行,今天我就不气了,就多少能理解了。庇护腐败分子只是个现象,背后的因素很复杂,几乎都涉及到一个地区、一个单位的诸多政治利益和经济利益,这里面起码有一部政治学加一部社会学!"

李东方忍不住插话道:"恐怕还有一部黑厚学!"

赵达功赞同说:"不错,应该加上一部黑厚学。"接着说了下去,"和这些地方比起来,我们峡江的这点事又算得了什么?啊?如果没人大做文章,何至于搞得这么惊天动地?!你可能也知道,田壮达的案子省纪委已经插手了,纪委书记王培松三天两头去向大老板汇报,却不在我面前露一句话!"

李东方说:"老领导,你既然已经知道被动了,就该争取主动嘛!"

赵达功冷笑道:"我怎么争取主动?去向钟明仁痛哭流涕,说我在峡江当了八年市委书记,一手遮天,用了一批坏干部?包括那个陈仲成?"

李东方说:"起码陈仲成你是用错了,钟明仁在公安局副局长的位置上压了他好几年,你一上来就把他提起来了,先是局长,后来是常委、政法委书记。钟明仁在省委常委会上提出了不同意见,你还去做工作,不到半年又把他这个常委报上去了。不是推卸责任啊,对此人的使用,我提醒过你,陈仲成心术不正嘛!"

赵达功掩饰不住自己的沮丧了:"那现在又怎么办呢?你起码先给我维持住嘛!"

李东方摇摇头,语气坚定地说:"不行,这个人必须拿下来了!"

赵达功吃了一惊:"李东方,你这是征求我的意见,还是向我通报?"

李东方说:"意见上次就征求过了,这次只能说是向你通报了。另外我也不怕你生气,我仍然建议你去和钟明仁摊开来谈一次,包括陈仲成在田壮达案中做的手脚。由你来向省委建议免掉陈仲成峡江市委常委职务,比我们市委向省委提出来要主动得多。这也许是我现在惟一能为你老领导做的事了,希望你理解。"

赵达功呆呆看了李东方好半天,才问:"东方,如果我不这样做呢?"

李东方叹息说:"那,也只好由我代表峡江市委向省委做交代了!"

这话的分量,让赵达功陷入了痛苦的思索中。

李东方想了想,又语气沉重地说:"老领导,迄今这一刻,我仍然把你当做朋友和同志,仍然把已发生的这一切看做你认识上的偏差。但不管你说什么,我这个市委书记的原则底线不能丢,就是我刚才说的,不能背叛国家和人民!当然,如果你坚持己见必须由我把这一切向省委说清楚时,我也会实事求是,包括你担心田壮达一案被人利用,你对腐败分子不是不动,而是以后再动的明确态度……"

赵达功连连摆着手:"好了,好了,东方,不要说了,先不要说了!你再给我几天时间,让我想想,好好想想,我现在脑子很乱,真的很乱……"

李东方不便进一步逼下去了,叹了口气:"老领导,那我就再等几天。"

说罢,李东方告辞了,也没等刘璐璐下楼来送。

走出柳荫路二号赵家大门时,李东方步履沉重,心情也十分沉重。

事情很清楚,如果真是由他代表峡江市委把这一切说出来,赵达功的政治前途就完了,他的良心也要受到责备:赵达功没把他当外人,陈仲成在田壮达一案上的非法活动是赵达功在私人谈话场合主动告诉他的,是两个老搭档喝着五粮液随便谈出来的。那么,他对原则底线的坚守,必将付出人格受辱的代价!以后就会有人指着他的脊背说:这是一个卖友求荣的家伙,为了自己的政治利益不顾一切,连自己的老搭档、老领导都卖。只怕连大老板都会瞧不起他,没准会认为他是软骨头。钟明仁吃过小报告的大苦头,不喜欢手下的干部在他面前打小报告。

真希望赵达功能就此猛省,一举挽救自己的前途,也挽救他可能受辱的人格,他愿意再等几天,哪怕为此再担上一点政治风险,只要赵达功能主动去找钟明仁和省委好好谈一下。

缓缓穿过街面,李东方在路边一株大柳树下站住了,对着近在咫尺的赵家小楼看了好半天。赵家小楼亮着灯,二楼正对着路面的窗前有人影晃动,先是一人,以后就变成了两个人,两个人好像在说着什么。李东方仿佛能听到赵达功一声声沉重而无奈的叹息。后来窗前的两个人影渐渐模糊起来,李东方用手背去揉眼时才发现,自己眼里不知啥时已聚满了泪。

这时,一辆挂着小号牌照的黑色奥迪缓缓驶过,在李东方面前停下了。

省委书记钟明仁摇下车窗,招呼道:"东方同志,你好悠闲呀!"

李东方一怔:"哦,是大老板呀?怎么……怎么这么晚还没休息?"

钟明仁笑呵呵的:"搞了次突然袭击。让凡兴同志陪我去看了看国际工业园,也听了听园区同志的汇报。情况还好嘛,啊?不像你老兄渲染的那种样子嘛!"

李东方没想到钟明仁会主动跑去看国际工业园,更没想到是钱凡兴做的陪同——今天白天还在不同的场合见到过钱凡兴两次,也没听钱凡兴提起过。

钱凡兴带着钟明仁能看到什么、听到什么就可想而知了,只怕这"突然袭击"既不"突然",也构不成"袭击"。李东方却也不好当面点透,只含蓄地笑了笑,说:"大老板,您让凡兴同志带路还算突然袭击呀?只怕消息早让凡兴泄露了。"

钟明仁不悦地道:"怎么?凡兴还敢骗我呀?他骗了我的耳朵,也骗不了我的眼睛!东方,我可当面给你说清楚:再胡说八道,别怪我对你不客气!"

李东方支吾着,还没来得及解释,钟明仁的车已经开走了。

44

李东方第二天见了钱凡兴一问才知道,这个滑头市长果然把大老板糊弄了一次。

和钱凡兴是在时代大道筹建指挥部见的面,当时的谈话环境和气氛不太好。房间里总有人进进出出,钱凡兴不断为老街拆迁的事发火骂人,对李东方的问话有点心不在焉。这让李东方挺不高兴,心想,这算怎么回事?你一个市长对一个市委书记还有没有起码的尊重?昨天大老板去看国际工业园,你事前事后都不打招呼,今天我主动找上门,你还这么大大咧咧的,像话吗?这位置摆得也太不正了吧!于是,便沉下脸,要钱凡兴先把手上的事停停,把昨晚的事说说清楚。

钱凡兴把手上的事停了,对昨晚的事却没当回事,还自认为处理得很好,笑呵呵地说:"嘿,大班长,你看你,对大老板这么认真!小事一桩嘛,我全妥善处理了。昨天下午快五点时,大老板来了个电话,说是要去国际工业园看看,我赶快让园区那边准备了一下,拖到七点才陪大老板过去的,大老板看了挺满意。"

李东方哼了一声:"你们不对大老板讲真话,他当然满意了!"

钱凡兴不在意地说:"在这事上谁敢对大老板讲真话？不是自找麻烦吗?!"

李东方压抑着心头的恼怒,批评说:"凡兴,你不找麻烦,峡江下游地区的老百姓就老有麻烦,将来大老板也会有麻烦！大老板工作这么忙,能下来看看国际工业园机会多难得呀,你怎么就不懂得珍惜呢？你怕麻烦,可以和我打个招呼嘛,该说的话我来说嘛！你看看你,把一次难得的向大老板汇报问题的机会丧失了！"

钱凡兴心里不买账,脸上仍在笑:"嘿,大班长,这么说来,我还幸亏没和你打招呼！这时候你真把大老板惹毛了,时代大道的资金我找谁要去?!"想了想,又说,"你也别气了,国际工业园是老问题了,你要真想谈,机会总还有！"

李东方想想也是,事情已经过去了,再说什么也没用,批评重了还伤感情。

钱凡兴把话题一转,兴致勃勃汇报起了时代大道的筹建工作。

李东方挺反感:这个滑头市长,对国际工业园那么不负责任,政绩工程倒干得这么欢实,心里并不想听,却又不能不听,人家这叫干实事,干大事哩！

钱凡兴这阵子的心思全在时代大道工程上,风风火火不断地开会,有时一天竟开三四个会,作风气派很像当年的钟明仁。打的也是钟明仁的旗号,在大会小会上反复强调,时代大道规划是当年大老板定的,大老板很关注,连资金都是大老板帮着找的,我们干不好就对不起峡江二百万人民,对不起大老板,如此等等。

不知说滑了嘴还是咋的,现在向李东方汇报,钱凡兴也是这个套路了。

李东方忍不住插话说:"别一口一个大老板,咱时代大道不是为大老板建的！"

钱凡兴诡秘地一笑,说:"大班长,我不打大老板的旗号,交通厅路桥公司能十几个亿收咱的外环路呀？你不想想,王厅长那帮人多难对付……"

听完了钱凡兴的汇报才知道,尽管钱凡兴打着大老板的旗号,和交通厅路桥公司的谈判进展也不顺利。路桥公司根本没有收购外环路的意向,也没有这个资金实力。交通厅王厅长是为了迎合钟明仁,才违心答应收购外环路的。落实到属下的路桥公司,路桥公司不干了,老总还不敢明说,只在那里拖。贺家国只随钱凡兴参加了一次谈判,就发现气味不对,明确告诉钱凡兴,对路桥公司不能指望。

李东方警觉地问:"那么,凡兴,贺家国这个判断到底准不准呀?"

钱凡兴咂着嘴说:"准,准!家国这同志反应快,判断的不错!开头我还不相信,是后来才悟到的。不过,我钱凡兴和峡江市政府也不是那么好骗的,他们敢这么讨好大老板,敢在大老板面前这么吹大牛,我就让他们去报牛皮税!"

李东方注意地看着钱凡兴,有些警觉了:"凡兴,你什么意思?"

钱凡兴自以为得计:"他们交通厅不把话说在明处,我也就装糊涂,我知道路桥公司不能指望,两条街还是下令拆了,就是这星期的事,可以说是拆得迅雷不及掩耳!估计后天就全拆完了!到时候,我再去找大老板进行专题汇报,让大老板出面逼路桥公司至少拿出十个亿来!路桥公司去偷去抢,都与我们没关系!"

李东方吓出了一身冷汗,脱口道:"凡兴,你……你这胆子也太大了吧?"

钱凡兴笑了笑:"大班长,你别怕,这年头就是撑死胆大的,饿死胆小的!"

李东方忧心如焚地问:"如果这十个亿拿不到,我们怎么收场呀?"

钱凡兴挥挥手,满不在乎地说:"我还真没想过怎么收场的事,这种事让大老板和交通厅去考虑吧!大老板牵的头,交通厅答应的事,他们总会想办法的!"

李东方再也想不到,钱凡兴会干得这么绝,一口一个大老板,却从没想过对大老板负什么责,更甭说对老百姓负什么责了!赵达功的新区扔在那里,至今让老百姓骂个没完,现在钱凡兴又在工程资金没落实的情况下把两条老街拆了,这怎么得了呀?当真为了政绩什么都不顾了?!

李东方心头的怒火终于发作了:"凡兴同志,你……你这是负责任的态度吗?这么干的后果你考虑过没有?你要是向大老板逼宫不成,这乱子不闹大了?!"

钱凡兴没想到李东方会发火,怔了一下,解释道:"李书记,我……我这不也是没办法嘛,本意还是想为老百姓干实事,大事嘛,你……你也别想得太多……"

李东方没好气地说:"我是峡江市委书记,方方面面都要负责,不想得太多行吗?主要建设资金还不知在哪里,一堆臭屎你就敢先拉下来!现在,我们已经陷入了被动,时代大道如果搞不好,峡江的老百姓和大老板都饶不了我们!"

钱凡兴闷闷说:"李书记,你放心,真搞不好,让大老板处理我好了!"

李东方火透了:"这还用说?你还指望我在这件事上替你担责任吗?"

钱凡兴忍不住道:"李书记,我……我在啥事上也没指望你替我担责任……"

这通争吵搞得两人的情绪都挺不好,李东方离开时,连招呼都没给钱凡兴打。

回到市委办公室后,李东方越想心里越怕:眼下峡江的局面已经够被动的了,时代大道真不能再出任何问题了!两条老街既然已让钱凡兴拆得一片狼藉,怎么也得有个交代,谁让他摊上了这么一个宝贝市长!便让秘书把贺家国紧急召来了,问贺家国知道不知道时代大道的资金落实情况?贺家国阴阳怪气说,他正为这事忙活着呢,这阵子一直在四处找资金,连华美国际许从权那帮朋友都用上了。

和贺家国深入一谈才知道,贺家国也反对钱凡兴这种冒险逼宫的干法,认为就算路桥公司慑于钟明仁的压力最终拿出了十个亿,也不符合市场经济规律,贺家国还说,钱凡兴听了他这话很不高兴,赌气要他按市场经济规律去运作看看。

李东方焦虑地问:"家国,那你运作的怎么样了?"

贺家国说:"你首长放心吧,这几天就有实质性进展了!"又不满地咕噜了一句,"我真运作不下来,咱市长大人不又有话说了?这人早想让我滚蛋了,别以为我不知道!"

李东方说:"那就给我抓紧,钱市长说是逼大老板,我看他更是逼我!"

也算幸运,几天之后,贺家国引着深沪两家著名上市公司"东部投资集团"和"高速公路"的老总分别来见钱凡兴了,连续三轮不间断地分头谈判之后,"东部投资集团"以十点五亿的价格拿下了外环路三十年的使用权,合同签订之日付款两个亿,余款八点五亿待"东部投资集团"完成二〇〇〇年度配股后一次性支付。

李东方这才松了口气,在书记市长碰头会上说,要给贺家国记一大功。

记功只是李东方个人嘴上说说,倒霉的事却又缠到了贺家国身上。

天大的难题解决了,贺家国没落到任何好报。为促成此事出了大力的华美国际投资公司许从权等人没从贺家国手里得到一分钱好处,白尽了义务不说,还贴了几万元的出差费和招待费,许从权就埋怨贺家国不够朋友。

路桥公司那边一见难题解决了,态度突变,又积极起来,说是大老板交代的事,哪有不办的道理?这卖给外面的上市公司,而且只卖了十点五亿,太吃亏了。钱凡兴便抱怨贺家国缺经济头脑,关键的时候没能再坚持一下。贺家国气不过,又不好冲着钱凡兴发火,就跑到路桥公司拍着桌子责问前去检查工作的王厅长:你们究竟有没有能力履行这十点五亿的合同?如果你们有这个能力,我们市政府优先考虑你们!路桥公司这才老实了,再不敢放这类轻巧屁。不过贺家国也把交通厅彻底得罪了,钱凡兴只好亲自出面去给王厅长和路桥公司赔礼道歉,且又对贺家国产生了新的不满,责备贺家国不顾大局,把贺家国狠狠批评了一通。

碰到李东方,贺家国气得不行,大脑袋摇得像拨浪鼓,直说好人当不得。

李东方安慰说:"家国,你也别气了,这就是我们经常要面对的现实。"

贺家国说:"这现实也太没道理了!这事我根本就不该管!就该让钱市长按他的思路去向省里逼宫,让大老板面对拆得七零八落的两条老街去骂钱市长!"

李东方说:"家国,这种气话你私下里说说可以,真这么做就不行了,不论有多难,不论受多少委屈,我们都得负责嘛!再说,你做的事是为老百姓,不是为任何一个官!"

贺家国叫了起来:"钱市长负责了吗?他官比我大,经验比我丰富,不知道这么干的后果吗?路桥公司根本没钱,时代大道怎么建?拆完后就扔在那里?又拉一堆臭屎?就不怕老百姓骂咱们党和政府吗?!"

李东方却不说了,转而道:"华美国际许从权他们不是花了几万块钱吗?赶快给他们报掉,我们不能让人家出力还贴钱,这样以后谁还给我们跑腿卖命呀!"

贺家国手一摆:"别,别,首长,他们也不在乎这几万块钱,而且这几万块钱一出我更说不清了,人家还不知我从这笔交易中得了多少好处呢!我只希望你们这些大领导多少凭点良心,别总让造孽的得意,让给他们擦屁股的人受气!"

李东方想着自己的处境,心里一下子变得很不好受,冲动地拉住贺家国的手:"别说了,别说了,家国,受气的也不是你一个,在中国目前的国情条件下,这种事有时也免不了,不过你放心,老百姓是公正的,历史是公正的!"

这事不知怎么也被大老板钟明仁知道了,只不过事实真相又受到了歪曲。

钟明仁在李东方的陪同下视察沙洋县移民小区时,对把外环路出售给"东部投资集团"一事高度评价,大夸钱凡兴大事不糊涂,很兴奋地说:"东方啊,你有个有气魄有能力的好搭档啊!你看看凡兴外环路卖得多漂亮,啊?我们的路桥公司热情那么高,那么想买,凡兴同志还就是不卖,也不怕我生气,偏卖给了著名上市公司'东部投资集团'。交通厅同志说,卖亏了,起码亏了一个亿。我就说,没亏,是占了大便宜!其一,人家一下子拿来十点五亿,我们就省下了十点五亿,就可以用这些钱干别的;其二,人家买了我们的路,就和我们有了实质性联系,就有了进一步投资的可能。这叫老鼠拉木锨,大头在后面。是不是呀,东方同志?"

李东方没想到钟明仁对此事的评价这么高,更没想到钟明仁把功劳全记到了钱凡兴头上,便点着头应和道:"是的,是的,大老板,你站得高,看得远,不过呀,在这件事上,家国同志可是立了大功的……"

钟明仁说:"我知道,家国这次配合得不错,凡兴全和我说了。所以,尽管这狗娃关键的时候没给我坚持住,把我这么好的路少卖了一个亿,让我们吃了点亏,我也不怪他了。"说罢,还解释了一下,"哦,东方,你别误会,我这可没有故意庇护家国的意思哦,对这笔买卖我们一定要从大处着眼!要大气!"

李东方真不知说什么好,心想,如果贺家国现在在面前,恐怕得哭出来。

沙洋县移民小区紧挨着新区,刚刚开工,新区一些长期晒太阳的土地用上了一部分。钟明仁看样子还是满意的,说是这很好,少占了耕地,也给空落落的新区增加了点人气。李东方就顺便汇报说,下一步还打算把沙洋县搬迁到新区来。

钟明仁意味深长说:"这么一来,达功同志可真立了个大功,政绩赫然嘛!"

李东方意识到钟明仁话中有话,小心请示道:"大老板,这……这也只是我们的设想,如果你和省委不赞同的话……"

钟明仁脸一拉:"你这同志话说得真奇怪,把这座空城好好利用起来,也给沙洋县一个发展空间,好事嘛,我和省委有什么理由不赞同?你们《内部情况》上的吹风文章我看了,有观点,有分析,也就有说服力,我完全赞成!"

李东方这才暗暗松了口气。

钟明仁却又说,态度诚恳而严肃:"不过,东方,我也要提醒你一下:不要把这种擦屁股的事也看成什么政绩,这不好!我知道你和达功同志一起工作时间比较长,你们之间有些私人感情也不奇怪,人都是感情动物嘛。但这种私人感情决不能带到工作中来,更不能不顾原则!如果这种私人感情影响了工作,侵犯了原则,我和省委是不会置若罔闻的!"

李东方心中一惊,马上想到了陈仲成和赵达功那摊子烂事,连连点头应着:"是的,是的,大老板,你的话我一定记住,牢牢记住!"说罢,又很庄重地补充了两句,"大老板,请你和省委一定放心,不论是和谁,也不论是在任何情况下,我李东方都会以党和人民的根本利益为重!决不会为私人感情背离原则!"

接下来,李东方还想把出售外环路的真实情况向钟明仁说说清楚,给贺家国一个公道,也让钟明仁对钱凡兴的所作所为有所警惕,可钟明仁没给他这个机会。在新区管委会大厦一坐下,钟明仁就谈起了移民工作,把秀山地委书记陈秀唐批了一通,说是秀山行动迟缓,厉声责问陈秀唐,这地委书记还想不想干了?陈秀唐做过钟明仁的秘书,自认为是了解大老板脾气的,可现在也吃不准这位大老板了:陈秀唐实在弄不清楚大老板为什么在会上突然发这么大的火,秀山的所谓行动迟缓,仅仅是因为省委一个移民文件晚传达了一天。

那天,也许只有李东方知道,大老板钟明仁发火的真正原因在哪里。

45

　　时代大道问题上的争吵,使李东方和钱凡兴的关系变得微妙起来,机关里有了书记和市长不和的传闻。到得沙洋县一些老干部就沙洋迁往新区一事找钱凡兴时,钱凡兴就将球一脚踢给了李东方,让老同志们去向李东方汇报,还不顾组织原则在这些老同志面前说:有人要替他的老领导擦屁股嘛,我这个市长有什么办法?捏着鼻子也得去擦,你们嫌臭,我也嫌臭。市长都是这个态度,沙洋的老同志们便有恃无恐了,即将离任的县人大主任祁迈桥不知受了谁的指使,带着二十一个老同志找到移民工地上,说是要向李东方反映重要情况,和领导对对话。

　　祁迈桥早年做过李东方的领导,李东方任太平乡党委副书记时,祁迈桥已做了副县长,是峡江市县处级干部中资格最老、水平最低、口气最大的一个,在哪里见到李东方都是一口一个"小李"。李东方一见祁迈桥头就大了,还不能发火,怕失身份,只好在高一声"小李",低一声"小李"的呼叫声中硬着头皮对付。

　　也是巧,对付了没几分钟,赵达功突然来了个电话,要马上见他。

　　李东方心里清楚,赵达功那边的事是大事,起身就走,说是赵省长有急事。

　　祁迈桥上前把李东方拦住了:"哎,哎,小李,你这一走,我们向谁汇报?"

　　李东方说:"你们去向钱市长汇报吧,这是政府的事!"

　　祁迈桥说:"就是钱市长要我们向你汇报的!你们别踢皮球啊!"

　　李东方苦笑道:"祁主任,我可真不是踢皮球,我现在如果有时间,听听你们的汇报也可以,可我真是有急事、大事,赵省长来了电话,你们又不是不知道!"

　　祁迈桥口气愈发大了起来:"什么赵省长?不就是小赵嘛!小李,你去对小赵说,我们这些老同志要向你汇报的就是他当年拉下的那堆臭屎!连钱市长都说了,他也嫌臭,是捏着鼻子擦哩!"

　　李东方问:"老祁,这话真是钱市长说的?"

　　祁迈桥扁脑袋一昂:"当然了,不信你现在就打电话去问钱市长!"说罢,还加了一句,"小李,你呀就不如钱市长,太窝囊!人家敢讲真话,你就不敢!"

李东方脸一沉:"这叫什么讲真话?这叫自由主义!"

祁迈桥说:"好,好,小李,那咱们就讲组织原则,我们这批老同志向你和市委、市政府做一次正式汇报。你们市长、书记们总得听听我们的汇报吧?"

李东方虎着脸,没好气地说:"可以,不过,我现在没时间,可以请市长助理贺家国同志代表市委、市政府来听你们老同志的汇报!"

说罢,让秘书当着祁迈桥等老同志的面,拨通了贺家国的手机,让贺家国放下手头的事,立即到新区来,就沙洋的区划调整问题和老同志们进行一次对话。

贺家国很为难,在电话里说:"李书记,你怎么又临时抓我的差,老让我当抹布呀?我正在市政法委会议室和陈仲成、王新民他们一起研究田壮达的案子呢,省委王培松书记也来了,现在说走就走,合适么?"

李东方想了想,对付祁迈桥这种同志,也只能用贺家国了,别的副市长还真对付不下来,于是心一狠,说:"家国,你还是来吧,向培松书记请个假!"

贺家国便来了,请祁迈桥和老同志们到新区管委会大厦会客厅进行对话,还让管委会的同志上了水果和茶点。祁迈桥和老同志便高兴起来,说是终于感受到了市委市政府的温暖,直夸"小贺"比"小李"强,能密切联系群众。贺家国很是谦虚,说这密切联系群众的好作风还都是跟他们老同志们学来的。接下来,又吩咐准备方便面。

祁迈桥和老同志们这才看出,贺家国是拉开了一副打持久战的架式。

果不其然,贺家国一落座就满面笑容地声明:"李书记有指示,这次一定要充分听取各位老同志的意见,今天就请大家畅所欲言!白天一天不行,咱们夜里接着来,一天不行就两天,两天不行就三天,都发扬一下革命加拼命的精神!峡江现在日子不好过,财政没钱,好的管不起,方便面还能管够!"

祁迈桥一听就怕了,忙说:"小贺,没有这么严重,没这么严重!"

贺家国呷着茶:"没这么严重就好——老祁,是不是从你开始?"

祁迈桥思忖了一下,说:"开始就开始!"然后振振有词地说,"小贺,你知道不知道？我们沙洋是历史名县，明清两代四百年间都是沙洋管辖峡江。沙洋今天的地位和状况是历史形成的，我们不能因为要替哪个领导擦屁股，就不顾历史，就把一个历史名县从地图上抹掉。"

贺家国说："纠正两点：一、沙洋这个历史名县没从地图上抹掉，区划版图不变，只是行政中心东移三十公里；二、沙洋迁出峡江城区也不是今天才提出来的，是早就提出过的设想，与给哪个领导擦屁股没关系——好，老祁，你接着说。"

祁迈桥说："对，当年是提起过这件事，征求意见时就被我们沙洋的同志反对掉了。当年我们不迁，现在还是不想迁，大家在城里住惯了，迁往新区太不方便。"

贺家国敲敲桌子："这才是问题的实质，是革命意志衰退的表现呀！"

祁迈桥讥讽道："小贺，你别给我们老同志来这一套！谈革命意志你还嫩点！我请问，凭什么就该你们上面造孽，我们下面受罪？小赵省长搞了这么好的个新区他咋不把省政府迁下去，倒把我们往下赶？你小贺更该和小赵省长去谈革命意志！"

老同志们七嘴八舌跟着叫了起来。

会客厅里一时间变得乱哄哄的。

贺家国在大家的吵闹声中，冲着一个个老同志频频微笑着，不急不恼，态度极好。待得老同志们吵够了，才问祁迈桥："老祁，你这年龄也快退下来了吧？"

祁迈桥偃头偃脑地说："那是，还有三个月就彻底到站了，该进等死队了！"顿了一下，又补充了一句，"不到站也得提前退呀，革命意志衰退了嘛！"

贺家国没理睬祁迈桥，环顾众人："老同志们，我现在做个简单调查：你们谁还能在目前的岗位上干上两年以上？有没有？如果有，请把手举起来。"

偌大的会客厅里没有一人举手。

贺家国心里有数了："老同志们，那么我可以负责任地告诉你们：这次沙洋迁址与你们没有什么切身的利害关系。市委市政府从来没有说过要把你们这些离退休和在两年内就要离退休老同志迁到新区去。倒是为了照顾你们老同志，连县老干部局都暂时不予迁址。李书记在区划调整会议上反复强调:沙洋县的老同志都是有贡献的,有些同志是有大贡献的,在生活上要给予力所能及的照顾。"说到这里,把目光又投向了祁迈桥,"老祁,我记得李书记还拿你做了例子,说你是立过大功的老水利,一九七五年在水利工地上被砸断过六根肋骨,差点儿把命都送掉,是不是有这回事?"

祁迈桥被说愣了,呆呆地点头道:"难为李东方还记着。"

贺家国把目光从祁迈桥身上移开,又恳切地说:"老同志们,我仍然要讲讲革命意志问题,作为一个年轻人,我也许没这个资格,可作为一个党员同志,我自认为这话还是可以说的。现在我们市委市政府面对着一种什么局面你们心里不会没有数,在这种时候,你们的革命意志真不能衰退呀,起码要在思想上、行动上和市委保持一致。不该说的话就不要说,不该做的事就不要做,更不要被人利用。不客气地说,真正思想不通的,我看并不是你们这些老同志,倒是一些在位的年轻同志。这些年轻同志的思想觉悟、政治素质比你们老同志差远了!这些年轻同志眼界并不开阔,说得极端点,就是井底之蛙,给他们一片蓝天他们都不敢去飞翔嘛!这怎么办呢?只好由我们大家一起来做工作喽,市委市政府要做工作,你们老同志也要帮着做工作。当然了,最后还可以采取必要的组织措施。"

祁迈桥和在座的老同志们摸清了底细,又被贺家国这么敬重着,一个个便被打动了,都目不转睛地盯着贺家国,把贺家国引为了知己和同志。

贺家国最后说:"市委、市政府相信:有你们这些老同志的支持配合,沙洋迁址和相应的区划调整完全可以在从现在开始的两年内顺利完成。市委、市政府还相信,未来的新沙洋不但不会失去它往昔的荣耀,还会在新世纪中获得更大的生存和发展空间,这个历史名县必将成为一个历史名城!"

对话在老同志们热烈的掌声中结束,全部过程没超过两小时。

因为谈得好,祁迈桥和老同志们一个个都表示要帮着市委、市政府做工作,贺家国也就冲动起来,一定要请祁迈桥和老同志们吃顿便饭。当晚便在新区管委会招待所餐厅开了两桌,上了四瓶五粮液,贺家国一一敬酒,喝了个不亦乐乎。

临到结账时,贺家国将四瓶五粮液的钱坚持用自己的信用卡付了。

嗣后,祁迈桥和沙洋的一些老同志便四处替贺家国做口头宣传,说是

"小贺"的领导水平和素质比"小李"、"小钱"都高,只当个市长助理太可惜了。祁迈桥还四处炫耀说,小贺请他们二十一个参加对话的老同志喝了四瓶五粮液。贺家国听到这些话着实吓了一大跳,专程打了个电话给祁迈桥,一口一个"祁老"地叫,要祁老和沙洋的老同志们千万别害他。祁迈桥满不在乎,声称等什么时候贺家国做了市长,他们老同志一定来给他庆贺,也请他"隆重"地喝一回五粮液。

这话很自然地传到了钱凡兴耳朵里,钱凡兴找了贺家国,很不客气地告诉贺家国:市委、市政府在接待方面是有明文规定的,本市的工作接待不准上白酒,更不准上五粮液,要贺家国到接待处主动交清这四瓶五粮液的钱。

贺家国说:"哦,钱市长,这我要汇报一下:正是因为知道有这个规定,所以这四瓶五粮液是我自己付的账。如果不信,你可以去问问新区管委会的同志。"

钱凡兴一听更火了,桌子一拍:"贺家国,你在华美国际当过老总,一年挣过几十万,可以不在乎,别的领导同志也能这样干吗?我先不说你笼络人心,起码你是坏了规矩!你把这些老家伙捧上了天,我们以后还拽得下来吗?你知道这种县处级的老家伙有多少?!"

贺家国闷闷回了一句:"不是老家伙,是老同志,我市有一千多人!"

钱凡兴这才意识到了自己的错误,改口称起了"老同志":"是啊,一千多名老同志,你都这样请啊?不讲游戏规则了?贺家国,请你记住,这里是中国的峡江,不是美国的哪个市!你贺家国是中国这个社会主义国家的一位市长助理,不是哪个资本主义国家的政客!顺便说一下,你这一套就是在太平镇也行不通!"

这些话像一根根钢针猛刺着贺家国的心,贺家国觉得自己心在滴血,可仍忍着,只解释说,自己真没有别的意思,就是想请这些老同志都帮着市委、市政府做做工作。又说自己也是人,而且是年轻人,也有感情冲动的时候,老同志们态度都这么好,又这么识大体顾大局,自己感情一冲动就破了一次例,以后一定注意。

然而,当天回到家里,贺家国越想越不对头:钱凡兴公然把他指责为资产阶级政客了,他这市长助理以后还怎么当?联想到出售外环路的遭遇,愈发觉得委屈难忍,不顾徐小可的拼命阻拦,连夜找到了李东方家里,递交了辞职报告。

　　李东方很意外,劝道:"家国,被钱市长批评了几句,情绪就这么大啊?我看这批评也不是没道理嘛,你对老同志们的感情我能理解,可这种做法确实不妥呀!你平心静气想一想,像你这么请老同志,谁请得起?我就请不起嘛!"

　　贺家国气呼呼地说:"好,好,全是我的错,我不干还不行吗?!首长,今天当着你的面,我最后把话说清楚:我这个资产阶级政客可以辞职下台,可我希望钱凡兴这位无产阶级的市长能有点做人的感情!不要对老同志一口一个'老家伙',我们他妈都有老的时候!更不要为了所谓政绩不管老百姓的死活!"

　　李东方这才在贺家国面前流露了真情:"说到这个问题,我也谈点个人看法:我看呀,这位钱凡兴才更像个政客,什么阶级我不清楚。出售外环路八字没一撇,两条街他就敢抢着拆!对上又蒙又骗,对下又压又诈!别说对老同志,我看他对谁也说不上有感情,包括对这么欣赏他的钟明仁!"

　　贺家国没好气地说:"这么说,你对我们这位钱市长啥都有数?是不是?"

　　李东方深深叹了口气,不说钱凡兴了,显然是不便再说,又说起了贺家国:"家国呀,你这上任才几个月呀?就撑不下去了?就不慷慨激昂了?我当时怎么说的?三年以后,你还能这么慷慨激昂,还能有这种锐气,我就好好奖励你!现在看来我是用不着考虑奖励问题了!你呀,你可真让我失望!"

　　贺家国直拱手:"首长,你别失望,你是英明的预言家,我服了,真服了!"

　　李东方哼了一声:"服什么?我就不服!只要没私心,我还就不信干不下去!家国,你接待沙洋老同志那天,知道我去干什么了吗?"

　　贺家国摇了摇头:"你首长干什么又不用向我汇报,我哪知道!"

　　李东方说:"赵达功把我找去了,谈了许多问题,谈得很不愉快。我现在也想开了,不论赵达功怎么想,陈仲成这个政治流氓都要马上拿下来,决不能再让他继续管政法了,田壮达的案子一定要彻底揭开,不管涉及到谁。同时,国际工业园关园问题也必须提上我们的议事日程了!"

贺家国不由得一惊："这种时候关园好吗？矛盾不全集中在一起了吗？"

李东方缓缓道："是呀，是呀，所以达功同志说嘛，大家都认真，大家也都要倒霉了。我就明确告诉赵达功：我李东方这一次准备粉身碎骨！"拍了拍贺家国的肩头，"好了，不说了，家国，这都不是你的事，是我的事！你这时候撤下来也好，上次大老板劝你退下来，我也没反对嘛！大老板就是大老板呀，政治斗争经验比我们丰富多了，他也许早就预感到风暴将至了！"

贺家国揪着心问："李书记，那……那你就没想过退下来？"

李东方一字一顿道："没有。我准备付出代价，做出牺牲。我没有退路！"

贺家国一把夺过辞职报告："那我再陪你走一段，起码把这一关闯过去！"

李东方再也压抑不住自己的感情了，紧紧握住贺家国的手，眼中的泪水一下子夺眶而出，哽咽着，艰难地从牙缝里迸出两个字："谢谢……"

第十二章　步步紧逼

46

尽管在陈仲成的问题上李东方早就和钱凡兴通过气,也得到过钱凡兴态度明确的支持承诺,但在六月五日具体解决陈仲成问题的市委常委会上,钱凡兴却一言不发,反做出一副亲昵的样子和陈仲成谈笑风生,打些无聊的哈哈,好像他过去从没厌恶过陈仲成似的。李东方心里清楚,钱凡兴是故意做给他看的,也就把钱凡兴看透了:这个市长不但自私狭隘而且浅薄得近乎无知,为了发泄个人私愤,竟然可以朝秦暮楚,原则也可以不要。好在会前和其他常委分别打过招呼,常委们心里有数,都比较配合,分工调整还是顺利完成了。根据常委新的分工,政法工作由李东方亲自挂帅抓。市检察院检察长王新民调任市公安局局长兼市政法委主持工作的副书记。陈仲成改任市委专职常委,分管全市文教卫工作。陈仲成好像啥都有数,并没感到突然,会一散,抬腿就走。

李东方将陈仲成叫住了:"老陈,你留一下,我还有话和你说!"

陈仲成阴着脸道:"我们之间还有什么好谈的吗?"

李东方也沉着脸:"怎么没有好谈的? 政法工作你不该向我移交吗?!"

陈仲成没话说了,只得跟着李东方去了李东方办公室。

李东方进了办公室却不谈移交的事,往桌前一坐,对陈仲成道:"老陈,你很顽强,把我和市委搞得这么被动,还就是坚持不向省委辞职,实在没办法,我只好在市委书记的权力范围内进行一下分工调整了,希望你理解!"

陈仲成在沙发上坐下来,点起一支中华烟抽着:"李书记,你让我理解什么? 我不过是你们省市领导权力斗争的一个牺牲品罢了! 你和达功同志心里都有数,我在主管峡江政法工作期间,没做过任何对不起你们的事!"

李东方讥讽地笑了:"哦?这我还真没数呢,我只知道红峰商城官司搞得满城风雨,田壮达的案子一直没有进展——不但是没进展,好像还有点反常:怎么田壮达刚检举了两个腐败干部,第二天就翻供了?搞得我们检察院这么被动?"

陈仲成冷冷看了李东方一眼:"这事请你去问达功同志!"

李东方明白陈仲成话里的意思,却不挑破,敲了敲桌子:"老陈啊,我可以告诉你:这次常委分工调整,我和达功同志是打过招呼的,达功同志也是很支持的,你一天到晚往达功同志家跑,这一点不会不清楚吧?"

陈仲成说:"我当然清楚,像赵达功这种政治动物还不知道明哲保身吗?"

李东方装起了糊涂:"这话是什么意思啊?达功同志把你甩了?"

陈仲成阴阴地看着李东方:"李书记,你还问我?这还不都是你挑起来的?你不对赵达功步步紧逼,事情能搞到这一步吗?"停了一下,又说,"我看你是小瞧赵达功了,我不是赵达功的对手,只怕你也不是赵达功的对手!我在劫难逃,你日后恐怕也不会有好下场,别忘了,赵达功的绰号可叫'政治人'!"

李东方沉思片刻,缓缓道:"老陈啊,你今天能说出这些话来,我看你还不糊涂。那你为什么不主动一些呢?为什么不到省委向王培松说说清楚呢?你说我步步紧逼,我逼谁了?无非是讲原则,讲是非,不论是对你,还是对赵达功。你老陈如果也能讲点原则,讲点是非,也许事情就好办多了。"

这才是李东方今天真正想和陈仲成说的话。

直到今天,赵达功仍在拖延时间,十分顽强地维持着一个政治僵局,以至于让钟明仁和王培松对他和峡江市委都不敢放心了。这次常委的分工调整,赵达功也是反对的,理由说了一大堆,他全没理睬,搞得赵达功很不高兴。赵达功当时就说,多米诺骨牌只要倒下一张,就会倒下一片。李东方说,如果真会倒下一片,这第一张就更该早点推倒。说这话时,李东方对赵达功这个老领导已没有多少愧疚的感情了,有的只是愤懑和不平:他三番五次把话说得那么明白,这个政治人就是不听,也不顾他的处境,宁可做腐败分子的保护伞,也要固执寻找自己所谓的"政治契机"。

这个政治契机不能再由赵达功来选,得由他来选,现在看来应该是陈仲成了。

按李东方的设想,如果陈仲成能在被赵达功抛弃之后主动向省委交代自己的问题,赵达功的问题势必也会带出来,他和赵达功之间的僵局也就打破了。

陈仲成沉思了好一会儿,深深叹了口气:"李书记,你何必这么认真呢?"

李东方走到陈仲成对面的沙发上坐下了:"老陈啊,不认真不行啊,我们先不谈什么党性原则,就说一条:这么多眼睛盯着我哩,我躲得了吗?"

陈仲成眼睛明显亮了一下,似乎发现了什么可钻的空子:"李书记,该说的你不全和赵达功说了么?该做的你也都做了——连我这政法书记也让你拿下来了,上上下下谁还能说你什么呢?现在政法归你亲自管,只要你别那么认真了,我看情况就坏不到哪里去,有些工作我还可以继续帮你做……"

李东方摆摆手,打断了陈仲成的话头:"我没有什么工作需要你来帮,我只希望你主动向省委交代你自己的问题,你的问题你清楚,达功同志恐怕也清楚,如果等到达功同志先去找省委谈,你就被动了吧?"

陈仲成紧张地想了半天,最终还是摇起了头:"李书记,我对赵达功问心无愧,就算有些事做得违反原则,也是赵达功的授意,他爱怎么说就怎么说吧,我认了!"

李东方注意到,说这话时,陈仲成的目光躲躲闪闪,并不那么理直气壮。

似乎为了掩饰什么,陈仲成又说:"我这人是从基层一步步上来的,太重感情,毛病不少,有时候也会上当受骗,被人利用,干些蠢事,可李书记,有一点我可以向你保证:我这个人对朋友,对同志,对领导从来没有坏心……"

李东方听不下去了,冷冷一笑:"老陈啊,你就不要再表白了,也不要再抱任何幻想了!你说你被人利用了,可信吗?有说服力吗?只怕赵达功也不会相信吧。"口气突然严厉起来,"你是上当受骗,还是同流合污?从红峰商城官司到田壮达案子,你掺和过的烂事有多少?你一个市委常委、政法委书记,怎么成了人家的狗?怎么连达功同志都把你当做一条看家狗？老陈啊，你不觉得悲哀吗?!"

陈仲成没有悲哀，倒是愤怒起来："李书记，那我也告诉你：赵达功在我面前也没说过你的好话，一直骂你是条负心狼，对外软弱无能，对内又撕又咬！"

李东方心头的火蹿了上来：他这么为赵达功的前途着想，忍辱负重，承担着难以言述的政治风险和压力，现在倒落了个负心狼的评价！真想拍案而起，把赵达功痛斥一顿，可看看面前的陈仲成，却又忍住了，只淡然道："老陈，这话是不是达功同志说的我不知道，我相信达功同志不会这么说。不过，就算达功同志这么说了也没关系！我可以坦率地告诉你，以后也会当面告诉达功同志：我这个人在处理同志之间的矛盾时是软弱，也许还有点无能，但在关系到重大原则问题时，我既不会软弱，也不会无能！我对谁负心，都不会对我为之服务的人民负心！"

和陈仲成的谈话不欢而散，陈仲成不知是心底惧怕赵达功，还是对赵达功仍存有幻想，始终没答应向省委交代问题。谈到最后，陈仲成倒把话题转到他即将分管的文教卫工作上了，好像他这专职常委还能长久地干下去似的。李东方压抑着反感，勉强应付了几句，便借口有事，要陈仲成改日再谈，把陈仲成赶走了。

陈仲成走后，李东方马上让秘书去找原检察院检察长现公安局长兼政法委副书记王新民，准备和王新民谈话。

等待王新民的时候，李东方给赵达功通了个电话，口气平淡地通报了一下常委分工调整的情况，继而说："……老领导啊，王新民一到任就提出，要对田壮达供出的两个腐败分子——建委副主任和新区国土局副局长采取措施，你看怎么办呢？"

赵达功显然是吃了一惊，在电话里沉默了好半天才说："东方，这么干好不好啊？田壮达不是说他记错了吗？你们对这两个同志采取措施有什么依据呀？"

李东方像似无奈地说："老领导，这话我也和王新民说了，王新民同志保证说，只要采取了措施，他用不了三天就会拿出这两个腐败分子的腐败证据！"

赵达功是个聪明人，啥都明白了，嗣后也没再说什么。

放下电话，李东方想，这或许就叫步步紧逼吧！这种逼法说到底还是为了赵达功好。赵达功应该清楚,他时日无多了,已到了争取主动的最后时刻,只要这两个腐败分子交代出陈仲成通风报信的内幕,陈仲成被立案审查,他赵达功就再也说不清了。李东方相信,赵达功这个政治人应该知道其中的利害关系,他既然能抛弃陈仲成,也就一定会在这最后时刻争取主动的。

王新民到来后,李东方马上指示道:"新民,从现在开始你就算到任了。有一件事要马上办,就是对田壮达交代出来的那两个腐败分子采取措施!记住,这不是我的指示,而是你的提议,而且这一次不能出差错,一定要把他们的犯罪证据拿到手!另外,对田壮达也要加紧审讯,查清此人和陈仲成的关系!"

王新民一直负责田壮达的案子,心里啥都有数,点点头,问:"李书记,这要不要向王培松先做个汇报?你知道的,王培松对田壮达翻供一直心存疑虑。"

李东方想了想:"我看还是先不要汇报吧,你看呢?"

王新民说:"要我看,还是先汇报好,反正我们没什么私心。"

李东方却有私心,私心还是在赵达功身上——直到现在这一刻为止,他只是逼赵达功,并没有害赵达功的意思。如果事先和王培松通气,省市检察机关同时介入,只怕赵达功就说不清了。于是便道:"新民,从工作考虑,还是先不要汇报。最好是拿到这两个腐败分子受贿的证据后再汇报比较有利。你说呢?"

王新民苦苦一笑:"李书记,你定下来的事,我还说啥?我执行就是了,一有结果先马上向你汇报!"想了想,又迟迟疑疑地说,"不过,李书记,你心里要有个数,田壮达一案牵扯出的腐败问题可能相当严重,估计不是一个陈仲成,还会涉及赵达功同志。我总有一个感觉,王培松和省纪委有点欲擒故纵,现在好像是故意看着一些人在那里表演,也趁机观察我们,包括你李书记。"

李东方故作轻松地笑了笑:"哦?还有这种事?你这个检察长多疑了吧?"

王新民认真说:"不是多疑,是事实,而且就是因为赵达功同志。"

李东方无法回避了,沉思了一下,向王新民交了底:"新民,既然今天你点名道姓说到了赵达功,那么我也就把话给你说明,讲三点:一、我对达功同志从没做过无原则的妥协和让步;二、据我所知,达功同志和陈仲成还不是一回事,在没有证据证明他是腐败分子之前,对这位老领导还是要帮助;三、如果达功同志真陷入了腐败的泥潭,或者一意孤行,坚持做腐败分子的保护伞,我一定会按原则办事,对此,你们检察机关可以监督。"

王新民表白说:"李书记,这你误会了,你说的这些我都信!你如果真是不讲原则,也不会顶着赵达功的压力把陈仲成拿下来,更不会对田达壮的案子抓住不放。我的意思是,让你离赵达功远一些,这人不管有没有问题,目前都够麻烦的……"

李东方苦恼地摆了摆手:"好了,新民,这些题外的话都不说了,我们还是来谈一谈下一步的工作安排吧,陈仲成离开政法口子了,有些工作就好做了……"

47

沈小阳竟不知道赵达功有什么麻烦,六月五日晚上,在摄影家边长的提携下,终于跻身于赵达功的文化名人沙龙,第一次以名记者身份参加了沙龙聚会。这件事搞得沈小阳十分激动,从早上接到边长的电话通知,到晚上赶到罗马饭店晋见赵达功,整整一天像月经来潮的妇女一样躁动不安,干啥都没心思,搞得副总编田华北疑神疑鬼,老问他哪里不舒服?沈小阳嘴上没说,心里却想,他哪里不舒服?他舒服极了,幸福塞到了嗓子眼,一不小心就会像气泡一样向外扑扑直冒。却不敢随便就冒,倒不是怕田华北或者哪个哥儿们姐儿们分享他的幸福,而是怕泄密。边长通知时就交代了,这是省委领导私人活动,不能四处嚷嚷的,嚷嚷出去影响不好。

即将跻身上流社会的幸福憋到中午差不多要憋炸了。幸而碰到了嫖妓惯犯李大头,便在和李大头一起吃中饭时,似乎无意地和李大头说了一下,道是赵省长今天晚上非要请他吃饭不可,还是罗马饭店!李大头一听就乐了,说是自己晚上在罗马饭店也有一场应酬,到时候能不能去给赵省长敬杯酒?再拍张照片留个念?沈小阳吓了一跳,忙说,不行,不行,大头,你一个嫖妓分子最多也就是给公安分局的局长那级别敬敬酒,省一级的领导你就免了吧!李大头很不高兴,埋怨沈小阳不够意思。沈小阳便让了一步,应付说,等哪一天让贺市长接见他一下,再拍几张大照片留念。

不曾想,晚上一到罗马饭店,没见着约好等候的摄影家边长,倒先迎头撞上了李大头。沈小阳想装看不见,却来不及了,李大头一口一个"沈大笔"地叫着,笑呵呵地迎上来,就差没给沈小阳来个狗熊式拥抱。正揣摸着怎么甩掉李大头时,边长匆匆来了,和沈小阳打了个招呼,说,走吧,二楼,就引着沈小阳往二楼走。

李大头在沈小阳身后直叫:"哎,哎,沈大笔,这位朋友也介绍一下嘛!"

边长这才注意到了李大头,狐疑地看着沈小阳问:"怎么还带了个朋友?"

沈小阳忙解释:"不是,不是,边大师!巧了,这位煤炭大王李总今晚也在这里请客。"遂将边长介绍给了李大头,一口咬定边长是中国当代著名摄影大师。

李大头热情地将自己的名片递给边长:"请大师多关照!多关照!"

边长看了看李大头的名片,见名片上面"总"字号的头衔就好几个,还是区私企协会的副会长,也就回赠了一张画了大头漫画像的名片给李大头,还说:"李总,以后倒是要请你多关照哩!如今商品社会,没有钱啥事也办不了,前阵子我搞了个摄影展,还是赵省长亲自打招呼,人家才免了三天的场租费。"

李大头更加热情了:"大师,以后这种事你只管找我,万儿八千的我赞助了,千万别麻烦赵省长!"向沈小阳一指,"沈大笔知道我的,我这人就喜欢交朋友——广交天下豪杰,沈大笔是我的朋友,我前阵子就送了他台车!"

沈小阳很不满意李大头的虚张声势,瞪了李大头一眼:"光说送了我一台车,大头,我帮你处理的烂事少了?再说,这台车是你送给我的,还是借给我的?"

李大头笑道:"我还不如送呢,这养路费得我交,修车还得我报销!"

正说到这里,一阵香风悠然飘来,歌星何玫瑰到了。何玫瑰不认识沈小阳,更不认识李大头,于是,又是一番介绍,这回是边长介绍了。介绍完后,李大头又向何玫瑰递名片,何玫瑰显然看不起土头土脸的李大头,没有回赠名片。李大头便像个追星族似的,让何玫瑰在一张菜单上签了名。还想索要电话,何玫瑰装没听见。

分手时，李大头又把沈小阳拉住了，像打探煤炭行情似的，悄声打探道："沈大笔，你见多识广，你说，这个……这个要是和这个玫瑰小姐睡一夜得多少钱？"沈小阳差点没叫起来："你以为你是谁？有两个臭钱，鸡巴就能四处乱戳了！"

李大头挺没趣，讪笑道："你他妈嚷什么？我是开个玩笑，这妮挺撩人的。"

沈小阳没再搭理李大头，到了二楼梅花厅，一心等着晋见大人物赵达功了。赵达功委实是个大人物，是分管文教的副省长，还是省委常委，身份地位比市长助理贺家国又高多了。尽管姐姐沈小兰因着红峰商城的官司老骂赵达功不是东西，沈小阳在相当一段时间内也认为赵达功不是东西，可今天能得到赵达功的亲切召见，日后又要成为这高雅沙龙的一员，这旧观念就得改改了，就算赵达功真不是东西，他也得把他当做东西，而且还要捍卫这东西。

据沈小阳所知，在今天到场的这些文化名人中，最会捍卫的要数省作家协会主席魏荷生了。此公在峡江市委宣传部做过副部长，有一阵子还兼过《峡江日报》的总编，也算是沈小阳的老领导了。这老领导天生口吃，在编采会上连个囫囵话都不会说，偏是赵达功的诗友和同学，逢会偏要作什么"七律"，还在《峡江日报》副刊和《新诗词》上为赵达功写过大块诗评文章。评价赵达功的诗是"革命的诗"，"战斗的诗"。这一评再评，省作家协会换届改选，魏荷生便在赵达功的力荐下做了省作家协会党组书记兼主席。沈小阳是作家协会新当选的理事，曾在作代会上参加一帮名作家的阵营，为倒魏做过大量工作，就差没公开闹分裂。

现在，殊途同归，沈小阳和自己鄙视反对过的"倒胃主席"坐到一起了。

"倒胃主席"根本不记得沈小阳是《峡江日报》的记者了，只记得沈小阳是省作家协会理事。和沈小阳一见面，就端出一副本省文坛领袖的架子结结巴巴地和沈小阳谈起了省作协的工作，说是现在小环境小气候很好，赵省长本身就是大诗人，很关心文学，你们年轻作家要多深入生活，唱响主旋律，搞好多样化。尤其是诗歌，要振兴。

沈小阳压抑着满心厌恶，带着一脸笑容，一口一个魏主席地叫着，极是恭敬。

谈得有那么点投机的意思了,魏荷生四处看看,做贼似的捅了捅沈小阳,把一颗几乎全秃的小脑袋伸了过来:"小阳同……同志啊,听……听说,你……你在作代会上也……也反对我?攻……攻击……我……我这主席没有资格代表西川省文学发……发言?"

沈小阳愣都没打,便铿锵有力地辩白道:"魏主席,你怎么能听信这种无耻谣言呢?在报社你就是我的老领导了,我怎么可能反对你呢?现在我还四处说呢,《峡江日报》最有文化气氛的时候,就是你兼总编的时候,在我们报社历史上诗人兼总编就你一个!你太有资格代表咱省文学发言了,诗人不能代表文学谁还能代表文学?!"说罢,摇摇头,一副感慨万端的样子,"唉,如今这文坛也真他妈太复杂了!"

魏荷生这才弄清楚沈小阳曾是自己的部下,便也装作信了沈小阳话的样子,一口一个"小老弟"的叫着,带着无限深情的回忆说起了报社旧事。很诚恳地表示,像沈小阳这种做着省作协理事的资深名记者,应该给个适当的安排。沈小阳一听这话,弄个小职务的念头便飓风般不可遏制地呼啸着拔地而起。当场激动起来,并于激动之中和这位"倒胃主席"立即同流合污,暗示说,魏主席现在在报社影响还是很大的,又是著名诗人,如果能向报社领导推荐一下,他将很感谢。魏荷生胸脯一拍,信誓旦旦地说晚上回去就给总编老赵打电话。

——这电话真打了,几天后在一个社交场合和何玫瑰再次见面时,何玫瑰告诉沈小阳:魏老师那晚是搭她的便车回家的,电话在她的车上就打了,确实也是打给《峡江日报》赵总编的,不过,不是推荐,却是警告。这位魏老师十分严肃地对赵总编说,你们报社这个沈小阳太会投机钻营了,都钻营到省委领导面前来了,还想向省委领导要官,实在是很不像话的!

当时,沈小阳尚不知道会发生这种匪夷所思的背信弃义,被魏荷生感动得差不多完全转变了立场,也跟着何玫瑰把魏荷生称作"魏老师"了。魏老师便端着老师的架子给沈小阳评说"赵诗"——赵达功之诗的精妙好处,正说到最肉麻的关头,那个激动人心的时刻突然到来了:伴着一阵说笑声和脚步声,赵达功副省长在两位漂亮服务员小姐的引导和边长的招呼下,满面春风走进了梅花厅。

魏荷生马上放下老师的架子,从沙发上站了起来:"赵……赵省长……"

沈小阳不但站了起来,还敏捷地迎了上去,和赵达功握手:"赵省长!"

赵达功一点架子没有,扬起左手招呼着老朋友魏荷生,伸出右手亲切和气地去和沈小阳握手,边握边说:"哦,哦,又多了一个新闻界的小朋友嘛——是《峡江日报》的记者沈小阳同志,对不对呀!啊?"说罢,看了看身边的边长。

边长热情地介绍说:"赵省长,沈小阳不但是《峡江日报》著名记者,现在还参加采编市委、市政府的《内部情况》,写过不少好文章呢!"

赵达功笑呵呵地说:"我知道,知道得比你这个'鞭长莫及'要清楚。小阳同志的文章,我在峡江工作时读过不少,印象比较深的是吹捧贺家国的两篇大作。一篇叫《我以我血荐轩辕》,一篇叫《天生我才》,小阳,我说的对不对呀?"

沈小阳连连点头称是,点头称是之际,激动得眼泪差点下来了:好几年过去了,人家一个省委领导还记着你那两篇狗屁小文章,你能不感动么?!沈小阳便在这无比感动的状态中,瞬间丧失了自主思维能力,词不达意地迅速吹捧说:"赵省长,怪不得峡江市的干部群众现在还那么怀念你,你……你真是太伟大了!"话一出口,沈小阳就后悔了:简直是无耻透顶,峡江干部群众什么时候怀念过赵达功?老百姓都骂,尤其是姐姐沈小兰和红峰商城的群众。说赵达功伟大就更无耻了,连省委书记钟明仁都当不起"伟大"这个词,赵达功如何当得起?!

赵达功却是一副当得起的样子,坦然受之,又过去和魏荷生握手。

魏荷生的无耻则是一贯的,公开的,是当做一份事业来干的,也真让沈小阳开了眼界。沈小阳注意到,魏荷生两只干瘦如柴的黑手紧紧握着赵达功白白胖胖的软手,结结巴巴道:"赵……赵省长,小阳同志今天代表我们大家说……说出了心里话。赵省长,你……你的伟大就……就在于平凡啊!我……我今天酝酿创作了一首七……七律,题目就叫《伟大与平凡》。现在,我……我就给大家朗诵一下!"

边长拍了拍魏荷生的肩头,开玩笑道:"算了,算了,魏主席,你老朗诵起来太困难了,还是让我们的玫瑰小姐来朗诵吧!"说罢,夺过魏荷生手上的诗稿,递给了何玫瑰。何玫瑰接过诗稿,拿起话筒,用一口标准的普通话朗诵起来:"七律:伟大与平凡——有感于赵达功省长的文与人。作者:西川省作家协会主席魏荷生。"

下面的正诗部分,何玫瑰带上了感情色彩,节奏也明显放慢了——

风云际会文相重,
诗坛李杜赵达功。
指点江山书大画,
豪情化雨作浪涌。
圈点之处新城起,
挥毫之际文生风。
伟大带来峡江变,
平凡本系一书生。

诵毕,众人即时鼓掌,沈小阳也跟着鼓起了掌,搞得赵达功直苦笑。

在掌声中,魏荷生把诗稿从何玫瑰手上讨回,郑重交给了沈小阳:"小阳啊,这……这首七律我……我就照顾你们《峡江日报》了,你……你拿到'江花'副刊上去发……发一下,最好发……发……发彩版!"

沈小阳心里直作呕,表面上却不得不应:"好,好,魏老师!"

赵达功却立即阻止道:"好什么?!小阳,你不要听魏主席的,这诗发不得,影响不好,我那些诗算什么诗啊?还'诗坛李杜赵达功'!不好,不好,魏主席,你要是当得起这种诗名,敢自比李白杜甫,就'诗坛李杜魏荷生'吧!"

魏荷生一点不窘,连连道:"赵省长,你太……太谦虚了,太……太谦虚了!"

赵达功还不放心,又对魏荷生交代道:"魏主席,我可说明了,这首诗不但在《峡江日报》不能发,在你们省作协的《新诗词》上也不许发!古人作诗填词都是三五知己相互奉和,很风雅的事,咱们文人一搞啊,就变得这么俗!小阳同志,你说是不是?"

沈小阳这才真的从心里服了赵达功:赵达功官至副省长,头脑还保持着一份难得的清醒,偏不吃魏荷生的马屁!便诚恳地说:"赵省长,这诗不发也好。"

赵达功这才在桌前坐下了:"除了小阳一个新朋友,都不是外人了,大家随便吃,随便聊吧!这回,我要先考考大家:今天是什么日子啊?"

大家吃着，喝着，都很茫然的样子，谁也没想起今天是什么特殊的日子。

赵达功微笑着说："你们这帮文化人啊，真是一点环保意识都没有啊！今天是六月五日，世界环境日！魏主席，你们《新诗词》这期有没有发环保方面的诗词啊？"

魏荷生极是惭愧："赵……赵省长，还真把这事忽……忽略了哩！"

赵达功以商量的口气说："能不能弥补一下呀？魏主席，你带个头，组织一些诗人写点好诗，歌唱蓝天、歌唱大地、歌唱母亲河——当然，还有我们的峡江，谱上曲，让我们的西川玫瑰去唱！用群众喜闻乐见的形式把环保知识普及好。"

魏荷生连连应着，说是回去就布置这个工作。

何玫瑰也表示说，有赵省长的指示，她愿意为环保进行义演义唱。

边长喝着啤酒，插话说："唱啥呀，峡江美还唱得出来呀？污染那么严重。"

赵达功把目光转向了边长和沈小阳："这个问题我正要说：好的要歌唱，要宣传，做得不够的，也要揭露，也要批评。峡江的污染情况可以说是相当严重，你边长这个著名摄影家，你沈小阳这个名记者，就有责任了。该摄的摄下来，该记的记下来，不能视若不见。大家都视若不见，峡江下游的老百姓就要遭殃了，也对不起子孙后代嘛。"

沈小阳心里一热，忙道："赵省长，我三个月前就写过国际工业园对峡江污染的报道，可李东方书记不同意发，连《内部情况》上都不让发。"

赵达功很奇怪的样子，看着沈小阳问："为什么呀？"

沈小阳说："具体怎么回事，我也不知道，贺市长只说时机不成熟。"

赵达功把正喝着的一杯矿泉水往桌上一蹾，动容地说："我看不是个时机的问题，而是个责任心的问题！你对老百姓有这份责任心，时机就成熟，没这份责任心，时机就永远不成熟！我们现在有些领导同志啊，整天只想着自己头上的乌纱帽啊，就是不想想老百姓！怎么得了啊，长期这么下去要离心离德的啊！"

真是百闻不如一见！过去光听姐姐沈小兰和一些同志讲赵达功的坏话，今天一接触才知道，赵达功竟是这么一个头脑清醒、心里装着老百姓的好领导。

赵达功继续说:"如果说我在峡江主持工作时有什么失误,那最大的失误就是没能早一点关闭国际工业园,不是不想关,准备关了,工作调动了,就留下了这么大个遗憾!所以呀,你们都要做工作。边长多拍些照片,可以搞个峡江污染的专题图片展。小阳呢,可以进行深入采访报道,峡江不让发,你拿到北京、上海去发嘛!当年那篇《天生我才》我不让发,你不还是在上海报上发了吗?!"

沈小阳忙解释:"赵省长,《天生我才》没……没在上海报上发……"

赵达功直笑:"好了,好了,小阳,你别紧张!过去的事就不提了,不说了!我没有责备你的意思,你文章写得很不错嘛,很有感染力嘛,我至今记忆犹新哩,现在看来,可能是我过分了,贺家国当时是我女婿,我只想着避嫌。"

沈小阳益发感动了:"赵省长,那……那我就按你的指示办,先把写好的那篇文章拿到《国家环保报》上去发表,把峡江污染的事实公开披露出来!"

赵达功笑呵呵地摆起了手:"什么指示啊?小阳,这是什么场合?私人聚会的场合嘛,哪来的指示?我要开口就是指示,还敢说什么话呀!这只是一个朋友的个人意见,供你参考。你自己凭良知决定嘛!"说罢,举起装着矿泉水的杯子,"小阳,来,来,敬你这个新朋友、小朋友一杯!为你们记者的社会良知和责任感!"

沈小阳忙站了起来:"赵省长,还是我敬你,敬你一心为了老百姓!"

后来,魏荷生凑了上来,和赵达功谈起了办诗会的事,沈小阳才抓紧时间吃了几口能压饿的东西,嚼在嘴里也没品出什么滋味。来之前,沈小阳以为这种有省委领导参加的高规格的聚会是一场精神和物质的双重盛宴,没想到竟是如此简朴,山珍海味根本没有,只几样时蔬小菜和点心,连白酒都没上,让他喝了一肚子水。

出去小便时,沈小阳跑到楼下李大头请客的富贵厅,想借着敬酒的机会慰劳一下自己空空如也的肠胃。却不料,李大头的马崽却说,李大头上楼给赵省长敬酒去了。沈小阳的头一下子大了,吓得慌忙往楼上梅花厅跑。

到了梅花厅便看到,万恶透顶的嫖妓犯李大头真就给赵达功敬上酒了,竟是边长引来的。后来才知道,诡计多端的李大头趁边长上厕所小便时,和边长迅速达成了敬酒的交易。敬酒时,边长在拍照。赵达功情绪很好,笑呵呵的,要李大头多支持文化事业,不但要在物质上富起来,也要在精神上富起来。李大头一副憨厚老实的样子,连连答应着,向赵达功保证说今后一定要做精神文明的标兵,让沈小阳差点没笑出来。

李大头敬酒时,沈小阳装作不认识李大头,李大头也就装作不认识他。

麻烦事第二天就来了,李大头的马崽借口车辆年检,把借给沈小阳的那台桑塔纳2000要走了。就在当天中午,这台桑塔纳赫然出现在省摄影家协会院里,成了边长的专车。边长不知道这台车曾姓过沈,很热情地邀请沈小阳去兜风。沈小阳没去,冲到李大头的金石煤炭公司大骂了李大头一通,指责李大头不是东西,过河拆桥。

李大头极是厚颜无耻,挨了骂一点不气,还嘿嘿直笑,一边笑,一边指着刚挂到墙上的那幅和赵达功的巨幅合影照片说:"老弟,你叫嘛叫?就凭边大师这么讲义气,给我弄了这么大个活人广告,还连夜帮我洗,帮我放大,我这台车就该借给他使使了,你老弟也使够本了!"还觍着脸问沈小阳,"沈大笔,你学问大,你看我用什么广告词比较好呢?是赵省长亲切接见我省著名企业家李金石呢?还是……"

沈小阳没好气地说:"大头,我看广告词得这样写:赵省长严厉警告著名嫖妓犯李大头:少嫖妓,少造孽,夹起鸡巴学做人!"

李大头哈哈大笑道:"别逗了,我这人皮厚肉粗无所谓,可这么写不是故意污辱省委领导么?"双手抱臂,很是得意地端详着照片,"再说了,赵省长也不像是警告我嘛,沈大笔,你睁大狗眼看看,我和赵省长多像一个娘的亲兄弟呀!"

沈小阳几乎觉得是自己受了污辱,被迫奋起捍卫省委领导:"赵省长真要有你这样的亲兄弟,肯定早跳峡江了!"说罢,再也不理睬李大头了,甩手出了门。

快到《峡江日报》社门口时,贺家国把目光转向车窗外,留意起了自己的目标。目标迅速找到了:穿着一件大红短袖T恤的沈小阳正站在报社大门右侧的电话亭旁打电话。贺家国让司机把车停在电话亭旁,大脑袋伸出车外一声断喝:"小阳,快上车!"沈小阳匆匆对着电话又说了几句话,上了车。

一上车,沈小阳就压抑着心头的兴奋,抱怨说:"贺市长,你真是的,说风就是雨,都下午了,还要往青湖市跑,我又不是你的秘书,你就不能换个别人?"

贺家国半真半假地说:"这是领导对你的信任,你小子别不知好歹!"拍了拍沈小阳的肩头,问,"怎么?是不是打乱了你的什么操作计划了?"

沈小阳很烦恼的样子:"贺市长,我现在哪还有时间操作自己的私事呀?领导交代的公事都忙不完!昨天不是世界环境日吗?你以前的岳父大人赵达功省长就把我找去了,非要我搞搞峡江污染方面的系列报道,我既不敢推,也推不掉,就应下了。"

贺家国警觉了:"小阳,你说清楚,到底是怎么回事?"

沈小阳便带着明显炫耀的口气,把昨晚和赵达功见面的情况谈了一下,大夸了赵达功一通,说是过去对赵达功省长不太了解,现在终于了解了!赵省长是如何一心为了老百姓,干工作是如何的有气魄,又是如何的支持他把那篇关于峡江污染的报道拿到《国家环保报》上去发表,等等。

贺家国马上明白了:这阵子李东方在反腐倡廉问题上紧逼赵达功,连陈仲成的政法委书记都拿下来了。赵达功便在国际工业园问题上做起了文章,也在紧锣密鼓地逼李东方哩。幸亏李东方不糊涂,已想到了峡江污染这颗定时炸弹的引爆问题——李东方和他说得很清楚:这颗定时炸弹既然迟早要炸,那么就得按我们的意志进行定向爆破,不能意外炸起来,搞得弹片横飞,破坏大局。也正因为如此,李东方今天才悄悄派他去青湖市取历年来峡江污染的资料,了解有关污染情况,准备在《内部情况》上集中发一组吹风文章,这也才有了沈小阳同行的任务。

沈小阳却怪市里对峡江的污染不重视,连《内部情况》上都不准披露。

贺家国严肃地说:"现在不披露,并不是永远不披露,更不是不重视。对国际工业园的问题,市委、市政府和李书记有统一部署,不但很重视,还要彻底解决问题,不想解决问题,我们今天去青湖干什么?你不要上那位老大人的当,犯糊涂!"

沈小阳仍是糊涂得可以:"那和赵省长的指示并不矛盾嘛!"

贺家国不便把这其中的政治内幕和沈小阳说透,只意味深长地道:"这里面矛盾很大,也很复杂,我劝你少往里搅和!你沈小阳操作这种大事还欠点道行!"

沈小阳有些为难了:"贺市长,那……那我怎么去和赵省长交代呀?"

贺家国没好气地道:"你有什么要交代的?你少往他面前凑就行了!就他身边的那帮宝贝,你不觉得恶心?昨晚,那个魏结巴主席又给你们上七律了吧?"

沈小阳乐了:"还真上了首七律,都把赵省长比做李太白、杜工部了!"

贺家国哼了一声:"什么叫媚态可掬,看看那个魏结巴的行径就知道了!"看了沈小阳一眼,讥讽问,"哎,小阳,你昨晚向那位副省长大人献媚了没有?"

沈小阳怔了一下:"没,没有,绝对没有!贺市长,你又不是不知道我的,我不想从政,向赵省长献什么媚?做人么,不能有傲气,却不能无傲骨!"这话说的明显底气不足。

贺家国笑了,审视地看了沈小阳好半天,拍西瓜似的拍了拍沈小阳过早发福的将军肚:"我怎么没在你这厮身上发现一根傲骨呀?尽他妈无耻的肥肉!"

沈小阳讪笑道:"贺市长,怎么无耻的肥肉?这也是改革开放的丰硕成果之一嘛!"

……这么一路说笑着,时间便伴着路两旁六月的好风景"嗖嗖"过去了。

两个小时二十分钟后,贺家国带着沈小阳顺利抵达了青湖市环保局。

抵达时已快六点钟了,环保局马上就要下班了。因为贺家国事先打过电话的,三个月前见过的那位环保局王局长和几个副局长便都老实地候在那里。材料也准备好了,厚达半人多高,不是原件,全是复印件。原说要见面的市委书记吕成薇却没见着,王局长一再向贺家国解释,吕书记是临时有急事去了北京,现在恐怕正在飞北京的飞机上。

贺家国心里明白是怎么回事,阴阳怪气说:"行,行,你们吕书记厉害,比我们钱市长还厉害,钱市长上次只说去了机场,这回吕书记偏提前一步上了飞机——上了飞机连手机都关了嘛,我就算想电话请安也办不到了!"

王局长装作没听出话中的讥讽:"是啊,一下午了,硬是没联系上吕书记呢,都急死我们了!"

贺家国指着那堆污染情况材料:"把这些交给我们,吕书记肯定不知道吧?"

王局长连连点头:"是的,是的,联系不上啊,吕书记怎么会知道呢?"

贺家国又问:"你们市委、市政府没有哪个领导同志知道这件事吧?"

王局长有些窘迫了:"市里领导们确实是……是都不知道这件事……"

贺家国拍拍王局长的肩头,很感慨的样子:"王局长,你这同志很有气魄啊,胆子呢,也太大了!吕书记和你们市委、市政府任何一个领导都不知道,你就敢把十五年来所有的污染材料自作主张全交给我们峡江!佩服,佩服啊!"转而对沈小阳道,"小阳啊,这个王局长你以后要好好写一笔,不唯上,只求实,敢于负责任,现在难得有这样的好干部呀,是我们学习的好榜样啊!"

沈小阳不知道在污染问题上两市的交涉情况,没听出其中的名堂,有些发愣。

贺家国当着王局长这帮人的面不便进一步说破,也就点到为止了。

王局长显然还不是个官油子,虽说谎话说得很拙劣,但对环保工作还是尽心尽职的,峡江历年的污染材料收罗得很齐全,对国际工业园的义愤也是真实的。代表吕成薇陪贺家国吃饭时,王局长因为多喝了几杯五粮液,连眼泪都下来了,说是他们青湖市环保局和青湖市老百姓真受够了!这次真心感谢贺市长和峡江市方面站出来主持正义,为青湖人民造福。为表示真诚的感谢,王局长还以吕成薇的名义送了一幅某国内著名画家"烟雨锁峡江"的国画给贺家国。对沈小阳和司机也没慢待,因为事先没做准备,临时又没什么好东西可送,就一人送了两瓶五粮液。贺家国也不客气,把国画收了,让王局长代他去谢谢吕书记。沈小阳自知不够谢谢吕书记的资格,就谢了王局长,希望王局长方便的时候到峡江共饮这两瓶五粮液。

回去的路上,沈小阳高兴了,借着几分酒意,忘形地说:"贺市长,跟你出去也不光喝营养汤嘛,这早晚也能腐败一下呀!你看咱今天,又吃又喝又拿,整个一鬼子进村了。他们的吕书记还不在家,若是在家,还不知要送咱什么好东西呢!"

贺家国教训他说:"沈小阳,你看看你这德性!还有点名记者的矜持么?!"

沈小阳慌忙醒过酒来,开始"矜持":"贺市长,我……我是说你有面子!"

贺家国哼了一声:"我有什么面子?他们吕书记明明在家,见都不见我!"

沈小阳不明白了:"吕书记不是……不是去了北京么?"

贺家国这才把话说破了:"她去什么北京?她今天就在青湖市,只是不愿见我们罢了!你沈操作那么会操作,还没看出来呀?吕书记和青湖市的头头们既想解决峡江污染问题,又不愿惹麻烦,所以就让市环保局王局长他们来'自作主张'了,以后大老板和省委怪罪下来,挨骂倒霉的就是我们峡江市的领导同志了!"

沈小阳这才恍然大悟:"怪不得王局长他们对我们这么热情大方!"

车进峡江市区,贺家国把沈小阳赶下了车,要沈小阳先回家。

沈小阳问:"贺市长,这么晚了,你还要到哪儿去?"

贺家国说:"我今天的工作还没完,得去向李书记汇报一下!"

到了李东方家,见到李东方,贺家国带着满脸讥讽,开口便说:"首长,赵达功那边动手了,昨晚搞了一帮文化名人突然跑来保护环境了!青湖市更不像话,吕成薇比咱钱市长还滑头,仗还没打就先开溜了,我去了趟青湖,连她的人影都没见着!"

李东方笑道:"家国,别丧气,这本来就在预料中嘛!我倒要告诉你一点好消息:昨天拿掉了陈仲成,今天我们就打了个漂亮仗,田壮达精神垮了,估计这两天就会重新交代问题。下午对建委那位秦副主任的突击搜查也大获成功,王新民亲自带队出马,一次就起出了一百三十八万赃款!"

贺家国精神为之一振:"哦,李书记,这么说,僵局就要打开了?"

李东方点点头:"对我的那位老领导你的前岳父来说,火烧眉毛了,他想干啥就让他干好了。保护环境并不是坏事,我们也在保护嘛,但是谁也别想给我打政治牌!"

这最后一句话,李东方说的斩钉截铁,给贺家国留下了很深的印象。

第十三章 以攻代守

49

赵达功最终选定的政治契机是省委常委们的民主生活会。这个会五月下旬就要开的,可因为常委们手上的事情都很多,凑不齐,便拖到了六月。六月五日上午,在李东方主持召开峡江市委常委会的同时,赵达功找到了钟明仁,话说得很恳切,反复强调,省委民主生活会不开恐怕不行了。钟明仁说,他也这样想,并表示,要开就开好,大家都真正暴露一下思想,把该谈的原则问题谈谈透。这么一说,就把会议日期定在了次日,六月六号下午。不料,六月六号上午秀山地区突发尘暴,五道梁乡一所小学的院墙被尘暴摧毁,六名在院墙下避风的小学生遇难,十二名师生受伤,赵达功是主管副省长,要代表省委、省政府前往秀山慰问遇难学生家庭和受伤师生,紧急处理这一突发性事件,省委常委们的民主生活会又一次临时改了期。

赵达功是六月六日中午从省府办公室直接去的秀山,省教委的两个主任和一个秘书随行,下午在五道梁乡听了汇报,做了视察和指示之后,当晚便住进了秀山地委招待所。秀山地委书记陈秀唐做过钟明仁的秘书,和钟明仁关系特殊,也知道赵达功目前和大老板钟明仁不对付,地面上又出了这种死人的事,便赔着十二分的小心,反复向赵达功检讨,不敢多说一句辩解的话。晚饭安排得也很巧妙,看似简单,却煞费苦心。陈秀唐让人弄了几种很难弄到的珍稀野菜,和山溪里生长的一种名贵小银鱼,自己从家里拿了一瓶茅台酒,带着刘专员和在家的两个地委副书记陪赵达功一行吃饭。

一坐下,陈秀唐就小心地声明说:"出了这种死人的事,大家心情都很沉重,真不是喝酒的时候,可赵省长难得到秀山来一趟,我不尽尽地主之谊也说不过去,就从家里自带了瓶酒过来,算是我的一点心意吧!赵省长,您看——"

赵达功没给陈秀唐面子,挥挥手说:"陈书记,你的心意我领了。你说得对,今天不是喝酒的时候,我没心情喝!你们谁想喝就少喝点吧,我也不反对。"

赵达功不喝,谁还敢"想喝"?都说心情很沉重,都说不想喝,便一起吃饭。

吃过饭后,陈秀唐和那个刘专员又跟到赵达功的房间要汇报工作。

赵达功阴沉着脸说:"还汇报什么?六个孩子就这么死了,大的十一岁,小的才九岁,痛心不痛心?自省一下,我们对人民负责了没有?陈书记,你今天还算是聪明的,没有搞那么一大桌子接待我,你真敢搞,我可真会叫你当场难看!"

陈秀唐忙说:"我哪敢呀!"继而,又检讨,"赵省长,你批评得对,不管有啥客观原因,我们都有不可推卸的领导责任!这事毕竟发生在我们秀山……"

刘专员却解释说:"赵省长,领导责任我们推不了,可客观原因也真不少。一来我们秀山是尘暴频发地区,二来忙着移民,也把移民乡学校危墙危房忽略了。"

赵达功听得这话,不由得怔了一下,注意地看着刘专员问:"是不是因为五道梁乡马上要移民了,乡小学的危房危墙就没人管了?是不是这个情况啊?"

刘专员正要说什么,陈秀唐抢了上来:"也不是不管,是……"

赵达功冷冷看了陈秀唐一眼:"我问的不是你,是刘专员——刘专员,你继续说,如果没有移民这回事,这种尘暴频发的季节,五道梁小学是不是要检查?"

刘专员承认说:"是的,是的,赵省长,这一阵子忙着移民,思想上就大意了,心想反正要迁了,能凑合就凑合吧,地区连个文都没发!再说大老板那脾气你也知道,移民工作大老板挑头抓,谁也不敢松懈,我和陈书记就三天两头跑峡江。"

赵达功明确指示道:"这些情况都写下来,实事求是写,从明天开始把全秀山的中小学危房危墙都检查一遍,死人的事决不能再发生了,这事你们两个一把手要负责,再出问题,省委、省政府就拿你们是问!五道梁小学的善后工作也要处理好,不要留下什么后遗症,该花点钱就花,你们的干部少喝点酒钱就有了!"

刘专员点头应着,趁机要求说:"赵省长,我们秀山经济太困难,你看省里能不能多少给两个钱,哪怕十万八万呢,也能买点木料撑撑危墙,解决点小问题。"

赵达功想了想:"可以,就十万吧,你们打个报告,我批一下。"

不曾想,刘专员竟当场从破旧的公文包里掏出一份已打好的报告,递给了赵达功。

赵达功一边在报告上做批示,一边讥讽说:"老刘,你这个专员当得很有办法嘛!"本来还想再说几句更尖刻的话,可看到刘专员苍老黢黑的面孔,觉得对老同志还是得客气点,便也作罢了。

刘专员苦笑着解释说:"赵省长,我们这也是被逼出来的,在穷地方做穷官,谁都不愿答理我们,有些领导见我们就躲,车经秀山都绕道,我们也就……"

陈秀唐瞪了刘专员一眼:"老刘,你别胡说,钟书记和赵省长没躲过我们!"

刘专员忙说:"对,对,赵省长,我……我是指省部委局办的一些主管领导……"

嗣后,陈秀唐还想解释些什么,赵达功却不愿听了,说是要休息。陈秀唐和刘专员识趣地告退了。

两人走后,赵达功并没休息,先指示秘书去找随行的省教委两个主任连夜写报告,特别强调了刘专员最新提供的情况:移民工作致使秀山有关部门忽略了学校的危房检查,以至于造成惨祸的发生。后来,又打了个电话给摄影家边长,向边长交代了一下峡江污染摄影方面的事,催边长抓紧去搞。

电话刚放下,正要到卫生间洗澡,刘专员又来了,还带了一包东西。

赵达功感到很意外,严肃责备说:"刘专员,你,你这是干什么?!"

刘专员强打精神,把四瓶五粮液一一掏出来,有些可怜兮兮地说:"赵省长,这次不敢请你喝酒,这几瓶酒请你带回去喝,也……也算我的一点心意吧!"

赵达功说:"老刘,你别给我来这一套,要论送礼,你这老同志可真不行！酒你回头拿走,我赵达功从来不喝这种不明不白的酒。说吧,找我有什么事?"

刘专员很窘迫,站在那里直搓手:"我……我没什么事,真没有……"

赵达功意味深长地问:"如果大老板来了,你也敢这样送礼吗?"

刘专员怔了一下,说:"那……那我不敢。"

赵达功略一沉思,又问:"那么,陈秀唐同志敢吗?"

刘专员说:"这我不知道,不过,谁不知道陈秀唐跟大老板当过秘书呀?!"

赵达功察觉了什么,询问道:"老刘啊,你和陈秀唐同志合作得怎么样啊?"

刘专员应付说:"赵省长,你知道的,现在哪个班子没矛盾?凑合吧。"

赵达功拉着刘专员在沙发上坐下了,态度变得亲切和蔼起来:"是啊,是啊,哪个班子都有矛盾啊,这也不奇怪,中国特色嘛。老刘啊,过去我一直在峡江市工作,和你们接触比较少,也难得有机会聊聊天。今天你既然主动到我这儿来了,咱们就聊聊。听你的口音,好像不是我们西川人吧?"

刘专员不再那么拘谨了,苦笑着说:"赵省长,我现在还有外地口音啊?地道是个西川人了,哦,应该说是地道的秀山人了,老婆也是秀山的,回乡知青。我是上海插队知青,十六岁插队,这一插就是三十四年,一辈子卖在秀山了。"

赵达功打量着刘专员,神色有些惊讶:"老刘,这么说,你也不过五十岁?"

刘专员点点头:"今年整五十,前天过的生日。"

赵达功感叹起来:"比我还小嘛,我还以为你是老同志,快退休了呢!"

刘专员又搓起了手:"赵省长,你知道的,秀山缺水,风沙大,人都显老……"

赵达功激动起来:"不容易呀,老刘,你太不容易了!一个上海的小伙子,扎根秀山三十四年,献了青春献子孙,这有几个人做得到!"当场决定道,"老刘,你思想上要有个准备,我回去后会让有关部门的同志来搞一下调查,好好宣传一下你的这种扎根精神,献身精神……"

刘专员忙道:"赵省长,你千万别这样做!我找你就是想……就是想……"

赵达功盯着刘专员："怎么？想调离秀山？回上海？"

刘专员点点头，又摇摇头："想调离，不过不一定回上海。"

赵达功说："不是怕苦吧？三十四年不都坚持下来了嘛！"

刘专员狠狠心，说了实话："赵省长，我这个人在西川省没后台，是老老实实一步步干上来的，现在和秀唐同志是没法共事了！秀唐同志的魄力和能力我服，可那种霸道作风我受不了！就举一个例子：前段时间秀唐同志带队到东部沿海城市考察，由我临时在家主持工作，这位同志竟当着那么多副书记、副专员的面警告我：他外出期间一个是干部编制，一个是一万元以上的资金安排，不经他同意，不准我动一动！赵省长，你说说看，我这专员还怎么当？再当下去不成他儿子了！秀山地区的编制委员会主任是我这个专员，不是他这个书记！"

赵达功默不作声，在屋里踱着步。

刘专员摸不到赵达功的底，不敢再说下去了。

赵达功却在刘专员面前站住了："哦，刘专员，你说呀，继续说！"

刘专员迟疑了一下，又说："赵省长，今天来向你汇报，我说了几句实话，秀唐同志出门就冲着我发了脾气，说我不该把五道梁小学的事和移民扯在一起！这是我硬要扯在一起吗？实际情况就是这样嘛！"停了一下，再次说到了调离的事，"赵省长，省委领导我都不熟，也只能找你了，你看能不能在合适的时候在常委会上提一下，把我安排到其他任何地方去，条条块块都成，降级使用也成！"

赵达功这才冷静地表态说："老刘，这事我一定记住，能帮的忙我一定帮！陈秀唐同志的背景你清楚，我现在也不好多说什么，毕竟涉及钟明仁同志。但老刘，你也要记住，你是个共产党员，是个地区专员，只要在秀山一天不走，就要对党和人民负一天的责任！该顶的事，就给他顶回去，决不能丧失原则！"

刘专员连连点头："赵省长，我今后就按你的指示办！"

赵达功又意味深长地说："不要怕什么后台，也不要到处去找什么后台，我们都是有后台的，这个后台力量大得很嘛！是谁呢？就是我们的党，我们的人民！你代表党和人民的根本利益，坚持原则，一身正气，他邪就不压正！就算有些困难，一时不被人们理解，最终党和人民也会给你一个公道说法的！"

刘专员又是一连串地点头:"赵省长,我信,这我信!"

这晚的谈话让刘专员精神为之一振,在第二天的事故分析会上,刘专员便不顾陈秀唐的再三阻止,就昨晚的观点进行了充分发挥,把陈秀唐气得够呛。更让陈秀唐生气的是,赵达功在总结讲话里又脱稿把他批了一通,说他两眼只盯着移民政绩,只盯着一把手的脸色,连孩子们的生命都不放在心上,是造成这一灾难的根本原因。

陈秀唐忍着一肚子气,扮着笑脸送走赵达功一行后,马上打了个电话给大老板钟明仁,把赵达功此次来秀山的言行汇报了一遍,暗示钟明仁说,赵达功是别有用心。钟明仁很恼火,批评陈秀唐说:"谁别有用心?我看是你没心没肺!六个活蹦乱跳的孩子死在你秀山了,你秀山的一把手倒还有理了?你理在哪里?因为五道梁乡要移民,危房危墙就可以不检查吗?你们这些官老爷对孩子们负责了没有!"说罢,根本不听陈秀唐的进一步辩解,气冲冲地摔了电话……

50

赵达功从秀山回来第二天,民主生活会在柳荫路四十四号招待所四号楼召开了。

刚开始,气氛不错,钟明仁照例最后一个到,一进门就笑眯眯地和已先一步到会的六个常委打招呼,还和赵达功开了个玩笑,说赵达功的字是越写越好了,问赵达功什么时候能赐幅字给他。赵达功也开玩笑说,你大老板只要不嫌弃,我这里是随时笔墨伺候。省委副书记兼省纪委书记王培松便问,我这里你伺候不伺候?赵达功呵呵笑着说,一律伺候,一幅字一瓶酒,你们备好酒我就来了。

这时已经快九点了,钟明仁正经起来:"好了,同志们,都别开玩笑了,抓紧时间吧。这次我们省委常委的民主生活会是达功同志一再提议召开的。达功同志有些话要和大家说,我也早就想和达功同志交换一下意见了——咱们现在是不是就开始呀?"

省长白治文放下正看着的一份文件说:"对,对,快点开始吧,我还一摊子事呢——大老板,先说一下:这个会我是开不完的,国家经贸委刘主任的飞机中午十二点到,我得去接机陪同,另外下午还有两个外事接待任务,先请假了!"

钟明仁心里不太高兴,嘴上也不好说什么。不但是钟明仁,在座的几个常委同志心里都清楚,白治文这是不想卷入西川干部队伍的矛盾。这位同志今年还不到五十岁,在邻省做过三年常务副省长,又在国家机关做过部级副主任,是中央很关注的中青年干部,政治前途看好,迟早要走,去年就有几次要走的传闻了。

省委组织部林部长见省长白治文开了一个请假的先例,便也试探着说:"钟书记,中组部的几位领导同志还没走,下午准备去一趟青湖市……"

钟明仁毫不客气地打断了林部长的话头:"让你们两个副部长去陪吧,你好好开会!声明一下:除了白省长,谁也别给我提请假的事。要说有事,谁手头没一摊子事?可不管怎么忙,民主生活会得开好,批评与自我批评的好作风不能丢!再不认真地开展批评与自我批评,我们有些同志可能就会丧失原则,出大问题了!"

赵达功心里冷冷一笑,好,很好,就这么开始了。你钟明仁果然厉害,一开口就是丧失原则,就是出大问题,你就没想过你自己的问题吗?钟明仁同志,你现在得意还太早!嘴上却笑呵呵地说:"钟书记说得很好,这个会是得好好开,既然是我提议要开的,我是不是就先说说?钟书记,你看呢?"

钟明仁点点头:"达功同志,你就谈起来吧,老规矩,充分民主,畅所欲言。"

赵达功不动声色地打开了笔记本:"好,同志们,那我就先向钟书记和大家做个思想汇报。大家都清楚,这阵子峡江市出了不少事,社会上议论纷纷,省委市委两个大院里也传言四起。峡江市的问题虽然是最近暴露出来的,暴露在我调离峡江之后,但根子却在我身上,不能不引起我的警觉和思索。"

钟明仁看着赵达功想,恐怕是中共西川省委和培松同志的警觉,才引起了你的惊慌吧?!赵达功,你和陈仲成、田壮达这些腐败分子究竟是什么关系?你说得清吗?你这位同志到底要向哪里走?脸面上却笑眯眯的:"达功同志啊,你说说看,你的警觉和思索是从什么时候开始的啊?"

赵达功看了钟明仁一眼,诚恳地说:"大老板,你可能想不到:是看过李东方同志在峡江市委扩大会议上的讲话稿后开始的。东方同志这个讲话很有思想,很有水平,尽管刚看到时有点难以接受,后来不但是接受了,也受益匪浅。"声音一下子提高了不少,"同志们,东方同志在这篇讲话里涉及了几个重大原则问题,我概括了一下,大约有这么三条:一、一把手现象问题,二、民主决策问题,三、正确的政绩观问题。归结到一点,就是如何对我们的改革事业和人民的根本利益负责的问题……"

钟明仁再也想不到赵达功竟把话头引到了李东方身上,竟那么理直气壮!现在看得更清楚了,这位同志根本就没有正视过自己的问题。岂止是不正视,且有声东击西、反守为攻的意图。权力真能改变人啊,十一年前他再也想不到赵达功会变成这个样子。就是一年前也没想到。一年前,他还想把赵达功当做省长接班人来培养。他向一位西川籍中央领导同志汇报工作时就曾说过:像西川这样边远穷省的省长最好不要换得太频繁,最好能用了解实际的当地干部。赵达功有不少毛病,可头脑灵活,干工作有气魄,具备上的条件,能推上去也算西川有面子。这十年三个省长都是外派过来的,同志们私下的议论不少。可后来发生了什么?赵达功迫不及待了,跑官跑到北京去了,跑到那个西川籍领导同志家里去了,造成了很不好的影响,还害得他吃了那位领导同志的一通严厉批评。

这么胡思乱想时,赵达功说到了自己的问题:"……整天想的都是政绩,又没有一个正确的政绩观,迟早总要出问题。田壮达的案子一出,我首先想到的不是别的,又是政绩,认为多抓腐败分子不是我的政绩,就在客观上背离了党的原则。尤为严重的是,当陈仲成违反办案规定私下和田壮达见面,并向另两个涉案犯罪分子通风报信时,我还认为陈仲成是为我着想,是敢担责任……"

钟明仁又是一个想不到:陈仲成向犯罪分子通风报信这个最要害的问题,赵达功竟然没要任何人提醒就主动讲了出来,用意何在?另外,陈仲成这么干是自做主张,还是赵达功授意的?没有赵达功的授意,陈仲成有这么大的胆吗?

省纪委书记王培松适时地把这个问题提了出来:"达功同志,打断一下:陈仲成的这番表演,你是事先就知道呢,还是事后才知道的?"

赵达功说:"是事后才知道的,是陈仲成亲自来向我汇报的。我当时就批评了陈仲成,责备他大事不汇报,小事天天报。不过,对问题的严重性，我还没有清醒的认识。我当晚就把李东方同志找到我家，和东方同志商量。东方同志指出：陈仲成这是涉嫌犯罪，我们如果庇护陈仲成，就是背叛党，背叛国家，背叛人民。"

基于对李东方的了解，钟明仁相信李东方说得出这种话，李东方胆小，不敢像赵达功这样胡作非为，问题的要害在于：这究竟是赵达功主动找的李东方，还是李东方发现了陈仲成的犯罪事实，追到了赵达功家里？于是，便说："达功同志，这件事你既然主动讲了，那么，我和培松同志也可以和你交个底：对陈仲成，我们已经观察了一段时间，这个人的犯罪情况我们已经基本掌握了，我的问题是：李东方同志对陈仲成的犯罪事实掌握了多少呢？"

赵达功笑了笑："大老板，你的意思是不是说，我是在东方同志掌握了陈仲成犯罪事实的情况下，才被迫向东方同志做了交代？实事求是地说不是这么回事。如果你和同志们有疑问，可以去向李东方同志调查。而且，还有一点我要说清楚：对那两个经济犯罪分子，我并没说不抓，只是和东方同志商量，是不是等风头过了再抓，讲点政治……"

省长白治文忍不住插了一句："老赵啊，你讲的叫什么政治啊！"

钟明仁意味深长说："白省长啊，这叫实用政治嘛，是一种个人政治利益的代名词！"

赵达功像似没听到这两句刺耳的话，继续做自我批评，话里有话："错了就要认账，不能醉死不认这壶酒钱，你不认不行，总有一天老百姓会按着你的脑袋让你认！在峡江主持工作期间，我是用错了一些干部，包括市委常委、政法委书记陈仲成，给东方同志的新班子留下了不少后遗症，心情是很沉重的。我愿意就此向省委做出深刻检查，也欢迎大家不留情面地批评。在这里，我有一个建议：鉴于陈仲成已涉嫌犯罪，再摆在市委常委的位子上是不适宜的，要把此人坚决撤下来！"

王培松看了看钟明仁，坐在对过的省长白治文也冲着钟明仁看。

钟明仁决断道："今天是民主生活会，人事问题不议。我们还是就达功同志谈出的这些问题展开批评与自我批评吧！"看了看几个省委常委，又说，"我是班长，先带个头，今天不能一团和气了，一团和气解决不了问题，治重症必须用猛药！达功同志，我怎么说你呢？你今天已经走到悬崖上了，情况相当危险！你仅仅是个认识问题吗？太轻描淡写了吧？也别强调什么政绩观的正确与否,政绩观再不正确也不至于走到这一步!我们纪检部门的同志已经觉得你很可疑了!"

王培松接上来说:"达功同志,你想过没有?如果你今天不把陈仲成的问题主动谈出来,大家会怎么想?我这个主管纪检政法工作的书记又会怎么想?不能不怀疑你嘛!田壮达被引渡回来后,陈仲成三天两头往你家里跑,有时一天跑两三趟——达功同志,这要解释一下:我们不是在监视你,而是在监视陈仲成。我一直就纳闷,你这个省委常委是怎么回事?和这个陈仲成到底是什么关系?"

赵达功苦苦一笑:"培松同志,我可以以党性和人格向你和省纪委保证,我和陈仲成以及任何我主持峡江工作期间提起来的干部都没有个人利益关系。我只是怕把事情闹大,影响我们西川省的整个工作大局,决没有任何个人目的……"

钟明仁逼了上来:"不能说没有个人目的吧?我看你还就是有个人目的!你怕闹出些串案窝案,影响自己的政治前程,对不对?你的心思我会不知道?无非是想再进一步,在白省长调走之后做个省长嘛!这话刻薄了点,可我今天不能不说,而且,我还要把你很熟悉的那位中央领导的话转告给你,是原话,一字不差:'告诉达功同志,不要老往北京跑了,他能在目前这个岗位上把工作干好就不错了,我就谢天谢地朝西磕头了!'"

这话确实刻薄,尤其是当着省委全体常委的面讲,真是刻薄到家了。这种事也只有像钟明仁这种霸道的一把手才做得出来。钟明仁话一落音,赵达功周身的血就一下子冲到了脸上,又热又烫,一时间能感到太阳穴上的血脉在怦怦跳动。

钟明仁却说这是好心:"达功同志,如果不是一片好心,如果我钟明仁今天不把你当做自己的同志,这种刺耳的话我不会说!你知道不知道?为了你的问题,我和培松同志,哦,对了,还有白省长,我们研究了多少次呀?我们是慎之再慎啊,既不能放弃原则,又要保护你,就是希望你能自觉把问题谈清楚,向组织交底交心!我们一致认为,我们的党,我们的人民培养你这么一个高级干部不容易!可你这个同志心里究竟有没有党和人民呀?有多少呀?恐怕你要从这方面找找犯错误的原因,向省委,也向党和人民做一个深刻的检讨和交代……"

赵达功一言不发,对钟明仁和大家的批评意见认真做着记录,心里却在不断告诫自己:赵达功,你要忍住,一定要忍住,小不忍则乱大谋,真正的好戏还没开场呢,只要挺过了这一关,下面必将海阔天空!你也将可以用"党和人民"这些强有力的词句狠狠回敬面前这位不可一世的钟明仁同志!

这时,时间已到了十一点钟,省长白治文看了看表,打断了组织部林部长正在进行的发言:"林部长,对不起,我马上要去机场接国家经贸委的领导同志,先讲两句好不好?"

林部长并不介意,中断了发言说:"好,好,白省长,你说,你先说!"

白治文说了起来:"钟书记和同志们说的都很多了,重复的话我就不说了,给达功同志提三点希望吧:一、在任何时候,任何情况下,都要以党和人民的根本利益为重,党和人民的利益是至高无上的利益,是任何个人政治利益都不能比拟的;二、不要把讲政治实用化,庸俗化,更不要把讲政治变成某种不负责任行为的托词和借口;三、对钟书记和同志们这些善意的批评和帮助要有个正确认识,以后要进一步增强我们省委班子的团结,而不是相反,产生抵触情绪,影响以后的工作。"三点意见说完,站了起来,乐呵呵地道,"这个民主生活会开得很好,是我参加过的民主生活会中最有质量的一个,不是因为事多,我还真想开下去哩!"

说罢,白省长和钟明仁、赵达功等人打了声招呼,先走了。

白治文走后,林部长接着又谈了些原则上的话,钟明仁便准备做总结了。

不曾想,在钟明仁最后征求大家意见,问大家还有什么话要说时,赵达功默默把手一举,说:"钟书记,我还有话说。今天是民主生活会,不是对我赵达功个人的审查会。如果仅仅是对我个人问题的审查,就用不着劳请大家都参加了。"

这情况太意外了,钟明仁和在场的常委们全怔住了。

赵达功继续说:"白省长评价我们这个民主生活会很有质量,钟书记,我觉得我们还真得把这个会开出点质量来。为了开好这个会,我是做了些准备的,有些关系到党和人民根本利益的问题想摊开来和大家说说,时间可能会比较长。我在这里征求一下意见:中午是不是能艰苦一下,每人一份盒饭,把会接着开下去?"

钟明仁这时已反应过来,嘴角抽颤了一下,手在空中一劈:"完全可以,赵达功同志!只要是关系到党和人民根本利益的问题,你都可以谈!一天不够,可以谈两天谈三天,我和同志们一定奉陪到底!"

王培松阻止道:"钟书记,你这身体吃得消么?"转而又对赵达功道,"达功同志,请你不要意气用事,明仁同志这心脏病十五年了,你又不是不知道!前阵子还在疗养,中午一定要休息一下,我看这会要么改期,要么下午两点以后再开!"

赵达功笑了笑:"也好,就让钟书记休息一下,两点以后接着开吧。"

钟明仁拉下了脸:"别说了,我还没这么娇气!大家都很忙,这会接着开!"

赵达功关切地问:"哦,钟书记,你撑得下来么?"

钟明仁冷冷道:"我撑不下来就该让位了!请讲吧,达功同志!"

51

李东方虽然早就预感到赵达功会在政治上有所动作,可没想到会是和钟明仁摊牌,更没想到赵达功会干得这么急,这么绝!在省委民主生活会上就以攻代守,把他毫不留情地拴在了战车上,好像他们真是什么死党似的。据赵达功的秘书说,赵达功这么做是为了对党和人民的事业负责。李东方心里一阵冷笑,自认为算是把这个政治人彻底看透了:什么党和人民的事业?说得好听!这是不折不扣的政治讹诈!既针对钟明仁,也针对他,他一再要求赵达功坚持原则,赵达功就在"坚持原则"问题上做起大块政治文章了。借他的手打钟明仁,再看着钟明仁进行强有力的回击。他相信,当钟明仁收拾他时,赵达功决不会为他讲一句话,决不会!

这些话,李东方不好对赵达功的秘书说,也只能默默地听了。

待得赵达功的秘书说到,赵达功希望他能赶到下午的民主生活会上实事求是的把国际工业园的严重问题谈一谈时,李东方想都没想就一口回绝了,明确表示说:国际工业园的问题当然要谈,但不是现在。适当的时候,他会找钟明仁直接谈。秘书再三强调这是赵达功的意思,李东方仍不改口,反要秘书转告赵达功不要把自己和他绑在一起。

下午,在赵达功面对钟明仁侃侃而谈时,李东方和钱凡兴主持召开了一个市属国有企业经理厂长座谈会,其中有几个来自国际工业园的老总。

李东方试探性地吹风说，峡江国企攻坚压力不小，下岗问题很严重，又有个历史遗留下来的国际工业园问题，迟早也要解决，这一来压力就更大了。有个园区老总敏感地问，最近关于工业园传闻很多，市里是不是有关园的计划？李东方说，计划还没有，但问题总要解决，你们这些造污大户思想上要有个准备，一旦市里决定关园，思想上通也好不通也好，都得坚决执行。

钱凡兴吓了一跳，在会上就很不安，却不好说什么，散会后马上不阴不阳地问李东方："李书记，你这话是什么意思？国际工业园就这么好关吗？"

李东方这才向钱凡兴交了底，抑郁地说："好关不好关恐怕都得关了，我估计现在达功同志正在和大老板谈这个问题，也许谈得还很不愉快……"

钱凡兴眼皮一翻："当然不会愉快了，他赵达功这不是狗拿耗子吗？！"

李东方说："达功同志是不是狗拿耗子，我们不要去管，可我们真得认真对待国际工业园的问题了，我想，我们两个最近是不是能抽个空，向大老板做个诚恳的专题汇报？国际工业园的历年污染资料我已经让家国同志从青湖拿来了。"

钱凡兴愣都没打，便一口回绝道："李书记，这事你别找我！国际工业园既不是在我手上建的，峡江也不是我污染的，我犯不着为这事去得罪大老板！"

李东方忍着气说："凡兴啊，你这话说的可太没水平了，你现在是市长啊！"

钱凡兴更没好气了："李书记，那我告诉你：从市长的角度来看，这国际工业园我还更不愿关，一百多亿的产值，几千万的税费，还养了两三万工人，我凭什么关？找事做呀？！下游青湖市提出要关还差不多！吕成薇她们敢提吗？"

李东方说："现在达功同志就在提嘛，咱们得正视了！"

钱凡兴道："那就请达功同志来关吧，反正我不管！"说罢，甩手就走。

钱凡兴走后没几分钟，省委副书记兼省纪委书记王培松来了电话，说是有些重要情况要向李东方了解，问李东方能不能辛苦一下，放下手上的工作，马上到柳荫路四十四号三号楼来一趟？李东方立即想到，省委常委的民主生活会还没开完,自己可能成为矛盾焦点了,而且判断王培松想了解的情况肯定与赵达功有关。

果然与赵达功有关!

赵达功的政治摊牌不但激起了大老板钟明仁的愤怒,也让王培松十分恼火。

赶到柳荫路四十四号招待所三号楼,省纪委的一位副书记已等在那里。李东方和那位副书记谈了没几句,王培松就从正开着省委常委民主生活会的四号楼赶来了,也没什么客套,见面就说:"东方同志,我们省委的这个民主生活会可真是开得史无前例,据我所知,在我们西川党的历史上从没有过,现在还没开完,恐怕还要连夜开下去,白省长下午有事请假,现在也通知他回来了,我们准备开出个结果来!"

李东方心一下子收紧了:"是不是达功同志和大老板吵得很凶?"

王培松点点头说:"本来我们都是善意的,会前明仁同志还反复向我和白省长强调,对达功同志要保护,我在一个月前就曾提议把达功同志的问题上报中纪委,明仁同志还不同意!可这个同志今天干了些什么呢?以攻代守,发动突然袭击!由于达功同志谈问题时提到了你,东方同志,今天我就请你来谈谈:这究竟是怎么回事?希望你凭党性和原则向省委和省纪委做个负责的交代!"

李东方想了想,实事求是地把陈仲成涉嫌犯罪的事实和出处说了一遍。

王培松听罢叙述显然很失望:"东方同志,这么说,陈仲成串通这些犯罪分子阻挠办案时,你这个市委书记是一无所知?竟然还是赵达功主动告诉你的?"

李东方承认说:"在这一点上,赵达功同志没说假话,事实就是这样。"想了想,又解释了一下,"你们省委领导都知道,我和赵达功同志长期在一起工作,赵达功同志对我一直比较放心,所以碰到这样的大事找我商量也不奇怪。"

王培松看着李东方,不动声色地道:"你这个市委书记对陈仲成的犯罪行为就一点没有察觉吗?这种疏忽到底是怎么发生的呀?东方同志,基于省委和同志们对你的了解,你不是个粗心大意的人嘛!政治嗅觉还是很灵敏的嘛!"

李东方赔着小心道:"怎么说呢?王书记,我当年就对任用陈仲成提过不同意见,赵达功不听,你们省委也批了,我只能承认现实。田壮达引渡回来之后,特别是陈仲成最近一段时间的反常表现,引起了我和同志们的警觉,我们才果断调整了常委分工,把陈仲成从政法委书记的位置上拿下来了。"

王培松讥讽道:"果断调整?真这么果断吗?不就是前几天的事吗?!"

李东方只好承认说:"达功同志一直不同意,为此还和我发过几次脾气。"

王培松又问:"赵达功怎么对陈仲成这么情有独钟?他们到底是什么关系?"

李东方谨慎地回答道:"王书记,这我说不清楚,陈仲成是赵达功同志一手提起来的,也知道我对他的提拔发表过反对意见,所以很少找我汇报什么,也让我很恼火,碍于赵达功这层关系,我就下不了决心。这可能是我的软弱吧!"

王培松意味深长道:"东方同志,恐怕还有个感情吧?我们同志之间开诚布公好不好?赵达功同志在你出任峡江市委书记一事上支持过你,在省委常委会上为你说过不少话,你对他有感激之情,这可以理解。但是,同志啊,在涉及到原则问题的时候,个人感情必须抛开呀!"

李东方心情极为复杂,既不愿违背事实另编一套祸害赵达功,又不愿被王培松和钟明仁看做是赵达功此次发难的同党,想了好一会儿,才说:"王书记,你是政治经验丰富的老同志,你想一想,如果达功同志真有严重的经济问题,或者真和陈仲成共同搞了腐败,他敢把陈仲成的事这么公开和我说吗?今天敢这样发难吗?他以前的女婿贺家国同志曾给我说过一个看法:说赵达功要的决不是经济上的蝇头小利,而是接近于无限大的政治利益,我对此也有同感。这个同志在峡江主持工作时就是有名的'政治人',在经济问题上确实很注意,几乎不交经济界的朋友,连给企业题字的事都不做,形象还是比较清廉的。"

王培松哼了一声:"我看不见得,东方同志,你现在下这个结论还太早!"

李东方不接王培松的话头:"王书记,我得声明一下:在感情和原则问题上,我始终是站在原则立场上的,为此经常惹得达功同志很不高兴。在这里,我也要向组织上说清楚:为促使达功同志觉悟,我几乎和达功同志撕破了脸。从某种意义上说,赵达功同志是迫于我的压力才向省委做出交代的。如果因为我对赵达功同志的等待、说服,而影响了对峡江腐败问题的查处,我愿承担相应的责任。"

王培松没好气地道:"你坚持了原则还有什么责任?省委不也在等待他嘛!"

看得出,这番解释不但没取得王培松的谅解,反倒惹得王培松更恼火了。李东方想,接下来的话只怕更难谈了。然而,不谈也不行,赵达功既然把国际工业园的问题在会上提了出来,自己就得有个态度,否则,就等于认同赵达功的政治讹诈,钟明仁的误会会更深。

于是,又说:"王书记,赵达功今天动机不纯是很明显的,我事先既不知道,也不赞成,这位同志在会上说了些什么,我更不得而知。但据我所知,赵达功同志出于自己政治利益的考虑,一直对国际工业园问题耿耿于怀,关于国际工业园,我也要汇报一下:确实是个大问题,污染相当严重,从十五年前开园到今天污染事件一直不断……"

王培松却不愿听了,摆摆手:"对不起,今天不是环保工作会议,污染的查处也不是我们纪委的事,你最好找省环保局的同志去谈,我马上还要到四号楼开会!"说罢,未待李东方做出反应,冷冷地和李东方握了握手,转身出了门。

望着王培松的背影,李东方的心里一下子很不是滋味:不论王培松是有意还是无意,这举动都太过分了,他毕竟是西川省会城市的市委书记,王培松怎么能不听他把话说完就走?又想到,作为政治人的赵达功只怕是把麻烦惹大了,国际工业园因为赵达功的此次发难,十有八九将变成一个敏感的政治问题,他处理的难度就更大了。

52

不知什么时候,四号楼的小会议室里已是一片灯火通明。

会议气氛这时已相当紧张了,钟明仁面对着自己从政生涯中少见的正面进攻,这个进攻者不是敌人,也不是外人,而是自己曾相当器重的一个同志。这个同志叫赵达功,是他刚就任峡江市委书记时从青湖市调来的副市长。那时的赵副市长灰得很哩,在青湖犯了生活错误,没法工作了,要求到峡江来。他不但接收了他,三年之后,还力排众议,向省委推荐,让他做了市长。他这个市长是怎么当上去的?是他这个市委书记冒着违反民主原则的风险,在人代会上用铁腕铁拳硬砸出来的。赵达功资历浅,又在青湖犯过生活错误,谁服他?那么多党内党外的市人大代表反对赵达功做这个市长,会上暗潮涌动。他看到情况不对,把党员代表找去开会,拍着桌子宣布:凡不执行组织意图,参与"倒赵"活动的,一律开除党籍,赵达功这个市长选不出来,这个会就不要散!就这样,赵达功才勉强选上了市长,会后,一些市人大代表向省委和省人大做了反映,他还受到了当时省委领导同志的严肃批评。这些情况赵达功不是不知道。

当然,他脾气不好,也没少批评他,早年批评得多些,这几年批评得少了,可他都是为他好呀!就像这次,听到纪委书记王培松的汇报,他是那么恼火,可他仍在保他。现在好了,重演了一个农夫和蛇的故事,同志的阵营里冒出了这么猛烈的炮火,怎么办呢?没有什么好办法,那就冒着同志的炮火前进吧!中共西川省委书记钟明仁同志没有退却的习惯!

赵达功冷峻得吓人:"……国际工业园成了国际垃圾园,十五年来污染不断,还就是没人敢说,没人敢管,为什么?明仁同志,就因为是你当年一手抓的政绩工程!我请问一下:明仁同志,这些情况你知道吗?最近几年你去过国际工业园没有?"

钟明仁敲敲桌子:"回答你的问题,达功同志:你所说的国际垃圾园我每年都去,不久前还去过,和凡兴同志一起去的。至于你夸张出来的十五年污染不断的问题,我亲自做过调查,没这么严重!是管理不善,执法不严造成的,它与谁抓的政绩工程没有关系!"

王培松接了上来,观点和态度很鲜明:"达功同志,如果谈政绩工程,明仁同志的政绩工程多了,决不止一个峡江国际工业园,我省国家级开发区两个,省级开发区七个,明仁同志都程度不同地抓过。另外,八十年代峡江的外环路,九十年代初期我省乡镇工业的崛起,还有今天秀山地区的十八万贫困人口的大移民,不也都是明仁同志的政绩吗?明仁同志是有大功于我们西川省的,是我省二十一年改革开放的主帅之一,明仁同志的身体也正是这样累垮的,拼垮的,他的政绩和西川老百姓对他的评价,绝不是你达功同志几句话一说就可以消失的!"

赵达功平静地等王培松说完,继续说:"培松同志谈到了秀山移民问题,这也是我接下来要说的。同志们都知道,就在前天,秀山发生了一场尘暴,五道梁小学六个学生倒在了校园的危墙下。造成这一事件的主要原因是什么呢?竟然是移民,也就是培松同志刚才说的明仁同志最新的政绩。秀山地委的那位陈秀唐书记把明仁同志的话当圣旨,什么都不顾了,满脑子就是一个移民,地区连个督促检查危房的官样文章都没做!"说到这里,拿出了一份报告,"这个报告请同志们传阅一下,自己做个判断吧!必须说明的是,我对这个灾难性事件的批评,仍然是对一把手现象和狭隘政绩观的批评,而不是对移民工作本身的批评,希望大家不要误会。"

钟明仁应声说:"达功同志,我没误会,你的意思是不是说,秀山这个意外事件也该由我这个一把手来负责,这个账我认了,我钟明仁作为中共西川省委书记,对西川境内发生的一切问题都要负责任,也都会负责任,包括对你的问题!"

省长白治文插了上来:"达功同志,文教卫这一摊子不是你分工负责的吗?"

赵达功手一摊:"这就是误会呀,同志们!我是在讲一把手政治的问题,并不是在追究哪一件事,哪一个人的责任。作为省委分管常委,我当然要对秀山死人的事负责,决不会往明仁同志头上推。我希望大家再给我一点时间,让我把要说的话说完,我想,这才是对党和人民认真负责的态度。明仁同志上午说得不错,时至今日,一团和气已经解决不了问题了,治重症要用猛药⋯⋯"

白治文点了点头:"好,好,达功同志,你说,可我希望它不是虎狼药。"

赵达功又说了起来,很是动了些感情:"我对一把手现象和狭隘政绩观的批评,不仅是对明仁同志的批评,也是一种自我批评,我在峡江也做过八年一把手,明仁同志所犯的错误我也犯过,有些错误的性质甚至还相当严重。比如,在干部人事问题上听不得别人的不同意见,用错了一些人,不仅是一个陈仲成,还有法院院长邓双林,犯罪分子田壮达等等。这段时间我就思索了:我这些错误是怎么犯的呀?这就不能不提到明仁同志对我的消极影响了。这种消极影响是现在才看出来的,以前并不知道。当我最初从青湖调到峡江时,我对明仁同志的工作作风是很佩服的,认为明仁同志是个勇敢的改革家和开拓者。我暗中亦步亦趋地向明仁同志学习。这学习的结果是，在明仁同志离开峡江之后，我成了又一个明仁同志。我省各市县各地区又有多少个像明仁同志这样的一把手呢？我不知道，可我知道的是，秀山地委书记陈秀唐应该算一个，这个同志是得了明仁同志的真传，独断专行，容不得班子里任何人的不同意见……"

这时，会场上传出一声清脆的声响。

与会者注意到，钟明仁脸色极其难看，下意识中把手上的一支铅笔折断了。

王培松身不由己地站了起来："达功同志，照这么说，你主持峡江工作时犯下的错误，倒该由明仁同志负责了？你一口一个消极影响，明仁同志的积极影响有没有呀？有多少呀？达功同志，不客气地说，明仁同志身上那种火一样的工作热情，和押上身家性命搞改革的献身精神你就没有！你这个同志也许从来就没学过！"

钟明仁挥了挥手："培松同志，你不要急，听达功同志把话说完！"

赵达功也不客气，继续说了下去："还有最后几句话，当然要说完，畅所欲言嘛，这是明仁同志提倡的。明仁同志的积极影响当然很多，但不是这次会议上要探讨的，这是一次批评与自我批评的会议，我希望这次会议能在我省树立一个实行党内民主的成功范例。我希望明仁同志不要因人废言，把我一番同志式的好心批评理解为别的什么东西。我希望明仁同志从思想上正视自己家长作风给全省干部带来的消极影响，从行动上纠正这种消极影响，在今后的工作中真正实行党的民主集中制原则。我希望明仁同志能认真听一下峡江和青湖方面负责同志关于国际工业园污染问题的汇报，最好能轻车简从到峡江下游地区去跑上几天，听听老百姓的呼声。"

赵达功说完后，会场沉寂下来，几个常委的目光都集中到了钟明仁身上。

钟明仁眯着眼思索着什么，让会场上沉寂的气氛又延续了一会儿，才睁开眼睛，异常平静地问："赵达功同志，你都说完了吗？"

赵达功点点头："说完了，明仁同志。"

钟明仁缓缓站了起来，双手抖颤按着桌子，如炬的眸子下有泪光闪动："同志们，达功同志给我们大家上了一课呀！很生动啊，花多少钱恐怕也难得听到啊！触动最大的当然是我喽,我是个始作俑者。直到今天才知道,我这个人啊,在二十一年的改革开放中啊,竟然没干过多少好事!多么严重的问题呀,我从没实行过党的民主集中制,我弄出了个一把手现象,带坏了整个西川干部队伍,尤其是省内那些大大小小的一把手们!这就把达功同志害苦喽,达功同志醒悟以后,就带着同志式的善意来帮助我了。所以,我说同志们啊,你们以后就别捧我了,什么改革主帅呀,什么押上身家性命呀,没那回事嘛,钟明仁水平低,素质差,早就该下台让贤了!"

大滴大滴的泪水从钟明仁眼中落下,响亮地滴到了面前的会议桌上。

钟明仁任泪水在苍老痛苦的脸上流着,目光转向了赵达功,声音一下子提高了八度:"但是,有一点我必须说清楚,我钟明仁就是下台让贤,也不会让给你赵达功!你这个同志,在峡江当了八年市委书记,在省里当了八个月副省长,政治水平没提高,政治手腕倒提高了不少!你今天真是出于对党和人民的根本利益负责,才进行这番善意批评的吗?我看你是别有用心,是嫁祸于人,是想把水搅浑!如果峡江的问题不暴露,你如愿以偿地做了常务副省长,或者调到北京去做了部长,你就不会进行这番善意的批评了,你这个同志从来就没有对党和人民负过责!从来没有!"

白治文和气地劝道:"明仁同志,你不要激动,千万不要激动!"

钟明仁像没听见白治文的话,用指节敲着桌子,敲得响亮有力:"至于我钟明仁是什么人,你赵达功说了不算,对我在这改革开放二十一年中的是非功过,历史自有评价!百年之后站到小平同志面前,我也敢向小平同志汇报说:我钟明仁这个省委书记在国家和民族崛起的二十一年中,在中国中西部一个边远省份尽心了,尽力了,也拼过老命了!我领导水平有限,也有自己的历史局限性,在工作中犯过很多错误,以后免不了还要犯这样那样的错误,可有一点我俯仰无愧,那就是:我这个人在这二十一年中为国家和人民的根本利益努力工作着,竭尽了全力,从没背叛过一个执政党高级领导干部的政治良知和历史良知!"

赵达功笑了笑:"明仁同志,你的意思是不是说,我背叛了良知?"

钟明仁桌子一拍:"赵达功同志,你到底是什么人,你自己心里有数!"

赵达功摇摇头,一副无奈的样子:"明仁同志,让我怎么说你呢?我们现在开的是西川省高级领导干部的民主生活会呀,你看你,又拍起桌子来了。你这个一把手到底有多少民主精神?还有没有一点听取不同意见的雅量？明仁同志,我再强调一下吧,这样下去很危险呀,不是我赵达功个人政治前途的危险,而是党和国家命运的危险！如果真是只考虑我个人的政治前途,这些话我今天没有必要和你说!"

这种居高临下的教训的口气,像一阵猛烈的炮火,最终将钟明仁击倒了。

钟明仁那颗饱受折磨的心脏再也吃不消了。赵达功话说完时,钟明仁似乎还是准备反击的,可只压抑着说出了"达功同志"四个字,瘦弱的身子就摇摇晃晃站不住了。坐在身边的王培松感觉到情况不对,站起来搀扶钟明仁时,钟明仁一下子瘫倒在王培松怀里,当即失去了知觉。

包括赵达功在内,六个与会常委一下子都慌了神……

这是西川省有史以来最惊心动魄的一次省委高层民主生活会,持续开了十三小时零二十分钟。一个省委常委赌上了自己的政治前途,而一个省委书记也许将付出生命的代价。

53

四号楼门厅前一片混乱,军区总医院的救护车停下后也没熄火,引擎突突叫着,随时准备拉起警笛冲向大街。体重不足五十公斤的钟明仁人事不省地躺在军绿色担架上,被四个年轻男护士小心抬上了车。上车的时候,两个大校军医也没停止抢救工作。省委吴秘书长和钟明仁的秘书也跟着担架上了车。几乎是在吴秘书长跳上救护车的同时,救护车启动了,警灯亮了起来,警报拉了起来。

救护车一走,门前的混乱加剧了。

首长们的专车司机一个个把车启动起来,首长们纷纷往自己的车前走,都准备追随救护车之后,赶往军区总医院去,随时处理可能发生的意外。现在,他们谁也说不清楚今夜到底会发生什么？如果身为省委书记的钟明仁真的就此永远睡过去,他们不但有个向中央汇报和向全省干部群众交代的问题,还有个维护西川全省社会政治秩序稳定的问题。

省长白治文最先意识到了自己身上的责任,上了车,已将车开出十步开外了,戛然停住,匆匆钻出车,将赵达功和王培松叫到了自己面前:"培松,达功同志,和你们商量两件事:一、从现在开始,省委领导必须值班,我建议达功同志去值班,立即去;二、峡江市的陈仲成现在还是市委常委,此人又当了多年公安局长和政法委书记,危险性太大,不能不防,要控制起来,我建议培松同志负责,代表省委相机处理,我和其他同志现在就去总医院。大家及时通报情况,保持联系!"

赵达功看着白治文,满脸焦虑:"治文同志,你是省长兼省委副书记,这种特殊情况下,还是你值班指挥吧,我和其他同志去总医院,看护明仁同志。"

白治文手一摆:"达功同志,你不要去,千万不要去!你去了会进一步刺激明仁同志!"

王培松是个组织观念很强的老同志,在钟明仁倒下后,把白治文看成了西川省的最高领导,请示说:"治文同志,我们是不是马上对陈仲成实行'两规'?"

白治文还没来得及表态,赵达功便道:"这还用说吗?就凭陈仲成为两个经济犯罪分子通风报信,就可以对他隔离审查,实行'两规'了!不是明仁同志阻止,本来在上午的会上就可以定下来的!"

王培松看了赵达功一眼:"这么说,倒是明仁同志在庇护陈仲成了?"

白治文阻止道:"培松同志,不要争了,就对陈仲成实行'两规'吧!"

说罢,白治文紧跑几步,上了自己的车,一溜烟去了军区总医院。

王培松不紧不忙地上了自己的车,上车之前,又转过身对赵达功说:"达功同志,你的心情我可以理解,你这个同志尽管放心:陈仲成逃不掉,还有峡江市和我省那些大大小小的陈仲成们也逃不掉,我手上的反腐之剑从来没吃过素!"

赵达功宽容地笑了笑:"培松同志,我更理解你对明仁同志的那份感情!"

一部部专车就这么走了,刚才还闹哄哄的四号楼门前一片冷清,只有赵达功和他那台黑色奥迪还驻留在苍白的月光下,一瞬间,赵达功有了一种被抛弃的感觉。

孤零零地站在四号楼门厅前,望着浩渺星空中的点点繁星和月影,赵达功的眼睛不知不觉湿润了,禁不住想起了钟明仁的许多好处来。没有钟明仁当年的培养和提携,自己不会有今天。王培松对钟明仁固然有感情,自己对钟明仁又何尝没有感情呢?钟明仁一倒下,他就后悔了,觉得自己做得有点过分了，政治上虽然得了分，化被动为主动了，可人心上却失了分。如果钟明仁这次真起不来了，他赵达功只怕就难以见容于西川省干部群众了，个人良心上也将永受责备。

然而，认真回忆了一下，却又没发现自己到底错在哪里？在今天长达十三个小时的会议中，他并没说错什么，也没发过脾气，而且是平生头一次真正站在党和人民的立场上讲了一些负责任的话。讲的时候自己都很感动，怎么就没感动得了钟明仁呢？怎么反倒把钟明仁搞倒了呢？钟明仁究竟是他搞倒的，还是自己倒下的？

结论是显而易见的：搞倒钟明仁的并不是他赵达功，实际上正是钟明仁自己！这个西川的大老板专横惯了，早就禁不起任何逆耳忠言的刺激了！

这么一想，赵达功心里才安稳了许多，带着一份坦然，上车去了省委。

车上柳荫路，缓缓向省委大院开时，赵达功又想，这个民主生活会肯定是历史性的，也许将在西川党的历史上留下来，他赵达功作为一个对党和人民负责任的省委常委，已把自己最漂亮的一次政治亮相奉献给历史了，尽管这其中有其他因素。

其他因素不会影响真理的光辉，他和钟明仁同样坚信：历史是公道的！

到了省委值班室，赵达功的心已静如止水，不再受情绪的左右了。一坐下来，先压抑着满心的厌恶给李东方打了个电话，告知了钟明仁心脏病突然发作的情况，要李东方务必抽空去看看钟明仁，并请李东方代表他向钟明仁致以诚挚的问候。对李东方在国际工业园问题上的拒不合作，则只字未提，似乎这事从来就没发生过。

第二个电话是打给军区总医院的，询问对钟明仁的抢救情况，省长白治文的警卫秘书接的电话，说是很危险，仍在紧张抢救中，总医院最好的心脏专家全来了。这时，赵达功脑海里不禁冒出一个可怕的念头：也许钟明仁这样死了才好，继钟明仁之后主持工作的十有八九会是白治文，中央起码要用白治文过渡一下。白治文和他没有过节，也许对他意味着新的政治机会。后来，白治文过来接起了电话，告诉他：因为抢救及时，钟明仁不会有生命危险了，他心里愕然一惊，像挨了一枪。

最后一个电话是打到家里的，告诉夫人刘璐璐，自己因为要在省委值班,今夜回不来了。刘璐璐在电话里马上叫了起来,说是陈仲成又来了,赶也赶不走,一直坐在客厅等着你,你不回来怎么办呀?我还睡不睡觉了?他这才想起这条差点谋杀了他政治生命的恶狗!

这个不争气的东西,竟然还敢来找他,竟然会在这个要命的夜晚来!

握着话筒,紧张地想了想,赵达功说:"让他听电话!"

电话那边,陈仲成带着哭腔说:"赵省长,我……我这是最后一次向你汇报!"

这当然是最后一次汇报,而且是毫无必要的汇报,在赵达功看来,陈仲成早已是一具政治尸首了,现在绝不应该呆在他家里发烂发臭!于是,义正词严地道:"陈仲成,我请你立即离开我家,如果你拒绝离开,我就向省公安厅报警……"

陈仲成发疯似的叫了起来,也不顾及脸面和场合了:"报警?赵省长,你能做得这么绝?这些年为了你,我还有什么没拿出来?连我新婚的老婆都让你睡了!"转而又变成了哀求,"赵省长,你不看在我的份上,就看在雪丽的份上好不好?雪丽流产第三天就去陪你了……"

赵达功根本不为所动,冷冷道:"陈仲成,你要讹诈我吗?用这种事进行讹诈,你不觉得自己太下流了吗?如果你认为真有这种事,而且你也说得出口,可以向省委和省纪委反映!"

这时,电话那头出现了夫人刘璐璐和陈仲成抢电话的声响,且夹杂着刘璐璐的哭骂声。

赵达功一下子紧张起来,担心陈仲成狗急跳墙,伤害刘璐璐,一边握着话筒监听着那边的动静,一边掏出手机,真准备打省公安厅的电话了。

然而,却不需要了,手机刚掏出来,一阵杂沓的脚步声和一些噪音突然在尚未挂断的电话中骤起。继而,王培松熟悉的声音响了起来,虽说在电话里听起来断断续续,但连起来的意思却十分清楚,王培松是在代表中共西川省委向陈仲成宣布"两规"……

赵达功一声深深的叹息,默默无声地放下了手上的话筒。

这一切仿佛是冥冥之中被一种超自然的神秘力量早已安排好的。

第十四章　案情突变

54

虽然被动的政治局面并没有多少实质性改变,甚至因为赵达功和钟明仁意外而突然的摊牌还有所恶化,但经过曲折努力,陈仲成终于被省委立案审查,一个重要障碍彻底清除了。这事实既给了李东方一个鼓舞,也让李东方松了口气。

陈仲成被宣布"两规"的次日,李东方就在省纪委牵头召开的全省反腐倡廉工作会议上表态说:要对田壮达案和峡江的腐败问题一查到底,不论涉及到哪一级,也不论涉及多少人,市委决不护短。王培松对李东方的态度充分的肯定,但因为赵达功的关系,对峡江方面还是有所保留的。就在这次会议上,王培松决定将田壮达由市公安局拘留所转押到省公安厅看守所,主要办案人员也大都换成了省直系统的同志,连原在专案领导小组的贺家国都没用。王培松向李东方解释说,这是为了加强领导。李东方心里啥都有数,却不好说,只对王培松表示,其实他和峡江方面早就盼着省里能加强领导了。

这倒不全是违心话,如果王培松和省纪委早点出面加强领导,自己就不至于夹在赵达功和钟明仁之间两头受挤兑了。说这话时,李东方再次预感到田案后面黑幕重重,可能会涉及到相当一批赵达功提拔任用的干部,觉得由王培松和省纪委出面牵头,重拳出击,对顺利进行这场反腐斗争也许会更有利一些。

面对级别更高的审讯者和一批全新的面孔,田壮达精神崩溃了,转押到省公安厅看守所当天就供出了陈仲成,说是早在三年前就向陈仲成行过贿,一次十五万,一次十七万。逃往国外之后,也正是陈仲成一次次通过关系向他通风报信,否则他头一次在吉隆坡露面就会被马来西亚警方逮捕。田壮达还交代说,被引渡回国后,陈仲成很惊慌,不是组织上掌握的一次,而是三次到拘留所威吓他,要他谁都别供,好汉做事好汉当。

直到这时,李东方才知道,陈仲成的堕落竟是这么彻底,竟然早在几年前就和田壮达沆瀣一气了。这一来,一切也就好解释了:这个肩负捉鼠重任的猫先生本身就是个硕鼠,指望这只同类硕鼠来捉鼠真是天大的笑话了。更可笑的是,又碰上了赵达功这样一个只顾自己政治利益不管天塌地陷的后台人物,陈仲成的严重犯罪行径便涂上了一层保护色,在某些同志眼里甚至变成了"忠诚"。幸亏他李东方不糊涂,自始至终坚守着原则底线,才没使良知的阵地在峡江失守。

陈仲成的案子成为省里的头号大案要案,省纪委书记王培松亲自挂帅抓。

对陈仲成的具体审讯情况,李东方一开始并不清楚,王培松和省纪委不向他通报,他为了避嫌,也不好主动去问。只隐隐约约听主持工作的市政法委副书记王新民透露说,审讯重点在陈仲成和赵达功的利益关系上,王培松是冲着赵达功来的。还听省里一些知情者说,民主生活会上摊牌以后,西川省委和省纪委就将赵达功的问题上报中央了,已引起了中组部和中纪委领导的高度重视。李东方便以为关键的问题已经解决,自己可以脱离赵达功阴影的纠缠,甩开膀子干峡江的事了。

不曾想,轻松的心情没保持两天,王培松主动找上门来通报情况了,说是对陈仲成的审讯进行得不太顺利。陈仲成长期从事公安政法工作,什么都懂,反侦讯的手段十分丰富。审讯中不是以沉默相对抗,就是王顾左右而言他,连田壮达揭发出的经济问题也概不承认,事事都要审讯人员拿证据。口口声声说自己是政治斗争的牺牲品。在涉及到和赵达功的关系问题上,陈仲成更是讳莫如深。

李东方挺奇怪:"陈仲成受贿证据怎么会拿不出来?不是有田壮达的揭发吗?"

王培松说:"光凭田壮达的揭发还不够,对陈仲成住宅和办公室的搜查情况不理想,只搜出不到五万存款,田壮达说的那三十二万赃款根本没见着。"说到这里,又补充道,"当然,我们还要继续追下去,田壮达也会再提供线索。根据田壮达的交代,其中一次十七万是变相走了账的,可以查出来,正组织有关人员查。"

李东方提醒说:"还有陈仲成通风报信的那两个腐败分子,恐怕和陈仲成在经济上也有重大利害关系,如果没有利害关系,陈仲成肯定不会这么铤而走险的!"

王培松点点头:"东方同志,谢谢你的提醒,这个问题我已经考虑到了。"不经意间换了话题,"不过,现在我最关心的问题还不是这些——经济方面的证据迟一天早一天总能拿到——我最关心的是:那次通风报信到底怎么发生的?是陈仲成自作主张呢?还是赵达功指使的呢?这是件至关重要的大事,不能不搞清楚,搞清楚也是对赵达功同志负责!"

李东方听明白了:王新民透露的信息得到了证明,王培松果然盯上赵达功了。

王培松却就此打住,不谈赵达功了,慢条斯理地说起了具体的工作计划:"东方同志,这个工作我想请你帮我做一做。你是峡江市委书记,又是峡江市委三届班子的老同志,比较了解陈仲成根底脾性,你是不是能出面和陈仲成谈谈呢?"

李东方不想去谈:王培松明摆着不信任他和峡江的同志,他去谈啥?再说,这个案子是省纪委和王培松亲自抓的,涉嫌者又有赵达功,他搅进去更不好了。便笑着推辞说:"王书记,我怎么就了解陈仲成根底脾性呢?我不是和你说过么,陈仲成只认达功同志,连向我汇报工作都很少,我去谈什么?别给你帮了倒忙!"

王培松有些不高兴了:"东方同志,你是不是有什么情绪呀?"

李东方益发笑得自然:"王书记,我会有什么情绪? 只是觉得谈不出什么名堂来。陈仲成不和你说的事,也决不会和我说,真正了解陈仲成脾性的恐怕还是赵达功。"

王培松盯着李东方:"你的意思是不是说,最好请赵达功去和陈仲成谈呀?"

李东方听出了话中的讥讽,忙道:"王书记,你别刺我呀,我可没这意思!"

王培松这两天显然很疲劳,强忍着一连串哈欠,又和李东方谈到通风报信这事性质的严重性,很严肃地说:"如果赵达功唆使陈仲成这么干,赵达功也涉嫌犯罪啊!"

李东方回忆着那晚和赵达功一起喝着五粮液说的话,不太相信赵达功会让陈仲成这么干,也就不怕王培松生气,明确判断道:"王书记,基于我对赵达功和此事的了解,赵达功恐怕不会指示陈仲成这么不顾一切地乱来,他还没这么蠢!"

王培松揉着红肿的眼睛问:"赵达功不做明确指示,也不会授意吗?"

李东方反问道:"王书记,你想想,这样授意,赵达功就不考虑后果吗?"

王培松哼了一声:"东方同志,你也想想,这个同志对省委书记搞政治讹诈考虑过后果吗?一般同志谁敢啊?!是寻常的思路吗?他赵达功就想得出来,就干得出来!我不知道这是愚蠢还是高明,事实上他这么干了,而且把明仁同志搞进军区总医院去了,差点儿连老命都送掉!"

李东方被这话说动了:王培松是有理由怀疑赵达功,此人既然敢对大老板搞政治讹诈,为了自己的政治利益难道就不敢授意陈仲成去做这种出格的事吗?事实已经证明此人胆子很大,在陷入被动之后仍保持着进攻姿态,在当时特定情况下,也不是没有可能向陈仲成进行某种暗示。只要赵达功不把话说明说透,就算事情败露,谁又能拿他怎么样呢?他怎么就敢替这种没有原则的政治人打包票呢?

看着王培松熬得疲惫不堪的面孔,想着躺在军区总医院的钟明仁,李东方觉得说不过去了,这才答应当晚和陈仲成进行一次谈话,把这事搞搞清楚。

省反贪局的同志为这次谈话进行了精心安排,为了制造一种宽松的气氛,证明这不是一次审讯,谈话安排在反贪局小会客室,除了李东方之外,反贪局的人员一个也没安排参加。但反贪局白局长也没瞒着李东方,一见面就神秘地告诉李东方,小会客室里预设了录音设备,陈仲成说的每一句话都会录下来。李东方当即责问白局长:你们怎么能这样干?谁批准的?白局长吞吞吐吐说,是具体办案人员的建议,他觉得是好主意就采纳了。李东方不相信白局长的解释,怀疑是王培松批准的,觉得王培松这么做太过分了,也对他这个市委书记缺少起码的尊重。

正阴着脸生气,王培松到了,得知反贪局的这种安排,又注意到李东方的反应,王培松就做出一副很惊讶的样子,批了白局长几句,又征求李东方的意见。

李东方尽量平静地说:"还是在侦讯室谈吧,你主谈,我协助!"

王培松想了想,同意了,吩咐白局长安排在第一侦讯室。

和王培松一起,到了第一侦讯室没几分钟,陈仲成便被押进来了。

李东方注意到,陈仲成的精神竟然不错,对他的到来没感到多少意外,进门坐下后,还冲着他点了点头,说了句:"李书记,我知道王书记早晚会请你来的!"

白局长呵斥说:"陈仲成,领导不提问,你不许随便说话!"

王培松看了白局长一眼:"你怎么不让人家说话呢?今天我和李书记还就是要听听陈仲成谈点实质性问题!"把面孔转向陈仲成,犀利的目光在陈仲成脸上扫视着,"比如说,你向犯罪分子通风报信这件事,和赵达功同志有什么关系啊?"

陈仲成果然什么都懂:"王书记,你这有诱供的嫌疑吧?"

王培松笑了笑,走到了陈仲成身边:"诱什么供啊?赵达功同志自己已经主动说了,你向市建委那个秦副主任和国土局那位副局长通风报信后,向他汇报过,既然有这个基本事实,我们当然要弄弄清楚:这件事究竟是怎么发生的呀?"

李东方接过了话头:"老陈,上次谈话时,我就劝你主动向省委交代问题,不是没和你说过嘛:有些问题如果赵达功同志先谈了,你就被动了。现在是不是这个情况呢?事实证明,你是被动了嘛!这第一步被动了,第二步就不能再被动了,把这件事搞搞清楚,对你本人也有好处嘛。"

陈仲成沉默了一下,说:"李书记,我上次也和你说了,既然我是在劫难逃,也就不想逃了,谁愿怎么说就怎么说吧,反正我对你们这些领导都没坏心。"

王培松好言好语地劝道:"陈仲成,你这话就不对了。不是谁愿意怎么说就怎么说,总要实事求是嘛!是你的事,你想赖也赖不掉,不是你的事,我们也不能冤枉了你!我还就不信你胆子这么大,没有赵达功的事先允许,就敢这么做!"

陈仲成扫了王培松一眼,立即指出:"王书记,你这可真是诱供了!"

李东方也觉得王培松是在诱供,怔了一下,也就暂时不插话了。

王培松根本不理这茬儿,沉下了脸,审视着陈仲成,厉声责问道:"诱供?陈仲成,我王培松还不是糊涂虫!我请教你一下:如果没有赵达功的指示或者授意,真是你自作主张干的,你干完后为什么还要跑去找赵达功汇报?这说得通吗?况且,你不是一般的干部,是市委常委、政法委书记,还是公安局长,难道不知道这是违法犯罪行为吗？难道不怕赵达功按原则办事,通过组织上严厉处理你吗?!"

陈仲成不为所动,冷漠地看着王培松说:"如果你一定坚持诱供,我啥都可以承认。你们要我怎么说,我就怎么说,王书记,请你指示吧:我该怎么说?"

王培松火透了,桌子一拍:"陈仲成,我要你实事求是地说!"

李东方想了想,认为王培松的这番责问很有道理,其实这也是他私下里思索过的问题,便又插上来说:"老陈啊,你这叫什么态度?! 王书记话说得很明白,要你实事求是,你到底实事求是了没有？我们上次谈话时都说了些什么,你有数我也有数,你还能指望谁来保你吗？那种你所说的政治人讲的是政治利益嘛,当他没有政治利益可图的时候,你就一钱不值了！现在能救你的只有你自己,你要清醒,不要被人家一脚踹开了,还死心塌地为人家卖命当狗,那不值得,也太下贱了!"

陈仲成却不清醒,不知出于什么心态,对赵达功的问题就是只字不谈。

王培松冷静下来后,迂回做起了思想工作:"陈仲成啊,想想我也替你惋惜啊,二十五年前,你分配到解放路派出所做户籍民警时,我也在峡中市一个派出所做指导员。你不顾生命安危冲进火海中救人的事迹,我们都认真学习过,那时候我可想不到我们会在这种场合,以这种方式打交道。你真要好好想想了,这到底是怎么回事？从什么时候开始出了问题?"

陈仲成苦苦一笑:"王书记,现在说这些还有什么用？想想都像上一辈子的事了。"

李东方说:"哎,老陈,不要这么说嘛,过去你表现还是不错的嘛,我记得八十年代你在沙洋县当公安局长时,还是能严格要求自己的嘛,不吃请,不收礼,自家的私事从不用公车,你的老婆、孩子还在公共汽车上出了车祸……"

陈仲成眼里浮上了泪光:"李书记,你别说了,别说了……"

李东方却坚持说下去:"那时你没什么后台,不论是生活上还是工作上,都还是比较谨慎的！据我观察,你的问题出在赵达功同志任市委书记以后,尤其是当上公安局长以后,你就变了,除了赵达功,谁的账都不买,群众的反映也大了,这些年对你的人民来信几乎就没断过。"

王培松又适时地插了上来:"陈仲成,你走到今天这一步,应该说和赵达功同志有很大的关系,这些关系你为什么就不能向组织上交代清楚呢?对此,峡江干部群众的说法不少啊!"

一涉及到赵达功,陈仲成又恢复了抗拒:"王书记,那你们就根据这些说法处理吧!"

王培松点了一句:"不是今天,早就有人说了,你连新婚夫人都给赵达功送上去了……"

陈仲成像被火炭烫着了似的,突然叫了起来:"王培松同志,你不要变相污辱我的人格!这种说法是从哪里来的?有什么根据?我就是在监狱呆着,也可以提起诉讼,告你们侵犯我的名誉……"

这一来,倒搞得王培松挺被动,王培松便解释:这是过去匿名群众来信中反映的。

双方周旋了将近三个小时,毫无进展,审讯在又一次失利中结束。

押走陈仲成后,王培松说:"我看这个陈仲成是不见棺材不掉泪了!"

李东方也没想到陈仲成嘴会这么紧,被赵达功抛弃后还这么维护赵达功,也感叹说:"此人的确很难对付呀,我是深有体会的。当初我那么逼他辞职,什么伤感情的话都说了,甚至明确说到对他主持政法工作不信任,他也是这种态度!"

王培松挺有把握地说:"这也没什么,难对付并不等于对付不了,这种人过去又不是没碰到过!东方同志,可以向你透露一下:我的经验是,对付这种人不能依赖讯问,只有深入调查,找到其犯罪事实的充分证据,先判了死刑再说!只要死刑一判,他才知道没人来救他了,才会彻底坦白交代,把后台老板拖出来!"

李东方问:"如果陈仲成罪不至死呢?又怎么办?"

王培松有些情绪化地说:"那也有别的办法,我们的检察机关不是吃干饭的!"想了想,"我看此人的罪小不了,其他问题先不说,光是执法犯法向逃往国外的犯罪分子田壮达通风报信,差点造成三亿港币的流失,就够他受的了!"

李东方本来还想问问王培松,赵达功的问题是不是已经上报中央有关部门了?话到嘴边却没敢问。一来王培松当时情绪不太好,不便问;二来也怕给王培松和省纪委造成误会:你李东方这么关心赵达功,是不是内心也有鬼呀?

不知怎么搞的,这晚从省反贪局回去,李东方的情绪坏透了。

55

陈仲成案进展不顺利,田壮达案倒是一再出现重大突破。

陈仲成的被捕打消了田壮达的幻想,也解除了他心里的恐惧。田壮达开始争取重大立功表现了,一边积极想法退赃,协助有关部门追回了境外的三亿港币;一边主动配合办案人员,大供特供,把峡江干部队伍阴暗的一面彻底揭开了。

田壮达记忆力出奇的好,加之先在新区搞房地产开发,后在市投资公司做老总,方方面面接触的人比较多,经济犯罪情况了解的也就比较多,立起"功"来,不但有根有据,而且气势磅礴,搞得办案人员都有点目瞪口呆,怕田壮达从一个极端走向另一个极端。王培松听到汇报后,繁忙之中专门抽空和田壮达谈了一次,严肃告诫田壮达:检举揭发一定要实事求是,如果不负责任地乱说一通,就不是立功了,而是新的犯罪。田壮达向王培松保证说,他说的每一个人、每件事都有事实根据,错了治他的诬陷罪。结果在不到一周的时间里,根据田壮达提供的线索,就有十二个处以上干部相继被捕,这还不包括最先供出来的陈仲成。十二个处级干部又牵出九个相关串案。串案相继立案,警车及时在峡江大街小巷呼啸起来,峡江的气氛一下子变得空前紧张,短短半个月内,被省市有关部门宣布"两规"的涉案人员已达六十二人。其中处以上干部二十三人,包括主管财政金融的曾凡副市长。主案和串案案情涉及到峡江市公安、司法、工商、税务、海关、金融、地产等十余个系统和部门。

情况的严重程度出乎李东方的意料,李东方这才明白了赵达功为什么要力保陈仲成,为什么不愿对田壮达一案予以深究。这个同志不愧是政治人,宁可看着这些腐败分子逃匿,或者看着他们日后一一个别暴露,也不愿在这时候大揭锅。大揭锅就是大献丑,仅在干部使用上的失误就够赵达功喝一壶的。

由此想到,这次算是把赵达功彻底得罪了,如果赵达功本身过得硬,能在这场廉政风暴过后安全着陆,他们以后也决不会再是朋友,必将是对手。

得罪的不仅仅是一个赵达功,还有峡江市相当一批干部。

廉政风暴刮起后,市委大院里就流言四起了,矛头全是指向李东方的。说李东方上台快一年了,什么正事没做,连时代大道也是市长钱凡兴坚持要干,他才被迫同意的,说他干的惟一一件事就是引着王培松在峡江四处抓人,而且专抓赵达功书记提起来的开拓型干部。

这种反应倒是李东方没想到的,李东方便在全市党政干部大会上说:"这些腐败分子不抓行吗?再不抓,峡江的老百姓就要赶我们下台了!如果说有错误,那我们的错误就是发现得太晚,抓得太晚,已经让老百姓很失望了!"

谈到保护干部问题,李东方说:

"你好心犯了错误,甚至是很严重的错误,我们都可以保护,可你搞腐败,在峡江经济这么困难的情况下,把自己的黑手伸到国家和人民的口袋里大捞特捞,我们的反腐之剑当然要斩断你的爪子……"

说到后来,李东方情绪很激动,几近声泪俱下:

"……同志们,你们想过没有,这些腐败分子是在自毁党基国基呀!党基国基蛀毁,我辈安存?我这个市委书记和你们这些党员干部都得下岗回家抱孩子!你们不要认为这是危言耸听,这绝不是危言耸听!告诉你们一个前不久发生的事实:沙洋县太平镇有个河塘村,按《村委会组织法》搞了一次村委会的民主选举,连正副主任在内的九个村委会委员,一个党员都没有,党员候选人全部落选了!什么原因?就两个字:腐败!上一届村委会的党员干部鱼肉乡里不说,居然连超生罚款都敢拿去大吃大喝!所以,村民们宁愿选一个算命先生做村委会主任,也不要我们的党员干部!所以,同志们一定要从思想上真正认识到,反腐倡廉问题的确是关系到我们党和国家生死存亡的大问题!所以,你们个别同志就不要在那里煽风点火,造谣生事了,你们要清楚,我们的党,我们的国家被这些腐败分子搞垮了,对你们大家没有任何好处,你们就是为自己着想,也得在反腐倡廉问题上站稳立场!"

全市党政干部大会开过的当天晚上,又一幕令人震撼的情形被李东方亲眼目睹了。

这晚七点多,王培松要李东方到省委第三招待所开领导小组碰头会,会议开罢是九点多钟。散会后,李东方正要走,却被王培松叫住了。王培松说,时间还早,我们是不是和被隔离审查的副市长曾凡见见面?做做工作?李东方同意了,随着王培松去了隔离曾副市长的后楼顶楼。不曾想,从老式国产电梯里一出来,就听得一阵高一声低一声的惨叫声。穿过反贪局人员的警戒哨位,到得拐弯处的七〇三房间门前才发现,是曾副市长在惨叫。白白净净的曾副市长被两个高大威猛的办案人员按在抽水马桶上大口大口喝着马桶里的污水,另一个又黑又瘦的办案人员此时正在往马桶里尿尿,曾副市长谢顶的脑袋湿淋淋的,显然是淋上了尿。

这事发生时,七〇三房间连门都没关,任何人走到门口都可以看个一清二楚。

一时间,李东方的心里酸楚难耐。当年当市长的时候,副市长曾凡和他配合得不错,还真干了不少实事,在干部群众中口碑挺好。这次曾副市长出事他也没想到。当王培松和他通气时,他还问,是不是搞错了?事实上没搞错,曾凡受贿十六万,被财政局一个收审的副局长揭发出来了,曾凡也承认了。可曾凡不论犯了多大的罪,国家自有法律制裁,你反贪局的办案人员怎么可以这么违反规定,干出如此耸人听闻的禽兽行径!

不是亲眼所见,李东方绝不相信这是发生在今天的事实。

王培松也极为震惊,愣了好一会儿,才厉声问:"这里谁负责?"

尿尿的黑瘦子提着裤子从卫生间出来了,操着浓重的秀山口音说:"王书记,是我!"

王培松冷冷看着黑瘦子:"姓名?职务?"

黑瘦子报道:"王秋生,秀山检察院反贪局侦查员。"

王培松又问那两个高大的壮汉:"你们也是秀山来的借调人员吗?"

两个壮汉这时已知大事不好,连连点头,一句话不敢多说。

这时,意外获救的曾副市长"扑通"一声跪倒在王培松和李东方面前,嘶声哭叫起来:"王书记,李书记,你们救救我吧!十六万赃款我交,其他事我真不知道啊!他们三天不给我一口水喝,让我喝尿,夜夜用大灯泡烤我,我真受不了了!"

李东方责问黑瘦子道:"王秋生,你知道不知道,你们现在在犯法!"

王秋生根本不怕,两只小眼睛直直地看着李东方,嘴里骂骂咧咧:"李书记,我犯了什么法?他奶奶的,这些赃官平时人模狗样的,天天不是五粮液就是茅台,一顿饭几百几千,什么玩意儿!我老爹老娘种十四亩地,一年的血汗钱也不够这些赃官喝一场酒的!今天落到我手上,也该这狗日的受点罪了,喝点尿算什么!"

王培松勃然大怒:"滚,你们这帮畜生!都给我滚回秀山听候处理!"

王秋生和另两个秀山办案人员被王培松赶走了,王培松又当场调派省检察院反贪局的同志接管了现场,但工作却没法做了。王培松只告诉曾副市长,对王秋生三人的违法行径将依法处理,同时再次向在场反贪局干部重申了办案纪律。

离开关押曾副市长的七〇三房间,王培松叹息说,普法的任务还很重啊!

李东方倒没往普法方面多想,而是强烈感受着一种来自社会底层的仇恨情绪。这种仇恨情绪决不仅仅只针对曾副市长这种赃官。一户农家辛辛苦苦干一年,不够官员喝场酒是不争的事实,可这些喝酒的干部并不都是赃官,因此王秋生所表现出来的情绪,应该说是针对今天这个官员阶层的。李东方相信,不管是他还是王培松,不管怎么清白,只要落到王秋生这种人手里,都将和曾副市长一个下场。

却没敢把这话和王培松说,只在分手时说了一句:"这种情绪太可怕了!"

后来,李东方和贺家国说起了这件事。

贺家国认为这是兽性的爆发,哲人似的剖析说,人是高级动物,本来就是有兽性的。正常情况下,这种兽性被社会的法律、道德制约着,没有发泄的机会,可一旦这个社会的法制废除,道德崩溃,兽性必然会大爆发,李东方忧心忡忡说,是啊,不要说"文化大革命"搞不起来了,这种社会基础和社会情绪远未消失,局部地区可能还加重了。如果我们不依法治国,从严治党,而是放纵腐败,任由法制废除,道德崩溃,十年动乱的民族悲剧就可能重演,我们的改革成果就将毁于一旦,对此我们一定要警醒啊!

在廉政风暴横扫峡江之际,司法正义也得到了伸张。曾审理过红峰商城案的区院、中院四名涉嫌徇私枉法的法官被立案审查,七名违纪干部被调离法院现岗位。红峰商城案重审后改判,原告沈小兰和红峰公司胜诉,被告赵娟娟败诉。

赵娟娟付清了拖欠红峰公司的全部房租及利息,退出了红峰商城。

红峰公司干部职工燃放了几十挂鞭炮,自发组织了庆祝活动,还派了几个代表到市政府,向不畏权势、仗义相助的市长助理贺家国表示感谢。沈小兰代表红峰公司全体干部职工献给贺家国一面自制的锦旗,上面绣着几个大字:"人民的市长为人民"。贺家国接过锦旗根本没敢挂,待沈小兰几个代表一走,马上叠起来收到了文件柜里。

56

贺家国得到许可去看望钟明仁时,钟明仁已从死亡线上挣扎回来,不过,身体仍然很虚弱,脸色很不好看,还要吸氧。军区总医院的领导和钟明仁身边工作人员再三要求贺家国不要谈工作,更不要讲任何刺激性的话。贺家国答应了,在和钟明仁会面的近半个小时里,一句工作上的事没谈,甚至在钟明仁两次主动询问峡江国际工业园的污染问题时,也支支吾吾应付过去了。

面对这么一个憔悴而瘦弱的老人,贺家国心里很不好受,那种滋味真是无法言述。省委高层民主生活会上发生的事,他听李东方说了。他和李东方一样,感情和同情都倾向于钟明仁,也知道赵达功是借国际工业园做政治文章。不过,赵达功这一手玩得也实在是高明,把一个被动的防守战打成了主动的进攻战,也把钟明仁和李东方的军全将了。

真不知道赵达功这套战法又是在哪本书上学来的,贺家国算是服了这位前岳父大人了!

难题就这样甩到了面前:赵达功拿国际工业园做政治文章,搞了一场政治讹诈,这是事实,可这并不等于说,如此一来国际工业园污染问题就可以不管不问了。退一万步说,就算赵达功是十恶不赦的犯罪分子,国际工业园的污染问题该处理还是要处理。这段时间,贺家国正在整理从青湖拿回来的峡江历年污染材料,情况相当严重,关园是必然的,也是惟一的选择。

根据现在掌握的材料可以得出一个结论:当初国际工业园选址峡江南岸是一个致命的错误,如果不是选址峡江边上,这么多靠大量用水维系生产的造污企业根本不会来。峡江给这些造污企业提供了丰富而廉价的水资源,又给这些造污企业提供了向峡江排放污水的便利条件,才造成了趋利资本的蜂拥而至。私下商量时,李东方曾问过他,如果改关园为迁址行不行?贺家国认定不行,远离水源和排污的便利,这些造污企业一个个都将出现亏损,这在资本理论上是根本不成立的。

然而,在钟明仁被赵达功的政治牌击倒在医院的情况下,真的关了园,对钟明仁的打击可想而知,搞不好真会要了钟明仁的老命。离开军区总医院后,贺家国独自驾驶着市政府的桑塔纳一路往回开时又想,就是关园,现在看来也不是时候。中国的事情真是复杂得很,一些明显的有利于老百姓的好事办不成,或者不能很快办成,可能都有诸如此类的复杂背景因素。

正想着,前面路口的一个交警扬起了手,贺家国这才注意到路边明显的单行道标志,意识到自己的车已违章开上了单行道。退回去是不可能了,只得放慢速度继续向前开,准备开到交警面前时,向交警解释两句,该罚就认罚。

却不料,车到交警十步开外时,交警扬起来拦车的手却化做一个麻利的敬礼。贺家国这才恍然悟到,自己今天开的不是华美国际的宝马车,而是挂市政府小号牌照的桑塔纳,这台桑塔纳虽说档次远在宝马之下,但因着牌照的关系是有特权的。

禁不住想起了权力对人的腐蚀问题。

权力真有一种难以抗拒的腐蚀力量。刚上任时,听人家喊他贺市长他很不习惯,现在人家若是不喊他贺市长他就不习惯了;刚上任时,看到那些恭敬而顺从的面孔很不习惯,现在看到那些大大咧咧缺少敬意的面孔就不太习惯了;刚上任时,对上主席台不习惯;现在面对任何会议,他都知道自己在主席台的位置应该在哪里,是左四抑或是右五。倘或会议主持者粗心大意,没让他上主席台,他嘴上不说,心里准不高兴,这又是一种不习惯。

这么一想,贺家国就深深理解了钟明仁。自己才是个小小的市长助理,上任只不过三个月,在这么一种现实环境中,心态就发生了如此微妙的变化,何况钟明仁了?!他贺家国若是也像钟明仁一样,在西川二十一年的改革开放中被历史造就为政绩卓然的主帅,只怕比钟明仁高强不到哪里去,没准比钟明仁还霸道。

夫人徐小可今晚又有重要接待任务,家里反正没人,贺家国便将车开到了峡江宾馆,想把沈小阳已整理出来的《西川古王国史稿》前半部看一看,如果不行就换人。这次看望钟明仁,钟明仁又问到了史稿的事,再拖下去就不好交代了。

把放在车上的书稿拿出来,走到大堂,正要让服务员开个房间,赵娟娟从一旁走了过来,笑眯眯地说:"贺市长,到底等到你了,今晚有空接见我一下吗?"

贺家国觉得挺意外,怔了一下:"赵老板,找我有什么事?"

赵娟娟笑得迷人:"没什么事,就是随便聊聊,你不会拒绝吧?"

贺家国认为没这么简单,便问:"对红峰商城,你总不至于还心存幻想吧?"

赵娟娟摆摆手:"那场战斗已经结束,我输了,所以来向胜利者致敬。"

贺家国不动声色地笑了笑:"也许是发起又一个挑战吧?"

赵娟娟反问道:"难道你贺市长不敢接受吗?"

贺家国很潇洒地把手一伸:"赵老板,请吧,我乐意奉陪!"

到了房间,贺家国把房门开着,往沙发上一坐:"有什么话就说吧。"

赵娟娟却反手关了房门:"贺市长,你总不至于对自己这么没信心吧?"

贺家国又把房门打开:"这是有教训的,这个地方曾经教训过我,我得警惕。"

赵娟娟也真做得出来,待贺家国重到沙发上坐下后,又走过去把门关上了:"贺市长,你这警惕性也太高了。你放心,峡江市谁不知道我们是冤家对头,不会有人怀疑我们在一起会搞什么流氓活动。再说陈仲成已经倒台了。"

贺家国不好再坚持了,一边翻着手上的书稿,一边做出漫不经心的样子说:"赵老板,既然你也知道我们是冤家对头,为什么还要来见我?"

赵娟娟在贺家国对面坐下了:"为你的正直和优秀。"

贺家国放下了书稿:"也许你就败在了我的正直和优秀上。"

赵娟娟承认说:"是啊,如果没有你,也许今天的峡江还会一切照旧。"

贺家国缓缓摇起了头:"赵老板,没有我,峡江也不会一切照旧,你的官司还是要输,陈仲成还是要倒,田壮达和那批腐败分子也逃不掉一个。

因为峡江有个比我更正直,更优秀,也更有政治斗争经验的市委书记,这个市委书记叫李东方!"

赵娟娟说:"李东方只是一个老练的政客,说得好听点,是个成熟的政治家,谈不上优秀,我对优秀这个词汇的使用是很苛刻的,对优秀的评价也是全面的。"

贺家国讥讽问:"那么,陈仲成算不算优秀?哦,请不要以成败论英雄。"

赵娟娟淡然一笑:"陈仲成不值一提,他当市委常委和政法委书记时我就没看起过他,信不信由你。而像陈仲成这种人,在他们共产党干部队伍中太多了,像一群苍蝇。有趣的是,他们共产党干部队伍还就是这种人吃得开,升得快。像陈仲成,在某种意义上也算优秀吧,一只优秀的苍蝇……"

贺家国插话道:"赵小姐,你别一口一个'他们',我也是共产党的干部。"

赵娟娟一声轻叹:"我差点忘了,时至今日,你并没辞职,仍然是个挂牌市长助理。"稍一停顿,恳切地说,"知道么?在这里发生过的那场戏是我安排的。"

贺家国一时间真被赵娟娟的恳切打动了:"这,我早就想到了!"

赵娟娟平静地说:"可有两点你肯定没想到,其一,我对陈仲成的影响力,其二,我这样做的真实目的。"

贺家国注意地看着赵娟娟,目光柔和:"哦,你倒说说看。"

赵娟娟说:"陈仲成早成了我手上的狗,他什么时间来,闹到什么程度收场都在我的指挥下。给几块骨头,这类毫无廉耻的狗就能唤来一群。我这么说真有点不凭良心,可在你面前,我又不愿说假话。但要说明的是,我这么做时,内心深处并不是想怎么害你,真的,而是想成全你,是想逼你离开峡江这个深不可测的烂泥潭,死了当官的心,去做中国大陆的李嘉诚。你应该清楚,炸药包已被你点燃了,就算你那时辞职了,我的官司也输定了,你的去留和我个人并没有多少利害关系。"

贺家国想想也是:"这话有些道理,就算我当时辞职,李书记也要干下去!"

赵娟娟继续说,话锋诚挚而尖锐:"可你真让我失望,这么聪明,这么优秀的一个人,竟看不清自己的价值所在,竟深深地卷到了那帮政客尔虞我诈的重重矛盾中去了!那么热心为老百姓办事,还让不少老百姓背后骂做流氓市长;东奔西跑当抹布,为市政府处理了那么多难题,还被钱凡兴挤对得里外不是人;对腐败那么痛恨,第一个去点炸药包,又被王培松一脚从政法口踢开;你心里就不委屈?"

贺家国没想到赵娟娟对自己这么了如指掌,怔了好一会儿,才说了实话:"赵小姐,我得承认,你是个很聪慧也很细心的女人,把我的处境和心思全说透了。那么,我也可以实话告诉你:我是觉得委屈,也有过辞职念头,可一想到李东方为了峡江老百姓那么忍辱负重,处境那么难,就于心不忍了。"

赵娟娟很自然地坐到了贺家国身边:"可李东方是政客,你不是……"

贺家国平和地道:"我希望你换一个词,不要说政客,我们干部队伍中有没有政客?当然有,可能还不少,但决不是李东方。"

赵娟娟笑道:"那好,我换个中性词:官员。"称呼也在不知不觉中变了,"家国,你说说看,对于目前的中国来说,是一个李嘉诚更重要,还是一个官员更重要?对一个人来说,是把自己生命的潜能都发挥出来有意义,还是做个碌碌无为的小官僚有意义?有些人除了当官,什么事都不会做,你不是这样啊!"

贺家国说:"做一个碌碌无为的小官僚当然没有意义,但做一个坚守良知,为民做主的好官还是很有意义的。所以,我一直认为:中国现在既需要一个个李嘉诚,更需要一大批无私无畏愿为我们国家和民族押上身家性命的优秀官员。"

赵娟娟摇摇头:"别说这些大话,亏你还在美国呆过,都不知道个人至上!"

贺家国说:"美国个人至上不错,但在爱国主义这一点上也许还强过我们!"

赵娟娟长长叹了口气:"家国,我看你是可惜了,你的优秀也许要葬送在这种虚幻的理想中了。时至今日你还没看透吗?就你这种书生气十足的人,能见容于这个僵化的体制吗?更甭说改变它了!这个体制不但能碾碎你,也能碾碎你的后台李东方。你们都不是救世主,你们纵然是把身家性命押一百次,也挽救不了一艘巨轮的沉没。因为这种沉没是缓慢的,是不知不觉的,甚至是十分幸福的,巨轮上的人们并没有意识到这一点,他们对你们忠诚的回报只能是把你们扔进大海!"

贺家国大为吃惊:这个漂亮女人竟然会这么有思想,虽然她的论断是不可接受的,但她在和陈仲成那些大大小小的腐败分子打交道的过程中所看出的深层次问题,却不能不引起他的注意。一时间,贺家国甚至认为,她这种话应该到全市党政干部大会上去说,让那些大大小小的官员们都听一听,以引起应有的警觉。

然而,在一种不能接受的论断面前,他这个市长助理不能保持缄默,于是,便庄重地说:"赵小姐,我还没看出这艘巨轮有沉没的迹象,真没看出。这艘巨轮从三中全会的历史港湾驰出之后,在一场场暴风雨中行驶了二十多年,创造了举世瞩目的改革奇迹,这是个不争的事实吧?至于说这艘巨轮有毛病,比如你提到的体制上的问题,甚至某种程度上的僵化都存在,否则就不需要继续深化改革了,也用不着一批又一批优秀的水手去划这条大船了!"

赵娟娟苦苦一笑:"家国,你说的这些究竟是真话还是官场上的大话套话,我不知道,也不想再知道了。可我要告诉你:这么多年来我真是头一次在一个官员也是一个男人面前说这些!因为我对这个官员、男人是真诚的,不想讲假话!"

贺家国心中一动,点点头说:"我相信这一点,为此,我也谢谢你!"

赵娟娟恋恋不舍地站了起来:"时间不早了,我要走了,最后再说一件事:请你马上转告李东方,让他心里有个数,峡江的这场廉政风暴马上就要刮到他自己头上去了!他小妹妹李北方四年前在峡中县工商局当副局长时受贿三万,今天已经被人家举报了,最近几天,李北方也许也要到检察院反贪局报到去了。"

贺家国呆住了:"你这消息是从哪儿来的?是不是从赵达功那里?"

赵娟娟一下子满眼含泪:"家国,你别问了,我什么都不能说。在峡江这种政治泥潭里,什么事不会发生?!你以后也要多加小心。"

贺家国点点头,想了想,又问:"事到如今,你能不能和我再说点实话:你和赵达功到底是什么关系?社会上怎么传得这么邪乎?"

赵娟娟略一迟疑,睫毛上挂着泪珠,勉强微笑着:"社会上传的那些话你也相信?还有人说我是赵达功的亲戚哩!事实很简单,我是他树起的私企典型,能维护的时候,他总要维护。"

贺家国不太相信:"我这个前岳父大人有风流的老毛病,当年在青湖就犯过这样的错误,他和你就会这么清白?娟娟,请你在我面前说实话好不好?这完全是私人之间的谈话。"

赵娟娟泪水挂落下来,在俊俏的脸颊上流着:"家国,请你别再问下去了,谁问我都不会说,因为这不是他的错,他并不是陈仲成那类无耻之徒,他是个孤独而出色的政客,和我挺谈得来。可以告诉你:我们今天谈论的这些话题,我和赵省长都谈过,赵省长对我很欣赏。"

贺家国心里有数了:"你这意思是不是说,是你主动的?以色相换取了权力的支持?"

赵娟娟态度鲜明地摇了摇头:"NO,我没这个意思,而且仅凭色相,我和赵省长也不会处到这一步!"想了想,又说了句,"你就没发现,这个做过你岳父的省委领导很孤独吗?"

赵娟娟又一次提到孤独,贺家国才笑了笑:"其实每个人都有孤独的时刻。"

赵娟娟挺真诚地说:"但愿你以后少一点孤独的时刻。"说罢,强笑着把一只白嫩的手大大方方地伸了出来,"好了,再见吧,家国,真不知哪天才能再见!"

贺家国从赵娟娟的话里悟出了点什么,握着赵娟娟的手,出自真诚的关切,脱口问道:"是……是不是检察院已经找你了?我……我能帮你做点什么吗?"

赵娟娟仰起已被泪水浸湿的美丽面孔,闭上眼睛:"那就给我一个吻吧……"

贺家国啥都明白了,迟疑了一下,双手捧着赵娟娟的脸庞,在赵娟娟的额头上吻了一下。在嘴唇和额头相触的一瞬间,赵娟娟倒在了贺家国怀里,手捏成拳一下下擂着贺家国胸膛,饮泣着说,"贺家国,你知道吗?我买过你的一条腿,两万定金都付了,最后还是下不了手啊!我……我可能前世欠你的太多……"

贺家国捂住赵娟娟的嘴:"娟娟,这事既然没发生,就……就不要再说了!"

赵娟娟拿开贺家国的手,抹去了脸上的泪水,又变得庄重起来:"家国,如果几年以后你不当市长助理了,重回华美国际公司,我去跟你创业,你会要我吗?"

贺家国沉默片刻,点点头:"如果真有那一天,我……我一定把你请过来共展鸿图……"

三天以后,赵娟娟因行贿罪被峡江市检察院拘留审查,其后转捕,红峰商城诉讼案这才算最后画上了句号。当沈小兰来送布艺样品,提起这事时,贺家国心里说不出是什么滋味,只淡淡地说了句:"可惜了,赵娟娟本来也挺优秀的……"

57

电话铃声骤然响起时,已是夜里十二点了,李东方迷迷糊糊刚睡着,是夫人艾红艳接的电话。艾红艳一听是贺家国,而且,说的又是李东方小妹妹李北方受贿的事,心里一惊,忙推醒了李东方,让李东方和贺家国通了话。通话结束后,李东方坐在床上直发呆,怎么想也不相信这是真的,还以为自己没醒透,是在做噩梦。

艾红艳说:"你发什么呆?还不快把北方叫过来问问呀?"

李东方这才打了个电话给妹妹李北方,要李北方马上到他家来一下。

等候妹妹时,李东方已嗅到了某种政治阴谋的气味。妹妹四年前在峡中县工商局当副局长时受的贿,怎么今天突然被人家举报出来了?如果没有这场他一手掀起的廉政风暴,这种举报会发生吗?这背后难道没有人在做他的文章吗?看来,诋毁他的不仅仅是市委大院里的风言风语,还有具体的行动。

心里真希望妹妹李北方没受过什么贿,真希望这只是某些政治阴谋家的诬陷。可不幸的是,李北方一进门就承认了:她四年前在峡中县工商局做副局长,主管电脑设备购置时,确实拿了迅通科技公司三万元回扣。

李东方气死了,手指几乎杵到了李北方的额头上:"北方,你怎么就敢拿这三万块回扣?啊?不为你自己想,也不为我想想吗?那时候我已经是市长了!市长的亲妹妹受贿,你让我怎么面对全市干部群众!怎么有脸四处作廉政报告!"

李北方吭吭唧唧说:"大哥,这……这我得解释一下:迅通科技公司是挂靠在省国际投资公司名下的,当时……当时归赵达功的夫人刘璐璐分管,你和赵达功一个市长,一个市委书记关系那么好,迅通又有规定,只要……只要为他们拉到业务,都有业务介绍费,王总硬要付介绍费,我……我推不掉,就拿了这一次……"

李东方怒道:"迅通作为一个商业公司当然可以对外支付业务介绍费,从事商业中介的机构和个人也可以拿业务介绍费,可你李北方是什么身份?你是峡中县工商局副局长,是公务员,其一,你不能拿这笔介绍费,其二,拿了也得按规定上交!你拿了这笔钱装进口袋里,就是受贿,就是犯罪,这没有什么好说的!"

一切都清楚了:阴谋来自赵达功,这位从前的老领导、老朋友在对大老板钟明仁发难的同时,又一次在暗中对他下手了,以他其人之道治他其人之身了。不禁再次想起了赵达功曾意味深长说过的话:大家都认真,只怕大家也都要倒霉了。一点不错,现在大家都倒霉了,谁都没有好日子过了,从钟明仁,到赵达功,到他李东方。

李北方也吞吞吐吐说到了这个问题:"……大哥,人家……人家现在背后都议论,说赵达功懂得保护干部,你……你不但不保护,还……还跟着省纪委的王培松上劲,拼命……拼命扩大打击面!还……还有些同志说,你要是早听赵达功省长的话,峡江……峡江就不会闹到今天这种人人自危的地步了……"

李东方气狠狠地打断了李北方的话:"错了!正因为我过去一直听赵达功的,大事小事服从他,才有了今天,才用错了这么多人,让腐败形成了气候!"

李北方看看李东方,又看看一旁的艾红艳,可怜巴巴的,不敢再说下去了。

这时,一直没做声的艾红艳插了上来:"东方,这是在家里,你就别光说这些不解决问题的大话了,咱说点实际的:北方这事到底怎么办?她进去了,我们的脸往哪里摆?你看,能不能出面和王培松书记或者市检察院先打个招呼……"

李东方瞪了艾红艳一眼:"这种招呼能打吗?"遂又没好气地对李北方说,"北方,我告诉你,也算给你交个底:这一次我和市委是下定了决心,对腐败分子一追到底,哪怕是涉及到赵达功也照查不误!所以你就不要抱任何幻想了,明天一早就去向市检察院坦白自首,主动交赃,把受贿事实全讲清楚,我所能做的惟一一件事是:如果钱不够,我可以帮你凑一凑!"

李北方说:"三万块钱我拿得出来。"心里还是存在着幻想,"大哥,能不能再等一等?我不过就是拿了点回扣,又是你亲妹妹,市检察院也未必就会抓我。"

李东方摇摇头:"不行,你必须自己去争取主动,走坦白从宽的道路。"

艾红艳说:"北方这话也不是没道理,起码市检察院要向你汇报……"

李东方烦透了,也火透了:"不要说了,检察院不抓,我也得让他们抓!我现在一举一动都被许多眼睛盯着,必须站得正,立得直!己不正何以正人!"

那夜,妹妹李北方带着明显的怨愤走后,李东方失眠了,想来想去都是赵达功,越想越觉得这个政治人很可怕,一方面拼命把他往自己的政治战车上拴,给钟明仁、王培松这些领导同志造成一种赵李同盟、观点一致的假相;另一方面又从没放弃过暗中对他的政治反扑,四起的谣言和今天的事实充分证明了这一点。而且不可思议的是,这个政治人在如此的被动之中仍占有一份主动,迄今为止,包括陈仲成、赵娟娟在内,那么多亲信红人落入法网,赵达功竟安然无恙。陈仲成对自己和赵达功交往的秘密至今守口如瓶,赵娟娟被捕后也没在任何问题上涉及赵达功,赵娟娟供出了陈仲成和五六个上过她的床的大小官员,却绝口不谈赵达功。赵达功这种未雨绸缪的周全算计和准确的预测水平,都不是一般人能达到的。

因为是个政治人,赵达功也就很懂政治,内心的虚弱谁也看不出来,这阵子抛头露面的次数突然多了起来。省电视台的西川新闻里几乎每天都有他的镜头,不是在这里讲话,就是在那里视察,甚至还在省作家协会组织的诗会上进行诗朗诵。给人的印象是,这位省委常委、副省长非但没有倒台的危险,倒是风头正健。

李东方由此又想到,赵达功这个政治人既然一时还倒不了,那么就一定会将政治攻势顽强继续下去,下一步必将逼他在国际工业园问题上和大老板钟明仁决一死战,自己坐山观虎斗。

果不其然,一周后,在共同接待欧洲一个政治文化代表团的外事活动间隙,赵达功把李东方悄悄拉到一旁,仍像以往一样亲热,笑呵呵地说:"东方啊,我接受了你老伙计的批评,把该做的全做了,该说的也全说了,你怎么办呀？国际工业园还不该关园吗？你老兄还准备让我们青湖的老百姓忍耐多久啊？"

李东方挺自然地笑着："老领导，你放心，我这人你是知道的，嘴上不说，心里啥都有数！该做的工作早就在做了，准备尽快开个会，先把污染最严重的十二家企业头一批关掉！"

赵达功很恳切，也很知心地说："东方啊，最好是全园关闭，不要拖了，也不要抱什么幻想了，还是趁热打铁比较好，对你和峡江都比较有利！你现在关园，大老板会把账记在我头上，你就没太多的压力了，是我在省委的民主生活会上开的炮嘛！"自我感动着，又说，"我们是老伙计了，我除了有个对党和人民负责的问题，还有个为你老伙计负责的问题。"

李东方连连点头，应和说："是的，是的，老领导，你的为人峡江的干部群众谁不知道？这阵子大家都挺怀念你哩！现在市委大院里议论可真不少，都说你老领导懂得保护干部，连我小妹妹李北方都这么说，怪我当初不听你的话。"

赵达功摆摆手："东方啊，这些没原则的话不要听，也不要往心里去！我这个人啊，过去就是太讲感情，太善良，总把人往好处想，结果才在用人方面犯了这不少错误，也给峡江的工作造成了一定的损失，给你们这届班子添了麻烦！"说到这里，停下了，似乎很随意地问，"哦，东方，怎么听说北方也卷进去了？"

李东方也很随意："经不起考验嘛，四年前收了一家电脑公司的回扣，被举报了，主动退了赃，检察院说可以不抓，我没同意，让他们抓了，就是前天的事。"

赵达功拍拍李东方的肩头："你老伙计就是过得硬！"想了想，却又以一副朋友式的口气说，"不过呀，也别走极端！该关心还是要关心，北方毕竟是你亲妹妹嘛，你真这么板着脸公事公办，老百姓还会骂你！骂你什么呢？骂你只爱惜自己的羽毛，骂你没人味！对自己的亲妹妹都没人味，对老百姓还会有人味呀？啊？"

李东方只有苦笑："老领导，这理怎么全在你手上了？我算服你了……"

正说到这里，省政府一个秘书长过来了，说是和欧洲代表团中国问题专家的会谈马上就要开始了，请二位省市领导入座。李东方和赵达功这才中断了暗藏锋机的交谈,步入多功能国际会议厅。

那天很有意思,和赵达功的交谈暗藏锋机,接下来,和欧洲那十几个中国问题专家的会谈也是暗藏锋机的。欧洲这个代表团里,有个叫威廉的中国问题专家是欧洲议会议员,据我方翻译介绍说,曾八次来华访问,一直关注着中国正在进行的这场历史性改革。

威廉议员在会议一开始就开门见山说:"对中国的事,我有三个不理解:一、你们有一首著名的歌曲唱道:'一九七九年,那是一个春天,有一位老人在中国南海边画了一个圈。'我的第一个问题是:这个圈怎么就这么起作用?"

赵达功微笑着,很有风度地回答说:"你说的那位老人是邓小平,画圈的地方是深圳,搞特区的这个决定符合中国人民打开窗口看世界的渴望,符合中国改革开放的实际,符合中国人民的根本利益和长远利益,所以这个圈就起了作用。"

威廉议员反问道:"我想请教一下副省长先生:这是不是一种个人迷信?"

赵达功反应机敏:"议员先生是中国问题专家,想必知道中国'文化大革命'的不幸历史。如果说个人迷信,改革开放前,中国人民对毛泽东的个人迷信是相当厉害的,但毛泽东在邓小平问题上画了很多圈,三次把邓小平打倒,因为违背了中国人民的意志,最终没起作用,邓小平还是成了我党第二代领导核心。"

威廉议员提出了第二个问题:"你们开会的时候,只有一个官员讲话,怎么台上坐了这么多官员?他们坐在台上干什么?愿意这么浪费时间,浪费生命吗?"

赵达功笑眯眯地把球踢给了身边的李东方:"议员先生,我们就请这位经常坐在主席台上的峡江市的最高党政官员李东方先生回答这个问题吧!"

李东方一时间不知该怎么回答,论这种政治机智他真不如赵达功。可球在脚下转着,不说又不行,只得斟词酌句说:"这是中国目前政治生活中一个比较普遍的现象,也是我们力求改革掉的弊端之一。形成这种弊端的因素是多方面的,很难用几句话说清楚。比如,它是一种判断标准:台上官员坐的多与少、官员职位的高与低,证明有关方面对这个会议的重视程度。有些会议我并不想去坐,我有许多更重要的事要干,可不坐却又是不可以的,人家会以为你对这个会议不重视。"

赵达功风趣地插话道:"李东方先生是个务实的官员,所以不愿坐,但并不是所有官员都不愿去坐。我们有些官员已经成了会议的奴隶,我看除了坐主席台,只怕什么都不会干了,开什么会知道自己该坐什么位置,如果会务人员放错了牌子,让他坐到了低于他级别的位置上,那将引发事件,先生们,是事件啊!"

威廉和会议厅里的十几个洋人友好的大笑起来。

李东方见赵达功谈得很放松,也就放开一些了,继续说:"问题还不仅仅是官员,老百姓也逼着我们的官员都往主席台上坐:该你出现的场合你不出现,谣言便会四处传播,以为你这个官员已经倒台了。"

赵达功又风趣地插话道:"——所以呀,我们在改革会议上的许多努力,迄今没有太大的收获,和我们在经济上所取得的改革成果相比,是很令人沮丧的!"

洋人们又是一片友好的笑声和掌声。

这时,威廉提出了第三个问题:"我经常看到中国媒体上出现关于普法教育的报道——我这里说的不是对一般民众的普法教育,而是对政府官员的普法教育。我不明白,你们政府官员不懂法怎么施政?你们现在还要普法,是不是说以前就不守法?这个问题,我很希望听听副省长先生的高见。"

赵达功便侃侃而谈:"中国的法制是在改革开放的二十多年中逐步完善起来的,现在的法律文件之多,分类之细,任何一个官员已不可能耳熟能详,除非他是一位法律研究方面的专家。我们对官员的普法教育,就是要教育倡导官员们依法办事,依法施政,不要在施政时违犯相关法律,而不幸成为被告并且败诉。先生们,由于法制的日趋健全,中国官员和权力部门被民众告上法庭的事例经常发生,如果哪一天我们省政府被几个普通中国民众告上法庭,也不是什么奇怪的事……"

嗣后,又有几个客人谈到了人权问题,西藏问题,赵达功均礼貌而不失原则地给予了回答。观点虽然全是中国政府反复向世界宣布过的观点,可从赵达功嘴里说出来,就有了一种微妙的说服力和亲和力,也就和客人达成了某种程度的沟通。

看着赵达功谈笑风生的面孔，李东方又生出了一番感叹：这么多年在一起搭班子，他心里太清楚了，论工作能力和聪明才智，赵达功真不在大老板钟明仁和现省委任何一个主要领导之下。钟明仁要把赵达功当做未来的省长人选向中央推荐是有根据的。赵达功若是草包一个，钟明仁就不会推荐，他在长达八年的合作期间也不会这么臣服于此人。遗憾的是，此人聪明过了头，心里从来就没有人民的利益、国家的利益，只有他个人的政治利益，而且也太爱玩政治权术了，这就把他自己毁了，也把手下的许多干部毁了……

　　也就在这一天，在省市机关流传了许久的一个消息终于得到了证实：中央有关部门对赵达功的问题很重视，中纪委和中组部的一个联合调查组已飞抵峡江，就赵达功的问题展开了全面调查。和赵达功共同接待欧洲政治文化代表团的那日晚上，联合调查组的一位中组部领导就把李东方请到了柳荫路四十四号省委招待所，和李东方进行了一次严肃认真的谈话，谈话涉及的问题很多，其中包括赵达功的政治品质。这时候，心灵上饱受创痛的李东方已把赵达功的本质看透了，再没有任何犹豫和迟疑，把自己知道的、想到的，全向联合调查组领导同志做了汇报。

　　尽情地倾诉过后，披着满天星月离开省委招待所时，李东方心情难得如此舒畅，有一种卸去包袱、大快淋漓的感觉……

第十五章　死不瞑目

58

李东方在全市党政干部大会上讲话时提到河塘村以后,河塘村的名气骤然大了起来,连躺在医院的大老板钟明仁都注意到了。钟明仁专门把贺家国找来谈了一次,了解有关情况,看法和李东方完全一致,认为河塘村的选举结果意味深长。

钟明仁指出:"……问题不在于选了一个算命先生上台,而在于我们的党员人家老百姓一个不要!河塘村三十二个党员中不可能一个好人没有,为什么人家就是不要呢?以前的党员干部太腐败嘛,腐败给老百姓造成的印象很深嘛,老百姓一旦有了民主权利,不赶你下台才怪呢!实际上警钟早就敲起来了,我们有些同志就是充耳不闻,就不愿多想想怎么做好这个人民公仆,还在那里为了自己的所谓政治利益机关算尽,想着法子保护腐败分子,我看呀,这不但是失职了,也很愚蠢啊——我就不信搞民主选举老百姓会选他赵某人做省长、副省长!"

钟明仁一边批评赵达功,一边也冷静地进行了反思,头一次把贺家国当做了自己的同志和朋友,说得诚恳而坦然:"——当然,平心静气地想想,也不能说赵达功对我的批评就不对,此公是不是别有用心,是不是搞政治讹诈,我们先不管他,可他的观点基本上是对的,一把手现象确实存在,决策不民主,用人不民主的现象,不但在峡江市,在西川省存在,在全国不少地方也存在。改革开放之初,"左"的那一套还很有市场,不这么干不行,政治形势需要有乔厂长这种人拳打脚踢去开创局面,所以一部《乔厂长上任记》才会风行全国。以后政治形势稳定了,政治生活正常了,再这么干就不行了,势必要走到事物的反面,走上主观和客观相背离的道路……"

那天钟明仁情绪不错,针对民主说了不少话,说到最后,又一次主动问起了国际工业园,要求贺家国一定说真话。贺家国见钟明仁身体状况和精神状况都还不错,才把有关情况说了——仍没敢说透,怕钟明仁一下子接受不了。说完后,还趁机向钟明仁推荐了两本环保方面的书,一本是《寂静的春天》,一本是《大熊猫深思录》。

话虽没说透,钟明仁已经有点吃不消了,这位大老板怎么也不相信国际工业园的污染会这么严重,而且除了关园,竟然无路可走。十五年了,钟明仁看到的,听到的,全不是这么回事!钟明仁听罢虽然没发火,可态度还是有所保留,深思着说:如果你和李东方说的这些情况都是真实的,那么钱凡兴、吕成薇他们就和我说了假话。贺家国也不客气了,把钱凡兴的所作所为如实汇报了一番,包括在时代大道资金问题上"逼宫"的设想。钟明仁气坏了,这才知道自己差一点被逼上梁山,愣在那里连叹了几声"可怕,可怕",感慨说,缺少民主作风真是害己害人啊。

贺家国担心钟明仁的心脏吃不消,不敢多说了,建议钟明仁以后搞点微服私访。

钟明仁苦笑起来:"你这狗娃,又异想天开了吧?我搞什么微服私访啊?现在还是微服私访时代啊?有了电视以后,我就成西川最大的明星了,走到哪里人家认不出来?害得我连上街逛逛的自由都没有喽!"

……

从钟明仁那里回去,贺家国向李东方进行了一次汇报,李东方觉得时机成熟了,准备把国际工业园十五年来的污染材料陆续送到医院去,让钟明仁自己看,自己做出判断,以便促成问题的早日解决。同时,李东方要求贺家国根据钟明仁的这个谈话精神,把河塘村的材料好好搞一下,尽快在《内部情况》上发出来。李东方把话说得很明白:在这种廉政风暴越刮越猛的时候,就是要把政治警钟敲响一点,在长鸣的警钟声中,进一步统一全市各级领导干部的思想。

贺家国硬着头皮接受了任务,情绪却不太高。

河塘村的民主试验并不成功,除了警钟长鸣的意义,几乎没有其他实际意义,贺家国心里最清楚:他的民主理想已被现实无情地粉碎了。河塘村的新村委会开了三次会吵了三次,第三次还打起来了,一个姓王的村委被飞起的烟灰缸打破了脑袋,缝了五六针。除了一个为风水改村门的决议外,什么决议也没做出来。村主任甘子玉一看玩不转,干脆不管事了,整天忙于给人算命看相,据说陈仲成被捕前就找他算过,算得还很准,甘子玉的名气就越来越大,一段时间内,省市不少小车直开河塘村,影响极坏。副主任聂端午倒干事,却也不是什么带领群众奔小康的正事,而是不断上访,从镇上到县里,带着十几个人三天两头跑个不休。不但告前任三届村委会的党员干部,也告甘子玉,说甘子玉有意包庇甘姓腐败分子,和腐败分子同流合污。计夫顺只要向他汇报起来就叫苦连天,骂骂咧咧。

  这时候他又发现,计夫顺也把他坑了一把,市农行把三百万贷出去后才知道:那八十八亩地国有转让金镇上一分钱没交。想追回贷款已来不及了,不到三天时间,太平镇账上的钱只有不到二十元了。行长拿计夫顺没办法,非逼着贺家国写下"合谋诈骗"的字据。贺家国只好自认倒霉,把字据留下了。当天冲到镇上对计夫顺就是一顿臭骂,骂计夫顺内战内行,外战外行,不到外面去骗,竟找到他这个抓点的市长助理来骗。计夫顺却觍着脸和他开玩笑,说这是让他为民主付点小代价,气得贺家国恨不能扑上去狠狠咬下计夫顺两口肉来。

  带着沈小阳等人下去搞材料时,河塘村的民主已不堪收拾了。

  计夫顺和刘全友汇报说,河塘村近三百口子村民昨天一齐找到镇上来群访了。三百口子分属两派,一派是以聂端午为首的老上访,要求镇政府主持公道,揭开村里的腐败盖子。另一派是自发组织起来的村民,要求解散这届村委会,重新选举——选村支书段继承做村主任。两边的人差点在镇政府门口打起来……

  贺家国没听完头就大了,没好气地道:"这两个月不到,又要重选了,拿民主开玩笑啊?他们早干什么去了?当初为什么要投甘子玉的票?为什么不投段继承的票?民主的结果必须尊重,民主的代价也得他们自己承担,天下没有免费的晚餐!"看了计夫顺一眼,还讽刺了一句,"连我不都付了三百万代价吗?!"

  计夫顺一时没敢做声——那三百万让他内心有愧。

  刘全友却苦着脸说:"贺市长,你说的这些话呢,我们也和他们说了。可他们不少人说,他们当时就投的段继承的票!有人说,他们是一时糊涂,你上级政府不能糊涂,不能不管老百姓的死活呀!"

  计夫顺这才赔着小心说:"贺市长,这事我也向你汇报过的:小段他们落选后,镇党委专门给村上三十二名党员开过会,在政治思想工作上狠下了点功夫,加上甘子玉、聂端午他们上台后不干正事,这一正一负,情况又起了些积极的变化。"

贺家国心里一动:"你们的意思是不是重选?"

计夫顺试探着说:"这得你市领导点头,这里是你抓的点嘛!"

贺家国认真问:"重选一次,你们有把握把段继承他们选上来吗?"

夫顺想了想:"民主选举的事说不清楚,有希望,但不敢说有把握。"

贺家国又泄了气:"没把握还说什么?再出一回洋相啊?还是多做做甘子玉、聂端午他们的工作吧,不行就让村支部先取代村委会行使职权!对那个聂端午要警告一下:村里的事村里民主解决,老跑到镇上、县里闹什么?镇里、县里又没包庇谁!"

计夫顺说:"还不光镇上、县里呢,他们还说要到市里找李书记和钱市长上访呢!聂端午四处宣传说,市里眼下正大搞反腐败,正可借这个东风彻底解决问题!"

刘全友也发牢骚说:"这都是民主闹的呀,以前聂端午哪有这个胆!"

贺家国说:"你们给我拦住!他们真跑到市里给我大出洋相,我拿你们是问!"

计夫顺和刘全友连连答应,说是再做做工作吧。

没想到,计夫顺、刘全友两人出面也没把河塘村的工作做下来。

聂端午和多数村委仍坚持清账组不要甘姓大户的人进组,说是民主决策,必须少数服从多数。计夫顺指出:这个意见很荒唐,不是个少数服从多数的问题,而是挑起宗族矛盾的问题。计夫顺代表镇党委和镇政府严肃批评了聂端午。聂端午当时没说什么,第二天一早,带着村委会五个村委和几十个村民开着几台手扶拖拉机进了城,真就到峡江市政府上访来了。到市政府门口,马上打开了一条标语:"反腐败要动真格的!"好像峡江现在的反腐败是做游戏!更要命的是,这帮人竟拦了钱凡兴的车,害得钱凡兴到省政府开移民工作协调会迟到了半个多小时,挨了白省长的批。

钱凡兴本来就对贺家国的民主试点不满,这回逮着发泄茬子了,在市政府门前摆脱纠缠后,就在车里给贺家国打了个电话,把正在峡江宾馆研究《内部情况》稿件的贺家国连讽刺加挖苦地训了一通。贺家国也不示弱,听完钱凡兴的训,抓起电话变本加厉死训计夫顺,把计夫顺骂了个狗血喷头,也不听计夫顺的任何解释,连在场的沈小阳听了都吓得一惊一愣的。

沈小阳可没见过贺家国这么发火。

这时候,贺家国心里残存的最后一点民主理想也消失了,要计夫顺采取一切有效的措施阻止这种影响恶劣的群访,不准一个人走出太平镇!

计夫顺觉得挺为难:"贺市长,聂端午他们打的可是反腐败旗号……"

贺家国道:"这我不管,老计,你看着办好了,反正你的土办法多!"

计夫顺问:"那……那就不要民主与法制了?这……这可是你一直强调的。"

贺家国火气更大:"还民主与法制?老计,你别给我绕了,你什么时候搞过民主与法制?啥事不是糊弄我?该怎么办怎么办吧,我现在认了,只要实际效果了!"

通过电话后,沈小阳小心提醒说:"贺市长,我姐夫他们的土办法可狠着哩,镇上郝老二那几个地痞现在还被押着修路,都快两个月了,一个个被晒得像鬼似的!"

贺家国挥挥手说:"这事我知道,不这么干怎么办? 就看着郝老二他们今天抓人家的兔子,明天扒国家的公路? 四处横行霸道?!"苦笑了一下,自嘲道,"抓了太平镇这个点,我算了解中国国情了! 书生气太重什么也干不了,连后山村村民的身份证都办不下来。我亲自到村里劝村民办身份证,村民们反倒指责我乱收费! 老计他们背着我让派出所把警车一开去,铐走两个吵得最凶的,几百个身份证一下子全办上来了!"说到这里,打住了,继续谈工作,"——还是说稿子吧,河塘村的稿子也不能光警钟长鸣,还要重点谈一下民主的渐进性和改变国民素质的问题……"

沈小阳和宣传部的几个同志看着贺家国,马上记录起来……

59

贺家国在太平镇的种种试验差不多全失败了,经常挂在嘴边的民主与法制也不要了,只要实际效果了,让计夫顺产生了某种带有幸灾乐祸意味的开心。那天接了贺家国的电话后,计夫顺理直气壮了,决定来点硬的,让刘全友和派出所张所长陪着,开着两辆警车,带着五六个民警去了河塘村,把聂端午、甘子玉和跟着聂端午上访的几个村委全传到了村委会,拉开架子准备正式训话。

训话之前,计夫顺先把一副晶亮的手铐往桌上一撂:"先给我看清楚了,这是啥玩意儿?"

村主任甘子玉最先看清楚了,认定计夫顺要拿四处上访的聂端午开刀,不无深意地瞅了聂端午一眼,递了支"三五"烟给计夫顺,好像是计夫顺的同谋:"计书记,这不是手铐么,铐人用的,咦,还是新的哩,计书记,咱今天铐谁呀?"

计夫顺抽着甘子玉敬的烟,却黑着脸,拿主动送上门的甘子玉先开了刀:"谁和你'咱'?你和我套什么近乎?还问铐谁?就铐你!你身为村委会主任除了大搞封建迷信活动,什么正事不干,难道不该铐吗?!"提着手铐在桌上敲着,"甘子玉啊甘子玉,你就给我好好造吧,啊,继续造,前算八百年,后算八百年,有病不吃药,地球要爆炸!我看你甘四先生得先给自己算算了,算算你什么时候也会闹上一场牢狱之灾!"

甘子玉吓白了脸,极是委屈地辩解:"计书记,我……我可没说过看病不吃药,地球要爆炸哇!计书记,我向你汇报过的,我是八卦预测学,是科学上的事!"

张所长马上配合:"甘子玉,你没说过这些话,怎么群众会有这种强烈的反映呢?群众既然有反映,你就得跟我到派出所去说说清楚,不说清楚就别回来了!"

甘子玉仍辩解:"计书记,张所长,这是有人害我啊!目前我们河塘村的社会局面很复杂,不太安定团结……"

计夫顺挥挥手:"好了,好了,甘子玉,你别说了,我和张所长今天对你只是个警告,你也不要太紧张,群众对你的这种强烈反映,我们要查,这也是对你负责嘛!你呢,心里要有点数,先把你的八卦预测学收起来,好好配合村党支部,把工作抓起来。"

甘子玉抹着一头的大汗,连连应着,又不停地四处散烟。

计夫顺这才把目光扫向了聂端午:"老聂,你本事大呀,还真带人到峡江市里去闹了,连钱市长的车都拦了!说说吧,下次准备什么时候去?我和刘镇长、张所长陪你们一起去!"桌子一拍,又像闹民主之前一样耍起了威风,"聂端午,我告诉你:我的忍耐是有限度的,你再这么领人闹下去,我有你的好看,这铐子你给我看清楚了!"

聂端午不怕:"计书记,你别吓唬我,我们这是反腐败,受法律保护!"

计夫顺说:"谁不支持你反腐败了?可你们的反法合适吗?民主选举时党员候选人一个不要,现在是什么结果你们也看到了。甘姓村民一个不要,你们这反腐败我就很怀疑,肯定挑起宗族矛盾!我那么和你说,你就是不听,闹到镇上、县上还不算完,又闹到了市里!今天段继承和你们村委们都在场,我也把话说清楚:你们反腐败我支持,清账小组由村党支部负责组织,段继承任组长,镇党委派人监督。"

聂端午很固执:"这不民主,得少数服从多数,多数村委定了的事就得执行!"

计夫顺桌子一拍:"有民主还要有集中,还要有党的领导!"

聂端午根本不认账:"贺市长讲话时说了,村委会的原则就是民主自治。"

计夫顺道:"那我也告诉你:贺市长还说了,村里的问题村里解决,村里解决不了的,由镇上定,镇上定不了的,由县里定,再到市里胡闹,就把你们全铐起来!"

聂端午很强硬:"贺市长要这么说,我连贺市长一起告!贺市长凭什么铐我!"

刘全友也拍起了桌子:"就凭你敢连贺市长一起告。张所长,把他铐起来!"

张所长抓起桌上的铐子威胁道:"老聂,你真想跟我走一趟,是不是?"

聂端午主动把手伸了出来:"铐吧,现在有民主和法制的武器,我怕啥!"

张所长被激怒了,和两个民警冲上去,揪住聂端午就要铐。

计夫顺却被聂端午的话提醒了,怕闹出更大的乱子——今天毕竟不是过去了,民主管用不管用不说,民主的种子毕竟让贺家国种上了,聂端午真拿起民主的武器和他拼到底,结果如何真说不准。便拦了上来:"等等,等等,让我再和老聂谈谈。"

聂端午气更壮了:"谈什么谈?你们铐好了,为了民主权利我不怕铐!"

计夫顺忍着气问:"老聂,你一口一个民主,一定要少数服从多数是不是?"

聂端午点点头:"这还用问?这道理连小孩子都知道!"

"在村委会九个村委里,你们是多数?"

"当然是多数,这大家都知道的!村委都在这里,你可以当场问!"

"在河塘村你们也是多数吗?你们所有外姓村民加在一起也没占到一半吧?"

聂端午怔了一下,不做声了。

计夫顺说的这是事实。

计夫顺心里有底了,带着讽刺,继续说:"老聂,你现在差不多成民主专家了,我轻易都不敢和你说话了。我问你,民主在民对不对?重大问题要由全体村民决定对不对?我们让河塘村全体村民表决一下看看,你们这个清账组的方案能不能通过?如果在村里占多数的甘姓村民不让一个外姓村民进清账组又怎么办?啊?这种民主结果你们也能接受吗?"

聂端午想了想说:"真是这么个结果,那腐败就更要反,说明问题更严重!"

计夫顺脸一拉:"那我看你这民主就是假的,就是故意捣乱,你敢再煽动闹事,我就对你采取措施!不信你就试着看好了!"又看了看其他几个村委,"清账组的事,就这么定了,我再说一遍,由村党支部和段继承同志负责!有什么想法都可以和段继承说,也可以和我说!"又对张所长交代,"谁再跑到市里去群访,你就给我铐回来!"

聂端午气反倒壮了起来:"那我把话说清楚:哪怕只我一个人,我照样到市里去上访!"

计夫顺被逼上了绝路,心一狠:"反了你了,张所长,给我铐!"

张所长早就想铐了,计夫顺话一落音,马上把聂端午铐了起来。

在回去的路上,计夫顺还试图做工作,告诉聂端午:民主是共享的,不是哪一个人或者哪一部分人的特权。你有民主权力,别人也有民主权力;你的民主权力不能侵害别人的民主权力,更不能以民主为借口,四处胡闹。聂端午先是不理不睬,待计夫顺说到最后了,头一昂,突然冒出了几句话:"当年谭嗣同为维新变法都死了一回,我聂端午怎么就不能为民主被你们铐上几次?你们多铐我几次,我的威信就上去了!"

计夫顺哭笑不得:"好,好,等你威信上去了,刘全友的镇长就让你当!"

到了派出所,天已黑透了,把聂端午关到后院黑屋里,计夫顺要回去了。

张所长把计夫顺送到门口,哑着嘴问:"计书记,怎么处理这头犟驴?"

计夫顺也不知道该怎么处理,想了想,拍着张所长的肩头说:"让你送个人情,关两天放了吧,我装不知道。不过得让这犟驴清醒一点,以不上访闹事为原则!"

说完这话,计夫顺向街面上扫了一眼,无意中发现有个人从不远处的路灯下匆匆走过,身影、面孔好像很熟。开始还没多想,又和张所长说了几句别的,话没说完,突然反应过来:那人的面孔怪不得这么熟,竟是一直没抓到的通缉逃犯郝老大!

计夫顺没顾多想,拉起张所长就追:"快,刚才过去的那小子好像是郝老大!"

张所长去河塘村是带了佩枪的,这时还没取下来,本能地拔出枪,随着计夫顺追了上去,边追边冲着那个被计夫顺认定是郝老大的人吼:"站住,给我站住!"

那人回头看了一下,反而跑得更快了,转身冲进了菜市场旁的一条小巷。

计夫顺在那人回头的当儿认得更清了,确实是郝老大,要张所长开枪示警。

张所长冲天开了一枪,又连喊了几声"站住"。

示警的枪声和喊声都没能阻止那人逃跑的脚步。

计夫顺急了:"开枪!张所长,快开枪,打他狗日的腿!"

张所长却不敢开枪,握着枪迟疑着:"万一……万一不是郝老大呢?!"

计夫顺一把夺过张所长手中的枪:"怎么不是郝老大?扒了皮我也认识他的骨头!"说罢,两手笨拙地握着枪,瞄都没瞄,冲着郝老大身体的下方就是一枪。

这一枪没击中,子弹擦着地皮飞了出去,打穿了十米开外的一只空可乐罐。

计夫顺本能地把枪口一抬,第二枪才击中了,一粒子弹打到了郝老大的屁股上。

郝老大捂着流血的屁股没跑出多远,一头栽倒了。

计夫顺把枪往张所长手上一扔,扑上去死死压住了郝老大。

于是,郝老大再次落入了法网,落网时,身上带着两把藏刀……

这桩当机立断勇抓逃犯的事迹,嗣后给张所长带来了两次立功受奖的机会,一次是市里,一次是县里。县公安局还奖给张所长一千元现金——这倒不是张所长要贪天功为己有,而是不得不这样上报。计夫顺作为镇党委书记,没有权力使用枪械。事发当天,计夫顺就向张所长交代了,他开枪的事要保密,他只是配合。年底拿到那一千元奖金后,张所长主动送到计夫顺家去了,一定要沈小兰代计夫顺收下。那时,计夫顺已不在人世了,只有墙上的遗像在冲张所长微笑。

60

死亡的阴影悄悄逼近计夫顺时没有任何预兆。

是郝老大被捕后的第三天,七月四号,星期二,一个平平常常的工作日。那天,气温一下子高了起来,一大早周遭空气便热呼呼的,老婆沈小兰起来做早饭时就汗流满面,计夫顺却老吵着说冷。沈小兰觉得不太对头,一摸计夫顺的额头,发现计夫顺有些发烧,劝计夫顺歇一天,别到镇上穷忙活了。计夫顺没同意,勉强吃了半根油条,喝了一碗稀粥,还是提着个公文包出了门。

这一天事不少,既要研究上项目,又得讨论补发工资,他不去真不行。镇长刘全友软了点,不是那些副镇级们的对手——工资拖欠了一年零三个月,副镇级们全穷疯了,恨不能把三百万贷款一次性分光,他不能不警惕。三百万贷款到手后,尽管他反复交代要保密,密还是没保住。闹得人人都知道有这块从天而降的大馅饼,补发工资的呼声便此起彼伏,甚至还有人提出了"适当发点奖金"的问题。镇上穷成这熊样,一个个不想着怎么振兴经济,尽想着发奖金——发两巴掌吧!计夫顺听了就来气。

强打精神走到汽车站,上了途经太平镇的公共汽车,又想到了上项目的事。

这项目是刘全友极力主张干的,倒真是个好项目,就是有点冒险:搞好了叫放水养鱼,地方税费这一块就开了源;搞不好呢,又是知法犯法,费踌躇哩。这可是仅有的一点钱种啊,万一它不生崽,再把钱种都赔进去,还不如现在分光吃尽呢!可不上这项目又怎么办?以后的日子怎么过?

倒是想过让贺家国牵个线,上个科技含量高的项目,这既不犯法又来钱,然而,敢去找贺家国吗?为把这点钱种弄到手,他连诈骗的名声都担上了!现在贺家国一生气,就不喊"老计"了,开口一个"诈骗分子",闭口一个"计骗子"。还老追这三百万的下落。这种时候去找贺家国,那不等于主动送上门去交"赃"自首吗?三百万的下落目前属于太平镇最高机密,只有他和刘全友两人知道,几经转移,已经很安全地摆到肉兔养殖加工基地陈兔子的账上了。

到太平镇招手站下了公共汽车,踏着平整的路面往镇里走时,计夫顺的思想有了点求解放的意思:弄郝老二这帮小兔崽子给镇上义务修路,贺家国都很支持,这回为振兴经济犯点小法,贺家国也许还会支持一下吧?贺家国毕竟不是刚到镇上来的那个贺家国了,基层是个什么情况也知道了,起码能眼睁眼闭放他一马吧?再说了,不让他开源挣钱,这三百万贷款他可真还不起,市农业银行只怕又要多出一笔烂账了。经他手借的大笔款项就这一笔,他和刘全友说了:只要挣了钱,花建设当年欠下的旧账先不管,这三百万一定要还上,决不能让贺家国为难,自己也不担骗子的虚名。

因为听到了银子的响声,这天的书记、镇长碰头会人丁兴旺,人头到得最齐,也都到得挺早。计夫顺走到楼下的楼梯口就听到了三楼小会议室传来的阵阵谈笑声。镇长刘全友的声音挺大,颇为欢快,好像饷银已领到了手似的。走进会议室一看,连常年泡病假不管事的专职政法副书记庄聋子也来了,正转着圈散烟哩。

见计夫顺进来,庄聋子忙递了一支中华烟过来,还凑上去给计夫顺点火。计夫顺烧还没退,头昏沉着,嘴发苦,并不想抽,可因着心里对泡病假的庄聋子很厌恶,便端着一把手的架子让庄聋子点,自己却不吸气,庄聋子点了好半天也没点着。

计夫顺把烟往地下一扔:"什么破烟,吸都吸不着!"

庄聋子说:"计书记,这可是大中华!"说罢,弯腰去拾地上的烟。

计夫顺像似无意地一脚把烟踩扁了:"老庄,你这政法管得好啊,连逃犯都得我亲自抓!"

毕竟是大中华，庄聋子还是把踩扁的烟拾了起来，捏捏圆，自己给自己点上了，奉承说："计书记，还是你抓政法比较好，我就没你那么高的威望，张所长不听我的，郝家几兄弟敢和我对打！"

计夫顺没好气地说："你再多病几场，威望就上来了——找地方坐下！刘镇，开会吧！"

刘全友立即宣布开会，十二个副镇长、副书记的眼睛全定在了计夫顺脸上。

在生命的最后一天，太平镇党委书记计夫顺同志在一把手的座位上看到了一帮极是驯服的政治小动物，心情比较舒畅，话就说得随便且幽默："不错嘛，啊？同志们都到了？今天这个会，可能是我做太平镇一把手以来到得最齐的一次！连我们的稀客庄副书记都来了——庄聋子，你耳朵这么聋，连张所长抓歹徒的枪声都听不到，今儿个咋也听到银子的响声了？在哪里听到的啊？"

庄聋子拿不到工资就不管事，整天扛着破猎枪打野鸡，内心比较惭愧，只好干笑着装傻。

刘全友为了缓和气氛，开玩笑说："计书记，老庄不叫庄聋子么？他那聋是装的！"

计夫顺翻看着手上的工作日记，不看任何人，也没点任何人的名，嘴上却连刺加挖："镇上的困难，老百姓的疾苦，我们有些同志是既看不到，又听不到，泡病号的泡病号，大撒把的大撒把，得罪人的事，吃力不讨好的事，坑蒙拐骗的事，全让我和刘镇干！听到补发工资就来了，也不问问钱是从哪来的！当真天上掉馅饼了？经济上不去，继续这么'泡沫'下去，咱就吃泡沫吧！"

包括刘全友在内，谁都不敢做声，计夫顺的威信早已不容置疑了。

计夫顺继续说："银子就让它先响着吧，补工资的事我们先不议，工作第一。先议议中兴市场项目吧，看看要花多少钱？二百万够不够？如果二百万不够，咱们工资就少补点！谁先'抛玉引砖'呀？刘镇，这项目是你提议的，你先说说吧！"

刘全友很谦虚："老计，你是一把手，你定了我们干就是了！"

计夫顺半开玩笑半认真地说："哎，刘镇，犯法的事你别让我一把手定，咱们还是民主决策，出了问题集体承担责任，你再说说吧，有些同志难得来一次,还不知道,我也挺踌躇哩!"

刘全友这才说起了他力主上马的那个好项目:邻省有名的假烟批销中心团洼子烟叶市场最近关闭了。邻省打击假烟力度很大,一些烟贩子们便陆陆续续跑到太平镇的中兴市场来了。镇工商所和税务所的同志觉得是个开源放水的机会,建议镇政府出面投资二百万左右,扩大中兴市场规模,在税收、管理费、门面、摊位租金上捞一笔,刘全友就动了心。

刘全友说得很诚恳,也很实际:"……同志们,我不能不动心啊,工商、税务的同志帮我算了一下,一年起码收上来八百万!有这八百万,吃饭财政这一块就解决了。风险也想过,不过并不大,不会像上次基本国策那么被动——假烟不是我们造的嘛,风声一紧,打假照打,我们的市场叫中兴市场,不叫假烟市场,出了问题也找不到我们头上。"

一年八百万确实诱人。更诱人的是,以后的工资就有着落了。副镇级们便觉得是个好买卖,反正出了问题板子也打不到他们屁股上,有一二把手在前面顶着哩,基本国策的例子摆在那里!于是,一个个本着思想解放的原则,积极发言,支持中兴市场扩建项目上马。庄聋子最是放肆,竟扯到了走私上,说是有的地方连走私都敢干,咱搞块地方让人家卖卖假烟算什么?真烟假烟一样有害健康。

计夫顺本来倒是蠢蠢欲动,想上这个好项目的,一看副镇级的反应这么热烈,反而警惕了,待庄聋子话一落音,便插上去说:"老庄,你真有胆的话,我倒还有几个更好的项目哩。"

庄聋子不知道是反话,乐了:"计书记,你说,你说咱就干起来嘛!"

计夫顺说:"只怕你思想不够解放,不敢干!贩毒、买卖妇女,你敢干吗?!"

庄聋子和副镇级们全怔住了。

计夫顺这时倒想清楚了:"中兴市场项目,我看还是先放放吧,起码现在不能干!人家邻省正追着打,咱这边却顶风上,万一追到咱头上来,不鸡飞蛋打了?刘镇,你振兴经济、广开财源的迫切心情我理解,可这不是个正道,搞不好又得把咱俩套进去。套进去也无所谓,可三百万的贷款怎么还呀?我当真成诈骗分子了?"沉默了一下,"我看这事还得找找贺市长,让他给咱介绍一下西川大学的华美国际公司,和他们一起搞个什么项目才好。有二百万现金,还有镇上的房产、土地,这种成功合作的可能性还是存在的。当然,要绕个小弯子,二百万以陈兔子的名义投。"

刘全友发牢骚说:"计书记,这干法也太慢了吧,只怕三年也挣不到八百万。"

计夫顺阴阳怪气说:"抢银行最快——刘镇,是你带头去抢,还是我带头去抢?"挥挥手,"好吧,这事就这么定,我明天就去找贺市长谈,刘镇,你跟我一块去,想法借台车。"

根本不征求任何人的意见,上项目的事就算"民主"讨论过了。

计夫顺这才说起了补工资的事,名义上是研究,实际上仍是自己一锤定音:全镇党政干部每人补四个月工资,农中教师每人补半年工资。庄聋子大胆问了句,为什么农中教师补半年工资,党政干部只补四个月?计夫顺当场"开销"道,因为农中教师没人给他送大中华香烟,也没地方四处蹭饭吃。

因为头昏得厉害,想到卫生所拿点药,十点不到,计夫顺便让大家散了会。

副镇级们走后,刘全友跟着计夫顺去了办公室,一路嘀咕着,问计夫顺咋在会上变了卦?

计夫顺要刘全友别糊涂:"刘镇,你不想想,小动物们反应这么热烈说明了什么?说明有问题!吃鱼人人有份,腥气落在咱俩头上,再说也不是什么好事,何必呢!基本国策的事又忘了?"

刘全友还要坚持:"可这真是一次机会,老计,你再想想……"

计夫顺根本不想,迅速转移了话题:"全友,你就别公而忘私了,说说你的事吧!你家有两个大学生,我答应过你的,起码补你半年工资——这样吧,公开说呢,你也是补四个月,另外,你再打两千块钱的借条,我批一下,你悄悄领出来,你看好不好?"

刘全友怂恿说:"计书记,你也再领两千吧,你批四千,我领出来再分。"

计夫顺稍一迟疑,摇起了头:"那不行,那不行,我是一把手,传出去影响不好,再说我现在日子也好过了,我老婆沈小兰的官司胜诉了,她两年多的工资也都补了……"

正说到这里,郝老二摇摇晃晃进来了:"计书记,我得找你谈谈!"

计夫顺像没看到郝老二,也没听到郝老二的话,仍和刘全友说:"刘镇,就这样吧,中兴市场的事别再想了,一想诱惑又上来了,我就是这样,明明知道不是正道,心里还老犯痒痒!"

刘全友应着,转身出了门,出门时绝没想到郝老二会向计夫顺下毒手,还和郝老二开了一句玩笑:"郝老二,镇上的路修得不错呀,我看你干脆承包下来算了!"

郝老二白了刘全友一眼:"今天我就想和计书记说说这事——计书记赖我!"

计夫顺这时并不知道自己已大祸临头,还当郝老二是以前那个被他的土政策驯服了的小动物,根本不拿正眼去看郝老二,坐到办公桌前翻找自己的医疗卡,边找边说:"郝老二,你有什么可说的?啊?你在国道上便民服务可是我和贺市长亲自抓到的,群众普遍反映镇上的路也是你破坏的,我不处理行吗?啊?你狗东西今天还敢来找我,皮又痒了是不是?"

郝老二凑了上去:"计书记,我这皮还真有点痒了,你又想怎么治我?"

计夫顺仍无丝毫的警惕,还在那里埋头翻找医疗卡:"好治嘛,你家郝老大我都收拾得了,何况你这小兔崽子!你先给我汇报一下,又准备怎么造了?"

郝老二冷冷说了句:"杀人!"说罢,从怀里拔出匕首对着计夫顺的后背就是一刀。

计夫顺惊呆了,一时间竟没做出任何抵抗和躲避,脖子上、胳膊上接连又挨了郝老二两刀。脖子上的那一刀刺到了主动脉血管上,鲜血像开了闸的水一样暴涌出来,星星点点,喷到了郝老二的身上、脸上。这一片纷飞的血腥,让计夫顺意识到了自己生命的极度危险。计夫顺这才反应过来,一边高声呼救,一边抓起桌上的烟灰缸,拼命砸向郝老二。

郝老二也红了眼,竟没去躲,脑袋上挨了烟灰缸一击,身子一个趔趄,握着刀又扑了上来,围着办公桌追杀计夫顺。左一刀,右一刀,在计夫顺身上捅个没完。待得刘全友和邻近办公室的同志赶来相救时,计夫顺已被郝老二刺了十二刀,浑身鲜血倒在办公桌旁。

郝老二这时还想逃,挥着滴血的匕首,对拿着各种家什涌到面前的刘全友和机关干部们说:"冤有头,债有主,我今天只和这个不讲理的恶霸书记算账!刘镇长,你们让开,没你们的事!"

刘全友哪能让开?手中的破拖把一挥:"郝老二,我砸死你狗日的!"

第一个冲了上去。不料,手中的拖把没砸到郝老二,自己的胳膊倒被一刀刺中了。素来胆小的刘全友不知从哪来的勇气,什么都顾不得了,胳膊上流着血,仍死死抱住郝老二,众人一拥而上,这才把郝老二制服了……

捆了郝老二,刘全友让庄聋子打电话通知张所长,自己跑到镇政府门前的路上拦了一台车。

送计夫顺去沙洋县人民医院时,计夫顺已知道自己不行了,拉着刘全友的手,断断续续交代说:"全友,你……你可记着,一定得给我还……还上那三百万的贷款啊,咱不是花县长,咱不能骗!还……还有上项目,犯法的事真不能干,就找……找贺市长,镇上的事也……也都……都交给你了。我的补发的工资别……别都给小兰,给我下岗的姐姐送三……三百块去,拜托你了……"

刘全友泪流满面,紧紧握住计夫顺的手,连连应着:"老计,你放心,尽管放心,这些事我都办!还有啥事,你……你说,你是一把手,我听你的……"

计夫顺似乎还想说什么,可嘴张着,眼睁着,却什么话也说不出来了。主动脉血管被刺穿,一身热血这时已差不多流尽了,生命的能量也耗尽了,抬到医院急救室时计夫顺已气息全无。

一直到死,计夫顺的两只眼睛都大睁着,怎么抚摸也闭不上。

刘全友想着自己和计夫顺这一年多吃的委屈,受的罪,再也压抑不住了,搂着计夫顺浑身是血的尸体,不管不顾的号啕起来:"老计,老计,我知道你死不瞑目,太平镇让你放不下心的事太多了!你呀你,也真是想不开啊,你操那么多闲心干啥!这政法治安根本就不该你管,你不操这份闲心,哪会送掉这条命呀?!老计啊老计,你这一走,以后有事我找谁商量去啊?谁还能像你这样敢担责任敢扛事啊!老计啊老计,你不想想,你这么走了冤不冤啊?累死累活,还没人说你一句好话,身上至今还背着个处分,国家还欠你一年零三个月工资啊,这叫什么事啊……"

这时,沈小兰也闻讯赶到了,跌跌撞撞冲进急救室,又是一番悲痛欲绝的哭号:"夫顺,你怎么……怎么就这么走了?连……连最后一面都不和我见了?你看看,我……我下午还到医院给你开了退烧药,是用你老爹的公费医疗本开的,镇上再没钱报销,自己有病也……也得看啊!歹徒那心咋这么黑呀,怎么……怎么就下得了手呢?你……你可是发着烧去上的班啊,我叫你歇一天,你……你……你不理不睬,连句话都没和我说……"

这哭号撕人心肺,在场的医务人员和沙洋县委季书记都落了泪。

61

七月三日上午,贺家国陪同李东方和省市环保局的同志在国际工业园搞调研,中午在园区吃了顿便饭。饭刚吃到半截,手机突然响了,是刘全友来的电话。刘全友在电话里带着哭腔汇报说,计夫顺在镇党委办公室被郝老二捅了十二刀。贺家国极为震惊,和李东方打了声招呼,扔下饭碗就往沙洋县人民医院赶。刘全友在电话里没汇报清楚,贺家国以为计夫顺还在抢救之中,还希望能和计夫顺见最后一面。不曾想,赶到县人民医院时,计夫顺早已停止了呼吸,遗体都转到太平间去了。先一步赶到的沈小阳在太平间守着,一些公安办案人员正对计夫顺的遗体照相取证。

遗体惨不忍睹。脖子以下几乎全被鲜血浸透。胸前的一处伤口翻卷着,像孩子的嘴。眼睁着,左胳膊僵硬地曲着。贺家国禁不住泪水直流,几天前还活蹦乱跳的一个同志,转眼就没了,就这样没了,连眼都没合上!贺家国流了泪,抚摸计夫顺的眼皮和胳膊,却也没能把计夫顺的眼皮合上,胳膊抚倒。公安人员说,贺市长,你别管了,回头让殡仪人员想办法吧。贺家国这才住了手。

沈小阳站在一旁,抹着泪直叹息,说姐夫命不好。基本国策事件之前想调走,他也帮着联系好了单位,结果出了基本国策事件,想走走不成了。事件处理完,本来还可以走,计夫顺又不愿走了,说是组织上那么通情达理,对他的处分那么宽大,他得对得起组织。贺家国心里益发难过,要沈小阳不要说了。沈小阳便不说了,转而告诉贺家国,姐姐沈小兰和刘全友都被安排到县委招待所临时住下了,县委季书记他们也在招待所分析案情,研究善后。贺家国便去了招待所。

到了招待所,先安慰了一下正躺在床上打吊针的沈小兰,又向吊着胳膊的刘全友了解了一下案发过程和相关情况,贺家国才阴沉着脸,去楼上套间见了县委季书记和那些沙洋县的负责同志。

进门时,副县长花建设正在发表意见,因为背对着贺家国,没看到贺家国进来:"……郝老二报复杀人这是没疑问的,郝家几虎的恶赖我知道,我也在那里当过六年书记嘛。可是,也得承认,这是事出有因啊,老计的工作方法确实有问题,铐着郝老二修了两个月的路,连河塘村一个要求反腐败的村委会副主任他也铐,据河塘村那个副主任反映,河塘村的腐败就与老计有关,老计和老刘过去没少到河塘村蹭饭吃。"说到这里,叹了口气,"老计这同志啊,开拓局面,干大事没什么本事,激化矛盾本事不小,我说他也不听,有什么办法呢?人家市里有后台嘛……"

贺家国忍不住插了上来:"花县长,你这是什么意思?啊?是不是说老计该死?还开拓局面,干大事?你留下这么个烂摊子谁接得了?老计有什么后台——你点名道姓说是我抓的点不就完了吗?正因为是我抓的点,我才了解情况:老计上任一年零三个月,一分钱工资没拿到,尽替你四处擦屁股,你这同志内心就没有愧吗?你不让老计、老刘他们到河塘村蹭饭,让他们喝西北风吗?别人不了解情况说说这话还有情可原,你说这话就叫没有良知,就是不管下面同志的死活!"

花建设解释说:"贺市长,我不是没管他们,为了解决老计和刘全友的生活问题,我批了两万,报告还在县财政局,不信你可以去查,上面有老计和刘全友的签字,他们非要把这两万块钱分下去,就怪不了我了。"

季书记也很生气,不满地看着花建设:"花建设,你就不要再解释了,我看贺市长对你的批评一点不错!老计人都死了,死得又这么惨,你还往人家身上倒什么脏水?你花建设就不想想自己该承担多少责任?!贺市长今天不说,我也和你拉不开这个脸面,贺市长今天既说了,那我也就把话说到明处:对太平镇的现状,对计夫顺同志的遇难,你花建设责任不小!"

花建设仍不服气:"季书记,我不是倒脏水,就是实事求是反映点真实情况……"

季书记挥挥手:"现在什么话都别说了,把能补救的事尽量补救一下吧,贺市长也到了,我先说几条,大家研究:一、欠计夫顺同志的所有工资立即补发,抚恤从优,把有关政策用到最大限度;二、举行隆重的遗体告别仪式,县委常委和副县级干部在家的全部参加;三、计夫顺同志的爱人也在困难企业,家庭生活一直有困难,县委机关发动一下,组织一次募捐活动;四、县委出面,对计夫顺同志生前的工作给予充分肯定和评价,决不许任何人再捕风捉影,胡说八道!"

贺家国心里这才多多少少好受了些,镇定了一下情绪,谈起了自己的看法:"季书记讲的这四点很好,我赞同。你们都是从基层上来的,我不说你们心里也有数:我们基层的一把手不好当啊,抓了太平镇这个点我深有体会。对任何一个基层干部,想找毛病都能找出一大堆。我们要看主流,看大节,看他是不是认真负责干事情!"不禁激动起来,声音也提高了许多,"老计到太平镇一年多,是不是认真负责干事情了呢?我的答案是肯定的。在这么困难的情况下,老计无怨无悔工作着,千方百计稳住了一个基层政权组织的正常运转。没有老计,镇上那批老干部就看不上病,农中的教师就吃不上粮,郝老二这伙地痞流氓就会把太平镇闹得乌烟瘴气,老百姓就要骂我们失职无能!这就是大节,这就是主流!"注意地看了看花建设,又说了下去,"不错,老计是没开拓出什么新局面,是没创造出什么可圈可点的政绩,一来他到任时间短,二来过去的包袱太重,能怪他吗?我倒是从心里感谢他,感谢他有良心,没有为了向上爬,就踩着老百姓的脊梁,甚至脑袋去创造自己所谓的政绩!所以沙洋县委对计夫顺的肯定也是对我们相当一批基层干部的肯定——同志们,我们不能再伤基层同志的心了,计夫顺死不瞑目啊!"

说到最后,贺家国眼泪下来了。

季书记和几个副县长眼圈也红了……

不料,县委组织部宋部长拿着县委的这四点意见征求沈小兰意见时,沈小兰却淡然表示说,只要组织上能有个公道的评价,撤销计夫顺的处分就行了,让他清清白白来,清清白白走,别的都无所谓。募捐千万别搞,搞了她也不会接受。宋部长再三要沈小兰说说自己的要求,沈小兰才提到了计夫顺下岗姐姐的问题。宋部长请示季书记后,代表县委答应,在沙洋县范围内给予适当的安排。

尽管沈小兰不同意沙洋县委搞募捐,贺家国还是以华美国际公司的名义捐助了一万元,不这么做,贺家国觉得过意不去。事情的来龙去脉他最清楚,如果那天不是撞上了郝老二的"便民服务",如果没有他的默许和支持,计夫顺就不会土法上马惩治郝老二,也许就没有这场惨剧了。

沈小兰也不收送上门的这一万元现金,抹着泪说:"贺市长,我和你说实话,夫顺走时最放心不下的不是我们家里,还是镇上上项目啊,想让你帮着给华美国际公司牵个线,不知成么?"

贺家国颇感意外:"这事老计生前咋没和我提过啊?"

沈小兰苦涩地说:"贺市长,你想想:他敢提吗?太平镇那三百万是经你手贷来的,你都骂他是诈骗犯了——不信你问问刘全友,夫顺遇害那天是不是还在研究上假烟市场的项目?"

贺家国吓了一跳:"搞假烟市场?老计又想以身试法了?这事拍板了吗?"

沈小兰摇摇头说:"没拍板,听刘全友说,老计最后一刻变了卦,还是想让你帮个忙。"

贺家国心里益发不是滋味,苦笑着说:"幸亏老计变了卦,如果老计真在那天定下了这个要命的项目,不管干不干,只要传出去,头上又得多一盆污水,花建设不会有啥好话说!"遂答应了沈小兰,"沈大姐,你放心,这事我负责了,老计的葬事一办完,我马上和刘全友商量,也把华美国际的老总许从权找来——华美国际是我当初一手搞起来的,我说话还能算数!"

沈小兰连连道:"那就好,那就好,这样夫顺在九泉之下也能安心了。"最后又抹着泪水感慨说,"贺市长,你是大好人,我和夫顺这辈子能碰上你这么个大好人真是太幸运了!贺市长,你得原谅夫顺,他真不是骗子,他实在是太难了,才耍花招骗你帮他贷了三百万。钱刚拿到手的那两天,他一夜一夜睡不着,就怕日后还不上这笔贷款,让你跟着受连累。刘全友也和我说了,临咽气,他还在车上说呢,要刘全友日后一定还上这笔贷款,别让他担骗子的名声。"

贺家国忙道:"沈大姐,老计的为人我知道,我从没把老计当骗子,我们是开玩笑。"

……

计夫顺的遗体告别仪式是一周后在沙洋县举行的,季书记和沙洋县委的常委们全出席了。

举行仪式那天不太凑巧,市里要开市长办公会,研究时代大道后续资金问题。贺家国便跑到钱凡兴办公室向钱凡兴临时请假,不曾想,意外地和钱凡兴吵了起来,闹得整个机关沸沸扬扬。

死了个镇党委书记,而且又是个背着处分名声不好的镇党委书记,钱凡兴根本没当回事。贺家国说请假理由时,钱凡兴坐在办公桌前看时代大道的进度情况简报,连头都没抬。待贺家国说完了,钱凡兴也不说准假不准假,只道:"乡镇一个基层干部的遗体告别仪式,你副市级干部跑去参加,规格高了点吧?沙洋县负责同志去一下就行了嘛,最好不要坏了规矩。"

贺家国虽然心里不满,仍耐着性子解释说:"钱市长,这与任何规矩都无关,太平镇是我的联系点,计夫顺又是被歹徒杀害在工作岗位上的,我不去参加告别仪式说不过去哩!"

钱凡兴哼了一声:"这个计夫顺好好的,为什么突然被杀害了?还不是太霸道嘛!像计夫顺这样的乡镇干部不死也该拿下来!超生罚款都敢吃,动不动就铐人,还带着手铐去开会,像什么样子?!"说着,从桌上拿出一份电话记录摔到贺家国面前,"你看看,这是市长热线今天才转来的,人家在热线电话里说了,计夫顺死的当天,太平镇就有人放鞭炮了,老百姓都说是送瘟神!"

贺家国心头的火一下子蹿了上来,抓起那份电话记录扫了扫,马上回扔到桌上,红着眼圈责问道:"钱市长,这一个热线电话就能代表太平镇全体干部群众了吗?你当市长的知道不知道基层的情况?尤其是太平镇上的情况?你知道不知道我们国家还欠着这个'瘟神'一年零三个月的工资?怪不得计夫顺死不瞑目,有你这样不讲良心的市长人家寒心啊!"说罢,甩手就走。

钱凡兴再也没想到贺家国会当面让他下不了台,厉声喝道:"贺家国,你给我站住!"

贺家国在门口站住了,挑衅地看着钱凡兴:"钱市长,你是不是也去参加告别仪式?"

钱凡兴桌子一拍:"今天走出市政府大门,你就别回来了,这个市长助理就别干了!"

贺家国冷冷一笑:"钱市长,你以为我还会赌气辞职呀?我和你说清楚:这个市长助理我还就要干下去!就为了像计夫顺这样的基层同志能有个公道的待遇和评价,我也得干下去!我是省管干部,没有省委的红头文件,你钱市长还真撤不了我!所以,请你别给我拍桌子耍威风!"

钱凡兴也气得失了态:"好,好,贺家国,那我让位,我辞职,这市长让你干!"

贺家国的反击更加放肆:"那就请去辞职好了,你这样的市长不干了,我决不惋惜!"

这话说完,贺家国头都没回,下楼上车,直接去了沙洋殡仪馆。

赶到殡仪馆时,沙洋县委季书记他们已等在那里了。

现场景象让贺家国大吃一惊:参加计夫顺遗体告别仪式的干部群众不下两千人,门外的手扶拖拉机和自行车停了一片,手扶拖拉机足有几十台。肉兔养殖加工场停产半天,二百多名员工全被场长陈兔子带来了。几十个离退休老干部和许多农中教师也赶来了。四个养兔村到了上千口子人。镇上居民群众来得也不少,有的是全家一起来的。殡仪馆最大的吊唁厅只能容纳二百人,实在容纳不下,就把吊唁会场临时改在了院子里,院子里成了人的海洋和花圈的海洋。

告别仪式没开始,沈小兰就哭了,一遍遍对躺在鲜花丛中的计夫顺说:"夫顺,你能合眼了,能合眼了!你看看,为了给你告别,太平镇来了多少父老乡亲啊!天理良心,你心里装着太平镇的父老乡亲,太平镇的父老乡亲心里也有你呀!你这一年多的镇党委书记当得值啊!"

贺家国听得沈小兰这话,泪水禁不住落了下来,心里对钱凡兴益发鄙夷。

偏在这时,李东方来了电话,问贺家国在哪里?贺家国认定是钱凡兴找李东方告了状,冷冷告诉李东方,他在沙洋计夫顺遗体告别仪式现场。李东方要贺家国仪式结束后尽快回来见他。贺家国故意带着讥讽问,出什么大事了?有这么紧急吗?李东方说,就是这么紧急:国际工业园污水处理系统出了故障,又发生了一次恶性污染事件,下游青湖市自来水公司已经关闭,情况相当严重!

贺家国这才明白过来,对李东方道:"好吧,告别仪式一完,我立即过去!"

这时,低回的哀乐响了起来,向计夫顺遗体告别仪式开始了……

第十六章　省委书记的愤怒

62

李东方再也想不到,身为市长的钱凡兴会这么不顾大局,在污水浊流滚滚涌向青湖及下游县市的情况下,仍喋喋不休大骂贺家国。李东方开始还耐着性子安抚钱凡兴,说是一定找机会和贺家国谈谈,让小伙子注意摆正自己的位置。钱凡兴却一口咬定不是谈的问题,而是有他无我的问题。

钱凡兴情绪大得不得了:"……李书记,当着你的面,我今天把话说清楚:贺家国是市长助理,不是书记助理,如果我这个市长说话像放屁,那我不如滚蛋!他不滚我滚,我认他狠!"

李东方不得不沉下了脸:"凡兴同志,请注意一下自己的形象!这件事先不谈好不好?"

钱凡兴非要谈:"为什么不谈?只要这个狂徒不离开市政府,我就得谈,否则我没法工作!"

李东方只好表明了态度:"你怎么没法工作了?家国同志哪里不称职了?帮你处理的烂事少了?没有他,只怕时代大道的资金还不知在哪里呢!我看他今天也没什么错!他联系点上的一个党委书记被歹徒捅死在办公室,他能不去告别一下吗?你一口一个规格——在人与人的感情问题上,有什么规格可言?我们哪一个文件规定了副市级干部不能参加乡镇干部的遗体告别仪式?"

钱凡兴也不示弱:"可贺家国无组织无纪律,大吵大闹,已经造成了恶劣的影响!"

李东方讥问道:"凡兴同志,你现在的影响就好?青湖市百姓吃不上水了,我亲自打了三个电话才请动你的大驾,见面后你正事不谈,一味骂人泄私愤,劝都劝不住,还有没有点政治涵养呀?有没有大局观念呀?对我这个市委书记也没有起码的尊重吧？这就是你钱市长的水平？"

钱凡兴这才多少有所清醒，声音低了下来，强压着心头的不满道："峡江污染也不是头一回了，既然是污水处理系统故障造成的，那就抓紧抢修，按过去的常规处理，还有什么好研究的？我马上安排，现在就给青湖市派车送水！"

李东方手一摆："钱市长，我们不能再这么糊弄下去了，我刚才已在电话里告诉吕成薇了，这次要彻底解决问题！"说着，把一份打印好的材料递到钱凡兴手上，"这是我和家国等同志经过实地调研后拟定的头一批关闭企业名单，主要是些电镀企业，你先看一看，回头开个市长办公会定一下，这个会我去参加。"怕钱凡兴产生不必要的误解，还解释了一下，"这个名单是初定，省市环保局的同志也参与了意见，本想再请专家论证一下和你通气的，没想到，突然又来了次污染，只好现在和你通气了。你看看吧，有没有漏掉哪个污染更严重的企业？"

钱凡兴看了看名单，没对名单发表什么意见，只问："看来是准备关园了？"

李东方点点头："准备工作一直在做，不关肯定不行——不过，现在对外先不要讲是关园，就说是分期分批处理造污企业，抓住这次机会，把坏事变好事，先把这十二家电镀企业关掉！"

钱凡兴又问："大老板知道吗？会同意吗？"

李东方说："有关材料我已经送到大老板那里去，大老板可能正在看。"

钱凡兴想了想问："大老板态度有没有变化？有没有透露关园的口风？"

李东方眉头一皱，不悦地道："钱市长，大老板没态度，没口风，这园就不关了是不是？你这个市长是替大老板一人当的吗？"忍着气，又说，"凡兴同志，这样好不好？如果你一定要大老板的态度，我们马上就去趟军区总医院，向大老板当面汇报一次，包括这次污染情况。不过，我在这里也得把话说明白：这次就是大老板明确反对，国际工业园我也得关，哪怕这市委书记不干了！"

钱凡兴立即摇起了头："既然不管大老板是什么意见你都要关园，那我们还去汇报什么？有什么意义？再说我也没空，时代大道后续资金的问题得研究了,赵市长他们催得紧。"

李东方以为钱凡兴同意了,便说:"那好,赶快通知一下,把市长办公会开起来吧,分期分批关园的问题和时代大道资金问题一起研究,今天就要搞个政府令出来,让家国同志去执行!"

钱凡兴不想下这个政府令,推脱道:"还是先派车送水,处理善后吧!"

李东方很不高兴:"处理善后是处理善后,那十二家电镀企业一定要下政府令马上关闭!"

钱凡兴仍绕弯子:"政府令既然由我们政府这边下,我这个市长就得慎重啊!"

李东方看出了钱凡兴的意思:"钱市长,你明说好了,你市政府是不是不愿下这个政府令?"

钱凡兴略一沉思:"李书记,你让我再想想好不好?我过几天给你个回答。"

李东方再也压抑不住了,怒道:"钱凡兴同志,我明白你的意思,老百姓的死活在你眼里根本不值一提,你眼里只有一个大老板,没有大老板的明确态度,就算峡江下游的老百姓喝污水死光,你眼皮都不会眨一下!现在你可以走了,没有你的政府令,这十二家电镀企业我照样能关掉!"

钱凡兴也撕开了脸皮,冷冷盯着李东方,不无恶意地道:"李东方同志,我觉得我没说错什么,做错什么!到目前为止,我们西川省的省委书记还是钟明仁,我听钟明仁同志的招呼有什么不对?难道应该像赵达功那样把钟明仁同志搞到医院里抢救才对吗?你刚才究竟是攻击我,还是攻击钟明仁同志?你的意思是不是说钟明仁同志当年搞这个国际工业园就是为了祸害老百姓,让峡江下游老百姓都喝污水死光?这种话连你的老搭档好朋友赵达功都说不出来呀,没想到你李东方同志今天说出来了!你们一个在省里,一个在市里配合得可真好,真是最佳搭档啊!"

这番话近乎无赖,而且别有用心,也只有钱凡兴这种心胸狭隘的政治小人才说得出来,连赵达功和陈仲成都说不出来!李东方气得失了态,浑身热血像似燃烧起来,一下子就达到了沸点,抓起桌上的茶杯猛地摔到地下,对钱凡兴一声大吼:"你给我出去!"

钱凡兴愣愣地看了李东方好半天,黯然走了。走到门口,又回过头:"李书记,吵归吵,工作该怎么干怎么干,我现在就去消防总队,让他们出车到青湖市送水！吵架时的气话请你别在意！"

钱凡兴走后，秘书进来了，悄无声息地收拾地上的茶杯碎片。

这时，贺家国到了，看到地下的茶杯碎片，有些疑惑地问："李书记，这是怎么了？"

李东方掩饰道："不小心打了个茶杯——哦，家国，你坐。"

贺家国坐下了："是钱凡兴找你来告状了吧？我在楼下碰到他，见他气呼呼的。"

李东方却不谈钱凡兴："那个镇党委书记计夫顺的遗体告别仪式搞得怎么样？"

贺家国把情况说了说，感慨道："老计这同志生前工作作风粗暴，毛病不少，也犯了不少错误，得罪了一些坏人，可没想到今天还会有这么多人来向他最后告别，这说明公道在人心啊！"

李东方点着头，连连叹息："是呀，是呀，我们中国的老百姓好啊，太善良，太宽厚了，只要你出以公心，实实在在为他们做过一些好事，他们就不会忘了你！"

贺家国说："老百姓是一方面，我们组织上对像计夫顺这样的基层干部也要多关心，这种悲剧真不能再重演了。下一步我想搞个调查，看看我市发不上工资的乡镇干部到底有多少？得有个解决的办法。我们如果不注意这个问题，就会逼着一些乡镇干部铤而走险。李书记，我私下里给你透露一下：你想得到么？为了镇上三百多干部吃上饭，计夫顺遇害那天差点儿拍板上了个假烟市场项目。"

李东方摆摆手："家国，这个调查你不要搞了，我心里有数，类似太平镇情况的乡镇在我市接近三分之一，准备下一步解决，现在还没顾上。办法是合乡并镇，精减机构。小乡小镇全并掉，既便于将来小城镇的规划发展，也减少了老百姓的负担。合并后的一个乡镇最多给四十个人的编制，不搞自收自支那一套，税费上交，财政拨款，有些贪官污吏再想刮地皮乱收费也办不到了。"

贺家国眼睛一亮："哎，李书记，你既有这么好的设想，怎么不干起来？"

李东方苦笑道："这么简单？不得罪人啊？并掉的那些乡镇长们怎么安排？还有经济利益问题：撤销乡镇建制的地方不再是经济中心了，那里的居民能满意？这事说起来简单，做起来就是个综合性的大工程啊，难度比秀山移民和沙洋迁址只怕还要大！"就说到这里，打住了，"以后的事以后再说吧，言归正传，说国际工业园，不瞒你说，为这事，我刚和凡兴同志干了一架。"

贺家国会意地一笑："这我猜到了——还不小心摔了只茶杯。"

李东方没心思和贺家国开玩笑，尽量平静地把和钱凡兴的争执情况说了说。

贺家国听罢很惊讶："李书记，我们这位市长大人也太过分了吧？峡江的一把手究竟是你还是他？峡江市政府还在不在市委领导下？你市委书记就不能给他下命令吗？现在我也看透了，有些事太民主了还真不行！像钱凡兴这种人你就不能和他讲民主！"

李东方说："这和民主无关，家国，你不要借题发挥了，这个政府令钱凡兴不下，国际工业园我们照样关，十二家电镀企业还是要马上停产。我想了一下，就请我们的环保局下这个令，依照《中华人民共和国环境保护法》下这个令！走，跟我去市环保局，找朱局长讨这纸关园停产令！"

同车一起去市环保局的路上，贺家国故意问："首长，如果朱局长不给咱们这纸关园停产令，你市委书记会不会撸他的乌纱帽？"

李东方毫不迟疑地说："当然！我拿钱凡兴这个市长没办法，也拿一个环保局长没办法吗？干部任免权在市委，朱局长不会不听招呼，他真不听招呼，我们就找个听招呼的局长来干！"

贺家国笑了："那你今天的做法和当年大老板的做法又有什么不同呢？"

李东方眼一瞪，怪嗔道："贺家国，你不要讥讽我，别以为我不知道，你抓的那个太平镇也没成为我市民主的样板，你催生的那个民主的村委会现在还让你头疼着呢？我没说错吧？"

贺家国认真起来："李书记，你可别说，这么一来，我也就比较理解我们大老板了：你说说看，我们现在都这么难，当初大老板能不难吗？那可是改革开放刚开始啊，'左'的势力和影响还那么严重，他不霸道一些，怎么打开局面啊？能干成什么事啊？我们中国的国情就是如此嘛！"

李东方也认真起来："家国，能这么辩证地认识问题，说明你这段时间的市长助理没白当，进步不小。可你这同志也不要从一个极端走到另一个极端——不要忘了,今天我们国际工业园的现状也是大老板当年的霸道造成的啊,这种不民主的代价也不小!"

贺家国苦笑起来:"是啊,是啊,这是一种悖论嘛……"

这时,街上出现了不少前往青湖市送水的红色消防车,消防车擦着李东方的专车一辆辆驰过,像似突然构筑了一堵流动的红墙,遮挡了大街那边的一侧街景。李东方当即想到,钱凡兴的善后处理工作看来已经开始了,论糊弄钱凡兴可真是把好手……

63

钟明仁的病房越来越像省委的办公室了,桌上、沙发上、床头柜上,四处堆着文件、资料、书籍,前来汇报工作的同志天天不断。病情稳定之后,钟明仁本来想出院,院方不同意,担心再出意外,坚持要他留院观察一段时间,大军区司令员、政委也挽留,钟明仁也就恭敬不如从命了。好在是观察,医生、护士的干涉少了,日常工作不受影响,钟明仁情绪一直不错,心情挺好。

然而,看了李东方陆续送来的有关峡江污染的资料和调查报告后,钟明仁的好心情消失了。

钟明仁陷入了从未有过的痛苦的自省与自责之中。虽说在此之前贺家国已在他面前吹了风,让他思想上有了些准备,可他仍没想到问题会这么严重!一份份白纸黑字的材料摆在那里,像一堆日夜燃着的炭火,燎烤着他灵魂,让他大汗淋漓,寝食无味。十五年来,因为国际工业园的污染,致使峡江下游青湖等五县市农牧渔业灾害频仍,总计经济损失高达几十个亿,恐怕已经超过了国际工业园利税的收入了。尤其严重的是,造成了青湖市和下游三县市地方病骤增,形成了几个癌症高发区,癌症死亡率也逐年上升。这哪是什么工业园?简直是垃圾污水制造厂了。作为一个前峡江市委书记,现省委书记,他不能不一次次问自己:是怎么演变到这一步的?你钟明仁在各种不同场合宣布代表人民利益的时候,是不是真正代表了人民的利益?在做出这一重大决策时,是不是站在老百姓的角度考虑过利害得失?怎么就给人民造成这么一场严重的灾难?

不错,这里面有许许多多客观原因:受时代的局限,对环保问题认识不足,为了解决温饱问题,当时来不及考虑环境保护……如此等等。可这些客观原因能成为你推脱责任的理由吗?你钟明仁是中共西川省委书记,是西川省二十一年改革开放的主帅之一,你必须对你的一切帅令负责!

问题的要害还不在于国际工业园决策的失误,一个帅令错了并不可怕,如果有一种健康的制约机制,如果有人能早一点站出来一声断喝,这种持续十五年的灾难性污染就会在早期得到遏止。可因为缺少这种机制,问题明明摆在那里,就是没人敢提!十五年来他听到的全是奉承的声音!连受害最严重的青湖市几届市委领导都在那里奉承!这到底是怎么回事?是下属干部没有责任心,还是他压得下属干部们不敢说话了?事情严重到如此程度不能说下属干部没有责任,可主要责任还是在他这个大老板呀!李东方出任峡江市委书记后三番五次向他反映过这个问题,他做了什么?竟然让李东方去读《中华人民共和国环境保护法》,而且是读三遍,这种霸道已经是岂有此理了!

当然,公开提出这个问题的还有一个赵达功。赵达功和李东方不是一回事,这个人明显在打政治牌,你只要不触动他个人的政治利益,这种得罪你的话题他决不会提,在省委常委民主生活会之前,他赵副省长就没提过。如果王培松没有发现这位赵副省长的问题,赵达功就永远不会提。

自问一下,钟明仁觉得自己并不是个官僚主义者,李东方提出这个问题之后,尽管他不相信,心里也很反感,可还是本着负责的态度,正视了这个问题,进行过一些调查了解。他向钱凡兴询问过好几次,还和钱凡兴一起到园区实地视察过,听过汇报,没想到听到看到的竟全是假话假象。从园区管委会、省市环保局,到钱凡兴这个市长都没和他说真话,都一口咬定是管理不严造成的!钱凡兴是怎么回事?他对他是那么信任,反复强调要实事求是,这个同志仍然不实事求是!

当钱凡兴的面孔反复出现在钟明仁面前的时候,没想到,钱凡兴竟又跑来汇报工作了。

那天的情形,钟明仁记得很清楚。他刚吃过晚饭,正要在秘书和工作人员的陪同下到东院林荫道散步,钱凡兴来了,是在楼梯口碰到的。他迟疑了一下,想放弃例行的散步,和钱凡兴好好谈一谈国际工业园的事,转而一想,又觉得没必要这么急,便要钱凡兴陪他一同走走。这一走就是半小时,因为是在公共场所,身边时有医生护士和伤病员来来往往,国际工业园的问题不便谈,他没问,钱凡兴也没说。钱凡兴仍像往常一样,带着明显的讨好和奉承谈了一下时代大道的进展情况,说是他和峡江的同志们正是用大老板当年干外环路的精神在干时代大道。如果是过去,他听了这种话心里会很高兴,这日却高兴不起来了,对钱凡兴本能地有所警觉,不过也没表现出来。

散步结束回到房间,没等钟明仁开口,钱凡兴便苦着脸,情绪激动地正式汇报起来,开口就说:"大老板,今天我不是来向你诉苦告状——我这个市长看来是干不下去了!"

钟明仁不知发生了什么:"怎么?和东方同志发生分歧了?慢慢说,不要这么情绪化。"

钱凡兴平静了一些:"东方同志逼我下政府令关闭国际工业园,大老板,这事你知道么?!"

钟明仁怔了一下,本想就此展开话题,可话到嘴边又咽了回去——他倒要听听这位市长同志今天想说什么?便摇摇头,指着堆满案头的污染材料,不动声色地道:"李东方倒是陆续送了些材料过来,关园的事还没和我说。家国前几天也送了两本书来,一本是《大熊猫沉思录》,一本是《寂寞的春天》,我正在看。不过他们的心思我知道,贺家国就和我嘀咕过关园的事!"

钱凡兴窥测着钟明仁的表情,好像有点吃不准了:"大老板,我不知道你现在是怎么想的?"

钟明仁皱起了眉头:"你不要管我是怎么想的,就说你是怎么想的,峡江市的市长是你!"

钱凡兴吞吞吐吐说:"大老板,我的态度你知道,其实……其实一直很明确:国际工业园的污染问题就是个监管问题,还到不了关园的地步,我看有些人是在拿国际工业园做……做文章哩!"

钟明仁哼了一声,赞同说:"你这话没说错,确实有人做文章,比如那位赵达功同志!"

钱凡兴以为自己把准了方向,胆子大了起来,话也说得露骨了:"省里有赵达功发难,我们市里就有李东方配合,真是紧锣密鼓哩!再加上一个贺家国,也跟在李东方后面上蹿下跳,搞得我一点正事干不了!"也许是摸不透钟明仁和贺家国的关系，又赔着小心补充了一句，"当然，家国年轻，缺少政治经验，难免会被李东方当枪使，大老板，你恐怕得和家国打个招呼。"

钟明仁沉默着，对面前这个市长已不仅仅是失望了，又多了层厌恶。

钱凡兴似乎也觉察出了点什么异样，目光虚怯地看了钟明仁一眼，不敢说下去了。

钟明仁却道："哦，凡兴同志，你说，接着说，我听着呢！"

钱凡兴想了想，又鼓足勇气说了下去："大老板，我知道你不喜欢下面的同志打小报告，我今天也真不是打李东方的小报告，实在是不得不说了：李东方这个同志在本质上是另一个赵达功，今天逼我下政府令关园时，赵达功说不出的话他都说出来了！"

钟明仁注意地看着钱凡兴："哦，你怎么会得出这个结论？东方同志说了些什么？"

钱凡兴激动起来："东方同志说你大老板不顾人民的死活，一手制造了十五年的污染！"

钟明仁神情骤变：这话太刺耳了，李东方怎么能这么说？怎么敢这么说？他什么时候不顾人民死活了？如果早知道国际工业园会造成这么严重的污染，这个项目他十五年前根本不会拍板上！

然而，李东方会这么说吗？会在钱凡兴面前这么说吗？值得怀疑。退一步说，就算李东方说了又怎么样？这难道不是事实吗？事实上他是一手制造了十五年的污染啊！怎么就容不得人家批评？

钟明仁从沙发上站起来，走到落地窗前，看着窗外的夜景沉默了好一会儿，才转过身子问钱凡兴："凡兴同志，李东方这话到底对不对？请你凭共产党人的党性和做人的良知回答我！"

钱凡兴近乎庄严地道："当然不对，峡江的干部群众谁不知道？国际工业园是峡江也是我省的第一个成功的国际开发区，是你大老板一手抓起来的样板，不论是对峡江，还是对我省，贡献和影响都很大，这是有目共睹的事实！李东方、赵达功拿国际工业园做文章，是项庄舞剑意在沛公！"

钟明仁脸色一下子变得十分难看："凡兴同志，这就是你凭党性和良知给我的回答吗？"

钱凡兴这才觉得哪里不对头了："大老板，我……我说的这都是实话！"

　　钟明仁终于勃然大怒了："实话？钱凡兴同志，在国际工业园问题上，你向我说过一句实话没有？！你只说我喜欢听的话——假话、空话、套话、屁话！今天又来观颜察色了，是不是？！"

　　这强烈的反应出乎钱凡兴的意料，钱凡兴吓得脸都白了，一时间冷汗直冒，无言以对。

　　钟明仁抓起一叠材料，愤怒地在钱凡兴面前抖着："你看看，给我带回去好好看看！这上面血泪斑斑啊！这些血泪你钱凡兴当真没看到吗？你是既无党性，又无良知！你一次次在我面前说假话，当真是尊重我吗？不是！根本不是！你是陷我于不义，陷中共西川省委于不义！"越说越气，适时地想起了贺家国反映的那次"逼宫"，"还有一件事，今天我也顺便说一下：在时代大道资金问题上，你也给我来了这一手，对不对？明明知道交通厅和路桥公司向我讲了假话，根本没有十个亿的资金可投，四条街你照样敢拆！你是逼交通厅吗？你是逼我，套我，把我架到火上去烤！幸亏家国同志把资金搞来了，否则是个什么局面？人家老百姓会指着四条拆掉的老街骂我祖宗八代！"

　　钱凡兴不停地抹着汗："钟书记，这时代大道资金问题，我……我得解释一下，我……我当时没想这么多，真的。我……我觉得您是咱西川省的大老板，弄点钱总……总有办法……"

　　钟明仁讥讽道："我有什么办法？逼我去刮地皮帮你创造政绩吗？！"

　　这时，窗外的夜空突然间格外地亮了起来，什么地方着火了，火势好像还不小。

　　钱凡兴愕然一惊，情不自禁地站了起来，向窗外看了看，可能意识到不妥，又不安地坐下了。

　　钟明仁背对着窗子，没有注意到窗外的火光，继续批评钱凡兴说："钱凡兴同志，你这次来，不是要摸我的态度吗？那么，现在我可以把态度告诉你了：回去以后，马上按李东方同志的要求开市长办公会，以政府令的形式正式关闭国际工业园！事实证明，李东方和贺家国同志是对的，他们有党性，有良知，不唯上，只求实，和赵达功搞的政治讹诈是完全不同的两回事！在这个问题上，你钱凡兴又揣摩错了，我从来就没有认为李东方同志会参与赵达功的政治讹诈！"

钱凡兴半个屁股坐在沙发上，呆狗一般，连连点头应着，再不敢多说一句话。

这时，桌上的电话响了，铃声急促刺耳。

钟明仁一边走过去接电话，一边说，态度多少有些缓和："你这个同志头脑要清醒，不要一错再错了！我可以明确告诉你：就是赵达功搞了政治讹诈，赵达功的正确意见也要接受，不能因人废言！如果连这一点都做不到，我这个省委书记也太没水平了，也该下台了！"

说到这里，钟明仁抓起了电话，一问，竟是李东方，竟是找钱凡兴的。

钟明仁随口问了句："东方啊，找凡兴同志，怎么找到我这里了？为什么不打他的手机？"

李东方说："他的手机关了，来找你大老板告状，他敢开机吗？大老板，你请他接电话！"

钟明仁这才注意到窗外的火光，在把话筒递给钱凡兴之前，顺便问了李东方一句："东方啊，我窗外一片火光，好像哪里失火了，火势看来不小——这事你知道不知道啊？"

李东方焦虑地说："大老板，我就为这事找钱凡兴的！是罗马广场失火了，火势严重！今天一大早，峡江又被我们的国际工业园污染了，青湖市断水，钱凡兴昏了头，把我市的消防车全派到青湖市为居民送水了，连一台消防车也没留！大老板，你快让钱凡兴接电话！"

钟明仁大为震惊，握电话的手禁不住抖了起来。直到这时候，他才知道峡江在他眼皮底下又发生了一次严重污染，而且在善后处理上又出现这么大的失误！更可气的是，直到这时候，钱凡兴竟还没向他透露这次污染的情况！他这么严厉地批评他，他竟然对这么严重的情况只字不提！

钱凡兴接电话时，钟明仁沉默着，思索着，在屋里踱着步。

待钱凡兴和李东方的通话一结束，钟明仁心头的怒火再一次爆发了："钱凡兴，你不是说你这个市长干不下去了吗？我看你这市长也真不应该再干下去了！你再干下去，只怕青湖市的老百姓还得喝污水，不知哪一天我们哪座广场大厦还要烧起来！现在火情紧急，我不和你多说了，如果你真有辞职的想法，可以向省委打报告，我个人决不挽留你！我过去是看错了人，现在看来，你这个同志本质上和赵达功没有什么不同，你们心里装的是你们自己，从来就没有老百姓！从来没有！"

面对着一个震怒中的省委书记,钱凡兴极其狼狈地结束了一次弄巧成拙的汇报。

钱凡兴走后,钟明仁坐立不安,让秘书一次次打电话,询问罗马广场的情况。

快十点时,李东方亲自把电话打过来了,汇报说,火灾后果很严重:八人丧生火海,三十余人受伤,其中还有两个来华旅游的国际友人。因消防车没能及时到位,大厦底层商场至五层几乎全部烧毁,直接经济损失估计不下三千万,李东方在电话里连连检讨,说是自己工作没做好。

钟明仁听了汇报,心情极为沉重,过了好半天,才叹息着说:"东方同志,你不要说了,对此该负主要责任的是我啊,我准备尽快出院,筹备召开一个省委扩大会议,认真听一听同志们的批评意见!"停了一下,又吩咐说,"东方同志,请你好好准备一下,在会上做个重点发言,摊开来谈,我给你半天时间。"

李东方推辞道:"大老板,我还谈什么呀?该谈的过去不都和你谈过了吗?没这个必要嘛!"

钟明仁以不容置疑的口气说:"我看有这个必要!很有必要!过去我基本上没听进去,别的同志也没听到,你好好谈,就是前几个月你在峡江市委常委会上那个秘密报告的内容:一把手政治问题、政绩工程问题、决策用人民主化问题、实事求是问题,归结到一点,就是如何真正对我们的改革事业和我们最广大人民群众的根本利益负责的问题!东方同志,请你一定不要顾及我和任何一个省委领导同志的面子,不管这个领导同志是谁!再这样讲面子,我们只怕连里子都要丢掉了!"

电话那边沉默着,长久的沉默……

钟明仁以为电话出了故障:"喂,喂,东方同志,我的话你听到了吗?"

李东方熟悉的声音这才又清晰地响了起来,声音沉重而低缓,透着深深的敬意和真诚的感动:"大老板,如果……如果你一定坚持要这样做,那……那么我就按你的指示办!"

钟明仁说:"好,好,我坚持这样做,希望这次会议能成为我省党内民主的重要开端。"

放下电话后,钟明仁陷入了更深远的自责和自省中:改革开放搞了二十一年了,西川省和峡江市都发生了不亚于兄弟省市的历史性巨变,所以成就谈得多了,问题谈得少了。现在看来,成就很大,问题不少啊,比如党内民主。党内民主到底是从什么时候,从哪件事上开始,变成了一种缺少内容的形式了?在西川省,在峡江市,还有多少类似国际工业园的隐患不同程度地存在着?人类只有一个地球啊,任何人都没理由再对它进行野蛮的踩躏和掠夺了,这关系到全人类的共同利益啊……

64

　　尽管贺家国做了充分的思想准备,可仍然没想到关园会引起这么大一场风波。

　　已发布的峡江市人民政府令还没提到全园关闭,只是明确了以电镀企业为主的十二家严重造污企业的停产关闭,园区内的工人便闹起来了。政府令下达的当天,星光电镀公司、晶亮国际公司等五家企业的近三千工人突然搞起了所谓的"护厂保岗"活动,发誓不撤离园区,声称要"捍卫和争取自己的劳动权利"。还有人别有用心地打出了钟明仁的旗号,说是要保卫钟书记改革开放的伟大成果。

　　经过调查了解,贺家国发现问题比较复杂:一个时期以来关园传闻不断,园区内的许多造污大户早有准备,资金抽逃十分严重,不少企业连工人的基本工资都不发了。最典型的是中外合资的晶亮国际公司,拖欠员工工资近一年,总额近千万。工人拿不到自己的血汗钱,自然不愿离厂,也就在事实上造成和政府令的对抗。晶亮的台湾老总公开对员工说了,他赚的钱都交环保罚款了,现在政府要关厂,想要工资只能找政府。还有些企业原本效益很好,员工月平均收入上千元,现在一声令下,这好好的饭碗没了,每月只发一百二十元的下岗生活费,他当然要和你较量一番。

　　直到这时,贺家国才明白了李东方慎而再慎的又一个原因:国际工业园的关闭的确不是一件小事,当一项决策关系到千家万户切身利益的时候,决策者必须有一种诚惶诚恐、如履薄冰的小心。这次真够小心的,从大会小会吹风务虚,到一个个企业的实地调查,几乎是事事有据,且又抓住了这次严重污染的契机。为处理好关闭企业的善后事宜,从环保、公安到计委、经委二十多个部委局同时出动,各司其责。市政府在财政困难的情况下,仍动用了三千五百万资金维系社会保障系统,以保证头一批约九千名下岗人员每人每月能按时拿到一百二十元的基本生活费。为此,李东方亲自挂帅成立了领导小组,自任组长。副组长设了三个,一个是市长钱凡兴,一个是政法委书记兼公安局长王新民,还有一个是贺家国。

有了大老板钟明仁的明确态度和严厉批评,钱凡兴的态度发生了一百八十度的大转弯,积极性高得不得了,连时代大道一时也顾不上管了,只要是国际工业园的会,再忙也赶来参加,处理事情的态度比李东方还果断。听说星光电镀公司和晶亮国际公司工人对抗政府令,搞"护厂保岗",钱凡兴便认定是聚众闹事,要王新民把公安人员派过去,维持园区秩序,拘留领头闹事的员工。王新民征求李东方的意见,李东方不同意,告诫钱凡兴和领导小组的同志:不要急,慢慢来。

在领导小组会议上,李东方胸有成竹地做了一次定调子、定政策的讲话。

李东方说:"在这种时候,我们的头脑一定要时时刻刻保持冷静和清醒,决不能激化矛盾。激化矛盾不是本事,抓人不是成绩——公安武警全在我们手上,抓人还不容易?这不是我们的目的!我们要达到的目的是:在保持社会稳定的前提下,解决矛盾,化解矛盾。对这十二家造污企业要做具体分析:首先是国营企业,像星光电镀公司等五家,干部是我们任命的,应该说比较好办,主要是做好党员干部的工作,让他们拿出党性来,和他们说清楚:凡以各种形式参与对抗的,一律组织处理。其二,中外合资公司,以晶亮国际为代表,共四家,有些复杂,外方老板拖欠工资的情况不同程度地存在着。对这部分企业,要靠法律解决,我们现在法制比较健全了,有《环境保护法》,有《合资法》、《劳动法》。触犯了哪个法都不行,可以告诉某些奸商,有法不依的时代过去了,员工的欠资必须清偿,峡江市政府没有代他们还账的义务!其三,是三家外资企业,其中两家还比较大,像那个国际赛艇公司。对这三家企业,我们要特别注意政策,不能给他们造成一种驱赶外资的印象。要多宣传我们最新制定的吸引外资的优惠政策,欢迎他们把高新技术带过来。告诉他们:地球只有一个,继续造污对他们也没有什么好处。"

谈到占厂的工人,李东方说:"同志们,我们也要设身处地地替工人同志想想,好好的饭碗一下子没了,峡江就业形势又这么严峻,他们一时想不通也是正常的,尤其是晶亮国际公司的工人们,连自己辛苦了一年的血汗钱都没拿到,怎么能没有气?!所以,我希望同志们带着一份理解、一份宽容去做这项艰巨的工作,希望不出任何意外,不伤一个人,不抓一个人!能迅速解决问题当然很好,如果不能迅速解决问题,可以一边做工作,一边等,只要这十二家企业停止生产,停止造污,本身就是胜利。这是不是有些软弱呢?可能有些软弱,可能会丢点面子,但是,同志们啊,我们在老百姓面前软弱点怕什么?丢点面子算什么?我们这次对十二家造污企业的重拳出击本身就是为了老百姓的长远利益,没必要搞得这么剑拔弩张!"

钱凡兴总算能摆正自己的位置了,没像以往那样坚持自己的意见,马上转变立场表示赞同。

会议快结束时,赵达功打了个电话过来,了解工人占厂的情况。李东方把情况客观地介绍了一下。赵达功表示,要冷处理,要理解工人的情绪。赵达功语重心长地说,我们心里要清楚,造成目前这种被动局面的主要责任者是我们,不是工人同志,工人同志也是我们决策失误和长期以来有法不依、执法不严的受害者。第一步只要能做到停产就好。工人占厂的行为不会长久,要以说服、宣传、教育为主,一定不要形成冲突,酿发流血事件。李东方马上汇报说,他也是这样想的,现在已经和领导小组在此基础上统一了思想。赵达功又说,国际环境日以后,在他的建议下省摄影协会的著名摄影家边长搞了一个峡江污染的摄影图片专辑,很有说服力;西川著名歌星何玫瑰也以峡江美为主题创作几首流行歌曲,可以把他们组织起来,帮助做些宣传工作。李东方爽快地答应了。

散会以后,李东方把贺家国叫住,将赵达功的建议说了一下,要贺家国把边长和何玫瑰尽快找来,动员他们跟随车载电台参加对占厂工人的宣传教育。

贺家国当即提醒道:"首长,你可别糊涂啊!这二位可是赵老爷子沙龙里的红人,早就在赵达功的授意下保护环境了!大老板知道了会怎么想?你这不是没事找事做嘛?!"

李东方拍拍贺家国的肩头,笑了:"家国啊,大老板一口一个狗娃叫你,你们的关系这么深,可照我看,你还是不了解大老板啊,大老板就是大老板,他的心胸、境界比我们高得多,你的担心完全多余!知道么?大老板正准备开一个省委扩大会议做自我批评哩,没准也会扩大到你!"

贺家国怔了一下:"这种会估计扩大不到我,我等着听你首长传达吧!"

李东方又感慨说:"家国呀,客观地说,你那位前岳父大人也确实有政策水平、领导水平啊,比我们那位钱市长强多了——只要不涉及他个人的政治利益,他总能打出一些漂亮的好球。"

贺家国哼了一声,不以为然地道:"我看这里面也未必就没有他的政治利益!让工人们长期占着厂子,形成僵持,我们的车载电台天天在园区流动广播,这不是一种很好看的局面吗?不是形象地宣传大老板的败绩吗?我也许不了解大老板,可对这位赵老爷子还是比较了解的,我毕竟做过他的女婿!中纪委和中组部的第二个调查组又要过来了,他能不想着在政治上找点平衡?"

李东方对贺家国的分析不予置评,只说:"家国,僵持的局面谁也不愿看到,你还是给我脚踏实地多做些工作吧,重要情况随时和我通气,再强调一下:我们的原则是:宁可慢,务求稳!"

贺家国也想求稳,可现实却不依他的意志为转移。次日上午,召开五家国有企业中层以上党员干部会议时,麻烦来了:最引人注目的星光电镀公司只来了一个姓黄的办公室主任,党委书记、正副总经理一个没到。一问黄主任才知道,党委书记兼董事长郑言吉和总经理刘旭升全被占厂的工人扣在公司行政楼上了,楼上的电话也被掐断了,想打个电话都办不到。

星光公司的那位黄主任样子挺狼狈,笔挺的西服上满是尘土,裤子上的裤缝也裂开了,苦着脸,咂着嘴,极是无奈地说:"贺市长,真没办法啊!工人情绪很激动,我是先跳窗子后爬墙才好不容易溜出来的!我们郑书记、刘总说了,他们算是向你和市委请假了,你和市委有什么指示,我负责带回去向他们传达!"

贺家国十分恼怒,这也太无法无天了,不但占了厂子,还把党委书记郑言吉和老总刘旭升扣为人质,万一伤害了这两个企业领导,麻烦岂不大了?当即打了个电话给政法委书记兼公安局长王新民,把这个新发生的情况说了一下。王新民一听也着急了,说是他马上安排一下,派些人把郑言吉和刘旭升救出来。贺家国担心公安武警和工人群众发生冲突,扔下电话就要去园区。

黄主任拦了上来:"贺市长,你最好别去,工人们现在恨你呢,都说关园是你弄出的事!"

贺家国一把推开黄主任:"对,是我弄出的事,所以请他们有话和我说!"

黄主任还是拦:"贺市长,你带着公安人员一上去,这……这误会就更大了……"

贺家国再次推开黄主任:"没什么误会,我们只是把老郑和老刘救出来!"

黄主任见拦不住,只好硬挤上贺家国的车,跟着贺家国一起去了。

车一路往国际工业园开时,黄主任还没说实话,贺家国也没意识到这其中有什么名堂。直到贺家国和上百号公安武警进了园区,逼近星光电镀公司生产区大门口,形成一触即发的紧张对峙了,黄主任才怕了,冲着堵在大门口的工人们喊了一通话,要工人们不要误会,说政府没有抓人的意思,只是要接郑书记和刘总去市政府开个会。工人们这才同意贺家国带几个公安人员进入了生产区。

这时,贺家国心里已有数了,估计这里面有名堂。

果然有名堂!到了生产区的行政楼上一看,号称被扣的党委书记郑言吉和总经理刘旭升正在那里和两个副总打牌,四个人脸上都贴满了纸条。办公室的电话也没谁掐断,是他们自己故意拔掉了。两人见了贺家国和贺家国身边的几个公安人员,还没意识到问题的严重性,解释说是开玩笑。

贺家国火透了,拍着桌子又吼又骂:"开玩笑?你们是暗中挑动工人闹事!为了自己的那点私利,不听招呼,不顾大局,差点儿造成一场流血冲突!你们简直他妈的混蛋!今天如果真发生了流血冲突,你们一个个都得进大牢……"

回去以后,贺家国向李东方做了汇报,建议将郑言吉和刘旭升开除党籍!

李东方想了想,没同意,指示说:先以领导小组的名义发个通报,对这两个同志的组织处理下一步再说,现在就死死盯住他们——解铃还需系铃人,让他们去做工作,告诉他们:星光公司的工人闹出任何乱子,市委、市政府都拿他们是问,恐怕还不仅仅是开除党籍的问题!

65

嗣后整整十天,峡江市的治安预警系统高度戒备着,党政系统的权力机器高效运转着。协调解决各方矛盾和各种矛盾的会议一个接一个开,李东方、贺家国、钱凡兴、王新民等人高度紧张起来,每日的睡眠时间都大大减少。这时的形势是一种典型的内紧外松,市政府派出的车载电台天天开到国际工业园去播放着《峡江市人民政府令》,电台、电视台、省市大报小报却除了就环保问题进行广泛的正面宣传之外,没有任何关于国际工业园工人闹事的报道。

峡江市的政治生活仍保持着过去的那份平静,社会秩序仍保持着日常的平稳。

钟明仁深知这平静和平稳背后的危机:国际工业园开园毕竟十五年了,矛盾和问题积累了那么多,因为他的关系,省市两级环保部门长期以来又有法不依,现在突然严格执法了,弯子难转,一旦措施不当,弯子转急了,那是要翻车的!因此钟明仁密切关注着国际工业园的事态发展,开头几天几乎天天让秘书向李东方、贺家国了解情况。李东方理解钟明仁的心情,后来就主动汇报,一期期《情况简报》墨迹未干即让市委机要员报送钟明仁办公室。

随着一个个会议开下来,情况逐渐好转,混乱的势头得到了有效地遏止。

星光电镀公司的党员干部被市委通报批评后迅速转变了立场,公司的头头们不但不敢再暗中煽动工人闹事,还积极做起了疏导工作,占厂工人大部分退出;市劳动局、市总工会介入晶亮国际公司的劳资谈判,经几轮拉锯,台湾老板终于在善后问题处理协议书上签了字,工人的长期欠资问题解决了,占厂问题亦随之解决了;环保宣传也起到了很大的作用,园区门口边长摄影图片展使很多人头一次看到了峡江污染的严重后果,头一次知道了什么叫"重金属",什么叫"水俣病"。

到得政府令下达后的第十天,有组织的"护厂保岗"活动大部结束,大的问题基本解决,十二家企业中虽还有部分员工没撤离,也都是些散兵游勇,有些工人还是留下来处理善后的。省市环保局工作人员和几十名治安警察和平进驻了园区,造污企业的生产车间全贴上了封条。整个过程确实做到了安全平稳,除有几起推搡扭打的小型纠纷事件,没有一起激烈冲突发生,公安机关也没抓一个人。

这期《情况简报》让机要员送到钟明仁那里不到两小时,钟明仁给李东方来了个电话,说是要到国际工业园看看。李东方当时正在和外经委的同志开会,研究招商引资的事,一听说大老板要看工业园,不敢怠慢,让钱凡兴把会接着开下去,自己上车去了园区,想在园区门口迎候钟明仁。

不料,到了园区门口才知道,钟明仁已到了,没要任何人陪同,就去了星光电镀公司。

在星光电镀公司见到钟明仁后,李东方开玩笑说:"大老板,你是不是被人家骗怕了,担心我这回也会骗你呀?"

钟明仁也半开玩笑半认真地说:"是啊,一朝被蛇咬,十年怕井绳啊!"继而,脸上的笑容收敛了,表情严肃起来,"东方,不容易啊,这个弯子到底转过来了,你们工作做得好啊!"

李东方说:"你大老板开明啊,从善如流,这个弯子才转得过来嘛!"

钟明仁苦苦一笑:"东方,你别讥讽我了,胜利者应该宽宏大量嘛!"

李东方连连摆手,很真诚地道:"大老板,我哪敢讥讽你啊?!还胜利者——我算什么胜利者?你可别这么损我!说起这个工业园,我的历史责任一点不比你小,始作俑者也有我嘛。不知你记得不记得了,十五年前,也是这么一个傍晚,你带着我们到这里来选址……"

钟明仁抱臂看着满天晚霞,陷入了深情地回忆中:"怎么不记得?是个深秋的傍晚嘛,天上下着牛毛细雨,我们头发、眉毛上像落了一层白霜。路也不好走啊,那时这里和市区还隔着两公里空白地段,连石碴路都没有一条,四处都是荒滩、庄稼地,我们弄得一身水,一身泥……"

李东方接了上去:"我在田埂上不小心滑倒了,你幽默地说,'同志们,大家看啊,这块宝地上四处都是狗头金啊,李东方已经迫不及待扑上去抢了!'我当时很狼狈哩,就那么一套给你大老板装门面的全毛西装也弄得一身烂泥,把我心疼得要命,还怕回家被艾红艳数落!"

钟明仁努力回忆着:"好像就在选址那天,市环保局局长程眼镜提醒了我一下,说是把这么大一个工业园区摆在峡江边上,以后会不会造成江水污染?我把他顶了回去,批评他迂腐……"

李东方忙道："不对,不对,大老板！这笔烂账在我身上,我当时是经委主任,是我把那位老局长顶了回去,当时说的话我现在还记得,我是这样说的:你老程真叫迂腐,连'流水不腐,户枢不蠹'的道理都不懂！江水滚滚日夜东流,每天的江水都是新的,都不'腐',还污染啥？你接着我的话题,从迂腐谈到了思想解放,谈到了要在吸引外资上打翻身仗。"

钟明仁连连叹息:"是啊,好心办了坏事呀,想打翻身仗,想把峡江的经济尽快搞上去,没日没夜地干,早上一睁眼,夜里十二点,结果倒好,造成一场人为的灾难！无知犯错误已经令人痛心了,再加上又听不到真话,问题就越搞越严重⋯⋯"看着李东方,"东方啊,你是什么时候发现这个问题的？难道直到你做市委书记才发现的吗？你为什么不早一点拿出这种不唯上的精神来？"

李东方略一沉思:"大老板,我的认识也有个过程,真正发现问题的严重性,是一九九三年当了市长以后。我当市长不到一年,国际工业园就发生了一次比较严重的污染事件,处理完这个事件以后,我就向市委书记赵达功提出了逐步关闭无法改造的造污企业的问题。赵达功不同意,说这是你的政绩工程不能碰。我也有私心,不愿找麻烦,就在排污系统的技术改造上下了些功夫。当然,这种功夫下了也白下,作用不大。嗣后,我又向赵达功同志提过几次,赵达功不高兴了,要我摆正位置,我这位置一摆正,问题就拖下来了,所以我才说,我的责任一点不比你大老板小。"

钟明仁思索着:"这一来,也让赵达功钻了空子嘛,当他的政治利益受到威胁的时候,他就把这张牌打出来了,现在,我们把空子堵了,看他以后还打什么牌！"转而又问,"东方,造污企业逐步关闭后,这么大一个园区怎么办啊？你们考虑过没有？要破还要立嘛！"

李东方道:"大老板,这事我们还没来得及和你汇报——家国有个建议,我认为很好:利用现有的基础设施搞国际科技园,西川大学的华美国际带个头,把公司总部迁到园区来,一些科技含量比较高,污染比较小的企业,我们也准备逐一审查,保留一批——当然,一定要在园区现有污水处理能力的范围内。反正你大老板放心,这么好的一片园区,我们不会让它闲着！"

钟明仁有些担心:"不会这么简单吧？真把这么大一片园区改造成科技园,困难不小吧？"

李东方点点头:"困难肯定不小,可困难再大,也大不过当年嘛!当年一片荒滩庄稼地,启动资金只有八百万,你大老板还是带着我们把园区轰轰烈烈搞起来了,我们一步步来吧!马上准备搞个招商引资会,用行动重申一下峡江的改革开放政策决不会变,也希望能签下一批合同。另外,市内的一些高新科技企业,也准备动员他们入园,市场经济条件下,不能搞行政命令,主要靠优惠政策去吸引!"

钟明仁欣慰地道:"那就好,那就好啊……"

就说到这里,一辆桑塔纳开到了面前,贺家国从车里钻了出来:"钟叔叔,你怎么来了?"

钟明仁脸一拉,纠正道:"钟书记!"

贺家国立即乖巧起来,老老实实叫起了钟书记:"钟书记,你来得真巧,咱西川玫瑰正在电台车旁演唱呢,你和李书记是不是也去听听?何玫瑰唱得真不错,全是宣传我们峡江的新歌。"

钟明仁"哦"了一声,手一挥:"东方,我们去看看,给我们的西川玫瑰捧个场!"

李东方迟疑一下:"大老板,你要去就坐车去,在车里听吧,现在园区的人还比较杂。"

钟明仁笑道:"你们给我点自由好不好?!"说罢,率先出了星光公司大门。

向管委会门前的演唱现场走着,钟明仁和贺家国聊了起来,开口就是一个"狗娃"。

贺家国立即抗议:"什么狗娃,钟书记,你别变相污辱我的人格好不好?"

钟明仁一怔,笑道:"对,对,贺市长,要平等,你叫我钟书记,我就得称你贺市长了!贺市长,你老子的那部《西川古王国史稿》我怎么到现在还没看到啊?你是不是想给我拖到下个世纪啊?"

贺家国嬉皮笑脸地说:"钟书记,哪能拖到下个世纪?我执行你的指示决不敢打折扣——现在正式向你汇报一下:书已经出来了,出版社都派人把五十本样书送到我办公室了,可这几天忙着处理国际工业园的事,就没来得及给你送去。"

钟明仁眼睛一亮:"那就马上送来,你没空,可以让别人送,这本书我在省委扩大会议上要用！让出版社多准备一些书，到会的同志要一人发一本。"

贺家国应道："没问题，我这两天就让人去办，不会误了你大老板开会发书。"

钟明仁又和李东方说了起来："东方啊，我记得《西川古王国史稿》里有这么一段记载：最后一代西川王因为听不到真话，导致了古王国的覆灭，最后一代西川王好像叫什么，叫什么'耶阿'……"实在想不起来了，转而问贺家国，"你狗娃说说，最后一个西川国王叫什么名字啊？"

贺家国哪知道这该死的国王叫什么名字？这部书稿交给沈小阳后，沈小阳也耍了滑头，是打着钟明仁和贺家国的旗号请西川大学两个历史系教授主编的，两个教授编完后贺家国连看也没看过。

于是，贺家国支吾道："钟书记，古时候的那些人名地名谁记得住啊！"

钟明仁有些不解："哎，你怎么会记不住？书稿是你编的嘛！刚编完就忘了？给我想想！"

贺家国见瞒不住了，这才讨饶道："钟书记，你饶了我吧，我向你坦白，书不是我编的……"

钟明仁哭笑不得，嗔骂道："我真没想到，连你这狗娃都骗我！"

贺家国苦着脸解释说："钟叔叔，你真冤枉我了！我骗谁也不敢骗你啊！我是才疏学浅，怕编得不好，对不起你大老板的亲切关怀，所以才请了西川大学两个老教授来编……"

李东方笑了，对钟明仁道："大老板，你不想想，峡江这阵子事这么多，我们家国同志报国为民的热情又这么高，哪有心思给你编书啊，他不应付你才怪呢，你早该识破他的阴谋和谎言了！"

钟明仁瞪了贺家国一眼："看来，对你这狗娃我也得提高警惕了！"

这时，管委会大楼出现在面前。十五年过去了，管委会大楼还像刚落成不久的新建筑，连外墙上的红瓷砖都没掉下一块，霞光将大楼的一面墙映照得像一面旗。楼前广场的国旗下停着一部电台车，电台车四周聚满了人，何玫瑰的身影没看到，她的歌唱声却传了过来——

……

峡江美，峡江美，

天上彩虹峡江水。
浪花追逐着古老的传说，
甜水滋润我们祖祖辈辈。
……

　　钟明仁不由自主停下了脚步，出神地倾听着，眼中渐渐蒙上了一层泪光……

第十七章　要为真理而斗争

66

西川省委扩大会议经过一个多月的充分酝酿和准备之后,在峡江市柳荫路四十四号省委招待所正式召开了。省委、省政府、省人大、省政协主要领导同志、全体省委委员、省委候补委员,以及各地市、各部门党政一把手,全按省委要求出席了这次重要会议。

省委书记钟明仁在头一天的动员讲话中开宗明义说:"一个政党,一个国家,一个民族,不能没有自省意识,丧失了自省意识,也就丧失了自身的动力和活力。我们今天召开的这个会,就是一个自省的会,总结的会,谈经验教训的会。不为尊者讳,不为贤者讳,更不为哪个长官讳,包括在下钟明仁。一定要实事求是,有什么问题谈什么问题,有什么教训谈什么教训,对事不对人。成绩当然也可以谈,不过我个人的意见请同志们少谈,成绩我们过去谈得比较多了,况且成绩不谈也跑不了,问题和教训不谈透却不得了。退一步说,就算有些问题陷于目前的客观条件一时还解决不了,旧包袱还要继续背着,我们也要好好清清账嘛,看看这旧包袱里都是些什么宝贝啊?究竟哪一天才能把它卸下来啊?"

钟明仁说得诚挚而动情:"问题不少啊,同志们!今天我先顺便说一下,以后还要在会上专门谈——首先我这个省委书记就做得很不够啊,在过去的工作中犯了不少错误啊!而且我的错误也在不同程度上影响了在座的许多同志,影响了我省的工作,楚王好细腰,宫女多饿死啊,有没有这个现象?我省大大小小的楚王有多少?饿死和没饿死的细腰宫女有多少?要认真清理一下思想。也把这个账认在前头:我钟明仁就是一个楚王嘛,我这个楚王在很多事情上已经听不到真话了!同志们的材料袋里有一本书,是我建议发的,叫《西川古王国史》,你们可能还没来得及看。我建议同志们在会议期间抽空看看,可以先看末期王国那部分。西川古王国末期,国王耶阿容穷尽国力扩建王宫,各地民众揭竿而起,部属纷纷自立为王,曾被西川铁骑打败的中原大军席卷而来,局势危如累卵,文武百官竟无一人向国王告知实情,结果,当中原大军兵临城下时,王国覆灭的命运已无法挽回了。"

说到最后,钟明仁郑重地提出了一个要求:"同志们,在这里,我还有个要求:从现在开始,不论是在会上还是会下,是在公开场合还是私人场合,请大家不要再叫我大老板了。我算什么大老板啊?我们的老板是人民嘛,我们都是人民的公仆,不论官当得多大,地位多高,都是替老百姓打工的,不能本末倒置。这实际上是个重大原则问题,我过去却忽略了,被大家一叫叫了许多年!"

在当天下午的会议上,李东方按钟明仁要求,做了整整一下午的长篇发言。

嗣后回忆起来,李东方还认为这是一件近乎奇迹的事情,半年前做梦也不敢想——他在峡江市委常委扩大会上的讲话那么谨慎小心,仍被省市许多领导同志含意不明地称之为"秘密报告",还和赫鲁晓夫挂上了钩。这次到会上报到后,李东方就很犹豫,怕钟明仁临时改变主意,又一次慎重征求钟明仁的意见:是不是不讲了?钟明仁态度十分坚决,坚持要他讲。于是李东方就有了迄今为止政治生涯里惟一一次在党的高层领导会议上畅所欲言的机会。

九月三日下午,当李东方面对主席台上那面鲜红的党旗,一步步走上主席台时,一种久违的神圣感和庄严感油然而生,除了当年面对党旗入党宣誓,这种感觉已好多年没有过了。

李东方按钟明仁要求做到了实事求是,畅所欲言。该谈的问题全谈到了,一把手政治和党内民主问题,正确的政绩观问题,反腐倡廉问题,等等等等。决不是一般的泛泛而谈,是结合峡江市历史上已经发生和正在发生的一系列具体事件谈的。没为尊者和贤者讳,更没为哪个长官讳,既有批评也有自我批评。

谈到政绩问题时,李东方说:"作为一个地区一个部门的领导者,谁不想要政绩啊?谁不希望创造政绩啊?古时候的封建官吏们尚且知道为官一任造福一方呢,何况我们这些改革开放时代的党的负责干部?可是,就任峡江市委书记后,面对峡江这种被动局面,我才想明白了:我们的任何政绩都必须建立在代表最广大人民群众的根本利益这一基点上,离开了这一基点,事情就会起变化,有些政绩就不那么可靠了,就值得怀疑了,说不定就是对老百姓的祸害——在这里,我还要再次声明:峡江出现的所有问题,不论是国际工业园、峡江新区的问题,还是这一时期充分暴露出来的干部队伍的严重腐败问题,我作为一个长期工作在峡江的老同志都有一份不可推卸的责任——明白了这个道理以后,我就不能不小心,不敢不小心,连拍板上一个时代大道都瞻前顾后,一拖再拖。所以,一段时间来,省里市里对我的议论和讥讽也不少,说我软弱无能啊,没气魄啊。"

李东方动了感情:"软弱无能我不承认。如果软弱,今天我就不会站在这里做这个发言。如果无能,峡江的那些矛盾我就会视而不见,也就不会在这半年之中引起这么大的一场政治风波。不过,没气魄这个账我还是要认的。我是没有气魄,钟明仁书记和不少同志都清楚我的情况:我是沙洋县一个普通农民的儿子,三年自然灾害时差点饿死在家乡一片荒芜的土地上。从十五岁开始,年年裹着件空壳破黑袄上河工,钟明仁书记当时还是我们县委书记,给我发过奖。我李东方何德何能啊,从一个农民的儿子成了中国一个省会城市的市委书记?靠组织的培养和人民的支持走到今天这一步,我已经很满足了。这是真心话。所以有时我就不太明白,我们有些同志气魄怎么就那么大?几亿、几十亿,甚至几百亿的项目,他头脑一热就敢定,给他个省长、总理他都敢当!他是不是真有把握带着我们的老百姓走向小康?我就没这把握,对这样有气魄的同志,我惟有敬而远之。党和人民把一个峡江市交给我,我已经诚惶诚恐,战战兢兢了,从心里感到害怕,就怕哪一个决策失误对不起老百姓,让老百姓骂我们的党和政府,骂我们的改革!"

明明知道赵达功就在主席台上坐着,李东方仍不回避,这对李东方来说也是从未有过的:"当政绩强调到极端,必然要走到反面,甚至走到背叛的道路上,背叛我们的人民,我们的国家,我们的党!峡江干部腐败问题开始一步步暴露时,有个别职位不低的领导同志就不止一次和我说过:多抓腐败分子不是我们峡江领导班子的政绩。这还用说吗?这当然不是政绩,是败绩,是令人痛心的错误和失误!纠正错误和失误的惟一办法就是举起铁拳反腐惩恶,严格执行党纪国法,用行动取得人民的宽恕,而不是用慈恩包庇腐败分子等等办法来维护所谓的政绩!这时候同志们应该看得比较清楚了:这些同志挂在嘴上讲的政绩已经和我们最广大的人民群众的根本利益南辕北辙,相差十万八千里了!这种政绩实际上只是他自己个人政治利益的一种变相说法而已,当他把自己的这种政治利益看得至高无上的时候,就在心理上和思想上开始了对人民的背叛!"

李东方越说越激动,眼里浮动着晶亮的泪光:"而我们怎么能背叛养育我们的人民呢?西川是个经济欠发达的穷省,峡江市情况好些,可也并不富裕。从秀山到青湖,到峡江,我们很多父老兄弟还没有彻底解决温饱问题,所以,钟明仁书记和省委才在中央的支持下竭尽全力搞移民。我省几个中心城市也各有十万乃至几十万的失业下岗工人。峡江国际工业园这一次就下了九千多人。在这种情况下,我们还能为了个人的政治利益保护那些在灯红酒绿之中一掷千金的腐败分子吗?!党性何在?良心何在?像那个田壮达,一把卷走三个亿,还是港币!像那个陈仲成,目前已查实的赃款即达二百三十多万!这都是民脂民膏啊!前天到沙洋县移民区视察工作,有些农民同志围上来问我:田壮达、陈仲成黑走的这些钱能买多少头牛?够他们交多少年农业税?同志们,我羞愧难言,无法回答这些善良的农民兄弟啊!人民用他们的血汗养着我们,让我们代表他们的根本利益,我们代表了没有?民心不可违,民心不可欺啊,离退休以后,我们也将是他们中的一员啊……"

李东方的发言,在会上引起了很大的反响,会议越开越热烈,畅所欲言的气氛真正形成了。

会议第三天,也就是九月六日下午,钟明仁做了以自我批评为主要内容的专题讲话。

钟明仁在讲话中回顾了峡江市和西川省改革开放二十一年来走过的道路,深刻剖析了自己思想和工作作风的渐变过程,不无痛心地承认道:"——同志们,听不到真话的主要责任在我这个省委书记。被大家一口一个大老板的叫着,真以为自己是西川的老板,人民的老板了,总觉得自己事事高明,永远高明,事事正确,永远正确。党的实事求是的优良传统渐渐搞丢了,唯物主义和辩证法渐渐搞丢了。封建时代的皇帝是'朕即国家',我钟明仁是'朕即市委','朕即省委',不同意见听不进去,总觉得刺耳,搞得不少同志变成了细腰宫女。当然喽,相对我钟明仁而言,你们是细腰宫女;相对你们的下级而言,你们也可能就是另一个楚王了!在省委民主生活会上,赵达功同志曾尖锐批评过我,说我长期以来的家长制作风给全省干部带来了消极影响,后果严重。我当时难以接受。"扭头看了看坐在主席台右侧的赵达功,"——达功同志啊,今天当着这么多同志的面,我郑重说一下:你这个意见我诚恳接受了!你批评得对,这的确是我工作中的一个大问题,很严重的问题,也正因为如此,才会出现峡江国际工业园这种不可思议的恶劣事件!"

说到这里,钟明仁激动地抓起摆在讲台上的一叠材料,向与会者昭示着,责问与会者:"同志们,峡江国际工业园这十五年发生了什么?在座不少同志都清楚!起码省市环保局清楚,峡江市委、市政府,青湖市委、市政府清楚,下游受污染之害的一些县市也清楚!可除了李东方和贺家国同志,你们谁向我说过真话?谁?我就算是个大家长,也还是个老共产党员,决不会为了自己的政绩和脸面就不管峡江下游地区几百万老百姓的死活!我说同志们啊,你们太让我失望,也太让我伤心啊,这事实说明,你们不相信我这个省委书记会以人民的利益为重!"桌子一拍,极度愤怒起来,"我钟明仁是大家长,是好细腰的楚王,可毕竟还不是老虎,还不会吃了你们!无非是头上那顶乌纱帽嘛,就这么害怕?不当官就没法活了?!十五年了,年年小污染,六次大污染,经济损失几十个亿,你们上上下下竟对我瞒得严丝合缝!严重破坏了峡江流域的生态环境,让我们的老百姓付出了极为惨重的代价,陷我钟明仁于不义,陷我们中共西川省委于不义!"

一时间,整个会场鸦雀无声,与会者全被钟明仁严厉的责问镇住了。

钟明仁沉默了好一会儿,语气才又缓和下来:"这么严厉地批评有关同志,我不是要推卸自己的什么责任,我的责任就是我的责任,我不会推。你们的责任就是你们的责任,想推也推不了。也不要再和我说什么'维护领导权威'这类话了,任何领导的权威都不能这样维护。在座同志都是共产党员,而且不是一般的党员,是我们中共西川省委各地区、各部门的负责干部。我请问一下同志们:你们当年入党时是对哪个个人宣的誓,还是对我们党旗宣的誓?同志们宣誓时的誓词忘记了没有?全世界无产者的那首歌忘记了没有?我看有些同志是忘记了呀!恐怕耳朵里除了阿谀奉承,就是流行歌曲了!"钟明仁手一挥,郑重提议,"所以,今天在这里,我这个老党员有一个建议:让我们重温一下《国际歌》,记住《国际歌》里的话:

要为真理而斗争！现在，请同志们全体起立！"

台下的与会者纷纷站了起来，主席台上的省委常委们也站了起来。

钟明仁亲自指挥，瞬时间，台上台下的歌声响成一片——

起来，饥寒交迫的奴隶，
起来，全世界受苦的人。
满腔的热血已经沸腾，
要为真理而斗争……

这天的会议在一片庄严的《国际歌》声中结束，钟明仁和在座的一些老同志唱得热泪盈眶。

……

嗣后，会议又开了两天。

最后一天上午，在省长白治文的旁敲侧击之下，赵达功被迫做了检查。

赵达功的态度看起来很诚恳，在熟悉他的同志看来却是富于政治心计的。赵达功对自己在任职峡江市委书记期间用错了一批干部承担了责任，却借着钟明仁的话头，大谈楚王和宫女，大谈自己的家长制作风，既表明他的问题和钟明仁问题是一回事，同时也暗示了钟明仁始作俑者的责任。赵达功承认自己在反腐败问题上曾有过糊涂认识，说自己本位主义思想严重，把对手下干部的爱护变成了无原则的庇护，因为太重同志之间的感情，才在某种程度上伤害了对党和人民的感情。发言中还有意无意地多次谈到了自己的廉政经验，说他这位无产者早就看穿了，生不带来，死不带走。

赵达功的这个发言引起了省委副书记兼省纪委书记王培松的极大不满。

散会后第三天，李东方到省委办事，在省委院内碰到王培松，王培松便向李东方通报了一个新情况：陈仲成执法犯法，向潜逃境外的田壮达通风报信，险些造成严重的经济后果，本人又受贿二百三十三万，法院一审判了死刑。昨天判决下来后，陈仲成立即提出上诉，同时交代了赵达功的两个问题：一个是他老婆和赵达功的关系问题——为了往上爬，陈仲成当年连自己新婚的老婆都送给赵达功了。还有一个是赵达功和赵娟娟的关系问题。两人是情人关系,赵达功带着赵娟娟去北京跑过官,花了不少钱,光价值几十万的钻戒就送出去三个。

王培松通报过情况后,意味深长地对李东方道:"我倒要看看这个政治人还能挺多久!"

李东方含蓄地笑笑,对王培松说:"这两条线索能落实吗?你千万不要低估了此人的政治耐力!"

67

省反贪局找上门时,李大头正带着位刚搞到手的小蜜在邻省一家电厂催讨炭款。炭款讨得还算顺利,二十二万讨回来十五万,给小蜜买了两身时装,在当地风景区玩了一天,李大头就准备回峡江了。不曾想,晚上买好火车票,正排队等着进站,手机突然响了,公司会计打了个电话过来,要李大头尽快去反贪局谈谈。李大头颇感突然,一时间手脚冰凉,问会计是怎么回事?会计也说不清楚。李大头越想越不对头,拉着小蜜就去退票,退过票后,在火车站旁找个小宾馆又住下了。

这一夜,李大头惊魂不定,连和小蜜干那事的心思都没有了。小蜜却故意捣乱,平时不怎么主动,工作不尽心,被李大头严肃批评过好多次,这回偏主动了,一进客房搂住李大头非要干,李大头只好应付。应付的事岂有成功可言?身上那原本生龙活虎的家伙好像不是自己的了,搞得小蜜大为扫兴,把他的大头小头都贬得一钱不值。李大头也顾不得了,完事后光着屁股不停地打电话。手机一块电池的电快耗完了,什么明确的消息也没探到。只知道峡江市的廉政风暴还没结束,风声好像又紧了起来,原说要放的李东方的妹妹李北方也没放出来。省委扩大会议后被省市反贪局传去的人为数不少,有些人传过去后就没再回来,有些人回来了,情况也不利索。李大头情急之下,想把电话打给赵达功,最后还是忍住了——现在情况还没弄清楚,你找人家省委领导说什么呀?

这时候,李大头适时地想起了老朋友沈小阳——沈小阳是记者,消息来源多,真有啥了不得的大事,沈小阳不会一点也不知道。便打了个电话给沈小阳,说是有台捷达王,是欠煤款的客户用来顶账的,正在公司闲着,问沈小阳要不要借用？如果要借用，今天就可以去公司把车开走。

　　沈小阳心里啥都明白："别给我绕了，说吧，大头，你是不是又进去了？"

　　李大头不绕圈子了："老弟呀，哥哥目前还没进去，但很有可能进去呀。"

　　沈小阳显然对上次收车的事还耿耿于怀，恶毒地道："我就知道是这种事！你说清楚点，是一般性质的嫖妓，还是强奸犯罪？强奸犯罪我一点办法没有，而且我也得注意影响了，贺市长让我少和你这种流氓分子啰嗦，都训过我几次了！"

　　李大头说："哥哥我会犯强奸罪么？哥哥有钱什么小姐叫不到？!"

　　沈小阳也不客气："少女也是小姐，你敢嫖就是强奸！"

　　李大头强忍着一肚子恶气："好，好，我认你狠，你就趁机骑在哥哥头上拉屎撒尿吧！告诉你：这回不是这方面的事了，是省反贪局找我了，恐怕是经济方面的问题！你听到啥风声没有？"

　　沈小阳说："我没听到什么风声，你还是抓紧回来吧，有事回来再说！"

　　李大头不太放心："我回来好么？万一自投罗网怎么办？"

　　沈小阳道："你不回来又咋办？金石煤炭公司不要了？你不回来更证明你做贼心虚！再说了，你真有什么大事还逃得了？田壮达逃到国外不还是被抓回来了？天网恢恢疏而不漏，懂不懂？我的同志！你狗东西干了什么好事你心里有数，自己决定好了！我个人倒是希望你走自首坦白的道路！另外，也和你说清楚：你的破车我不借，这国庆节快到了——国庆节可不是三八妇女节，是个大节，得隆重地办点福利，你再给我们报社掏点钱吧，我们田总说了，请你当国庆征文的评委！"

　　李大头叫了起来："沈大笔，你不是赌咒发誓不给报社拉赞助了么？怎么又来了?!"

　　沈小阳道："这情况不是又起变化了吗？报社马上又要研究中层干部问题了，我排在第一！"

　　李大头只好自认倒霉："好，好，我出三千，你到太平镇拖兔子去吧！"

　　沈小阳没好气地道："拖什么兔子？你就认识兔子啊？这回是办水产，你起码得给我出五千，我姐夫办丧事时去了那么多人，连贺市长都去了，你狗东西连面都没照，那两千就算罚款了！"

李大头只好认账,在电话里答应了沈小阳,次日一早,带着小蜜回了峡江。

火车开了八小时,到峡江已是下午五点了。李大头担心自己随时可能被反贪局提溜走,晚饭没敢到外面吃,是叫了酒菜在公司吃的。正对着饭桌的一面墙上就挂着他和赵达功的巨幅合影,好像省委领导也参加了他们这次密谋似的。

面对和省委领导合影的大照片,李大头气又壮了些,多少恢复了点信心,酒杯一端,煞有介事地对沈小阳说:"沈大笔,你也别觉得自己和贺市长关系好,就把架子搭那么足,哥哥我是把你当做好朋友,碰到点小事才和你商量一下。其实,我要找赵省长,还不把啥都解决了?"

沈小阳皮笑肉不笑说:"那我就告诉你个好消息:中纪委和中组部也在找赵省长呢,都来两拨了!"

李大头吓了一跳,嘴里一口酒差点儿喷了出来:"还……还有这种事?赵省长也犯事了?"

沈小阳品着酒,猫戏耗子似的看着李大头:"说吧,我的哥哥,你给赵省长送过多少钱?"

李大头有点急了,大头直摇:"没有,绝对没有,你老弟可别胡说八道!我和赵省长就那次在酒店见过一面,他家的电话号码还是我转了好几个弯才从朋友那打听到的,都没敢给他打过!"

沈小阳说:"除了赵省长之外,给多少人送过礼,腐蚀过多少革命干部?"

李大头颇为苦恼地说:"这哪想得起来?哪年不送?这么多年了,谁知道送过多少?有主动要求我腐蚀的,有我凑上去腐蚀的。就在上个月,我还给区地税局的王科长和管我们的小祁一人送过一个红包。王科长是五千,小祁是四千,我们会计办的。"

沈小阳说:"那你回忆一下,把被你腐蚀过的官员名单和送礼金额都开出来,我帮你分析。"

李大头不上这个当:"沈大笔,你别蒙我,不说这个名单我真回忆不起来,就算能回忆起来,我也不敢开给你!你还是帮我打听一下吧,省反贪局究竟找我干什么?是谁的事涉及到了我?"

沈小阳说:"这得你自己想了,你那些狐朋狗友中谁会顶不住啊?"

李大头想了一夜,也没想出个所以然,沈小阳当夜也没打探到什么结果。

次日一大早,省反贪局又找上了门——来了个电话,请李大头立即到反贪局去。

李大头只好去了,一进反贪局的大门自己就不当自己的家了,心里乱糟糟的,总想尿尿,没让任何人动员就有一种想坦白交代的念头,怎么压都压不住,一坐下就说:"我知道,我知道,廉政风暴刮到这地步,你们迟早会找我,你们问吧,只要我知道的,我……我都会交代!"

反贪局的同志说:"我们问,还算你交代吗?你自己先说吧,争取个主动。"

李大头想想也是,让人家反贪局问到前面就被动了。眼前马上浮现出区地税局的王科长和小祁的面孔,便最先把这两人抛了出来,说是自己为了纳人情税,就给两人一人送了一个红包的人情。坦白时还算够朋友,讲了真实情况:这两个红包不是王科长和小祁提出要的,是他让公司会计以咨询费的名义硬给的。

反贪局的同志挺满意:"好,好,这只是个开头,继续说,往大处说,不要用这种鸡毛蒜皮的小事转移目标!你李金石一直很活跃嘛,主要问题不在区级的税务人员身上!"

李大头的眼前又浮现出几个市一级工商税务干部的笑脸,其中一个是市工商局陈副局长,陈副局长是老局长了,这些年给他帮了不少忙,他也挺对得起他的,逢年过节没少送过礼物,家里的彩电、冰箱都是他送的,这次又被田壮达案子牵扯进去了,进去都几个月了,估计老家伙顶不住,便又把陈副局长供了出来,只说了彩电、冰箱两个大件,钱的事没说,想一步步来。

反贪局的同志更满意了:"李金石啊,态度还不错嘛!说下去,说下去!"

李大头尿意更急,觉得要尿裤子了,可怜巴巴提出要上厕所。反贪局的同志很讲政策,同意李大头去上厕所。李大头到了厕所,站在小便池前,无论如何努力却又一滴也尿不出来了。换了一种形式,像女人一样蹲下尿,才勉强挤出了几滴眼泪似的尿汁。回到屋里,供出了个峡江煤炭局的销售处长,尿意再次上来了,又到厕所去尿尿。就这么交代一个,去一回厕所,忙活了差不多一上午,又把六个收过他礼的当官的哥儿们弟兄交代出来了。李大头认为第一轮坦白交代得算差不多了,他态度又那么好,也算对得起反贪局了,打定主意其他的哥儿们弟兄一般情况下决不再供了。

反贪局的同志却不满意了:"怎么,李金石,就这些吗?"

李大头连连点动着汗津津的大头说:"就这些,就这些!"还解释了一下,"现在煤炭市场并不好,再说我这人也不算大方,万字数的礼我一般也不送……"

反贪局的同志马上抓住了漏洞:"一般不送?用得着的大人物,你也不送吗?"停顿了一下,又加重语气道,"话说到这里,李金石同志,我们可以坦率地告诉你了:今天我们找你,主要就是想了解一下你李金石同志和峡江某一个大人物的经济关系!"

李大头想不起有什么用得着的大人物,最大的人物也就是市工商局的副局长了,便很委屈地说:"市工商局陈局长的事,我不是都交代了么?哪还有什么大人物呀?"

反贪局的同志火了:"市工商局副局长算什么大人物?想想,好好想想!"

李大头真想不起来,很苦恼地说:"你们能不能提醒我一下呀?我记性不好!"

反贪局的同志这才提示了一下:"你们金石煤炭公司的那幅大照片是怎么回事啊?"

李大头这才恍然大悟,省反贪局同志要了解的是他和省委领导赵达功的关系!他真是糊涂到家了,没让人家主动问,就把八个哥儿们弟兄供了出来,这不是害人么?以后谁还敢和他打交道啊!

李大头的怨气一下子上来了:"闹了半天,原来要问的是这档子事啊,告诉你们:我和赵达功副省长没有任何经济来往!那幅照片是我钻空子在一个偶然的场合拍的,骗你们是王八蛋……"

从省反贪局楼里出来,李大头身子发飘,精神恍惚,像做了一场噩梦。勉强走出大门,两条腿就软得迈不开步了,蹲在大门口的路边上抽烟,一连抽了三支。抽到第三支烟时,省烟草公司的周经理也来反贪局报到了,周经理脸上的表情好像也很不乐观,从李大头面前经过时,冲着李大头点了点头,算是打了招呼。李大头想到自己的软弱无能,心里就虚,嘴上便硬了起来,见没人注意,悄悄对周经理说:"坦白从宽,牢底坐穿;抗拒从严,回家过年——你老哥可得顶住啊,千万别害人!"说罢,还抓住周经理的白手死劲握了握。

周经理不领情,一把甩开李大头的黑手:"你胡说啥?我就是回答几个问题!"

李大头马上又后悔起来:只要进了反贪局,哪还有几个硬骨头?没准这周经理比他还熊,万一周经理把他的话说给反贪局的同志听,他岂不是又自找麻烦?便又改了口,连连说:"那就好,那就好,对组织还是要讲老实话嘛……"

周经理进了反贪局大门"回答几个问题"去了,李大头也摇摇晃晃回公司了。

一回到公司就见到了匆匆赶来的沈小阳。

沈小阳说:"大头,我到底从贺市长那里探到底了:可能是要了解你和赵达功的关系……"

李大头撑不住了,带着哭腔绝望地叫道:"沈大笔,现在说还有什么用?我没顶住啊,一下子卖了八个哥儿们啊!我他妈的以后在峡江还怎么混啊?!"

沈小阳一听乐了:"大头,没想到你还对我市的廉政建设做了回贡献哩!"

李大头没心思开玩笑,指着墙上和赵达功的巨幅合影,极是痛苦:"我原以为打着赵省长的旗号能做做广告唬唬人,没想到倒被他拖累了!"说罢,吩咐手下马崽把合影取下来。

沈小阳阻止道:"赵省长究竟怎么样还说不准,你也别太势利嘛!"

李大头想想也是,不让取合影了,头一昂:"不过,边大师的车得收回来了!"

沈小阳马上想到了报社那五千元赞助:"那我们报社国庆节的福利是不是不办了?"

李大头想了想:"沈大笔,按说我真不该办了,可咱们谁跟谁?又涉及到你的小职务,这忙哥哥不帮谁帮?我办了,五千块你拿去,隆重办!"说罢,提出了自己的要求,"不过,你也得给哥哥我帮个小忙:反贪污贿赂局的那帮孙子和我还没完呢,说了,随时会传我,还让我写材料,我会写什么材料?这材料就交给你老弟写了,你上点心,隆重点写,要当是给贺市长、李书记写的!"

沈小阳觉得受了污辱:"我给贺市长、李书记写得都是正经大文章,是指导你们搞改革的,什么时候写过这种认罪材料?"本想表现一下文化人的清高,把李大头堵回去,可想到那五千元赞助和自己的小职务,叹了口气,不说了,要李大头马上开支票。

68

李东方的预料果然不错,尽管中纪委、中组部两度直接介入,赵达功这一次还是滑掉了。

陈仲成的老婆宋雪丽已经和陈仲成离了婚,抵死不承认陈仲成的最后供词,被叫到省纪委后,和省纪委书记王培松在办公室又哭又闹,大骂陈仲成是无耻的畜生,死到临头还撒这种不要脸皮的弥天大谎。已被判了十年徒刑的赵娟娟也不承认赵达功上过自己的床,更不承认带着钻戒和赵达功一起到北京跑过官,一口咬定陈仲成是诬陷。据赵娟娟解释:去年底赵达功带团从国外招商回来,她正好在北京谈笔生意,就请赵达功和随行人员吃了一顿饭。原说在王府饭店吃,赵达功嫌太铺张,没同意。结果是在一家名不见经传的小羊肉馆吃的,八个人只吃了不到三百元,剩下的菜赵达功怕浪费,还打包带到路上吃了。看到赵娟娟的审讯笔录,王培松颇为恼火,要求有关人员加大对赵娟娟的工作力度,赵娟娟马上在狱中绝食抗议,连续三天连水都不喝,事情也就到此为止了。

赵达功的问题只能是事出有因,查无实据,最终被中组部点名指调去中央党校学习。

据说,事后有人将赵娟娟的绝食情况悄悄告诉了赵达功,赵达功身子一转就流泪了。

陈仲成最终执行了死刑,田壮达因为有重大立功表现,又退清了全部赃款,判了死缓。由这两个主案引发的八个串案到九月底基本上一一审结,逐一宣判也只是时间的问题了。

一场来势凶猛的政治风暴终于过去了,峡江上上下下这才都松了一口气。

然而,政治风暴过后的气氛却有些异样。关于赵达功宁可委屈自己也要保护手下干部的很富人情味的故事越传越广,越传越离奇。传到后来,李东方心里最担心的事还是发生了:他到底被抹上了白鼻梁,在许多干部嘴里成了出卖自己同志和朋友的政治小人。贺家国陪几个投资商到秀山参观西川古王国遗址时,刘专员就在私下问过贺家国:李东方下手怎么这么狠?连赵达功这样的老领导都出卖?为了当省委常委就不顾一切了么?贺家国回来一说,李东方心里像被谁狠狠扎了一刀。

省委新近增补了一名常委,是省委宣传部刚上任的梅部长,梅部长是从省教委主任任上调去的,上任不到一个月就按惯例进了省委常委班子,而按惯例作为省会城市一把手的李东方早就该进省委常委班子却仍然没进去。这事实像一阵风,进一步推动了谣言的传播速度和力度。有人说,李东方马屁拍到马腿上了,不但得罪了赵达功,事实上也得罪了大老板。还有人编出了个"峡江三大怪"四处乱传:老书记糊里糊涂被人卖,新书记为往上爬反腐败,假市长狐假虎威尽作怪。这个假市长显然指的是市长助理贺家国,贺家国最早点燃了这场政治风暴的导火线,必然招人恨。

这倒也罢了,让李东方没想到的是,紧接着西川省和峡江市干部班子又做了一番调整,秀山地委书记陈秀唐调任峡江代市长兼市委副书记,原市长兼市委副书记钱凡兴调任省交通厅长,贺家国调任省工商联副会长。对此,钟明仁代表省委做出的解释是:前一段时间的工作证明,钱凡兴不太适宜在块块上工作,位置一直摆得不太正,工作也不得法,闹出了不少矛盾,不利于未来峡江发展的大局。而陈秀唐在省委机关工作过,又在秀山贫困地区锻炼了几年,人很年轻,脑瓜活,思路多,应该能成为一个开拓局面的理想市长。

李东方对钱凡兴的调离没什么意见,可对来自秀山的这位陈秀唐却从心里不愿接受,尤其不能接受的是:在陈秀唐接任市长的同时,将贺家国调离。李东方把问题提了出来——提得既郑重又婉转,先从积极方面理解省委的安排,认可了钟明仁代表省委对陈秀唐做出的评价,转而向钟明仁和省委请求:峡江的工作思路刚理顺,从工作出发,可否将贺家国留在峡江,正式出任副市长?

钟明仁似乎料定李东方要为贺家国讲话,深思了一下,什么也没说,更没表态,从办公桌上拿出了厚厚一叠材料:"东方,家国的事我们先不谈,这份材料你带回去看看再说,好不好?"

李东方心里有数,赔着笑脸道:"钟书记,无非是告状信吧?我不看也知道是什么内容。"

钟明仁摇摇头,还是把材料递给了李东方:"东方,你不一定全知道!这不是一封简单的告状信,是钱凡兴同志和你们峡江市三位副市长联名写给省委的情况汇报,谈得还比较尖锐,我和省委就不能不重视了,就算家国是我亲儿子,我也得让他离开峡江,这是为他狗娃好!"

李东方悬着心问:"钟书记,钱市长他们到底反映了些什么情况?以至于非要把家国调离?"

钟明仁长长叹了口气,很有些无可奈何:"简单说吧:这狗娃太不注意影响,毫无民主和法制意识,在某些事情上简直是无法无天!比如说,和一个叫什么计夫顺的镇党委书记整天搞在一起,把好端端一个太平镇闹得乌烟瘴气!连群众反腐败的正常上访都不允许,竟让那个镇党委书记带着手铐去开会,把上访群众当场铐走!那个镇党委书记的死,我看和他有很大的关系!钱凡兴这个市长摆不正位置,他贺家国这个市长助理也没摆正位置嘛,扯着你市委书记的大旗乱舞一气,经常和钱凡兴为点小事大吵大闹,连你们的副市长都看不下去!白省长代表省委和钱凡兴谈话时,钱凡兴明确表示了,他服从组织调动,可以离开峡江,希望省委也能把家国调离峡江。"

李东方倒吸了一口冷气:这个钱凡兴,临走也没忘记再给贺家国致命的一枪,竟然还拖上了三个副市长造势!这份材料不看也知道,恐怕不仅仅是谈贺家国的问题,十有八九还要涉及到他。那个别有用心的"峡江三大怪"里不是已经把他和贺家国一起骂了吗?他是为向上爬才反腐败,贺家国是假他之威乱作怪。于是,便向钟明仁解释说:"钟书记,你知道的,家国得罪人,全是为了工作,为了你和省委能更全面地了解家国同志的工作情况,我想做个实事求是的汇报……"

钟明仁很固执,摆摆手说:"东方同志,你现在先不要汇报,还是先看材料,看完后再说,我可以给你一个汇报时间。省委扩大会议刚开过,《国际歌》刚唱过,我们的思想不能再混乱了!东方啊,可以坦率地告诉你:我和白省长也知道钱凡兴和三位副市长反映的问题有个人情绪,也知道家因为工作得罪了不少人，但有一点钱凡兴他们在材料里说得不错：谁也不要再试图做救世主了，解决中国的问题要靠我们这个党，靠党领导下的干部群众，靠民主与法制，不是靠几个青天大老爷啊！我们任何一个党员干部不论能耐多大，都要摆正自己的位置啊，任何时候都不能凌驾于党和政府之上啊。因此东方同志，我就不能不提醒你：你是中共峡江市委书记，领导着中国共产党的一个市级政权组织，你手下有市委班子，有政府班子，不仅仅是一个贺家国！对你们前一段时间的工作成绩，我和省委充分肯定，正确的意见我和省委全接受了，是真诚的接受，没有任何勉强和虚情假意。但是，峡江过去那种复杂特殊的情况不存在了嘛，一切走上正轨了嘛，你和家国的特殊关系也要结束了，家国不能再替你去做独行侠了！东方同志，你设想一下：如果这种情况继续下去，新任市长陈秀唐同志怎么工作啊？那些副市长们又怎么工作啊？东方啊，我这个省委书记会犯错误，你这个市委书记也同样会犯错误，任何人都可能会犯错误，越是在这种时候越是要警惕啊！"

钟明仁说得真诚恳切，李东方无言以对，只得带着那份材料，心情抑郁地回去了。

从柳荫路二号赵达功家门口经过，李东方注意到：这天赵家门前的小车又停了不少。省市一些干部得知赵达功要到中央党校学习，全跑到赵家来探望送行了。门前的小车挂什么牌号的都有，有的还是外地车。李东方的心里益发抑郁：一场如此猛烈的政治风暴过后，赵达功的影响力非但没有降低，似乎还有所加强！而他这个胜利者却连自己一个爱将都没能保住！这又是哪里出了问题？

没想到，就在当天晚上，赵达功就主动登门，来给李东方"释疑"了。

赵达功带着年轻漂亮的夫人刘璐璐，还带了几箱难得一见的南方水果，说全是下面同志送的，他马上要到北京去了，刘璐璐一人也吃不完，请李东方夫妇帮助解决一下。寒暄闲谈时，刘璐璐还主动提到了艾红艳的工作问题，说是大姐的护士长不能再当下去了，不行就调过来跟她干。艾红艳直笑，说她早想好了，年底就办离岗退养手续。赵达功便说，那也好，这一来我们东方同志在下岗工人面前说话就硬朗了。

赵达功谈笑风生，像什么都没发生过，乐呵呵地对李东方说："老伙计啊，你现在日子好过喽，凡兴同志走了，秀唐同志来了——秀唐同志在钟书记身边工作多年,钟书记的好思想好作风学了不少,你们合作起来相信会十分愉快啊,钟书记和省委对你们期望很大哩!"

李东方点头笑道:"是啊,是啊,秀唐同志来,对移民工作也比较有利嘛!他过去是秀山地委书记,现在做了峡江市长,峡江的移民安置我就不要多烦心了,让秀唐同志一包到底吧!"

赵达功又透露说:"不过,对家国的调离,我倒提了点不同意见——家国不是我女婿了,我也用不着避什么嫌了——实事求是说,这个同志毛病不少,政治上也不太成熟,但毕竟有工作热情,很想干事,也很能干事嘛!我就在常委会上谈了谈我的看法:把这个同志留在峡江可能对大局比较有利,磨合一下,应该会成为秀唐同志的好帮手。钟书记不太同意我的意见,说了一大堆,白省长他们也跟着钟书记应和,我也就不好再坚持了。"

李东方相信赵达功会在省委常委会上提出这种意见,也知道这意见的意味深长,更知道赵达功提了这个意见只能起到相反的作用,于是,笑了笑,含蓄地道:"老领导,家国的事不谈了,他走了也好嘛,起码不会有人把他和我绑在一起骂了。"

赵达功沉默良久,长长吁了口气,感叹道:"说到底还是我们大老板厉害啊!《国际歌》大家一起唱,检查大家一起做,可闹到最后,我到北京学习去了,家国调走了,凡兴同志却去了我省条条里的第一大厅做了一把手,秀唐同志也到峡江这个省会城市做了市长,这安排何等精彩啊!"

李东方啥都听明白了,却像啥都没明白:"确实很精彩嘛,我们大老板很会用人呢!凡兴一直在条条上工作,对地方上的工作不太适应,又整天想着要干大事,正好到交通厅施展身手,把我们省内的交通基础设施好好改造一下,我和凡兴同志说了,过两天,常委们要隆重给他送行!"

赵达功怔了一下,突然呵呵大笑起来:"好,好,老伙计,你这一仗赢得实在太漂亮了!"

李东方也大笑起来,笑出了满眼的泪水:"是啊,是啊,这一仗是很漂亮嘛,那些腐败分子到他们该去的地方去了,国际工业园到底关下来了,红峰商城的官司也翻过来了,我李东方这个市委书记也算多少对得起老百姓的养育之恩了!"抹去脸上滚落下的泪珠,双手抱臂,含笑看着赵达功,"所以呀,老领导呀,如果再给我一次选择,这一仗我还是要打呀!"

然而,赵达功夫妇走后,李东方却像换了一个人,呆呆坐在沙发上一言不发,陷入了深思。

艾红艳走过来悄声劝道:"东方,过去的事就别想了,还真那么想当省委常委啊?"

李东方摇摇头:"不是省委常委的问题,而是这种人事安排的问题,钟书记和省委对我还是不放心啊!上任以后尽给他们擦屁股,把他们的屁股擦干净了,臭味却全沾到我身上来了!"

艾红艳安慰道:"也别这么灰心,现在夸你的老百姓真不少哩,都说你是真共产党……"

李东方苦笑道:"谁是假共产党啊?高唱《国际歌》时,赵达功也热泪盈眶!"

说到这里,门铃突然响了起来,响得肆无忌惮。

艾红艳看了看墙上的石英钟:"这么晚了,会是谁?那么按铃!"

李东方想都没想:"还会是谁?准是家国,只有他敢这样按着铃不放手,快去开门吧!"

果然是贺家国,小伙子带了一瓶五粮液,还有一包花生米。

李东方心里已意识到了什么,脸面上却是一副惊奇的模样:"家国,又搞什么名堂?"

贺家国一屁股坐下来:"首长,你别给我装模作样了,今天我是来向你告别的!"

李东方沉默了一下,尽量平静地问:"省委组织部找你谈话了?"

贺家国哭也似的笑了笑:"首长,这次级别很高哩,比请我上台那次高——是白省长代表省委和我谈的话!峡江市的人事调整白省长告诉我了,我听完以后也明确告诉白省长了:离开峡江可以,省工商联我不会去,我本来就是聘任干部,还是回西川大学搞我的华美国际公司!白省长说可以考虑,过渡一下,将来做西川大学副校长。这也让我顶了回去,我说了,在下从此不伺候了!"

李东方并没多少惊讶,只淡然道:"家国,你这态表早了,也有点轻率了!"

贺家国拧开酒瓶,给李东方和自己各倒了一杯酒,眼里涌上了泪:"不说了,说了伤心!来,李书记,我敬你一杯,为你的知遇之恩!因为今生有了你,我生命中才有了这段异样的光彩!"

李东方不喝:"家国,这话我不喜欢听,事情并没有结束嘛,你先不要给我致悼词!"

贺家国明白李东方的意思,立即表示说:"李书记,你千万不要再去找大老板做工作了,我比你更清楚,我这位钟叔叔从来就没想让我走仕途!尤其是跟在你身后走仕途!此地不养爷,自有养爷处嘛,既然命运注定要我去做大陆的李嘉诚,那我就去好好做吧!赵娟娟被捕前说的话我曾告诉过你,现在看来她说的一点不错:像我这种人难以见容于这个僵化的体制,纵然是把身家性命押上去一百回,也撼不动它强大的基础,人家对我们忠诚的回报只能是将我们扔进大海!"

李东方勃然大怒,"砰"的一声,把酒杯蹾到茶几上,因用力过猛,酒杯碎了,酒汁四溢。

贺家国吓了一大跳,愣了一下,忙和艾红艳一起,收拾起了一片狼藉的茶几。

李东方这才发现了自己的失态,努力镇定着情绪,过了好半天,才很严肃地说:"家国,到现在为止,你还在市长助理的位置上呀,你这同志仍然是峡江市委领导下的一名副市级干部啊,怎么能这么没有原则性呢?谁把我们扔进大海了?省委对我们前一阶段的工作是充分肯定的!"

贺家国冷笑一声:"首长,你是真糊涂还是装糊涂?充分肯定的结果是什么?你这个省会城市的市委书记仍然不是省委常委,陈秀唐来了,我被赶滚蛋了,这就叫肯定?这就是对我们忠诚的回报?"

李东方责问道:"对人民的忠诚非要索取回报吗?索取回报的忠诚还算得上忠诚吗?!"

贺家国一下子激动起来,言词颇为激烈:"首长,谁要索取回报了?是你,还是我?我索取的仅仅是一份报国为民的权利!我当然知道自己还在市长助理的位置上,省委的免职文一天不到峡江,这个市长助理我就会干一天!我今天到你这儿来,就是想和你谈谈最后的斗争!该干的事马上干,不能再拖了,尤其是部分区县干部的调整,必须在陈秀唐到任之前完成,在这一点上,你要学学大老板的气派!真是那么民主,什么事也干不成,最后倒真会对不起人民了!"

李东方带着思索的神色看着贺家国:"考虑得也太简单了吧?钱市长还没走,能不打横炮?"

贺家国指着自己的鼻子道:"对付钱凡兴的炮在这里呢,既然是风萧萧兮易水寒,壮士一去不复还了,我就为你首长放最后几炮,把这个炮灰做到底吧!不遮不掩,实话实说,把一桩桩一件件事情都摊开来,看看他这个市长和我们某些同志对人民负责了没有!还有撤乡并镇,你不好提,我也先提出来,你拿到常委会上去定,让陈秀唐同志到任后好好去执行,别再变着花样瞎折腾!"

李东方心里既酸楚又感动:多好的年轻人啊,既讲原则,又重感情!他这么做到底图什么?有自己任何私利吗?显然没有,这个年轻博士根本不想往上爬。因为无私才能无畏,他相信,只要自己不加阻止,这位市长助理肯定会把告别峡江政坛的一幕壮剧演得有声有色。

然而,也正因为如此,告别的一幕才不能上演!

李东方缓缓摇起了头:"家国,我们最好还是不要这样做!大老板提醒得对:解决中国的问题,不是靠哪几个青天大老爷——当然,我们都不是这种青天大老爷——我看大老板和省委对我们是有些误会了,没有全面了解情况。我准备再和大老板郑重谈一次,如果把情况全谈清楚了,仍然不能改变他的决定,那么我就向省委辞职!"

贺家国跳了起来,叫道:"李书记,你决不要这样做,你和我不是一回事,你是峡江一把手,是老百姓的希望!你这样做了就对不起峡江两百万老百姓,就是临阵脱逃!"

李东方笑了笑,另拿了个酒杯,给自己倒满酒,把杯举了举:"来,家国,别叫了,喝酒吧,我相信大老板没那么糊涂,还不会搞到让我辞职的地步!对大老板,我了解,你也应该了解,他不是赵达功,不是不顾人民死活的官僚政客。我们设身处地地替他想一想:他调陈秀唐到峡江,让你离开峡江,目的还是为了更好地开拓峡江的新局面嘛!把这一点想透了,也就没有什么好气的了,我们多做工作,把工作做到家嘛!"

贺家国将杯中酒一饮而尽,仰天长叹道:"想当个好官,为老百姓做点好事可太难了!"

李东方拍了拍贺家国的肩头:"所以,你这个好官的苗子我一定要替老百姓留住!"

这夜,贺家国告辞回去后,李东方几乎彻夜未眠,先看那份材料,嗣后,针对那份别有用心的材料准备了一个向钟明仁和省委汇报的提纲。

不仅仅是谈贺家国的去留问题，还谈到了政治体制的深入改革问题，如何在改革开放的实践中培养和使用政治新人的问题。新人当然不成熟，当然会有这样那样的缺点错误，但是，只要他愿意为这个国家，为这个民族，为这块土地上的人民无私无畏地押上身家性命，献出自己的忠诚和热血，我们的体制就应该给他这个机会。对钱凡兴这种人则要予以制约，用其长避其短。而对像赵达功这类无耻政客，则应该从体制上堵住漏洞，使之不再滋生。还要有一种杀灭驱逐机制，即使这种政治怪胎滋生出来，也要予以有效杀灭或者驱逐。

  黎明的阳光挤走了世纪末的又一个长夜，新的一天开始了。

  新一天开始的兆头还不错，有点柳岸花明的意思。

  吃过早饭，在保密电话里和钟明仁预约汇报时间时，钟明仁不但一口答应听取他的汇报，态度也起了微妙的变化，主动提出了白省长的一个新建议：贺家国既然不愿去省工商联，可以安排到秀山去做副专员。钟明仁在电话里说，他觉得白省长的建议有道理，不能让贺家国这狗娃就此消沉，还得发挥他的作用，说是正在慎重考虑白省长的这一建议，让李东方上班后马上过来谈谈意见。

  李东方心里有底了，就算不能把贺家国留在峡江，也把贺家国留在了另一个能报国为民的岗位上了。小伙子到秀山这种贫困地区呆几年并不是什么坏事，经过一番摔打，这位年轻博士也许会在下一个世纪某个年代成长为西川省改革开放的又一位主帅。

  当然，贺家国去了秀山，对峡江下一步的工作布局非常不利，陈秀唐的霸道作风和好大喜功在省里也是出了名的。不过，想穿了也没什么可怕的，了不起再把《国际歌》唱起来，为真理而斗争吧！反正只要他当一天市委书记，峡江就决不允许再出现任何打着人民的旗号祸害人民的事情！

  李东方抑郁已久的心情在这个充满希望的早晨渐渐愉悦起来……

        二〇〇〇年十月 写于北京、南京
        二〇〇七年三月 修订于南京碧树园